有爱的青春陪伴者

图书在版编目（CIP）数据

不准偷偷喜欢我：上、下册 / 莫妮打著. -- 贵阳：
贵州人民出版社, 2023.1
ISBN 978-7-221-17448-2

Ⅰ.①不… Ⅱ.①莫… Ⅲ.①长篇小说－中国－当代
Ⅳ.①I247.5

中国版本图书馆CIP数据核字(2022)第206723号

不准偷偷喜欢我：上、下
BUZHUNTOUTOUXIHUANWO: SHANG/XIA

莫妮打/ 著

出版统筹：陈继光
选题策划：大鱼文化
责任编辑：陈珊珊
特约编辑：年　年
装帧设计：颜小曼　毛仙瑶
封面绘制：暖阳64
出版发行：贵州人民出版社（贵阳市观山湖区会展东路SOHO办公区A座
　　　　　邮编：550081）
印　　刷：长沙鸿发印务实业有限公司
开　　本：880×1230毫米 1/32
字　　数：518千字
印　　张：15.5
版　　次：2023年1月第1版
印　　次：2023年1月第1次印刷
书　　号：ISBN 978-7-221-17448-2
定　　价：65.80元

贵州人民出版社微信

目录

c o n t e n t s

目录

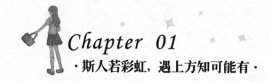

Chapter 01

·斯人若彩虹，遇上方知可能有·

坐上警车的那一刻，郑星沥突然觉得前所未有的平静。

车窗外头站了一排的邻居，正凑在一起，揣测究竟发生了什么事情。

她将视线转回，老老实实跟女警报上姓名和年纪。

女警约莫三四十岁，拍了拍她的手，轻声安慰道："你不用害怕，我们警方一定会调查清楚的。"

沿街音响的叫卖声，透过车窗直往里钻。警车驶过热闹的街道，终于在派出所门口停下。

郑星沥坐的车被迫多等了一个红灯，前头她爸爸郑乔生等人已经登记好，先进了调解室。

大厅一片喧嚣，人间百态在这里露出獠牙。

假期最容易出现特殊情况，派出所的事务也变得多了起来。半开放的执勤台边，几个警察正在耐心地听警情，隔壁的办公区空空荡荡，大多数人都在外头对接当事人。

女警将她安置在办公室的长椅上，说："我先自我介绍一下，我姓施，你可以就叫我施阿姨。"

郑星沥瞥见她胸前别着的警官证，一串编号底下跟着"施媛"两个字。

施媛清了清喉咙，摊开文件夹："好，那现在——"正说着，见门口进来一个人，就说，"沈成？你怎么还在这儿啊？"

后面这句显然不是对着郑星沥说的，她本能地抬起头看过去。

进来的是个男生，十七八岁的年纪，个子很高，挺拔的身影逆着光压过来。他停在几步之外，双手放在口袋里，嘴角藏着明烈的笑意，懒散的目光轻飘飘落在她身上，整个人如阳光般灿烂。

短暂相接间，明媚裹挟而来。郑星沥匆匆瞥了几眼，便垂下头，只盯着地板上落在他影子里的半截烟头发呆。

"我都快到家了，我爸又打电话让我回来等你一块儿走。"他目不斜视地说。

施媛顾及旁边还有个人等着做笔录，也不想耽误时间，先把他打发到一边："待会儿我再跟你说。"

"得嘞。"他爽快地应下，往旁边走了两步，想了想从桌上抽了张纸巾，又回来弯下腰。

闯入视线里的手干净修长，丢下张纸巾将那截烟头包着捡走，叠过来的影子很快又离开。

郑星沥松了一小口气，也说不清是紧张还是狼狈被人窥见时冒出来的羞耻。

"不好意思。"施媛轻声细语，"现在我将对你报警的警情进行一些基本的问询，你可以回答问题吗？"

郑星沥点点头："可以。"

"行，那你先大概说一下情况。"

郑星沥嗓子有些哽，她深呼吸几下，压住翻涌上来的酸涩，尽量平缓地开口。

事情说起来简单。她爸爸郑乔生被她小叔郑乔祖蒙骗，稀里糊涂签下了借款协议，现在债主急用钱找上门来了。

郑星沥爸妈并不知道自己签的是借款合同，更没收到过这笔钱。

借款金额总共二十万，无息借贷。

小叔郑乔祖对债主说自己是中间人，这钱是自己哥哥借的。有身份证和签名，债主就信了。现在郑乔祖失踪了，债主自然就直接找上他们了。

"那这个人讨债用什么暴力手段没有？"

"没。"郑星沥摇摇头，"我爸这段时间在跟人家协商，就是也没讨论出什么结果。今天也一样，只是他生气，骂了几句，很难听。因为牵涉到小叔，我爸有些拉不下脸，觉得都是亲戚，真走到打官司这一步不好，但是……"

但是她却不想看家里人再这样伏低做小忍下去了。

施媛收了笔，鼓励道："你做得很好，涉及法律的纠纷，就是要报警。"

民间借贷很多弯弯绕绕，有的人不懂法，最后倾家荡产的也不在少数。有事情第一时间求助警察，才是最好的法子。

"阿姨，这钱……"郑星沥脸上有些燥热，"是不是得我爸还？"

"只要我们证明你爸爸不知情，就不用。"施媛吞下后半句没说。

这种纠纷最是扯皮，一来不好取证，二来程序烦琐。就算郑乔生全然无辜，也免不得耗费时间和精力。

郑星沥惨淡地笑了下。

她已经偷偷查过许多回了，公民将身份证借给他人借款并签字的，在法律上默认知情。

这年头，二十万也不是什么小数字，摊谁头上都够呛。

郑乔祖断了所有联系方式，连家里父母都不管了，明显就是亡命天涯的架势。

郑星沥耷拉着脑袋，诸多情绪交织，整个人很沮丧。

施媛的孩子跟她差不多大，见此场景也生出些怜爱，安慰道："我们有自己办案的一套方式，会查出真相的，你不用担心这些。"

事情真相究竟如何仍未可知，她在小孩子面前，总不好打包票，也只能拣些公正中立的话讲。未经调查的事实就不算事实，就算郑星沥情真意切，她也不能先入为主，而是必须要履行一个警察该尽的义务。

郑星沥扯了扯嘴角，挤出一个笑。

如今网络社会，二十万怎么交付的、流向哪里，真要查起来也不是毫无头绪，可惜这个家做主的还不是她，是她爸。

凭郑乔生那老好人的性格，一定会先拿钱给债主应急，再慢慢找小叔的下落。

这二十万是留不住的。

细节也补充得差不多了，施媛合上文件夹："你在这里坐着等一下，过一会儿就可以回家了。"

隔壁调解室里泄出几句义愤填膺的指责。

"我是相信郑乔祖才没要利息的。"

"你们这是家族犯案！串通好的！"

郑星沥双手不自觉地交叠在一起，指甲掐入手背里，用这痛意来提醒自己保持冷静。

没什么大事的。她安慰自己。他们是受害者，法律会保护他们的。

突然，一团阴影将她遮住。

郑星沥抬头看去，是刚才的男生。

他蹲下来，清朗的脸变得清晰，眉眼间带了些小心，语气一改先前的落拓不羁，变得格外正经认真："喝点水吧。"

纸杯随之递过来，杯口热气升腾晕出水雾，郑星沥好像被传染了一般，眼眶也热起来。她迅速低下头接过杯子，小声道了谢。

施媛没在调解室多待，毕竟郑星沥还在隔壁。在未成年人的心理辅导这一块，警方一向很重视。

郑星沥将温热的水喝完，胡乱抹去眼角的湿润，脸上疲惫也一扫而空。

现在的情况，由不得她自怨自艾。

施媛侧耳倾听她的问题，惊讶地反问："工作？"

"对，我想兼职。"

欠钱这个事儿，对他们的生活一定有影响，但这点难处还犯不上让她一个小孩子去承担。

可郑星沥不愿意。

她已经这么大了，可以做些力所能及的事情改变现状。

"可是你现在都高三了，注意力应该放高考上才是。兼职耗费时间精力，如果影响到你的成绩，不值当的。"施媛理解她的心情，但还是不赞同。

郑星沥摩挲着纸杯："我知道。"

施媛依然劝她，从时间可行性到她父母的心思，再到高考的重要，几乎讲了个遍。

郑星沥只是安静听着也不反驳，等她说完才真心实意地道："谢谢您，但我是真的想帮家里一点儿忙。"

小姑娘目光认真，俨然下定了决心。施媛就此哑了声，这个年纪的孩子有多窘，她比谁都清楚。

"您知道附近有什么招收兼职的正规店铺吗？"郑星沥想了想又补充，"价格低些也没关系，主要就是时间方面，因为我还要上学，所以可能……"

"不不不。"施媛摇摇头，"你考虑过家教没有？"

"家教？"

"对，时间合适，价格也公道，最主要的是你还可以看书学习。"

郑星沥有些迟疑："可是，我才高三。"

谁愿意找高中生辅导功课呢？

"巧了不是。"施媛笑，指了指前边，"我儿子沈戌，就那个。今年在复读，性子皮得狠，正好缺个人管着他自习看书，我觉得你正合适。"

郑星沥朝她指的方向看去。

刚才的男生正坐在办公桌旁，背挺得笔直，侧脸线条流畅，神色透出几分认真，手指灵活地转着笔。

看起来和施媛说的"皮"没有太大干系。

沈戌似乎对视线很敏感，很快就转过脸来。

郑星沥被逮个正着，稍慌乱地垂下眸："谢谢阿姨，但还是算了，我成绩也不好。"

她能看出来，施媛是为了照顾她的情况，需要家教是假，帮助她才是真。

"你不用这么快决定的，可以好好想想，我觉得这比其他工作更加适合你。"

郑星沥不知道该不该答应。

一方面，做家教是目前最好的选择，价格合理，对她的学习影响也最小，她很心动；另一方面，施媛提出这事儿是出于好意，她真的顺杆子往上爬，又觉得很无耻。

没等她纠结太久，调解室的工作便已经宣告结束。

不出意外，郑乔生揽下了债务。

他们家开了很多年的店，今年刚全款买了房，留下这二十万是准备装修房子的，现如今一切都归了零。

郑星沥抓着母亲方荟的手，一点点焐热她冰凉的指尖，丝毫不顾及在场的人，生气地冲郑乔生道："你如果再继续这样，就一个人过吧。"

这已经不是第一次了，郑乔生这些年被各路亲戚缠着，不知道耗掉了多少心血。

现在新生活没有了，属于他们的家也没有了。所有关于未来的憧憬，都在这场难言的祸事里彻底粉碎。

郑乔生满身的颓废，看着眼前的妻女也忍不住红了眼，伸手摸了摸她们的头发："对不起，不会了，以后一定不会了。"

郑星沥是什么时候长大的呢？

她给出的答案是在那个秋天的傍晚。

郑乔生就站在他们面前，门外的风吹动他的发，露出根底的银色。他脸上的表情既愧疚又难过，落在她头上的大掌宽厚温柔。

她第一次发觉，这个撑起大半辈子家的"懦弱"父亲，已经不再强大。

可他眼里的光又是如此坚定，没有被顶撞后的恼羞成怒，而是诚恳地对她们说"对不起"。

于是她拽下郑乔生的手，声音轻慢亦万般肯定："没关系的爸爸，我们会好起来的。"

离开之前，施媛把自己的私人号码写给了郑星沥，嘱咐她考虑清楚后随时联系。

郑星沥长长地舒出一口气，跟爸妈借口说想喝橙汁，慢下几步。

夜色昏沉，十月刚至，就直接跳到了凉秋，夜间气温更创新低，一点儿过渡都没有。

她出来得匆忙，只穿了件毛衣，领口不高，风溜了进去，身子不由得打了个冷颤。

"嘎吱"的橡胶摩擦声在耳畔响起，那辆晃悠悠跟在身后的自行车，见大人已经走远，终于在她身边停下。

"哎，等一下。"

郑星沥看一眼前方人声鼎沸的商业街，确认现在位置安全，这才顿住脚："什么事？"

跟上来的是先前好心送水的那位，也就是施警官的儿子——沈戍。

他转脸瞧她，眼神真挚："家教的事，你为什么不答应？"

郑星沥收回打量的目光，不自然地说："没有不答应，我是要再想想。"

"别想了。"沈戍个子很高，踩着地的腿微屈，"我觉得很合适。"

"合适？"

"家教钱是从我这里出的。"他一脸真挚，语气亦是坦诚，"找你可比其他的老师便宜多了。"

郑星沥暗暗松了口气，觉得压力小了些。

比起"做好事帮忙"这个出发点，他的理由显然更让人轻松。

见她不说话，沈戍又继续道："对了，你别听我妈瞎说，我挺乖的。"

都市霓虹灯光更迭，他的脸也跟着蒙上一层迷幻。

这么冷的天，他只穿了件单薄的运动外套，袖子挽到胳膊，露出结实的小臂。除了那张脸，很难将他跟"乖"这个字眼联系在一起。

"如果你想好了，那就给我电话，明天正好周六，我们可以开始第一课了。"沈戍屈膝踩上踏板，"号码有吗？"

郑星沥略一迟疑，点了点头。

他似乎是松了口气，眉眼一弯，嘴角微翘，声音里藏着目的达成的愉悦："成，我送你回家吧。"

她摇摇头："不用了。"

"你一个人不安全。"

"我走大路，人很多。"

满街的人，比起跟一个才说了几句话的陌生异性一起回家，显然更安全。

沈戍也没强求，郑星沥站在原地目送他离开。

他骑车的姿势跟寻常人不一样，背部前伸挺直压低，手肘弯成直角，腕部搭在车把上。

郑星沥这才注意到他的车头比一般的自行车要低很多。

车子往前一段后，他掉头原路返回，路过她身边时，他愉快地叫她，那张脸也泛起笑意："再见哦。"

路灯明亮，代替星辰修饰黑夜，也将宽阔的马路照得更加清晰。沈戍上身没有动，只有两边腿发力，脚底的踩踏提拉也趋于平衡，连背影都透出了一种昂扬的劲头来。

街边树叶失了绿，枯得卷起边儿，被风一抚便离开枝头，在半空里打转，晃悠悠地落到了地上。

郑星沥转过身，路的另一边，是她的目的地。

坦白地讲，家里情况也没那么困难，只是钱都在货上押着，还有日常花销和其他用途。总不能为了新房把店全盘出去，光等下辈子喝西北风。

郑星沥也想装作什么事儿都没发生，只专心读书，可又没办法心安理得。

跟其他同龄人不一样，她父母是早婚晚育，现在已经五十岁了。

这个年纪很多事情都开始力不从心，更别提突然间从账户划出去这么多钱，他们的压力很大。

红灯虚晃几下变成绿色，郑星沥将小册子放到单肩包里，大跨步穿过马路。

她还是没忍住心动，连夜跟施媛敲定好家教事宜，又说服了爸妈。

直行路过热闹的环山公园，对面高耸着的小区楼群就是她今天的目的地。

郑星沥深呼吸几下，再次打开包，拿出小册子确认了地址，稍稍放心。

施媛已经提前告知过门禁密码，她核对无误后按下了"#"键。

她跟施媛约好先来几次算试用期，如果沈成觉得不行，那自己立马就走。

她也了解了一些沈成的基本情况：复读理科生，有些偏科，理综还行，数学不怎么好。

而她数学格外好，如果尽心辅导，那对这份变相接济，自己也不算受之有愧。现在唯一的问题是——沈成会不会配合。

郑星沥捞起单肩包的背带，长舒一口气，端正站好，按下了门铃。

厚重防盗门的另一侧，沈成扯了条毛巾，搭在湿头发上随意擦了几下，边走边扯嗓子回："等一下。"

郑星沥脸小小的，眼睛微圆，白皙的皮肤跟垂下来的乌黑发色衬在一起更显细腻透亮，她的嘴角绷成一条线，双手拽着包带垂于身前，整个人清冷板正。

若不是那张明显稚嫩的脸，乍看起来还真像那么回事儿。

她冲他点点头，抓着单肩包带的手不由得紧了紧，不知道该说些什么。

沈戌头发湿湿地耷拉着，额前的发丝聚成一簇一簇，眼睛干净清朗让人宽心。他冲她笑，明媚之中带了丝憨厚，一眼望去，便生出些好感。

几次照面，沈戌好像都是这副开心的模样。就算是不笑，也能让人觉得亲切。

郑星沥想，这大概就是所谓的人格魅力吧。

"先进来吧。"他蹲下拿了双新拖鞋在她脚边摆好，伸手欲接过她的包。

郑星沥不着痕迹地躲过，将包挎到身后，换好鞋小声地道了谢。

"不好意思，早上耽误了一会儿。"沈戌偏头拨了拨头发，在前面引路打开房间门，"你先进去，我吹个头发立马就来。"

书房朝阳，视野也宽阔，跟落地书柜比起来，更加显眼的是侧边的玻璃橱柜，各种奖杯、奖牌摆得满满当当。

"青年组公路自行车""环淮渭骑行公益赛""自行车超级联赛""省青年运动会公路自行车赛"……所有的荣誉都来自一个项目——自行车。

自行车？

郑星沥心里存疑，是她印象里那种"死飞"吗？

听说"死飞"没有刹车，危险得很。沈戌可以拿到这么多奖，一定很厉害吧。怪不得昨晚骑车的姿势那么与众不同。想来，这就是专业吧。

在这些奖杯中央的显眼位置摆着一个相框，背景是体育场。青翠草坪上是一群穿着统一运动服的高中生，最后面拉着队旗的就是沈戌。

他微微弯腰，另外一只手拎起脖子上挂着的金牌，自信、阳光，哪怕站在最不起眼的角落也能让人一眼看到。

照片上头有一行用红字写着"第十三届 A 省中学生运动会宁河中学运动员合影"。

原来是个体育生啊。

郑星沥心里暗叹了一口气，突然有些失望。

外头吹风机的声音停了下来，她收回思绪，拉开椅子将书一本本拿出来。

沈戚进门的时候，郑星沥正认真地伏案演算题目。

他偷摸看了一眼，只能瞥见密密麻麻的杂乱数字。

身边的椅子被拉开，郑星沥抬起脸，清了清喉咙："施阿姨说，你数学不大好，我的侧重点也会放在数学上，不过你放心，其他科目我也会尽力而为。"

看他不吭声以为成功震慑住了，郑星沥心底划过一丝窃喜，又问："你现在是在复读？"

沈戚点点头："对，在实验中学。"

郑星沥一愣，自己怎么从没听过有他这号人物。

帅哥美女是世界的共享资源，不论到哪里总有风声。郑星沥不是什么八卦的性格，但也不是生人勿近的类型，平日里一些小道消息虽不太了解，但也不至于什么都不知道。

以沈戚的"姿色"，真的很难不引起同学们的注意。

疑惑归疑惑，她还是不想跟他产生太多的瓜葛，也没问这茬儿，接着学习的话题说："那好，既然这样我们就不讲课本了。学校的老师会带着复习教材的，我讲得也肯定没老师好。如果你课上有什么听不明白的地方，再过来问我，可以吗？"

沈戚点头，她又继续规划："那就从做题开始吧。我们主要还是以解决问题为主，现在就做题然后不懂的当场问，可以吗？"

他连忙拿出练习册："我现在就有问题，你看一下。"

郑星沥一愣，没料到他学习这么积极，转念又一想，毕竟选择了复读，估计是前一年的挫折让他成长了。

实验中学的数学复习一般是从高二下学期末开始的，如今必修一结束，必修二也已经进展到了一半。可是沈戚拿出来的题目——太基础了点。

郑星沥又往后看了几眼他的"错题集"，沉默了。

很难想象，一个高四的复读生，不会求两个函数元素集合的交集。而且还是最最基础型的，真正解的就是个一元二次方程的区间。

她不说话，沈戚自然也不敢说话。

施媛说了，郑星沥成绩不好，最好就不要问她什么问题，让人家待这儿自习结束走人就行。

但他却不这么想。施媛再怎么和善，终究不懂他们这个年龄段的心理。

换位思考一下，如果是自己得到这份工作，一定也是希望自己可以真的发挥作用，而不是靠浑水摸鱼来换钱。

所以沈戍准备的本子里记下的题目也很基础，就是为了给她充分的展示空间。

他的想法很简单，郑星沥毕竟是女孩子，心思肯定要细腻些。如果他一道题不问，就会显得这份家教工作是一种施舍，那搁谁身上都难受。唯有他伪装，才能够让她找到自己的价值。

郑星沥终于抬起头，看着他的眼神透露出些许无力。

沈戍心里"咯噔"一下——不会吧不会吧，不会她成绩真的差到这种地步吧？

郑星沥长长地叹了一口气，捞起一边的课本摊开在桌面上，表情严肃："我觉得我们还是先从课本讲起吧。"

好看的人不管在哪里都有吸引力，尤其是在她认真的时候。

沈戍悄悄打量着新老师，明明她的五官都不是出彩的那种，可凑在一起却让人移不开眼睛。

郑星沥罗列完步骤，将草稿纸撕下放在他手边。

沈戍匆忙收回视线，莫名有一种做了坏事被人抓包的心虚。

这股子感觉直烧得他耳根发热，分不清楚这热量到底是从心里涌出来的，还是外头阳光照的。

"你以后就照顺序写题目，多抄几遍式子也别嫌麻烦。这样的话，就算结果算不出来，也能拿点感情分。"

说完郑星沥突然意识到，沈戍好歹是参加过高考的人，这么点"混分"的法子应该也是知道的。自己这种"传授"，好像有些说教的嫌疑。

沈戍点点头，将她的话听了进去，比照着草稿上的框架，一步步罗列着式子。

家教进行得很顺利，沈戍基础虽然差，但挺聪明的，课本上的东西说了一遍，再做"错题"，基本都能对。

更重要的是，他很听话。

这倒跟他先前自述对上了，是挺乖的。

不过也有可能是因为第一次上课，所以态度端正些。等时间长了，"混熟"以后，随便糊弄也不一定。

郑星沥仔细观察了一下他的神色，没察觉出半点不耐烦，这才伸手去拿水杯。

保温杯里装着热水，放得久了不怎么好拧，郑星沥刚刚一直写，又渗了一手的汗，第一时间没拧开。

她抽了几张纸，刚擦好手，就听见旁边杯子里发出"呲"的一声。

沈戍握着杯身的指关节因为用力稍稍发白，他将盖子拧松几圈却并不揭开，只把杯子放在她跟前："给。"

"谢谢。"郑星沥不再去看他，侧向另一边，悄悄地跟他拉远些距离。

她不讨厌沈戍，但也不想跟他走得太近。

郑星沥总是会将诸多可能性考虑到一起，小心谨慎地行事，尽可能不惹任何人不愉快。

他们年纪相当，又是半路相识，以后家教还会常常见面，在青春期这种敏感的时候，太亲近是很容易被大人们误会的。这种不必要的麻烦，能避免还是尽量避免比较好。

时针指向十一点钟，郑星沥长舒了口气，将水杯拧好放到包里，拒绝了沈戍留吃饭的好意，拎着包出了门。

店里，郑乔生刚送走一拨客人。方荟在后面厨房做着饭，见郑星沥推门进来，不疾不徐地往锅里丢了盐，嘱咐她先洗手。

事情已经发生，纵使再懊恼，日子也还是要继续下去。

郑乔生闷头给她俩剥虾，方荟适时地打开话匣子，询问她上午情况如何。

也幸亏施媛给了她这么个活儿，时间好调度又安全，省得她再找借口跟家里人编些离谱的谎话。

"挺好的，施阿姨的儿子很乖。"郑星沥说话点到为止，故意模糊他们的认知，好掩盖沈成和自己年纪相当这一事实。

在这种年纪，如果整天和一个同龄异性相处是很容易让大人们遐想的。

方荟还是有些担心："不会影响到你吧？"

"不会。"

高考在即，他们更操心的还是自己女儿的成绩。既然拗不过她，也只能时刻关注着，以免她受什么委屈。

眼下听到她这番信誓旦旦地回答，他们才算放心一些。

郑乔生补充道："你别让人家小朋友往外头乱跑知道吧？如果出了什么事情，你负不了这个责任。"

郑星沥把虾肉夹到嘴里，听见"小朋友"自然就想到了人高马大的沈成，顿感滑稽，嘴角翘了翘："嗯，我知道的。"

吃完饭，郑星沥便去楼上准备收拾几件厚衣服。

她家的店在区中心，距离实验中学很远，为了上学方便，她一直都在学校对面小区租房子住。

方荟跟她一道上了楼，从老式木床顶上端下纸箱子，翻找着里面的衣服。

没说几句，方荟就提到钱的事情："你别怪你爸爸，他也是个可怜人。从小没什么人对他好，这会儿老了，容易被人糊弄，才搞出这么些事情来。"

"我知道的。"郑星沥掀起横亘在两张床之间的窗帘，接过方荟手里的大衣，放到行李箱里。

郑乔生小时候被遗弃，命大活了下来，正因如此，也养成了懦弱的老好人性格。直到成了家才踏实，但对兄弟姊妹迁就的习惯还是没法儿根治。

方荟蹲下来，揉了揉她的头发："你爸这几天总说自己没用，搞了半辈子，结果——过年也得跟房东阿姨家挤在一起。"

当初，郑乔生一个单身汉把家里所有债全部背在了身上。他一直不谈恋爱，就是怕耽误人家姑娘，直到遇见了方荟。

方荟看中他心眼好，一门心思就跟他一块儿过。两人结婚后一起打拼，好不容易还完了钱，挣了点底儿，就在合祁安定了下来，租了个门面做买卖。

这些年房价一路上涨，郑乔生每次积蓄都差那么点儿，一直拖到今年可算是买好了房。

郑星沥拽住方荟的手，细细摩挲一番，语气轻松："没事的。反正房子就在那里，前面十几年都这么过来了，也不差这一两年。"

她将下巴搁在膝盖上，歪着头朝方荟笑："干脆别让爸爸装修了，就他那审美，唯一一回超水准就是娶了你当老婆。还是等我工作挣了钱，找个著名设计师来设计吧。毕竟这房本上写着我俩名字呢，到时候我们一起选，你看呢？"

方荟眼圈微红，很快又装出往常凶巴巴的模样冷哼，声音却不自觉变了调："我看你还是少做点梦，多读点书吧。"

郑星沥丝毫不生气，低着头把膨出来的羽绒服衣角塞到箱子角落里，哼哼唧唧的，像是宣言："才不是做梦呢，就请设计师。"

周一升旗日，郑星沥终于听到了关于沈戌的传言。

他是今天才来报到的，就在隔壁班。据说前面几个月去参加了什么比赛，所以耽搁了报到。以前是个体育生，但是没去体考。据小道消息说他家里不让他走体育的路子，要他光凭文化课参加高考，结果落了榜。又怕他在原来学校会惦记着以前的玩伴，这才转到实验中学来复读了。

"体育生通过文化课高考？他成绩很好吗？"

"这个没听说，但是听说人很帅。"

"很帅？"

女同学伸手捣了捣隔壁队伍的人："他不是你们班的吗？帅不帅？"

"就她说的，很帅！"

"有这么夸张吗？"

说实话，真不夸张。

如果不是那张运动会的照片，她也很难想象沈戌是个体育生。

学体育的男孩子大多一样，壮实敦厚。

而沈戌五官清隽，身材更跟敦厚搭不上边。

只不过……

郑星沥想到那天夜里，他握着车把，绷紧的小臂肌肉倒很好看。

课间操的前奏还在响着，三三两两的学生缓缓地下楼往班级队伍里走。

"来了，来了，就那个，搭着陈宇昂的那个。"

郑星沥听了这话也跟着抬眸，瞧见正往这边来的人。

沈戍个子很高，黑白的校服外套敞开，内搭的卫衣帽子揪在外头，黑色运动裤包裹住修长的腿，露出纤细的脚踝。

他单手自然地勾住身边男生的脖子，也不知说了些什么，笑容始终挂在脸上，整个人十分讨喜。

合祁就这么大点地方，宁河中学距离实验中学又不远，两个学校里互相有什么认识的人都属正常。更何况以他的社交能力，短短半天交到朋友也不是什么难事。

广播台上教导主任拿了话筒催促同学们快点归队，沈戍听了不仅没松手还将人勾得更紧，只步伐迈得大了些，直往队末去。

新同学无论在何时都能引起大家的关注，尤其是他看上去颇为赏心悦目。

原本还讨论得热火朝天的女同学，在隔壁班同学的指认下早早地收了声，彼此使了个眼色就已心知肚明。这就是女生间特有的默契。

沈戍没有忽略擦肩而过的郑星沥，准备开口跟她打招呼，却见她目不斜视地盯着手里的纸张，也不好打扰，只能作罢。

实验中学的校服很难看，尤其校裤极不符合人体设计，连学校都只要求穿校服外套。

郑星沥身上校服是成套的，裤子松垮，短成了九分。跟上次来家教不一样，她今天头发全束在脑后，五官依旧清冷，却没了那会儿强装大人的别扭劲儿。

沈戍跟新认识的同学有一搭没一搭地说着话，目光忍不住往郑星沥那儿看去。

台上，校领导开始千篇一律的动员讲话，郑星沥昂着头，就跟在听老师讲课一样认真，偶尔转过来的侧脸线条起落流畅，在阳光下，披上了一层光。

陈宇昂眼尖，顺着他的视线看过去，八卦地笑："你是不是在看他们班最后面那个女生？"

"别乱说。"沈戍收回视线，轻飘飘地否认。

"干吗？觉得人家漂亮？"

沈戍大方地点头："对呀，漂亮。"

所以他多看两眼也在情理之中。

"那可不，人家是公认的美女。"

沈戍笑："怎么，还有谁是不公认的美女吗？"

"当然有，审美不一样嘛，有的人就属于争议型的呗。但是郑星沥，人家是真的漂亮。"

他们没有搞什么校花的评选，但各个班哪几个女生漂亮，哪几个男生帅气，一个个都门儿清。

"你跟她熟？"

"谈不上，神交。"

沈戍蹙眉："正常点说话。"

陈宇昂也明白话语欠妥，瞪他一眼，解释道："我的意思是我听说过。"

"啧。"他毫不留情地拆台，"那就是不认识呗。"

郑星沥长相好，就是看起来有点高冷难接近，男生们对她有好感却又不敢主动结交认识。

这个年纪的少年总是要面子的，如果被拒绝，就算嘴上嘻嘻哈哈当作玩笑，心里也会难受。

"别说，她跟你还挺般配的。"陈宇昂将沈戍从上到下打量一番。

两个人都好看，个子也高，要是站在一起一定养眼。

他紧接着话锋一转，摇摇头："不过你没戏。"

沈戍原本想反驳前半句，让他不要瞎说，可听了后半句又生出好奇，问："为什么？"

陈宇昂神秘一笑，正准备开口解释，周遭人就开始鼓掌。

沈戍跟着人群拍手，习惯性地去看隔壁班，原先的位置不知什么时候已经空了。

讲台上，女孩子清冷的声音从教学楼外面的音响中传出，灌入校园的每个角落："大家好，我是高三理科六班的郑星沥。"

沈戍往前凑，拍了拍陈宇昂的肩："哎，这个发言是哪个流程啊？"

陈宇昂压低了声音："嘻，还能是什么，金牌榜的学生代表呗。"

沈成一脸蒙："什么榜？"

实验中学今年想了新招数，对各年级的月考成绩都采取了放榜机制。全年级前十就挂照片在公告栏的金牌榜上，后头再按排名成绩区分。

刚结束的月考，郑星沥的成绩突飞猛进，从全校二十二猛地冲进了全校第十，因此被选作本周的学生代表站在国旗下发言。

高三的队伍就在国旗前面的空地上铺开，沈成个子高，也不用踮脚，抬下巴就能瞧清楚。

她站在台阶之下，单手握住话筒，一本正经地读稿。

"怎么这么厉害？"沈成自言自语着。

这算哪门子的成绩不好？学霸的谦虚难以认同。

"看不出来是不是？"陈宇昂感叹道，"不仅长得好看成绩还这么好，真是没眼色。"

"什么叫没眼色啊？人家努力了，这是应得的。"沈成不赞同，拿话顶他，"倒是你，你有哪门子眼色？"

"你懂什么，我是坚持要靠脸的。"陈宇昂拨弄了一下刘海，故意眨眼，"校草懂不懂？"

沈成敷衍地笑了下："勇气值得肯定，现实还需努力。"

升旗仪式结束后，公告栏换上了最新的月考榜。

学霸们都在学校的招牌假山前拥有了一张半身照。

在一群或憨厚傻笑，或紧张绷直的学霸中间，处于最边上的郑星沥显然更惹人注目。

她双眼平视前方，面部表情自然，五官精致小巧，配着巴掌大的流畅脸形，是一个不折不扣的美女。

漂亮、礼貌、乖巧懂事，成绩还这么好。

怪不得施媛对她这么有好感，左一句让他照顾，右一句让他注意的。

陈宇昂抬着胳膊撑在他肩上，说："怎么样？是不是被学霸的分数震到了？"

沈成从角落里移开视线，看了看榜首，感叹道："这群人太恐怖了。"

"习惯就好。"陈宇昂拍拍他的胸膛，弯腰双手撑着膝盖，凑在前头看了好一会儿，指着铜榜最后一行，得意道，"看见没有，哥也是其中光荣一员。"

沈成看了眼陈宇昂的总分，竖起个大拇指："嗯，厉害。"

"加油，你总有一天也能上这儿的。"

沈成凑上前，食指微屈敲在面前的金牌榜玻璃上："总有一天我们上这儿。"

陈宇昂被逗笑，摸了摸下巴："别胡扯了，你去门口买张刮刮乐，运气好兴许还能中个奖。跟这些大佬抢'广告位'，省省吧。"

不是他说丧气话，沈成一个学体育的，文化课肯定是要差一些的。只靠剩下的七八个月，想赶上这些人真的够呛，再来一年可能还差不多。

"有点信心成吗？"

"行。"陈宇昂对他竖起个大拇指，配合道，"有梦想谁都了不起。"

沈成跟郑星沥班级相邻，连授课老师都是同一批。

讲台上数学老师夹了月考卷子，往桌上一摔："这回咱班普遍考得不好啊，150 分的就一个。"

沈成心肝一颤，问同桌的陈宇昂："150 分很好考吗？"

一般来说学校的生源直接决定了校内卷子的难易，像实验中学、宁河中学这种老牌的省重点，自己用来测试的卷子都是很难的。

沈成数学算不上好，平日只考 100 分上下，去年高考也是拿了小 130 分的。

"不好考。"陈宇昂飞快递话，"但是大王有强迫症，要求我们班数学平均分最高。这回单科平均分第一让隔壁六班拿去了，所以他才这么说。"

自从教育局相关文件下来之后，实验中学就取消了实验班，当初中考成绩好的学生也都被分配到了各个班级。没了什么"火箭""平行"的区分，也让各个班级的排名水平基本持平。

高三理科总共十二个班，金牌榜名额却只有十个，这也就意味着最少也有两个班进不了前十。他们这群学生没什么太大感受，但班主任们可就较劲了，毕竟谁也不想当榜外班级。

班主任们都想自己带的学科可以成为单科第一。大王也是其中一个。

可是授课老师和班主任的双重加持都考不过自己教的另一个班，于是只能好好敲打敲打同学们。

沈戍想起课间看到金牌榜的照片底下是一行成绩，角落里的女孩数学那科底下写着的，可不就是 150 分。

再看前两天自己特意准备的那些蠢问题……

沈戍叹了口气，恨不得给自己两拳。

他还想照顾别人的自尊心，这下可好，估计要被人家笑话了。

高三上下两层楼都弥漫着紧张的气氛，走廊里要么是杵着背书的，要么是赶着去问题目的，跟热闹的高一高二截然不同。

沈戍算是个异类，课间闲不住，总爱楼上楼下跑几趟，期望达到锻炼身体的目的。

陈宇昂端着他刚打满水的杯子唏嘘："你这体育生的习惯这么难改吗？"

"我不是体育生，我是车手。"沈戍擦了擦额头的汗，把挡在前头的头发朝后抓，怕打扰在桌上伏案休息的其他同学，小声辩解着。

陈宇昂没听清楚，也没把这句辩驳放在心上。他"咕噜"喝下一大口温水，突然眼前一亮，兴奋道："我知道了，你去看郑星沥，对不对？"

六班是他们下楼必须经过的班级，这也就解释清楚了沈戍的行为逻辑。

"不对。"沈戍把杯子拧开，任热气升腾。

陈宇昂觉得自己发现了大秘密，露出一副"我懂"的神色："放心吧，我不会说出去的。"

根本是鸡同鸭讲！

沈戍有几回是瞥见过郑星沥。

她的座位在班级中间，每次从他们班前门看去，她都在一片趴着的同学中间挺拔着，认认真真地做题目。

沈戍想过打招呼，却找不到什么合适的契机。突然跑到人家班级门口说"你好"，也太土了。

他们唯一固定的"见面"时间就是课间跑操。列队的时候，郑星沥站在女生的最后一排，因为她比其他女孩子高出小半个头。

她人缘还不错，跟谁都能聊两句，却很少主动提起什么话头，只是个会互动的旁观者，大多时候她都在一旁敛着眉不知道想些什么。

实验中学既定的跑操是两圈，正好八百米，不追求速度，但消耗体力。风很大，直往嗓子眼儿里灌，有很多人叫苦不迭。

沈戌一直都有坚持训练，这八百米对他来说就跟热身似的，不算什么。

郑星沥跑得很慢，脑后的马尾跟着一甩一甩的，跑不了半圈就偷摸地躲到操场旁边的灌木丛里，等到最后一圈的时候再插进来。

跑操解散之后，她绷着的那股劲儿松懈下来，任由班上的其他女同学挽着，跟着一起嘟囔嚷抱怨说。

沈戌看出来了，她真的不喜欢跑操。

转眼又是周六。

这回沈戌没再拿那些基础题糊弄，而是自己向大王要了套上次月考的数学卷子，认真做过以后，誊写了错题再拿来问。

郑星沥将东西一一拿出摆好，看了两眼摊开的本子："这是月考卷？"

沈戌点头："我想知道自己现在什么水平，所以跟老师要了全套的卷子过来。"

"做了多少分？"

沈戌只做了题，没算成绩，一时间也不知道该怎么回答。

郑星沥久等不到他的回答，以为分数不理想，稍稍放缓语气，安慰说："你缺了两个月的复习，所以就算考得不理想也很正常，没什么关系的。"

"其实考得还行。"

郑星沥翻过几页纸，再没看见他常写错的送分题，不由得微微蹙眉。再看他眼神不知道在想些什么，明摆着的心虚模样，顿时有种难以启齿的复杂情绪。

"沈戌。"

"啊？"他脑子飞速算着大概的分数，冷不防被她打断。

郑星沥小脸微绷，满是严肃正经，气质上很像个小老师："其实我来就是为了帮你解决问题的。"

他点点头:"我知道。"

"所以你不用不好意思。"

沈戍又点头,接着一顿:"什么?"

她抿了抿嘴角:"我知道你以前是体育生,文化课这方面没跟上,我理解。所以你任何题目只要是不会的,都可以来问我,不要觉得错了就不好意思问,到时候高考如果再遇到,那到手的分数就没了。填志愿分数多可贵,你都有经验了,应该不用我跟你强调吧?"

郑星沥尽量放平语气,使自己的话没有那么尖锐。

沈戍再傻也明白她什么意思。早先的自作聪明,让她现在真的以为自己是个"学渣"了。

他想解释,却又不知从何处开始。万一她觉得自己上次是在故意捉弄她,那可就不好了。

早知道就听施媛的话,安安静静做题自习。这样等他知道她的真实成绩,再问问题也更顺理成章,又何至于到这般境地?

现在倒好,进退两难。

沈戍犹豫再三,只好避重就轻地说:"其实我也不算体育生。"

郑星沥将身子坐正:"我听说了,你没去体考。"

"不是,是我从来就没准备去体考。"沈戍摇摇头,一脸认真地解释,"我是车手。"

小时候沈戍的个子比同龄人高出一截,碰到的叔叔阿姨总同他说:"这孩子长得好,是个当警察的好苗子。"

因为父母的职业,沈戍很小的时候便被寄予厚望,他们希望他长大可以从军报效祖国,这一点从他的名字里就能窥见。

从他开始有记忆的年岁里,也一直默认着考军校当兵的未来。

直到2008年的那个夏天,一首《北京欢迎你》火遍大街小巷,电视上持续不断地转播着那年北京奥运会的各项比赛。

不论男女老少,但凡看见电视里出现的中国红队服和赛场上升起的五星红旗,心中都会涌起难以言喻的自豪和骄傲。

沈戍后来回忆起那一年，深深刻在脑子里的是窗外绿油油的树叶，聒噪的蝉鸣，闷热的风，以及那场浩浩荡荡的公路赛。

那是奥运史上距离最长的一次公路自行车赛，有一百四十三位选手参赛，经过各种路况和地标，有的人中路被超，有的人选择放弃。一直到夜幕将至只余六人冲线，以微末的差距决出名次。

他第一次知道原来自行车也可以这么酷，原来还有这样一种比赛可以在有限的时间里真实地触摸到速度和风。

就在那天他郑重地告诉父母，自己有想要做的事情了。

自行车运动一直属于小众项目，既没有很高的知名度，也不像其他运动项目那样拥有众多荣誉。那个时候，国家队自行车手在国内的待遇和光环甚至还没有车队俱乐部的高。

这和父母对他的期待八竿子打不着儿。

施媛办案这么长时间，看到太多因家庭教育出问题而影响青少年人生的例子，于是在听到沈戍如此严肃认真地讲述着梦想的时候，也没有急着反对，只是拿"十二岁才能骑自行车"的法律规定来劝阻他的灵光一闪。

反正小孩子忘性大，所谓梦想也都一年一换，这算不得稀奇。

直到沈戍过完十二岁生日的那天，他再次郑重地告诉父母，自己想要当一个车手。

他用沉默的几年证明自己的认真。

不是三分钟热度，是真的喜欢。

父母没有再质疑，很快就送给了他第一辆自行车，基础款的山地车。这辆车跟随他很长时间，参加过很多少比赛，直到迎来狂窜个头的青春期才被迫"下岗"。

之后山地车换成竞赛用的公路车，他也去了体校学习训练，一直到初三。再之后就是顺利考上高中，为了学业从体校退出。

施媛说："我们不反对你当运动员，但我们需要你有一个保底的学历，这样就算这条路走不通，有知识学识总不会被饿死。"

沈戍没有道理拒绝，比起其他家长来，父母已经在自己的能力范围里给予了最大的支持和自由了。

"我去练体育，目的不是为了体考，是为了维持体能训练。"沈戍对待自己热爱的事情一直很认真，"我是一个自行车手，以后要进专业队伍的那种。"

虽然现在还不是。

国庆之前，沈戌参加了省队的选拔，却因为年龄遗憾落选。

原本去年凭沈戌的成绩是可以去不错的大学的，但他的志愿只填了一个华封大学。

因为除了省队以外，只有华封大学拥有的校自行车队不是社团制度，而是正儿八经的学校管理，还有过进国家队的先例。

如今国内的俱乐部车队中间弯路又太多，相比之下，还是华封更为靠谱稳妥。

与其说复读是幡然醒悟，倒不如说他是背水一战。

考上了那自然会少走很多弯路，没考上……没考上他也不会放弃。

郑星沥眉头紧缩，实在没法儿跟沈戌的所作所为产生共鸣。

运动员，那是经过大浪淘沙才能筛出来的金粒子啊！而那么多金粒子里又有多少能坚持下来并把这当成终生的事业真正地做出成绩的？

时间、精力、金钱，除去这些投入以外还有超出常人千百倍的努力和坚持，而这一切不仅仅只是一个浮在半空中的梦想。

她并不认为这是个性价比很高的选择。

在沈戌说这番自白之前，郑星沥脑海里浮现出关于自行车运动最专业的画面就是那些戴着头盔，弯腰骑辆"死飞"，在马路上横冲直撞的人。

她迟疑着，问道："自行车比赛有很多吗？"

这是她唯一可以直观判断出这个项目有没有前途的办法。

"当然。"沈戌见她有兴趣，连忙将椅子往她那里勾了勾，侧着身子，随手将她的空白草稿本拽过来，提笔落字。

"自行车也是有很多种分类的，山地车、场地车、小轮车，还有我练的公路车。种类不同所需要的设备、训练等也都有差别，比赛的侧重点也不同。像全运会、奥运会、世运会这些大赛事里自行车都是正儿八经的比赛项目。全球各地每年也会举办上千场大大小小的自行车赛事。"

"不过……"他顿了顿，"你知道每个职业公路车手最想去的比赛是什么吗？"

郑星沥摇了摇头。

"是环法——环法国自行车比赛。"沈戍声音里藏着无限向往，"真的是环法国一圈。路程约三千五百公里，持续 21 天，全世界最顶尖的车手都会在七月汇聚于此。只要有资格参加环法，能不能拿到名次都已经不重要了。"

沈戍话锋一转："只不过我们国家在自行车方面起步比较晚，就连整个亚洲在这个项目上跟其他国家都还有很大的差距。这么多年来，我们国家的车队还没有被邀请去参加过环法。"

"国家队也不行吗？"

沈戍抬头看她，"扑哧"笑出声来，脸上神情却没有半分鄙夷："环法本质上来说还是商业性质的比赛，针对的也是职业车队，这和国家队是两码事，一个是体制内，一个是体制外。"

话说到这个份上，郑星沥当然能够区分两者谁才是体制内了，她为自己问了个蠢问题而觉得不自在。不过面上还是一脸淡定地点点头，假装自己全部弄明白了。

"在国内缺少自行车方面的运动员，自行车的知名度也相对较小，所以练这个的远没有田径之类的多。但是近几年也有了长足进步，比如里约运动会，我们国家就在场地自行车的女子团体赛里夺冠了。这是我们在自行车的国际赛事里拿到的第一枚金牌，第一枚！"

沈戍格外激动，根本没注意到自己慷慨激昂发言时和郑星沥凑得有多近。

少年英气勃勃，寥寥几句里透露出他对未来的无限热爱和期待。

郑星沥瞧着他微红的鼻尖和湿润眼眸，那种从心底而生的自豪仿佛是刻在骨子里的荣耀，仅是提起就能让他热血沸腾。

她不了解竞技体育，却明白这世上最难的事情就是从无到有。

第一枚金牌意味着什么呢？

它是无数运动员的失败，是数不清的擦肩而过，是跨越世纪的谋划和准备，而这些遗憾和付出都在宣告冠军来自中国的时候圆满了。

竞技体育的道路从未有过尽头。而这，或许就是像沈戍这样坚持热爱的人一直追求的梦想和意义。

只是这些对郑星沥来说，都太不切实际了。

小时候也有人觉得她腿长手长适合去当运动员，郑乔生回复的一句话让她记忆至今——运动员，当不上才是正常的。

以前她不明白，还埋怨过郑乔生思想古板，脑子里只有读书这一条出路；长大后，她才悟出其中道理。

运动员并不等于学校里那些体育特长生。培养出一个运动员某种程度上比培养出一个高考状元更难。天赋、努力，还有第三要素的选择，稍有不慎，耽误的便是一生。

而竞技体育又相当残酷，别的不说，光电视新闻上那些有成绩的国家队队员中，谁不是一身伤病却又不得不透支着咬牙坚持呢？

这条路，被万众瞩目，可还是太苦了。

沈戍往后挪了挪椅子，敲了敲玻璃橱窗，指着最中间的照片说："去年我们省中学运动会也正式加了自行车的项目。虽然第一届报名参加的人不多，但是你知道这意味着什么吗？"

每个人都想在自己热爱的领域里发光发热。提到自行车，沈戍总有说不完的话。

尤其郑星沥没有嫌他啰唆，反而还在认真端详着自己鬼画符一样的讲解图。

沈戍心头微热，没有什么比自己的梦想得到尊重和对待，更让人觉得幸福的事情了。

他好看的眸子明亮动人，声线里满是激动自豪："这意味着自行车正在被越来越多的人关注，未来我们国家的自行车也会越来越厉害。"

郑星沥想质疑他。

这些光靠他一个人是不可能实现的，而这番演讲式的发言真的不切实际。

很多有此类梦想的人，到头来悔不当初者居多。

可是沈戍太认真了，那种掩盖不了的锋芒和赤诚热爱，让她说不出一句反驳的话。

算了，每个人的梦想都该被尊重。

不管以后的沈戍会不会后悔青春的蹉跎浪费，起码眼前的沈戍，坚信一切值得。

郑星沥点点头，郑重地回复他："嗯，一定会的。"

早晨六点，郑星沥关掉闹钟，抱着被子翻了个身，眯起眼看了看窗外雾蒙蒙的天。

她猛地坐起来，靠在床头把胳膊藏在被子里，眼瞧着一旁闹钟的分针一点点走到"2"，才开始磨磨蹭蹭地摸起被子里的衣服穿起来。

实验中学出了名的管理严，冬天的早读从六点五十开始。

她一把掀开被子，快准狠地套好校服和棉袄。

没事儿，教室里有空调，一会儿就暖和了。

她这样安慰着自己，借着这股劲儿把一切都收拾妥当，终于在六点半顺利出了门。

小区对面就是学校，离得近就是好。

郑星沥走到红绿灯路口，在旁边的小摊子上买了鸡蛋饼和豆浆。

鲜甜的豆香在唇齿间蔓延开来，热热地顺着喉咙滑下，只余些许粗粝的豆渣附在舌根。

在摊饼锅升腾的烟火气和"呲啦"声中，第一班公交车终于抵达车站，下来一群满脸困倦的学生，敞开的外套里头是白得晃眼的校服。

郑星沥得意自己点踩得准，倘若再迟上几步自己就该混在这些人里头一起排队买饼了。

绿灯亮起，拥堵在路口的人们朝对面行进，中间夹杂着几辆自行车。

郑星沥不自觉地想起昨晚临睡前搜索到的信息。

草稿本上沈戍潦草的字体组成了自行车项目的入门知识，大概是受了他的蛊惑，郑星沥心里也藏着股别扭劲儿，很想一探究竟。

直到搜索之后，她才知道沈戍说的小众的规模到底有多小。

就拿他说过的环法自行车赛举例，拥有参赛资格的，一般都是世巡赛车队，最低级别的洲际车队只有三个左右的名额，要从几百支来自不同国家的队伍里挑选。而国内目前通过国际自行车协会认可的洲际车队只有十支。

这就好比一个大学在全国招生，而整个 A 省只有十个人够资格填报但最终却考不进去。

公路自行车曾一度被誉为"世界上最难的竞技体育"，因为路况的复杂，天气的不确定性，对运动员的素质要求极高。抛开那些视频混剪和运动员肌肉展示，更让她印象深刻的是那些极为危险的摔车集锦。

郑星沥险些以为自己看的是灾难片。

所以沈戍也会这样吗？就他那身板儿，真的耐摔吗？如果他真的克服了这些困难，却无法实现自己的愿望，会觉得失望，后悔浪费了时间吗？

一连串的问题冒出来，郑星沥却思索不出答案。

保安朝拥挤的人群吹了声哨，尖锐的声音也把她从思绪里拽出来。她回过神来，狠狠地咬下一大口饼，把脑海里那些不合时宜的担心抛开。

她操这个心干吗？

冬天跑操是一件非常难受的事情，首先穿什么跑就是个问题。

穿厚了，太笨重，跑不快；穿少了，出汗一吹风又容易着凉。这都是给自己找罪受。

郑星沥倒无所畏惧，反正到半圈她就会战略性撤退。

不像那个沈戍，短短几回就被"提拔"成了领跑员，每天兢兢业业地跑在班级最前头。

有时候他看见她偷懒躲跑，那表情满是费解，像是不明白怎么会有人连跑操这种小事都要躲躲藏藏。

郑星沥也想理直气壮地回看过去，可惜事实没法给她撑腰。

跑步太难，八百米更难。

风灌进嗓子的时候，她不止一次想放弃。

就算她觉得沈戍总有一天会放弃那种虚幻的梦想，但她不得不承认沈戍真的很厉害。八百米在他那里就跟飘着跑完似的，除了脸颊稍红，他看起来毫不费力。

七班有几个懒得跑或者跟不上的男生，他都能把他们拽到终点。

郑星沥时常感叹，自己身边就缺了这样一个女同学，可以在学年体测的时候拽自己一把，帮助自己。

体育老师的哨声响起，操场上的队伍开始动起来。

郑星沥双手插在兜里，足下迈着小碎步。

沈戍跑在方阵侧前边，将她的动作看得清楚。他发现她的脚偏向于往内侧撇，跑起来的时候总是后跟落地，这姿势可实在算不得省力，还很伤膝盖。

她套的羽绒服很长很蓬，下摆跟着她的动作左右摇晃，就像一只灵活的小企鹅。

沈戍被自己的想法逗笑，不由自主打量起不远处她的"藏身之地"。

大概是她没被发现，引来了不少人效仿。不只是灌木丛，但凡没有人注意的地方都十分荣幸地被冠以"避难所"的称号。

不过像郑星沥这样，还没跑到两百米就走人的，还真没多少。

这一打量不要紧，他看见灌木丛后头好像站了个人，隐约可见头顶发丝稀疏。

音响里的音乐越发高亢，小步子的热身结束，每个方阵都已进入状态，开始加快速度。

郑星沥呼吸急促，瞅准机会把手从兜里拿出来，跟着就是一拐弯，朝外道跑去。

才一踏上石子土路，她就跟树后面的教导主任对上了视线。

郑星沥的脚往斜后一踩，手举在腰侧掉头就走，试图用行动证明一切只是场"误会"。

"回来！往哪儿跑？"教导主任语气严厉，将手里的帽子往头上一扣，遮住了光亮的发型。

郑星沥心跳加速，脸燥热，想跑的心情不断发酵，但却在主任的注视下不敢造次，脚上像绑了千斤重，根本迈不开腿，耳朵也瞬间变得通红。

班上路过的男同学，毫不掩饰地调侃她。

郑星沥气得牙痒痒，心想平时怎么不见这些人发表意见，现在却开始落井下石了！

"转过来，哪个班的？叫什么啊？"

她听了把头垂得更低。

后方，沈戍看见露出了庐山真面目的教导主任。再一瞧郑星沥，低头勾着腰，脸色通红，整个人就像只煮熟的虾。

男生们的调侃并没起到让人轻松的效果，当事人现在一副羞愤的样子。

"成绩好，想早点回教室学习的心情，我可以理解，但是学校的规定也不能对你破例吧？你更应该遵守纪律，起到一个好的带头作用才对。怎么能率先偷懒呢？"

来往的人看热闹似的，往她那里瞧。教导主任拿着文件夹一边记一边大声数落着，郑星沥脸上一副"生无可恋"的表情。

消息很快传递开来，大家都安分守己再没有偷懒的心思。

郑星沥此时正站在冷风里，一边受训，一边接受各种打量，有点孤独，还有点可怜。

沈戍不自觉顿住脚，调转方向埋头往灌木丛冲。

"哎，停停停。"教导主任正说教得起劲儿，就又看见有人想偷懒，而且还从自己身边经过。

他快准狠地出手，一把就抓住了来人的胳膊，提溜着拽到跟前，厉声问："往哪里跑？现在在干吗？在跑操你不知道吗？"

郑星沥低着头，卖力地扮演着一个迷途知返的学生。她不敢随意打量，更不敢表露出好奇，只从余光里瞥见递进来的黑色走边校服。

啊，怎么会有这么笨的人，看到有人被抓还往这里钻啊？

不过，幸亏有这么笨的人，她终于不用再一个人承受这份尴尬了。

眼下是教导主任发挥的时间，他清了清喉咙，双手往身后一背站到两人跟前："你看看你们，极其恶劣。你们这种行为知道是什么吗？作弊！现在在学校里还只是违反纪律，长大了就是社会的败类！"

老师们惯用的训人技巧就是把错误无限倍放大，同时将未来剖析得万分凶险。

"这才几圈，有那么难跑吗？人家红军长征走那么远的路，你们八百米就要累死了？什么风气，把其他人都带坏了。还是高三的方阵，就这么给人家低年级做榜样的？素质不好，读再多书又有什么用？行了，我不跟你们废话。你，叫什么名字，哪个班的，快点讲。"

"高三（7）班。"

郑星沥愣了愣，这声音，太耳熟了。

主任的笔敲在木质文件垫板上记录着信息，她偷摸着抬起头。

阴冷的天气像是蒙了雾，灌木叶子被风吹得沙沙作响。

"沈戍。"那人歪了歪头，漫不经心地冲她笑，"保卫戍守的戍。"

教导主任"唰唰"记好，合着文件夹冲前头晃两下，警告地说："我现在就去找你们班主任好好沟通，你俩就在这儿给我站着，不准跑也不准动，听见没有？"

郑星沥选择了沉默以对。

倒是沈戍，欢快地应了声"好嘞"，惹得教导主任又呛声，让他少在这里嬉皮笑脸。

等到主任走远，弥漫在空气里的压力才逐渐消减。

郑星沥缓慢呼出一口气："你干吗不跑操？"

这位对体育狂热的沈戍同学，就连下雨取消跑操，都要自己打着伞来操场转悠几圈的人，怎么会无缘无故地撞枪口上来了？

"哎，我以为主任找你有什么事，想来听一八卦的。"沈戍瞎掰，说得还相当真诚。

这种骗傻子，傻子都要骂你蠢的借口，郑星沥绝对不会相信。

可沈戍就是一口咬定了这个理由，任她再怎么问也只笑眯眯地转移话题。

操场边罚站既尴尬又丢脸，尤其是被经过的跑操队伍回眸打量。

郑星沥觉得人生都有些灰暗了。

沈戍却依然兴致勃勃，又提起自己喜欢的那茬事儿："你回去有看那些公路车的视频吗？"

郑星沥想到昨晚鬼迷心窍的搜索记录，当即否认："没看。"

"不看也没关系，那些资料视频都很浅，入门也很难看明白。"沈戍往风口站了站，额前耷拉着的碎发被吹开，他干脆伸手往后抓了抓。

因为跑步他只穿了一件薄薄的校服，这会儿被风一吹根本起不了保暖的作用，揣在兜里的手不自觉往下坠，牙齿也有些打颤。

他怕被郑星沥看出端倪，强迫自己挺直腰杆，舒展身体，替她挡去大半的冷风："自行车要自己亲自感受才最直观，现场赛永远最精彩的。"

郑星沥不想搭茬儿，对于公路车的好奇止步于此，再继续下去她就搭不上话了。

坦白地讲，她有些讨厌沈戌，或者说是嫉妒。

她一边不屑于他的梦想，甚至偷偷为其打上"白日做梦"的标签，觉得终有一日他会从这种悬浮中落回，可一边又嫉妒他为了一个不确定的结果全力以赴的决心。

她没有什么特别喜欢的事情，也没有什么特别擅长的事情。从小到大她会的就只有念书，可成绩也并不理想。

人这一辈子可以找到自己喜欢做的事情实在是太不容易了。

就算不成功，也应该很幸福吧。

沈戌依然在侃侃而谈，讲体育训练，讲运动恢复，讲公路车那些"神级"选手。

"你知道法比安吗？他被称为计时赛之王，去年在里约拿到了奥运会男子计时赛的金牌，那个时候他已经三十五岁了。还有安迪·施莱克——曾经的环法冠军，一米八七、六十八公斤，我的体型就是照他练的，不过我的肌肉跟他还是没法比。"

他很真诚，说到这些的时候，整个人都是欢欣明朗的。

郑星沥觉得自己很傲慢。对待别人的梦想既敷衍又糊弄，装出一副洗耳恭听的诚恳样，却在背地里觉得别人异想天开，而这一切仅仅是因为对方的口号——

为国争光、为国奋斗。

这些原本埋在大家骨髓里的憧憬，什么时候竟然让人觉得假大空了？

郑星沥清楚地意识到，自己的思想有问题。

在教导主任气势汹汹带着两个班主任赶来之前，她问他："合祁有公路车赛吗？"

沈戌眼前一亮："你想去看吗？"

郑星沥原本下定的决心，又开始迟疑。

她借着心底的自责冲动发言，如今话刚出口，她就想到了后续的一系列麻烦。

如果说不去，那不是前后矛盾，明显糊弄人吗？如果去看的话，不就浪费了看书做题的时间吗？她应该跟沈戍保持点距离才对。

但是就去看一次的话，应该也没关系吧？

她也只是想去见见世面而已……

而此时，教导主任已经穿过解散的队伍风风火火抵达操场了。

思绪被打断，郑星沥长舒一口气，突然觉得挨骂也不是一件很惨的事情。

当事人的班主任都已经到齐，教导主任丝毫不留情面，该说说该骂骂。当知道沈戍是个复读生，而且以前还练过体育的时候，他的怒气值更达到了顶峰。

一个体育生跑步偷懒，这叫什么？这叫忘本！

于是，主任的怒火都集中在了沈戍那里，各种名人名言都劈头盖脸地冲他砸了下来。

面对老师的数落，认错之词说多了容易被当成油腔滑调，最好的策略就是低头沉思，摆出一副痛定思痛的样子。

沈戍前半晌搭话吃了亏，这会儿也老老实实地不再吭声了。

学校最近正在尝试新制度，从各个方面给班级评分，跑操纪律也是其中一项。而沈戍和郑星沥势必要承受这波批评教育。

跟着来的两个班主任几乎没有什么发挥的机会，全程只见教导主任挥斥方遒，从"中华之崛起"开始……

操场上看热闹的人越来越少，教学楼里的嘈杂声也越来越小。

眼看着要上课了，王永锋咳嗽两声，故意凶巴巴地道："你俩听见没有？还不快道歉认错？"

另一边的张年庆也跟着附和："对，你们怎么一点反应都没有呢？在这儿耽误徐主任时间！"

徐主任手一摆："这些虚的就不用了，这俩学生对不起的也不是我，是学校，是他们的父母，是国家给的教育资源。"

"对对对，徐主任说得是。那您看怎么罚他们比较好？请家长还是停课？"

郑星沥心中一凛，这无论哪一个都是她所不能承受之重！

早知道偷懒的下场这么严重，她一定提前侦察地形，但凡谨慎一点也不至于沦落至此啊。

"那倒不用。"徐主任抬起手看表，语气稍缓和，"马上快上课了，我也不耽误上课时间了，你们都回去上课吧。"

郑星沥松了口气，心情尚未平复，就见沈戌抬起头，脆生生地答："谢谢老师。"

"谢什么谢，说的又不是你。"徐主任一脸严肃，"我说的是两位老师。"

"啊，那徐主任这是要怎么处置他们？"张年庆问。

徐主任稍加思索："还有两节课放学是吧？现在你俩去跑步，跑三十圈，什么时候结束什么时候回去。"

郑星沥脑瓜子"嗡嗡"叫，差点哭出来。

三十圈？一万二公里，这是人能跑得下来的吗？

王永锋赶紧插话："这不好吧主任，三十圈，到时候别人再说我们学校体罚学生多不值当啊。"

"说得也是。"徐主任沉默了一晌，"那这样，你俩就不要上课了，在这儿站到放学。"

郑星沥的心情十分复杂，她以为自己已经做好准备了，但徐主任沉思之后的"第二套方案"一出，她又恨不得当场晕过去。

操场边上罚站，抬头就是教学楼，到时候人家一边上课一边打量，而且她跟沈戌，一男一女，不知道情况的人搞不好还能臆想出一些莫须有的故事来。

光是想想她就已经头皮发麻了。

沈戌脑瓜子转得飞快，故作惊喜小声道："还有这种好事？"

徐主任敏锐察觉，回头看他的眼神如鹰般："你说什么？"

这年头总有学生不爱上课，面前站着的这个显然就是其中之一。不然怎么会被罚站还没脸没皮的，不仅不觉得丢人还当成是"好事"？！

让他罚站那不就是正中下怀了？搞不好还会趁着没人溜走，那和逃课有什么区别？这哪里是惩罚，明明就是给他创造机会啊！

这样想着，徐主任立刻改变了主意："算了，看在你们班主任的面子上，就不罚站了。但是回去一定要严加管教。一定要让他们认识到行为的恶劣，知道吗？"

在场四个人纷纷如小鸡啄米般点头，就差没把"真诚"二字刻在脸上了。

预备铃声敲响，这场大戏以徐主任欣慰走远落幕。

张年庆和王永锋也不废话，叫两人赶紧回去上课。

郑星沥如蒙大赦，一路小跑。沈戍迈开步伐跟在她后头，十分得意："怎么样？我厉害吧？寥寥几字，扭转乾坤。"

她胡乱地点头敷衍，两节台阶并作一步，走得又快又急："厉害厉害，我先去上课了，再……"

剩下的一个字已经随着距离拉远变得模糊。

沈戍摸了摸鼻子，心想，要不要这么发愤啊。

好歹，也说完再见呀。

新一轮月考定在周五正式开始，历时两天，刚好避开了沈戍的家教时间。

郑星沥知道自己的这份工作，施媛故意安排的成分居多。她心里感激，帮助沈戍学习也更加认真。

虽然以她的能力押题尚且做不到，但是笼统帮他复习一遍那也是绰绰有余的。

月考前一周，她便加班加点地赶出两份科目总结来，一份自用，另一份偷偷给了沈戍。

也不知道是为什么，两个人好像有种默契，在学校里都不曾让第三人知道他们之间的家教关系。

郑星沥怕别人误会。高中的生活枯燥又乏味，那些似是而非的青春情愫，便是其中最好的调味。

沈戍顶着张招摇的脸，真的很难不成为话题中心。郑星沥可不想成为当事人。

实验中学的复习进度一直很快，月考的内容也进一步扩大，郑星沥做完理综卷的时间掐得也够呛。

路上，她先给家里打电话说周末不回去了，接着又联系施媛，计划明天补上家教课程。

对方是好意施惠，自己也不能辜负这份善良，总该做些力所能及的事情才对。

"物理最后一道大题你写出来了吗？我怎么感觉我好像用错公式了，是右手定律？"

郑星沥摇摇头："是左手。"

沈戍长舒一口气："那就好。"

他欢快地在试题卷上落下一个大大的红钩："又拿五分，哈哈哈。"

经过几次的相处，他们之间早没了刚认识时的尴尬氛围。加上之前短暂的共患难，郑星沥也慢慢放下了疏离的姿态。

"还是别对分数了。"郑星沥抽走他的卷子，压在自己的书下。

"怎么了？"

"影响心情。"

他最近学习劲头正盛，如果对出来成绩不理想还会倍受打击。

沈戍乖顺地"哦"了一声，换了支笔。

家教时间都是很和谐的，说话更多的是讲课梳理的郑星沥。等到需要沈戍动笔的时候，房间里便只剩水笔在纸张上摩擦的声音。

沈戍从上次以后，仍未能扭转在郑星沥眼里的"学渣"形象，只好改变提前做题的策略，跟着郑星沥的步子先听课，再辅以习题巩固。

这些基础的题目里，难度高的不多，郑星沥留出的时间也就很少。

今天施媛下班早，从书房门缝里看见他俩伏案认真学习的样子，很是欣慰。

她没想到郑星沥竟然那么谦虚，这成绩哪里是不大好，简直是太好了。要是沈戍有一天可以考高分，华封大那还不是囊中之物？

光是这样想想，施媛就高兴得不得了。

还未到冬至，天黑得极早。郑星沥讲数学时卡了几下，等全部问题讲完，外头已经漆黑一团。

沈戍伸了个懒腰，发出几声舒适的喟叹，慵懒又轻松道："我送你回去吧。"

还没等郑星沥说话，门就被人打开，施媛手里拿着锅铲，说："送什么送，先吃了饭再走。"

"不了阿姨，我回去就成了，我妈中午还给我送饭过去了。"

施媛堵在门口："中午的饭能有现做的新鲜吗？你一个人用微波炉也很危险的，反正今晚不上自习，你就在这儿吃饭，吃完再让沈戍送你回去。"

"真的不用麻烦了，阿姨。"郑星沥莫名地胆怯，这种胆怯来源于未知的氛围和尴尬。

小时候其他小朋友乐意凑热闹吃酒席的时候，她就表现出了格格不入的抗拒。这么多人一起吃饭，那可真是太麻烦了。

施媛却不肯，抓住她手上的包，藏到身后："不行，本来只给你那么点工资我就够不好意思了，现在请你吃顿便饭你还拒绝什么呀。你放心，叔叔还在看店，今晚就我们三个人，没有陌生人的。"说着把包扔给沈戍，火急火燎，"快快快，藏起来藏起来。不然她马上要跑了。"

虽然不合时宜，但郑星沥还是没忍住笑了。

"那就麻烦阿姨了。"

郑星沥长这么大，自然分辨得清真诚和客套。

见她答应，施媛立马一改焦急："不麻烦不麻烦。沈戍，快带人家去洗手，再过一会儿就能吃饭了。"

沈戍把包挂在玄关，引着她去了阳台。

郑星沥很少东张西望，刚来的几次连水都不敢多喝，觉得在陌生人家用厕所也会让主人觉得奇怪。一直到后面来的次数多了，跟沈戍关系也亲近些了，才慢慢放开了自己。

他们家阳台很大，大理石台下面是嵌入式洗衣机和烘干机，靠近落地窗那侧凹出了一个洗手池。比这些更显眼的，是摆放在正中间的自行车。

跟沈戍常骑的那辆改装版不一样，这辆明显是专门的公路车。红黑的配色稍暗，座椅高出车头一截，中间车管连接至车头，倒和老式二八大杠如出一辙，轮胎很窄，车头把手朝前弯曲，姿态有些别扭。

郑星沥立时可以想象出沈戍骑在自行车上的姿态，估计会跟混剪视频里的人一样，勾着腰低着头，脚下虎虎生风。

"这个就是我的车。"沈戍第一时间察觉到她稍停顿的视线，拍了拍座椅给她介绍，"怎么样？是不是跟普通的自行车差别很大？"

郑星沥点点头："这个座椅比车头高这么多吗？"

"嗯，这是为了让车手的姿势更符合人体力学。"沈戍跨坐上去，单脚演示给她看，"座椅太矮的话，腿就会过于弯曲，踩踏时腿部的血液会流动不畅，而且也需要用很大的力气。"

"这是我们的骑行姿势，主要是为了减少风阻。"沈戍握住车把，背部打直往前倾，姿势比起先前更加专业些。

"风阻？"郑星沥反问道，"可是这样不累吗？"

"分情况吧。如果只是日常的骑行，不追求什么速度，自己怎么舒服怎么来就好了。"

郑星沥表示理解："就是专业和业余不一样是吧。"

"对。"他从车上下来，重新去洗手，"专业的竞速比赛对车手的身体素质、耐力爆发要求都很高。车队为了车手在比赛里取得更好的成绩，会聘请专门的人员研究骑行姿势，制定策略方案。有些时候身体角度有那么一点不到位、不科学，都可能会影响成绩。"

郑星沥从没接触过任何竞技体育的领域，她仅有的浅薄理解也只基于电视上偶尔调到的体育频道。好在沈戍说得没那么专业，她也能明白个大概。

就好比一个班级，除了班主任以外还有其他授课老师，倾囊相授只为了教出一个清华或北大的学生。

沈戍听她类比，笑起来，抽出一边的纸巾擦手："你这个形容很通俗。"

"通俗才容易理解。"

沈戍笑意更浓，他发现郑星沥这个人就喜欢挑好听的听，平日用些中性词形容，她都要换个带着褒奖意味的词来替换。

"没错，还是你逻辑清晰。"他顺着话茬儿夸下去，果然见到她嘴角抑制不住地向上翘了翘。

郑星沥心思再怎么敏感细腻，也还只是个高中生，在沈戍和施媛的双重热情攻势下，卸下防备也是迟早的事。

沈戍想到在派出所第一回见她的时候，冷色的日光灯从上头洒下光亮，她坐在长椅上，脸上没什么血色，五官愈显清冷。

他当时就想，这人挺惨的。

很神奇，明明连她发生了什么事情他都不清楚，但脑子里就是钻出了这个念头。

然后就是她陈述案情，沈戍离得远，却还是没忍住偷听了。

来派出所的每个人都和她一样，有自己的忧虑和糟心事，比她情况更糟糕的，他也不知道见了多少，偏偏就觉得她更可怜一些。

郑星沥压了哭腔，冷静地陈述事情经过，直到最后也没哭过一回。

鬼使神差地，沈戍端了杯水过去，难得的没有嘲笑。他小心翼翼地蹲下来，将声音放缓："喝点水吧。"

再简单不过的四个字，不知怎么竟然让他的心跳加速。

纸杯里热气升腾，她的眼睛好像也跟着染上了清亮的水意。

"谢谢。"

她接过杯子，不可避免地碰到他的手，一触即离。

沈戍站起来，悄悄把手挪到后头，只觉指尖一阵发麻。

事后，施媛知道了这一出，夸他还算有眼色。

沈戍只笑了笑没好意思承认。

其实他那会儿没考虑什么别的事情，就是还挺想跟她说说话的。

郑星沥是个很容易拘谨的人，不过就算心里尴尬，她也还是会尽可能地装出一副大方的模样来，尽量不让这份不自在影响到其他人。

小姑娘长得好看又乖巧，很容易在长辈那里存好感。施媛光是看她安安静静地在那儿端着碗吃饭，心里就高兴。这一高兴，就生怕她客气，一个劲儿地给她夹菜。

郑星沥也不好意思拒绝，一个劲儿地回笑，一来二去，脸都酸了。

"妈，行了，人家碗里都堆不下了。"沈戍察觉到郑星沥笑容的僵硬，赶紧将筷子往自己碗里引。

"没礼貌。"施媛调转筷头，打了他一下，"我夹给妹妹吃的。"

"啊，得得得。"沈戍夸张地打了个颤，表示有被肉麻到，"你夹你夹。"

郑星沥被这句"妹妹"击得嘴角抽搐，看到施媛殷切的眼神，干巴巴地笑了两声："没事没事，我够吃了，够吃了。"

"好好好。"施媛总算止住了动作，"你可千万别跟阿姨客气，到了这里就跟到自己家一样。"

郑星沥乖巧点头如小鸡啄米般。

沈戌拿着碗扒了几口饭，借此掩饰笑意。

"你看你，跟猪吃饭有什么区别。"施媛嫌弃他动作大，再跟一边斯斯文文的郑星沥比，怎么看怎么不顺眼。她由衷地感叹道，"还是姑娘好啊。"

"你也太伤人了吧。"沈戌瞪圆了眼睛。

施媛懒得搭理他，仍找郑星沥说话，具体内容无非都是些"他笨不笨""你辛不辛苦""有没有影响你学习"之类的。

郑星沥也都老实地做了答。

沈戌第二碗饭吃完，郑星沥才刚吃了一半。他想了想又去加了大半碗，并刻意放慢速度，最后干脆抱着个空碗，慢慢夹菜。

等她吃完，沈戌才把空碗放下。

施媛笑眯眯地拦下郑星沥收拾碗筷的动作："不用，这些放着让沈戌来就成，他做惯了的。"

"我帮他一起吧。"郑星沥有些不好意思，却被施媛按在了原地。

"别脏手了，你放着吧。"沈戌将碗摞起来，将剩菜倒在一起，冲她摇了摇胳膊肘示意不用，那动作中竟透露出了几分熟稔。

"他从小就干这个活儿了，平时我跟你叔叔忙，他都是自己做饭吃。"别的不说，就省心这点上，施媛对沈戌还是很满意的。

她捏了捏郑星沥的手："你这手白白嫩嫩的，一看就是个有福气的人。"

郑星沥不好意思地笑了笑。她父母老来得女，她从小就没受过苦，人生里唯一算得上挫折的就是家里被骗这一遭。

厨房里很快传来水声，沈戌一边将碟子放到水池里一边伸出半个身子："妈，碗就先泡着啊，我先送她回去。"

郑星沥下意识地拒绝："不用了，我自己回去就行。"

"那怎么行。"施媛第一个不同意，"都这么晚了，你一个人不安全的。反正你是回学校，很近的。"

话说着沈成已经擦了手从厨房出来了。

他径直走到玄关，将郑星沥的包拿下来背在肩上，冲她偏头："走了。"

小雪节气刚过，合祁的温度就已经迈入了个位数。

夜幕沉沉，窥不见一丝亮，明天估计又是个阴天。

沈成摸了摸胃，刚才加的半碗饭确实超出了他的能力范围。

风夹着北边的动人味道，刮在脸上有了些许痛意。沈成领先她半步，稍侧身子，宽松的外套被风逼得贴在身上。

郑星沥朝他伸手："包给我吧。"

沈成乖顺地"哦"了一声，接着不知从哪里变出盒酸奶递到她手边。

郑星沥拒绝："太凉了。"

他点头，腮帮子鼓起，咬着吸管问："对了，上次你说想看公路车赛。"

郑星沥满脸问号，她什么时候说想看了？她只是随口那么一问。

沈成一口气将奶喝完，透明吸管已被他咬扁："现在天冷了，公路车赛基本都停了，不过场地赛还有，我可以带你一起去。"

郑星沥不好意思拒绝，斟酌着回道："太麻烦了，还是不……"

"不麻烦，不麻烦。"他撕开酸奶盖子，用吸管将黏在上头的奶刮回盒子里，"反正这比赛也没多少人看。"

"我们马上就要高考了，而且我也不好跟家里人说要出远门。"

"不用出远门。"他无比精准地将空盒子掷进路边的垃圾桶，抬起双笑眼，"合祁就有自行车馆。"

"合祁有吗？我怎么不知道？"

沈成笑："你不感兴趣，当然不会关注这个。"

"那也应该很远吧。"

"不远，就在海神区。从学校门口坐21路往火车站方向，半小时左右，七个站就到了。"沈成手搭着，极为耐心地排解她的"后顾之忧"，生怕她因为一些客观因素错过比赛。

郑星沥很为难。她盯着脚下影子，不敢看他："啊，那再说吧。"

"别再说呀，下周六就比赛了，早做决定，我就可以通盘谋划了。"沈戍顿了顿，补充道，"这次比赛是今年最后一场，错过一次要等明年了。你相信我，亲眼看比赛跟视频真的非常不一样的，而且比赛时间也不长，顶多一下午就结束了，你都不用特意起早。"

郑星沥还想找借口，但面对这番情真意切的邀约，又实在狠不下心拒绝。

"那好吧，那我先把买票的钱给你。"

沈戍放心地将视线放回前方，手一挥很是豪迈："不用钱，我有办法。"

合祁自行车馆那可是他的地盘，更何况比赛也没那么火爆，随便两个座位，自己跟教练打个招呼就能解决。

寒假越近，就意味着高考也快到了。整个高三楼层既紧张又安静，只有练体育的同学们照常缺席下午最后两节课，奔赴操场训练。

刘希擦干净窗户玻璃上的雾气，看了一会儿，侧头跟郑星沥表达羡慕之意："练体育真爽，我也不想上课。"

郑星沥倚着后桌，翻过试卷："得了吧，你以为练体育轻松吗？"

"嗯？"刘希有些惊讶，差点以为自己听错了，"你不是因为那谁，不喜欢学体育的吗？怎么今天突然共情了？"

郑星沥笔尖一顿，墨水在纸上洇出一块斑点。

一般来说，学体育艺术的人，文化课成绩都不太理想，因为他们大多数时间必须花在专业课上。高一确定方向，高二去外地集训，接着高三冬天的时候开始考专业课，真正留给他们复习文化课的时间很少。

郑星沥知道这世上并没有什么康庄大道，因为成绩差所以去挖掘自己的特长，并将优势发挥到最大，这才是聪明人的选择。

成绩差，不是她讨厌体育生的主要原因。

刘希提到的"那谁"，是她高二时候的一个同学。

那人是个体育生，不仅自己不好好学习，还带着一群学体育的同学过来大张旗鼓地起哄。幸亏郑星沥态度极其坚决，很快对方就失了兴趣，换了下一个撩拨目标。

但也因此，她对体育生的印象也变得极差。

可是现在冒出来个沈戍，心里埋着的那份不喜好像渐渐冲淡了。

她不吭声，刘希也没继续问，转而过来掀起她的卷子："你竟然还有时间把几何和虚数全做完？！"

数学后面的附加题是二选一，但郑星沥为了保证知识点掌握到位都做了。

"我是你姐姐。"

"你这话说得——那我没钱了，姐姐能给我点生活费吗？"

郑星沥面不改色："姐姐能给你两巴掌，要吗？"

刘希轻扇了下她的背，咬牙切齿道："你太狂了。"

"一般吧。"郑星沥从书摞底下抽出试卷袋，将满分卷折好放进去，"回你座位去，上课了。"

刘希看了看她的双人桌，眼里流露出羡慕："真好，竟然可以一个人坐一张桌子，这么多书都能摆在上头，太棒了。"

"你也可以，阿张很好讲话的。"

倒不是嫌弃刘希这个同桌聒噪，是觉得教室中央实在太挤，书摆不下不说，课间都得把人叫醒才能脱身。

"可别。让我找阿张，倒不如杀了我。"

刘希被班主任亲自逮过好几次违纪，虽然问题不大，但是张年庆该有的教诲一句没少。用张年庆的话来说，她就是对着墙也能跟瓷砖聊天。现在她哪有什么底气说自己要一个人好好学习啊。

窗户上水汽凝聚成珠滑下，像是在虚化背景里涂抹出的清晰。

郑星沥动了动僵硬的脖子，鬼使神差地伸出手擦了擦水雾，瞥了两眼楼底下。

体育生们都穿着统一的短袖短裤，一边的教练羽绒服裹得严严实实，正指挥人从旁边的器材室里拿东西。

她没忍住打了个寒战，将腿上搭着的校服往脚脖子那儿扯了扯。

沈戍以前也是这样吗？这种天气也要穿这么少在外面训练？

明明不是体育生，还偏要去受这个罪。真不明白他是怎么想的。

高三人多，考试频繁，改卷子的时间少，所以成绩公布得也慢。

晚自习，郑星沥刚做完理综选择题就被张年庆叫到办公室统分。她嘴上不说，心里却着急耽误了学习。

自从家里出事儿，她就有了一份必须保持成绩的责任。对他们这种普通人而言，高考就是捷径。

郑星沥平日很乖，没让老师抓过什么把柄，加上成绩好，深得各科老师青睐。别说统分，就连改卷子这种事情，她也经常帮忙。

"哎，郑星沥，你急着自习吗？"王永锋捧着个茶杯，晃悠悠地过来，"要是不着急的话，帮我算个数学分怎么样？"

月考封好信息的卷子都是各班交换着盲改的，不同班级间出分的速度也不大一样，有的老师懒得算总分，就只加减小分。

郑星沥下意识就想拒绝，给自己班统分，算是作贡献了，给别的班算分，那就是浪费时间。

可是……

她眼皮一跳，想起他们班上还有个自己的"学生"，原本的推托在最后换成了点头。

王永锋把信息栏封好的数学试卷往她这儿一放，嘱咐她弄完了直接送到七班就行。

郑星沥将卷子扫一遍，拆十加减算得很快，再用红笔在纸中央划上总分就算结束。

她算了几张，偷偷瞧了瞧办公室里的其他老师，见并没有人注意到这里，赶紧把卷子翻到最后面。

考场按名次排列，沈戌上次月考时还没入学，这回自然会被分到最末的考场里。

经过这么长时间的辅导，沈戌的答题习惯如何、字迹怎样，郑星沥早就熟记于心，就算看不见名字，也十分精准地确定了哪一张是他的。

沈戌的字跟他这个人一样，干净工整，笔锋锐利。他很老实，后面的大题都是按照她平日里给的模板写的，公式计算都列得整整齐齐。

郑星沥前后加了加，最后得出的成绩让她吃惊。

这次的卷子很难，她们班及格人数都比之前少了一半。她这次虽然还是满分，但做题花费的时间也远远超出平常。

可是沈戍。

他考了 120 分。

这个分数能在班上排到前几名了。

郑星沥有些恍惚，难道是自己太会教了？

　　第二节上课铃打响的时候，所有卷子总算加完了。郑星沥揉了揉眼睛，打了个小小的呵欠。

　　王永锋课间没回来，估计是被班上学生绊住了脚。高考临近，除了个别几个不想继续上学的，大多数人都对学习态度积极。原本大家还不好意思串班向老师请教问题，而现在还得排队。

　　楼层里很安静，教学楼外的白色路灯列队整齐，像是两条用粉笔画出的白线。

　　郑星沥先把表格送到自己班上递给张年庆，说明情况后才拐去隔壁班。

　　王永锋正在给学生讲题，郑星沥目不斜视，走近讲台微微俯身："王老师，这个分数算完了。"

　　"嗯，好。"王永锋把密封条拆掉，"这样，你再帮我把分数跟表对照着填一下。"

　　"啊？"

　　"去吧，教室后面有空桌，统计完交给班长就成。"王永锋推了推鼻梁上的眼镜，已经开始讲题了。

　　那您怎么不直接让班长填呢？

　　郑星沥无语，可却一点办法没有，只得抱了卷子走到后头。这番突兀举动，在班上也引起了一阵好奇骚动。

　　陈宇昂从郑星沥进门就眼前一亮，眼看着她落座在后排，还正好就对着沈戍的位置。

　　他回头偷偷打量郑星沥。啧，这种跟梦中"女神"接触的机会，沈戍竟然不在。

　　郑星沥屏蔽掉一切干扰因素，毕竟在这儿耽搁得越久承受的打量越多。

　　卷子的顺序跟表格罗列一致，填起来倒很快。

　　没几分钟她就完成了，抬眼瞧见六班班长正把题放到王老师跟前。这架势，自己如果上去还会影响别人。

郑星沥盖好笔盖，整理好卷子，戳了戳前面的人，压低声音道："同学，麻烦你等下把这个交给你们班长。"

"啊？"陈宇昂还在脑海里揣测着沈戍进门见此番场景会是如何讶异，想象还未铺陈开来，当事人竟就要走了。

他看了看卷子，试探道："要不，你再坐会儿？"

这如同家里来人挽留吃饭的口吻，让郑星沥差点没搞清自己身在何处。

"再坐会儿嘛，再坐会儿看看。"陈宇昂一咬牙，决心为了好兄弟豁出去，"你看我们班的学习氛围咋样？"

"呃，挺好的。"

"对嘛，还有，还有大王，他在你们班说我们坏话没？"

"这倒没有。"

"那你不知道，他在我们班可说了你们班不少坏话呢。"

"呵呵，是，是吗？"

"那可不……"

眼看着他要滔滔不绝的架势，郑星沥硬着头皮打断他，将手里试卷塞给他："不好意思，这个卷子麻烦你了。"

陈宇昂拿着卷子，叹了口气。也不知道沈戍知道自己错过了这几分钟会不会后悔。

实验中学的建筑群很奇特，教学楼中规中矩，偏偏把厕所单独修了一栋楼。

郑星沥几层楼梯并做一步，下了楼后一路小跑，接着又上楼。

这么晚，操场上的体育生们依然在数着拍子训练，喊号子的声音从大开的窗户钻进教学楼。

水龙头涌出的凉水浇得她一激灵，一咬牙，她接水拍了拍脸，驱散困意。

刚下到平地，就瞧见一边跑道上正迎面跑来的沈戍。

他穿了件稍紧身的运动长袖，勾出宽肩窄腰的轮廓。背挺得笔直，双手跟着步子在身侧摆动，整个人跟没有重量似的，轻易就能被颠起，毫不费力。

郑星沥想，她什么时候也能这样就好了，那八百米一定是小菜一碟。

沈戌一眼就认出了她，慢下脚步冲她挥手。

也不知道他跑了几圈，额前头发都湿成了一缕一缕的，汗水在照明灯下清晰可见，好看的眸也弯成了月牙，笑容真挚又动人。

郑星沥心跳漏了几拍，懊恼自己太没出息，轻易就被一个笑容迷住了眼。

她不想暴露，故意拧眉抢先开口，摆出问责的语气："你不上晚自习来跑步？"

"没。我就课间才来的。"他走到墙边，把挂在单杠上的棉袄取下套在身上，拉链也拉到顶。

"但是现在上课铃都打了好一会儿了。"

"没事儿。"沈戌以为她是又怕被老师逮住，忙补充道，"我跟大王打招呼了。"

"大王这么好说话？"

眼下高三时间紧张，大王作为班主任在这个当口上放他出来跑步，就不怕其他人也效仿编理由偷懒吗？

"没，我跟他说我身体不好，医生让我多锻炼锻炼。"

为了训练撒点无伤大雅的小谎，对沈戌来说也没什么心理负担。再说了，锻炼身体本来就不是坏事，再怎么都比逃课上网这类事情强多了。

郑星沥没忍住："你要不要脸啊？"

沈戌点点头，一脸理所当然："我身体是不好啊。毕竟我是以后要进国家队的人，那评判好不好的标准当然不能跟普通人一样了，跟专业运动员比，我可不就是身体不好吗？"

"那也不能浪费学习时间。"

"不浪费。"他拨开黏在一起的刘海，信誓旦旦，"我回家会补上的。"

郑星沥找不到话反驳，索性迈开步子："算了，看你这次考试考多少吧。如果不理想的话，你还是重新找老师吧。"

真把沈戌的未来背负在身上，她也发怵。眼下还有时间，如果自己不行，让他趁早找更专业的人来辅导，才不算耽误前程。

"别呀，我刚有点状态，不能在这个时候换人！"沈戌哪里肯点头，大跨步跟在她旁边。

郑星沥伸直手臂，示意他别过来："隔开点距离，不然被教导主任看见就麻烦了。"

"行。"沈戌往后挪两步，"那你说说这分数怎么才算理想？"

她想了想："起码到二本线。"

"那你放心好了，我肯定非常理想。"

谢天谢地，幸亏在她眼里自己是个差生。

郑星沥不再接话，耸了耸肩，揣在兜里的手隔着蓬松的羽绒服，虚虚地勾在一起。

昏白路灯将他的影子带到前面和她的搭着边，晕出浓墨。郑星沥说不清什么目的，脚下用力踩了踩重叠的深色。

沈戌走在后头，和她保持不远不近的距离，一直到楼梯口。

郑星沥在台阶上顿住脚，转身等他走过来。

"怎么了？"沈戌停在她跟前，贱兮兮地逗她，"现在不怕被徐主任逮住啦？"

他脸上的汗顺着滑进脖子里，皮肤激起一片鸡皮疙瘩。

"神经病。"郑星沥小声骂了一句，接着拉开他的口袋，塞了东西进去。

暗色里，随着她动作袭卷而来的，还有淡淡的木香。

这让沈戌想起了以前在北边训练时去的澡堂子。站在门外的时候总会闻到一种温水的味道，形容不出来具体的感觉，但却有种莫名的安心。

郑星沥收回的手稍握成拳，声音平静："我先走了。"

声控灯随着脚步声接连亮起，沈戌站在原地，伸手触到兜里温热的软塑料包装。

小小长长的，是包纸巾。

陈宇昂见沈戌回来就是一番顿足捶胸，恨铁不成钢地道："你太不争气了。"

沈戌很蒙："我怎么了？"

"刚刚郑星沥来了。"他侧身朝后面示意，"在这张桌子待了好一会儿呢。"

"她来干吗？"

"嘻，大王抓'壮丁'。先让人家算总分，又让人家统分数。耽误好一会儿呢。"他故意这样说，意图让沈戍懊悔。

可是沈戍一点儿都不在意，陈宇昂看不过眼："你说你天天跑步，怎么就不去人面前露露脸呢。"

"别瞎说行不行。"沈戍一直不明白陈宇昂是怎么形成现在这个观点的，好像开端就只是自己在升旗仪式上多看的几眼。

但那又怎么了？遇见熟人还不许人多看一下吗？

不行，今天他一定要好好澄清一下，省得陈宇昂又幻想得天花乱坠。

"得了吧。"陈宇昂自诩火眼金睛，尤其擅长于无人知晓处挖掘新闻，他吐槽道，"闷骚。"

沈戍没听清，被这一打岔也忘了自己要说什么，顺势反问："什么？"

"没什么。"陈宇昂把那一沓答题卡拿出来，"她让我给班长来着，但人家还在问问题呢。"

沈戍立刻被转移了注意力，伸手夺过卷子："给我看看。"

"低调低调，大王还在上头呢。就是怕惊动他，这些东西我都没动呢。"

沈戍点点头，只翻钉过的信息页。

"哎，93分，超过及格线一大截嘿。"陈宇昂从中抽出自己的卷子，翻到前页，一拍大腿，很是激动，"听说隔壁班及格的人都没多少呢。"

"淡定，别惊动大王。"

"哦，对对。"

沈戍把剩下的卷子交给旁边的同学，让人家递给班长。

陈宇昂翻着卷子，还不忘关心沈戍："你考得咋样？"

沈戍正在看后面的大题，答题区写得倒是满满当当，旁边跟着的却是个鲜红的叉，看上去十分凄惨。

他很快就意识到一开始自己的公式就用错了，这才导致后面全错了。

卷子一发下来，班上动静就大了起来。

陈宇昂将手搭在他肩上，小声安慰："没事儿，别难过。这题难，我也写不出来。"

沈戍将他的手抖下来，哂笑一声，底气十足地反驳："谁说我没写出来的。"

他指着唯一一个正确公式后头的小钩，得意扬扬："我这不是有对的吗？"

陈宇昂凑近了看："你傻吧，这两支红笔都不是一个色。这么浅，一看就是别人钩的，兴许是不小心呢。"

沈成反驳："才不是不小心。"

"那又咋了，你不还是没分吗？"

"你懂啥。"

"你还瞧不起人了？来，让我来看看你及格没。"陈宇昂夺过他的答题卡，白眼刚翻完，幸灾乐祸的笑容就僵在了脸上。

浅红色墨水组成一串圆润的数字——120。

"咋样？"沈成撑着腮，问，"我及格没？"

陈宇昂"啪"地把纸拍在他桌上："我受伤了，你竟然装学渣。"

"我可没有。是你一直以为我是学渣。"

陈宇昂哑了声，好像人家是没说自己成绩差来着。

"你去年到底考了多少分？"

"没多少。550分。"

他语气稀松平常，仿佛这些分数十分常见。去年的一本线才500分出头，这成绩已经相当不错了，还更别提他有大半时间都在训练。

陈宇昂差点吐血，怒道："你是人吗？"

"我是你哥。"

"走开啊。"

沈成没继续跟他贫，越看那个小钩越觉得舒畅。

"不对啊，你都能考这么多分了，去年怎么会没走呢？"

"因为分还是不够。"

"你跟谁扯呢？这么多分哪个体校不要你？"

"跟你说多少遍了，我不是体育生。我要上华封大学，但是分不够。"

"什么大？"陈宇昂有些怀疑自己听错了，"华封？你？"

不是他瞧不起人，只是华封的门槛不是一般的高。陈宇昂常年混迹在铜牌榜，也是二本的苗子，偶尔发愤挤入一本上线，也不敢做华封的梦呀。

"光凭我闷头学，确实不大行。"沈成十分坦然，他有意消除陈宇昂的推测，正好借此机会坦白，"今年也采取了一些特殊措施。"

"此话怎讲？"

"我妈给我找了家教。"沈成顿了顿，"就是郑星沥。"

"什么？"

陈宇昂没抑制住吃惊的情绪，不自觉提高了音量。

大王刚摘了眼镜在等下课铃，被这声吓一激灵："陈宇昂，你干什么呢！"

陈宇昂正尴尬地趴在桌上。

"跟我来办公室！"

郑星沥在学校门口遇见了沈成。

跟他一起的，还有个笑得十分荡漾的陈宇昂。

学校就这么大点儿地方，稍有些特殊的人物，大家都会脸熟。

陈宇昂这人，一米八的大个儿，长得也不赖，浓眉大眼，刚开学还被搭过讪。

郑星沥凭借自己的直觉，给他贴上了"妇女之友"的标签。

沈成不知道她的腹诽，看准附近没什么人，几步走过来："郑星沥，等一下。"

"什么事？"

沈成推了一把身边人："你自己说。"

陈宇昂差点跌倒，埋怨地瞪了他一眼，转脸谄媚地笑："我听沈成说，你现在帮他补课是吗？"

郑星沥一愣，心里有些不悦，便只礼貌地"嗯"了一声。

"你能带我一个吗？"陈宇昂眼神虔诚，仿佛面前的是一尊大佛。

陈宇昂的想法很简单，郑星沥的数学自从高三以来都是满分，可以跟这样的学霸一起学习，就算学不到太多东西，那氛围也能逼自己上进。

原本沈成听他这样讲立马就拒绝了，可接着转念一想，多个人，她不就能多拿一份钱吗？到时候如果陈宇昂问题实在太多，自己先教就是了，于是才答应下来帮忙牵线。

好不容易上完课，又挨到晚自习人走空了，才等到她。

郑星沥蹙眉去看沈戍，他站得笔直，脸上没有丝毫不自在。

在她看来，给沈戍上课是件私密的事情，她也不想让其他人知道。

沈戍之前在学校跟自己也没什么交流，她就以为他也是这么想的。可是现在他轻易就把一切全盘托出了，还准备给这次辅导另外加一个人进来。

就好像，他要跟别人一起分享这份秘密了。

"恐怕不能。"郑星沥摇摇头，尽量让自己有礼有节，"我时间有限，所以不好意思。"说着便径直朝马路对面走去，头也没回。

陈宇昂摸了摸鼻尖："哇，好清高啊。"

沈戍眼皮一跳："你先回去，我跟她说。"

"那你多说点好话，我不会耽误她学习的。"陈宇昂在后头提醒他。

沈戍胡乱点了两下头，大跨步跟上去。

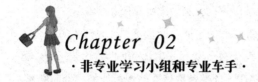

Chapter 02

· 非专业学习小组和专业车手 ·

郑星沥走得很快，连背影里都写着"生气"两个字。叫她好几声，也不见她答应，沈戍索性伸手抓住她的书包："你等我一下呀。"

郑星沥将滑下的包带捞起来："干吗？"

沈戍小心翼翼地问："你生气了？"

"没。"

"明明就有。"沈戍小声嘀咕着。

郑星沥权当没听见："有事吗？没事我要回家了。"

"陈宇昂那事儿你真不考虑吗？"沈戍跟在她身边。

"我没时间。"她顿了顿，"再说让他跟你一起上课，施阿姨会怎么想我，你考虑过吗？"

原本施媛就是出于好意，她现在为了多赚份钱，让沈戍跟陈宇昂互相影响，也太辜负人家了。

"我都给你想好了。对他不用讲知识点，你就当在班上上自习就成。"

学校里同学之间互相问问题也很常见，郑星沥一个人看书和三个人一起看书本质上来说没什么太大差别。

沈戍从昨晚摊牌到陈宇昂提出这一要求时就开始思考对策了："周六你教我，给我上课。周日我们三个一起去图书馆看书，你就当自己是老师坐班监督自习好了。"

"三个？"

"对呀，你、我、他，三个。"

郑星沥冷笑："你计划得还挺好。"

"过奖过奖。"

"那你有没有考虑过我的感受？"

"有啊，我这不是来说服你了吗？"

郑星沥一哽："不行。"

"为什么呀？"

她在单元楼前顿住脚："因为我不行。"

她不是什么全校第一，更不是什么保送学霸，她只是因为努力，抓住了一门有优势的课死磕到底的普通人而已。就连教一个沈戍，到底能教出什么成果都未可知，又哪里来的本事再教一个铜牌榜上的陈宇昂呢？

沈戍没想到会得到这样的答案，他卸下书包，从里面拽出文件袋，掏出一沓整齐的答题卷递给她："你看看我月考成绩。你简直太行了！"

这一个多月来，郑星沥相当负责，尽管施媛的意思是重点放在数学上，但她还是在自己的能力范围内，尽了最大的可能来辅导沈戍。

沈戍以前高中月考都是 500 分上下，而这次月考的分数都快冲进 600 分的门槛了，这还是在缺了之前复习的情况下。

谁要是说郑星沥不行，他第一个跟人急。

郑星沥也吓了一跳，一门数学考那么好就算了，这其他几门怎么也能考这么多分啊？

还是说——

沈戍根本就是学霸？

这个揣测在打听到他高考成绩的时候得到了进一步的落实。

消息是从陈宇昂那里传出来的，绝对保真。

"这也太传奇了。"刘希感叹道。她自己还在一本线这儿挣扎呢，人家去年考了一本都不走，太气人了。

郑星沥觉得自己被戏弄了，有些窝火。昨晚被沈戍一吹捧，竟鬼使神差地同意了他的计划。而且他俩怕她反悔似的，当天夜里就把剩下几个月的钱打到了她的账户上。

此刻她非常想硬气一点把钱退了，但想到陡然充实起来的余额，又有些下不去手。

"你说他的理想到底是哪个学校啊？要是我考这么多分，早就填完志愿走人了。这高三我是一天都读不下去了。"刘希是过来抄答案的，昨天大王上课，她打瞌睡，最后什么题都没纠正。

郑星沥不愿意提沈成："读不下去？你再这么下去，就读不上大学了。"

刘希"嘿嘿"地笑："没关系，这不是有你吗？我抱你大腿，你教我好了。"

又是"教"。

郑星沥一口气哽在胸口，这一个两个真把她当成什么天才了不成。

她"噌"地站起来，一言不发朝教室外走去。

七班后门窗户的位置，沈成正跟陈宇昂凑在一起，拿着笔写写画画，两个人都开心得很。

郑星沥怒从心头起，想也没想就推开了窗户。

沈成被吓了一跳，还以为是班主任来了，赶紧把纸棋盘往桌肚里一塞，正襟危坐，装作无事发生。

"你俩不看书，下五子棋？"

直到有些扭曲的女声传来，他才意识到不对劲，抬头看见郑星沥小脸紧绷，嘴角也抿得死死的，明摆着在生气。

沈成尴尬地笑笑，起身道："你怎么来了？"

郑星沥看了看他，又看了看他身后笑得格外灿烂的陈宇昂，冷淡地说："来退钱。"

这下换陈宇昂着急了，他把沈成拨到一边，语气相当惨烈："别啊姐，我等着您救我命呢。"

郑星沥的视线落在陈宇昂身上："我带不了你，沈成去年高考就已经很厉害了，他现在考那么多分是因为他本来就是学霸，跟我没什么关系。"

这怒气冲谁来的简直太明显了。

沈成挤开陈宇昂，忙解释说："不是。我之前那些题是真的忘了，是你帮我复习的。"

郑星沥表情不变，脸上明晃晃写着几个大字——我信吗？

"你听我说，高考的分数是不稳定的，你不能以那个为参考。我平时数学也就及格线的水平，这次能考这么多，真的是因为你。"

沈戍这人，长得好，尤其一双瑞凤眼，好看又干净，因为生活习惯好，眼白连血丝都没有。这会儿着急澄清，眸光清澈又认真，很难叫人不信服。

郑星沥不自然地转过视线。

陈宇昂觉得有戏，跟着开口："我很菜的，真的真的。你这水平肯定能教我。"

一直到预备铃打响，郑星沥都没有再说过一句话。

她回到班级，趁着老师没来，写了张纸条扔给刘希。

中午放学，陈宇昂和沈戍分别收到了退款提醒，接着他俩就被拉到了一个微信群里头。

"周日上午九点，城关区图书馆自习。"

沈戍蹙眉，私聊她问什么意思。

"没什么，我朋友也要加入。所以我们就互帮互助好了。"

其实郑星沥原本是想把施媛给的钱也退回去的，但她对沈戍的家教，确实跟周末的自习不一样。再说了，她一开始也知道这是"扶贫"，这会儿再闹一出，就显得她不懂事儿，光使性子硌硬人了。

于是她决定周日也带着沈戍一起看书，怕他继续按家教算钱，这才又拉了陈宇昂和刘希一起。

陈宇昂不花钱也能蹭上"学霸号"的东风，自然是求之不得，特意将群名改成了"大佬和她没用的男人们"。

沈戍无语："你能不能有点出息？"

结果这个群名很快又被改成了"大佬和娇妻以及两个没用的男人"。

刘希叼着勺子，改完以后才问："这其他两个人是谁啊？"

郑星沥眼都没抬一下："一个是陈宇昂，还有一个沈戍。"

"谁？"

"陈宇昂。"

"谁问他了。我问的是沈戍。"

"你都知道了，干吗还问？"

刘希微笑着说："我觉得你最好给我解释一下，为什么你会认识沈戍。"

郑星沥挑简单的讲，隐去了家里纠纷这一茬儿。

刘希兴奋地拍桌子，差点儿尖叫出声，连呼"天啊"，以此表示内心的惊讶。

"差不多行了。"

"不是。你就没跟人家发生些有的没的？"

郑星沥瞪了她一眼："你真能想。"

"这是正常的剧情走向。"刘希把手机放回房间，声音隔得老远，"俊男美女定时见面，相处中窥见对方细节，彼此吸引无法自拔。多么荡气回肠啊。"

刘希虽然爱看偶像剧，也不是回回都带入生活。实在是沈成条件出众，而且清爽干净自带好感值，再加上成绩好，多少年后一定也会有人感叹一句，"不知道是哪个女孩的青春。"

"行，笔给你，你写吧。"郑星沥习惯了她的思维模式，不痛不痒地接茬儿。

刘希"嘿嘿"地笑了两声："你少来，别以为我不知道，你就喜欢沈成这样的。"

郑星沥被呛了一下，偏偏又找不到反驳之词，憋了半天也只憋出句："别乱说。"

年少时，郑星沥也曾经沉迷于《千山暮雪》里的虐恋情深，一边痛恨男女主角长了嘴就是不知道说话解释，一边沉浸在莫绍谦霸道总裁的氛围里难以自拔。

后来看穿了虐恋的套路，她又开始偏爱明媚少年直来直往的性格，既不会浪费时间，又能好好享受恋爱。

不过这些都是以后再详加考虑的了，对眼下的她来说，能够考虑到最远的事情也不过是高考能考多少分而已。

可惜刚才发挥失常没反应过来，这才叫刘希钻了空子，显得自己格外心虚。眼下她们也回到了班上，再解释就太刻意了，还是老老实实用行动证明自己比较有说服力。

因为周末约好了自习小分队，所以专属于沈戍的家教时间被郑星沥做了新一轮的规划，充分利用起每分每秒，以此显示沈戍 VIP 的"尊贵"，也让他花的钱物超所值。

她特地起了个大早，将上午的日程拉长了一个小时。

郑星沥连喝口水的工夫都没有，串讲完知识点就马不停蹄接过沈戍的月考卷，仔细分析他的薄弱环节。

"歇，歇会儿吧。"沈戍按住她又要翻面的卷子。他自然是晓得个中原因的，但不好多说。

郑星沥长长舒出一口气："行，那等到整点我们再开始。"

沈戍抢先扭开她的杯子，递上前。

借着她喝水的当口，他一拍大腿跟才想起来似的，问："对了，下午是我们一起去，还是到地方会合啊？"

"去哪儿？"

"去车馆啊，我们不是说好了吗？看场地车比赛。"沈戍抬眼瞧她，"你不会忘记了吧？"

郑星沥沉默，她真的忘了。

这些天又是月考又是突然发现沈戍其实是学霸，从而调整补习方向，她哪里还记得要看比赛这茬儿啊。

沈戍不在意她的健忘，反倒得意起来："还好我这会儿多嘴问了，不然的话，你就将错过今年合祁最后一场精彩绝伦的比赛了。"

他特地加重了"最后一场"四个字，像是在强调这次机会的可贵。

"有这么精彩吗？"郑星沥不为所动，老神在在地翻着书页。

所有关于自行车的东西，经他一说，就是天上有地上无的难遇之事。他毫不吝啬地用全部的热情来"推销"这一项目。

"那当然。"沈戍重重点头，"所有的自行车运动，都是在跟风斗争，你难道不觉得很那个吗？"

"哪个？"

沈戍思索了半天："浪漫。"说着点点头，又十分肯定地重复一遍，"很浪漫。"

郑星沥不可置信地偏了偏头，略微挑眉。她虽没有说话，但那表情已经传神地表达出了"你认真的吗?"这一态度。

所有的竞速比赛,给人的感受无非都是"热血""刺激""燃",再上升一下高度,那也是诸如"励志"之类的词,怎么到了沈戍这里,就憋出了个缠绵的"浪漫"来了?

"你不明白。"沈戍想好好解释,又发觉无从说起,只道,"反正,等你去现场就知道了。"

很多事情纯靠语言是描述不出来的,只有去到那里,亲眼看到、亲身体会,才能明白它的魅力。

一如沈戍,对着电视上比赛转播生出的兴趣,酝酿了几年,在上手了专业的比赛车后,又进一步跃升为热爱,一直坚持到今天。

除了浪漫,他再想不出更加贴切的词汇来描述这项运动了。

"很好。"郑星沥点点头,从书摞里抽出课本,"看来你的文学素养有所欠缺,文言文背几篇了?"

沈戍压根儿没想到这也能牵扯到书上,真诚发问:"你是魔鬼吗?"

"呵呵。"郑星沥冷笑一声,"我是你姐。"

啧,这话可真耳熟。

她转了转指间的笔,点在目录上:"就这篇吧——《离骚》。"

沈戍:"我觉得我们可以多歇一会儿。"

"下午既然要看比赛,那现在的效率就更要提上去了。"郑星沥按亮手机看了眼时间,"距离上午结束还有一小时三十七分钟,我顶多给你七分钟复习时间。"

沈戍一咬牙,七分钟就七分钟,总比直接让他背强。

《离骚》作为必备古诗词中拗口程度堪称最难的一篇。他无论背过多少遍都不妨碍此番卡壳,这还不包括那些被他忘掉读音的生僻字。

郑星沥拿了笔,在他的错处做好标记:"以后记得常备《新华字典》,生僻字多写几遍,万一考到总不至于丢分。"

沈戍碰了碰鼻子:"也不会考这么偏吧?"

"报以侥幸,就会收获悔恨。派出所那么多例子,还没教会你这一点吗?"

就连她，不也是活生生的教训吗？

接下来的一个半小时，郑星沥依旧稳定输出，并留了一堆题目试卷，要求他明天一起带去图书馆。

"这是不是太多了点？"

郑星沥收拾着草稿，不为所动："没办法，这就是看比赛的代价。"

高三每一分每一秒都是无比宝贵的，既然下午要空出来，那就要挤出其他时间来提高效率。

她没有什么大本事，就算是受了"恩惠"帮助沈戌，也必须要尽自己最大的努力，帮助他好好规划，而不是混完一天，拿钱了事儿。

"行！"沈戌摊开书页，"但你下午可不能放我鸽子。"

郑星沥抿了抿嘴角："我放过你鸽子吗？"

"呃，好像没有。"

"那你怕什么？"

沈戌没好意思说，是因为她太像老师了。

因为太像老师，所以总觉得她把自己当晚辈，怕她不来"凑热闹"。

事实证明，沈戌的担心是多余的。

他提前十分钟到的时候，郑星沥已经候在公交车亭了。

她头发柔顺地别在耳后，露出干净的侧脸，身侧放着的帆布包看起来瘪瘪的，也不知道装了些什么。

沈戌还没来得及坐下，车就停在了跟前。

郑星沥站起身朝他这里会合，宽大羽绒服下摆晃悠悠的，银色的拉链头折射出亮光。她踏上车门，头发随之划过一道弧线，清淡的花果香气也跟着侵袭而来。

沈戌忍不住耸了耸鼻子多闻了一会儿，淡淡的香气时有时无，和香水的味道不大一样，似乎是头发上的洗发水掺和了衣服上的味道。

"走呀，愣着干什么？"

他立刻反应过来，自己这副偷偷摸摸的模样，像极了电视里描述的变态，一时间又是懊恼又是羞愧。

这一路车经过的地方大多是些寻常街道，对郑星沥来说，都很陌生，但沈戍却是摸得一清二楚。

用他的话来说，就算今天河边死了只麻雀，他光看看毛色，也能知道它在哪个区长大。

每一条普普通通的街道里都藏着这个城市最深处的故事。沈戍就是那个给郑星沥讲故事的人。

车又靠站停下，涌上来许许多多穿着不同校服的高中生。

奇怪的是，今天明明是周六，而郑星沥向窗外看去也没看见什么学校。

沈戍老神在在："别看了，往前两站有个教育培训中心，要求去补课的学生穿自己的校服过去，方便。"

"方便？"

"大部分的教育机构都会做这种隐形规定。"沈戍压低了声，"大部分就是更好分辨大家是从哪个学校来的。"也更方便把学生分门别类成不同的等级。

"分辨出来又怎么样呢？"

"还能怎么样？就好比长得高就该去打篮球一样。普通学校来的，意味着帮他上个本科就够了，那些省重点来的就得好好教育，最好考个清华或北大，回头还能帮机构打打广告。说得好听点是因材施教，说得难听些就是区别对待呗。"

郑星沥有些愣，她自己不也是这样吗？

一开始以为他是体育生，所以觉得他一定差极了，给他贴上标签，划到跟自己相对的另一类别里。

这种看法很傲慢也很可耻。

"不过，也有一部分是不会这样做的。他们要求穿校服只是希望让学生把精力从穿衣打扮上挪开，或者说为了营造一种仍旧在学校读书的氛围感。马上到站的这个教育机构就是。"

"这你都知道？"郑星沥惊了，这也太详细了点。

合祁也不小，每个区的详细情况，就算是本地人也很难窥见全貌，更何况是这种细致的规定。

这种隐隐含着些许崇拜的语气让沈戍有些得意："看见那条巷子没，从那儿进去，走过两个小巷口，靠右第三个巷口拐进去上二楼。"

郑星沥随着他手指的方向看去，看到的巷子倒不少："哪一条啊？"

他往窗边蹭了蹭手指放在玻璃上："就是那个，黄色牌子旁边那个。"

可是这条街口黄色招牌也太多了，她转头去问沈戌："什么店……"

太近了。

沈戌浅浅慢慢地呼吸，觉得胸腔有什么东西在不停加速，快要跳出来了。

她的脸颊就在距离自己不到二十厘米的地方，连细小的绒毛都能清晰可见。

少女细腻白皙的皮肤微微发红，看起来像极了一只绵软鲜甜的水蜜桃。

他这样想着。

微热的呼吸拂过使她头皮发麻，紧张的心跳让她觉得后背都已经渗出了薄汗。

手腕上的手环振动提醒心率已达预设阈值，沈戌终于反应过来，赶紧将手往后放了放，一昂下巴："啊，就是那个书店。"

郑星沥靠回椅背，含糊地"唔"了一声，脸上依然淡然，好像并没有把刚刚的小插曲放在心上。

自行车车馆不大，跟另一个区的合祁体育馆比起来，稍显寒酸。

沈戌走在前面，熟门熟路地穿过人群和门廊，直奔场地赛会馆。

"怎么这么多人？"郑星沥扫了一眼来时的路。

"估计是来办明年的卡吧，这都十二月了，也是时候充值了。"沈戌对此已经见怪不怪了。

"是吗？"郑星沥半信半疑，"可我怎么觉得他们也是朝这儿来的呢？"

"不可能。"他挥手否认，"场地自行车赛没那么火，看的人很……少的。"

场馆沉重的木门推开，里面一片人声鼎沸，一向稀稀散散的观众席，这会儿坐了个满满当当。门边维持秩序的工作人员明显是熟人，见到沈戌顿时松了口气，招呼也没来得及打，就一把抓住他的胳膊："我的小祖宗哎，你可算是来了。"说着就带他朝里面冲。

沈戍猝不及防，也连忙回身，抓住郑星沥的手腕："走了。"

郑星沥艰难地跟上，一路上不知道说了多少遍"不好意思"，总算顺利到达中间仅有的两个空位。

那里早就等着一个人，见他们几个过来了，便起身又让开一个空位。

"教练好。"

郑星沥愣着，也跟着他俩一起打招呼。

教练点点头算作应答："行了，坐着吧，再有十分钟就开始了。"

沈戍干脆地答应下来，笑嘻嘻道："谢谢教练啊。"

郑星沥在旁边不吭声，扮演一个透明人。

"小事儿。"教练瞟了她一眼，眼里浮现出几缕了然。

就说怎么突然要两个位置呢？原来如此。

教练没多说什么，只跟另外那个带他们过来的人打了个招呼："李潇君，你看着点儿。"

等人走了，沈戍才松懈下来，问道："怎么回事儿啊？今天怎么来了这么多人？"

"今天上场的几支队都是大学队，所以吆喝了很多本校的学生来。"

沈戍侧了身子到他那边了解情况，郑星沥垂着眸，视线落在还被他抓着的手腕，试探性地转了转。

沈戍立刻回头："怎么了？"

郑星沥抬眼瞧他，手腕更加用力挣脱。

他这才意识到不对，赶紧松开，道歉："不好意思。"

郑星沥捏了捏被他握紧的地方，摇摇头："没事。"

"抓疼你了吗？"

倒也没有，她就是习惯性地就揉了两下。

"哎哎哎，你还没给我介绍呢，这位是？"李潇君也过来凑热闹。

"这是我朋友。"沈戍解释道，同时跟郑星沥介绍，"这是我馆里的师哥。"

李潇君拿肩膀撞了下沈戍，语气颇为意味深长："朋友啊。"

郑星沥听得出里面的深意，装作浑然不觉，稍微点头算打招呼。

"四人团队赛？"

"没那一套，就是一把胜负的计时赛。"李潇君收回打趣的兴头，指着场上的队伍介绍，"得有四五个大学吧，不过参赛的总共也才十七个人。"

"先前比赛怎么样？"

"祁大的冲线手爆发和耐力都不错，合祁理工的破风手体力很悍，三保一的阵容不好突破，合祁科技各方面都平均，但是队长策略一流，前几次也都是他临时决策才在后半程突围挤掉师大的。"

郑星沥听得云里雾里，除了策略二字她能猜出大致意思以外，其他什么冲线手、破风手的，她都不明白。

"今天是几公里？"

"老规矩，八公里，三十二圈。"

"这数取得也太不伦不类了点。"

李潇君白了他一眼："不然呢？我们倒是想搞个四十公里来看一看他们的耐力，但你觉得这么冗长的里程能让观众看得下去吗？至于一公里计时，赛程倒挺标准，但太快了，观众还没投入就结束了，代入感也不咋强啊。"

他们自行车馆除了那些会员，也是需要合作伙伴、需要赞助的。这场比赛，他们免费提供场地和设备，就是想借这个机会，吸引一拨感兴趣的人来。

在此目的上，什么争先赛、凯林赛的，统统放弃，改成了最直观的个人计时赛制。总的来说就是谁先到终点谁赢。

沈戍侧身跟郑星沥稍解释，三两句也就说清楚了。

场地车跟她先前见过的公路车长相又有些不同，前后的轮子像是被涂黑了一样，看不到一点空隙。

"这是封闭轮，为的是减少风阻。"沈戍声音陡然提高，指着起点，"他们要开始了。"

场地自行车的赛道是个椭圆的碗状，比赛之初，车手会分列上下两侧道等待出发，内侧由车队的人员帮助扶车，外侧则由车手自己扶杆。比赛时他们需要贴着内道行进，再观察机会准备反攻。

口哨声响，先前引着郑星沥等人进来的教练，这会儿已经换上了头盔，骑着摩托车入场了。他身后那些列队的车手们，紧跟着出发。

郑星沥看不大懂，眉头不自觉拧起来。

沈成注意到了，立刻给她解释："第一圈是蓄力圈，由摩托车先行充当破风手，为的是让选手蓄力，更好进入起跑状态，你可以理解成……热身。"

"破风手？"

"对，比赛过程里最难的就是风的阻力。领跑的车手所耗费的体力远比后面的多，所以他们才会频繁换位置，为的就是不让其他队'借东风'。"沈成时刻关注比赛的同时也没忘记回答她的问题，"破风手就是要替自己队伍的冲线手抵挡住风，在车后形成一个弱阻力空间，从而给身后的队友更好的环境，帮助冲线手夺冠。"

"就相当于辅助对吗？在前面杀出路，再在最后给冲线手让路。"

"没错。"

她看一眼场上焦灼的几支队伍，又问："破风手不能自己冲线吗？"

"如果他的身体素质强到可以始终冲在前头的话，那当然可以。"沈成顿了顿，"但一般一个队伍只会有一个冲线手。而且在现实情况里，破风手和冲线手训练的侧重就不大一样。一个需要更强的体力和耐力，另一个则强调瞬间的爆发。"

场上冲在前面的车手很快闪到外圈，让出最前位置。

"场地比赛的自行车没有刹车，所以需要车手利用赛道坡度、踏频的控制以及上下换道的重力变化来控制速度，达到加速和减速的效果。"

也正是因为用车没有变速装置，这种速度、耐力、保持力都比较均衡的比赛，需要用选手自己的训练节奏、踏频和行进速度来进行控场。

自行车比赛速度很快，场上局势瞬息万变。

郑星沥是个门外汉，看不出什么专业的门道来，但这并不妨碍她数清楚圈数，并从逐步提速的车手们的状态看出已经到冲刺阶段了。

"还剩两圈。"沈成握了握拳头。

紫队服的领跑员让出前置位，却被黑队服的破风手顶了上来。

李潇君在一边说："祁大这个破风手可以，赛程中一直没轮到过他领跑，现在的踩踏还很稳定，包括刚刚挺上很干脆，动作也利落，看来他们要开始爆发了。"

沈戍："理工的破风手呢？"

"在第二位呢。"

话音刚落，第二位的红队服就升到外圈反超，正后方稍远位置的队友，一直跟他保持着距离。

"看来他们是准备最后一圈再冲了。"李潇君说。

沈戍摇摇头："我觉得悬。他们队的人都在中后段，现在速度起来了，就很难从后面有一个超车的距离。"

冲刺圈的提示哨声响起，整个场馆气氛都为之一紧。

沈戍和李潇君也停下猜测，专注眼前比赛。郑星沥被勾起兴致，竟然也开始紧张，心跳同加速前进的场地车一路直飙。

她坐的位置靠近赛区，甚至可以听清轮胎在跑道上带起的摩擦。车轮滚动朝前撕裂空气和风，只余下捕捉不清的身影。

一直在中段的橙色队伍里的破风手跟后头对了个视线，身后的人一鼓作气便冲到了最前。被超车的紫队服还没反应过来，橙队服就已经将节奏带了起来，并很好守住了内道优先的位置。

最后五十米，场边喝彩加油声淹没了人群，橙队服已经甩了后位近一个车轮位。车轮压线，裁判敲铃。橙队服冲线手顺利拿下冠军，缓步超车的黑队不知什么时候也越过第二名紧跟其后，成绩同他只差半个轮。

比赛结束，车手们越过终点线开始放缓频率，绕场慢行。率先通过的橙队服接过场边队友递过来的队旗，展开后高高举起，脸上绽放出笑容。

郑星沥面红耳赤，手竟不受控制地发起抖来。

她想，沈戍果然说得没错，竞技体育就是要现场看才更能够体会其中的魅力。

原先她嘲笑沈戍没文化，形容比赛竟然用上"浪漫"二字。现如今她身处其中，才发现没有比这更好的形容词了。

自行车比赛不仅是激情和速度，更重要的是不到最后一秒的未知。它是与风共舞时的坚毅，是将一切阻碍踩在脚底时所摸到的最直观的热血。

它没有赛车那么恢宏，也没有摩托车那么酷炫，可它却用一种独有的方法赋予了每个人追风的资格。

沈戌站在一边，毫不吝啬自己的掌声。尽管这些速度和记录他并不是没有做到过。赛场上，不管成绩如何，只要踏上赛道，那就是英雄。

郑星沥嗓子眼儿翻涌上热，十分郑重地搭上他的肩膀。

沈戌忙回头问："怎么了？"

郑星沥看着他的眼睛，认真道："对不起。"

"什么？"

为了我的傲慢，为了我的偏见，为了我所有对你的不理解和暗地嘲讽，也为了我没有勇气和你说出这么多卑劣想法的如今。

"你说得对。"郑星沥站起身，为这场比赛献上自己的赞叹，"自行车真的很浪漫。"

沈戌愣了愣，心里某处地方酸酸涩涩的，好似有什么东西正从里面钻了出来。

他不求郑星沥会跟自己一样对自行车产生热爱，但他想和她分享自己的这份心情，也想让她感受到自己的认真。

从把"专业车手"当成自己的目标以来，他听过了太多丧气话。

自行车太小众、运动员吃青春饭、体育生没文化诸如此类的话，伴随着他前行的每一步。

可是他通通不在乎。因为喜欢，足以让他坚定地选择自己的路，并心甘情愿地付出一生。

"这有什么。"沈戌慌乱地别过脸，生怕被她瞧见，语气里又忍不住炫耀，"你等着去看公路车比赛，场馆之外是我的本行。"

郑星沥笑起来："好，我等着去看。"

她黑亮的眸子里盛满了笑意，轻轻浅浅，眉眼弯弯更叫人看了心生欢喜，忍不住想亲近。

她偏头看向领奖台，露出一截洁白又纤细的脖颈，饶是看不清表情也能感受到她散发出的好心情。

沈戌像是魔怔了一般，克制不住自己的嘴角微微弯起，却又在郑星沥回头的时候迅速压下。

郑星沥指着冠军台上的人问："他们不是一个队赢了吗？为什么只有他一个人领奖？"

"因为他是冲线手呀。"还没等沈戍回答，李潇君就在一边开口搭茬儿了，"冲线手是唯一能够站上最高领奖台的人。"

跟其他运动不一样，自行车比赛从来没有其他位置力挽狂澜这一说法，或者说可以力挽狂澜的人只有冲线手一人。

保一的阵容在自行车项目里已经成了公式，就好比南飞的大雁总需要强壮的领头雁轮流飞在第一位承受最大风阻，而比赛里这个领头的就叫破风手。

比赛里，冲线手需要前面领骑的破风手协助配合，以减小沿途受到的空气阻力，并节省体力到最后短途冲刺。

颁奖台旁，人们叫着冠军的名字，而同队的其他人明明也付出了全部心力却只能在一边鼓掌。这样的差别，未免让人太失落。

因为一场定了输赢，可离整个比赛结束的时候还很早。郑星沥跟着沈戍准备退场，李潇君却一把勾住沈戍的肩膀："咱们下去骑骑？"

"不了吧。我还得回去做题呢。"

"知道你高考，时间紧。但是今天来都来了，你差这一两圈的时间吗？"

沈戍十分心动，可是……

他回头看了眼，尝试着问："我差吗？"

两个人齐齐看着后面的女生，满脸的期待和试探。

郑星沥只觉得别扭极了，不自然地挪转视线，说："我怎么知道。"

"行了，走呗。"李潇君拍了拍他的胸脯，"拉着你的小朋友一起，让她再感受感受自行车。"说着提高了音量，"同学，你就等我们一会儿，跟沈戍一起回去呗？"

郑星沥依旧迟疑着。眼下时间早，她应该回去多做几套卷子才对，可是刚被比赛感染的激情还未褪去，这个提议真要拒绝又有些于心不忍。

沈戍抓住了她的包带，说："走吧走吧，让你看看未来的'马克·兰肖'。"

郑星沥不知道马克·兰肖是谁，但也有些想看沈戍骑车的样子。

"呸，不要脸。"李潇君笑骂他，"你要是'马克·兰肖'，那我就是未来的'马克·卡文迪'。"

"你才更不要脸吧。"沈戍说，"连我都追不上，还追车王？"

"啧，那你就不知道了吧？这段时间你没来车馆，我可是加紧训练了的。"李潇君屈了屈手臂，"你看我这肌肉。等到更衣室里，我让你好好看看什么叫性感。"

沈戍不屑地冷笑："来啊。谁还没有似的。"

作为车馆的长期会员，沈戍短短几步内遇见的都是熟人。

郑星沥被领着从场边移步到了场中，这里更接近内侧冲刺道，观看效果极佳。

当然，要是没有那么多陌生人打量自己那就更好了。

沈戍和李潇君已经换好了衣服，扶着上侧栏杆整装以待。

李潇君吓他："你当心，我现在可猛了。"

沈戍懒得回嘴，远远地对着场中央喊话："郑星沥，我在这儿。"

李潇君不怀好意地笑："哎哟哎哟，干吗呢这是？"

"少来，没看见她一脸蒙吗？"

郑星沥听见了声音，尴尬的境遇不减反增，大家的打量也成了意味深长的起哄。

教练把眼一横，旁人这才收敛起来。

她故作镇定，走到沈戍的那头。

"你放心，我就转几……"

沈戍话还没说完，后头的李潇君已经松手进了内道，还耀武扬威地回头冲他吹了声口哨。

"你犯规！"沈戍说着，立马就追了下去。

自行车速度不快，沈戍顺畅地滑到身前，他戴着专业的头盔，镜片遮住上半张脸，语速极快地叮嘱："郑星沥，你记得等我。"

沈戍背部拱起，整个人往前弯折，踩下脚踏的腿只膝盖稍屈，提膝时几乎要碰到手肘。丢下话后，他脚下踏频随之加快，瞬息间便提速上前。

场中央的位置能将赛道坡度看得更加分明，过弯之时，他连人带车都倾斜着，某种角度看来仿佛是贴道而行。

李潇君虽然率先出发，但沈戍的速度更快。

郑星沥只觉得胸腔里被点燃了一把火，整个人都紧绷着，她情不自禁放缓呼吸，视线紧跟着沈戌。

她的期望没有落空，四圈半的时候沈戌再度递速，从外道越过李潇君。镜片没遮住的下半张脸随着这次成功牵扯出灿烂的弧度，唇红齿白，让人不禁被他的笑容感染。

"李潇君，你不会又要被套圈了吧？"另一侧的馆员们毫不掩饰地打趣。

"呸，套什么套，我消耗他体力呢。"

"跟破风手比体力？你行不行啊？"

沈戌上半身稳稳当当，整个人都透露出一个词——专业。

馆内教练大声给身边学员科普："你们看他的姿势，这就是标准姿势啊。关节稳定，不仅省力而且不损伤肌肉。他这个核心肌群强，所以上身晃动就小，这都是长期训练的结果。"

"李潇君追上了！"

"这种短距离，追平是常有的事情。一旦战线拉长，耐力不行，那这种加速状态就持续不了多久。"教练抱着手说道。

更何况沈戌，那可是公路车手啊。

公路车的短距离就已经是场地的长距离了，而沈戌完成过的骑行比赛，里程加起来都已经几千公里了，再加上平时的训练，里程不知道甩李潇君多少。

场地短距离的爆发力，沈戌比不上李潇君；沈戌长距离的耐力，李潇君望尘莫及。

郑星沥依言看去。李潇君追上沈戌后便像卸了力，很快又被反超。

局势由此开始拉扯，分不出胜负。直到教练吹响哨子，招呼着要关馆门打扫卫生了，沈戌这才慢下来，上到外圈减速。

李潇君趁此机会猛地加速，再度冲到前头，得意扬扬："追不上了吧？"

"神经病。"沈戌晃到内圈停下车，直起身放松，冲郑星沥挥挥手，"我结束啦。"

"别呀，再来一把。"李潇君没有减速，一时间没停住，说完这一句就往远了去，后半句也飘散在空中。

沈戌不为所动，收了车就要回去换衣服。

男生身姿挺拔，站得笔直，紧绷的大腿和裸露在外头的小腿相连，线条结实又匀称。自行车专门的训练服向来贴身，郑星沥甚至觉得自己能透过这薄薄的布料勾画出他肌肉的走势。

直到此刻，她才清楚地认识到，教练说的标准是什么意思了。

从身形到体态再到肌肉，所有目之所及，无一不在展现着沈戌作为一名车手的身体素质。

几十圈下来，他额头也冒出些细密的汗珠，脸颊红润，在灯光的映衬下越发透亮。

郑星沥鬼使神差地叫住他，在对上他疑惑的神情时，突然慌乱。

她垂下眸，从包里摸出纸巾，递给他："擦一下吧。"

被沈戌盯着看，真的很容易心虚啊。

沈戌绽出笑意，手指不小心触到她的："谢谢啊。"

自从选择复读以来，沈戌来车馆的时间就一再压缩。这回为了月考，更是缺了好几次的训练课，好在他还知道挤出时间锻炼体能，这才维持住了状态。

今天跟李潇君转的这几圈虽然不怎么正规，却让他又找回了那种沸腾的劲儿。

那种兴奋和喜悦是摆在脸上的，郑星沥看得分明。

"自行车是不是很有意思？看到大家冲线，你是不是也忍不住跟着激动？"沈戌献宝似的，迫不及待地想从她那里得到更多的正面反馈。

郑星沥诚实地点头："嗯，很激动。"

就算她不喜欢运动，在看见他们呼啸而过朝着一个目标奋勇向前时，还是会被那种热情感染，甚至想要和他们一起蹬着轮子往前出发。

把所有的烦心事化成最简单的踩踏，再把脚下的每一次起落当作蓄力，冲刺时刻就也成了对现实的倔强。

这样的话，好像真的挺不错。

沈戌深吸一口气："这是多巴胺在分泌，它冲到你的脑子里，让你光是看着就能燃起斗志。"

当耳边响起猎猎风声,当身体在速度里与风纠缠,当所有抽象化成可触的真实,这就是一个车手最幸福的时候。

就好像我们看到大团圆的结局会流泪,在风里的每一次踩踏都如一次小圆满,这种圆满随着再远一点的距离慢慢扩散开,在抵达终点的那一刻成为最绚烂的雀跃。

"如果你愿意的话……"沈戌顿了顿,手心泛起黏腻的汗,比起谈到热爱时的激昂,似乎更像是紧张,"如果你愿意,我可以教你骑车。"

教你如何越过云川,教你怎么拥抱风,教你握住与我相同的浪漫。

郑星沥抿了抿嘴角,想要推辞却还是在他湿漉漉的眼神里妥协,点头应下:"好。"

半敞着的公交亭挡不住凉意,一阵冽风席卷而来,郑星沥没忍住打了个冷战。

这细微的动作没能逃过沈戌的眼睛,他把外套脱下来,随便找了个借口:"你帮我拿着,我有些热。"

她抬起头,只当是他刚才一番消耗出了汗,也没反驳,接了外套搭在手臂上。

……你倒是穿啊。

沈戌把头扭到一边,漫不经心道:"你要是拿着累的话,就穿上吧。"

郑星沥摇摇头,说:"不累。"

学霸的脑子难道不会转弯吗?

沈戌没了办法,干脆摊牌:"我的意思是叫你穿上。"

"啊?"

"穿上,你不是冷吗?"他装作不在意的样子,实际上心跳如雷,生怕她拒绝,那他就真的没招儿了。

郑星沥转过脸来,车站的灯光下面,他不知道在看些什么,唯有红了的耳尖跟白皙皮肤衬在一起,甚是可爱。

沈戌没敢看她,只觉得脸上有些发热,更拿不准自己有没有脸红,佯装研究信息牌,企图躲过这样尴尬的氛围。

郑星沥刚想说不用，就见他站起来，伸长了脖子朝远处望："车来了。"

公交车上开了空调，窗户玻璃上都聚起了水汽。这会儿正是晚高峰，车厢里满当当的，一个空座都没有。

郑星沥勾着竖杆，脚下用力以对抗猛然加速时的惯性，避免碰到一边的沈成。

车厢里没开灯，外头霓虹从车窗钻进来，揉成微暗的芒。

沈成俯下身，说："你刚刚问的领奖的事情。"

郑星沥回头，正对上他转过来的脸。

司机遇上红灯踩下刹车，惯性促使人往前倾，他连忙揪住她的胳膊："小心。"

与此同时，他整个人的气息也跟着包裹过来。因为近，郑星沥甚至能感受到他的体温。

嘈杂交谈此刻尽数沦为背景，耳朵里的鸣叫被无限放大，应和着加剧的心跳，一下一下合奏出激昂。

暧昧片刻间升温，又随着他松开的手很快褪去。

郑星沥嗓子眼儿像堵了块糖，既难受又甜，急促呼吸了几下才勉强稳住心神。

"破风手也不是不能上台领奖。"沈成继续说道，"今天的是个人赛，如果是团体赛的话，就是全队领奖了。"

她眼眸在夜色里依旧明亮，戒备散去只剩下点点的慌乱无处可藏，有些心不在焉地回他："嗯，我知道了。"

"啧。"沈成感叹了一句，似乎是不解，"我怎么觉得你的眼睛……"

"什么？"郑星沥心虚地反问，怕被看出什么端倪。

他顿了顿，好不容易才找到合适的词："波光粼粼的。"

郑星沥心跳漏了几拍，接着扭过头看向窗外蒙了雾的街景，刻板地评判道："这个词不是这么用的。"

"哪有？"沈成蹭了蹭鼻子，小声地据理力争，"明明就很贴切啊。"

"我说不是就不是。"她拿出"老师"的特权来，"不然你回去把《成语词典》里的意思抄十遍。"

"为什么？"

"防止误用。"

"那还是不用了。"

沈戍偷偷打量着她，果不其然瞧见她微弯的嘴角。

啧，明明就很高兴嘛。

四人上分小队的"团建"地点定在了图书馆。

周末的图书馆一向人满为患，空座位更是紧俏。郑星沥特地选了个离自己家近的图书馆，就是为了早点来占座。事实证明，她相当明智。

刘希为此次活动做了相当充分的准备。为了符合自己好好学生的定位，也为了表现自己努力上进的决心，她几乎将教辅书全背了来，书包带子都勒出了根部的缝线。

郑星沥好奇地伸手拎了拎，差点整个人被带下去。

"您是干吗？准备在图书馆定居？"

"你懂什么。"刘希把书包砸到桌上，上气不接下气地艰难反驳，"我这是全科目发展。"

"我们上下午加起来也没法儿把这么多书看完啊。"

"我有什么办法，每本书都有那么一点点要做的，我总不能因为题少就不带它出场吧？"

刘希对于组团学习的新鲜和热情都正在兴头上，说什么都要"洗心革面"，脱离以前不认真的自己，而她迈出的第一步就是从仪式感开始。

新笔、新本子不可少，另外新资料也必须安排上，从头开始全新规划。

郑星沥叹了口气："行吧，如果你做得完的话。"

"别这么悲观嘛。"刘希把一大沓崭新的卷子拍在桌上，攥紧拳头，"你应该多鼓励鼓励我，说我一定可以。"

郑星沥配合地竖起大拇指："加油，你一定行。"

刘希满意极了："没错，我们就是要对未来报以百倍信心！"

然后没过半小时，她的百倍信心就一降再降。

"你说，人为什么要活着呢？"

郑星沥一顿，看了眼她涂得黢黑的几何图形："做个数学题，都能上升到这个高度了吗？"

刘希长长地叹了口气，什么话也没说。

郑星沥拿过她的卷子，快速浏览后，用铅笔圈出几题。

"哎，你说沈戌他们怎么还没来呢？"图书馆寂静，刘希说话也压了嗓子，几乎是凑在郑星沥耳边讲的。

"陈宇昂家不在这个区，沈戌去接他了。"

刘希撇了撇嘴："真是没用的男人。"

郑星沥想笑："你是跟陈宇昂有仇吗？"

"那倒不是，就单纯觉得他有点没用。"与其说她觉得陈宇昂没用，不如说她觉得他缺乏基本的独立能力。

合祁拢共也才这么大点儿地方，就算不同区，地图 APP 在手，怎么可能会有什么不认识的路？用得着让人家去接吗？

陈宇昂当然不是没用，他完全是被动地接受沈戌的好意。眼下他正跟好意施惠的当事人站在图书馆门口吹冷风。

"我说的你都记住了吗？"

陈宇昂搓了搓手："知道了哥，你都重复多少遍了。我一定不会拿多余的问题打扰人家学习的，我拿我的人格起誓。"

"人格？"沈戌反问，那语气仿佛是在问"你有吗"。

"侮辱人不是？那行，我拿我这张英俊的脸起誓。"

沈戌妥协了，边往里走边回他："你还是拿人格起誓吧。"

上午的日头不紧，阳光遭雾气的玻璃遮挡也不至于刺眼。

郑星沥占了角落里靠窗的位置，不仅光线好而且离其他桌子也远，进一步确保了讨论时不打扰到别人。

沈戌和陈宇昂来的时候，她头都没抬一下，笔杆子也没停，一心一意看着手里的书，尽显学霸气质。

陈宇昂难得地收起了平日的嬉笑，干巴巴地说了声"嗨"。

屏气凝神的样子，就跟受了什么震慑一样。

郑星沥平静地抬眼："嗯，开始看书吧。"

陈宇昂应了一声，书包砸在桌面上，声音又重又闷。

郑星沥被吓了一下，再看他摞起来的跟刘希差不多分量的书，又好笑又头疼，捣了捣身旁的刘希示意她看。

刘希的表情有些一言难尽，为这该死的默契生出了羞耻。

"怎，怎么了吗？"陈宇昂不明白发生了什么，小声地问。

郑星沥摇摇头："没事，好好看书吧。"

沈戍抢先占据了郑星沥对面的位置，这会儿拽出昨晚剩下的卷子和草稿纸，就瞥见占据了大半个桌面的两沓书，瞬间明白了郑星沥的奇怪表情，忙一把将陈宇昂拽下来："行了，别磨蹭了。"

陈宇昂很快也陷入刘希一样的困境里——因为满腔热情买了很多不适合自己的新题集。最后的结果就是在沈戍的指令下，老老实实从基础做起。

为了防止座位被其他人占了，郑星沥提出了轮流吃饭的占位方针。她家离得近，于是第一个回，前后不过半个小时就来接替其他三个人了。

刘希想留下来先陪她一会儿，遭到拒绝。郑星沥再三保证自己可以，说她与其留下来还不如早去早回。

这话在理，几人也就没再坚持。

沈戍率先回来。施媛周末得上班，沈学林又要顾着药店，也没时间回家做饭，于是他就近找店解决了一餐。

中午的图书馆稍空了些，他远远朝位置望去未能看见人，等走近了才发现郑星沥趴在桌上睡着了。

她桌上垫了叠起来的校服，头枕在胳膊，另一手虚虚地搭在眼睛上。

脸是真小。他好奇地伸出手虚比了一下，觉得自己一只手就能把她的脸挡住。

太阳拨开云层穿过树叶的缝隙，洒在玻璃窗上。

沈戍轻手轻脚地抱着椅子往外退，呼吸都放得极缓。他试探着比画了一下手，找到合适的影子位置后，小心地在窗台上摞起书墙。

郑星沥睡得不怎么安稳，迷迷糊糊地察觉到了动静，却没有力气爬起来一探究竟。这段时间她大半精力都花在了看书上，一边做题一边还要为沈戍安排学习计划，着实不轻松。

这种似梦似醒的状态，一直持续到刘希和陈宇昂过来。

他们俩坐的同一班公交车，中间差了几个站而已。陈宇昂再次发挥自己的"自来熟"性格，顺利扭转了自己在刘希心里"事儿多"的形象。

沈戍前脚才对两个人比了个噤声的手势，郑星沥后脚就爬了起来。

刘希松了一口气："嘻，累死我了。"

"累什么？"

郑星沥声音干干脆脆，没有一点刚睡醒的迷糊。沈戍没忍住多看了两眼，开始怀疑她刚才根本没睡。

不过她眯着眼摸杯子的状态还是证明了刚才那不是幻觉。

郑星沥灌下一大杯水，这才朝刘希伸手。刘希不明所以："干吗？"

"答案撕给我。"

刘希笑嘻嘻地握住她的手："没必要吧姐。"

郑星沥毫不留情地挣脱去拿她的书。清脆的撕纸声响起，刘希瘫倒在桌面，觉得心里在滴血，要不是还有别人在场，她恨不得抱着郑星沥大腿痛呼"不要"。

"行了，别装死了。"郑星沥揪着领子把她拎起来，"不用全做，适合你的我都给你圈出来了。"

刘希见好就收："好的姐，我一定完成任务。"

郑星沥再度对完一张试卷后，抬起头，将掌心覆上酸痛的脖子转了转。

沈戍正捧着杯子吹凉，见她此举，连忙劝阻："脖子放松不能转，这样会让颈椎肌肉韧带松弛的，伤颈椎。"

"可以前后左右。"说着，他示范了一下。

郑星沥学着动了动，没品出什么不同。

但沈戍目光殷切："怎么样，是不是更好一点？"

"嗯。"她应和了声，捞过他放在一边已经写好的题集翻看，而刚才握着的侧颈还余了些红。

沈戍喉结不自觉滚动了下，心里对自己的反应颇为不耻，却又没有办法控制自己的眼睛。

她睫毛很长很密，上面跳跃着阳光，底下投出一小片阴影，叫人心里痒痒的。

沈戍渐渐开始走神，一会儿盯着郑星沥捏着笔的手，一会儿听着郑星沥的声音……

郑星沥面无表情，"啪"地直接敲到沈戌头上，反问："发呆？"

沈戌自知理亏，再加上刚才想的东西属实不合时宜，于是更加心虚："对不起。"

"三杠四，五杠七，还有十一章后面的拓展题，快写，过会儿我检查。"她把书推回对面，捧着之前翻了大半的书，继续看起来。

沈戌依言做题，倒是没再走神。

郑星沥很满意他这个状态，这才是学习该有的样子。

当她的身份转变成老师时，就生出了一种与荣有焉的心态来。沈戌的成绩升降直接关系到她心情的好坏，所以他越上进，她就越觉得高兴。

这过程就好像在等庄稼丰收，她做的只是撒了把种子。耕田、施肥、灌溉、捉虫，全由他自己完成。

这块地，太省心，太给力了。

一边的刘希满脸兴趣盎然，俨然一副看到了"惊天秘密"的样子。她拿书做遮掩，贴着郑星沥的耳朵讲话："天啊，沈戌怎么会这么听你话。"

郑星沥假模假样地微笑，话里暗含威胁："你也可以不听试试。"

"不了，郑老师。您还是给我讲题吧。"

刘希虽然爱玩，但懂得分轻重。现在是郑星沥挪出了自己的时间一拖三，她自己不想学没关系，影响人家可就事儿大了。

这个寒假，合祁实验中学的高三年级照惯例开始了加课。期末考试成绩没了往年短信通知的仪式感，也没了中间等待的忐忑。昨天考完，今天讲卷子，明天就能算出分数。金榜名单连夜打印，没几天就换上了新的。

腊月二十四，南方小年，大家却只能待在教室里自习。

坐班的大王嫌弃课时不够，硬是抽出了一节来讲白天没讲完的题。

郑星沥有些倦，托着腮看窗外。

只剩高三年级的学校有些冷清，操场看着也萧条，只有白色节能灯孤零零地伫立在侧边，照得跑道亮堂堂的。

她看了眼墙上挂着的时钟，跟着秒针默默数着时间。

等到时针分针重合在一起的时候，她挪回视线到窗外。

熟悉的白黑校服终于跃入灯光的领域，两侧的手随着步伐摆动着，身影轻盈得好像片羽毛，落在心间扰得人痒痒的。

就算是时间紧张成这样，沈戌也没放弃锻炼这件事情。郑星沥一开始觉得他是被一腔热血冲昏了头，可现在却也不得不承认，他是认真的。

或许，愿意为此付出自己的一生。就算后果不尽如人意，他也愿意。

这样的人很容易感染身边人，激发大家的豪情。

"打起精神来，再熬一段时间你们就舒服了！"讲台上，大王敲了敲黑板，指甲不经意地刮过粗糙板面，发出刺耳的声音。

郑星沥起了一身的鸡皮疙瘩，把注意力重新放回课堂。

她没有远大的理想目标，没有热血沸腾的梦想爱好。

可她想要考出去。

去更广阔的天地，去寻找自己喜欢的东西。

腊月二十七，学校终于放假。

张年庆结束最后一堂课，通知大年初三开课，而大年初二晚上上自习后，夹着卷子出了教室，再不管身后哀号一片。

刘希险些落泪："做个人吧，这还没国庆假长呢。"

郑星沥安慰她："没事，起码作业也没国庆的多。"

"瞎扯，他不说，我们就能不写了吗？"

这话是真的。明年老师来讲题你都空着的话，那就完蛋了。

拢共也没几天假期，所以大家都没背多少书回去，毕竟光是什么《综合训练》和卷子就够他们受的了。

实验中学每年都有参加竞赛拿到不错成绩的学生，这些人有的高二就被高校预定，有的等到自主招生开始报名也可以选择一个不错的去处。到二三月份成绩公布，大部分都能被选上，至此剩下的几十天也不必再受煎熬了。

今年期末考试就跟一个高校的自主招生笔试和面试时间撞期了，所以学校排名人数也少了一部分。

四人小分队除了郑星沥都借着这股东风，顺利跻身银牌榜。尤其沈戌，原本底子就不差，更是挤入了全校前一百多名。照这势头下去，华封指日可待。

施媛心里高兴，腊月二十九借着结算工资的由头就给郑星沥多塞了点儿钱，说是新年压岁讨喜气。

郑星沥哪里肯要，跟她拉扯半天，奈何没有与之匹敌的力量，最后被按在椅子上起都起不来，被迫接受了这份好意。

沈戍在一边插嘴："收红包怎么还不高兴，你这人怎么这样？"

郑星沥不知道回什么好，选择了闭嘴。

新年将至，小区底下的小朋友们玩乐的声音都要比其他时候大些。

沈戍受影响有些心不在焉，没能答上来单词的意思，郑星沥严肃地让他查词典。

"不会就查，查了就动笔记下来，不然积累不了单词量。"

"好的，好的。"沈戍自知理亏，顺从地应下，从一堆书的最底下抽出厚重的词典。

词典上头堆着的课本有些多，经此动作晃晃悠悠的。郑星沥赶紧扶住却还是晚了一步，十几本书就这样砸在地板上，声音极响。

沈戍绕到桌前去捡，却看见不知从哪本书里掉出了张小纸条，他疑惑地"嗯"了一声。

"怎么了？"郑星沥身子前倾去看。

"没，没什么。"沈戍火速把纸条揉成一团，手忙脚乱地往兜里塞，却失手让纸团掉到了地上。

鬼才信没什么。

她蹙着眉，把掉在脚边的纸捡起来。

沈戍赶紧夺过来扔到垃圾桶里，又给她强调一遍："真没什么。"

郑星沥淡淡地"嗯"了一声："做题吧。"

沈戍长长地舒了一口气，那张纸条是陈宇昂上课时递给他的，说听见有女孩子议论他，并表示喜欢，问他对此什么看法。

沈戍懒得理这么八卦的人，也不想议论别人的隐私，更何况还是这种很大程度上的谣言，于是随手就把纸条夹书里了。

被郑星沥一问，他第一反应就是要藏着不能被发现。

要是被她看见上面的内容，误会自己不专心就算了，误会他心思不正那可就说不清楚了。

郑星沥等他查完了单词，开始给他翻译阅读，这篇文章主题是"错误"。

"We can make mistakes at any age. Some mistakes we make are about money."

郑星沥的英语发音胜在标准，吐字清晰，听起来很舒服。

"But most mistakes are about people."

翻到这句时她顿了顿，说："你来翻译，这句话什么意思？"

沈戍小声读了一遍，说："但大多错误都和人有关。"

郑星沥示意他继续，等他读到段尾那句"But when we look back, it's too late."时，她才叫了停。

"这一段告诉我们什么道理知道吗？"

沈戍云里雾里，不明白何来此问，试探着回答："人生在世不要犯错？"

郑星沥摇摇头："是要在对的时间做对的事情，不要让自己后悔。"

尽管刚才那一眼短暂，她还是瞥见了上头的"喜欢你"三个字，联系上沈戍陡然的慌乱，上头究竟是什么内容已经不言而喻。

沈戍还是不知道她要表达什么，以为她说的是底下的题目，翻面看了一会儿才说："这也没有题目问这个的呀。"

"我的意思是要从文章里得到启迪。"郑星沥不好直说，"举个例子，比如现在，高考是决定我们以后的分岔口，所以我们要心无旁骛地去对待，而不是分散精力在别的事情上。"

沈戍有些为难："可是，我如果不锻炼的话就没办法保持身体状态。"

"我不是指这个。"郑星沥叹出一口气，想找出个迂回的法子却是徒劳，只能诚实道，"刚才的纸条，我看到了一点点。"

"啊？你别误会，刚刚那是……"

"嗯。"郑星沥没让他继续说，毕竟这种事情解释起来无非就是否认，谁会承认呢？所以她并不打算听这番尴尬陈述，而是看着沈戍，语重心长，"我的意思就是，你不要早恋。"

要是早恋，心思就有偏颇了，那她也没法儿拽他回头是岸啊。这么个根正苗红的小伙子，可不能毁在她眼皮底下。而且她还收了人家的红包，要是不帮他考上理想的学校，那怎么对得起别人的信任？！

看紧点，她有这个能力也有这个责任捞他一把。

沈戍心里没由来地慢了一拍。

为什么偏偏不让他谈恋爱？不是别人，偏偏是他？还有，这个"不要"就很灵性了，"不要"跟"不能"还是有差别的吧？

跟后者比起来，前者明显就是请求啊！

请求啊，她请求自己——不要恋爱啊。

沈戍眼神一时间有些飘忽，突然有了一个大胆的揣测。

郑星沥用手在他面前晃了两下，才见他回神："想什么呢？刚刚说的听见没有？"

沈戍不自然地咳了两声："知道了。"

不知道是不是她的错觉，她总觉得眼前这个人好像突然羞涩了不少。

神经病？

沈戍心底已经乱成了一团，满脑子都是"她可能喜欢我的"推论。

所以要先排队，再默默做他工作，确保万无一失？

应该是这样吧？

怪不得天天催着他学习，想来一定是把他的梦想也放在心上了，决心帮他实现愿望。哎，他怎么就没早点觉察到她的心思呢？

自己平日里说话没轻没重的，也不知道说没说过什么让她介怀的话。万一让她误会可怎么是好？

不行，以后一定要好好注意。

郑星沥被他一会儿羞涩、一会儿懊恼、一会儿肯定的眼神盯得发毛，敲了敲桌面，提高音量问："这题怎么选出的答案知道了吗？"

沈戍这才从自己的思绪里解脱出来，看着草稿纸上密密麻麻的一堆端正字体觉得眼花，耳边郑星沥的声音清冷又细腻，原本枯燥乏味的阅读题，不知怎么就听出了几分有趣。

许是讲题讲得费劲，她拧开杯盖，喝了一小口水润了润喉咙。

他听见细微的水流随着她动作往下滑的声音，紧接着她的喉咙微微滚动，好看极了。

外头的太阳照进来，勾勒出细腻的辉芒落在她半边脸上，光影交错之下，仿佛一幅笔触细腻的油画。

春风送暖入室，也掠过如镜湖面，撩起一圈圈的涟漪，久不能平。

大年三十，施媛要去轮班，所以下午五六点钟吃完年夜饭就出了门。沈学林的药店是二十四小时营业，他想着反正老婆上班也不能一起守夜，索性放了所有伙计回去，自己去看店。这样一来，家里就只剩下了沈戍一个人。

电视上中央台的春晚如火如荼，沈戍瘫倒在沙发上正无聊着就收到了施媛的短信，大致意思是如果在家里待不住可以去放放烟花。

合祁虽然是个五线小城市，但近几年也开展了城市管理，只在每个区划了一个相对偏僻的广场燃放烟花，以此来满足大家对农历新年的情怀。

只是每年都有喝了酒的人觉得统一开门炮没有什么"专属感"，坚持要在自家门口燃放。派出所每年为这事儿都不知道抓了多少人。

年前，沈戍家亲戚也送了不少烟花来，反正闲着也是闲着，他干脆把能放的烟花都拿了走。

南方春节天气已经开始回暖了，但他只套了件工装外套，骑车的时候还是有点凉。等到肌肉活动开的时候，那股子寒意也就不见了。

越往广场去，空气里那股子烟火的味道也就越浓。

广场上人满为患，男女老少都聚在一块儿，边上还有值班的辅警专门检查不符合规格的烟花。

沈戍锁好车才发现没带火机，不过在这么融洽的氛围里，随便借个火也不是什么大事。

他看准一个年纪稍大些的男人，上前借火机点烟花，而男人却痛快地把刚点着的烟递给了他。

"谢谢您，我不抽烟。"沈戍忙摊手拒绝。

男人身上带了些酒气，一个劲儿往他手里塞："用这个点，用这个点。"

沈戍推不过，只好道了谢，夹着烟绕场子转，想找个空点的地儿却无果。正四处张望着，就看见了个熟悉的身影。

为了烟花的绽放效果，广场的灯都是间隔开的，亮度很低。沈戍不确定自己有没有看错，更不敢贸然上前查探究竟。

原因无他，这人身边还跟了个脸生的异性。

女生穿了件白色方领毛衣，乌黑浓密的头发拢成马尾垂在脑后，露出来的脖子修长，而蓝色高腰阔腿裤更显腿长，整个人看上去很挺拔。

旁边的男生比她高一点儿，一手抱了件女式外套，另一只手揪着她领子，把人从火星子堆里拽了出来。

她反手就是一巴掌拍在了男生身上，随后恶狠狠地转过脸来。

"你长点眼睛行吗？"

"你再说一遍？"郑星沥威胁道。

男生一点儿不憷，还推翻了刚才的说辞，严肃地说："我说你别犯蠢。"

"方书琛！你是不是想挨打？"

"别不自量力，你现在打不过我了好吗？"

郑星沥咬牙切齿，一把拧住方书琛的胳膊，斥他："滚啊。"

"滚就滚。"他嬉皮笑脸，趁她不备，一把抢过她手里的烟火棒举得老高。

郑星沥白了他一眼，踮脚轻而易举就抓住了烟火棒，毫不掩饰地嘲笑道："你是不是对自己的身高有什么误解？"

"别抓别抓，你把火药抓掉了，等下就放不了了。"方书琛故作焦虑，郑星沥果然松了手，改去抓底下的木签子。

方书琛或许对自己身高是有误解，但对力气却是绝对自信。趁这个当口，手挪出去老远，就是不给她抓，逗得她绕着自己一个劲儿地转圈圈。

郑星沥恼羞成怒，从后面猛地箍住他的脖子："我看你是想造反！"

方书琛没有防备，脑袋被夹住，被迫弯下腰来，只能瞧见地面："神经病啊，快放开。"

"你才神经病。"

"松手啊，撞人了。"

郑星沥以为他又在耍什么花招，不屑地反问："哪儿呢？撞谁了？"

"真撞人了，我都踩着他鞋了。"

"少骗……"郑星沥嘴上说着不信，却还是朝他身后看去。

然后她就看见了站在那儿有些茫然的熟人，顿感讶异："沈戍？"

"你认识啊？"

方书琛的声音从底下传来，郑星沥却没有任何搭理他的意思，因为她全部的注意力都放在了沈戍右手夹着的那颗火星子上。

她的神情从一开始的讶异演变成了严肃，甚至透出几分生气："你抽烟？"

沈戍忙解释道："不是的，不是的。"

他否认得快，但烟还是夹在他的指缝间。

郑星沥松开方书琛，转身到沈戍前面，眉头紧蹙："你不是要当运动员吗？运动员可以沾烟酒吗？"

当然不能。为了保持身体的状态，也为了预防乱吃东西而导致身体出现禁用激素，所以运动员的每一餐每一口水都必须严格按照规定摄入。沈戍现在还不是运动员，吃的方面可以稍稍松懈，但烟酒是铁定不能沾的。

他赶紧把烟扔到地上，踩灭火星，磕磕巴巴地解释："我没抽，我是没带打火机，所以问别人借了这个来点火的。"

"真的？"

"真的。我发誓。"

郑星沥见他诚恳又坦荡，这才相信，掏出纸巾蹲下把烟头捻起来。

方书琛瞅准这个报仇时机，把臂弯上的外套往她头上一抛。这一下子来得突然，差点把郑星沥带倒了。

"方书琛，你是不是有病！"郑星沥两眼一黑，身子也往前倾，本能地慌乱了起来，忙用空着的手摸了摸周围，"快把衣服拿走呀。"

布料的丝滑和温热结实的触感合在一起，手掌下贴着的肌肉很快绷紧。

下一秒，头上的衣服被人拿走，笼罩在身上的闷热也随之散去。

沈戍微弯下腰看她，往日开朗的人这会儿脸上竟难得地浮现出了几丝腼腆："那个，他走了。"

郑星沥很快认清现状，自己手里抓着的可不就是人家的运动裤？

她赶紧收回手，猛地起身，结果一下就撞在沈戍的下巴上。

这一下冲击力相当强，沈戍痛呼一声，充斥着酸爽感，脑瓜子都在"嗡嗡"响。

"对不起，对不起，你没事吧？"郑星沥不知所措。

沈戍揉着下巴，强忍住泛上来的泪水："没事。"

郑星沥从他臂弯里抽出衣服："对不起，我没注意。"

"没关系。"沈戍张嘴动了动下巴，确认并无不适，"你也来放烟花吗？"

"对，我跟……哎，我的烟花呢？"她点点头，本想挥一挥烟花棒，这才发现自己已经两手空空了。

沈戍被她的断句弄得一头雾水，跟谁啊，倒是说清楚呀。

郑星沥朝人群里张望，方书琛还没走远，她丢给沈戍一句"我先去拿烟花了"，便大迈步找人算账去了。

沈戍想也没想就跟了上去："一起吧。"

"什么？"

沈戍看着她顺手把包好的烟扔进垃圾桶，才摊手说："我现在是彻底没火了。"

方书琛个子不小，人却灵活，还挺能跑，郑星沥揪住他可没少花力气。

"你欺负人，我要跟你妈告状。"

郑星沥冷笑一声："你去说呀，我也告诉你爸你打我，到时候看我们俩谁更惨。"

"你好没出息啊，竟然跟家长告状。"

她气定神闲："不是你先嚷嚷着要告状的吗？"

"啊呀，行了，你松手，这样我很没有面子的。"

"别说面子了，就说脸，你有吗？"

"怎么没有，我可是十里八乡出了名的漂亮。"

哦，这该死的自信，竟然跟陈宇昂一样。

但是沈戍却不觉得好笑。

什么情况？

郑星沥不是应该喜欢自己才对吗？

就算是他会错了意，但她不是昨天才跟自己说的不要谈恋爱吗？不是说什么年纪就要做该做的事情吗？不是高考最重要吗？

可是现在眼前这两个人的状态分明在透露着一个信息——"我们的关系不寻常"。

沈戍觉得自己被欺骗，这种情绪发酵成了怨念，让他在看方书琛的时候也带上了居高临下的审视。

此人身高约一米八，身板儿薄，看着就没肌肉。这长相嘛，唇红齿白且细皮嫩肉的，明摆着不像好人。而且还没轻没重的，对待女孩子一点不知道分寸感。

郑星沥眼光怎么会这么差，连这种人都看得上？

沈戍心里一阵窝火，恨不得冲上前摇醒她。

不对。郑星沥不是喜欢自己吗？可看这样子，她跟眼前这个有那么一点暧昧。

难道她，脚踏两条船？

难道自己被愚弄了？

沈戍的表情严肃起来。

郑星沥听不见他的心声，也不知道他的揣测，跟方书琛打打闹闹了一番，达成了暂时的和解。这会儿已经留了把烟花在手里，分出一根去引火。

"沈戍。"郑星沥开心地挥舞着烟花，回过身叫他，"过来一起啊。"

铁丝的烟花棒火花细细小小的，花型极好看，一盒十几根可以燃放好久，小小的橘色火花给她的清冷增添了一层柔和的光。

沈戍突然伤感起来，觉得自己好像从来没有真的认识过郑星沥。

他以为自己揣摩到了一些，从细枝末节里推测出她的喜好，却又在今晚见识到她全然放下疏离的另外一面。

可让他沮丧的是，这种转变并不是因为自己，而是因为在场的另一个人。

因为那个人，她越发开朗，高兴极了。

事已至此，他也没办法昧着良心说人家不好。

可以让她开心，难道还不够好吗？

方书琛瞄准了沈戍手上的袋子，自来熟地勾住了他的肩膀："嘿，你这个是放在地上，然后蹿得老高跟树似的那种吗？"

这句话说得相当别扭，沈戍好半天才明白过来，敷衍道："不知道，可能吧。"

"那我能点一个看看吗？"方书琛冲他笑，露着一口白牙。

郑星沥手上的烟花烧到了底，也凑过来看："什么呀？"

方书琛又给她讲了一遍揣测，语毕还忍不住埋怨："都是你，上午买烟花磨磨蹭蹭，除了这堆仙女棒啥也没买着，不然我哪能伸手向别人要。"

郑星沥又打了他一下："你懂什么，这既安全又保险。"

眼瞧着两个人又要开始针锋相对，沈戍却挤不出笑。

这两人越是这样凶巴巴地吵闹，越是让他觉得自己格格不入。

他只觉得有股气堵在了胸口，为了打破局面，他把烟花全部塞到了方书琛手里："全给你，拿去吧。"

"好嘞，我帮你放，你欣赏。"方书琛只觉得郑星沥这同学太有范儿了，行事作风里都透着股洒脱，丢给他一个赞许的眼神后，便找空旷的地方去了。

郑星沥凭借这段时日的相处，敏锐地察觉出了沈戍语气里的不对劲儿。

她在沈戍旁边坐下，任由方书琛战战兢兢地去点引线。沈戍难得安静，这种氛围让她很不习惯，可又不知道该从何处打破这一僵局。

"郑星沥，烟花好看吗？"

"啊？"郑星沥还没想好怎么打开话匣子，沈戍就来了这么一句。

他也没有要听她回答的意思，继续问："你记得你昨天说过什么吗？"

"什么？"她没反应过来。

沈戍长长地叹了一口气，低头蹀着鞋底："你说让我好好学习，不要早恋。"

"怎，怎么了吗？"

"那你呢？"

"我？"

"嗯。"他垂着脑袋看不清表情，"你好歹算是我的老师，应该要以身作则吧。"

郑星沥不明就里，试探着顺着他的话头说下去："你是觉得我没有好好看书吗？是因为我期末名次没有上升吗？"

沈戍转过来，眉头蹙起："我说的不是这个……"

"郑星沥，快看快看。"方书琛费了好大劲儿才点上引线，兴奋地招呼着，跑过来一屁股坐在他们中间。

冷光烟花前赴后继形成弯弯的芦苇，漆白色的线光顶部闪现红色，进出条框的火星子落在地上消失不见。

方书琛小小地"哇"了一声，又搭上沈戌肩膀："兄弟，牛啊，这抢手烟花都能买着。"

沈戌敷衍地扯了扯嘴角："啊，过奖。"

"咱加个微信吧。"说着，方书琛点开二维码页面。

沈戌并不想加他，装模作样地在身上摸索一番，信口胡诌："我好像没带手机。"

"没关系。"方书琛回身拍了下郑星沥，"你把他微信推给我。"

郑星沥给了他一捶："你有病吧，我同学跟你有什么关系？"

"你同学我认识得还少吗？"

新一轮的掐架眼看着又要开始，这次阻止发酵的却不再是看不过眼的沈戌了。

来人看着要比他们大一些，毛衣领子钻出大衣，衬着修长脖颈，漂亮的五官在昏暗下更显深邃，整个人浑身上下都透露着一种别样的美。

她直直过来，一巴掌扣在方书琛后脑勺上："你是不是有病，谁让你带着星沥乱跑的？"

"你讲点道理好不好？"方书琛气急败坏，"怎么就又是我了，不能是她带着我跑吗？"

来人压根儿不理，瞧见了旁边的沈戌，上下打量一番后，颇感兴趣地问："哟，你同学啊？"

"不是，是郑星沥的同学。"

来人听到这话，丝毫不客气地又打了方书琛一下："郑星沥是你叫的吗？"

沈戌已经看不明白现在的情况了，那种局外人的不自在也愈演愈烈。

"方书越！我警告你，不要太过分啊！我也是有脾气的。"

"脾气？"方书越冷笑一声，从兜里掏出个红包，往他身上一扔，"还有吗？"

方书琛立马变脸，站起身让出位置，掬满了谄媚笑意："没有没有，您坐您坐。我这就给您放烟花去。"

方书越摆出"皇太后"架子，硬是让他搀着自己在另一边落了座。等方书琛走远，她又摸出一个更厚的红包递给郑星沥："喏，你的压岁钱。"

"不用了，舅舅已经给过了。"郑星沥摇头拒绝。

"舅舅是舅舅，姐姐是姐姐。"方书越把红包放到她兜里，"你怎么不学一下方书琛，看他多高兴啊，跟二傻子似的。"

方书琛此刻正妖娆地半蹲着，拿火机的手不停往前伸出又收回，时刻做好闪避的准备，看上去又怂又蠢。

"对了。"方书越视线越过她看向沈戍，调侃道，"你男朋友啊？"

郑星沥一愣，头摇得跟拨浪鼓似的："不是不是不是，他是我同学。"

方书越意味深长地拖了长音："同学啊……"

这架势摆明了是不信。

"真的是同学。"郑星沥不知该从何处解释，"我们就是碰巧遇见了。"

方书越认真地"哦"了一声，却把话头抛向另一端："是这样吗，同学？"

沈戍头一回窘迫到不知道说什么好，只能重重点头，表示事实如此。

郑星沥还要开口继续解释，方书越摆摆手："行啦，逗你的。不过你同学长得怪好看的，你也可以把握一下，现在不提倡早恋，但是可以等高三结束嘛。男朋友嘛，早下手亲自教导也没什么不好的。"

"姐！"郑星沥头疼不已。

"好好好，我不说了。"方书越掏出振动着的手机，"你们玩吧，我去打麻将了。"

一直等到她离开，也没看着方书琛点燃的烟花。

沈戍小幅度地往郑星沥那儿挪了挪："那个，她是你姐姐哦？"

"怎么样？漂亮吧？"郑星沥语气骄傲，其中不乏炫耀。

方书越的美貌可是曾震惊过学校的，当年入学就吸引了众多男同学的围观。她皮肤白，五官好看，气质高冷，人送外号"冰山美人"。

高中有艺术机构来学校宣传，带头的表演老师在校门口遇见了她，苦口婆心劝她去学表演。

后来她毕业，学校里还时不时会提起有关于她的一些传闻。

沈戍的关注点却不在这里，他指了指依然在捻线的方书琛："那，他是你弟弟哦？"

郑星沥点点头："他们俩都是我小舅舅家的，我们仨从小一起长大。"

"啊，原来是这样。"沈戍长长舒出一口气，觉得那蹲着的方书琛突然变得顺眼了。

他夸道："你弟弟，还挺可爱的。"

郑星沥被他的形容逗笑了，嘴上说着"一点不可爱"，但看向方书琛的眼里却有着无限暖意。

沈戍笑了笑："他应该也在读高中吧？是我们学校的吗？"

"不是，我舅舅、舅妈忙，送他去了谭畅中学。那儿你应该也听过吧？"

被誉为"高考工厂"的这所高中，以本科率和复读班享誉全国，学生都是从五湖四海慕名而来的。沈戍复读的时候，也差点儿被送过去，最后因为那边要求有家长陪读，所以不了了之。

郑星沥继续说："那边管得很严，距离合祁也远，平时很少放假。所以我们也很少见面了，只有寒暑假会聚在一块儿。"

"你们关系一定很好吧？"沈戍看得出来。

"很好很好。"郑星沥笑着作答。

尽管他们仨的相处模式一直打打闹闹，但彼此之间的爱却不言而喻。

她很乐意告诉沈戍他们之间的亲密，这是她的骄傲，是她的底气。

无论在外面受了怎样的委屈，无论生出多少自卑和怯懦，无论她是对是错，方书越和方书琛永远会帮着她。

"我们长大以后见面的时间其实越来越少了，但我们永远不会生分，也不会冷落对方。只要我们凑在一起，就还是以前那样吵吵嚷嚷没轻没重的样子。"

沈戍家没有跟他年纪相仿的亲戚，自然无法体会到这种经历，但这也不妨碍他听见她的真心实意。

那中间藏着的是庆幸，是感激，更是温柔与爱。

方书琛又一次没点着火，郑星沥提高了音量，冲他吆喝："方书琛，你好笨呀。"

"你才笨！"他凶巴巴地反驳。

郑星沥愉快地笑起来。

终于在经历了无数尝试以后，焰火"咻"的一声冲上天际，划过夜空绽放出细碎的星星点点。

她抬头仰望，眸中映出天际里的漂亮花火。

"沈戌，你的烟花真好看呀。"

小小一颗却似乎可以照亮整片天空。

沈戌盯着她的侧脸，觉得自己胸腔里好像揉着一团棉花，正在急速地吸水涨大，最后充斥到嗓子眼儿，惹得他想说话却什么都说不出来，只能在接连升空的爆炸声里，数着自己越来越快的心跳。

方书琛也仰着头，却突然反应过来，笑脸一收："不对啊？"

"怎么了？"郑星沥问。

"这是蹿上天的烟花。"

"那又怎么了？"

"你忘了刚进来那保安怎么说的了？手拿着的可以，蹿上天的不行。"

郑星沥愣了愣："啊？"

"啊什么啊？快跑吧。"方书琛一把抓住她的胳膊，"别等会儿被逮住，把我们送进派出所。"

郑星沥被拽了个跟跄，反应极快地捞了沈戌一把："快跑。"

大厦外面的电子屏挂钟步入"叮咚"的半分钟倒计时，汹涌的人潮渐渐停下脚步，不约而同地看向同一方向。

唯有那支三人小队，脚步慌乱地穿梭其中，脸上却漾着笑。在他们身后的天空中亮着的那一小株烟火，孤零零的，却异常闪耀。

大厦正前方的人们兴奋地开始倒数："十，九，八……"

小烟花燃到尽头，零点钟声敲响，大颗的绚烂齐刷刷升空，在最高处展开，燃到尽头化作星光坠落。

众人齐喊"新年快乐"，无需排练，经久未歇。

郑星沥停住脚步，真心实意地笑，扯着嗓子跟着人群一起喊："新年快乐！"

方书琛扬起嘴角，一边嫌弃地说"你土死了"，一边忍不住伸手想要触碰那焰火。

沈戌往上抽起手腕，偷偷翻转手心，轻轻碰了下郑星沥的手。

郑星沥正沉浸在新年的氛围里，毫无察觉。

绽放时刻的轰鸣带着胸腔共振，沈戌望着她，只觉得目之所及远比烟花夺目。

火花明灭，眸子里印出的好看图案，又明又亮。

这一片天空争先恐后地铺满了各样的焰火，在夜空里滑过又散落。

噼里啪啦的鞭炮声不知从何处响起，郑星沥赶紧挣脱开一前一后的人，双手捂住耳朵，她想抬头看烟花，却连眼睛都睁不开。

紧接着有人覆住了她的手背，溜进耳朵里的噪音进一步减弱。

她终于得以喘息，却也第一时间看清楚了周遭。

表弟方书琛还站在她身前，捂着耳朵一个劲儿地傻乐。

所以，后面这个，应该是沈戌。

他的手指很长，明明是捂耳朵，前端却又搭在了她的脸上，掌心粗糙的茧硬硬地磨着手背，指间散发出的香皂味淡淡的，极为舒心。

不知从何处来的震动声闷闷地钻出轰鸣，广场上灭着的路灯接替亮起，暖黄同冷白交接，划出柔和的圈。

眼看着方书琛就要转过来，郑星沥的心提到了嗓子眼儿，不知如何化解现在的状况。这当口上，被暖热的手碰到了冷风。

沈戌收了手，将手环取下来塞到兜里，按捺住不该有的旖旎遐思。

"这大手笔，要是不放鞭炮就好了，不然还能空出手拍一下照片。"方书琛不满地嘟囔着，看郑星沥还捂着耳朵站着，似乎是在发呆，他在她眼前晃了晃手，诧异道，"犯病了？"

"你才犯病了。"

方书琛将她的手捉下来："鞭炮都放完了还捂着呢，还说自己不是犯病？"

郑星沥这才意识到自己犯了蠢，忙将手藏到背后，伸腿就是一脚："滚啊。"

方书琛往后一推，接着弯腰拽住她的裤脚拦下攻势，往上一提。

郑星沥被掀了个趔趄，被迫单脚站立，怒骂道："放手啊。"

"不放，你求我呀。"方书琛一副小人得志的模样，任凭她威逼恐吓就是不松手。

郑星沥往前踹不动，往后缩不回，狼狈地跟着他蹦跶。她身子往旁边侧着，带动右腿旋动，可未挣脱束缚，整个人摇摇欲坠。

沈戍手疾眼快，往前半步来扶她。

先前的香皂味儿适时地袭来变得浓烈明晰，郑星沥心跳加速，更加不敢同他接触。她猛地蓄力，终于夺回腿，而后又往另一方向一偏，结结实实地摔在了地上。

方书琛这下慌了，伸手将人捞起来："摔哪儿了？"

"你还有脸说！"郑星沥恨得牙痒痒，蹭破了皮的手掌火辣辣地疼。

方书琛缩了缩脖子："我这是正当防卫，是你自己平衡感不行。"

"你信不信我打死你啊？"

"大年初一了，什么死不死的，不能乱说的。"

郑星沥深呼吸几下："你该庆幸大年初一救了你的命。"

方书琛"嘿嘿"笑了声，闯祸之后知道理亏，终于不再跟她吵了。

零点一过，原本熬夜守岁的那股子劲儿也松了下来，热情过后疲惫随之而来。方书琛还乐呵着，组织了跟老同学的第二轮玩乐。

郑星沥打了个哈欠，对此兴致缺缺。

"那我送你回家。"方书琛虽看着不靠谱，但在这些事情上却也从不含糊。

他跟郑星沥就差几个月，只是一个生在上半年一个生在下半年，这才晚了她一年上学。名义上他们仨里方书琛最小，实际上郑星沥才是最受照拂的那个。

"用不着，你快走吧。"郑星沥清楚他约见的地方跟自己家是两个方向，他担心自己的安全，她同样也担心方书琛的安全。

眼下广场上的人陆续离开，自己跟着人流总比他深夜再一个人绕路要安全。

方书琛不肯，还想再说什么，就见沈戍似乎是被残余的烟花味呛着了，轻轻地咳嗽了几声。

"要不然，这位兄台顺路吗？"

沈戍停下咳嗽，点点头，声音清亮："我送她回去吧。"

"不用了。"郑星沥想也没想就拒绝了。

方才的尴尬都还历历在目，再跟沈戍单独相处，她觉得自己可能会把局面变得更乱。

"也对。"方书琛点点头。

虽然他觉得沈戍是个好人，但人心难测，万一中途对郑星沥起了歹意，那可如何是好？这样想着，他看沈戍也多了些防备："算了，还是我送她回去好了，谢谢你哦。"

沈戍多精啊，从小跟着施媛见过的人可多了去了，怎么会看不明白方书琛的意思。他也没再坚持，只提醒道："好。不过我看她手好像摔破了，如果你路过药店的话，可以去看看有没有双氧水。"

"摔破了？"方书琛惊恐地看向郑星沥。

后者摇摇头："没那么夸张。"

"这水泥路上尘土多，保不齐会有小石子蹦到肉里去，还是要提早处理比较好。"沈戍补充道。

这路上有没有药店不知道，广场另一边倒是有一个，招牌还亮着呢。

方书琛眼尖，当机立断："我现在去买。"

"嗯。"沈戍点点头，从兜里掏出手机，"买什么我发信息告诉你吧。"

方书琛想也没想，就扫了二维码，等到验证信息通过后才后知后觉："你不是没带手机吗？"

废话，沈戍刚才误会他和郑星沥的关系，想着反正都要搅和黄了，加好友犯不上，但现在知道他是郑星沥弟弟，不加白不加。

"刚发现带了。"沈戍一点儿都不心虚，自然地转移话题，"发给你了，照这个买就行，我看着没有那么严重，别被忽悠买大瓶的了。"

方书琛抢先走了，留下他们两人在后头。

郑星沥千躲万躲还是没逃过这番境地，欲盖弥彰地想说些别的缓解氛围。她在脑子里紧急搜索，憋出一句干巴巴的称赞："那个，你的烟花好好看。"

"你还要吗？我家里还有。"

"啊，那倒不用了。"

"也是，过了今天也不能放烟花了。"

话题莫名其妙地再一次冷却，郑星沥只恨方书琛跑得太快。

"这么久了，还没问过你，你高考想考哪里？"

沈戌双手插在兜里："我？华封大学。"

郑星沥一愣："你也想去华封？"

"我怎么了？我应该去得了吧？"沈戌原先还以为她是觉得自己不行，等看清她的惊愕后，顿了顿，揣测道，"也？该不会你也想去华封吧？"

郑星沥抿了抿嘴角，没有说话。

沈戌眼睛一亮："真的吗？你真要考华封啊？"

"你激动个什么劲儿？"郑星沥没好气地瞪了他一眼。

沈戌摸了摸鼻子："我有激动吗？"

郑星沥停下步子，盯着他的脸看了好一会儿，点点头肯定道："你有。"

她精致小巧的脸在烟火明灭间变幻，唯有瞬间认真不容置疑。

沈戌脸上阵阵发热，不自在地移转过视线，咳了两声："啊，我这是，为未来在学校里有校友而感到雀跃。"

这个解释，勉勉强强吧。

"不对呀。"沈戌突然反应过来，"你的成绩报华封是不是有点那个了？"

"哪个？"

"太高了。"

淮省的省重点高中有一个联盟叫作A10，合祁实验中学在其中也属上乘，每年考中清华或北大的不在少数。华封虽是名校，但凭郑星沥的成绩完全可以选择一个更好的冲一冲。

郑星沥长长地舒出了一口气："因为华封的计算机很厉害。"

"你喜欢计算机？"

郑星沥笑了下："你以为谁都能找到自己喜欢的东西吗？"

"那为什么要去华封？"

"因为计算机好就业啊。"她将尾音咬得绵长，像是做什么喟叹。

话音落下间，两人也停在了药店门口，里面方书琛拿好了药，见他们过来挥了挥手里的袋子。

沈戌接下来的疑问也被咽回到了肚子里。

方书琛说："郑星沥，我大年初一就为你花钱了，你要好好珍惜。"

"少来，我大年初一还被你踹翻了，我找你麻烦了吗？"

"你搞没搞错啊？是你踹我的欸。"

"那还不是因为你掰着不松手。"

"那你也是自己摔的呀，哪里能赖在我身上，你这明明叫自作自受嘛。"

郑星沥微微一笑："你再说一遍？"

方书琛缩了缩脖子："算了。"说着他扭开双氧水的瓶子，朝她努努嘴，"手。"

郑星沥懒得理他，自己拆了棉签蘸了药往伤处搽。

伤口渗进了药，泛着隐隐的疼，倒也不是不能忍。

她胡乱涂抹一番，有些不确定地问："这样就可以了吧？"

"你问我？我什么时候用过这个？我全靠自愈好吗？"方书琛这种关头也不忘显摆，毫不意外地又收获了郑星沥一个白眼。

一直在一边装作透明人的沈戌，此时凑上前来："我来吧。"

"不用。"

两个人异口同声地回绝，竟是从未有过的默契。

方书琛将人遮挡起来，故作大方道："你告诉我接下来要干吗吧？我学一学。"

沈戌心里犯嘀咕，这两人不愧是表姐弟，这防备疏离的样子还真是如出一辙。

本来也不是什么大伤，只是郑星沥反着手，处理起来有些不顺畅。沈戌在一边看得焦急，却没办法亲自上手，只能讲得详细些。

方书琛被唬得一愣一愣的，丝毫不吝啬夸奖："行啊你，这么专业。"

沈戌视线紧盯着郑星沥笨拙的动作，回他："摔得多了，就有点经验了"

"嚯。"方书琛将他上下打量了一番，"看不出来，你还是'混世魔王'呀？"

郑星沥觉得自己再翻白眼就要瞎了，可是方书琛实在蠢得有些丢人了。

"混世魔王？"沈戌没弄明白这是哪里来的新鲜词汇，摇摇头，"不是，我是骑车的。"

"骑车？什么车？摩托？"

"不是，自行车。"

方书琛撇了撇嘴，有些失望："自行车不够刺激吧？"

跟摩托比起来，自行车显得相当普通。沈成遇见过不少对此项目存在偏见的人，听到最多的是刻薄犀利的质疑。因为不了解，所以只会带入自己的见解，甚至觉得骑自行车没出息。

这么多年来，他也习惯了。

只是这次还未等他开口，便听见另一边传来一声不屑的冷哼："你懂什么？"

沈成愣在原地，郑星沥却没有要继续解释下去的意思。

方书琛也没把这事儿放在心上，以为她只是习惯性地骂自己几句，同她顶嘴："我不懂，你懂？"

"我怎么不……"郑星沥顿了顿，"闭上你那破嘴吧。"

"你这话说得就很难听了。做文明人，不要说粗话。"

"反正，你少在这里显摆那半瓶水晃荡的样儿了。"

方书琛勾着沈成的肩，问："我晃荡吗？"

沈成摇摇头。

"听没听见，人家不觉得。"

郑星沥不屑地哂笑了声："人家这是善良。"

包了棉签的纸巾团子在空中划出一道抛物线，最后和垃圾桶失之交臂。

"哈，真没用，这么近都扔不进去。"方书琛瞬间被转移重点，大声取笑道。

"有病吧，笑这么大声干吗？这儿这么多人，当心谁给你抓到四院去。"郑星沥回头狠狠威胁了一通，小跑着去捡纸团。

合祁四院，省内有名的精神病院。一直作为骂人的代名词，活跃在各种场合。

方书琛不理她，对着沈成唏嘘道："你看没看见？多狠啊这人，还姐姐呢，就这么对待幼小的未成年弟弟。你跟她是同学，一定也没少受她的摧残吧？"

"没有。"沈戍连忙道，"你姐姐不光性格好，学习成绩也好，对朋友也不错。"

教他题目的时候很耐心，就算是四人自习的时候，她也会把事情安排得井井有条，从不藏私。

"你眼睛没问题吧？她，郑星沥，性格好？"

沈戍重重地点头："她就是嘴硬心软而已。"

"哟，看不出来你都挖掘到这个层次了。你们俩关系不错啊？"

"应该不错吧。"反正在他这里是不错的。

"应该啊……"方书琛的眼神变得意味深长起来，点点头，"我懂了。"

呃，你又懂什么了？

方书琛放下勾着的胳膊，拍了拍他的胸脯，说："你放心吧，我看你条件不错，长得也帅。郑星沥看颜值，你机会还是很大的。"

呃，这个机会，应该不会是自己理解的那种机会吧？毕竟是弟弟，应该不会这么铆足了劲儿把姐姐往那个方向想吧？

但是好像也不一定，毕竟郑星沥的姐姐一开始不就以为他们俩是那种关系吗？方书琛跟她还是一家人，脑瓜儿应该也是如出一辙吧？

沈戍还没来得及问，那边郑星沥已经回来了："什么机会？"

"带你上分的机会还是很大的。"方书琛快速切换语气，一本正经对着沈戍睁眼胡扯，扭过头跟郑星沥解释，"我跟他聊游戏呢。"

郑星沥眉头一蹙："我看你是又藏手机了吧？马上会考了，还想着游戏？"

"我可没有，谭畅中学什么样子你不知道吗？我哪里敢。"提到这茬儿，方书琛还有些愤愤不平，甚至拉上了一旁的沈戍，"你知道谭畅中学有多变态吗？我告诉你，它直接影响我上学的情绪。我这种适应能力强的还算正常，我那些爱玩的同学，说他们快被逼疯了也不为过。"

"行了，谁要听你说那些又臭又长的故事？人家要回家了。"郑星沥伸手把他扯到一边，对沈戍说，"今晚人多，你回家注意安全。"

沈戍原本还想跟他们一起走一段，听了这话也只好作罢，重重点头："你们也是。"

方书琛目送着沈成离开，这才把药胡乱收起来，嘟嘟囔囔："你干吗这么凶啊？"

"谁叫你先前问了个蠢问题。"郑星沥毫不留情，看人走远了提起之前的话茬儿，"我看你是接触的人多了，心也玩野了，在哪里学的这些词，还混世魔王？"

方书琛作为三人组里年纪最小的一个，又是唯一的男性，从小就生活在方书越和郑星沥的双重压迫下。

他跟郑星沥年纪相差不大，相处起来也没有什么姐弟的概念。

小时候郑星沥外强中干，经常受委屈不敢说。方书越比他俩大很多，也过了操心小朋友纠纷的年纪，于是很多时候都是方书琛替她出头。

方书越当年成绩一般，后面参加艺考才顺利上了大学，父母由此对方书琛的教育也犯嘀咕，担心教育有问题更怕管不好方书琛，于是把他送去了寄宿学校。为了防止他跟熟识的同学瞎混，还特地找了邻市的学校。

谁曾想方书琛别的本事没有，交朋友倒是把好手，最后跟几个学习成绩不怎么样的同学混在一起，沾染了陋习，初三就敢学着人家逃课，结果被老师当场逮住，叫来了家长，回家挨了一顿揍。

方书越那会儿刚上大一，为此事特地回来，看他不知悔改还一口一个"读书无用"，差点给他两巴掌。

那会儿郑星沥也开始懂事了，尝试着当好一个姐姐，并尽可能地引导方书琛。好在后来他也懂事了，从那之后再没犯过什么错。

"怎么又说这事儿了？我之前说的明明是自行车好吗？而且我也没说错呀，除了跑步以外，汽车、摩托甚至滑板轮滑，哪个不比自行车刺激呀？"方书琛不服气地反驳。

"你以为自己蹬个两圈，然后嚷嚷着喊累的跟人家说的是同一种东西吗？"

"那不然呢？难道……"方书琛很快幻想出了一群叔叔阿姨插个小旗子骑车踏青的样子，"自行车还分职业，还有比赛吗？"

"人家练的是公路车，正儿八经奥运会项目，那是竞技体育。极限情况下最新的世界纪录是每小时二百九十六公里。"郑星沥扇了一下他的头，"知道这是什么概念吗？地铁平均速度八十公里，就算是高铁大半也只在三百公里左右。而沈戌的两个轮子，在有配合的情况下几乎跟高铁持平。"

"二百多公里？骗人的吧？"

郑星沥再次发出了对无知的嘲笑："不说有前提的极限情况，一个入门级别的公路车手在平地上的平均时速也可以在二十八公里左右，再专业一点的三十五公里，下坡的时候顺风还可能会冲到六十公里，最最顶尖的专业车手甚至可以追上地铁。就这样，你还觉得人家自行车不够刺激吗？"

方书琛从来没有了解过自行车，对她嘴里说出的一串数据虽然没什么基本概念，但对以此摆出的类比却可以感同身受。

难以想象，两个轮子也能达到这种速度。但更难想象的是，沈戌竟然也会是其中之一。

这个年纪的男孩子总偏爱速度与激情，爱好摩托、滑板和赛车，而如今他的手机列表里竟然有一个可以与风比肩的大人物。方书琛隐隐有些激动，他甚至有点想去看看热闹。

郑星沥哪里看不明白他的表情，意识到自己吹牛有点过了，"当然了，沈戌现在还不是顶级的车手，但人家也比你厉害得多！人家骑的车跟你放把、打转闹着玩的那种完全不一样好吗？人家……你干吗这么看着我？"

方书琛摸着下巴，眉头紧紧蹙在一起做认真思考状，听此问，绕着她上下打量一遍后，倒着走在前头，语气为难："我怎么觉得你奇奇怪怪的。"

"我怎么奇怪了？"

"你不是最讨厌运动了吗？什么时候能对自行车这么侃侃而谈了？你百度做功课了？"

郑星沥心里"咯噔"一下涌上股心虚，接着嘴硬道："别造谣。我做这功课干吗？我这是博学，哪跟你一样？什么都不知道，天天就对打游戏门儿清。"

"No No No！"方书琛抱着手，伸出一根食指左右晃动，示意她说的不对，"我还能不知道你？八百米都没及格过，北京奥运会的福娃到现在都认不清楚谁对谁，就你这劲儿还能对体育博学？更何况公路车这么冷门，连我都没听过，怎么恰好就成你的博学范围了？"

"你什么意思？合着你无知我就得跟着你无知了？"郑星沥一把将人推开，"走开，挡道了。"

她步子迈得又大又快，似乎很着急回家。

方书琛跟上来："我又没说什么，你怎么还急眼了？"

"谁急眼了？我饿了，想回家吃口饭不行啊？"

"行啊，怎么不行？"方书琛贱兮兮地笑起来，冲她挤眉弄眼，"就怕你不是回家吃饭，是想回家多了解了解人家吧。"

郑星沥觉得太阳穴跳动得厉害，一拳就捶在他肩上，怒不可遏："方书琛，我看你是大年初一不挨打就皮痒。"

方书琛不甘示弱，边跑边挑衅："我看是被我说中了，恼羞成怒要杀人灭口。"

"杀人？"郑星沥笑了笑，捏着指关节"咯吱咯吱"响，"你既然这么想死，那我今天就成全你，别跑，站那儿。"

方书琛怪叫着回身挑衅，郑星沥朝他跑去，跟空气里的焦火气拥了个满怀。

远处天空上的烟花燃至尽头……新年已至，袭面的春风带来阵阵暖意。

新学期伊始，学校又开始大刀阔斧的改革，高三年级的双休日全部被取消，周六下午提前两节课放学以及周日上午推迟一节课上学，所剩无几的便是他们每周可以拥有的全部假期。

郑星沥对沈成的家教至此也画上了句点。

周六下课她依然选择了留在班上自习，刘希不忍心留她一个人，自告奋勇也要加入，后来沈成也知道了，四人小队竟然又神奇地聚集到了一起，偌大的教室也成为他们新的"据点"。

今天刘希和陈宇昂双双告假，得晚上才能来，下午教室就只剩下了郑星沥和沈成。

也许是因为施媛对自己很好，也许是觉得自己的付出还够不上那份酬劳，所以沈成在郑星沥这里总是有些特权的。

他是那种光看皮相就能让人心动的类型，五官精致，四肢修长，眸子永远干净透亮。

那是少年人独有的光芒，这样的人就像是天上的星星，就算什么都不做，只要在那里就可以照亮很多人的青春。

现在他就这样安安静静地做题，认真又努力。

人终归都是喜欢好看的皮囊，这点郑星沥也没什么好否认的。

沈戌刚放下笔，一转头就见郑星沥正看着他出神，也不知道在想些什么。

倒是郑星沥被他的动作惊醒："写完了？"

沈戌点头，把草稿纸递过来。

聪明真好，郑星沥又一次在心里感叹。

"又错了吗？"沈戌不明白她的点，小心地问。

郑星沥摇头："这次对了。"

沈戌伸了个懒腰，如释重负："谢天谢地。"

"你真的很聪明。"郑星沥长舒出一口气。

"是吗？"听了夸奖，他整个人都变得得意起来，这种情绪拿捏得恰到好处，并不惹人讨厌。

沈戌也由衷地叹道："你也很聪明。数学这么难，你还是能考满分。"

郑星沥摇摇头："我不聪明的。"

"别胡扯了。你怎么总认不清楚自己？"沈戌靠在椅背上，捏了捏自己紧绷的后颈。

"不是我认不清自己，是你们对我有误解，我是真的不够聪明。"郑星沥抿了抿嘴角，"你看我每天花这么长时间学习，还是只能在前十名的末端上苦苦挣扎，不是我不想得第一，是我的能力就到这儿了。"

"你怎么会这么想呢？"沈戌偏头看她，"我知道了，快高考了，你是不是开始着急了？"

郑星沥摇摇头又点点头："算是，也不算是吧。"

她看着窗外，往日湛蓝的天空变得灰蒙蒙的，失了份新鲜。这样的回南天总是阴雨连绵，让人有些倦怠烦闷。

"我也说不清楚，可能是高考近了，所以会有很多莫名其妙的念头蹦出来。"郑星沥托着腮，"我最近总有些心神不宁，眼皮也总跳。"

沈戌长舒一口气："嘻，我以为什么事儿呢。正常正常，高考在即嘛，压力太大影响了心情什么的都正常。至于眼皮跳，别信那些封建迷信，你就是休息不够，所以眼睛疲劳。"

"是吗？"郑星沥还是觉得心里不踏实。

"当然了。"沈戍说着从包里摸出一瓶眼药水，"喏，这个给你，缓解视疲劳可好用了。还有……"说着，他又摸出一片眼罩，"还有这个，一次性的加热眼罩，可有效了。你点完药水之后，戴上这个休息个二十分钟，保证你的眼睛干净透亮，一身轻松。"

郑星沥被他逗笑："你这装备也太全了点。"

沈戍把东西放到她桌上："有备无患嘛，毕竟有过一年经验了。"

凉凉的水滴刺得眼皮上下打战，郑星沥花了好大工夫才弄好。她双眼紧紧闭着，胡乱在桌面上摸着眼罩。

沈戍抢先一步将东西拿在手里："我给你拆吧。"

郑星沥没拒绝，听他撕开包装袋，才开口："谢谢。"

沈戍忽略她伸过来的手，将眼罩上的膜孔撕掉："我来。"

没等她拒绝，他就已经起身压了过来。男生身上淡淡的香皂味袭来，片刻间就将人裹住。

郑星沥屏住呼吸，连推脱都忘了。

沈戍弯下腰，离她很近，从轻轻颤动着的睫毛推断出她有些紧张。她的脸很小，且线条流畅骨相极佳，长而翘的睫毛上沾了水渍更显浓密，眼下淡淡的青黑跟白皙底色衬在一起甚是明显。

柔软的无纺布覆上眼睛，遮住她大半张脸。

沈戍张开手停在她鼻尖很近的地方，借此来丈量，佐证自己很早前关于她脸有多小的猜测。

她的呼吸喷洒在他手掌上，鼻翼翕动几下，好似有所察觉，不确定地问："沈戍，好了吗？"

他连忙收手，多此一举地将眼罩往上又提了提："好了。"

"谢谢。"

"你少熬点夜，现在这个关头，身体更重要。"沈戍摸了摸有些热的掌心，不自然地将头扭到一边。

"我也不想，但是有时候做题目，做着做着就已经很晚了。"眼罩慢慢升温，贴着眼睛热热的，很舒服，郑星沥也跟着松弛下来。

"你不会就是大王说的那种人吧？"

"哪种？"

"在家里学到两三点，白天到班里说自己什么也没学，要完蛋了。"

郑星沥笑起来："我要是学到了两三点，一定要嚷嚷得大家都知道才行。"

沈戍拿出过来人的姿态，教育她："那就好。我看啊，你就该去跑跑步锻炼身体才对，平日里连上个楼都气喘，怎么过八百米测验啊。"

"八百米？又要测八百米？"郑星沥难得的好心情几乎瞬间消失。

"教育局新出了文件，要提高学生身体素质，在高三年级抽签，抽一个班级测八百米。"沈戍的跑步训练一直没落下过，在体育老师那里也算熟人，总能得到第一手的消息。

"这个应该不会卡得那么严格吧？"毕竟是上级检查，弄出不合格来多影响学校评级啊。

沈戍哪里听不出她的意思："恐怕你要失望了。这次来的是北京的检查组，估计悬。"

"我们班应该不会这么倒霉吧。"

"如果抽签是由学校负责的话，估计会选择人少，体育成绩优异的班；但如果是检查组抽签的话，我只能说都有可能。"沈戍接着说，"所以啊，加强锻炼，养好身体。不然万一被抽中了，跑不过可是要影响毕业的。"

郑星沥的心情彻底荡到了谷底，语气也颇烦躁："啊，都高三了，抽高二高一不行吗？"

这种紧要关头，她哪里来的精力练习跑步。

"你之前训练的时候，教练有没有教过八百米速成大法之类的？"她顿了顿，"或者，在哪儿可以买到特效药？"

最好吃了能让她一飞冲天，跑进四分钟的那种。

沈戍转过来看她，虽然被眼罩遮住的脸看不出什么具体表情，但从她绷起的嘴角，还是表明了言语中的认真。

"就一个八百米，你怎么这么害怕？"

"我不是害怕，我是厌恶。"郑星沥纠正他，"你难道就不觉得跑步限时一点都不科学吗？"

"怎么不科学了？"

"如果初心是要我们去锻炼身体，那就不要规定时间，跑完就好了呀，干吗非要划一个及格线。有的人本来就不能跑、跑不快，这标准一划，让那些跑不动的人怎么办？"

沈成本能地就想反驳，可听了她的话，一时还真找不到什么毛病。他思考了一会儿："也许是想让有跑步方面天赋的人，找到目标？"

郑星沥冷笑一声："那就更不科学了。直接让能跑的人去比赛不就行了，干吗要筛选出跑不动的人啊。"

伤害很大，侮辱性也很强。

"可是如果没有八百米的测试规定的话，还有人愿意跑步吗？"

"有啊。"郑星沥拽下眼罩，抬眸看向他，"你不就是吗？"

眼罩覆盖的地方有些微红。她眼睛很亮，因为表达立场，似乎还藏了几分犀利较真。沈成不知怎么就生出些慌张来，匆匆回头看着习题，不敢再看她，回道："我不一样。"

郑星沥不明白他奇怪的举措，只当是他无法反驳自己的逻辑，所以认了输。占据上风的愉悦冲淡了心底的莫名不安，她轻轻地"哼"了一声，拽过试卷，还不忘又重复道："反正就是不科学。"

夜色渐浓，稍有大点儿的动静都像挑拨着人的神经，房间里一片静谧，暖色的护眼灯在桌面投下一片亮。床头柜上闹钟时针叠向"12"，可还有半张卷子没有订正完。

郑星沥抬手喝了口凉水，没注意呛到了嗓子里，咳嗽半天引得太阳穴生疼，右眼皮也开始跳起来。

不安的情绪再度涌出来，没有根据。她的视线落在柜子上那沓眼罩上。

沈成说了，这是因为休息不够，这些眼罩就算他为她的睡眠做贡献了。

她深呼吸几下，索性合上卷子爬上床，将剩下的半张留给明天。

眼罩过滤掉所有的光，微风夹了草香从窗户缝隙里钻进来，拂过脸颊很是舒服，窗外没了雨声，睡意随着眼前温热席卷而来。

明天兴许是个好天气吧？

突兀刺耳的来电提示，撕破了安静和煦。

郑星沥呼吸粗重，身子重得像刚从水里捞出来一样。

电话那一边，方荟叹了口气……

郑星沥身上的暖意一点点消散，最后低低地应了一声："我可以。"

这些天一直萦绕在她心头的不安，终于找到了源头。

她赤脚踩在地板上，拉开窗帘。

天边晨色鲜明，久违的阳光映亮干净的水泥地面，小区里起得早的爷爷奶奶已经开始晨练。

今天，可真是个好天气啊。

Chapter 03
·银色小船摇摇晃晃弯弯·

每次回老家的路上，郑星沥都会经过一座很好看的房子。它建在马路边，身后是大片的稻田。低矮围墙堆砌起来，扣住一个小小的水湾，象牙白色的楼梯，底下蜷缩着那些小的、嫩绿的芽。

它是郑星沥梦想中的房子该有的模样，十几年来一直伫立在那里，没有人住，却一直生机盎然。

乡间的小道不比马路宽阔，郑星沥辗转在街头打了一辆三轮车，在轰隆隆的发动机声里朝大伯家颠簸着。

围墙外头已经站了乌泱泱的人，方荟正在侧门口张望着，见她从车棚里下来，连忙迎过来。

郑星沥蹙着眉："你怎么不进去？"

方荟压低了嗓音，说道："你大伯说我不算老郑家的人，不合规矩不让进。"

"哪里来的规矩，我爸进得去，你就进不去？我怎么没听说过。"

"你爸去别的地儿了。"方荟拽着她的胳膊，冲人群里的熟人打了招呼，低声警告她，"行了，少说几句。"

郑星沥压下心里的不耐烦，眼下确实不是提这些的时候。

踩着湿润的泥巴地转到正门，堂姐和大伯娘已经候在那里了，见她们俩过来，"扑通"往下一跪，扮作哭腔干号着。

方荟跪在门口蒲团上，额头磕向水泥门槛。门内聊得热闹的大伯郑乔平慢条斯理地走到墙角，点燃一串爆竹。

原本是悲伤的场合，不知怎的，郑星沥突然很想笑。

她知道，这群人等这一天已经很久了。

死亡，对某些人来说，是件幸福的事情。

穿过宽敞庭院，她步入堂屋，对着桌子上既熟悉又陌生的黑白遗像重重磕头。

左转弯，背阴的楼梯间卧室里一片漆黑，角落里点着一支红烛。小叔家的儿子捧着书跪在红烛旁边的蒲团上，烛光底下放着块木板，上面盖着红布。

红布底下，是她奶奶。

这是郑星沥第二次接触到死亡。

第一回是六岁那年，外婆去世。

灵堂里哭了一片的亲戚，小舅舅戴着孝布，将麻袋里的纸钱铜币塞到宽宽的棺材里。

原本她不明白死亡意味着什么，只是对外婆没法陪自己、再不能给自己买好吃的糖坨坨而感到难过，可看到那一团团东西放到外婆身边的时候，她头一次开始惧怕起死亡。

如果自己死了也会是这个样子吗？

郑星沥眼角渗出些湿润，弓着腰，额头贴着手背，任由一边不熟悉的堂哥取了烛台底下的水洒在身上。

她努力地回想着跟奶奶那少得可怜的相处，想要从中汲取一些温暖和遗憾，但却一无所获。

比起从小带自己长大的外婆，她对奶奶的印象几乎没有。

"出去吧。"堂哥收了手，近乎冷漠地翻过一页书，"可以叫你妈进来了。"

郑星沥本能地就想说"你该叫二伯娘吧"，可还是忍下了。

这群人，从始至终就没把自己当过家里的一分子，纠结一个称呼，没必要。

"下午打麻将？"

"行啊，打缺一门。"

"带风跟红中啊。"

"那肯定，'发财'也得算钱。"大伯嗑着瓜子，脸上洋溢着笑容，窥不见半丝悲痛。

正门口的大伯娘带着女儿又号哭起来，大伯远远望过去，见到来人一脸殷切，麻利儿地端了茶去，还特地拆了串长爆竹点上。

郑星沥四肢冰凉，不知道该做些什么，她拽住方荟，问："爸爸到哪儿去了？"

"给奶奶看坟地去了。"方荟在院落中央招待客人的桌上端了杯热茶递到她手里，"你奶奶走得突然。昨晚她没出来吃饭，夜里大伯娘打牌回来，才发现人没了。我们得到消息就赶紧过来了。"

"你一直没进来？"郑星沥还是忍不住在意这些细节。

"行了，也不是什么大事。"

别说是她，连郑乔生也没进门，刚下了车就被郑乔平催着去找白事人、看坟地。留下她这个二嫂却不让进门，还说不合规矩，让她在外头跟街坊四邻热络热络。

郑星沥没忍住，低低骂了句。

"不能瞎说。"方荟赶紧打量了一眼四周，"我们是为奶奶来的，管他们做什么。"

"我就是气不过。奶奶是住在他们家没错，但这些年什么事情不是爸爸回来过问的？他们凭什么不让你进门？还有郑明贤，他爸的事儿还没扯清楚呢，连一句'二伯娘'都不愿意叫。我们是回来送奶奶的，又不是回来看他们摆谱的。"郑星沥没有母亲那样好的脾气，这些年受的冷眼积攒下来的怨气似乎都在这个微妙的当口涌了上来。

与其说她是为自己遭了冷遇生气，倒不如说她是替父亲郑乔生不值，替母亲方荟不值。

"你大伯能给奶奶一个住的地方就不错了，你看这村里多少跟奶奶一样的老人，最后没人管自己摔死在外面的还少吗？他们家也不宽裕，要是我们自己有房接你奶奶过去倒也可以，这不是没有，所以只能麻烦他们吗？"方荟不愿意她这样想，总想着法子劝慰，"我们不能陪在奶奶身边，多做点事儿、多买点东西，那也都是应该的。"

"我没说不应该，我是气他们不尊重人。我爸一星期回来两次，每次都带米带肉带酒，临走还塞五百块钱，回回不落下。奶奶的房间不见阳，潮气重，大小便就在角落里没人扫，我爸扫；奶奶的脏衣服脏床单没人洗，我爸洗；奶奶洗澡几回，全等你来，他们没上过一次手。可你看他们怎么对我们的，把我们当过一家人吗？"

"郑星沥！"方荟提高了声音，面容严肃，"不准再胡说了。"她顿了顿，"这种话，以后也不准当你爸的面说。"

栗子树高耸入云端，青黄不接的叶子被风声搅得簌簌作响。小鸡在栅栏里胡乱蹦跶，阳光洒在庭院中央将一切都镀上层金黄。

大人们三三两两围着不同的桌子，喝着茶大声调笑。敞开着的大门里，红烛的火花映着黑白遗像。

原本是乡间春天独有的静谧安详，如今却让人通体生寒。

郑星沥靠在新修的小平房外，合着眼默默背着公式概念，从这种荒诞里自救。

"老二回来了啊。"郑乔平吐出瓜子壳，坐着一动不动，喝下一口茶，才继续问，"看好了吗？"

郑乔生点点头，看了看满院子的人："我们进去说。"

郑星沥让开道，小声地叫了声"爸爸"。

郑乔生摸了摸她的头，脸上全是疲惫："你妈妈呢？"

"在做饭。"

上午来吊唁的人这么多，中午的饭都得做好，大伯娘嚷嚷着自己身体不适，把事情全丢给了方荟，郑星沥原想帮忙烧柴，还没坐下就被方荟赶了出来。

郑乔生没再说什么，打开房门走了进去。

木门没锁，郑星沥离得近，将他们的对话听得清楚。

"我问过了，现在公墓好一点的还有位置，只是要预订。我们这种情况的算插队，所以得加钱。"

"又加钱？"郑乔平顿时骂骂咧咧起来，说十几年前可没这个规矩，现在的人太坏，一定是想昧钱，中间还夹杂着方言的脏话，听起来很生气。

郑乔生连忙劝他："犯不着生这点儿气。也没加多少钱，实在不行，我掏了。”

郑乔平立马收了骂街的架势："那怎么行。"他装模作样地叹一口气，"也怪我没本事，这些年挣不到什么钱。"

这话一出便是允了郑乔生的提议。

"没什么，这些年嫂子在家照顾老娘也辛苦了。"郑乔生没过多纠结在这个问题上。

"都是一家人，就不提这个了。"郑乔平说，"除了加钱的部分，我们还要出多少？"

"没多少，大概五千多，咱们再给多点儿，防止出什么纰漏，六千足够了。"

今时不同往日，选块地自己修坟、修石狮子的时代已经过去。就算是农村也开始普及起了公墓，所以选什么位置都是个讲究活儿。

"这么说，我们一家要出三千？"郑乔平点燃一根烟，呛得郑乔生咳个不停，说不出话来。

郑乔平掸了掸烟灰："这样吧，这钱，我再找一家分。"

"不行，妹妹们从小就没受家里什么照顾，现在都嫁人了，哪有叫她们掏钱的道理。"

"我不找她们。你待会儿别跟人吵架。"

郑乔生听得云里雾里："吵什么架？"

"这日子，你懂点事儿。反正别吵就行了。"

郑乔平丢下这句话就夹了烟出来，也没看郑星沥一眼，兀自转到堂屋楼梯底下，扯了嗓子冲楼上喊："下来吧。"

郑星沥昂着头，遥遥看见二楼走廊尽头钻出个人，在窗户前一闪而过，之后便贴着墙行进，也认不出来是谁。

没一会儿，郑乔平就从屋里走了出来，将烟头扔到地下踩了踩。

他后头跟着个人，军大衣从头罩到脚，脸色红润地朝满院子的亲戚打招呼。

"乔祖在家啊。"

"是是是。"

"怎么还没走呀，不是说要出去吗？"

"这不是亲娘身体不好吗？"

"哟，你还怪孝顺的嘞，郑三叔公就不介意你这样？"

"哎哟，这不是亲娘走了吗？摊谁身上都要过来的呀。应该的，应该的。"他说得坦坦荡荡，受了这句"孝顺"的客套夸奖，便露出笑容。

郑星沥手凉得有些失去了知觉，压抑了半天的怒火，在看见如此其乐融融的和谐后，毁灭了所有的理智。

郑乔祖，回来了。

不，应该说，他早回来了。

郑星沥想象过很多碰到郑乔祖的画面，兴许是他躲不下去回了家；兴许是某一天路上偶遇；又兴许是在公交车上不经意一瞥，那张熟悉的脸在过往人群里跃入视野。

而现在，他就坐在八仙桌旁，跟郑乔平一起抽着烟，没有一点点羞愧，大大咧咧地说："修坟怎么还要我掏钱？"

"你不是娘养的？你怎么就不出钱了？"郑乔平骂他。

"没养，我又不是她花钱养大的，别忘了，我现在的爹娘可都好好的呢。"他一副破罐子破摔的架势，"再说了，我没钱，你再找多少人分摊，我都没钱。"

郑乔生被呛得上气不接下气，好不容易忍住，开口："老三，你什么时候回来的？"

"我回来陪妈过年的，谁让您这大忙人没时间呢？"

"正月我回来拜年，那时候你去哪儿了？"

郑乔祖冷笑："我去哪儿您不清楚吗？您忘了，现在我算是'通缉犯'呢。不是托您的福才躲起来的吗？"

郑乔生认下了那笔烂账，帮他把钱还了，如今这债权就转到了他手上。郑乔祖是债务人，眼下不还钱，虽然还没到起诉的依据，但已经触犯了法律，派出所那边自然也是盯着他的。

"既然回来了，就踏踏实实的，别跟那些朋友混了。找个活计好好干，那钱你慢慢还我也行。但是一笔勾销，我办不到。"

"二哥，你这话说得就难听了。我们不是一家人吗？再说了，要不是你报警，我用这么东躲西藏吗？"郑乔祖竟然掉头吼起来，"明贤马上考大学，我现在上了银行黑名单，连钱都取不出，都是你害的。"他找到了理由，话锋一转，"大哥，你看到了，修坟这钱我不是不想出，我是没法儿出。"

"你！"郑乔生被气得说不出话。

"行了，都小点声儿，让外人看见怎么笑话我们家。"郑乔平听了这话也蹙眉，对郑乔生更没了好语气，"老二你也是，一家人有什么磨不开的事儿，干吗闹到派出所去。"

"大哥！"郑乔生声音已经近乎颤抖了，"在外面借钱的是他郑乔祖，我为这事儿损失了那么多，现在也没逼他一次还给我，于情于理，我都仁至义尽了！他家困难，我就不困难了？"

"你毕竟是哥哥。再说了，我们仨，就你一个人在市里做生意，不像我们在乡下待着，也赚不到什么钱。"郑乔平仗着老大的身份，说话总是居高临下。

莎士比亚曾经说过："他们的爱是在他们的钱袋里的，谁倒空了他们的钱袋，就等于把恶毒的仇恨注满在他们的胸膛里。"

郑星沥没有见识过极致的恶毒，但她觉得这一屋子的人，除了郑乔生，都恶心透了。

她在心里默背下那两串数字，把手上的现金折好放回到口袋，拉开门，踩着略高的门槛，头一回插嘴大人们的事情："市里天桥底下还有讨饭的，我们家怎么就是有钱人了？"

郑乔生性子软，眼下还惦念着兄弟情分；郑星沥嘴巴毒，她不怕面子名声，大不了事情闹大，以后都不回来，又有什么好怕的。

"大人谈事情，有你什么说话的份儿。"郑乔平蹙着眉，怒目瞪过来，"今天死的是你奶奶，不是你爸。"

郑乔生也不愿意女儿掺和进来，但听到大哥说出这种话，一下站起来，将她护在身后："你跟孩子发什么火？"

"不让我在这儿说，那我就出去说，让外边那些长辈看一看，看看这家里大哥小弟是怎么为了钱吵架的。"

眼前这些大人，再怎么闹也只敢对着家里人发火，万不会让院子里那些人看热闹。他们要面子，她不要。

郑乔生不好意思说出吃过的苦，那就她来，大家都愿意装成高高在上，装成未受恩泽，那就让她凭借"小辈无知"拆掉这层窗户纸吧。

郑乔平做惯了家里的老大，平生第一次叫个小辈扫了面儿："你再说一遍！你爸这些年生个女儿当个宝，教出你这么个没出息的东西。"

郑星沥被这凶悍声音吓得抖了一下，紧紧攥着郑乔生的袖子，昂着下巴，不吭声，只死死瞪着屋内的人。

郑乔祖拔了一口烟，瘫在椅子上搅浑水："哟，二哥不得了啊，养出个女儿，还以为姓方呢，说得就跟我们不是她叔叔伯伯似的，是真不把自己当老郑家人了呀。"

"老娘在世，没住过你家，没麻烦过你一回。现在老娘一走，你就等不及要吵架了，你还真是好样的。"郑乔平说。

郑乔生说："我没有这个意思。"

"我看你就是。二哥，你别忘记了，我当初是代替你去叔公家做儿子的。要不是我，你能这么顺顺利利的，还在市里安顿下来吗？我呢，书，书没继续读；钱，钱没挣到。现在还成了公安那头挂相的。这么多年，我吃的苦，你负责是应该的。"

"小叔，您蒙谁呢？"郑星沥闭了闭眼，片刻间便下定了决心，出声刺他，"大家谁不知道，当初奶奶是要把我爸送人的，是三叔公嫌弃我爸有支气管病，老是咳嗽是个短命相，这才让您去了。八几年那会儿，您跟县里那什么'十大兄弟'一起混，昧下了叔公给的学费，后来出事进了局子，最后还是我爸给您捞回来的。要说吃苦，我爸这些年给您善后，这苦吃得还少了吗？

"还有大伯，您说我爸没养奶奶，真没养过吗？您可能忘了，可我没忘。我记得奶奶抱着我下楼，发病把我从楼梯上扔了下去，我这胳膊贴到了高压锅上，到现在还有疤；我记得我学走路时，她状态不好，把我踹到了铁板凳角上，我人中裂开，缝了三针。后来她为什么走？是因为她又严重了，认不出我爸来，嘴里天天念着小叔的名字，骂我爸是小畜生，骂我是小野种，吵吵嚷嚷要回去，这才走的。怎么到您嘴里就成我爸没养过奶奶了？"

郑奶奶有阿尔茨海默病，早年间不知道跑丢多少回。后来回了老家，每次大伯出门就会锁住铁门。郑乔生也碰见过不少回，郑奶奶搬了凳子在门锁底下晒太阳，没饭吃，也出不去门。

郑乔生从栏杆里给她递吃的，郑奶奶却问："你是乔祖吗？"

"我是乔生。"

"乔生？我不认识乔生。"

"我是你二儿子，我是郑乔生。"

"二儿子？我没有二儿子，我家老大叫乔平，老幺叫乔祖，没有乔生，没有。"

这样的画面，每次都会上演，有时是在院内，有时是隔着院门。郑乔生不厌其烦地重复着"我是你儿子"，那边的奶奶永远摇头摆手，说"你不是"。

郑乔生等啊等，等了十几年，她再没唤过他一声"儿子"。

郑星沥深深呼出一口气，不给他们说话的机会："从我记事，我爸从来没有欠过生活费吧？用不用我背卡号给您听？ 19700278……34871324，还有我手机里记着的……"

她按亮手机屏，最先跃入眼帘的是沈成发来的信息框，还没等她看清楚，郑乔平便将手机夺了去，猛地摔到她脚边，目眦欲裂的模样看上去很是吓人。

郑乔生上前一步拦在他身前："大哥，你这是干什么？"

"这话该我问你，你是叫什么鬼迷住心窍了，一家人跑这里发疯。"

"大伯生什么气啊？不说生活费就不说呗。"郑星沥语气轻松，抓紧郑乔生衣服的手却抖个不停。

她不可以退缩，她必须做这个"不知礼数"的后辈，就算害怕，也要坚持。

"外头这楼房这院子，当年还是您跟我爸一起建的，现如今这楼里，我们家房间不还是没了吗？我妈楼上的嫁妆不是都给大伯娘、姐姐用了吗？"

郑星沥说："小叔回来得好啊，大伯知道，外面亲戚知道，只有我爸不知道。你说我们是一家人，这就是一家人吗？"

"你少放屁，要不是你们报警，我用得着这样吗？"郑乔祖愤愤不平，"你现在读书了，就敢对长辈大呼小叫了。一点不像话，一点没教养，你妈管生不管教是吗？"

"郑乔祖，我还没死，我还在这儿，你敢再说一句试试看？"郑乔生狠狠瞪了他一眼，将身后女儿护得更紧。

"你今天是铁了心的，要分家是吧？"郑乔平点点头，"好啊，好得很，老娘刚走，你这大孝子就装不下去了。真是好得很，也让老娘在天之灵看看你们这一家是什么货色。"

"大伯您说错了吧，家不是早就分了吗？"

事情到这个地步，郑星沥既没什么顾忌也没什么歇斯底里的想法了，语气越发趋于嘲讽。

"我爸二十岁那年，当着奶奶的面儿，在爷爷的遗像前，您没分家吗？小叔的宅基地，您的田，不是分家分到的？我倒想问问您，我爸分到什么了？他不敢成家，怕养不起孩子，三十来岁才在合祁安定下来，现在他五十多岁了，连个像样的房子都没有！"

郑乔平："行啊老二，你就是这么在孩子前胡说的。当年，是你自己揽下的债，现在怪我这个哥哥自私了。"

郑星沥冷笑："谁敢怪您呢。谁让您结婚了要养家呢？谁让小叔户口在叔公底下，严格意义上不算家里人呢？结了婚就成困难户了，多有道理啊；过继出去的人，不能背债，不给亲娘修坟，却能分亲娘的田地，这道理多正啊。所以我爸就活该，活该被你们戳着脊梁骨骂不孝，活该还了十三年的债，活该到现在了，还要给弟弟善后。谁叫他住城里呢，谁叫他是出去打工呢，谁叫他弟弟才四十来岁，还是个孩子呢？"

郑乔平："郑星沥！你还是人吗？今天是什么日子，是什么场合，你认不清吗？老二，你是故意的是吗？"

郑乔生不回这茬儿，而是一个箭步冲上前，夺过边上郑乔祖手里的烟，狠狠扔到地上，抬起头狠狠地盯着他："抽什么烟，我支气管有病，呛死我，你今天就要被抓去坐牢。"

他视线慢慢挪转到郑乔平身上："别说什么不知道，我被妈扔出去的时候，你们不就在旁边吗？"

家里老二，总是被忽视的那个。

郑乔生生下来就有支气管病，总咳嗽。那会儿穷，根本治不起。

有年冬天他又发了病，很长时间都不见好，奶奶一狠心就将他扔到了大门外头。谁知道雪天里冻了一夜，他竟然活了下来。

那会儿人迷信，觉得他没被冻死是菩萨显灵，是天意，这才又被捡回来继续养着。

郑乔生一直都害怕被家里人再次扔掉。那种恐慌无声，像悬在头顶的剑，日日缠着他。

"你干什么，要造反啊！"郑乔平彻底被激怒，无数脏话朝着他们袭来，仿佛站在他面前的不是什么亲兄弟，而是该喝血扒皮的仇人。

郑乔生平静地等他骂声稍停："我女儿说的有一件错事儿吗？这些年我是没能陪在妈身边，但是我能做的一件没落下过。她不认我，骂我、打我也都没关系。她生病了，所以这是情理之中。这些是我应尽的责任，我不怪也不怨。

"我自问没有对不起谁，可现在呢，你们想让我干什么？让我把钱全出了，把债全背了，让我把钱分给你们。我想问问，这天下有这样的道理吗？

"我不姓郑吗？我跟你们不是兄弟吗？我是二哥没错，我不也是弟弟吗？

"你们的儿子女儿要上学，我的女儿就不用；你们有家要养，我就不用养家。"

郑乔生抬头，视线在两人身上一一扫过，将这些年无数次压下的猜忌和不满统统道了个明白："你们是人，我就不是？"

从小，在郑星沥眼里，郑乔生就是一个非常矛盾的人。对她严格管教，生怕她受欺负，让她脾气坏点也没关系；可他自己对着家里的兄弟，却一再退让。

"算了""都是一家人""他们也不容易""我也没有他们难"……

这样的话，总会出现在他们夫妻的嘴里。

郑星沥跟他们俩不一样，她跟叔伯没有什么深情厚谊，更领会不到自己家有什么错。无数次她想顶嘴，想质问他们为什么要这么对自己的爸爸，却因为"一家人""长辈"被迫放弃。

于是她也想：算了，忍一忍，就过去了。

可如今她明白了，退让、忍耐，并不会让人良心发现，那只会让他们变本加厉，心安理得地享受别人的给予。

半年前在派出所，她不想再忍了；今天，在这间矮屋里，她也不想再忍了。

年纪、阅历、辈分，这些统统代表不了权威。

今天，她就是要和这些人撕破脸皮。

窝囊了一辈子的人，突然开始反抗，效果更加惊人。郑乔平和郑乔祖一时半会儿竟不知道该从何处开始吵闹。

郑乔生说："你回去上课，这儿没你的事儿了。还有你妈，让她过来，那饭谁爱做谁去做。"

这么多年，因为一个"孝"字，他不知忍下了多少，如今他妈走时没遭罪，生前也体面，他也是时候为自己、为家人好好争取了。

这摊子糟心龃龉任他们处理干净，犯不着让孩子继续跟着掺和。

郑星沥知道自己已起到了作用，再待下去意义也不大，于是放心地退场。眼下距离高考没剩下多少时间了，她的重点也不可能时刻牵挂在这里。

三两句跟方荟说清楚了情况，母女俩一起走出厨房。外头打牌的大伯娘见着了，立马叫唤起来："二弟妹，饭烧好了吗？"

"大哥让您去做。"方荟语气淡淡，谈不上什么热络。这一架吵得，也没必要配合这些人，累着自己。

光凭郑乔祖回来，却没有一个人告诉过他们，这就能看出来，在座的各位，根本没有把他们当成家人。

说完她也不管其他人是何反应，拽着女儿走到侧门。

现在快到饭点，乡间外头也没有什么三轮车可坐，方荟看了一会儿，嘱咐道："你等我去取钥匙，我骑车送你去大路搭车。"

郑星沥听话地待在门外，大伯小叔守着重男轻女的老一套，在他们眼里她是个女孩子毫无价值，更别提扶棺守灵了，所以她走也不算什么大事，更谈不上罔顾人伦。

手机屏幕已经摔碎，郑星沥抱着丝侥幸，可无论她如何长按电源键，如蛛网般的屏幕也没有再亮起来。

她放弃了，朝门内看了看，却不想从门里走出来要送她的，不是方荟，是郑明贤。

这位堂哥一如既往的冷漠，将钥匙插到电动三轮里，掉好头，也没有要替她放下挡板的意思："走吧。"

郑星沥没有别的选择。

三轮车原先也不知是做什么用的，里面和边角全是泥土垃圾，没有可坐的地方。郑星沥握住驾驶位后头的栏杆，谨慎地蹲着。

郑明贤发出一声轻呵，说出的话轻飘飘的，却足够刺耳："嫌脏是吗？"

郑星沥很早前就想过眼前的局面了。郑明贤就算再怎么知道是自家人不占理，也还是会埋怨他们报警把事情搞大。这是人之常情，可以理解却无法接受。

事已至此，郑星沥也不再忍气吞声装样儿了。

"你如果讨厌我，可以不送我。"

还好，他们都还只是学生，严格意义上来说都还是"小孩子"，所以可以不管成年人的体面，不管人情世故，只管直来直往，也少去了诸多时间。

乡间路窄，电动三轮占据了大半的水泥路，颤颤巍巍往前行进。

"你真的跟我想象中一样刻薄。"

"谢谢。"郑星沥并不觉得刻薄有什么不好，起码这样不会让自己吃亏。

"就这么待不下去，连一天都等不了了？"

这话就更谈不上动听了，郑星沥从边上后视镜里看清他脸上的怨怼。

说起来奇怪，大伯小叔家的孩子，长相都有相似之处，一眼瞧上去便能分辨出是一家人。而她却跟他们没有一点像的地方，倒是跟方书越、方书琛一起，总会被认成亲姐弟。

可能，是从小一起长大的缘故吧。

"奶奶走了都没见你哭，你不觉得自己自私吗？"郑明贤见讥讽未能得到回应，变本加厉起来，"撺掇着家里吵架，出了事儿跑得却比谁都快。"

"家里？那是你们家。"郑星沥并不意外，"你们从来就没有把我们当成过一家人。"

迎面来了一辆拉菜板的车，郑明贤踩了刹车，将车半边行进到一旁泥地里，给对方让路。

他冷笑，从后视镜里深深看了她一眼："你说我们不把你当一家人，那你呢？"

"什么？"

"从小你就不跟我们多说话，每次回来都像个施舍好意的人，拿着那点钱，就以为自己是个城里人，瞧不起我们乡下长大的，就连饭也不吃，好像我们的米脏一样。"郑明贤似乎积攒了很久的怨气，"你把我们当过一家人吗？"

郑星沥脸色古怪："你是真的不记得了吗？"

"我记得？我记得你是怎么躲着我们，是怎么催促着二伯快点走，是怎么说不想再待在我家的。"

郑星沥长长地舒出一口气，看着眼前的人，本来的怒意却在此刻化解成了可笑。

"我六岁那年，是你跟郑明美一起把我反锁在厕所里的，也是你们往我饭里拌猪糠骗我说是玉米面的。现在你质问我为什么怕回来，为什么不跟你们亲近，我也想问问你，为什么这些你都不记得了？"

六七岁的小孩儿有了哥哥姐姐，就算不怎么相处，也是抱有满腔热情和期待的。她怎么会不想跟他们亲近呢？可是他们又正视过她这份亲近吗？

"我怕再被关到厕所看地上爬满的蛆，不行吗？我不想再尝嚼不烂剌嗓子的猪食，不行吗？我怕死，所以不想跟你们亲近，不行吗？"

那些看似不算什么的恶作剧给她带来的伤害，直到如今仍旧无法忘却。所以她抗拒回老家，抗拒待在这个被漠视的环境里，更抗拒以"年纪小不懂事""开不起玩笑"就轻飘飘揭过那一页的堂姐堂哥。

"你比我大三岁，郑明美比我大四岁，你们捉弄我的时候想过我是妹妹吗？为什么你现在可以这么理直气壮地反问我呢？"

"郑明贤，是我欠你的吗？"

这个问题没有得到答案。

拉板车的老爹爹一步步错身而过，回头来冲他们招招手，示意可以了。晃悠悠的三轮车很快完成加速，行驶在平坦狭窄的水泥路上，一改先前的慢吞吞。

路边灌木茂密，修挺的竹子掩在后头，露出青翠。风声在耳边呼啸，似乎是在发泄无法言喻的情绪。

或许从今天开始，她可以倒数剩下光顾此处风景的机会。

窗户玻璃被轻轻地敲着，声音不大却足够扰人清梦，刘希不耐烦地睁开眼："谁啊。"

玻璃另一边陈宇昂冲她摇摇手，张大嘴无声比画着。

刘希看了半天没明白，翻了个白眼："神经病。"

陈宇昂上手推窗才发现已经锁住了，他又重重敲了两下，嘴里夸张地说着"郑老师"，手指了指旁边。

刘希慢条斯理地起身，出了门才发现沈戌就在七班前门站着。

见她出来，沈戌忙问："郑星沥回你消息了吗？"

"你不是问过了吗？"刘希打了个大大的哈欠，"她既然回家奔丧，肯定一时半会儿的注意不到手机啊。"

郑星沥走之前给刘希打了个招呼，让她跑操的时候给值班的纪律员说一声。

沈戌发现郑星沥没来，就找刘希问了问，她也没避讳地说给他听。

"她跟她奶奶，关系应该很好吧？"

"嗯，也谈不上吧。"刘希含糊地提了句便不肯再说了，只叫他放心，应该不会有大问题。

沈戍哪里忍得住，试探性地发了消息却石沉大海。眼看着午休都要结束了，还是没有回信，他一时冲动就打了电话，结果那头语音提示电话已关机。

"关机？"刘希愣了愣，"不会是她嫌你话多把你拉黑了吧？"

"我也试了，也没打通。"陈宇昂在一边插嘴。

刘希拧起眉头，又很快散开，轻松地冲他们挥挥手："应该没事儿，她回老家，叔叔阿姨都在那儿，安全得很。"

劝走了两个事儿爹，她回到座位上，悄悄从桌肚里摸出手机，揣在校服口袋里，一路狂奔躲到厕所最里面的隔间给郑星沥拨去电话，得到的也是关机提示。

这是怎么搞的？

刘希的脸绷得板正，心里也冒出诸多不好的猜测来。

另一边，沈戍心不在焉的，对着擅长的化学也无法正常思考，化合价配错好几个。他偷偷看了眼毫无动静的手机，有些烦躁地抓了抓头发。

"你怎么还把手机带到学校了？"陈宇昂偷偷地说。

"嘘。"他竖起指头做了个噤声的动作，声音压得很低，"我去大门口看看，要是老师问起来，你就说我去厕所了。"

台上，化学老师正奋笔疾书，满是激情地罗列着制取二氧化碳的化学方程式。

沈戍看准时机，偷偷从后门溜了出去，特地绕去另一个楼梯口。

剩下陈宇昂一脸蒙。去大门口，背书包干什么？

现在时间还早，太阳绕到教学楼后头，在落地窗的走廊前投下大片的光影，漂亮极了。

沈戍没心情欣赏，三步并作两步走，着急忙慌地往楼底下冲。他要去小区看看，兴许能等到郑星沥回来也说不定。

沈戍头一回逃课，说不紧张是假的，只是这点微末不安跟郑星沥比起来，不值一提。

转过三楼，他谨慎地打量着四周，抬起头看向下面走廊。

承重柱割出回廊和玻璃窗墙，光影间有人察觉动静抬起脸。

沈戌愣在原地。

郑星沥身上的校服半敞着，露出截瘦削锁骨，朝向窗户的半边脸敷上层夺目的光，眼睛里泛起疑惑，稍稍侧头，发出鼻音："嗯？"

沈戌放缓步伐，原本提心吊胆的心情稍稍平复，他的呼吸有些重，语气却熨帖："好巧啊。"

郑星沥回来的时候，下午第一节课刚刚开始。她掐着表回家换了校服拿了书，跟保安说清楚情况，便被放了进来。

怕中途会打扰大家上课，她特地选了个好位置等着。谁曾想会碰见沈戌，还是背着包的。

这架势，看起来可不像是去做什么好事。

"巧？你要干什么去？"

沈戌把书包往身后藏："不干什么。"

郑星沥一脸平静地下定论："你想逃课。"

"我不是，我没有，别瞎说。"

"那你要干什么去？"

"我……我负重跑。"

啊，多么拙劣的借口。

郑星沥没忍住，嘴角翘了翘。真神奇，沈戌的"蠢"总能给她带来一些慰藉。

沈戌尴尬地咳了咳："还没问你，你干吗去？"

"我？上午奔丧，下午上课。"她知道刘希的性格，也并不忌讳这件事情。更何况，解决了心头的大疙瘩，她现在心情还挺好的。

沈戌却并未从她身上感受到轻松："别去了，反正你都请过假了，也不差这几节课的工夫，回去休息好了。"

"没事儿，我还成。"

沈戌蹙着眉："我觉得你不成。"

"没凭没据的，当心我告你造谣啊。"

"怎么没有凭据。"

"那你说，什么凭据？"

"这是……"沈戌顿了顿。感知情绪是一种玄学，尽管她现在看起来跟平时差不多，但他就觉得有些不对，"量子力学。"

"量子？马克斯·玻恩知道吗？"

"谁？"

郑星沥转到一边偷偷笑起来，留给他半边愉悦的侧脸，脑后马尾在空中划出小弧线，阳光循着轮廓给她镀上了一层温柔的金色。

沈戌突然觉得，今天的阳光格外明媚。

他鼓起勇气抓住她的袖子，朝着楼下狂奔。

"怎么了？"郑星沥被迫跟上他的步子。

"嘘。"他头也没回，走得虽然快，但也在时刻注意着四周，"别等会儿被徐主任逮到了。"

郑星沥压低了声音："你到底要去哪儿啊？"

沈戌并未停下步子，扭头扬起笑，回她："离家，不对，离校出走。"

上课时间两个人大大咧咧走在空旷校园里实在扎眼，幸好有低年级在上体育课，中途溜去小食堂的也大有人在，他俩谨慎地混在其中。

郑星沥想挣脱手却是徒劳，只能紧张地四处打量。

他们穿过人工湖的紫薇林，抵达深处围墙。砖堆砌的墙中央是个两米多高的铁门，翻过去后再从平台跳下，就可以不经过大门口，路线足够隐蔽。

沈戌松下书包预备从铁门的栏杆里塞出去，郑星沥抓住另一端的书包带："你干吗？"

"翻墙呀，背着包多不方便。"

他态度极为坦荡，好像不觉得自己这番行为有任何不对的地方。见郑星沥不说话，他还补充一句："我心情不好，特别不好，所以我想去骑车发泄一下，准备先请假后补假条。"

"那你拽我来干什么？"

"好歹你也是我的老师，当然是要追我了。"

郑星沥差点儿以为自己听错了："追你？"

沈戌重重点头。

"你在做梦吗？我追你？"

他很快反应过来话中歧义，脸一红，结巴道："哎呀，不是，不是那个追。"他赶紧摆手，"我的意思是，你要追过来看着我，别让我违法犯罪。"

想岔了的郑星沥十分尴尬，松开他的书包带："哦。"

沈成接着塞书包："你刚进来，估计保安叔叔还记得你，你就说自己又有事儿了，从大门出去，然后在红绿灯那儿等我一起。"

郑星沥看了眼铁门，反问："我不能翻吗？"

"我怕你不敢。"

"谁不敢了？"郑星沥蹙着眉，显然很不满意这个理由。

沈成从善如流地改口："我。我不敢。"

她不说话了，站到另一边把自己的包也塞出去。

沈成小心翼翼："那我先来？"

她颇为矜贵地昂了昂下巴："可以。"

铁门中间有横杆，上下均有落脚处，沈成还存了点要帅的心，动作那叫一个麻利轻巧。

他回过身，拍了拍横杆："好了，你慢点踩，脚放在这个中间。"

郑星沥学着他的样子，很轻松就爬了上去。

"你慢点转。"他张开手护在她身下，"这门有点儿晃，你把脚踩实了再抬另一边。"

"我知道，你别待在这儿。"郑星沥上来是一鼓作气，下去就有点颤颤巍巍了。

沈成不肯走，宽慰她："我没事儿，你跌下来也砸不中我的。"

"是你挡到我了。"

"……"

沈成往后让了一小步："那你小心点。"

她背贴着栏杆，悬在半中央，往下蹦有点难，往下跨又怕崴着脚，为了确保安全，只好别扭地调转方向。

铁门本来就不重，现今已晃晃悠悠的，她都怕自己会把锁拽开。

沈成不说话，在一边悄悄扶住门。

脚终于落到实地，郑星沥松了口气，紧张随之消散，只剩下首次翻墙告捷的开心。

平台正底下有条沟，通向校内的人工湖，上头覆着草乍看上去跟旁边的草地无异。

沈戍把两人的书包都拎在手里，先一步蹦了下去。

这虽然不高，但站那儿看着的时候还是让人有些没底。

他在旁边草丛里找了几块石头垫在土坡底下，之后朝她伸手："小心点，这儿有水。"

郑星沥一只脚先下去，可石头不平踩上去摇摇晃晃的，她顿住再不敢借力往下跳。

沈戍把手伸给她，叮嘱道："慢点慢点。"

郑星沥再顾不上什么避嫌，连忙抓住。

"没事。"他的手很暖，让人格外有安全感。他反握住她的手稍稍用力提供支点，让她放心大胆地从尴尬处境里"逃脱"。

尽管很不想承认，但不得不说，这样的沈戍，有点帅。

郑星沥将手揣进校服口袋："我们要干什么？"

"带你骑车。"

"去哪儿骑？自行车馆？"

沈戍一手拎两个包，熟门熟路地往外绕，故作神秘，"等会儿你就知道了。"

尽管想不到什么开导她的语言，但他还是觉得带她出去转转比闷在学校好。

沈戍的生活习惯极度规律，为了保证身体状态和训练时间，他习惯了早睡早起。合祁的早读开始得早，他起得更早，跑步、核心、减脂都是最基本的，一日不可废。

而周末便是他开始去公路骑车的时候。离家最近的腾山是他经常训练的地方。那儿的空气好，各种地形兼具，里程对训练来说也合理，而且避开了行人多的台阶，很安全。

山顶有个亭子，可以俯瞰整个环山公园，有时候他去得早还能看见太阳一点点从云里钻出来。

如今，他想带郑星沥一起去看。

郑星沥在路口等着他。原以为自己可以看到他骑那辆极为专业的公路车，结果他磨蹭半天，从家里推出了一辆小粉车。

沈成大大方方地拍了拍软皮后座："愣着干吗？坐呀。"

"这是你的车？"她怎么没见过。

"不是，我找隔壁阿姨借的。"

"这有你的车快？"

"没有呀。"

"你不是说要骑车发泄吗？"

"对呀，我决定负重骑行。"

好像也没什么毛病。

郑星沥没了问题，刚抬腿坐稳，他便回过身，抬起手。

她本能地往旁边躲，抬手挡住他："干什么？"

沈成晃了晃手里的耳机，略强硬地突破防线，小心地塞到她的耳朵里。耳机线很长，尽头没入他的口袋，分开的两只耳机顺着线将他们连在一起。

"训练金曲懂不懂？"他点开喜欢的歌单，踩上脚踏，"坐稳了哦。"说着一踩踏板，顺利上路。

郑星沥没有做好准备，抓住他的衣服才勉强稳住身体。

下午的阳光不浓不淡，投在两边葱绿景色里，恰到好处地折射出光亮，连迎面吹来的风都藏了春天的味道。耳机里的歌曲节奏明朗又欢快，男声情绪拿捏得恰到好处："天气疯了，海水滚了，所以我要无乐不作，不要浪费每一刻快乐，当梦的天行者。"

萦绕在心头的那股子闷，便在这样的风和日丽里稍稍驱散了些。

"怎么样，好看吗？"沈成没忘记和她说话，"如果早上来的话，你还能看见朝阳，整座山都是橘色的，可好看了。"

"你经常来吗？"

"嗯，这是我给自己找的训练基地，别看山不高，真骑个来回也得花点时间。"沈成这会儿骑行姿势谈不上专业，说到这里语气更是轻松。

沈戍骑得很慢，没有早前在车馆里的那股冲劲儿，车头还七转八绕地扭着。

这和郑星沥的设想不大一样，沿途风景虽然好，但这速度用来发泄，实在没什么激情可言。

她斟酌着开口："你可以不用特地照顾我，骑快点儿也行。"

沈戍惊讶："我这还不快吗？"

话刚说完迎面就来了个小朋友，蹬着四轮的小山地车"嗖"地从他们身边经过。

郑星沥干笑了两声："你说呢？"

"可是我这比较安全。"

"发泄情绪还追求安全，看来你活得很理性啊。"

"你不懂，我以后可是要当运动员的人，我不能随便磕碰，万一受伤，国家就会损失一位优秀的运动健儿。"他认真地解释着，并寻求她的共鸣，"你说是吧？"

郑星沥敷衍地点点头："是啊，是啊。"

沈戍想快点儿带她去山顶，所以抄了条逼仄的小道。

路两边的树相对弯折，叶子郁郁葱葱，枝条纠缠着织出绿色的顶。太阳从树叶缝隙里钻进来，留下大小不一的光斑。不知名的虫叫混着鸟鸣在清新的空气里回荡，仿佛触手可及。

山顶的亭子有些年头了，正中央的螺旋木楼梯通向二层，台阶又窄又陡，铁栏杆的扶手断断续续的，柱子上的红漆遭受风吹雨打也已经斑驳。

沈戍把车拎到亭子里，郑星沥在一边打电话。

她的手机坏了，到现在还没来得及给父母打电话报平安，也不知道他们那边怎么样了。

电话接通。

方荟嘱咐她注意安全，他们那儿还有一堆事儿，今晚估计是回不去了。

郑星沥又问了句："那小叔怎么办？"

"不怎么办，我们已经联系派出所了。"方荟因为郑乔生的缘故也忍了很久，如今几家人中间的羁绊已经不在，脸皮也撕破了，就没什么好客气的。

方荟又问:"你这是用谁的手机打电话?"

"嗯,手机跟老师借的……对,马上就上课了。"她身处幽静亭中,不见半点慌乱。

郑星沥挂了电话,摘下耳机还给沈戍,就见他呆呆的,仿佛是看见了什么了不得的事情。她不轻不重地问:"看什么,没见过人撒谎啊?"

沈戍点点头又摇摇头,最后还是没忍住,小心翼翼地问:"你小叔回来了?"

当初派出所第一次见,他就对她家的事情听了个大概。

郑星沥语气平静:"早就回来了。"

"那……"

"走吧。"

她显然并不想多说这个话题,沈戍应了声也不再问,一马当先走在前头。

木楼梯踩起来很虚,郑星沥迈脚谨慎,生怕自己紧张往旁边一崴便会就此滚下去。

沈戍上了二层,回身看她还在那儿磨磨蹭蹭,又"噔噔"地踏下去,伸出手:"来。"

郑星沥一看见他骨骼分明的手,就想起了先前宽厚温暖的触感,心里涌上奇异的别扭,摇头拒绝:"不用了。"

他这会儿没有发挥"霸道"的个性,只是放慢了速度,每上一步都要回头确保她跟上。

郑星沥步步踏在台阶中央,尽可能不去看底下。

二楼是整座腾山最高的地方,沈戍将身上的校服脱下摊在椅子上,冲郑星沥挥挥手:"快过来。"

天空仿佛水洗过的蔚蓝纯净,如同无垠大海,上面飘浮着的白色云朵边缘清晰,看起来像是缝上去一般,随着风极缓地移动着。

远处是高楼大厦,车水马龙;近处是芳草青青,枝繁叶茂。泥土特有的芬芳在湿润里挥发,让人莫名想起雨天和白衬衫。

尽管她自诩是做了件扬眉吐气的事,但此刻陡然松懈下来的心情还是说明自己并不能完全释怀。

"好看吧？"沈戍悄悄打量她的神色，积极地指着方向，"你看那个，认得出来吗？是我们的学校。然后另一头，那个屋顶红红的一大片，那就是宁河，我以前的高中。"

"嗯，好看。"

"还有环山公园，变得很小很小，底下的人都看不清了，你说好笑不好笑。"

"嗯，好笑。"

"对了，这个山边上，半山腰有一家面馆，上次有人拍视频火了，还成了个网红打卡点。不过他们家除了排骨面，其他的东西都不好吃。但是面的那个骨头汤熬得一绝，等会儿我们一起去吃吧。"

"嗯，去吧。"

话题就此僵住。

沈戍抓了抓脖子，面露难色："那个……"

"怎么了？"

他一咬牙："算了，我本来准备迂回一下的，但我实在编不出来了。其实我是想问你……"

郑星沥却抢先一步打断了他："沈戍，我很自私吗？"

"什么？"

她坐正身子，手撑在两侧的长凳上，抬头看向另一边天："你大概也知道了，今天我奶奶去世了。"

沈戍小心地点了点头。

"可是我竟然哭不出来，甚至不觉得伤心。"

"没有吧。"他声音收敛放轻，像极了在哄小朋友，"你可能只是还没有反应过来。"见她不说话，他继续解释道，"因为这个事情太突然了，虽然你表面已经接受了，但其实潜意识里还是会觉得不真实，所以你不会难过，也就哭不出来。"

郑星沥的手指无意识地摩挲着木面，摇摇头："好像不是。"

"我在那儿跪着的时候，有过想哭的冲动，但那似乎只是对'死人了'这件事感觉遗憾……我跟爸爸那边的亲戚，从小就不合。我奶奶年轻的时候摔坏了头，我出生没多久，她就得了阿尔茨海默病，之后没几年就把我们一家子全忘干净了。"她笑了下，似乎是在感叹，"我有时候想，她是不是故意的。你说生病的话，怎么会五个孩子都记得，偏偏不记得我爸呢？"

家里的一笔烂账，说起来全无头绪。郑星沥也不遵循什么逻辑，想到哪里就说到哪里。

算了，反正沈戌早在派出所就已经见过自己最狼狈的样子了，那现在委屈他多听一会儿自己发牢骚，应该也是可以的吧！

小时候想亲近却被拒绝被欺负的委屈；长大后被忽视被区别对待的不满……所有的情绪被冠以"懂事"的名义按捺住，所有的愤懑被当作"太麻烦"而从不透露分毫。

她以为自己是"奉献"，是"以德感化"，实际这不过是借大度之名行懦弱之事。

突然出现的小叔，是打垮她所有顾虑的最后一击。她觉得自己做了件大快人心的事情，却唯独没有考虑过刚刚离开的奶奶。

郑明贤对她的所有指责，她都可以理直气壮地回击。唯独奶奶，她无法反驳。

"我甚至觉得她这样走了挺好的，来得突然所以没有痛苦，好过我外婆挣扎半年痛苦不堪。她以后不用受苦，不用活得那么遭罪。更重要的是……"郑星沥嗓子紧了紧，"我爸就不用觉得难过了。"

——不用懊悔自己没能力照顾好妈妈，因为不想妈妈为难而惦记着淡薄的血脉，所以一再退让迁就着兄弟，也不用隔着铁门等她认出自己，等她唤一声"乔生"。

"我对奶奶好像一点都记不起来了。"

不记得和她的相处，不记得她对自己的好，甚至不记得她的名字。

这不是能随意分享的感觉，因为它听起来，自私且残忍。

沈戌也学她把手搭在凳面上，小指不小心碰到她的。他说："其实也不是不能理解。"

在派出所里听到的比这惊世骇俗、跌破三观的故事不知道有多少——为了钱上手拔管子直接让老人去死的；因为不耐烦而举刀弑父弑母的；为十万块钱就能把女儿"卖"出去的……

看人不能只看外表，更不能道听途说。

有的人光鲜亮丽只为自己而活，有的人穷困潦倒却始终不会放弃底线与道德；有的人与人为善却在暗地里算计人，有的人自诩冷漠内心却是一片温柔。

"因为没有相处所以才会不记得，这不是自私，是还没找到一个出发点支撑自己的情绪。"沈成低头认真地说，"世界上没有哪一种感情是不需要时间不需要相处就能浑然天成的，就算是父母在众多孩子面前都很难做到绝对公平。至于你，从小不跟奶奶在一块儿，后面又成了她眼中的'陌生人'，所以觉得不亲近是很寻常的事情。你只是心疼爸爸比奶奶多了那么一点而已，这没什么好沮丧、好羞耻的。更何况——"

他顿了顿，抬头和她看向对面的同一片晚霞："我觉得，你真的只是没有意识到而已。"

人类对于情绪的感知，并不都是即时的。被触动的兴许不是今日的生离死别，而是来日才突然意识到的物是人非。

"也许吧。"郑星沥笑得有些惨淡，"也可能我真的就是个坏人。"

坏到连亲奶奶死了，却感觉如释重负。

沈成不再继续劝解，顺着说："那就当个坏人好了，这年头当个不违法犯罪的坏人也挺好的，起码不会被别人欺负。"

郑星沥又笑，这回落下些实意："你怎么跟我爸说一样的话。"

沈成拨了拨额前的头发，骄傲地回道："那我只能说，你爸的思想非常有深度，已经跟我不谋而合了。"

"你要不要脸啊。"她笑骂他，整个人也跟着轻松起来。

沈成的魔力似乎就在于此，三言两语之中便可以将一切化解，轻松达到目的。他的通透是看过了百态之后得到的，你似乎不需要有任何顾忌，因为他总会用自己的方法让你开心。

说出那些阴暗后得到的包容和劝解，让她得到了片刻喘息。

沈成计划达成，声音也大了些，像是呐喊又像是回答她："不要。"

快乐的终极奥秘就在于此。

太阳还没落山，浓烈的橘色沾染整片天空，慢慢地再由浓至淡，末处荡起浅浅的粉，有种虚幻的漂亮。草地里间隔几株的油菜花，也不知它们如何混在这片青色里，参差不齐地在晚风里掀起波浪，送来清新安逸的芬芳。

"夏天好像快要到了。"她感叹道。

"今天是春分，之后是清明、谷雨，再接着就到立夏了。"

然后到了六月，他们要毕业高考，最后各奔东西。

沈戌突然觉得时间过得有点太快了。

"其实我一直有一个问题想问你。"

"你问。"

"你就这么确定自己可以成为运动员吗？"

"不确定啊。"

沈戌回答得很干脆，充满自信。郑星沥差点儿以为自己听岔了："你说什么？确定？"

"我说不确定。"

"那你……"她找不到更合适的形容词。

"世界上哪有什么东西是注定的呀。不管我可不可以顺利实现愿望，眼下都是很开心地在做着自己最喜欢的事。"沈戌笑了一下，昂着下巴，隐隐有些骄傲，"再说了，我条件还是很好的，以前体校的老师都说我是个好苗子呢。天赋，懂不懂？我是有天赋的破风手。"

郑星沥不懂，但她知道天赋有多重要。

光靠一腔热血是成不了运动员的，那只能算是个业余爱好者。

沈戌还很年轻，体态标准、技巧专业，还有天赋加持，就算成绩不优异，好好努力的话，也是有很大可能实现梦想的。

郑星沥接着问："为了一个不知道会不会成功的目标，吃这么多苦，花这么多时间，真的值得吗？"

"值得。"沈戌眼神坚定，"你可能现在还不明白，等到有一天你遇见了自己热爱着的、愿意全力追赶的理想，你也会跟我一样。"

郑星沥摇摇头："我不会。"

这世上除了理想，有太多东西会禁锢住一个人。权衡利弊，比较得失，以及现实的顾虑。喜欢意味着目标，也意味着放弃。她不是一个理想主义者，她只是一个俗气的现实派。

"你会的，郑星沥。"沈戌回头过来看她，"你一定会的。"

可能是他语气太过肯定，又或许是那双清澈干净里映出的自己分外明晰。郑星沥躲闪似的，垂下眸："我听说，破风手很多时候都不能出现在比赛的领奖台上。"

所以他努力成为运动员后，也无法直接触摸那份荣誉，而是要帮冲线手越过悬崖抵达荣誉的彼岸，自己却只能心甘情愿成为同伴脚下借力的羚羊。

"那又有什么关系呢？"沈戌靠在栏杆上，姿态放松，好像在应和着傍晚的夕阳，"鲜花、掌声、金牌，这些对我来说都不是最重要的。"

"那什么重要？"

"我可以踩住风。只要可以踩住风，那就够了。"

郑星沥曾经看过一本书，里面男二号黯然离场的时候说自己最初的梦想是去环游世界，而身边所有人都让他去做冠军。

书中男女主角的爱情如何荡气回肠，郑星沥已经全然不记得了，只是看到男二号这番自白时，她潸然泪下。不是因为悲情，而是因为羡慕和沮丧。

羡慕他有目标，沮丧自己就算有目标也会怯懦。

其实大多数人都是这样，还知道自己的梦想是什么，而更多的人一直活在别人的期待里，连找到自己的机会都没有。

后来遇见沈戌，郑星沥对他萌生出的嫉妒一度发展成"讨厌"。

这种感觉很奇特，促使她一边告诫自己别掺和人家的事儿，一边又忍不住好奇想一探究竟。

眼下她看着意气风发，为了梦想一往无前的沈戌，心里只有羡慕。

真好啊，她也想跟他一样，可以不考虑其他，只单纯地为了自己的喜爱而活。

可是这样，真的好难。她甚至都不知道自己喜欢什么、可以做什么。

沈戌见她愣住，得意地挑眉："怎么样？是不是觉得我现在特别帅？"

郑星沥转过脸，沉默着从一边的书包里掏出纸笔。

"你干什么？"

"今天几号？"

"20号，怎么了？"

"没什么，我记一下。"

沈戌眼看着她落笔，写着自己刚才的发言，讶异道："你不会是要把这个当你的座右铭吧？那怎么好意思，刚刚我只是随意发挥的，没有什么文学素养，要不然我重新组织一下你再记？"

郑星沥抬头，举着本子给他瞧："看好了，这是你自己说的话。我现在帮你记下来了，如果以后你后悔了，不想当破风手，想放弃梦想了，我就把这本子扔到你脸上。"说着她举起手在他面前晃悠，吓得沈戌本能地往后一躲。

他摸了摸鼻子："这么凶吗？"

"所以你最好识相点，如果因为一些莫名其妙的理由说要放弃，我还会更凶。"郑星沥慢条斯理地合上本子。

"那你放心好了。"沈戌捉住她拿笔的手，用笔把大拇指涂黑，按在纸上。他揉着指头上多余的墨水，信誓旦旦，"手印为证，我绝对绝对不会放弃公路车运动的。"

日暮昏沉，少年的双眸却格外明亮、赤诚。

郑星沥匆匆低下头，将东西尽数塞回包里："行了，我们回去吧。"

沈戌看了眼时间，点点头："正好，我们去吃面吧。排骨面，就在半山腰，汤可香了。"

他又一次摸出耳机递给她："听歌吗？"

郑星沥没有拒绝。

他的歌单收纳极为广泛，从纯音乐到美声再到嘻哈，毫无章法。

晚间的风舒服地拂过脸颊，送来几丝早到的暑气，沈戌跟着耳机里的女生哼唱：

我一直在寻找不停奔跑，

跨过山间和海的问号。

穿越苦涩只为和你拥抱，

微笑煎熬到最后的美好。

说是面馆，其实就是个很小的木房子，掩映在灌木后头。铺面很小，里面只摆得下做面的碗盆，所有食客都得在外面吃。

正前方一小块空地上摆着厚重的石圆桌，上头还刻着象棋棋盘，一看就是开发腾山时候自建的。周围立着的长杆牵了电线，上头白炽灯照得这块儿很亮堂，灯泡附近还绕着众多飞虫。

沈成选了张中央的桌子，免于蚊虫侵袭，随后去点了两碗面。现在人少，没一会儿店老板便将面端了上来。

大碗的面冒着热气，绿色葱花三三两两漂在澄净的面汤上，圆滚的面条托起几块酱色排骨，肉香和炖煮的鲜味一起唤醒食欲。

沈成把筷子和勺擦了个遍，递给她："尝尝。"

郑星沥中午那会儿往回赶，来去匆匆也没心情吃饭，现在正是饿的时候。

大块儿的排骨肉吸饱了满满的汤汁，一口咬下去，酱的咸香混着汤鲜在舌尖的味蕾处绽放开来。

沈成殷切地看着她，像是讨要夸奖的小朋友："怎么样，好吃吧？"

郑星沥点点头，他便笑起来，手中筷子快速地朝碗里去。

两个人都没有说话，一顿饭吃得异常沉默且和谐。

"天好黑啊。"郑星沥没头没脑地来了一句，"总觉得缺点什么。"

沈成抬头却只看见繁星遍布，一看明天就是个晴天。

郑星沥指着面馆旁边的小摊子问："那是什么？"

木支架上放着撑好的孔明灯，有几个食客刚吃完饭，正躬着腰在那灯面上写着字。

"孔明灯呀。"他回道，对上她有些复杂的眼神后，突然心领神会，"你说得对，天太空了，我觉得缺盏灯。"

"两盏。"

"好，两盏。"

郑星沥点点头："那走吧。"说着便已经向小摊子走去。

沈成蹲着系个鞋带的工夫，再抬头，她就已经拿了记号笔开始在灯面上写字了。

她的字跟她人一样，板正娟秀，还透着一股倔强的劲儿。

沈戌凑近了才看见上面写的诗：

只言啼鸟堪求侣，无那春风欲送行。

莫怨他乡暂离别，知君到处有逢迎。

前言不搭后语的两句诗，用在这里竟有些贴切。

郑星沥沉默着拎起灯，把笔递给他。

沈戌这才看见她手边多出的那盏灯："我也写？"

"祝你梦想成真。"郑星沥不想他误会，将脸扭到另一边补充道，"我不看，你随便写。"说着去到平台中央点起灯来。

沈戌没推辞，在薄薄的拷贝纸上落笔。

橘色火光映亮脸庞，郑星沥慢慢松手看着那道光一点点升空飞远。

"郑星沥！"沈戌将字面对着自己，冲她招手，"快来跟我一起，我不会。"

"笨不笨啊你。"她嘟囔着抓住另一边。

沈戌擦亮火柴："你也许愿吧。"

"不许。"

"为什么？"

"这又当不得真。"

"那你还……算了，我帮你许。"

"随便你。"

沈戌闭着眼，一脸虔诚："好了，松手吧。"

又一盏灯奔向夜空，捎上不一样的愿望，雀跃地消失在远端。

郑星沥问："你在灯上写了什么？"

"我写了——祝天天开心，"沈戌笑出一口白牙，垂眸看她，满是柔和的暖，"永远勇敢。"

郑星沥不自在地躲过视线："也不写祝谁，谁知道是要帮你实现愿望啊。"

"谁说的，我写了的。"沈戌笑眯眯的。

就是没写自己的名字。

祝郑星沥天天开心，永远勇敢。

沈戍扶着车，走在她左侧，车轱辘一圈又一圈地转着。

"回南天可算是过去了。"他感叹道。

"春天还没完呢。"郑星沥抬头看天。

墨色背景闪烁着繁星，偶有混在其中的飞机贸然闯入又快速驶过，皎洁月色如水般温柔。

郑星沥嗓子突然发紧，步子也跟着慢了下来。

沈戍还未察觉，往前走了好一段距离才发现不对，又回身折返："怎么了？"

郑星沥依然昂着脖子，并不看他，声音又轻又慢："没什么，我好像想起来一些事情了。"

"什么事情？"沈戍学着她看向天空。

郑星沥摇摇头，扶着坐上他的后座："我们快点回去吧。"

沈戍应和着，车子驶入下坡，他感觉腰间一热，低下头，瞥见她环着的手臂，郑星沥声音有些闷，呼吸洒在他薄薄的 T 恤上："我可以抱你吗？"

沈戍耳朵燥热，磕磕巴巴地："可，可以。"

风声在耳边呼啸张扬，这场不追求速度没有输赢的路程，却让他前所未有的僵硬、紧张。

郑星沥额头抵他的背上，全然不管这山间夜景如何，没头没脑地开口："我想起奶奶了。"

好像是五六岁的时候，爸妈有事临时离开，到夜里还没来接她回去。她第一次远离爸妈在老家过夜，哭着喊着要回家。

大伯大伯母嫌弃她吵，把她丢在院子里，锁了门在屋里打牌，郑明贤和郑明美丢了碗就跑出去玩了，嫌弃她是个拖油瓶也不肯带上她。

那会儿奶奶状态稍微好了一些，拖来躺椅放在院子中央，拿着把蒲团扇慢悠悠地扇风。

她哭得精疲力竭，瞧见头顶枝丫树影间，夹着缺了一块的银色月亮，随着椅子摇摇晃晃。

奶奶哼着不知名的调子，哄她说："月亮尕布，会送妞妞家家。"

奶奶。

潮意一点点濡湿他的衣衫，温热的泪很快被风吹凉。

身后那人紧了紧手臂将他环得更紧，发出一种压抑着的抽泣，隐隐约约地混入风声里，好像是错觉。

Chapter 04
·说了再见，那就天天见·

郑星沥在下葬那天请了两节课的假。小小的骨灰盒端正地放在墓里的时候，她发现自己还是跟以前一样惧怕死亡。

郑明贤作为孙辈男丁，全程站在一边，郑星沥磕完了头，沉默地走到他旁边。

上次针锋相对之后，两个人就像陌生人。

倒是郑星沥突然问了他一个问题："你知道奶奶叫什么名字吗？"

郑明贤一愣，接着摇摇头。

那个年代，嫁到夫家的女子就没了名，连墓碑上也只能刻着"郑母徐老孺人"。

不说郑明贤，就连跟郑奶奶一辈的老人们，都不知道她叫什么。

她是妻子，是母亲，是奶奶，独独没有自己的名。

郑乔祖被抓了进去，起不起诉都还另说。郑乔平知情不报也算包庇，但他抵死不认，说自己并不知道郑乔祖是通缉犯。

郑明美看着郑星沥一家的眼神很冷漠，其中藏着不屑、鄙夷还有恨，扎眼得紧。

郑星沥却不在乎了。

事到如今，他们几个小辈之间，不管是哪一方有错在先，隔阂都已经消不掉了，更别提还有法律纠纷这一出。

再说了，她的姊妹兄弟有方书越和方书琛就够了。

郑奶奶头七刚出，大伯喝多了酒上工，被机器压断了手指，大伯娘起夜不小心摔折了腿。

彼时方荟还有些幸灾乐祸，偷偷摸摸跟郑星沥说这是报应。

"不过，你要好好关心一下你爸爸，也不要跟他顶嘴吵架了。从现在开始，除了你跟我，他真的没有一丁点儿退路了。"

虽然那退路，能不能退还另说呢。

"你爸他呀，已经吃够苦了。"

郑星沥抱着方荟的胳膊："以后再也不会吃苦了。"

她会好好念书，早点工作，赚多一点钱，不会再让他们吃苦了。

沈戍自以为"先请假后补假条"的行为被王永锋算作逃课，检讨也硬是攒到了百日誓师大会。

王永锋觉得逃课情节恶劣，说可以不记他大过，但是必须要让他好好长个记性，以儆效尤。

"老师，不好吧？百日誓师，给同学们鼓劲儿的，我这上去念检讨，多晦气啊？"

王永锋端着茶杯不为所动："这不是您老人家不走寻常路吗？"

"我真的已经深刻反省自己的错误了，我跟您保证，绝对不会有下一次的。我这检查写得情真意切，真的，您看看。"

"我不看。"王永锋笑眯眯，"你说多少话都没用，要么我打电话给你家长，要么你老老实实上台念检查，就当给誓师大会做一个开场白了。"

沈戍千求万请算是没把这事儿捅到施媛那里，要是现在改口，那可就真的前功尽弃了。

他一咬牙："那我趁着老师来之前念完行吗？"

"行啊，怎么不行，只要底下同学们差不多到了，你就可以开始了。"

沈戍勉强算是给自己争取到了那么一点点福利，捏着检讨就回去了。

班上陈宇昂见他垂头丧气就知道这次躲不过去："我说你好好的干吗逃课啊？当全校师生面读检讨，从我入学开始，真正见识到的，你是第一人啊。"

这话也没夸张，毕竟升旗仪式才二十分钟，期间光是校长、主任、好学生讲话，都抠抠搜搜的，哪里来的时间听犯错的人忏悔啊。

"你问题这么多，是已经考到一本线了吗？"

陈宇昂恨恨地拍了拍嘴，微笑看他，竖起大拇指："你真棒。"

　　说是百日誓师大会，实际上现在距离高考也只剩下了七十来天，这种活动讲白了就是把上了一周课的学生拎去操场打俩小时鸡血和鸡汤再放回去。

　　陈宇昂对此兴趣缺缺，抱怨道："啊，待会儿还要跟着宣誓，好幼稚啊。"

　　沈戍还在默读着检讨，听了这话抬起头："珍惜吧，以后等你想到今天这么幼稚的时刻，哭出来也不一定。"

　　"怎么，你有经验？"

　　"当年我百日誓师的时候也觉得又假又空，觉得很尴尬，后来想想，又觉得那好像是整个高中最好的时候了。"沈戍描述不出来那种感觉。

　　没有高考前一天的慌张，没有面对毕业时离别的不舍，百日誓师有的只是对未来的期许和渴望。就算他现在又来一年，再经历一次，还是会觉得那一天是在宁河的三年里是最有朝气的一天。

　　台上广播站的同学正忙着调试设备，沈戍上前把事情讲了一遍，凭借诚恳，终于拿到了一个还没连上教学楼音响的话筒。

　　虽然他有那么点疯，但是站到全高三同学面前还是头一遭，看着底下乌泱泱的同学，还是紧张的。所幸的是，他放眼望去并没有看见郑星沥。

　　他清了清喉咙，极其快速地读完前面的忏悔之词，翻来覆去就那几句"我错了，不该影响纪律""我错了，不该破坏学风""我错了，不该不珍惜高三宝贵的时间"。

　　郑星沥刚跟刘希结伴往这儿来，正赶上这段毫无逻辑发言的尾声，稍一抬眼就跟台上的人对了个正着。

　　沈戍顿了顿，瞥见手上最后一段乱七八糟的段落，尴尬的感觉千百倍地朝他席卷过来。

　　郑星沥对此毫不知情，回身问刘希："他这是怎么回事啊？"

　　"我不知道啊。"

　　那头沈戍强装镇定，开始了总结陈词："我知道很多同学，对自己要上什么大学，去什么地方，做什么职业依然很迷茫，但是没有关系。"

　　他不大想让郑星沥知道自己是因为当初那次任性的翻墙惹出的祸端，直觉告诉自己，郑星沥如果知道了一定又要过意不去，觉得自己连累了他。

讲实话，他不想要她愧疚。

郑星沥听了发言更加迟疑："这是……学生代表发言？"

刘希继续茫然："我也不知道啊。"

沈成绞尽脑汁，企图挽救一下这场检讨："因为我们还年轻，我们还有很多机会去找自己的热爱和理想。而对目前的我们来说，最简单快速的一条路就是高考。"

"六月就快来，但我们也不是全无时间，希望大家在接下来的日子里奋力拼搏，全力以赴，为了美好的明天奋斗，为了自由的未来努力。我的……到此结束，谢谢大家。"

他把"检讨"两个字咬得模糊，随后把话筒放到桌上，直接跳下高台，飞一般地遁入班级队伍里。

郑星沥跟刘希面面相觑，还没来得及发问，台边音响就发出了调试专用的刺耳鸣叫。

冗长的校长发言结束，年级第一走上台举起拳头，领头宣誓。

"十年磨砺，立志凌绝顶；

百日竞渡，破浪展雄风；

悬梁刺股，意搏今日；

蟾宫折桂，志赌明天……"

下午的风吹动叶子沙沙作响合奏出背景音，恍惚间好像还有蝉鸣混在其中。

郑星沥突然有些伤感，一直以来叫苦不迭的高三好像真的就要过去了。

尽管嫌弃宣誓活动并对此满不在乎的大有人在，但到如今，没人不想为高考再加把劲儿的。张年庆坐班的工夫，来问问题的人都围在讲台边排起了队。

这会儿谁都不嫌学得多，张年庆讲题的时候，周围的人都本着多听一题就是赚到的心，侧耳认真听。

郑星沥解了半天，还是做不出来题目，捧着卷子就往讲台去。

到底是自己班，也比较无拘无束，眼瞧着前面还有几个人，郑星沥大大咧咧地借了讲台一小块地方，还在尝试解题。

讲台对面有人略显刻意地咳嗽了几声,郑星沥似有所感抬头就看见沈戌冲自己眨了眨眼。

她眼皮一跳,第一时间去看张年庆,见他还在耐心给同学讲题,心态稍稍放平。

沈戌毫不顾忌,张嘴用口型无声问她:"问问题啊?"

郑星沥略一迟疑,没回答,拿着卷子走了。

她没沈戌这么好的心理素质,这种情况还敢大大咧咧打招呼,这万一被老师或者同学发现了,可就麻烦了。

沈戌留在原地,悻悻地摸了摸鼻子,不明白自己哪里做错了。

郑星沥人是回去了,题还没做出来,所以过不了一会儿就抬头看看讲台上的情况。偏偏每一次都能跟沈戌对上视线,后者坦坦荡荡,一点也不掩饰笑意。

她心头涌起别样的怪异,强迫自己别在意,却又忍不住偷偷地打量着他在做什么。

一次两次,总能被逮个正着。

郑星沥烦躁地抓了抓头发,对自己意志不坚定总想些有的没的,表达了唾弃,然后在做完题目后又习惯性地抬起头。

这回已经轮到沈戌问问题了,他匆匆丢给她一个笑,就开始低头认真听张年庆说话。

郑星沥顿感轻松,却又突然不想就此挪转视线。好像现在才是观察他而不被发现的绝佳时机。

张年庆不知道说了什么,把草稿纸推还给他,沈戌拿了笔听话地算着。

他个子高,俯身在讲台上有些困难,于是膝盖微屈,半蹲下来,就露出台面一个头,脸上写满认真,隐隐还有些惆怅,似乎是苦恼题目太难了。

郑星沥愉悦起来,嘴角勾起小小的弧度,觉得他苦大仇深的模样十分有趣。

沈戌没一会儿就选择了放弃,张年庆小声给他解释着。他紧蹙着的眉头随之松开,如同被打通了任督二脉一般,笔头速度加快,而后满怀期待地把草稿往张年庆面前放,得到肯定后,又再度绽出笑意。

接着他抬眼,第一时间朝熟悉的方向看去,却瞧见郑星沥眼神直勾勾地盯着自己，好像在发呆。

郑星沥再次被逮，眼神顿时闪躲起来，却又不想被他看出端倪。于是捞起书上放着的试卷，起身往讲台来，企图把刚才那场不怀好意的打量扭转成一个好学生对请教进展的观望。

沈戍也没多想，等她走到讲台边，也把自己的东西收拾好了，朝她点点头算作道别。

背过身的时候他想，郑星沥的耳朵也太红了一点。

高考前一周，合祁实验中学放了假，美其名曰：回家调整心态。

高三的书实在太多，有的家远的干脆带行李箱来装书回去。

郑星沥运气不错，被分到了本校的考点，刘希则需要跨越南北去最边上的开发区考试。为此还得提前"侦查"地形，选好酒店。虽然这些有她爸妈操心，但她还是觉得麻烦。

"我妈给我找先生算过了，说我今年跟八犯冲，现在我要去五十五中，我觉得今年危险。"

考试临近，大家心里那种快要解脱的冲动和紧张混在一起，成了满腔澎湃，连带着对什么都小心谨慎起来。

毕竟是决定人生的考试，再怎么放松，上考场的那刻还是会觉得有些忐忑。

郑星沥劝她："现在不信鬼神那一套了，再说了你跟八犯冲，关五十五中什么事儿？"

"你看你，不细心吧。'八'谐音'发'，五十五中在哪儿？开发区哎。怎么会没关系？"

郑星沥把书收拾到行李箱里，拍了拍她的肩膀，说："放轻松，你不是说了吗？现在的你，已经不是以前的刘希了，是钮祜禄·希。"

刘希哭丧着脸："别说了，我觉得我现在是刘糊涂·希。"

"我呸。"郑星沥拉上箱子，挽着她的胳膊往门外走，"胡说八道什么呢？你要是真敢在考场上犯糊涂，回来我把你腿打断。"

刘希夸张地瞪圆了眼睛："你也太狠了吧。"

郑星沥哼了一声，不置可否。

"不如你趁着现在给我突击分享一下，有没有什么可以让我一夜之间茅塞顿开，可以变得像你一样聪明的法子？"

郑星沥回身锁门："你真想知道？"

刘希眼睛一亮："真有啊？"

"一个知识点，你要做五题掌握，沈成属于聪明型做两题就行，陈宇昂属于不够聪明的就做八题。我不是的，我一点也不聪明，所以我做五十题。"

"一个点五十题，一本书多少题？一篇课文你们四五遍就记住了，那我花十遍，不会记得比你们更牢吗？"

"数字都是听起来吓人而已，人一天除了吃饭睡觉还有多少空闲着的时间呢，怎么可能会做不完？"

"第一道题花了半个小时，后面总不会每一题都花半个小时，第一遍课文花了二十分钟，总不可能每一遍都花二十分钟。"

"你看我现在对高考似乎胜券在握，那是因为先前时候，我比你们多做的十倍练习。"

她从很小的时候就开始担心未来，尽管这个念头听起来如此荒谬可笑。

她羡慕别人拥有自己的房间，从来不敢带同学回家。她知道自己的朋友们不会嘲笑自己，可她会给自己戴上枷锁。

而读书，是她可以给自己找到的最好的一条路。

郑星沥看了眼空荡荡的教室，像是在说教又像是给自己这三年做总结陈词："我不比谁聪明，我只是不敢偷懒而已。"

旁边发出声小小的"哇"，接着是轻轻拍手鼓掌的声音。

陈宇昂从隔壁班门口鬼鬼祟祟地探头，一脸赞叹："说得真好，但是——"然后有些为难，"为什么我是不够聪明的代表？"

举例的人出现在一边，郑星沥也有些尴尬，接着从他身后又钻出来一个，毫不留情："人家也没说错啊。"

沈成抬眼看着郑星沥，为刚才自己成为"聪明"代名词而得意暗爽。

郑星沥不自然地转过视线，刘希率先问："你们怎么没走？"

陈宇昂坦然回答："等你们呀。"

他转过身，校服后面密密麻麻布满了签名，他把笔递给郑星沥，弯下腰道："来吧郑老师，签下你的大名。"

刘希认真辨认着上头的字："你还挺能作的。"

"你懂什么，这不比花里胡哨同学录更有意义？"陈宇昂满脸得意，回身接过笔，之后递给刘希，"喏，后面写不下了，我就勉为其难地让你写到前头吧。"

郑星沥看了看他指着的学校名牌底下的空处，又看看刘希，顿时变得意味深长起来，很有眼色地拉着箱子退场。

沈戍眼尖，赶紧朝另一边的楼梯口狂奔。

刘希刚签完字，就发现身边空空如也，一脸茫然地问："哎？人呢？"说着抬起头，看见陈宇昂红着脸扭捏造作极了，更觉得惊悚，"你犯病了？"

"你才犯病。"陈宇昂刚酝酿出那点含蓄，就此打住，没好气地顶嘴。

"不是，怎么人走没了？"

"我哪知道，可能人家嫌你太磨叽了吧。"

"我磨叽？是你不给我留空地儿，所以我才写得艰难好吗？怎么就怪我磨叽了？"

"还成我错了？"

"那不然呢？"

陈宇昂咬牙切齿："刘希，你真活该上不了线。"

刘希大怒，毫不客气地掐上他的脖子，目露凶光："你故意找打是不是？都要高考了，你还咒我，我杀了你啊。"

郑星沥转过楼梯拐角，就看见墙边靠着的沈戍。

他指间夹了支签名笔，因为跑得急这会儿还没喘匀，见她下来，顿时眼睛一亮，好像等了很久一样："哎，郑星沥，好巧啊，你也回家啊。"

她差点儿以为刚才楼上的短暂交谈是自己的错觉。

沈戍自知问了个蠢问题，尴尬地笑了笑，随意扯了个话题："你上次说你要考华封是认真的对吧？"

"怎么？"郑星沥说，"我看上去像是在开玩笑吗？"

"我是觉得你可以去更好的。"他还是原先的想法，尤其最近几次模拟考，她的成绩冲击清北也是可以试试的。

"你忘记我当初说过什么吗?"郑星沥费劲儿地拎起箱子。沈戍见状连忙上前,一手拎一个就往楼下去。

郑星沥跟在他身旁,继续道:"我没什么喜欢的事情,也没有你那么波澜壮阔的理想,我只想好好念书,找个好就业的工作,毕业以后薪水高一些,好养活我爸我妈,让他们别那么辛苦。"

无关梦想和爱好,她一切的出发点仅仅是为了铜臭。

这是她最真切的愿望,如今说给沈戍听,是想告诉他,自己就是一个目光短浅的人,所以不要对自己抱有任何的高大上的幻想。

"沈戍。"她抬头看他,眸子里是认真和坦然,"就具体梦想这件事情上,你让我很羡慕了。"

他没有说话,或者说不知道该说些什么。他放下箱子,将口袋里的笔塞到她手里:"都毕业了,帮我签个名字怎么样?"

他不想去明白她这番话究竟蕴含了多少深意,只是自欺欺人地告诉自己藏得很好,既然多说无益,他就把选择权交给她。

就算现在不明白也没关系,就算她没有梦想也没关系。除了梦想,她身上的坚韧勇敢已经足够打动人,那是另外一种明媚,和他截然不同,却殊途同归。

郑星沥视线落在他白得有些扎眼的校服上,反问:"只有我签?"

"啊,是这样的,高考嘛,我想借借学霸的运气,但是我也不认识别的学霸什么的。"沈戍有些心虚,"所以思来想去,蹭蹭你的比较好嘛。"越说他脸上的笑就越灿烂,试图想让这个蹩脚的理由听上去更情真意切点,最后在她审视的视线里弱弱地又补上一句,"对吧?"

郑星沥走上前,伸手夹住他的衣领。

沈戍本能地要往后退,却被她喝住:"别动。"

她把人往前扯,没怎么用力,沈戍就极为配合地被她拽到了跟前。

拨开校服的领子,她往前凑了凑,落笔在宽大领子底下的锁骨处。

沈戍嗓子发紧,大气都不敢出一下。视线所及处,只有她毛茸茸的发顶和浓密的睫毛。

她认真极了,一笔一画,写得很慢,这也留给他更多时间看她。

夏季的蝉鸣聒噪冗长,此起彼伏叫得人心里烦闷。

沈戍觉得有什么东西握住了自己的脖子，阻止他通畅地呼吸，偏又带来了一种舒适的瘾。

松针和樟木的香淡淡地混入一些寺庙里的檀香味道，闻起来有种别样的虔诚。

他想，郑星沥似乎又换了别的洗发水。

"我好像有些戏……"

话刚出口，胸前的人就抬起了头，一双眸子里满是疑惑和好奇。

沈戍这才后知后觉地清醒过来，后半截儿话怎么也说不出口。

郑星沥没有第一时间追问，而是低头把他领子整理好，退开一步后慢悠悠地收起笔递给他。

沈戍长舒一口气，整个人松弛下来，好像刚才剑拔弩张上战场一般的紧张只是自己的错觉。

郑星沥淡淡开口："有些什么？"

"啊？"

"你刚刚说，你好像有些戏，什么戏？"

"啊，那个啊……"他故作洒脱，"我是想说，好像有些戏，戏，想，"他的声调一度扭曲，"对，想，我好像有些想告诉你。"

他拼了命拗回去："高考顺利。"说着点了点头，一脸认真，"对，高考顺利。"

郑星沥看了一会儿，将他的结巴和慌乱尽收眼底，背过身偷偷笑，偏偏语气还装成一本正经："你说了个病句，回去记得多看看书，别到时候修改语病选不出正确答案。"

沈戍庆幸自己没有冲动，看她头也不回地往外走，快走几步又跟上，忙不迭地点头，回她："你放心吧，我一定好好查漏补缺，绝对不会让你在华封空等我的。"

郑星沥目不斜视地斥他："谁等你啊，你考不上算了，只是以后出去别说我教过你，别丢我人。"

沈戍笑出一弯月牙："不丢你人，我给你长长脸。"

高考结束的第一顿饭，就是大家的散伙饭。张年庆和王永锋早早地就把没用完的班费摞一摞，加上自己的钱在合祁有名的饭店订了好几桌。六班七班全体人员一个不落全部到齐，将餐厅坐了个满满当当。

离开学校的拘束，大家也没有什么刻意避嫌的想法，都混坐在一起。

陈宇昂打量一圈，终于在角落里看见了刘希。

她正跟郑星沥凑在一起，也不知在说些什么笑得很开心。

身后沈戌推了他一把："光看着干吗，过去呀。"

"多尴尬，那一桌都不是咱班人。"

沈戌仿佛不认识他一般，惊讶道："你现在知道装了？"

"你这说的什么话，什么装不装的，我本来就是个内敛的人。"陈宇昂今天还特地戴了副金丝边的眼镜，乍看上去是有点斯文的味道。

他打听过了，刘希的理想型就是这个调调的。

"行了，'敛人'，你再不过去，马上就坐不下了。"沈戌推着他上前，扮演助攻的角色。

陈宇昂还在半推半就地矜持着，那头就有其他人要往那边去了，他顿时忘了自己的矜持，三步并作两步往刘希旁边一坐。

沈戌没反应过来，陈宇昂光顾着自己也不给他占座位，他慢下几步也就此错失了自己想要的位置，被迫坐到了郑星沥的对面。

刘希看到陈宇昂的眼镜好奇极了，端详了半天，最后伸出手指戳了戳，却并未感受到镜片的阻挡，直接触到了他的眼皮。

陈宇昂措手不及，吓得连忙闭眼，嘴里还"嗷"了一声。

桌上其他人听到声儿都看了过来，刘希尴尬极了："你有病吗陈宇昂，你没事儿戴个框干什么？"

"这是我的设计。"

"设计？设计什么，近视眼？装学霸？"

"气质！是气质！"

刘希无语："以前怎么没发现你这么闷骚。"

"闷骚？"陈宇昂觉得荒谬，毫不客气地出卖朋友，"那你是没见过沈戌。"

闻言，郑星沥和刘希齐齐看向对面。

周围吵闹，沈戌听不清他们在谈论什么，却也能猜出是陈宇昂说了自已有的没的，第一时间反驳："陈宇昂，你少造谣。"

奈何距离太远，这句辩驳一点作用都没有。

好在老师们过来了，关于"沈戍究竟闷不闷骚，哪里闷骚"的话题未能成功开启。

大家没有了往常的拘谨，已经满十八岁的男生们都大了胆子，对着几个老师也是一通敬酒。

郑星沥捧杯果汁细细啜着，刘希坐在她旁边不停倒着苦水，问她考得怎么样。郑星沥还没来得及对答案，也不想对这些东西，只摇头说不知道。

"哎，我觉得我数学能不能上三位数都是个问题。"刘希托着腮，她数学一贯的差，"我都不知道能不能上师大。"

另一边陈宇昂可算逮到了话题，故作惊讶："你想去师大啊，哪一个师大？"

刘希还记恨着高考前他说自己活该上不了线的话，佯装生气道："关你屁事啊。"

郑星沥插嘴："省师大。"

刘希不满意地嘟囔着："你告诉他干吗呀。"

"你看你，格局小了吧。我这是遍访一下各位的理想，权衡一下适不适合我。巧了，我的首选呢，也是省师大。学校广袤，男女比例三比七，师资雄厚，方方面面都很适合我。"

刘希眉头一点点蹙起，看着他的眼神也嫌弃起来，最后下定义："你好肤浅哦。"

陈宇昂感觉膝盖上中了一箭，他不是罗列了很多理由吗？怎么偏偏被逮住这个？

"怎么是肤浅，女孩子多就是肤浅吗？我这是觉得女孩子多学风好，你懂吗？"

郑星沥在一旁差点没翻白眼，她看出来了，陈宇昂这人何止是不够聪明，简直就是笨。

这番说辞简直是在生动展示何为"欲盖弥彰"。

她很想告诉他，实在不行闭嘴也挺好的。

沈戍孤单地坐在对面，与这边的热闹毫无关系。他一边敷衍地跟身边同学说话，一边偷偷把新上的菜转到郑星沥跟前，勉强营造些参与感。

一来二去的，大家都喝得差不多了，张年庆和王永锋作为班主任率先站了起来。

前者清了清喉咙："同学们，今天大家都很开心，你们一直视作洪水猛兽的高考已经结束了。今天过后，在座的各位可能再也没有机会聚在一起了。"

"不是老师要说扫兴的话，是现实就是如此。你们现在还都是十几岁的孩子，可以这样毫无芥蒂，没有任何企图，单纯的因为感情、因为友谊聚在一起，但是等你们上了大学就会明白，人和人之间的感情不会是这样纯粹的。"

"你们其中有些人也许会上一个好的学校，也许会稍稍次一点，也许会有人不满意现状去复读，也许有人预备将就将就上完几年。但是希望你们记住，每一条路每一个选择都是你们自己选的。有一句话，我三年里重复了无数遍，不要做让自己后悔的事情。

"高一到高三，大家朝夕相处，有矛盾有摩擦，老师跟你们之间也有不愉快。我不知道你们有没有这样的感触，所有的矛盾也好，恩怨也罢，其实种种都比不过毕业这两个字的残忍。"

王永锋拧开自己带来的杯子，喝了口茶，接着张年庆的话继续说："我们做老师的，希望你们可以记住自己在实验中学学到的东西，不管以后怎么变都要记住：不能做社会的蛀虫。

"上了大学你们就会明白，生活只会更难，以前告诉你们上大学就轻松了的话，都是骗你们的，当不得真。"

他笑了笑，紧接着话锋一转："不过上了大学可以谈恋爱了倒是真的。"

这话一出，大家都隐隐地兴奋起来。

"你们可以看看周围的同学，有好感的要好好把握，别等以后天南海北上学去，再没机会见面了，才后悔。"

沈戍心里小小地为这番发言欢呼，并第一时间朝对面投去视线。可惜郑星沥正抬着头专心"听讲"，并没有分给他一点眼神。

"不过女同学们，还是建议你们慎重哈。毕竟等到了大学里，遇见更好的可能性是百分之九十。"张年庆补充道。

陈宇昂抬过头，不满地插嘴："张老师，您怎么胡说八道啊。"

"有你什么事儿啊？"

陈宇昂失了勇气，缩了缩脑袋，引得大家哄堂大笑，气氛霎时变得更加融洽起来。

一顿饭吃下来，花了不少时间，出来的时候已经晚上九点了，班长帮忙打了车送老师回去。

王永锋有些醉，临上车之前还嘱咐了班长让他安排人把女生送回家。

刘希跟郑星沥的家离得都不远，决定走路回去，陈宇昂自告奋勇地表示要尽到一个"学生"的职责护送"郑老师"回去，并且拉上了沈戍作陪。

四人走在路上，一如很多个自习的日子。

陈宇昂夸张地深吸了一口气，感叹道："天啊，考完试以后，空气都是自由的。"

"你好没出息哦。"刘希挽着郑星沥的胳膊，像没有骨头似的，整个人倒在她身上，十分小鸟依人。

陈宇昂充耳不闻："马上三个月假期，要不我们一起出去玩吧？旅游，怎么样？"

还没等刘希她们表态，沈戍就先出声拒绝："我不行，我有事儿。"

"那就等你事情办完好了。"陈宇昂很好商量，"正好可以等成绩出来，可以多申请点经费。"

"你怎么知道是能多申请点经费，还是讨一顿打啊？"刘希反驳道。

陈宇昂抚了抚眼镜，伸手在自己身上比画了一下："你看不出来我这呼之欲出的学霸气质吗？"

"看出了点王八气质。"

"……"

郑星沥笑了起来，抽出手："好了，我家就在前头。陈宇昂，你把刘希送回家好了。"

"行，我大人有大量，不跟她计较。"

刘希哼了一声："说点人话，别逼我动手。"

这样鸡飞狗跳的画面，出现的频率已经是十分常见了。郑星沥见怪不怪，丢下句轻飘飘的道别，就走了。

沈戍拍了拍陈宇昂："我送她回家。"

陈宇昂应了一声，准备继续战斗。刘希却已经偃旗息鼓，端详着不远处，两人并排走的背影。

"你看什么呢？"

"你觉不觉得他俩不对劲儿啊？"

陈宇昂可太觉得了好吗？他还知道沈戍目前进展基本为零。可这能让刘希知道吗？不能。

沈戍八字没一撇，怎么也轮不到他跟别人露底啊。

"他俩怎么了？"

"沈戍对郑星沥关心得很，我直觉他俩不对劲儿，而且你不觉得——"刘希顿了顿，"他俩现在看起来特别般配吗？"

诸多细节推敲起来就没意思了，在她看来，自己的直觉挺准的。

"就因为沈戍送郑老师回家？"

"差不多吧。"

陈宇昂咳了咳："我也要送你回家，你不觉得咱俩现在也不怎么对劲儿吗？"

刘希上下看了看他，点点头："行吧，那看来是我直觉出问题了。"

"……"

身旁的人一声不吭也不知道在想些什么，因为喝了些酒，他身上弥漫着一股浅浅的酒气，跟原本的香皂味道混合在一起竟也不显突兀。

很快，郑星沥打破了这种诡异的平静："考得怎么样？"

跟她不一样的是，沈戍几乎是每结束一场就对一遍答案的，就连刚刚吃饭的时候他也是一边吃饭一边用手机搜的官方答案："马马虎虎吧。"

郑星沥掐不准好坏，也怕再问惹他敏感，就点点头。

"什么时候出成绩来着？"沈戍看着红灯不经意问道。

"23号吧。"

他点点头："暑假，你有什么打算？"

"不知道，应该待在家里吧。你呢？你刚说有事儿，是要去干吗？"

沈戍轻轻笑了一声，抬起手想要揉揉她的头，又怕吓到她，最后也只是抓了抓自己的头发："我要去训练了。"

"公路车吗？"

"对呀，前后快一年没有正儿八经系统训练了，现在假期有三个月，李潇君跟我说车馆有个集训就在淮渭，我跟着他一起去。"

至于训练时长，他准备先过去看看再决定长短期，所以陈宇昂等他回来是注定等不着了。

她家本来就不远，到了街口，郑星沥便顿住脚："我到家了，你回去吧。"

沈戍"嗯"了一声，知道她是怕被家里人瞧见："行，那我就走了。"

郑星沥点点头，站在原地看他转身才往家里走。

"郑星沥。"沈戍的声音从后方传来，他双手插在卫衣口袋里，昏黄的路灯灯光打在他的脸上，带出几分柔和，"你还记得我跟你说过什么吗？"

"嗯？"郑星沥疑惑一声，继而想起来，试探问道，"给我长脸？"

沈戍笑起来，举起手朝她挥一挥："再见。"

郑星沥扭过头去，嘴角止不住地翘起来，没再回话。

他看着她的身影拐进那家熟悉店铺，这才心满意足地转身大跨步离开。

高考前大家期盼着要出去玩，计划攻略做了一堆又一堆。最后等到这座大山挪开的时候，竟然一下就卸了劲儿，别说玩，就连睡觉都有种莫名的空虚。

郑乔生让郑星沥出去旅游旅游，她有那个心却怕了这大太阳，一步都不想踏出空调房。

眼下天正热，是他们家店里旺季的时候，郑星沥插不上手，就端个凳子在门口充当人眼监控。

六月下旬，捧着报考指南，货比好几家的活动又在各大奶茶店里轮番上演。郑星沥的四人小分队，缺了一个人，也研究得尤为起劲儿——主要是陈宇昂和刘希纠结。

郑星沥的成绩按省内往年的录取线来说距离清北差了有五分，张年庆劝她可以冲一冲，她说会考虑，实际上模拟填报的时候还是把华封放在了第一志愿。

刘希学了三年的理科觉得脑子要炸了，需求就是要选个不学高数的。

"我听说高等数学是地狱级别的难度，我还是不要去轻易尝试了。"

陈宇昂嘲笑她："你看你那点儿出息，不就一个高数吗？十几年数学都学过来了，还差这三四年的？"

"你有出息，你有出息你填数学啊。你看这个，应用数学，你去吧。"

陈宇昂摇了摇头："不好意思，本人心有所属了。"说着把自己的报考指南往前一摊，指着红笔标出来的那行小字，"人力资源管理。要干就干大的，以后咱们四个合伙创业，这广纳天下贤才的活儿，就交给我。"

"那照你这样说，我是不是也应该学个跟以后公司发展有关的专业啊。"

"不用。你这脑子学了也是白学，以后专心当个游手好闲的股东就好了。"陈宇昂侃侃而谈，运筹帷幄之间仿佛新公司已经设立了。

郑星沥不忍心打破他们的美好愿望，发信息问沈戌要填什么专业。

他今年的成绩比去年华封的线高了两分，理论上来说是没有什么选择余地的，郑星沥劝他除了华封多找几个差不多的志愿，起码要有学上。

沈戌嘴上说着不能讲丧气话，自己非华封不可，心里该紧张还是紧张。

去年选择复读的时候，他憋了一股劲儿，一年不行就两年，两年不行就三年，华封他是一定要去的。而现在他每天除了训练，就是祈祷这把能一次过，哪怕是给他调剂去贼冷的专业，哪怕专业只有他一个人，只要今年可以上华封就好。

"华封老校区在市里，有文学院跟化工院，其余的都在新校区。"郑星沥尽职尽责地给他介绍自己了解到的信息。

另一边的沈戌被她这么一说想起来了这茬儿，于是又在祈祷词里默默加了一句——上华封新校区。

月底，志愿填报系统全面开始。

沈戌请了三天假从淮渭回来，跟大家短暂地聚了个头。

陈宇昂撸起袖子和他比了比："你不是训练吗？怎么还没晒黑啊？"

沈戌嘘他："这大夏天，我们训练也是要做好准备的好吗？穿短袖去室外训练，那不是晒黑，是晒死。"

淮渭现在最高温度都快冲 40℃了，属于大街上摊个鸡蛋都能烙熟的那种，更别提出门有多晒。

公路车的室外训练，路途短的也得个把小时，他们每回室外集训都是起早贪黑，挑凉快的时候去。除此之外也都待在场馆，但凡顶着阳光出门，一定是面巾墨镜长袖长裤，裹得严实。

要说一点儿没晒黑那是不可能的，只是陈宇昂以为他要成块黑铁回来，现如今却发现也不过是从白皮肤晒成了黄皮肤，这才夸张了些。

"你说今年咱们要是滑档可咋办？"

沈戍正在看机房里并排坐着的郑星沥和刘希，听他这话回过神来斥道："你能说点好的吗？"

"我这不是紧张吗？"陈宇昂捏着那张薄薄的模拟单，翻来覆去地看。

"现在紧张有什么用，都这个时候了，难不成你还想改志愿？"

"那不行，我跟省师大已经绑死了，今年我必上。"

"呵呵。"沈戍看穿他的意图，"你是跟师大绑死了，还是跟刘希绑死了？"

陈宇昂不甘示弱道："那你呢，你是跟华封绑死了，还是跟郑星沥绑死了？"

两人对视一眼又双双沉默，默契地同时扭过头去，透过门上一小块玻璃，认真观察机房内。

郑星沥把《报考指南》翻得"唰唰"响，反复确认代码没有填错，最后在第一志愿服从调剂那栏点个钩，这才安心提交。

她抬头看向门外，跟那两个人正好打了个照面。

两个人先是一顿，接着又都露出了个相同的笑，看着有种诡异的谄媚。

四个人自从毕业散伙饭以后就没再聚齐过，眼下趁着好机会，谁也没先走，等到大家所有事情都结束了，才一起结伴离开。

下午四五点钟，太阳总算是收敛些锋芒，但还是热。

郑星沥觉得奇怪，往年这个时候，他们都还在上课，每天课文公式数学题的，却从没有像现在这样觉得疲惫过。

"你训练还有多久结束啊？"陈宇昂勾住沈戍的脖子，后者嫌弃地躲开。

"热死了，别碰我。"沈戍举着郑星沥的太阳伞，粉粉嫩嫩的伞面可爱又滑稽。

陈宇昂仍旧往他边上钻，明明是想蹭伞下的阴凉，却还嘴硬："你好伤我的心，我这是不忍心看你一个男的打伞，勉强过来跟你做伴的。"

沈戍闻言，把伞换了个手："谢谢，你大可不必这么勉强。"

"郑老师！你看他！"陈宇昂放开声音喊。

沈戍赶紧又把伞偏向他，咬牙切齿道："有病啊你！"

陈宇昂却端起架子，几步走到郑星沥旁边："郑老师，沈戍不带我打伞。"说着伸手拿过伞架，"我来帮你打好了。"

说是帮她打，实际上人走到了刘希旁边。

郑星沥整个人都暴露在阳光底下，但很快头顶又被遮住了。

"陈宇昂，你不要脸！"沈戍恨恨地骂了句。

"郑老师，他人身攻击！"

郑星沥一个头两个大："行了行了，走吧走吧。"

小学鸡通过互啄，都实现了自己的私心，嘴上不饶对方，心里又给竖了个大拇指。

"你这回什么时候走啊？"刘希好奇地问。

"后天。"沈戍掏出手机看了看软件，"后天早上六点半的高铁。"

"那得起多早啊？"

"去太晚就热了。"

现在的天气，早晚也算不上多凉快，但跟那大太阳比简直是天堂。

陈宇昂回过头："那就下午去啊，晚上不是更凉快吗？"

沈戍瞥了他一眼："训练啊，早到几小时，多练几小时啊。"

刘希"啧啧"两声，拿胳膊肘捅了陈宇昂一把："看看人家，励志典范，而你，一条咸鱼。"

"你过分了啊，你这是有色眼镜，是歧视！"

这俩没什么消停的时候，说不了两句，就又开始互相挖苦。

郑星沥这回没有加入战局调和，而是问沈戍："你训练什么时候结束？"

"估计要到八月末吧。"

"这么晚？"

"没办法，我有点菜。"

沈戍放松了整整一年，乍去的几天竟然不怎么适应严苛的训练。也正是因为如此，他才更深刻地意识到了自己能力的不足，毅然决然地把短期班改成了长期班。八月末结束后他回来再好好训练维持状态，开学到了华封才会更有底气申请加入自行车队。

"那你的录取通知书？"

今年的通知书统一寄存在学校，等信息到了，由学生自己回校取。

"你帮我拿吧。"沈戍说，"反正我们填的志愿都一样，华封一定是同一批寄过来的。我爸妈你也知道，不一定有时间去。如果你去的话，就帮我带一下吧。"

这也不算什么大事，郑星沥点点头应了下来。

吃完饭后，郑星沥依然在路口跟几人分别。就算是毕业了，"鬼鬼祟祟"避免麻烦，躲过大人追问也成了她的习惯。

方荟像是等了她很久，见她进门忙放下筷子盛饭。

郑星沥搬了凳子坐在柜台边："不用了，我吃过了。"

"志愿填得怎么样？"郑乔生问。

"就还是之前选的，第一志愿是华封。"

方荟还觉得可惜："不能改了吗？"

郑星沥当然知道方荟是什么意思，摇摇头："我不想改。"

"行了，你也大了，想填什么就填什么吧，我们不管你。"郑乔生打着圆场。

"哦，对了，还有件事，陈麦问你暑假有没有空，源源马上读初二了，这回期末英语才考了29分，想让你过去教教她。"

"源源？"郑星沥一时没反应过来，"哦，可是，姐夫不就是老师吗？"

"你姐夫忙着带小二子呢，你姐又要上班，剩下源源没人管，就想到你了。"

郑星沥觉得麻烦，蹙眉就想拒绝。

方荟补充道："正好，你暑假憋在家里也无聊，陈麦他们家刚搬去淮渭，那儿比合祁大多了，等什么时候天气凉点儿，你还可以去转转。"

"哪儿？淮渭？陈麦姐姐什么时候搬的家，我怎么不知道？"

"就今年元旦的事儿。"

郑星沥后知后觉地想起来，好像那会儿方荟是去吃了酒，回来还说小区绿化不错，可惜三室两厅都不怎么朝阳。

"怎么样？你去吗？"

"我要去待多长时间啊？"

"看你呗。"郑乔生插嘴，"陈麦把你看得特别牛，给你工资开八千一个暑假。"

"这么多？"

方荟说："淮渭找个一对一的家教，比这个价只多不少，她本来想给一万的，我让他给八千的。"

郑星沥不吭声佯装思考，过了一会儿问："她在淮渭哪个区啊？"又补充道，"我怕她那儿不方便出去玩。"

"这个我不记得了，你现在问一下。"方荟将手机递给她，又说，"出去玩也没事儿啊，淮渭地铁四通八达的，去哪里都行。"

"那我什么时候出发？"

手机提示音响了起来，那头陈麦发了个定位，郑星沥点开大图仔细观察着，终于在划出的一块阴影区找到了熟悉又陌生的场所。

"你想什么时候都可以。"

"后天吧。"郑星沥想了一会儿，把手机递还，抬起头云淡风轻，"双日，吉利。"

取票过安检进站，郑星沥掐着点到的，所有动作一气呵成。

合祁是经停站，眼下列车还没进。站台上人没多少，轨道尽头的太阳正一点点拨去薄薄的云，露出灿烂的橘色。

郑星沥随意张望着，终于在列车顺利停靠，车门开启的时候，让相隔三个车厢站位的熟人发现了自己。

男生高举起手挥了挥，企图吸引她的注意。

郑星沥垂下眼，装作无知无觉，抬脚迈入车门。

车厢内原本就坐了一些人，这会儿大都靠在椅子上休憩。郑星沥默念着座位号，邻座的是个女生，正闭着眼睛满脸困倦，手上掰着面包小口吃着。

她先将包放了下来，而后放下拉杆，将箱子拎起来，一鼓作气举到架子上。

箱子里放了不少东西，重量不轻，她后续力气跟不上，箱体在架子上一滑而过，紧跟着就往下掉。郑星沥赶紧张开手臂扶住，却也因此陷入进退两难的困境，看上去很是狼狈。

身后靠过来一个人，伸出手臂替她解决掉大部分压力，再一用力，难"啃"的箱子就此顺利落座。

"你要去哪里？"

郑星沥鼻子很灵，第一时间认出来人，听他没头没脑地问她，也没有什么大的反应，稍侧脸，将声音放低，答非所问："哎，你也这趟车啊？"

沈成拎起座位上的包，将她按坐下来，把包放上去，怕掉下来特地往里面塞了塞。

"我去淮渭。"

"你也去淮渭？"他惊讶道。

郑星沥小幅度地点了点头："要去教我侄女英语。"

沈成笑："郑老师又就业了啊。"

这个称呼还是从陈宇昂那儿叫出来的，一直沿用到现在，郑星沥也从一开始的不自在变成了习惯。

列车发动往前，沈成脚下没站稳，晃悠悠的，郑星沥连忙坐直，抓住他的胳膊捞了一把。

掌心温热紧紧贴着皮肤扩散，旖旎又猝不及防地占据脑子，偏偏她一脸正经，身体力行地表明这一亲昵动作仅是出于下意识。

很快地，她松开手："没事儿吧？"

沈成摇了摇头，激动之余还有些小失望："我先回去了。"

他急匆匆跑过来，背上包都没来得及松，眼下她旁边也有人，他再待着就太明显了些。

郑星沥确认他走远，坐正身子，扳下桌板，将手机放在上头，点开昨晚没看完的电影。

靠窗边坐着的女生一时间被剧情吸引，偷偷摸摸地在一边看着。

"要耳机吗？"郑星沥心情很好，热情大方地分享。

女生也很洒脱，接过来道了谢。

两人一起往中间凑了凑，正襟危坐，姿势认真极了。然而郑星沥眼间却并无什么焦点，倒像是在发呆。

长大后的藤井树接过高中生们递过来的冷门书，这次她终于翻过那页借书卡，在背面看见了十几年前，另一个青葱别扭的藤井树描摹勾勒出的自己。

可惜的是那个藏在飘起的窗帘后头，认真偷看自己的少年，已经和这个世界说了再见。

女生一时间热泪盈眶，正在为这对凄惨鸳鸯惋惜时，就听见身边的人突然笑了一声。

她手半抬着搭在鼻梁上，遮住笑意盎然的下半张脸，强忍着嘴角愉悦的弧度，但那双眼里却泛起明亮的欢喜。

天啊，人家两口子这么惨，她怎么还能笑得这么……甜？

这人，共情能力也太差了吧。

经过一路的友好交流，郑星沥已经跟邻座的女生冯艺加上了联系方式，并就《情书》中柏原崇演的藤井树到底渣不渣展开了多方面的剖析。

正当冯艺类比到白月光朱砂痣的时候，沈戍又过来了。

"快到站了，你箱子不好拿，我帮你。"不等郑星沥问，他就抢先解释了一句。

冯艺刚才并未看清楚沈戍，眼下好奇地多瞧了两眼。

他轻松举手摸到箱子，短袖包裹着的手臂因为用力绷出结实流畅的线条。

冯艺小小地惊讶了一下，紧接着发表感言："你男朋友 muscle 怪不错的样子。"

沈戍手上差点一滑，然后又稍用力慢慢将箱子托下来，装作没听见，实际上偷偷观察着郑星沥的反应。

"你误会了。"她四平八稳地端坐着，连眼神也不分过来一个，语气相当平淡，"他不是我男朋友。"

这人，怎么连慌都不慌一下的。

沈戍心里叹了一口气，莫名觉得失落。

冯艺知道自己想岔了，打个哈哈道了歉，只不过，没怎么忍住，还是自来熟地凑到了郑星沥耳边，小声地说："但我觉得可以考虑。"她顿了顿，"还挺帅的。"

三四个小时的路程，郑星沥跟她算是一见如故，听了这话也不觉得冒犯，回她一个笑。

列车停下，郑星沥站起来，同冯艺挥挥手告别，跟着沈戍一起出了车门。

沈戍一手拉着箱子，脖子上挂着的女式小巧皮包在身前一晃一晃的，怪异中又格外和谐。他停下脚步等郑星沥跟上来，才问："你要去哪个区？"

"忘了，我看一下。"她装模作样地掏出手机，"哦，旗山区缤纷南郡。"

"旗山？"沈戍声音稍稍提高，惊喜道，"我也去旗山。缤纷南郡我知道，小区是吧？它北门往前就是图书馆，再转弯穿一条街就是我训练的车馆。"

他也没想到，连异地训练都有机会跟她离得这么近。

看来他们的缘分，是上天注定，无法消解了。

这恋爱，他不谈谁谈。

早就提前查好了地址的郑星沥此刻露出惊讶的表情，不可置信地反问："啊，是吗？"

"你看，我们俩真的是，哎，多巧。"沈戍由衷地感叹，嘴角的笑意怎么也藏不住。

出站口就在前面，郑星沥拉过自己的箱子，不经意地触到他的手，却好似无知无觉。

"我来吧。"他说。

"我姐姐来接我。"

沈戍麻利儿地卸下她的包，挂在她脖子上："那还是你来吧。"

郑星沥从包带里钻出条胳膊，调整了一下包的位置："我先走了。"

沈戍点点头，又叫住她。

她回头问："什么事？"

他垂在身侧的手指绕住衣服下摆，另一只手摸了摸鼻子，有些不好意思又有些忐忑："那个，我休息的话，可以去找你吗？"

"找我干什么？"

"嗯，就……教你骑车？"

郑星沥没回答扭过头，径直往前走。

沈戍快走几步跟在她身后，始终离她一段距离，一如过往的许多时候。

他又问一遍："可不可以啊？"

郑星沥脸上泛着压不下的愉悦，却依旧不肯回头，故作矜持地回他："我考虑考虑吧。"

朱思源刚结束初一的考试，除了英语外，每一门课都名列年级前茅，然而 29 分将她直接从年级前十的有力竞争者打入了吊车尾的队伍里。

陈麦联合老公朱文志来了顿混合双打，过程中还伴随着痛心："我踩一脚答题卡，那扫出来的也能比 29 分多吧。"

对于朱思源来说，来一个教导她的小姨并不是一件坏事儿，起码她那猛如虎的父母会顾忌着外人在场，不敢动手教训她了。

虽然双打并不惨烈，但她确实不想回味。

除此之外，对这个一年才见到一回，却每次都给她买好吃的好玩的小姨，她是抱了满分的喜欢和期待的。

当然，这个期待，在郑星沥第一天来就直奔主题开始上课的时候，转化成了一小部分不安。

两个小时后，朱思源彻底破防，怯生生地问："小姨，我们能休息一下吗？"

郑星沥看了眼旁边的手机，顺手划掉消息通知："可以。"

朱思源松了一口气，还没等高兴起来，就又听见她说："休息半小时，之后听写前三单元单词。"

"啊？"

郑星沥翻了下朱思源的课本："这不都是学过的吗？"

这算哪门子休息啊。朱思源哭丧着个脸，也不敢说不。

"没事儿，我就是看看你的基础怎么样，错多了也没关系。"

这样和缓的语气，让朱思源放心之余又更愧疚了。

什么基础，她的连基础的土都没有。

郑星沥不影响她，拿着手机钻了出去。

朱文志陪着小二子在客厅爬行垫上玩玩具，见她出来问："怎么样？"

"挺好的。"她实在不忍心把小侄女走神数十次的事讲出来，委婉道，"基础不大好，但认真学应该不是难事儿。"

朱文志太清楚自己女儿几斤几两了，对此颇为恨铁不成钢："实在不行你就打，她是装乖的坏。学习俩小时，走神一个半钟头，还有半小时边抠手边想中午该吃什么。"

郑星沥被逗笑，还不忘打圆场："年纪小嘛！我跟她这么大的时候，也这样。"

事实证明就算是老师，也有管不好小孩儿的时候。朱文志像是怕她后面会被气到似的，将朱思源那些个光荣事迹一一罗列出来。

小朋友嘛，自认为特立独行的出格，其实又荒谬又好笑。

正说着，郑星沥手机振动了下，是沈戌发来了一张日程表。

郑星沥回了个"？"。

沈戌：你考虑好了吗？

郑星沥：还没。

两分钟后。

沈戌：那现在呢？

郑星沥：我日程很紧的，每天都要上课。

沈戌：哇，你好无情好残忍，竟然都不给小朋友休息时间。

郑星沥没回消息，而是放大了他发过来日程表。

花了大价钱的集训就是不一样，事无巨细，时间计算以分钟为单位。每天五点集合不说，周五下午还组织去旗山图书馆借阅运动康复书，周六知识点抽背，每周只有一天的休息时间，不骑车的所有夜里都必须环山跑步。

这日程强度，堪比高三。

半个小时的休息时间到了，朱思源一脸的视死如归，在后半程还是选择了抠手。

郑星沥翻遍了本子，最后在"Hello"后面画了个钩。

这一笔比满目红叉更让人尴尬，朱思源脸都臊得慌。

"不要紧张，我知道你底子不好。"郑星沥特意将声音放轻。

朱思源感动极了，也更加羞愧，小姨实在是太好了。

"我们慢慢来。"郑星沥把本子推回去，温柔地说，"错的单词，一个先来三十遍吧。"

朱思源："……"

夜间，郑星沥没再继续上课了。毕竟才初中实在没必要逼得这么紧，她还劝朱思源出来看会儿电视。

朱思源看了眼自家老母亲的眼色，谨慎地摇了摇头，后者果然露出赞赏的表情。

郑星沥也没坚持："那这样吧，我们出去散散步，回来你再写会儿成吗？"

朱思源十分心动，眼巴巴地看着陈麦问："成吗？"

老母亲点点头，她欢呼一声，麻利儿地换好了鞋。

陈麦从阳台上推来婴儿车，把小二子放在里头，带好湿巾和奶瓶。

朱思源自从英语创造了"奇迹"之后，暑假在家就活得相当小心，更别提有什么机会出去找小伙伴玩了。这下借了郑星沥的光，总算可以出去放飞了。

尽管她的暑假才刚开始两天，但是，这两天可把她憋死了。

一路上，她就跟圈养在家里的猪总算可以撒野奔跑在宽阔的马路上一样，一扫白天上课时的萎靡，自告奋勇地推着婴儿车像只快乐的小蜜蜂。

郑星沥故意落下几步，小声地劝姐姐："其实也不用给源源这么大的压力，她还小着呢，而且现在又青春期，我这么大的时候也是这个样儿。"

陈麦推着车："嗤，她跟你不一样，你从小就懂事儿，她小时候跟爷爷奶奶长大的，娇养成这个样儿。上回期中考试我说她两句，她还跟老人家告状，可把她牛死了。"

郑星沥看着蹦跶着的朱思源："不懂事儿也挺好的，以后有的是懂事的时候，现在活泼快乐比什么都重要。"

"说实话，但凡及格了，我跟你姐夫也犯不着对她这样。29 分啊。"陈麦有些激动，"初一英语啊！我都不知道她怎么考的，他们班英语倒数第二比她高 30 分你敢信？"

呃，29 分，确实是有点离谱了。

小区附近多的是跟朱思源同龄的小朋友，其中不乏认识的，路上也有成群结队玩的，看见她纷纷高兴地打招呼。小朋友积极朝气，连带着嗓门儿都格外亮。

朱思源跟他们说了几句，兴致勃勃地推着弟弟回来："妈妈，我明天能跟徐雅欣他们一起去图书馆玩吗？"

陈麦轻轻掐了掐她的小圆脸，笑眯眯地说："不行。"

朱思源眼里的光一下子就换成了沮丧，拽着陈麦的裙子撒了好一阵子娇。

陈麦淡淡地说："我说了不算，你问你爸同意吗？"

朱思源立马闭嘴了。在她的教育问题上，陈麦是虚张声势，朱文志才是说一不二。朱思源敢跟陈麦讨价还价，却从不敢在她爹面前说半个不字。

郑星沥看她又耷拉着脑袋，闷声不响的，忍不住替她求情："让源源去图书馆也挺好的，多看看书，比玩什么电子设备好多了。"

虽然她也没啥电子设备可玩的。

"你不知道，图书馆六层是专门放儿童读物的，就是什么寓言故事那一类的，还有《马小跳》之类的小说。她要是管得住自己多看看也没什么，可是她管不住，她不在六楼待，尽往楼底下钻。"

这个年纪的孩子，开始接触什么小说也属实正常，什么《疯狂阅读》啦，《飞魔幻》啦，陈麦也可以理解。可朱思源的专注力只能放在一件事情上，但凡看这些就很难再安得下心来学习。

有段时间她成绩下降，朱文志以为是自己管得太严格了，于是改变了一下方法，结果她变得变本加厉。直到朱文志打扫卫生的时候，从她床底下发现了一箱子小说。

至此朱思源的零花钱就被严格管制，去图书馆看书也必须得是朱文志亲自陪同。后来小二子出生，朱文志忙着带孩子，也没时间陪她去了。

郑星沥没再继续说，只提了一嘴，一周也该让朱思源休息个一两天，陈麦没反对，说回家跟朱文志商量一下，看具体怎么调。

朱思源好不容易出来放个风，怎么走都不觉得累，也不知是不是故意，绕着绕着就到了图书馆。

郑星沥想起沈成说的话，顺着图书馆大门往街角尽头眺望，只能看见不怎么清楚的灯牌，依稀可以认出是个大地方。

陈麦就此打住行程叫回撒欢儿的朱思源准备回家，看到郑星沥稍稍踮着脚往另一头望，好奇地问："看什么呢？"

"没什么。"她有些慌张地放下脚跟，垂着眸，"那块灯牌挺亮的，也不知道是做什么的。"

"那是车馆。"朱思源插嘴道，"驰驿自行车馆。我有同学暑假就去学那个呢。"

陈麦拉过婴儿车："路上有车，你当心点，走里面，跟着小姨。"

朱思源听话地往郑星沥身边凑，抓着她的手："小姨，你去过车馆吗？里面是教大家学自行车的吗？"

"也不是。"朱思源的小肉手软软的，郑星沥禁不住捏了两把，"自行车也是有很多分类的，你平时看见就是普通自行车，车馆里的是运动会专用的，还有各种分类。"

"自行车还有运动会哦？"

"当然了。"郑星沥笑了一下，给她大致讲了讲。

朱思源听了满眼的崇拜："小姨，你好厉害哦，怎么什么都知道。"

郑星沥却有些愣，刚才的一番解释，实在跟当初沈成兴致满满给自己普及公路车的时候一模一样。

当时自己也是和现在的朱思源一样，暗地里觉得他很厉害吗？

"因为小姨学习好，成绩好，要上好大学了呀。"陈麦不放过一丝教育她的机会，"你要是好好学习好好看书，也能跟小姨一样。"

朱思源偷偷翻了个白眼，嘟囔着："课本上才不教这些呢。"

言外之意，还是对自己被限制着不能去图书馆而耿耿于怀。

郑星沥直到睡前还是没有回复消息，跟沈戍的对话框就停在他说自己无情残忍的那一条。

枕边，朱思源腻腻歪歪地凑过来看郑星沥玩手机，自从自己上次拿学习机偷偷跟同学聊天被发现后，她身边除了小天才手表电话外的所有电子设备都被严格限制了去。眼下逮住个郑星沥，就算她玩的内容自己不感兴趣，还是想多看两眼。

郑星沥在看电子书《百届环法》，翻页速度很快，朱思源脑子跟不上眼睛，打了个哈欠，却不觉得无聊仍旧要看，到后头更是将头枕在了郑星沥肩膀上。

郑星沥切换到微博，随手刷新着，时不时看看一些博主测评视频，天南海北的，好笑就看。

朱思源明显开心不少，却又不敢笑得太大声，捂着嘴，眼睛一直弯弯的。

眼瞧着到了该睡觉的点，郑星沥及时止损，小姑娘却并不想这样早睡，有一堆的问题在熄灯后要问她这个小姨。

一会儿是高中，一会儿是考试，一会儿是她被管得严不严，一会儿是合祁好不好玩。

郑星沥在黑夜里闭着眼，耐心地回答她的问题，又瞅准空隙状似不经意地问她："你想去图书馆吗？"

"想！"原本还有些困倦的小姑娘顿时来了劲儿，不过很快又沮丧起来，"但是我爸不让。"

"为什么？"

朱思源嗫嗫嚅嚅，不好意思说自己看小说被逮的事儿。

"你要是真的想去的话，我可以带你去。"

"真的吗？"朱思源激动地坐起来。

郑星沥感受到床垫的动作，侧过身去，轻轻地"嗯"了一声。

"小姨你好好。"

"先别急着高兴。"跟小姑娘的雀跃比起来，她十分冷静，"万事都要付出代价，你爸也不一定会给我面子，所以呢，你必须要有点提高，这叫筹码。有了筹码，我再跟你爸谈，这事儿一定妥。"

朱思源冷静下来，极为慎重地发问："那得提多高？"

"反正你照我规定的计划做，我肯定会让你爸答应下来，最起码也能让你一周去个一次。"

朱思源虽然英语不好，却是其他几门课都接近满分，当下就点头同意。黑夜里也能精准锁定郑星沥的所在地，"嗷"的一声扑到她身上。

小姑娘眼下还没怎么长个子，但体重着实不轻，已经有些不健康的意味了。平日里饮食也被父母限制了些，零食和垃圾食品更是不让碰。这过分热情的一扑，让郑星沥背部遭袭，但人家高兴地一个劲儿蹭着表达喜悦，她也不好扫兴。

"那我们什么时候去呀？"

郑星沥将脸埋在枕头里，掩饰嘴角的笑意，平淡地开口："周五下午吧，人少。"

朱思源不知道小姨是怎么得出周五下午人少这个概念的，但是只要可以出去放风对她来说就已经足够快乐。

眼下，郑星沥在她眼里，已经不仅是亲切的小姨了，是万能的小姨！

随着教练一拍手，周五的训练终于告一段落。李潇君就地坐下，全不管赛道多脏。沈戍嘴上说着嫌弃，还是着手将人拉坐起来。

李潇君双手撑地，小声地骂道："老李吃枪药了？怎么最近管得这么严？"

"那不是你爸吗？你问我，我问谁去？"沈戍见拉不动也就放弃了，双手撑着膝盖，气息也稳不到哪里去。

"应该是急了吧。"李潇君从来不忌讳说自己爹的坏话，"毕竟今年又一个入省队的都没有。"

李国平是李潇君的亲爹也是以前发掘沈戍的教练，后来从体校退下来到淮渭教课。几年下来，大大小小的经手过一些苗子，但直接从他手上进省队的至今还是零。

"好歹是亲儿子，你也不去劝劝他？"

"劝？"李潇君摆摆手，"劝不了，劝得了，我妈至于跟他离婚吗？"

李教练致力于发掘体育人才，为人固执跟老婆也缺乏沟通。李师母一气之下跟他离了婚，结果李教练不但不挽留还干脆直接搬去体校宿舍了，后来工作更是跑来了淮渭。

这些年里，这两人名义上是离婚了，实际上又都牵挂着对方，偏偏都是嘴硬的，全靠李潇君在中间左右传话。

沈成闭了嘴，再不提这事儿，又去拽他："行了，赶紧换衣服洗澡吃饭，下午还要去图书馆。"

体育运动相关的书价格都不低，图书馆借书出来又得花钱办卡，也不方便。所以他们这群集训人都得踩着点儿去提前候着，晚了就得几个人共读一本了。

"行。"李潇君勾着沈成的脖子，"你放心，今天哥不睡觉，一定会给你抢上座。"

沈成一脸嫌弃："可别，你中午不睡，就去馆里睡，我可不想再被管理员阿姨提醒不要占用公共资源了。"

"怎么说话呢？我那都是有原因的好吗？"李潇君不满地给自己辩解，然而沈成才没有要听的意思，两个人一路打打闹闹地离开。

尽管李潇君再三保证自己这回一定不会错过大队伍的集合，最后还是晚了半个小时。沈成拽着人赶到的时候，阅览室的人潮早就过去了。

李潇君十分洒脱："来得早不如来得巧，你看他们来这么早有什么用？还不是跟咱一起进去。"

"你闭嘴啊。"沈成压低了声音，"早个锤子，张涛他们都进去二十分钟了。"

事已至此，再多的抱怨都不顶用了，沈成丢下李潇君，几乎是冲进阅览室的。毕竟他先一步，先找到剩下的那本书可能性会大一些。

李潇君却不急不缓，反正最后他说些吹捧，沈成就还是会带着自己看的，实在不行，他也可以直接抄沈成的笔记嘛。

这种专业性的书籍分区基本都在一块儿，只是图书馆书架众多，不仔细是很难准确找到的。沈成一边狂奔一边数着书架数，最后还是靠着早到的同伴锁定了位置。

阅览室的座位有限，把书带出阅览室就得用卡，所以他们队大多蛰伏在各个书架之间。

同伴给沈成指了指墙角的窗户，示意那边没人。

沈成感激地拍了拍他，随后搂着砖头一样的书，边往那儿走，边单手拉开书包拉链掏出笔记本。

路过末端书架的时候，他突然觉得不大对劲儿，倒退了几步，接着穿行到另一边，满脸惊喜："郑星沥？"

郑星沥坐在凳子上，听到有人叫她，也没有第一时间抬头，而是慢条斯理地翻过一页，接着才慢慢从书上抬起眼。她见到沈成，似乎很是惊讶："你怎么也在这里？"

沈成上前，蹲下和她视线相平："我不是给你发过日程表吗？周五下午是我们自习理论课的时候。"

郑星沥优哉游哉地合上手里的书，平淡道："哦，我没看。"

沈成有些失望，但很快又高兴起来："这样都能遇见你。"

"这样都？我打搅到你了？"

"没有没有。"沈成赶紧否认，"我的意思是太巧了！"

郑星沥不咸不淡地"嗯"了一声，又低下头翻看手里的书。

李潇君姗姗来迟，远远瞧见了对面两人，顿时明了，更没有不识趣地凑过去。

啧，上次嘴硬还说只是同学，这回藏不住了吧？只是同学，犯得着这样儿吗？

他找到另外一个队友，发挥自己不要脸的潜质，硬是跟人家蹭上了同一本书。

"你不是跟沈成锁死了吗？"

"锁什么锁，别造谣啊！"李潇君一脸正色，"你这样造谣会影响到人家少男的一颗春心的。"

"少男？你要脸吗李潇君？你都多大了，还少男？"

李潇君瞪他，差点儿辩解少男春心的是沈成，又想想还是不能随便乱说，于是"忍辱负重"扛下同伴嘲讽，梗着脖子反驳："怎么啦？人家怎么不能是少男了。人家年芳二十，正是大好年华。"

同伴把书往自己边上扯了扯，语重心长："多念点书吧，好歹大学生，年芳几何是说女孩子的。"

"……"

被嘲讽了年纪和学历的李潇君，觉得自己现在就是掩护同志的英雄。为了别人的爱情，牺牲自己的名誉，多么可歌可泣啊！

沈成必须请他吃饭，必须请！

"你不介意我在这儿看书吧？"

郑星沥不抬头，伸手从书架转角，拉出一个凳子："坐吧。"举手投足间还有些酷。

"你怎么也会来这里啊？"沈成小声地问。

"我侄女。"她手指摩挲着字行，眉头稍蹙，似乎很认真，"她爸妈规定了她每周五都来图书馆。我是她老师，所以要追过来看着她。"

"所以你以后周五都要过来哦。"

"怎么？"郑星沥随口猜测，"想让我给你占座位？"

"啊？"

"你手上那本书，我看到有小十个人一起来看的，人手一本，估计就是你们的'课本'了吧？"郑星沥装出世外高人的样子，故意不去看他，"你比他们迟到有一会儿了，别说桌子，小板凳估计也够呛吧？"

"不是的，是李潇君。"沈成才不想背上懒汉的锅，急忙解释，"是他自己不努力还拽我一起。"

郑星沥侧过身子躲开他视线偷偷地笑。

沈成却以为她是不信，在生气自己不努力。

要知道两人在一起家教的时候，自己开小差可没少陷入这种境地的。当下他就更着急了，把本子和书放到书架上，随后站起来："你等着，我去把李潇君叫来给你解释。"

郑星沥哪里顾得上偷偷开心，一把抓住他的胳膊，连忙道："好了好了，我知道不是你。"

沈成整个人都僵住了，看看她的手，又看看她，腰要弯不弯的。眼看她要松手，他又一咬牙将头扭过去，不管耳朵灼热，故意抱怨："好敷衍，不行，我还是要去。"

郑星沥这下两只手都抓着他了，用力将人扯坐下来："说了信你了，怎么这么犟。"

"因为你……"沈戍声音放得很小，一本正经地表达不满，"你的语气好像渣男哦。"

这回她还没来得及藏就已经笑开来，随后她松开手，撑着脸颊挡住翘起的嘴角。

沈戍偷偷看她。

从马尾到光滑的脖颈，再到小巧精致的笑脸。

图书馆里要保持安静，他这样想着，说服自己凑到她旁边："你笑什么啊。"

郑星沥抬起双笑眼，明明离他不过分寸距离，却不曾有一丝窘迫。

身边书架林立，窗外光影照出皮肤透亮，两个人背对着光两相对望，像是一幅定格照片。

郑星沥看着他，眼里是不加掩饰的愉悦，下意识地脱口而出："因为见到你就想笑啊。"

树叶沙沙作响和蝉鸣一起混在风声里，谱就夏天独有的乐章。

他的脸一点点爬上热，害羞得想要逃却又执拗地盯着她的眼睛，想要从里面找到和自己一样的情愫。

但计划很快失败，因为她又一次笑开，揉了揉他的头发。明明姿态亲密，说出的话却扎心："看你那傻样儿。"

风停下动作，聒噪的蝉耀武扬威打破和谐，变成凌乱的独奏，原先的浪漫意境霎时没了踪影，留下满腔的烦闷。

沈戍扭过头，瞪着窗外，恨恨地说："吵死了。"怕她误会还补上一句，"这蝉。"

郑星沥心里存疑。

她这一举一动都是按网上说的来的呀。

先制造偶遇，再欲擒故纵，装作不在乎再猝不及防说出些似是而非的话。

按教程上讲，沈戍应该收到暗示一鼓作气啊，实在不作气也应该羞涩一会儿。

评论区一片叫好，都说有用啊，怎么他还生气了？

这是哪门子的撩汉大法，也太不好使了吧。

差评，果断差评。

她这样埋怨着，面上还是不动声色："你跟蝉生什么气？"

沈戌对着她不敢恨，只颇哀怨地看了她一眼："我生气它没眼色，天天瞎叫根本不知道自己在叫什么。"害得他差点冲动行事。

"你怎么这么暴躁。"郑星沥没明白他的点，以为他是被训练折磨得没有什么好心情，还耐心劝他，"夏蝉、夏蝉，它不在这会儿叫唤，就没机会叫唤了呀，你也不能让它违反自然规律啊。"

"我不想让它违背自然，我想'她'多长一双眼睛。"沈戌闷闷地转过脸，将笔记本摊在膝盖上，"一双可以敏锐点的眼睛。"

再这样下去就不是蛛丝马迹了，是有目共睹！

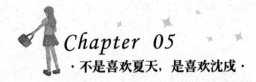

Chapter 05
·不是喜欢夏天，是喜欢沈戌·

朱思源快乐极了。

虽然说六楼的儿童读物已经不在她的兴趣范围了，但是她可以趁着小姨不注意偷偷下楼啊。毕竟底下的第七阅览室就是各种小说了呀。上次她跟同学进来的时候，就看见了各种有趣的标题，那可比什么《伊索寓言》《少儿百科》更适合她这种"成熟"的初中生了呀。

所以在确定小姨已经走远以后，她偷摸下楼，然后以迅雷不及掩耳之势溜进了小姨对面的阅览室。

只要她时间掐得好，赶在小姨找自己回家之前出来，就一定不会被发现。

她的计划十分完美，为此还特地用"小天才"设置了闹钟。

于是当手表振动的时候，尽管她还没找到刚看完的那本《骄阳似我》的下册，也不得不选择了放弃。

没关系，下周再来。朱思源安慰自己，一定能看到结局的！

她自信满满地踏出阅览室，却一眼就看见了对面检索台前站着的自家小姨。

幸运的是小姨是背对着她的，诡异的是，小姨身边还站了两个男生。

小姨已经很高了，那两个男生看起来比她还要再高半个头。而且挨着她的那个男生，离她实在是太近了。明明跟旁边男生中间都可以再挤下一个人了，怎么总凑在小姨跟前啊。

朱思源小脸紧绷，或许，小姨是碰见了传说中的——咸猪手吗？

可是，小姨也不像是不会反抗的人啊，或许——他们认识吗？

又或是，小姨在淮渭还能有同学吗？

她的一堆疑问还没有得到答案，更严峻的事情就来了。

　　小姨转身了。

　　郑星沥随意的一眼，就看见朱思源站在阅览室门口，一脸严肃，视线跟自己对上以后，先是一愣，继而慌张起来，抬脚上前，心虚地笑着，甜甜地叫了声"小姨"。

　　"嗯。"郑星沥不咸不淡地应了声，抬眼看向她来的地方。

　　朱思源又是一慌，连忙开口："原来你在这里啊，我就说在对面没找到你呢。"

　　"找我？"

　　朱思源点头如小鸡啄米，生怕自己谎言被拆穿，直直地盯着郑星沥的眼睛，不敢挪转，以此显示自己的真诚坦荡："对啊对啊，我有点累了，我们回家吧。"

　　这谎扯得，是生怕别人不知道自己心虚啊。

　　一边李潇君忍不住笑出声，沈戌连忙捅了他一下。

　　郑星沥这才后知后觉旁边还有两个人，于是转回身来介绍："这就是我侄女。"

　　"嗯，胖胖的挺可爱的。"沈戌诚实道。

　　郑星沥却瞪了他一眼，拍了拍朱思源的头："别听他瞎说，他眼睛有问题。你这不是胖，是还没长个子。"

　　青春期的女孩子都处于在意外表的时候，夸她可爱就行了，夸什么胖胖的可爱啊。

　　朱思源自己也知道自己的体型虽然看着软乎乎，但确实影响到健康了。大概是因为自家亲爹总一个劲儿念叨让她出去锻炼减肥的，所以她已经对"胖"的评价也没有那么无法接受。

　　"小姨，他们是你的同学吗？"

　　郑星沥点点头，想了想还是给她介绍："这个是沈戌，那个是李潇君。"

　　"哥哥好。"朱思源乖乖地喊人，拽了拽郑星沥的手，"小姨，我们回去吗？"

　　沈戌却像被她的后半句点醒了一般，赶紧纠正："不对不对，不是哥哥,是叔叔。"

不然他跟郑星沥之间可就差了辈儿了。

李潇君:"别听他瞎说,他爱当叔叔还是舅舅都跟我没关系,你叫我哥哥就行。"

朱思源自始至终洋溢着笑脸,却还是诚实地往郑星沥身后躲了躲。

小姨的同学看起来都不是很聪明的样子。

路上,郑星沥没说话,任凭朱思源好奇发问,也只是淡淡地回应。一直到小区门口,她才说:"下午去几楼了?"

"六楼呀。"朱思源又盯着她的眼睛。

郑星沥挪开视线,那点轻松笑意也不见了:"你再好好想想。"

那语气分明就是已经猜到她干了些什么。

朱思源天人交战了一会儿,还是老老实实道:"在五楼。"

"看什么了?"

"文学小说。"

"哪一本?"

"钱钟书的《边城》。"

郑星沥好容易装出来的严厉就此泄了气,差点笑出来,但很快又压下去,咬字变重:"你再好好想想。"

朱思源看她嘴角往下撇得厉害,再度摊牌:"是言情小说。"

郑星沥点点头,步入电梯按下楼层,抱着手告诫朱思源:"下次不准撒谎。"

"不了不了。"朱思源摇头跟拨浪鼓似的,声音有些抖,"小姨,你能不告诉我爸吗?"

"我说了要告诉吗?"

朱思源顿时开心起来,蹦跶着一把将郑星沥抱住:"谢谢小姨!"

"别高兴得太早,我可以帮你保守秘密,甚至可以帮你打掩护,但是这一切都不能影响你的成绩,以后每周五上午,我都会给你弄卷子写。如果你退步了,后果不用我说吧?"

朱思源一点儿不觉得条件苛刻,跟她爹的铁血教育比起来,小姨这个充其量就是闷雷，不下雨的那种。

不过，她是真的有点羞愧。

"你也知道，你爸之所以没给你找别的老师，是相信我对吧？为了我在你爸哪里的形象，也看在我帮你争取福利的份上，你努努力行不行？"郑星沥刚经历她那个年纪还没多久，也知道该怎么说才能跟她套上近乎。

套近乎，是家教成功的一半。

这个定律是她跟沈戍的教学中总结出来的。

不适用于所有情况，但是适用于她遇见的这几个。

朱思源忙不迭点头，同时又是满腔疑惑："但是小姨，你怎么就确定我看的是小说啊？"

郑星沥笑了一下，近乎怜悯地看着她："因为钱钟书写的叫《围城》。"

朱思源：终究是输在了文化水平上。

没两天，饭桌上，朱文志又提起让朱思源出去锻炼这茬儿。

要说出去散步跟朋友玩，朱思源三四个小时不带叫一声累的；要说跑步锻炼，她顶多从单元楼冲到小区门口，就说要死了。

这锻炼要是只有她一个人也就算了，偏偏她爹的意思是自己要全程跟着。

去年小升初，朱思源就有幸被他骑电动车在后头"追赶"过。那一刻她觉得自己毫无尊严，和草原上的羊像极了，吃完草出来放风，通过运动让肉质口感更好，完了后头还跟着个牧羊犬，她歇那么一会儿，就会得到一阵狂吠。

可惜的是，她运动了却没管住饮食，是以一个月下来，还重了十斤。

于是现在她顾左右而言他，什么"要写作业啦""要全心全意提高成绩啦"，话里话外学霸气质呼之欲出，目的就是为了再不去受那苦。

"也挺好的。"郑星沥放了碗，将桌上骨头垃圾扫到碗里，不轻不重地插嘴，"源源这样是要锻炼了，我看新闻上这个年纪的小朋友就有可能得三高了。"

追求胖瘦是自由，但如果伤害到健康和身体，最好还是要有所行动。

朱思源没想到一贯上课恨不得把一天掰成两天用的小姨会说出这

种话。

"我陪源源去吧。"郑星沥抽出纸巾擦擦手，"旗山不是正好就在附近吗？跑步没什么用的话，多去走走路好了，爬不上山顶也比待在家里好。正好我开学还得军训，爬爬山当是我自己提前适应了。"

朱文志求之不得，原本他陪着朱思源，搞得朱思源就有些怨声载道的。现在换郑星沥去，一来朱思源也不会那么无法无天，二来朱思源也不好意思拖她后腿。

自己女儿什么样子，他还是清楚的，虽然大多时候没皮没脸，其实还是很要面子的。

事情就此敲定，一桌子人都乐呵的，包括朱思源。

在她眼里，这又是小姨为自己打的掩护，一定是给自己创造机会跟伙伴们聚头。

看看这差距，代沟小就是代沟小，事事为自己考虑，实在是太好了！

她激动不已，又怕让大人们看出端倪，装作气蔫蔫道："那我们什么时候开始啊？"

"今天周几来着？"

没等郑星沥按亮手机，朱思源就积极回答："周日。"

郑星沥点点头："那就从今天开始吧。"

今天好啊，小伙伴们的兴趣班都休息，爬旗山没两小时的说不过去，这也就意味着自己即将拥有两小时的欢乐"团聚"生活。

朱思源全程装作痛苦，等到跟爸妈分道扬镳的时候，面具瞬间就收了起来。看他们已经朝另外方向走远，快乐地抱住郑星沥的胳膊，半是撒娇半是雀跃道："小姨，我去找同学行不行？"

"行啊。"

朱思源松手就要蹦跶走，下一秒就被郑星沥揪住领子。

"你不用去。"她露出微笑，"找他们来爬山就行了哦。"

……

所以小姨不是为自己创造机会，也不是理解自己，更不是给自己打掩护。

她是真的来监督自己运动的。

朱思源眼巴巴地望着近在咫尺的公园广场，她的同学们穿着轮滑鞋、踩着滑板，在舞动着的人群里前后突进。

而自己，被小姨揪住了命运的领子，不得不转向另一条路。

更可怕的是，小姨为了断自己跟小伙伴会合的机会，竟然选了车道。

郑星沥看了眼时间，蹲下来替她重新系紧鞋带，温柔地拍了拍她的头，捏着拳头："加油哦。"

朱思源：很难加油。

旗山的名号究竟从何而来，还有块专门的墙，写满了洋洋洒洒的草书介绍。只要穿过广场从登山楼梯上去，紧跟着的第一个平台，便能窥见旗山历史。

"这是多么重要的一堵墙啊，是旗山的门面，是旗山的招牌，是来旗山一定要去研读的地方。那不是一堵普通的墙，它传递出的是文化的力量。"

郑星沥听完朱思源慷慨激昂的陈词，将人从路边石头上拉起来，将垫着的纸巾折好放进空兜里："我能上网会百度，这是科技的力量。"

"这是要我命的力量。"朱思源嘟囔着，又不情不愿地迈着小碎步跑起来。

她速度奇慢，慢到郑星沥只是正常走路就能保证她不脱离自己三步开外。

这正合郑星沥的心意，朱思源要是真的跑起来，就自己这速度还不一定能追上呢。

天色渐渐昏沉，夏天独有的闷在山间被压缩到最小，取而代之的是拂面舒服的凉。

这个点儿散步跑步的人都有，每当身后脚步声稍响些，郑星沥就要回头看看究竟。

一来二去，朱思源也觉察出怪异，好奇地问："小姨，你看什么呀？"

郑星沥面不改色地说："我怕来车子把你撞翻了。"

"可是……"朱思源慢下小碎步，改成走，"门口牌子写了，晚上五点到早上九点，禁止机动车辆入内啊。"

郑星沥还未找好借口，就有辆山地车"嗖"地从二人身边擦过，她手疾眼快地把朱思源往里面推了推，理直气壮："这不是车吗？"

朱思源敷衍地"哇"了一声，用尽全身力气夸她："高瞻远瞩。"

"谁让你走了？跑起来，跑起来。"久久等不到人，郑星沥甚至开始怀疑自己情报出了错。

"我太累了。"朱思源哭丧着脸，双手贴着自己红扑扑的脸颊，委屈道，"我是真的跑不动了。"

这运动量都快赶上自己一年的了。

"中考还要考八百米呢，你这身体素质怎么办？"郑星沥话出口自己都觉得有点好笑，什么时候竟然轮到她教育别人要锻炼了。

朱思源摸了一把额头的汗，满不在乎地回："那还很早啊。而且大不了就是跑不过，我还有其他分数。"

"其他分数？29 分的英语？"

"小姨！"朱思源不满地叫她，"我那是发挥失常。"

眼下两人早就过了拘谨期，朱思源没什么机会跟伙伴玩，对着年纪跟她相对接近的郑星沥自然更有话说，也更松弛些。

郑星沥从口袋里拿出干净纸巾给朱思源擦拭脸上的汗："好了好了，那我们回……"

"郑星沥！"

熟悉的带着惊喜的声音传过来，她咽下最后那个字，回身看来人，心里有种"终于等到你"的苦尽甘来。

虽然这个过程中苦的也不是她。

沈成穿着宽松款的短袖短裤，跟旁边穿着紧身运动服勒出块胸肌的李潇君站在一起的时候，有点像健身教练和他的业余学员。

"你在这里散步吗？"沈成兴致勃勃地问。

郑星沥淡淡地"嗯"了一声，跟他的热情形成了鲜明对比。

这也是招数之一，一抓一放。

上次在图书馆对他讲话就是"抓"，现在冷淡就是"放"。

沈成却什么都察觉不到，只为了偶遇高兴。

倒是李潇君，作为一名具备正常社交和思考能力的大学生，嗅出了那点子不对，故意问："你们没走楼梯呀？"

跟还是有些车出没的水泥道比，楼梯还有扶手呢，可比这儿轻松多了。

"哦，她要来的，我陪着来的。"

工具人朱思源一脸茫然。她有这么说吗？

郑星沥继续说："楼梯锻炼效果不好。她马上要中考，我姐怕她八百米没分数，让提前训练。"

还有两年才考体育的朱思源满脸问号。

沈戍露出不可思议的表情："八百米？你监督？"

郑星沥想到自己惨不忍睹的五分钟八百米成绩，有些窘迫，接着又为他在朱思源面前不给自己面子瞪了他一眼，强调说："八百米，我监督，怎么了？"

"没什么，没什么。"沈戍立马正色，竖起大拇指，真心夸奖，"厉害，十分厉害。"又稍弯腰对着朱思源诚心建议，"珍惜，一定要珍惜。"

李潇君没想到沈戍会这么巴结，人家都没说什么就开始吹捧，让人很难不笑。

可沈戍只在这说有的没的，却不做下一步打算。李潇君觉得又到了自己发挥作用的时候了。他上前打断这无意义的寒暄："八百米我熟啊，我年年测验八百。怎么样，要不要我给小朋友提供一下技术指导啊？"

朱思源礼貌地冲这个魔鬼般的怪哥哥微笑："谢谢，不用了。"说着扯了扯郑星沥的衣服，示意自己想回去了。

但她失算了，郑星沥好像根本意识不到这点动静，反而点头，接受了这个提议："也好，你专业点，那你教教她吧。"

原本可以脱离苦海的朱思源，小小的眼睛里有大大的问号，再也顾不上场合："小姨？我们不是该回家了吗？"

"还早。"郑星沥不为所动，"免费老师教你，占便宜都不会，傻不傻？"

朱思源不情不愿地还想抗争，李潇君半蹲下来："妹妹，不要害怕，跑步很简单的。"

沈戍问："你们每天都要来跑步哦？"

朱思源："当然不是！"

一周三次是她最后的倔强，每天跑跟要她命何异？

可是，掌握着生杀大权的小姨，对她语气里的激动全然不顾，淡定地又点了点头："毕竟中考迫在眉睫。"

朱思源全面崩溃了，偏偏这时候那个啰啰唆唆的哥哥，还在跟她介绍什么脚跟着地脚掌着地。

她情不自禁瞪了他一眼，气呼呼道："跑不跑啊？"

"跑跑跑。但也不要着急嘛，理论知识也是很重要的。你们物理做实验之前不学好串联并联，动起手来就会烧坏小灯泡的。"李潇君耐心解释着。

此刻心情并不美丽的朱思源："我还没学物理。"

"那你哪门子的迫在眉睫啊？"

朱思源皮笑肉不笑，问得好，她也想知道。

"来，现在开始跟我小跑，动起来。"李潇君也没在乎她的小脾气，说着又压低了声音，"你现在加把劲儿，等离开你小姨视线，我们就穿到楼梯那儿偷偷回去。"

这话比什么道理都好使。

朱思源眼里燃起希望的光。

前方一个上坡，接了个下坡，只要过了坡顶绝对就看不见人了。

可是小姨，又不会站着不动。

李潇君像是看穿了她的顾虑，朝后面偏偏头，补充道："你放心，我这不是派人拖住你小姨了吗？机不可失啊，赶紧加速。"

朱思源仿佛看见希望的彼岸，也不觉得李潇君啰唆了，步子也迈得更大了些。

后方郑星沥看着健步如飞的朱思源，惊讶之情溢于言表："怎么跑这么快，感觉就跟……"

她没继续说了，沈戌好奇地接上："跟什么？"

"医学奇迹。"郑星沥中肯地给予了评价。

沈戌笑起来，给她解释："李潇君学的是体教，教你侄女跑跑步什么的，专业还是很对口的。"

"你不跑吗？"郑星沥回过头来问他，"你跟李潇君一起过来，应该也是训练吧？"

虽然那张日程表，她已经研究到可以倒背如流了，但是，该装就要装。

不然被他知道自己刻意制造偶遇，还不得给他得意死。

好在，郑星沥虽然没什么演技，但糊弄沈成这个憨憨是够了。他被此一问，顿时结巴起来："啊，我偶尔休息一次。"

休息个锤子。他们每天训练心率步数和消耗都有专门的 APP 进行实时检测的，截止睡前十点，不达标就要加倍。现在他陪她散步，待会儿还不知道回去要加练多久呢。

郑星沥抬手把马尾绑得更紧些，双手握拳，放在腰侧："行了，跑吧。"

"啊？"

"跑步，听不懂吗？"郑星沥迈开小步子，往前去。

沈成反应过来很快追上来。

她身体素质真的差，这还没二十米就开始喘了。她知道张嘴喇嗓子，于是咬着唇，头朝后昂着。

看得出来，很努力但是很痛苦。

沈成伸手拨了拨她的后颈："平视前方。"他跟在她身边纠正着她的姿态，"肩胛骨收缩，胸腔打开。"

郑星沥觉得自己像砧板上摆盘的菜，而沈成作为资深大厨，一眼就能看出她哪片雕花没对称。

"不能勾腰，是髋骨前倾。"说着他用手掌拍了拍自己的骨头给她做示范。

这样的语气一般都是由自己"循循善诱"教于他的，如今局势逆转过来，她心底有种奇妙的欢喜。

"也不要勾脚。"

郑星沥不由得抻平脚趾，又低头看了看，颇有些不可思议："这你都能看出来？"

"那是。"沈成眉飞色舞的，"我可是专业预备役的。"

可惜的是，郑星沥的问题从来都不是什么姿态不对，是体力不行。她坚持到坡顶，就慢了下来，尽管不大情愿，但还是挥挥手示意他先走。总不能因为自己想跟人家单独相处的小私心，连累他受罚。

"这还没有八百米呢。"沈成跑得多，早就掌握了用步伐丈量行程的本事了。

他趁她彻底顿住脚前，握住她的手腕："你不是一直问我八百米有什么技巧吗？"

他又跑起来，配合着她的速度慢下来一些："技巧就是不要停下来，一直跑。"

"如果停下来，那就永远不可能完成。"

所以，不要停下来，要一直往前。

你可以叫累，可以不一直保持标准姿势，但是一定不要停下来。

刚被点拨完跑步技巧的朱思源，丝毫没有要将其运用自如的欲望。她头一回在饭桌上，用筷子尖尖挑起一丢丢饭往嘴里送。

陈麦毫不留情："你脑子抽了？"

朱思源反驳："我是在培养自己的淑女气质。"

其实她是想通过延长吃饭时间到天黑，再以不安全为由躲过跑步。

郑星沥一眼将她看穿，给她夹了块鸡翅，"好心"提醒道："不要着急，慢慢吃。反正待会儿我们快快跑，一样可以早点回来的。"

朱思源扒了一大口饭："我觉得我还是接地气一点比较好。"

陈麦哭笑不得。

等到出门，朱思源依旧满脸愁云。郑星沥按了按她的眉间："行了，又不是每天都能让你占上便宜。"

"什么意思？今晚那个李什么君不来哦。"

虽然自己一个人也是跑步，但是小姨相对而言还是很好糊弄的。而那个李什么君，虽然嘴上说着帮自己打掩护，实际上不断吓唬她又画饼，在他嘴里可以休息的地方永远都是下一个下坡。

在他这个陌生人面前，她也不好意思撒娇发脾气，只能默默忍着。

上当了。

"他们是在车馆里训练的，每天都有自己的训练任务，连周日休息日，早晚都是要出来训练的。"

"早晚训练？那白天呢？"

"室内训练。"

朱思源有些惊诧："那岂不是天天都在骑车？也太无聊了吧？"

"你不也天天看小说吗？无聊吗？"

朱思源赶紧摇头："小说哪能跟这个一样啊。"

小说里有不同的故事，不同的人生，不同的男女主，明明精彩纷呈。

"一样的，喜欢就不会无聊。"郑星沥觉得自己越来越像沈成，又或者是不自觉地朝他靠拢，连说出口的话，都带着沈氏独家的味道，可她还是继续说了下去，"就算是每天在重复同一件事情，也可以在细微处发现不同，找到乐趣。"

那种感觉，就好像看天一点点亮起来，而太阳似乎就在垂目或抬头间突然地冒出来。在大家眼里太阳永远都是那个太阳，唯有真的喜欢才得以窥见不一样的光。

"所以某种意义上来说，天天看小说跟天天训练也没什么不同。"

朱思源似懂非懂，紧接着意识到哪里不对，整个人都僵硬了，看了看郑星沥的神色，解释道："我没有天天看啊。"

"别装了。"郑星沥轻轻捏住她的脸，沉迷于软嫩的手感，"你那些招数我都玩过了，还有啊，下次用搜索的时候，记得清除浏览记录。"

从图书馆回来那天，朱思源借走了自己的手机，不过还没两分钟就被朱文志逮住，之后立即归还。

"你想找的那本书，《骄阳似我》下册，别找了。"郑星沥对她露出一个微妙的笑，"我在你这么大的时候一直等到现在也没等出下集。你就看看等你读大学的时候能不能出吧。"

夏夜总是来得晚一些，此刻太阳变小了，余下的亮却依旧是白昼。

托了朱思源刚才"淑女"的福，郑星沥刚好跟路口列队的沈成遇上。

十几个肌肉发达的大汉，一起热身把身上拍得"啪啪"作响，这场面着实有些壮观了。

沈成站在最前面，在里面还是很突出的。

跟那些大腿奇粗的人比起来，他的身材甚至可以算得上有些干瘪。

她记得他说过自己的体型是照安迪施莱克练的，就目前情况来看，他练得不错。连朱思源都"哇"了一声，然后偷偷凑到她耳边说："小姨，我觉得还是你同学最帅欸。"

"也没有吧。"郑星沥已经开始代替沈戍谦虚了，"也就一般吧。"

"一般吗？不一般啊。"朱思源远看近看，也没能从方队里挑出一个比他更漂亮的。

"是吗？"郑星沥觉得自己的审美被肯定了，挺开心的。

不过在小朋友面前讨论这个，有损自己的"老师"形象，于是她想了想又补上一句："你这是见识太少了，考个好高中，再考个好大学，帅的、优秀的都在后头。"

沈戍是这个队伍的队长，负责在教练不在的时候盯着大家训练，也负责训练前带头热身。

他今天的动作放得尤其慢，还有些走神，等到一高一矮的熟悉身影从远处来的时候，才提起精神，声音也洪亮起来："注意力度，扶膝压肩。"

室外条件有限，无法在骑行台上热身，所以做操也成了机体过渡的最好方式。

沈戍站在车侧，双手扶车，保持下压肩部。

众人跟着他的动作，看上去俨然一副训练有素的模样，连平日嬉皮笑脸的李潇君都难得正经。

郑星沥不惊讶他的专业，毕竟这点当初在合祁的车馆自己就已经见识过了。她惊讶的是，沈戍可以独当一面，一派领头作风。

沈戍率先抬起身子，精准捕捉到她，没忍住还是笑了起来。

这一下就又从严格版变成了傻狗狗。

李潇君"哎哟"了一声，其他人便纷纷看过来，还没等起哄，就听得一道雄厚的中年男声："你哎哟什么！"

整个队伍为之一震，那精神面貌比刚刚又要严肃一点。

看热闹看得兴起的朱思源也吓了一跳，偷偷拉住郑星沥的衣服。

李国平今年四十七，身材却保持得很好，那身腱子肉混在车队里也挑不出差别。端正五官爬上些岁月痕迹，眉宇间威严不已。

"松松散散像什么样子？不知道还以为你们谁成绩破纪录了，像话吗？"

他顺势扫了她们一眼，紧接着不耐烦地对着车队说："我说过什么，训练不能妨碍公众。没看见人家小朋友不敢走了吗？还不快让开。"

仅仅占据了 1/3 道路的众人，也不敢反驳一句，纷纷把车往旁边移。

"小朋友。"他冲朱思源招了招手，声音放小了点，似乎是觉得这样就能变得温柔，"安心过去吧，他们不会撞到你的。"

郑星沥觉得李国平有点像很小时候电影里的古惑仔，痞气倒没有，但看着脾气挺暴躁，好像下一秒就要掏出一把大砍刀当众切西瓜。

很吓人但是又有点……可爱？

想归想，郑星沥还是不想给沈成招来什么麻烦，装作跟这群人不认识，先是说了声"谢谢"，又问："我能看看吗？"

李国平点点头，平日里对他们训练好奇的也有人在。如今他不是体校老师了，也不得不考虑业绩问题。别说观察，就是有人想尝试，他也没有说"不"的道理。

他吹响口哨，众人齐刷刷地将车身倾下，斜跨上车，顺势借力将脚踏逆时针上勾。

队伍里像沈成、李潇君之类有经验的人居多，动作也是出奇统一。链条咯吱声都重合在了一起，接着起步上车，落实车座，脚掌发力，轮子随之往前。

"缩小腹，立盆骨。张涛，背向下压，冲线手有你名字都嫌弃丢人。"李国平眼神犀利，其中稍有错误也能看出来，除此之外骂起人来也是花样百出。

"座椅调这么高，你有一米八吗？"

"手肘手腕分不清楚，下次是不是准备用脑子蹬车？"

朱思源还是头一次看见这种专业训练，一直到他们加速离开了，视线还未能从震撼里出来，喃喃道："小姨，你同学好像更帅了。"

李国平还没走，听了这话回过头来："你认识我们队的？"

郑星沥原本还想装蒜，尽早离开，谁知道会被拆穿，顿感窘迫，只好点头说自己认识两个。

李国平也不问是谁，只将她上下打量一番："你条件也挺不错的，有没有考虑过公路车？女骑手里出色的也多得很。"

郑星沥老老实实地坦白自己没什么能力。

"能力？能力是可以练的。这一行，更看重天赋。"李国平语气里不无遗憾，"运动员啊……"刚起了个头，便是一愣，当老师挑学生惯了，这职业病至今还改不掉。

"也可以试试，当个兴趣爱好也挺不错。"这转换实在生硬，李国平显然也意识到了，于是干巴巴地重新起了个头，"比如说小朋友，自行车减肥目的很好的。"

一旁不敢说话的朱思源打了个大大的问号。

怎么了吗？自己真的胖到是个人都觉得该减肥的地步了吗？

她愤愤地掐了掐自己的肚子，嚯，好一块抓都抓不下的肉啊。

她难过了，她愤恨了，她被羞辱了。

她挺胸抬头泄愤一般，大声道："我去跑步了！"离开时还借着怒火狠狠地瞪了李国平一眼。

郑星沥一直以来都没说过朱思源胖，为的就是要给她面子。虽然朱思源一米五的身高一百六十斤的体重看上去确实是个小胖子，但郑星沥更在乎的是她健不健康。

朱思源也乐呵地从没有觉得自己外表有过任何问题，当然家里人也没有这么认为过，平日里收获的评价也都是"胖胖的很可爱"之类的，算不得负面。可是眼下，李国平用一副说教的脸，无情地指出了她的体态。

郑星沥很难想象，他平日里也是这样去推荐自己的课程的。

怪不得刚才队伍里人这样少，就他这种营销水平，实在是很难吸引业余爱好者啊。

李国平并没有意识到自己的问题，他骑上小电驴，跟郑星沥告别："你要是有兴趣就找你朋友联系我。"

"您这是要走了吗？"郑星沥眼睁睁看他调了个头，朝车队反方向骑去。

"他们都是朝专业方向去的，不敢偷懒。"李国平戴上头盔，也不觉得冒犯，有人愿意跟他多说几句公路车，也正合他心意。

"公路车跟别的运动不一样的，业余的比赛多，专业的少；篮球、排球选择市场，公路车被市场选择。"

所以车队俱乐部拥有的远比体制内多，广告、赞助、代言、名气。

李国平叹了口气："只把公路车的国家队当作目标的，越来越少咯。"

第一个闯入环法的车手，有专门的纪录片；骑行穿越山川的爱好者，有专门的故事线；而省队、国家队的年轻车手们，还在等一个光明的未来，等着让国旗在更多的冠军台升起。

前方仅是微光，后方却唾手荣华。是一辈子籍籍无名只赌一个出头，还是享受粉丝簇拥成为商业首选。这二者取舍，似乎并不艰难。

"不过还好。"他板正的神色有丝松动，"还是有人愿意的。"

并且一心一意，为此不惜放弃到手的录取通知书，拒绝大俱乐部邀约，花掉一年执拗地寻求出路。

郑星沥突然觉得他跟当初的沈戍好像。

明明自己不过是客气地搭了句话茬儿，他便恨不得将所有的事情交代出来。

他们似乎是在用尽全身力气，给所有不了解公路车的人说"快来看看吧，它真的很好"。

沈戍带人折返回山脚的时候，郑星沥早就没了影儿。

他虽然失望，但也没忘了提醒大家注意骑后热身缓和。

李潇君鬼鬼祟祟地凑过来："干吗呀，小沈，哭丧着脸，是因为没骑爽吗？"

"走开啊。"沈戍挥手让他去一边。

"别这样嘛。你要是想展现自己早说不就好了。"

"展现个屁。"

沈戍这人不会去掩饰自己的喜欢，这事儿也没必要藏起来。他正儿八经地喜欢郑星沥的时候，就已经把自己当成半个单身狗了，所以才不会装作没有好感，然后塑造出什么"等待挑选"的形象，招惹其他人。

上次在车馆，李潇君饶有兴致打趣他们俩，沈戍还表现出了否认。之后新年夜，他正在家里看着春晚跟唱《难忘今宵》的时候，沈戍一个电话就打过来了。

上来就是"你说得对"。

李潇君丈二和尚摸不着头脑，自己平日里说的"至理名言"没有一千也有八百了，他怎么知道沈戍指的是哪句啊。

不过很快，沈戍自己就招供了。

"我确实喜欢郑星沥。"

"谁？"

李潇君跟郑星沥也就那一面之缘，隔了那么久乍听这个名字蒙圈也是正常的。于是沈戍从头开始讲起，帮他补全了对郑星沥的所有记忆。

是以，后来发生的大多事情，他都是知道的。

沈戍脑子好像有大病，因为复读，所以觉得不能跟同是高中生的陈宇昂多说这个事儿，怕人家分心。

于是上了大学整日"游手好闲"的李潇君就成为了他的"军师"。

李潇君一开始也是兴致满满，想法儿给他出招，让他冲。结果人家刚正不阿拒绝了，说是"不能耽误她学习"。

于是他们俩的聊天记录就成了：

"跑操她不在，又没能看见她。"

"今天找借口送给她眼罩，趁着她点药水，眼睛睁不开，我上手给她戴的，不小心碰到她耳朵了。我真勇。"

"我伸手扶她了，我这是不是趁人之危啊，不会被她看出来吧。"

"我们一起放灯了，我偷偷写了她的名字没说。"

"你说有共同秘密的话，我成功的概率是不是会大一点？"

"她成绩又上升了，这次数学还是满分，太牛了也。"

"终于毕业了！你说我能上华封吗？她是肯定能的，我这万一没上着可怎么办？"

沈戍在车馆里叱咤风云，与人相处时落落大方，担任队长面对比他年纪大骑龄长的人也毫不畏惧。唯有跟郑星沥，多说了一句话都要给自己发"啊啊啊啊啊"。

是真的有病。

李潇君甚至觉得，沈戍跟自己聊天是次要的，借用自己的聊天框，写暗恋日记是真的。

暑假集训刚开始的时候，沈戍一天点开人头像八百遍，纠结半天就打了个"在干吗，吃了没"。李潇君实在看不过去了，决定等他填完志愿回来亲自教他。结果人填完回来了，暗恋对象还"跟"着来了。

那两天，沈戍整个人只能用"容光焕发"来形容。李潇君也很激动啊，自己终于可以贡献力量了，终于能不再被当便笺使了。

可是沈戍竟然不再跟自己分享"暗恋日记"了。

这种感觉就好像刑侦悬疑片放到一半改精彩枪战了，你终于可以头脑风暴开猜谁是凶手了，"啪"，电影院停电了。

李潇君脑子里就两个字"无语"。

"我说您别端着了成吗？就你这进展，五十岁前能拉上手吗？"

沈戍瞪了他一眼，心说怎么没拉，她还抱过自己呢。虽然那会儿是正难过，情不自禁，但也算啊。

"胆子大一点啊，拿出你破风的劲儿冲她个措手不及啊。"李潇君极力推荐自己的恋爱大法，"先搞熟悉，然后说废话，肢体接触懂不懂？拉锯战知道吗？"

"你走开啊。"

沈戍没刻意藏着也没特意把这事儿嚷嚷得尽人皆知，就是不想让其他人起哄，尤其是李潇君。

这人自吹自擂说自己看穿了所有撩妹伎俩，实际上就谈了一个女朋友，最后还因为不解风情被踹了。

"我好不容易有点苗头，你别给我搅和黄了。"

李潇君满脸不可思议："我给你搅和黄？大哥，你别到时候自己把自己作死了。"

"我才不会。"沈戍呛声。

"那你行动起来啊，你行动呢？"

"我，我只是在做准备，确保万无一失。"

李潇君也经历过暗恋，大致可以跟他共情："像你这么怂的，就算两情相悦也容易夭折的好吗？"他拍了拍沈戍的肩膀，"想展示自己就大大方方的，实在不行，我勉为其难给你做绿叶衬托也行。"

"你对自己有什么误解吗？"沈戍往后抓了抓头发，"你本来就是绿叶，勉为什么难。"

李潇君没有回嘴，反而掰着他的下巴往上，调整了一下角度，随后点点头："很好，希望你在人家小姑娘面前也能拿出这种姿态来。"

沈戌一动不动："是很帅吗？"

"帅是其次的，主要是气质。"

"必须昂头？"

"下颌角明不明白，这个角度，你喉结也很明显，下颌线也流畅好看，侧面的话，错落有致。氛围感，很有氛围感。"

沈戌将头低下，摸了摸后颈："可是我也不能一直这样看着人啊。"

"笨啊，你喝水呀。"李潇君摸着自己的脖子，给他做示范，"你看啊，到时候水'咕嘟'一下，你这喉结就上下一滚。光线角度再这么一到位，我跟你说，没几个女生扛得住的。"

"怎么挺唯美一事儿，被你说得就这么猥琐呢。"

李潇君白了他一眼："我只是直白，我用形容词修饰美是美了，你能听明白吗？"

沈戌依旧持有怀疑态度。

"随便你。不过嘛，像郑星沥这样的去华封这种男女比例严重失衡的地方，肯定会有很多人追。现在没有对比，你还是很有机会的，到时候优秀的人多了，你都不一定能比得过。"

沈戌沉默了一会儿，还是摇头："算了，等录取结果出来再说吧。"

万一自己没考上，现在捅破窗户纸，情况就复杂了。他不想让郑星沥难办，更何况就算她不会喜欢自己，也没关系，那是她的自由。

恋爱并不应该只由一方去决定。

往后日子，郑星沥和沈戌天天见面，有时是训练前的匆匆照面，有时是图书馆熟悉的位置坐凳，有时是山脚并肩跑步朝同一方向出发。

录取结果出来的时候，郑星沥特地没有上网查分数，而是等到傍晚揪着朱思源出了门。

这几天，她跟李国平混了个脸熟。大概看自己对公路车也有几分了解，看了几场比赛，所以李国平总会跟她多说几句，话里话外还没放弃劝她去试试公路车。郑星沥纠结了一阵还是诚实地告诉他自己志不在此。

"那你天天来看我们训练？"李国平没搞懂她的动机。

郑星沥脸颊不自然地爬上些红晕："啊，就，过来跑步，然后，顺便好奇。”

其实是为了看眼沈戌。

她自诩是个拎得清的人，也一直对自己的未来规划完整。

直到沈戌出现。

他以一种昂扬着的姿态，高调地参与自己的生活，积极乐观地展示着他的热爱理想，一遍又一遍地重复强调着有了喜欢与目标的快乐。

郑星沥对他描绘的追逐很向往，甚至怀疑过自己那堆"脚踏实地"的理论。

当他在山顶亭子间看着夕阳信誓旦旦地说，永远不会放弃公路车的时候，她突然就明白过来了。

理性让她跟这个人保持距离，可是感情却又抑制不住，那些在胸口发酵起来的陌生情绪不叫作好奇，叫作喜欢。

李国平才不懂这些年轻人的把戏，照往常一样看了眼就离开。

郑星沥招手叫来沈戌："录取结果出来了，你查了吗？"

"今天吗？"

马上淮渭有个公路赛，李国平给他们报了名，这几天又安排了加训。沈戌最近的生活就是骑车、吃饭和偶遇郑星沥中度过，哪里还记得什么录取成绩查询。

眼下听她提这个，顿时紧张起来，心率马上狂飙，他慌乱地朝队友问："你们谁带手机了？"言语间，声音还有些抖。

郑星沥拽住他，把调好查询页面的手机放到他掌心："查吧。"

页面上的个人信息都已经填好了，只等他按下查询键。

沈戌紧张地哽了哽："要不然，你帮我看一下？"说着，他像是找到了可行的法子，按下查询键后，不等页面加载出来，就把手机递还给了她，急匆匆道，"我，我急着训练。你，你等我回来。"

随后，郑星沥有幸看了场最快的起步。

沈戌像一条滑溜的鱼，一下子便从人群里窜了出去，哪里有半点稳重的样子。

李潇君高声解释："你别介意，他就这蠢样儿。"

郑星沥摇摇头，表示自己并不在意。

没了沈成这个队长，李潇君很快发挥作用领走了队伍。

一直待在旁边的朱思源，拽了拽她的手："小姨，我们还跑吗？"

那个同学可是说了要她等着的，那她们走的话，不好吧？所以这次，可以不跑了吧？

郑星沥盯着手机屏幕，放大页面，紧绷着的表情终于松懈下来。

她嘴角忍不住翘起来，揉了揉朱思源的头发，声音和缓："不跑了，去找你同学玩吧。过会儿记得来这里，我们一起回家。"

"好嘞！"朱思源高兴地要蹦起来，紧接着察觉不大对，又问，"那你呢？你不走吗？"

"不走。"

郑星沥摇了摇头，随后循着山顶方向看去，眼里闪烁着如湖泊般的温柔坚定："我有一定要等的人。"

沈成脑子很乱，担心自己考不上，担心没办法进自行车队，担心实现不了梦想。

他越慌，脚下就越用力，虽然依旧守着技巧规则，却拿出了冲线手的架势。

他不知道自己现在可以做些什么，全凭本能奋勇向前，到达山顶后又迅速折返。

脚踏对抗阻力带动肌肉紧绷，下坡、山路、过弯，他在脑海里一遍遍推演着下一段路该用什么姿态，却依旧不知道在山脚下等着自己的究竟会是喜讯还是噩耗。

和队友们擦肩而过，路边高大入云的树枝繁叶茂。他突然想到了那次跟郑星沥的独处，想到了她记在本子上的，自己画的押。

其实自己早就做好了决定，就算不能去华封也一定会继续骑车。

现在那种情绪还有一部分来源是郑星沥吧。

怕以后见不到她，怕没有借口和她说话，怕她会跟自己慢慢疏远，怕被排除在她的生活之外。

沈成很惊讶，原来喜欢是会让自己把她和梦想相提并论。

撕裂风声的呼啸朝他席卷过来，热浪和山间的凉裹挟着几分闷。

　　郑星沥蹲在路边，因为他一句没头没脑的话，便真的没有走，等到了现在。

　　沈戍轻捏刹车，顺利站起来，移至车梁，右脚落地。

　　"你侄女呢？"他摘下头盔，还喘着粗气，身上的训练服都因那一场狂奔被汗浸透成了深色。

　　"放她去广场了。"郑星沥想站起来，却因为蹲得太久而失败了，她伸出手，"拉我一把，我脚麻了。"

　　沈戍愣了愣，慌里慌张地在衣服上找了块地方擦了擦掌心的汗，然后小心地握住她的手。

　　郑星沥在他松手前反握，似乎是在挽留，接着又在他略显惊讶的神情里坦然道："我暂时还站不稳。"

　　"你的成绩查了吗？"沈戍不敢问自己的。

　　"没呢。"她把手机递给他，那上头填着的是自己的信息，"你帮我。"

　　沈戍心里紧张不减反增："我？不好吧，这毕竟是你的成绩。"

　　"我帮你看，你帮我查，这才公平不是吗？"郑星沥瞧着他的眼睛，补上一句，"毕竟我等了你这么久呢。"

　　这话一出，他再没有了拒绝的余地。

　　终于，表格框里显示的"已录取"让他松了口气，紧张的心稍歇。他由衷地替她高兴，甚至有些哽咽："你考上了！我就知道，你一定会考上的。"

　　或许没有人比他更了解郑星沥的努力，毕业那天她说的并不是什么吹嘘的成功学，实际上，她做的远比那些要多。

　　正因为他知道，所以才会更加觉得欣慰。那种欢喜从心底里冒出来，攒集成感动。

　　郑星沥却表现得很平淡。她收回手机，另外调出相册截图给他看："你也考上了。"

　　那语气里的喜悦虽浅，却是如此诚挚。

　　他们互相见证彼此的一路，也在此刻见证对方的愿望成真。

　　"我真的考上了对吗？"他不确定地问。

"是的，我知道你可以，一直知道。"郑星沥笑着说，"沈戍，恭喜你，你做到了。"

从此不管前路崎岖平坦，你都将一往无前。

在风里你是自由的，并且永远自由。

沈戍眼眶瞬间湿润，太多的情绪揉成网，鼓励着他有所行动。

他也确实行动了。

他三两步朝前，抱住了郑星沥。

男生的怀抱宽厚温暖，因为刚才的运动，甚至有些潮，却没有什么难闻的味道。

他的手掌落在她的后脑，缓慢且轻柔，将脸埋在她的颈窝。

"谢谢你，真的谢谢你。"

湿润一点点蹭上敏感的脖，郑星沥僵住了，原本拿手机的手横在胸前，手背隔着布料贴着他的胸脯。

她大脑一片混乱，只觉得自己的体温都在极速升高，很快烧到脸上和耳朵，但幸好沈戍这会儿看不见自己的窘态。

他像一只讨好主人寻求安慰的大狗狗，带着些眷恋往她肩上蹭了蹭。

灼热呼吸炙烤着肌肤，他不再说一句话却已胜过千言万语。

蝉鸣、暑气、热风。

夏天一切让人感觉烦闷的东西，好像都豁然开朗起来。

刘希曾一度热衷于心理测试和塔罗牌,郑星沥有幸成为她的实验对象,做过很多不怎么相干的测试题。

有一道问的是，你最喜欢什么季节。

她想了想，说春天。

后来没多久，又遇到这道题，她突然发现好像更喜欢夏天一点。

刘希抱怨她怎么这么快就变了。

她望着窗外操场，说自己就是喜欢夏天啊。

现在，她发现好像不是。

具体来说，她喜欢的是太阳底下干净的白衬衫，热烈的青春和淡淡的青草香。

或者再具体一点——

她喜欢的是沈戌。

饱含震惊的一声"小姨"彻底打破了发酵起来的暧昧。

郑星沥打了个激灵，一点点转头，不意外地看见满脸写着"世界崩塌"的朱思源，强装淡定地开口："哦，玩回来了啊？"

沈戌如梦初醒，快速弹开，结结巴巴道："我……我不是故意的，我，我……"

没等他"我"完，郑星沥就镇定自若地整理了一下领子，那里好像还残存着他的体温。

沈戌闭了嘴。

他不知道该怎么解释刚才的情不自禁。抱的时候是情感宣泄了，现在意识到自己刚才的拥抱，他脸色爆红。尤其还被对方小侄女撞破了，小朋友还不知道会怎么想。

可是，原来拥抱是这种感觉，双臂一张便可轻易将她纳入，之后不同的气息缠绕，像在比试着谁更能占据上风，又像是在尝试着究竟可不可以合成一种颜色。

两个人多少都有些尴尬，互相看了一眼，默契地没再说话。

"所以……"朱思源激动起来，视线热烈地望向沈戌，"你们在恋爱是吗？你，就是我的小姨父？"

郑星沥一下敲在她头上："你再胡说？"

朱思源一脸无辜："那不然你们干吗这样啊？"

"因为他考上大学了，他激动不行吗？"郑星沥全然不顾当事人就在现场，"他需要个宣泄口，但是这里只有我，所以就这样了。不管是谁，在刚才他都会忍不住抱的，对吧？"

她拍了拍沈戌，示意他解释。后者对前半句表示认同，对最后一句存疑。

他才不会谁都忍不住呢。

可这话不适合说，于是他点点头："就是这样。"

"大学成绩都出来了吗？"朱思源作为一名初中生，对高考还是一无所知的，更不知道后续的一系列录取填报事宜。她只是兴冲冲地问郑星沥，

"那你考上了吗？"

"当然。"沈戍抢先回答，语气骄傲，"你小姨考上了华封最好的专业。"

"那你呢？"

"我当然也考上啦。"他隐隐有些得意。

"也是最好的专业吗？"

沈戍顿住了，他刚刚光顾着看录取没，压根儿没瞧见是什么专业。于是他问郑星沥："我考上什么专业来着？"

"你被调剂了。"

他原本报的运动康复，跟自己学的公路车息息相关，而且华封的运动康复，录取线也不那么高，是以最理想不过。不过就自己那成绩，他也做好了被调剂的准备。虽然有些失望，但人也不能太贪心，自己能去华封就已经很好了。

"没关系。"沈戍突然想起什么，忐忑地问，"该不会被调去了老校区吧？"

"那倒不是。"

"那就行。"

朱思源看这两人打太极似的，终于插嘴："所以到底什么专业啊？"

两人齐齐看向唯一知情者，只见她顿了顿，说："网络与新媒体。"

沈戍长舒一口气："挺好的，我还以为会给我调去小学教育之类的呢。"

小学教育，寻求的是全面发展，而且男女比例极度失衡，沈戍如果逃课去练车一定会被发现。

郑星沥能轻松明白到他的点，想了想还是不忍心告诉他，网媒的男女比例跟小教不相上下，如果他想逃课一样没戏。

身后大部队也在此刻赶到，前面大腿奇粗的那个看见沈戍就大声嚷嚷着："队长，你要打击谁啊！你这样搞得我很没有面子啊。"

哪有破风手远远将冲线手甩到后头的。

"我考上华封了，我激动不行吗？"沈戍拣起现成的理由回应。

"不行！你比赛要是再激动怎么办！"李潇君提醒他，"团队啦团队，冲线还是要让咱们韩超超来。"

"是韩超！"大腿奇粗一直嫌弃自己名字的叠字，所以执拗地纠正每一个人。

沈戍摆摆手："知道了，知道了。"

郑星沥等他这一遭的工夫天也黑了，沈戍顺水推舟，把车丢给李潇君，正色道："我要送她们回家。"

一群男生早就在李潇君那个大嘴巴的各种明示暗示里知晓了现状，都默契地没有起哄，只用眼神祝福他远走。

众人吵吵哄哄的，五花八门地发着言：

"啧，怎么觉得看着像一家三口啊。"

"你说队长能追上人家吗？"

"不知道啊，队长太怂了。"

"这大学都考上了，也该行动起来了。"

"谁知道呢？李潇君，你催催呀。"

"我催？你怎么不催呢？"李潇君一手一辆车，推着不好走稍稍落后，"人家主意可大着呢。"

"什么主意？"

李潇君通过长时间的观察，精准概括出极为抽象的一句："润物细无声。"

城市街道热闹，就算是热浪也没有阻止大家出来散步的热情。街边店铺门大开着，里面冷气源源不断地往外喷。

沈戍在训练服外边套了个宽松的 T 恤，乍看起来还有些不伦不类。

"你们是要有比赛了吗？"郑星沥问。

他点点头："对，我正准备告诉你来着。下周三，环渭水青年赛，算是个大赛了，好些车馆都派了人，不过主要还是淮渭这一带。设了很多项目，什么山地、爬坡之类的，我们目前只报了其中一个。"

渭水不仅在淮渭境内，还有一半在隔壁市。

"那得多长的路啊？"

"不远，总长是一百五十六公里。"沈戍解释着，"从渭水东边湖岸路出发，沿湖北面一直向西，经过城中，穿过旗山区，再向南，过池源、镇东、洛河，再沿南岸省道，回到湖岸路，正正好一个闭环。"

郑星沥虽然是个学霸，但对区分东西南北还是有着一定的障碍，更别提是分辨一个完全陌生的城市。不过她擅用科技，能看懂地图，所以她点头装作自己听懂了，实则准备回去百度。

"你来吗？"

"我也看不着你们吧。"郑星沥想了一下，"还是说你们有无人机跟拍？我可以在大屏上看？"

虽然赛程长，但是青年赛有年纪限制，符合规定并且可以来参赛的也并不是很多。

"我们车馆是协办方，李教练还跟其他车队的人联名上书搞来了后勤车队的资格。"

所谓后勤车队，就是在公路车比赛途中，给自己车队提供补给的队伍。

一般来说，主办方是会在半路设置补给点的，以此保证车手的能量补充，也方便应对突发情况。

而车队跟补给点最大的区别就在于，可以在途中直接完成提供食水，甚至进行一些简单的修理工作。所以车队里司机，机械师是必不可少的。

至于医护，则由主办方统一安排车队，以进行及时救援。另外还设有中立后勤，帮助所有参赛选手解决问题。

"如果你愿意看的话，教练应该会带上你。"

车馆里眼下正是学员多的时候，李国平另外掏钱请了个司机，自己亲自上任机械师。郑星沥要是想看，正好可以做那个递送物资的人。

这场比赛李国平就是冲着拿名次去的，这样不管是对车馆，还是对他以后的"业绩"都是种助力。

"李教练会答应吗？"毕竟她可一点经验都没有。

"会的。"沈戍肯定地点点头，"你看不出来吗？李教练很喜欢你的，而且你看着就让人觉得很可靠啊。你放心，这件事交给我去说，一定办到！"

郑星沥总是乐于给人正确的建议，而且态度诚恳，很难不讨人喜欢。

"可是……"她突然想起来不对，"你们队的冲线手，最厉害的不是张涛吗？"

这些日子她在李国平面前混了眼熟，也把这支小队认全了。每个人什么特点，心率状态如何，不说门儿清，也知道个七七八八。

队伍里总共三名冲线手，其中李潇君主要战场是在场地赛，至于韩超超，他和张涛实力差距还是很明显的。

既然李国平是冲着名次去的，就不应该选韩超超冲线啊。

"韩超超以后可能再也骑不了车了。"沈成提到这里，声音也低了下来，"他受伤了，髋关节滑膜炎。"

"很严重吗？"

"嗯。"

氛围就此低落下来，只有乐颠颠儿跑在前面的朱思源无知无觉。

"那他还……"郑星沥吞了后头的字，这个问题实在没有说出口的必要。

能让人忍着痛也要继续下去的，除了喜欢还能是什么呢？

"这可能是他最后一次参加比赛了。我们商量了一下，一致表决让他做这次的冲线手。"沈成故作轻松，"起码也让人家拿回冠军啊，好歹也是个梦想呢。"

"李教练知道这事儿吗？"

"知道，冲线手就是由教练选定的。"

郑星沥有些惊讶。

李国平有多看重成绩，自己这个外人都能看得清楚。

他珍惜每一个身体条件好的人，更看重每一次训练的时间，更别提如今还是场挺大的比赛，后果名次还牵扯到许多。

"怎么了？不敢相信？"沈成笑了一下，"我们也不敢相信，可他就是同意了。"

韩超超是训练前伤着的，他把就诊的东西全拿给了李国平过目，就是想知道自己还有没有可能当运动员。

李国平说："看你训练情况吧。"

于是韩超超就拼命练习，努力跟上节奏，希望自己还有机会冲一次。

可现实却是李国平一次次放低对他的要求，减缓他的训练力度，直到最后下结论说："韩超超或许没有办法再骑车了。"

这个消息没有传到韩超超耳朵里，因为没人有那个勇气告诉他。

一个对未来充满向往、为了热爱的公路车努力了这么久的车手，再也不能骑车了。

这个消息任谁都没有办法说出口。

大家决定帮韩超超实现愿望也是偷偷进行的，毕竟谁都不想让他有太大的思想负担。

事情谈妥了，还缺李国平这最最关键的一步。倘若他说不可以，那么这件事就是不行。

沈戍和张涛被推选成代表和李国平沟通。

张涛畏畏缩缩，不知该如何开口，眼看着李国平越来越不耐烦，沈戍干脆直接说了目的。

本以为会挨骂，谁知道李国平沉默了片刻后说："可以。"

"升起红旗是不行了，拿个小赛冠军对你们来说应该不是什么问题吧。"

沈戍发现自己好像又认识了一个新的李国平。

在体校里，李国平是最严格、最不讲人情味的那个。

身体条件不行、体脂率不达标、心率太低……

他从不看一个人有多努力有多热爱，他常常说："体育竞技，天赋才是成就的绝对要义。"

就算是他的儿子李潇君，满腔热血，从小训练，入学测试也还是被他一句轻飘飘的"不行"拒于体校之外，自此成为各个车馆的会员，只做一个业余爱好者。

沈戍从体校退出的时候，李国平非常生气，甚至一度要将他扣下，把来接人的施媛和沈学林骂得狗血淋头。

"省队马上就来招人了，你现在让他回去考学，你们知道自己在干什么吗？你们在扼杀他的天赋！"

"什么保底，当运动员的，哪个不是奋不顾身？"

"愚蠢，目光短浅！"

沈戍最后还是走了。他明白教练的苦心却也无法拒绝父母的期望，他所能做的就是向李国平保证，自己永远不会停下训练。

往后许多不曾谋面的日子里，李国平发给他的信息永远都是询问训练和成绩。

但是现在的李国平，好像变得柔软了。

他依然看重成绩，依然严格训练，依然想找到运动员的好苗子，却也不止关注这些了。

他开始理解，或者说正视普通人的热爱了。

天赋决定专业，可有天赋的人还是太少了。对自行车来说，有天赋也一直坚持训练的"沈戍"和明知道自己不行却依然不肯放弃的"李潇君"一样重要。

正是这些不专业的车手，用青春和伤病推广着如此小众的项目。

如果说在体校的十几年里，李国平致力于发掘有天赋的运动员，那么如今他似乎是在致力于帮普通人织梦。

所以他甚至可以让负伤的韩超超参加这场对车馆、对他自己都非常重要的比赛。

对体育竞技来说，成绩决定一切。

可对自行车项目来说，除了成绩，还有更加重要的东西。

这场比赛，对车馆、对他的意义，远远及不上韩超超奔赴最后一场梦想的意义。

"那可能就是因为环境吧。"郑星沥总结陈词。

沈戍不置可否："或许李潇君也功不可没。"

早年间，两父子关系之所以紧张，也有当初体校事情的原因。

李潇君不停训练，想证明自己可以，却在赌气里彻底爱上自行车，也认清楚了自己真的不适合成为专业选手。

于是他"曲线救国"学了体教。

成不了专业选手那就像他爸一样做一个挑选职业选手的人；如果再不能，那就当一个可以推广自行车项目的人；如果依然不能，就做一个永远热爱、永远奔赴在路上的人。

"来看比赛吧。"沈戍突然如释重负一般，语气不大像是请求，带着股不容置喙的肯定，"来看看，我的比赛。"

一场正儿八经的、承载着一个人梦想的公路车赛。

"好。"

在一个寻常的工作日，朱思源被热醒了，她扯下蒙头的被子，迷迷糊糊地摸到自己的"小天才"，看到上面的时间后，急急忙忙往卫生间冲。

草草收拾一番出来，便撞见朱文志领着小二子买菜进门。见她着急忙慌的，朱文志反而一脸平静："起来了？"

"啊？嗯。"朱思源不明白他为什么这么平静，更担心这平静后头藏着巨大风暴。

毕竟距离他规定的早读时间已经过去了整整三个小时。

"小姨呢？"她急忙转移话题。

"有事出去了。"朱文志摆摆手，"临走前跟我说，让你休息放纵这么一回。"

原来如此。

朱思源心头大石落下，坐到餐桌旁："她干吗去了？"

"看比赛。"

"比赛？"

"好像是自行车。"

"哦。嗯？"朱思源两眼放光，"自行车？"

"怎么了，你对这个也感兴趣？"

朱思源摇摇头，心里早已掀起巨浪。

哦，天啊，她就说嘛，那同学肯定是她小姨父！

早在两个小时前，郑星沥就一路忐忑地跟着车队顺利到达了湖岸路东。几个男生抢着把上装备的活儿干完了，她则别扭地待在一边。

"行了，赶紧去检录热身，检查好车，别出什么岔子。"李国平视线落在参赛的四个人身上，极快速地带过韩超超，对着沈成叮嘱，"带好队伍，这条路宽阔得很，你们借别人的风也行，不着急加速。注意安全，我不希望看见你们摔车受伤。"

他顿了顿，又很嫌弃似的，补上一句："都已经这么差劲了，再受伤还不知道以后能不能蹬赢老年组。"

青年赛只限制年龄，不限制资格，有一定影响力的车馆都有推荐名额，可不参加预选赛直接进入决赛追逐圈。

驰驿车馆虽然这些年里学员比赛成绩一般，但凭借老资格和协办方的特殊身份，还是有了四个推荐名额。

郑星沥跟着李国平上了后勤车。沈成带众人检录之余，还不忘重复一遍教练的提醒。

"不要着急，这路还长着呢。"他年纪不是最大的，但比赛经验却是里面最丰富的一个。说着他看向韩超超，"尤其冲线手，一定要跟紧破风手，保持好队形，我们几个的核心作用就是帮助你，所以千万要相信我们。"

韩超超肉眼可见地紧张着，听到这话缩了缩脖子："我当然相信你们，我是不相信自己。"

"去你的。"张涛翻了个白眼，骂道，"你在影射我是不是？教练都选你了，你还不相信，那让我这被教练亲自否定的怎么办？"

"可是我的状态，哎，反正如果到时候我不行，还是你来冲线吧。"

"你废话很多欸。"沈成拍了拍他的脑袋，"知道这是哪儿吗？比赛现场，你是哪位？冲线手！看见这长枪短炮的摄像头了吗？对着你拍，等到夜里你的照片就会登上淮渭官博。冠军啊，采访啊，到时候记得多夸夸我们。"

韩超超不好意思地笑起来："哎，可不敢胡说。"

"行了，赶紧热身去。"张涛挥着手，捏了个兰花指，故意带上港台腔，"检查车车啦。"

一伙儿人就此往别处迁移，韩超超落后几步，跟沈成并肩："队长，教练到底为什么选我？"

他认真地看着沈成的眼睛，自己的状态如何，他比谁都清楚。

沈戍也回看着他，认真地说："因为觉得你可以。"沈戍清亮的眸子里满是期望与肯定。

"不只是教练。"沈戍补充道，"我们也觉得你可以。"

韩超超沉默着，又笑了一下才说："不管怎样，谢谢你们。"

"谢个啥。"沈戍踹他屁股，"没夺冠呢，跟我说什么夺冠感言。"

环渭水青年赛分成很多组，公路、山地、爬坡。他们参加的是一个八十公里的公路单向赛，途中除了有几个弯道外，其余都是平地。这也是目前最适合韩超超的项目。

天空灰蒙蒙的，大片的云压住太阳直往下坠，几声闷雷自远方响起，为这阴天又注入了几丝沉闷。

郑星沥和李潇君一起坐到了车后座，两人中间是大包小包的物资，她拆着袋子一一确定，拿出一些以保证可以在第一时间补给。

前座的李国平降下窗户，手里拿着工具，试探着伸出半个身子。

司机显然也跟他很熟稔，见状忍不住打趣他："都这么大岁数了，还这么折腾自己呢？"

李国平把常用到的工具全部拿出来："你开好你的车，保持间距，可别到时候给别的队伍充当破风手去了。"

"这你就放心吧，倒是你，别翻下去了。"

"那你也放心吧，这些车我都摸了有三十多年了，这点小事儿，我起码还能再干个十年。"

李潇君忍不住插嘴："十年后您可以直接去参加老年组大赛了。"

"那也比你现在强，就你的水平，能不能骑个十年都是问题。"

"啊，行行行，我说不过您。"李潇君本意也不是想跟李国平争论个长短，只是看不过眼车里紧张的氛围。

"您先估计一下，今年我们能赢不？"

李国平回头蹙起眉："还没开始就想着结果了，你这几年车都怎么练的？"

鸡同鸭讲。李潇君微笑着，爽快地接茬儿："得嘞，我闭嘴。"怪不得没老婆，就这说话方式，谁受得了！

郑星沥在一边不说话，听到闷雷的时候才问："今天会下雨吗？"

"可能吧。"李潇君看了眼手机天气预报，"阴转雷阵雨。夏天嘛，常有阵雨。"

"那他们不是要冒雨骑车？"

"那也是应该的。"李国平声音还有那么点冷酷。

"会影响吧？"郑星沥有点担心。

"影响当然有的了。"

夏天的雨虽然不冷，但要真的下大了，浇在身上也是难受的，更别提他们要比赛，车骑得更是飞快，也没法儿打伞。

"这么点儿雨都克服不了，还当什么运动员。"李国平陈述的是事实，但语气里透露的强硬却让人不舒服。

李潇君听了更觉得刺耳，收起了嬉皮笑脸，说出的话也没了客气打诨："是，但那些人里也不全是冲着当职业选手去的。这是业余平路赛，不是职业赛。"

这话一出，车内氛围立刻紧张了起来。

这对父子先前的事儿，郑星沥也从沈成那里听见了一星半点，只是平时接触他们都是在训练，看不出什么来。

她还只当李国平太严格，对李潇君不过是一视同仁。但今天这两三句里，才听出这两人的"针锋相对"。

面对李潇君，李国平的严肃刻薄更甚，还不如在训练场上和善。

好在这种剑拔弩张的情况没有持续太久，宣布比赛即将开始的声音就响彻了整个广场。

后勤保障车队跟前方的车手们保有一段距离，这也是为了避免出现摩擦碰撞。

"前后窗都降下来，注意观察车队动态，及时认清手势。"李国平很快地下达指令。

李潇君再不跟他顶嘴了，坐直身体，探头朝前边观望着。

一群人浩浩荡荡热完了身，齐聚在线外整装待发。

郑星沥也跟着紧张起来，不自觉揪住了衣服下摆。

"不用紧张。"李国平从后视镜里看了眼他俩，语气依旧生硬，"又不上场，放轻松点。如果运气好，我们连发挥都不用。"

跟着他话音落下的，是天边一道沉重的雷和打在车窗上细密的小雨。

李国平顿了顿："就当我什么也没说。"

司机率先笑了出来，接着是李潇君，郑星沥不敢太放肆，却也弯了弯嘴角。

这难得的幽默，真的缓解了不少紧张的气氛。

尖锐的哨声响起，比赛正式打响。

乌泱泱的人群瞬间冲了出去，一点点完成加速。

沈戍时刻注意队伍，跟队友保持联系："不要着急，先保持匀速。"

车内调频传出一些电流声，他语气平和，跟这激烈的局势有些格格不入。

"这不挺好的，也不紧张。"司机说。

李国平对此不置可否："这才刚开始，说什么好不好的。"

郑星沥趴在车窗上，外面骑手们已然铆足了劲儿，各类策略五花八门。

沈戍他们穿着显眼的荧光橘色队服，在车群里依然保持着队形。就算有人插入或横冲直撞，他也总会第一时间稳定好状态。

乌压压的天气并没有好转的架势，但好在毛毛雨下了那一阵儿就已经停下。

时间刚刚过去半小时，沈戍等人一直混迹在队伍中间。

李国平仔细观察着他们的状态，时不时通过广播提示两句："重新找到你的灵活点，注意姿势。"

"小郑，把能量棒剥开递给他们。"

郑星沥早就做好了准备，趴在车窗将能量棒递出去。队首的沈戍匆忙地冲她笑了笑，接过后叼在嘴里。

"加油啊。"郑星沥小声说着，混在风声里听不清楚。

李潇君倒听见了，让她说大声点。

"我怕影响他们。"郑星沥摇摇头，"总觉得会给他们挺大的压力。"

"那是你不懂沈戍。"李潇君麻利地给韩超超换好水杯，声音也低了下去，"你给他加油的话……"

他一定很高兴。

郑星沥光是看着他们不停重复踩踏动作都觉得累。

他们身上的队服已然汗湿，但从对讲频段里传出来的声音却依然和缓。

"弯道提示出现了，我们准备往前冲。张涛，接下来的二十分钟你来领骑，把握好超车的节奏。"说着，沈成让出前身位置，张涛很快就补了上去。

天公作美，遮住太阳的云变得稀薄了些，隐隐有阳光钻出来，但空气里的燥热也进一步地扩散开来。对比赛来说，这可不比暴雨好到哪里去。

突然，有一个车手爆了胎，慌乱之下没控制好方向，一下子就撞到别人身上，由此开始一系列连锁撞车反应。

沈成目光坚定："绕过去，我们提前加速。"

"现在吗？"韩超超有些不大确定。

距离弯道还有两公里，这跟他们原本的计划可大不一样。

"就现在。"沈成语气肯定，"现在路途已经过半了，我们不差这两公里。"

张涛收到指令已经开始加速了。

"韩超超。"沈成加快速度，安慰地拍了拍他的肩膀，"你要相信自己。"

韩超超没有说话，只是加快了踩踏，像是发泄一般，瞬息间便跟上了张涛。

没有一个车手想要受伤，而一个受伤的车手来参加比赛无异于自残。不是没人劝过韩超超，可是没人劝得动。

他今年才二十岁，练习公路车却已经十年。他就是那种没有天赋，所以只能靠一腔热血和努力的人。

接触正式比赛的前几年里，他没有参加过团队，也没有拿过什么亮眼的成绩，不管成绩多差，他都坚持完成每一场比赛。

"如果……"韩超超有些喘，"如果我不行的话，让张涛冲线吧。"

眼下，兴许是他身体状态所能允许的最后一次比赛。他想不顾一切冲一次，但却还是更想把团队放在首位。

"说什么呢？"张涛骂他，"我都给你破风了，你还想让我给你冲线。把我当什么了？"

道路边的渭水湖波光粼粼，风迎面吹过。自行车链条绞动的声音混在一起，杂乱得没有章法。

　　郑星沥视线一开始还能跟随着沈戍，但很快又在李国平的指示下不停给其他选手递着物资。

　　队伍里经过刚才张涛的言论后，总算是归于平静。

　　韩超超的腰有些痛，他调整了一下姿势，却并没有好转。

　　此刻距离终点还剩十公里，剩下的车手越来越少。驰驿车馆的五个人位置算不上最好，但却是队伍保持最完整的。

　　郑星沥察觉出了不对劲，压低了声音问李潇君：“韩超超是不是有点晃？”

　　她以为他可能是中暑了。

　　就算没有太阳，夏天的温度还是很高。在这么热的天气里骑了这么久，有些不良反应也属于正常。

　　这样想着，她着手翻出了藿香正气水。

　　李潇君摇摇头：“应该是他的伤。”说着看向前座。

　　他可不信李国平没看出来，可是却没有出声干涉。

　　李潇君蹙起了眉头，想到沈戍当初语重心长地同自己说过的话——

　　“教练，真的变了很多。”

　　沈戍脚下生风，沉着布局：“王鹏跟我换位置，接下来我来带。韩超超，三百米冲刺行不行？”

　　“嗯。”

　　“大点儿声，我听不见。”

　　“可以！”韩超超咬着牙，几乎是吼出来的。

　　沈戍回头看见他煞白的唇色：“你怎么了？”

　　韩超超摇头：“我没事，你领骑。”

　　“能坚持吗？”

　　这话听着有些残忍，还有些不近人情，可韩超超却痛里带笑：“当然能坚持了。”

"那就跟紧了。"

沈戌举起水杯，倾斜着灌下一大口。

补充完后，沈戌调整频率，双脚与地面平行，右脚蹬踏向上提拉，左手向下按车把，整个车都跟着向左边倾斜，之后又转到右边，肩膀和腰部的动作如同平缓波浪般上下起伏着。车子左右倾斜，人却依然保持着稳定。

李潇君隐隐地兴奋起来，激动地预告："沈戌要开始了。"

摇车——用于起步、上坡或者久坐的活动筋骨。

郑星沥没听明白："什么意思？他不是一直都在吗？"

"他跟这些人不一样。"说着，李潇君探出头，双手放在嘴边做喇叭状，冲着队伍高声喝道，"冲啊，韩超超，不要被沈戌丢下啊。"

韩超超没有说话，却用行动回复了他。

"沈戌是最好的破风手。"李潇君不吝啬自己的夸奖，"他的水平在我们队伍里，做冲线也没有什么大问题。"

奔着专业方向去的人，跟他们这些业余选手接受的训练完全不一样。就算他早早从体校退出，这几年里也没有松懈下来，从这场集训开始，他就用最快的速度适应了节奏。

"沈戌，就是专业的车手，他是最好的。"

李潇君勉强算是他半个发小，知晓他的天赋，更目睹过他的努力。

这世上因为天赋疲于训练的一抓一大把，可即使离开了教练，脱离了那样的环境，也依然保持本心的却很少。

李潇君唯一见过的就只有沈戌。

为了热爱，他甚至愿意放弃平坦舒服的人生，冒险选择再来一次，不畏惧失败，也要拼尽全力。

尽管他还没有成为一名专业的运动员，可在他们这些人眼里，他已经是最好的运动员了。

沈戌稳定身子，踏频逐步加快，义无反顾地越过前路阻挡着的车群。

最后一个弯道出现。

"急转注意减速。"

他一边预告一边稳住脚，内侧脚在上，重心置于外侧脚蹬，身子和车一起倾斜，好像已经化身为这辆轻巧公路车的一个部件，动作漂亮又流畅。

"我不行了。"

后方又有人摔车，王鹏躲闪不及，捏紧后闸将车把向左侧急转弯，侧躺着向前滑行，被迫选择摔车。

李国平赶紧通知医疗车队，并让司机停车，确认他的安全。

王鹏身上蹭破不少地方，他挥挥手，语气焦急："教练，跟着韩超超他们吧，我没事儿。"

一直在后方的医疗车队也已经派人过来了。

李国平还没来得及打开车门，便又重新跟上了队伍。

队友摔车，韩超超更加紧张，手心里全是汗。

沈成的声音依然镇定，确认王鹏无恙后，才安慰其他人："没事，我们就快赢了。"

话虽如此，前方还有十几个人，全是曾经取得过不错成绩的选手，而此时距离终点只剩下最后两公里。

"韩超超，跟紧我。"沈成又一次重复，"我要开始重新加速了。"

尽管有所预告，他的发力还是出乎了所有人的意料，连一直在后头的韩超超都愣了一下，随后也跟了上去。

在一群昂扬着准备冲线的车群里，他们算不得亮眼，却也同样不容忽视。领头的突围集团至此只剩下六个人，其中三个都是驰骋车馆的。

"韩超超，准备好了没？"沈成喘息声加剧，却依然坚定。

"好了。"韩超超死死咬住下唇，上身拱起，"让我来吧。"

沈成撤离车头，顺利让出前端。

从现在开始，一路铺垫过来的破风手接连让位，属于韩超超的时刻终于来了。

他脚踏踩得像飞一样，双腿动作快到只剩下残影。

车内一直观察着动态的郑星沥心跳也极速狂飙，李潇君更是已经开始了"摇旗"呐喊，不顾一切地钻出车窗："韩超超冲啊，加油！"

韩超超全身直冒冷汗，腰痛得已经有些麻木了，可他依然在不停重复着加速的动作，这仿佛已经成为了一种本能。

前方是终点，是梦寐以求的第一名，后面是队友和教练。

他知道自己也许不能再骑车了，也知道为了这场"检阅成绩"的比赛，教练努力了多久。

可大家，都在为他的梦想让路。

每一个人，哪怕是一贯骄傲的张涛，也心甘情愿做了他的破风手。

沈戌没有退场，反而是紧紧跟在他的身后，就像无数次训练那样，喊着他的名字："韩超超，加速。"

声音是从嗓子里撕裂出来的，带着满腔的期望和热血，轻而易举只用几个字便点燃了他所有的激情。

加速，加速，再加速。

髋部痛意排山倒海地涌过来，韩超超吼着宣泄出不适，视线变得模糊，只死死盯着那道终点线。

"韩超超，快冲！"

他听不清是谁在叫自己，又好像大家都在叫自己。他无法回头，也不曾想过放弃。

他面目狰狞到有些扭曲，大腿像是灌了铅，肌肉酸痛到极致。

超过一个又一个对手，跟邻队的冲线手并肩齐驱。他不敢松懈，因为身后随时会有别人赶上。身体累到极点，痛意翻滚叫嚣，折磨着每一条神经，可他却不想比赛停下。

头盔镜下，他的眼泪早就不受控制地涌了出来。

车轮压过终点线，韩超超有种想要自己的人生就在此刻画上句点的冲动。

"刹、放；刹，放……"在观众的喝彩声中，这道冷静的声音不大，却瞬间就抚平了韩超超的所有情绪。

沈戌追到他的身旁，转身看了看后面的大部队，语气平缓又骄傲："恭喜你啊，韩冠军。"

韩超超抬起脸，冲沈戌露出一个笑，紧接着卸了力气，整个人倒在一边。

沈戌赶紧强行停下来，也顾不上车，边走边掀掉头盔，之后迅速蹲下把人捞起来。

好在韩超超并没有什么大问题，也并没有晕过去，只是旧伤疼得厉害。

天空依然灰蒙蒙的，压下来的乌云却生出了些可爱的形状。

韩超超笑容有点苍白，那么壮实的一个人窝在沈戌怀里有种别样的萌感。他把着沈戍的胳膊，喘着粗气："怎么觉得这一幕这么熟悉呢。"他顿了顿，"就跟梦里发生过很多遍一样。"

沈戍轻轻一巴掌拍他脸上："有病是不是？就个破比赛，还搞出'托孤'的架势来了？"

韩超超原本的抒情氛围就此被打断，他不甚满意："队长，你让我装一下不行吗？"

"装什么装，以后比赛还多着呢，都等着你拿冠军。"沈戍没好气地训他。

这种变相安慰带来的温柔一度压过他身体上的痛。

韩超超有点想笑，不过他状态着实萎靡，扯出来的笑容也没什么愉悦的说服力。

沈戍还以为是话说得太重了，赶忙放缓些语气："看你这没出息的样儿，打起点儿精神，等什么时候咱们省运会见了，你再装。"

李国平第一时间叫来了医疗人员，就地检查并无大碍后才算放心。

"行了，别瘫着了，赶紧起来领奖。"李国平冲张涛使了个眼色，后者赶紧拽上队友将人一左一右架了起来。

沈戍起身有些猛，加上刚运动完没能及时热身过渡，这一下让他眼前黑了黑，还没等扶住什么东西，就有温热的手掌贴近了他的胳膊，小小地借了力。

"没事儿吧？"郑星沥担心的语气比赢得这场比赛的欣喜更甚。

她不知道自己该怎么做，只遵循些常识，探了探沈戍的额头。

他身上湿漉漉的，像是条刚被捞上来的鱼，额头的汗黏腻在脸上，吹了风还有些凉。

郑星沥也不嫌弃，稍稍踮脚，还顺手将他额前的头发往后顺了顺。

沈戍整个人再一次僵住，甚至觉得她的呼吸洒在了自己的眼皮上。他直勾勾盯着她的眼睛，不自觉地数着她的睫毛。

李潇君正准备回身招呼人一起回去，就瞧见这暧昧的一幕，悄悄地往那边挪了挪，果不其然看见沈戍傻了吧唧的表情。

他摸了摸下巴，感觉自己背后痒痒的，好像有双翅膀要钻出来，这一刻他觉得自己已经化身成了丘比特，手里小弓箭蓄势待发。

于是他当机立断，左脚放在前，右脚踢上小腿，夸张地"啊呀"一声，往前一倒，就那么刚刚好地把郑星沥往前一推。

郑星沥猝不及防受力，帮忙顺毛的手一下子就越了过去，直接搂住了沈成的脖子。沈成也本能地将人环住，女生宽大的 T 恤底下是温热柔软的背。

后腰的大掌轻易握住腰，郑星沥愣愣地看着他，紧张地吞咽着，视线一会儿落在他的眼睛上，一会儿落在嘴唇，之后是下巴和喉结。

之前在腾山她难过之下也曾经抱过他，然而当初情况却和现在大不相同。

那时她想的是伤心的事情，借他的背寻求一点点安全。

而后是放榜那天，他激动极了，扑过来的时候也是满腔的雀跃兴奋。

然而此刻，在颁奖的激昂乐声里，两个人明明都已经反应过来，却依然各怀心思不肯分离。

郑星沥一点点挤出笑，最后干脆大大方方地将头搁在他肩上，拍了拍他的背，似是宽慰："祝贺你啊沈成，你是冠军。"

韩超超有很多的小秘密，其中最大的一个，关系到自己的车手生涯。

那张片子在递给李国平之前，他就已经从医生嘴里得知了自己的未来。说大不大，说小也不小的病，医生的建议是先养个几年再看情况。

一个车手永远不能停下训练，除非他希望自己的车手生涯就此画上句号。

于是他找到了李国平，希望这位致力于发掘"运动员潜力"的严厉教练，可以通过这张片子看到自己的另一种可能。

结果很明显，李国平可以挖掘人体潜能，却没有办法在受伤的髋骨上大作研究。

韩超超没有得到确定答案的时候就已经明白，或许自己的冲线生涯，真的到尽头了。

可是他真的好不甘心啊，他练车十年，不是十天，距离加入车队只剩一次正儿八经的冠军。所追求的一切都近在眼前，他却无法再走向以后。

他想骑车，想要在决赛场上做一次真正的冲线，而不是被当作备用的冲线手，顶替别人不去的赛事。

韩超超找到了沈戍，他知道，沈戍是跟他们不一样的。

李潇君看似好说话，实际上早就看透了这小破圈子的私心利益，他不看重结果，也不会理解大家对冠军金牌的执着。他要做发掘者，更要传播自行车项目，扭转大众印象。

而沈戍，严格遵守训练制度，看破人情世故，却还是可以轻易共情。他要走的，是一条更加孤独的路。

所以韩超超觉得自己的苦闷委屈，也只有沈戍可以最大程度地理解。

他对沈戍说："你说，我要是能拿一次冠军该多好啊。"

然后他就真的成了冲线手。

没有想象中的高兴，也没有孤注一掷的孤勇，当机会摆在他面前时，所有的不得志退场演变成了一种怯懦。

那是对自己的能力和伤病的质疑。

尽管宣布结果的是铁面无私的李国平，韩超超还是觉得这次机会是自己以近乎乞求的姿态索要来的。

他很快陷入一种迷茫里，面对训练，脑子里每天都有两种声音在互相对抗，一个说："好好训练，一定要拿冠军啊超超。"另一个说："快去认输吧，不要让整个团队因为你丢失掉荣誉。"

最后拯救出他的还是沈戍。

沈戍说："韩超超，你太过分了。"

是啊，自己确实很过分，明知道自己名不副实还是占着冲线手的位置不肯退让。韩超超这么想着。

"你是冲线手，你给我拿出点冲劲儿来。"沈戍拍着车座，"加练，快一点。"

纠结了很久的事情突然就释然了。

他想，或许自己并不是因被同情得到的名额，大概自己的伤真的算不得什么。

这种幻想一直持续到比赛，看见那么多出色的车手时。

可沈戍依然告诉他："教练相信你可以，我们也是。"

韩超超又悟出点东西来。

他突然就明白了，先前自己做备选时，沈戌说过的话——"任何公路赛，离开破风手、离开团队，都不会有冠军。"

曾经那份想给自己拿个冠军的心，在这会儿已经成长为了要为团队拿个冠军。不仅为自己这匆匆画上句号的车手生涯，更为了这些愿意相信自己，愿意陪自己做梦的伙伴。

这不是韩超超第一次参加比赛，却是他拥有队友以后，第一次以冲线手的身份登场。尽管它水平业余，规模也不恢宏，甚至连奖杯都是块小小的玻璃座，可他却从未如此想赢过。

冲过终点线的时候，躺在沈戌怀里的时候，站在领奖台捧起奖杯的时候，他一点点感觉到，车手韩超超好像正在从自己身上剥离。

可他竟然不觉得遗憾，甚至十分开心，开心在短暂的车手生活里，可以拥有伙伴，在他们的信任和期望里捧回一座属于自己的冠军。

公路车真好啊，怎么骑也骑不够呢。

韩超超意识再清醒的时候看见的是医院的天花板，他的父母、教练、伙伴、医生一个不落地站成一圈，把这小小的病房占得更加局促。

"妈，我们是冠军哎。"他故作轻松地分享这个消息。

他彪悍的亲娘瞬间红了眼眶。韩超超抬手戳了戳她，警惕地问："您是我亲妈吗？"

伤感的氛围一哄而散，他娘结结实实照着他脑袋来了一下："不是，你捡来的，垃圾堆里捡的。"

韩超超捂着痛处傻乐着，这才对嘛。

队友们上来左一句右一句地吹捧他冲线的"光辉"时刻。

"我张涛今天起服你好吧，你就是咱们驰驿车馆第一冲线手好吧。"

韩超超嘴里谦虚说不敢，视线又转过一圈，问："队长呢？"

李潇君笑容微妙："忙着润物细无声呢。"

"发力点是脚掌，对。坐到车座上，脚掌发力，然后'啪'一下，这不就蹬起来了吗？"沈戌张开双臂护在摇摇晃晃的车侧。

郑星沥手抖得不行，拼了命地将车头往直线上拗。

"不用怕，你现在就按普通的方式来就行。"沈戌安慰她，"你放心，不会摔的。"

郑星沥声音颤抖："你快跟我说接下来该怎么办，快点快点，我要倒了。"

"缩小腹，立盆骨，弓背拱，肘微弯，高踝。"

"高怀？什么怀？"

"脚踝。"沈戍把住她的车，"行了，先停一下，我给你讲讲姿势。"

郑星沥单脚点在地上，勉强算站住了："你说。"

"缩腹拱背就是照你的理解来就行。至于手肘……"沈戍掰过她的手，"记得稍微弯一点，把肘面朝天。这样可以避免肩膀这块痛，也可以把中心移到脚踏轴心上，更加省力。"

郑星沥乖巧地任由他示范，真诚发问："我能拿本子记一下吗？"

他说的东西是挺简单的，奈何她完全记不住，还是记下来比较保险。

"不用。"沈戍抻开她的手指，带着扣在车把上，"多练几次就会了。"

"可是我觉得，我来车馆的机会也不多。"

"怕什么，我有车。"

郑星沥愣了一下："你让我骑你的车？你的公路车？"

"对啊。"沈戍看了她一眼，"怎么了吗？"

对一个车手来说，自行车是具有专属性的，专属的车座高度，专属的车把距离。就好比你的男朋友不能拱手让姐妹摸腹肌一样，车对他们来说是非常私密的东西。而如今沈戍却大大咧咧地说，自己的车可以给她骑。

"没，没怎么。"郑星沥想，这也是件好事，起码他把自己当成了好朋友。

好朋友发展成女朋友也没那么难。

"高踝呢，是为了让你的大腿可以抬得更高。另外不要把过多的重量压在臀……"沈戍顿了顿，"咳咳，就是注意重心，一半放在脚踏上，两成放在车把上，剩余的才放在车座上。"

郑星沥觉得这是个玄学，别说什么几成放在哪里，她连自己重心在哪里都找不着。

"这个你得自己慢慢体会，以后多骑骑就知道了。"

郑星沥觉得沈戍真的不适合做教练，就这种什么事儿都往以后推的教学方法，实在是让人很难入门啊。

后面沈成又噼里啪啦说了一堆，什么加压提勾啊，平行脚啦，郑星沥除了记住一个要用体重助踩外，全都忘了。

"然后变速，要有规律，'前大后小，前小后大'……"

"别变了。"郑星沥打断沈老师，"你还是先教会我怎么下车吧。"

"啊，这样，你先从车座移到车梁上，然后单脚落地，就可以下来了。"

"这么简单？"

"就这么简单。"

郑星沥试了试，总算从高车座上顺利踩实地面。

沈成扶着车，让她没有后顾之忧地抬腿离开："其实也就入门找正确姿势难一点儿，如果只是想把车踩起来的话，还是挺容易的。"

"拉倒。"刚亲自体验了一番的郑星沥才不相信。

"真的，我给你看一个最基本的调座儿。"沈成调整了一番车座车把，才慢悠悠给她演示，"你看，我脚跟放在脚踏上，然后踩到底呢，膝盖也正好可以打直，然后这个高度我骑起来。"他扶住栏杆保持身体平衡，"我踩到最低点的时候，膝盖这里会有一点点弯曲。这样发力舒服，也不容易伤膝盖。"

郑星沥端详许久，承认了自己依然是个"运动白痴"的事实，但沈成不接受。不过他也没再坚持自己的专业理论，让了一步："那你随便骑一下好了。"

"不了吧，我怕摔跤。"郑星沥看着倾斜的跑道头皮发麻。

沈成解下自己护膝护腕蹲下来替她戴好，最后将大大的头盔扣在她头上，语气轻缓，像极了哄小朋友打针："不用怕，这跑道就是看起来吓人。很多东西都这个样子。"他系着头盔带，手指不小心碰到她的下巴，"只是看起来很难，做起来就没有。"

郑星沥盯着他垂下的睫毛："你怎么什么事情都能上升一下价值。"

"那是。"他隐隐地骄傲，"你不知道我的花名吗？行走江湖——人生导师罢了。"

他隔着头盔拍了拍她："好了，去吧皮卡丘。"

"有病啊你。"郑星沥作势要踹他，被躲过去后，借着残存的记忆和经验缓慢地上了车。

沈戌一直候在她身侧，像一个奉行鼓励式教育的大家长。

"对对对。

"就是这样。

"很好啊，你这上手太快了。"

磕磕绊绊骑了几十米后，郑星沥胆子也大了起来，更敢用力，蹬得也更快了。

车子逐步平稳，随着她的心意变换着方向角度，她绕行在内圈，赛道坡度影响也不大。

沈戌不知什么时候也弄来了一辆训练车，跟她并排同行："你看，这不是厉害得很吗？你以后可别来我们公路车圈，抢饭碗呢。"

"谁要跟你抢啊。"郑星沥回嘴，语气里却有藏不住的兴奋。

"不抢就行。"沈戌一副饭碗保住的放心模样。

太阳光从头顶玻璃天窗投射进来，勾出侧脸微光。他没拿出专业的姿态，略抬着头还有些懒，修长的脖颈喉结凸起明显，细小绒毛弯出弧度。

他又对着她笑："来吧，我给你破风怎么样？"说着超车越过她跻身前列。

郑星沥反应过来，大着胆子追到并排："不行，我不要你给我破风。"

"干吗？我给你破风你又不亏。"沈戌有点沮丧，但还是听话地慢下了速度。

郑星沥超过他："我要给你破风。"

她稍稍回头，眸色里全是认真："你要去冲线。"

你会是一群人的破风手，但或许可以只做我的冲线手。

暑假进入尾声的时候，朱思源终于顺利从小郑老师名下"毕业"了。另外在小李和小沈两位教练的顺利安排下，她的八百米也有了质的飞跃。

与此同时，小郑老师也踏上了回家的旅途。

来的时候她带了个箱子，临走人还未到家，已经接二连三地发快递回了合祁。

催取通知书的短信已经在手机里停留了几天，郑星沥回家先歇了两天，之后便回了校，顺带着取回了沈成的那一份。

方荟捧着通知书远比她高兴，郑乔生拿起另一份："这又是谁的？沈……"

郑星沥连忙夺回来："啊呀，我同学的。"

"我怎么没听你提起过什么姓沈的同学？"

郑星沥把快递装进文件袋里："我同学多着呢，哪能每个都叫你认识。"

"那你同学干吗去了，怎么叫你拿？这要是出了什么问题，你哪里付得起这个责任啊？"

郑星沥纠结了一会儿，深呼吸一下，还是说出了实情："这是施阿姨儿子的。"

"谁？施……你说施警官？"方荟的笑僵在脸上，更多的是惊讶，"他不是小学生吗？"

"谁说他是小学生啦，你们误会了吧。"郑星沥装作比他们更加惊讶，"他也是高三生啊，复读生，就在我们隔壁班。"

"复读生？"方荟推了推女儿的额角，"你胆子也太大了点，跟你一个年级的你都敢教了？这要是没教好，担得起这个责任吗？"

郑星沥捂着额头嗷呜喊疼，嘟囔着辩解道："这不是没教坏吗？人家也考上了好吗？"

"你们俩考一个学校去了？"郑乔生话里有话，"商量好的？"

"没有，是巧合。"郑星沥说，"我的目标学校是老早定好的，他的目标学校是去年定好的，那会儿我们俩都不认识呢，就是碰巧。"

郑乔生半信半疑，顿了顿还是问了个看似无关实则有关的问题："沈什么，长得帅吗？"

"一般吧。"郑星沥面不改色地扯谎，接着赶紧转移话题，"他爸妈都太忙了，他人也在外地，所以就让我帮忙拿一下。"

"这么说他到时候要来拿？"方荟问。

"那还不知道到什么时候。"郑星沥摇头，"我明早正好要去城南，到时候经过他们小区顺带给阿姨就行了。"

"你去城南干吗？"

郑星沥指尖在屏幕上翻飞，回给对面一个"好"，硬压下嘴角的笑，抬起脸一本正经地回他们："接方书琛。"

过完这个暑假，方书琛就将进入高三。

向来以升学率著称的谭畅中学当然也不会放过暑假这样长的空闲，前脚送走高三生，后脚就将方书琛他们这届准高三生摘去了"准"字，开始了无缝连接的课程，直到今天才松口放了四天假。

方书琛哪里还顾得上路上耗费时间啊，满心满眼就是要回家。舅舅、舅妈要看店，方书越在外地上班，于是来接他的任务自然就落到了郑星沥身上。

所以她去，合情合理。

可是当她六点就精神抖擞地起床洗漱，一路催着早餐，七点二十就撑着把遮阳伞，高高兴兴出门去的时候，郑乔生和方荟还是有点困惑。

"她什么时候这么勤快了？"

"不知道啊，在陈麦那儿养成习惯了？"

"不会吧，她刚回来那几天不也是睡到十一点多？"

"难道是，太想方书琛了？"

"不应该吧，他们俩不是凑到一块儿没两分钟就要大打出手吗？"

"可能是长大了，知道亲情可贵了？"方荟大胆猜测。

郑乔生找不出更好的解释，只能点点头："应该是吧。"

方书琛饱受学校军事化管理的摧残，连高铁都不想等，订了最快到家的绿皮硬座，硬是在凌晨上了车。经历了让道、晚点等一系列时间后，终于即将到达合祁。

而郑星沥跟他保持着友好联系，并保证一定会在他到达前在车站候着。

她没撒谎，自己确实是去接方书琛的。

只不过恰巧沈戌今天也要回来而已。

她只是再顺路去看眼自己的学生而已。

然而让她失望的是，一直到方书琛那晚点了半小时的车到站，沈戌都没能出来。

手机消息看了无数遍也还是只停留在昨晚他发来的时刻表上。郑星沥纠结了一会儿，还是没有发消息问他到没到。

方书琛背了个书包，一晚上在火车上睡睡醒醒的，头发乱得像鸡窝，连下巴胡子都冒出了茬儿。他看见郑星沥，眼里有见到"亲人"的湿润，巴巴儿地往人群里攒，手挥得相当用力："郑星沥！郑！星！沥！"

看得出来他确实很激动，以至于路人都忍不住往他那里投送目光，那微妙视线似乎是在说"年轻真好"。而被叫的人这会儿突然后悔自己来这一遭，可惜的是，她躲也躲不掉，于是只好也伸出了手。

方书琛不可思议地瞪大了眼睛。

郑星沥竟然要给自己来感性这一套？看来是自己太长时间没回来，她人都变肉麻了。

嫌弃归嫌弃，他还是张开了双臂。

算了，好歹算是姐，给她抱一抱抚慰一下也没什么。

在他的殷切期望里，郑星沥"勉为其难"地给了他脑门儿一下，大声回他："没大没小，叫姐姐。"

呵呵，他就说嘛，郑星沥怎么可能会温柔。

"你有病啊。"方书琛抓了抓头发，"我堂堂未来大学生，被打傻了，上不了大学你养我啊？"

"你想得美。"郑星沥看了眼他的"轻装"，"你没带行李？"

"掐头去尾才三天假，我带什么行李啊。"

"那你还让人来接？"

"我主要是寻求一种陪伴感，不然别人都有人来接，我形单影只的多丢脸。"

郑星沥嘴角抽搐，决定不理他。

转出南广场，坐上出租车，郑星沥报了个完全陌生的地址。

方书琛一脸蒙："不是回家吗？"

"回家前先送个快递。"

郑星沥还是决定先把通知书送去小区，毕竟自己已经跟施媛说了今天会送去，如果只是因为沈成没回来自己就不去未免太过刻意。

"那我不等你了，我要先回去了。"他无比怀念自己的床，迫不及待要回去睡他个三天三夜。

郑星沥不屑地笑："你有钱打车？"

方书琛还真没有，所以他尽职尽责地扮演撑伞小厮的角色，一路跟着人上了电梯。

郑星沥轻车熟路地摸到了钥匙，施媛八点就去上班了，提前告知了把钥匙藏在哪里。

"天啊，这是谁家啊？刘希？"方书琛对她的朋友不怎么了解，但关系最好的几个也记了个大概。

"不是。"郑星沥一边扭动钥匙，一边推门往里去，"是沈……"

她的话卡死在喉咙里，半边身子都僵住了，脑子"嗡"的一声炸开。

"谁啊。"方书琛凑过来，入目所见也不由得"嚯"了一声。

玄关直通客厅，茶几前面放着瑜伽垫，上面站着的人光裸着上半身，宽肩窄腰，好身材一览无余。

沈成个子很高，四肢颀长，常年锻炼的原因，让他身上一丝赘肉也没有，再加上训练，腹肌尤为突出，线条流畅，均匀又不失美感。

"牛啊。"方书琛伸出大拇指，不遗余力地赞叹道，"性感，非常性感。"

郑星沥赶忙掐了一把方书琛："闭嘴啊。"

"你们怎么过来了？"沈成想伸手捂胸，又觉得这样有点奇怪，只能一边强装大大方方一边捞起沙发上的衣服，往身上套。

"我们来给你送快递的！"方书琛从郑星沥手里夺过文件袋子晃了晃。

沈成赶紧从柜子里拿出拖鞋，摆好："啊，谢谢。"

方书琛将袋子递给他："不用拿鞋了，我们就走。"

"就走吗？"沈成突然心虚，忍不住看向郑星沥，半秒相接，后者不自然地挪转了视线。

方书琛点点头："我刚回来呢，给你送完，我们就回去了。"

沈成摸了摸鼻子："要不然，你看看车？"

经过上次郑星沥的观念纠正，方书琛对自行车这个项目就产生了几天热情，并且借着还在家里的机会缠着沈成问了几回。只是后来困于学校严格制度，一直没有机会再深入一番。

眼下沈成发出邀请，室内舒适的空调冷风又极为舒适，方书琛没什么犹豫就脱掉了鞋，声音高亢："好嘞。"还顺便回身对郑星沥招手，"愣着干吗啊，沈戌又不是外人。"

这自来熟的架势也是真难得啊。

郑星沥一把抓住他的包："看什么看啊，回去了。"

"你急什么啊，我就看一眼。"方书琛干脆摘下书包，兴奋地问沈戌，"在阳台上，是吗？"得到肯定回答后，就往那边冲。

郑星沥的手随着包坠了下去，差点磕到门框，还好沈戌眼疾手快，扶了她一把。郑星沥一下弹起来，嘟囔着抱怨道："方书琛是背了什么废铁回来的吗？"

"先进来吧。"沈戌收回手，让出位置。

郑星沥摇摇头："不了吧。"

虽然自己的目的就是要偶遇，但是尺度过大，显然不在她的计划内。眼福是饱了，尴尬却比任何时候都甚。

认清楚自己心怀不轨之后，她看沈戌就觉得微妙极了。比如此刻，她还没来得及从刚才的香艳冲击里挣脱出来，当事人就开始邀请她进屋去了。

为了稳住心绪，不打乱计划，她觉得还是尽快离开比较好。

然而很明显，郑星沥的想法，方书琛这个猪队友是理解不了的。

他冲到阳台，尝试着单手将车拎了拎，感叹道："天啊，这车真的这么轻啊，好厉害。"

"你还是进来吧。"沈戌摸了摸鼻子，"我估计一时半会儿的，你也走不了。"

郑星沥斟酌了一下，还是选择了妥协，她来过很多次却从未像今天这么别扭过。

方书琛又开始嗷呜乱叫，把人招呼过去问问题。

"你刚才是在晨练吗？"

沈戌正坐在车上给方书琛示例，点点头："对，我们每天早上都要练体能的。"

"厉害厉害，怪不得。"方书琛比画了一下肚子，"所以长这个样子。"

沈戌去看郑星沥，却见她目不斜视，坐得端正，垂眸刷着手机仿佛根本听不见他们的对话。

方书琛又连着问了几个问题，沈戌心不在焉地回答了，最后干脆提议："要不然，你自己尝试看看？"

"我可以吗？"

"没事儿。"沈戌也没心思教方书琛复杂的，只介绍了一下各个部分就让他自己观察。

方书琛也知道分寸，并没有上车去试，只琢磨着部件。

郑星沥余光瞥见沈戌过来，赶忙装模作样地点进一条评论看起来。

"要喝水吗？"他干巴巴地挤出了一句。

真是奇怪，明明他们都那么熟悉了，怎么突然就陷入了这怪异的局面里。

沈戌把这一切归结于自己"懒得穿衣服"，这样一推敲，事情就明了了。

之所以怪异，是因为自己对她心怀不轨，还让她看见了自己那样。

但郑星沥心智坚定，除了害羞完全没有生出一点旖旎，反而是自己还有些窃喜。

沈戌未经思考脱口而出。

"你原来在家啊。"

"你放心，下次我一定会穿衣服的。"

两句不相干的话重叠在一起，又刚好能分辨开来。

郑星沥瞳孔放大，更加局促。她好不容易忘记刚才的画面，另找了个话茬儿，沈戌这么轻飘飘的一句就又全部勾起来了。

"哦，我昨晚改签了，到家的时候一点半，怕打扰到你睡觉就没跟你说。"沈戌解释道。

郑星沥胡乱地点点头，又把话题引向其他："那个快递，是通知书，你，你拆吗？"

"啊？哦，好，我拆一下。"沈戌慢半拍地撕开密封条。

尽管结果早已经知道，拆封的时候他还是提着一口气。

他想，这大概是因为郑星沥。

她在自己身边，于是简单地拆出固定结果的事情都变得格外有仪式感。

好像，从认识她以后，自己重要的时刻，都是她见证着的。

从自行车到大学，横跨自己的爱好和现实，那些记忆画面里全部都有她。

沈戚朝她那边转了转，深深地看了她一眼，暗自想着要把今天这一幕也加到脑海里去。

通知书、银行卡、缴费清单、报到指南还有学校地图。

所有的东西都跟自己的一样，却让郑星沥觉得要更欢喜一点。

在沈戚的这个理想里，自己应该也是起了点作用的吧？

"恭喜你啊，愿望成真。"

沈戚笑起来："不如祝我接下来心想事成。"

"要不要脸啊你。"郑星沥顶他，"做人要知足的。"

"知足啊。"沈戚看着她，话里有话，"我可太知足了。"

"是吗？"郑星沥伸手捞了一下掉落的银行卡。

"对啊，我从小到大许愿都只许一个的，这还不知足啊？"

郑星沥觉得好笑："这算哪门子知足啊？"

"那不然叫什么？"沈戚灵光一闪，激动地拍了拍手，"我知道了，叫专情是不是？"

他好像叼着盘子回来讨奖赏的狗狗，湿漉漉的眼睛里装满了亮亮的欣喜，让你也不由自主地生出笑。

郑星沥本想反驳他用词不当，到头来却被他带入节奏："专情？"

"对呀，专情。我以前喜欢自行车，所以希望可以一直骑车。"沈戚端坐着，乖顺又诚恳，"现在多了件喜欢的事情，所以希望……"

"这个是叫什么来着？"方书琛伸手敲了敲阳台玻璃，以此引起关注。

沈戚像是才醒悟过来，生出几分侥幸。

刚才氛围太好，自己又太激动，差点就把表白交代了。幸好小舅子给力，及时止损，点醒自己。

郑星沥可就没有沈戚那么开心了，她对自己三言两语就沉浸在沈戚的氛围里很是恼火，直接上前把人揪下来："走了，回去了。"

"干吗呀，我还没来得及吹空调呢？好歹让我凉快了再走啊。"

"再不走的话，我保证你会一直凉下去。"

"多大点事儿啊，怎么还杀人灭口了？"方书琛不怕死地冲沈戚眨了眨眼睛，"21世纪了，看看腹肌怎么了，你俩怎么还紧张起来了。"

"谁紧张了！"抢先开口的是沈戌。

姐弟俩都是一愣，原因无他，实在是他这番做派，仿佛是把"心虚"二字写在了脸上。

方书琛原本的攻击对象是郑星沥，结果出来了个挡枪子儿的。他立马调转枪口，反问："你还不紧张呢？"

郑星沥又一次打断他："你话好多，赶紧走啊。"

连推带搡地，可算把这猪队友送出了门，郑星沥把包塞到他怀里："快拿着废铁，我们回家啊。"

沈戌也跟着来到了门边："那个，下次如果你想骑车的话，我可以带你去车馆，那边有很多学员车，可以让你上手骑的。"

"行啊。"方书琛蹲下去拔鞋，抬起头猥琐地"邪魅"一笑，"顺便下次再教我怎么练腹肌嗷。"

"没完了是吧？"郑星沥无情铁掌薅了把他的头发，"磨磨叽叽干吗啊，快点走了。"

"我再说最后一句，这句话我想说很久了。"方书琛起身，一本正经。

郑星沥不明所以，被他表情唬住没再阻止。

方书琛长叹一口气，接着揪起沈戌衣服侧边，揶揄地笑："你衣服套反了。"

而且是十分明显套反了，连绲边和商标都在外头。但这两人愣是一个没发现，这要不是太紧张，就是眼瞎。

不过他俩这架势跟眼瞎也差不多了。满屏幕全是粉红泡泡，一个个就差把"跟我处对象"写在脸上了，却愣是没看出来对方也跟自己心思一样的。

无语。

原来脑子好的代价竟然是犯蠢。

方书琛无情拆穿他们后，心生熨帖。

还好自己虽然成绩一般，但是个明眼人。

好容易离开了小区，郑星沥上来一阵组合拳法，打得方书琛奋起反抗。再次激怒了郑星沥，又送了他一套长腿脚法，方书琛再不敢还手，只嗷呜喊疼。

"疼就对了，让你以后瞎说。"

"我瞎说什么了？"方书琛拍掉裤子上的灰，"是你们没紧张还是他衣服没穿反？"

郑星沥噎了噎，干脆奉行强权："反正你就是没眼色。"

方书琛笑了，这两个在这儿跟他聊眼色？他十分同情地看了一眼郑星沥。

作为一个好弟弟，尽管这个姐姐对自己并没有什么爱护行为，但自己还是有这个义务帮她认清现状的。

"我说你这么聪明，难道就看不出来人家对你有意思？"

郑星沥走到公交车站牌底下的阴凉里，听他问题，翘了翘嘴角，意味深长："知道啊。"

"你这个傻……嗯？你说什么？"这个回答明显不在方书琛的预设范围里，"你知道？"

"废话。"郑星沥捏了捏自己的肩膀，"你当我瞎吗？"

不瞒你说，是的。

"那你还在这儿磨磨叽叽什么啊？"方书琛一惊一乍，"难道说。"他倒吸一口凉气，"你想做渣女？"

郑星沥：靓女无语。

"你有病吧。"

"我觉得你比较有病，又不想做渣女又不跟人谈恋爱，都大学生了，难道你非要等开学报到才开始行动吗？"

"我是要把主动权捏在手里的。"郑星沥掏了掏自己的下巴，"所以我不能太主动，我要等他忍不住。"

打好基础，掌控节奏，再在适当的时候推沈戍一把，这就是郑星沥的全部计划。

方书琛似懂非懂："有这么复杂吗？"

"哎。"她长长叹了一口气，"你不懂我啊。"

"确实不懂。明明几句话能确定下来的事儿，真是搞不懂你浪费这么多时间干什么。"方书琛不长记性，"是怕自己活太久，所以先浪费掉一些吗？"

"我看你确实想找死。"郑星沥平静道。

方书琛微笑："让我们结束欢快的交谈，打车回家吧，星姐。"

"打什么车，没看见公交车来了吗？"

"你区别对待，凭什么给人家送快递就打车，送我回家就坐公交车啊。"

"你什么意思，看不起公共交通哦？"

"我没有，是你看不起我。"

郑星沥点头："是瞧不起，怎样？"

方书琛："……"

不怎样，从目前的情况出发，自己暂时没有靠山可以依仗，连公交车钱都得仰仗郑星沥。

方书琛悲愤地结束了这场对话，在内心嘶吼，有朝一日一定在沈戍面前揭发郑星沥的丑恶面孔，再义正词严地告诉他："少年，你被套路了。"

Chapter 07

·跳动的心一跃，在你身边·

　　九月开学季，郑星沥有幸获得了最高规格的待遇，郑乔生和方荟关店一天，陪她报到入了学。

　　严格意义上来说，这是她第一次离开家自己生活。大学不比高中，不仅离家远，坐高铁都得四五个小时，那种可以随意回家的日子，一去不复返。

　　郑乔生怕她想家，千叮咛万嘱咐不要哭，谁知他们前脚走，郑星沥后脚就跟室友们欢欢喜喜领军训服去了。

　　想家什么的，还是往新鲜感后头靠一靠吧。

　　都是十几岁的小姑娘，刚上大学也都是新鲜的时候，聊天也很放得开，郑星沥收拾东西的一会儿工夫就了解了个大概。

　　大家都是计科的，跟她床一边的叫周承瑶，本地人。对床一个叫张梦，一个叫方秋雨。

　　几个人性格都活泼，三言两语介绍之后便熟络起来。

　　沈戍跟郑星沥的宿舍区一个在东一个在西，正好在学校对角线上。

　　紧锣密鼓忙了一天，两人除了微信交流了一下外，也没什么时间可以碰头。

　　以前军训总是用车把人装到军营里去，只是去年闹出了些不愉快的事儿，所以今年的军训也就改在了学校里。

　　为了避开教学楼区，所有的拉练都排在了食宿区附近，这对新生来说是个再好不过的事儿了，毕竟离吃饭的地方近，只要训练结束就能休息，实在是太舒坦了。

　　但显然这对郑星沥来说这并不是什么好消息。就近拉练意味着沈戍也将被安排在西门附近，他们将依然隔着大半个校园。而根据她高中军训的经验来说，大学军训日程只严不松，兴许一整天都要被塞得满满当当的，他们俩就更不可能见面了。

华封的军训时间规定为一个月，306 宿舍今晚早早熄了灯，刚开学大家都忙碌了好一会儿，明天早上又得起来参加学校的开学典礼，下午就得训练。

灯虽然关了，女孩子们还是不可避免地就着月色聊起天来。

周承瑶是个性格活泼的，风风火火大大咧咧，也数她消息最为灵通，她为人处世有自己的一套方法，在暑假的时候就水群认识了不少人，这个时候躺在床上也忍不住说起来。接二连三抛出的"小道消息"也引来另外几人的兴奋惊呼。

郑星沥有些心不在焉，她有一搭没一搭地跟沈戍聊着废话。

沈戍："我们专业男生也太少了，我觉得我逃课又很悬。"

郑星沥："那就别逃。"

沈戍："那万一训练冲突的话，我也不得不逃啊。"

郑星沥："可是你们专业课也没有很多啊？"

沈戍："是吗？我来看看课表。"

过了一会儿，沈戍发来一张满是问号的熊猫头附加一张课表截图："你管这叫不多？"

他设想的大学是一天只上两节课，轻松又惬意，可是现在呢？每天都得早起，比高中也好不到哪里去。

郑星沥粗略看一眼，跟自己的比较了一下，很快找出了一个共同的大教室。

她把自己的课表也发过去："那你看我的。"

"那还是你们比较惨。"

计科的课表，除了公休一周五天都是课，而且周日下午到了十几周的时候还安排了实验课。

沈戍很快也发现了不对，又点开自己的表看了看，半信半疑地圈红了她的一节课，然后拿给室友看："你们帮我看看，是我看错了吗？这节课是不是跟我们是一个地方啊？"

赵中楷扫了一眼："这哪个专业啊？"

"计科。"

"那没错了。"另一个室友唐煜翻过一页书，插嘴道，"往年我们专业也是跟计科一起上的课！"

沈戍大喜过望，情不自禁捶了下床："真棒。"

"真棒？"唐煜放下书，"这门课挂科率高达百分之六十，你还说真棒？"

"那就更棒了。"沈戍高深莫测起来。

上同样的课，自己却学不好，只好求助学得好的。多么熟悉的剧情走向，这不跟高三复读时的上分小队一模一样吗？而且现在还没了陈宇昂和刘希。

沈戍在心里双手合十，这可真是，天助有情人啊。

然而老天的给力远不止此，第二天的军训连队分配时，不知道哪个关节的负责人把他们专业的信息填错了，导致他们被分去了东门操场。

所以他们必须要从西门穿行至东边，吃饭也好，休息也好都没办法第一时间赶回宿舍吹空调。

赵中楷憋着口气，午休之后越想越气："无语，上面人的错，干吗要我们承担啊？这外面热得都要死了，还排在操场，操场连个有影子的地儿都没有，就不怕我们中暑吗？"他伸手抓空调风，语气哀怨，"我的空调，我的小娘风。"

唐煜纠正他："是凉，不是娘，你怎么 n、l 不分呢？"

"我们马上快热死了，你还在纠结我的口音？"赵中楷恨铁不成钢。

"当然要纠正，不然以后小组作业，你打算拿你这普通话去配音播新闻吗？"唐煜是自己报的网媒，也提前做了不少功课，讲起专业来头头是道。

赵中楷听得头大，干脆问沈戍："你说我们怎么办，这以后吃饭都快成问题了。"

"不成问题。"沈戍把腰间的硬皮带扣上，"就在东门吃呗，这么多食堂，还不是随便你选的。"

"那午睡呢？"

"多走几步路能把你累死？"沈戍已经做好了准备，他看一眼手机，"别磨叽了，再不走就要迟到了。"

他已经迫不及待要给郑星沥展示这命中注定的巧合了。

华封是座南方城市，九月更是延续加重了暑假的闷热，烈阳当头，走上几步都得满头大汗。

周承瑶抓紧教官没来的每一分钟，紧急补防晒，还强制性地给宿舍其他人也都喷了一遍。

郑星沥猝不及防吸了一鼻子，还没开始训练就咳出了一身汗。

"哎哟哟。"周承瑶赶紧顺着她的背拍了拍，"不好意思啊。"

郑星沥摇了摇头示意没事儿。大概是因为遗传，她从小支气管也不是很好，平日里倒也还行，就是咳嗽起来有点吓人，那架势跟要把肺咳出来一样。

不多时，教官来了。大家纷纷站好，队伍参差不齐的，光调整就花了不少时间。

军姿、稍息、立正、跨立。高中时候的噩梦变本加厉地铺过来，没人能还手。

好在教官和善，特地准许他们挪去了树荫底下。

带他们连队的教官姓代，跟他们也差不多大，笑起来还有两个酒窝，他只肯说自己的姓，其他的任谁也问不出来。

这是上面的要求，教官们的个人信息都不能泄露。

代教官第一回带军训，人也健谈，也不为难他们这群新生，就教些基本的东西并不打算让他们上台去会演，可以说是和善得很。

郑星沥跟着整了半天的队，好不容易整好就看见从桥边穿过来了另一支队伍。

代教官露出笑容，跟人打了个招呼。

"操场太阳实在太大了，咱们凑一下算了。"八连王教官说，"我们队女孩子多一点儿，那地儿连个正经休息的地方都没有，刚才好几个人都差点晕了。"

代教官爽快地答应了，目光落在他的队伍上："行啊，还挺整齐，排头男兵不错啊。"

王教官像是获了什么宝贝似的，迫不及待地炫耀："是吧？"

"不错不错。"

起码光从精神头上来看，整体都挺不错的。

"四连全体都有。"

"八连全体都有。"

两位教官的声音同时响起，正式将两个队伍合并，围成正方形，这样不管是单独训练还是一起都更加方便。

沈戍的声音在耳边悠悠响起："巧啊。"

郑星沥看了看左前边冲自己眨眼睛的沈戍："一般吧。"

他身材颀长，穿一身军绿色军训服，整理得一丝不苟，帽檐遮住他一双亮亮的眼睛，清隽的五官也因此更加突出。

两个教官沟通了几句，便开始重新教起。沈戍站在最前面，个子又高，于是被揪出来当示范。

他中气十足地应了声，走出队伍走到教官身边。

也不知道是不是因为学过体育，他一举一动都规范极了，这个时候走到中央，面对大家，也被人看了个清晰。沈戍比例完美，身姿挺拔军训服更显英气。下面的人很快开始窃窃私语起来。

郑星沥心中泛起点点酸，果然啊，长得好看的人到哪里都是这样。

这个人像是块璞玉，在众人的注视下发着光。

王教官更是生出了种一荣俱荣的豪迈来，指着他的站姿给大家仔细讲解了一番。

计科男多女少，网媒女多男少。这会儿两支队伍合并稍稍调整了队形，也凑出了一个班的女生。尽管沈戍是侧对着他们，但那并不影响她们看清楚这人的长相。

教官说了个七七八八，大家听没听清楚也不知道，于是就让沈戍立在队伍前面，帮忙看其他人。

郑星沥是第一排，第一个被抽出去。任何涉及体力的活动，她都不擅长，自然也包括了站军姿。教官口头指导，她还是不得要领。

"算了，这个同学，你来纠正一下她的军姿。"

哪个同学？郑星沥抬眼看向教官手指的方向。

沈戍站得笔直，猛地扭头看向教官："我吗？"

"对。"代教官点点头，"就是你。有什么问题吗？"

沈戍摇摇头："没，没有。"

"那还不快去。"王教官也在一边催促道。

郑星沥有些悲愤。她不排斥沈戍的"教导"，甚至打心眼儿里觉得这是接近他的好机会，可是当着这么多人的面，那就是丢人。

沈戍昂首挺胸走过来，内心也有点别扭，不过还是站在了她身前，替她挡去一些视线。

"膝盖不要弯。"他声音放得有些低，显然不想让其他人听到，"肩膀放松，呃，也不用那么松。"

他局促地伸出手想要帮她调整，却又觉得不大好，纠结半天最后只拎起了她肩部一小块衣服。

"对，差不多就这样，然后背打直。"他顿了顿，又小声补充道，"就跟蹬车时一样。"

郑星沥眸子半垂着，不看他也不看前面同学们，想要快点躲过这一尴尬环节。

"眼睛平视前方。"说着，沈戍还伸手从她眼前比画了一下。

"行了。"郑星沥咬紧牙关从唇缝里溜出话，"你可以不用那么仔细。"

"我应该不可以吧。"毕竟自己纠正不好，待会儿就是教官亲自来了，就也不会帮她挡着了。

郑星沥从未有像此刻一样希望沈戍不那么较真过："我觉得可以了，已经相当标准了。"

"唔……"他含糊着应了一声，又调整了一下她的帽檐，才下结论，"是差不多可以了。"

"哎，怎么还聊上了。"带军训的教官们大多在役，虽然以"师者"的身份过来，但实际年纪跟他们也差不多，起哄看热闹更是一把好手。

沈戍赶紧放下手："报告，调好了。"

王教官挥了挥手："归队。"

郑星沥站回到队伍里，刚才那么一闹耳根子已经烧到可以烙饼了。

她身边的周承瑶悄悄凑过来跟她咬耳朵："八连这个好帅啊。"

她看一眼场上，自然不觉得周承瑶说的是王教官。沈戍像是感觉到了她的视线，直直地盯过来，军姿依然挺拔，只是嘴角多了抹笑意。

郑星沥心里没由来快了两拍，觉得耳朵烧得更加厉害，却还强装着镇定，迅速移开目光，心虚地"嗯"了两声。

"我刚刚看见他跟你说话了，你俩认识吗？"周承瑶先前就隐约听见那人跟郑星沥打招呼。

郑星沥盯着草地点点头。

"原来好看的人真的都喜欢扎堆在一起玩的。"周承瑶心里感叹不已，脸上更是羡慕，"什么时候我也能有个帅哥朋友。"

"是好朋友。"郑星沥神情严肃地纠正她，似乎是在陈述一件寻常事实，可惜脸弥上来的红色并没有什么说服力。

周承瑶挑眉，意味深长地"哦"了一声："懂了姐妹。"

郑星沥忍不住看她："你真懂了吗？"

还没等到回答，教官就已经转了过来："不要说话，站军姿呢。"

两个人齐刷刷闭了嘴，再不提这事儿。

中途休息的时候郑星沥盘腿坐下，左腿膝盖不小心磕到沈成身上，自己没坐稳。沈成伸手扶了她一把，漆黑的眼里满是笑意，说出的话也尽是打趣："以前怎么没见你这么笨呢。"

郑星沥瞪他一眼，拍开他放在自己胳膊上的手。沈成作势"嘶"了一声像是疼，埋怨道："轻点儿，你打的是未来车王的金手。"

"你要不要脸啊。"郑星沥顶他。

这话经常出现在他们的对话中，而每次沈成的回答也都一样。

他挑眉，昂扬着骄傲："不要。"

军训的收官典礼要在全校诸多连队里，挑选出十支展示表演。

而四连、八连队是出了名的"糊弄"小队，从教官到成员都不追求什么评优。平日里除了基本的正步齐步之外，那些军击拳什么的也就教了个皮毛。大家乐得轻松，除了依旧要风吹雨打，痛苦程度极小。

两位教官和他们的关系好得不行，但直到临走也没有给出任何联系方式。他们只短暂地在这里停留了一会儿，帮忙给大学生活开了个融洽的头，之后离开不留下只言片语。

然而不舍也好，不习惯也罢，大一新生的生活还是真真正正地开始了。

首先就是沈成翘首以待的消息——学校各类社团队伍经历漫长的宣传期后，终于正式开始招新了，当然其中也包括华封自行车队。

他找了一圈，终于在一堆大热社团中间找到了"自行车社"的小棚子。

"你好，请问这是自行车队招新吗？"

值班的男生正在玩游戏，听此问头也没抬："车队还是车社？"

"这两个不是一回事儿吗？"

"一个专业一个业余，车也不一样。"男生随意往桌边一指，"图在那边，自己看。"

"我报公路车，自行车队。"

"有经验吗？"

"有的。"

那人点点头，从抽屉里摸出表格："填吧，如果有比过赛也填上。"

沈戌下笔的时候难得地紧张，连自己名字都写错了，幸亏人家没计较，又给了一张表。

"网络与新媒体？"值班的叫胡泳鑫，眼下终于结束了游戏，拿着他的表看着。

沈戌点头："有问题吗？"

胡泳鑫没回答，翻页看见他的相关经历，那框里密密麻麻的，仔细一看全是正儿八经的比赛："哟，专业啊。还念过体校呢？"

他这会儿才开始认真地打量沈戌。夏天衣服宽松，看不出什么肌肉走向，但起码手长脚长。

胡泳鑫说："麻烦手摊开一下。"

沈戌听话展开，掌心冲他。

因为常年训练握把，他掌心早早地就磨出了茧，软化剪掉后很快又有新的长出来，一层层又开始翻出死皮，看上去实在算不上好看。

胡泳鑫很满意："不错呀。"说着，把他的申请表倒扣在一边。

"这样就算报上名了是吗？"

"对，回去好好准备，周六来车馆选拔。我们毕竟是官方车队，就算你履历再漂亮，到时候发挥不出来，那也是白搭。"胡泳鑫笑眯眯地解释，"所以，到时候如果因为紧张而失误也是会被淘汰掉的哦。"

沈戌问题还有一堆："我们选拔是公路还是就在车馆，大概要入选几个人？什么时候可以通知？训练的话……"

"在车馆，所以对你这样的公路车手也是个挑战。"胡泳鑫打断他，"招几个人，我也做不了主，到时候要教练看情况说了算。周六比完，周日就能出结果。至于训练等问题，等你入选了会有小册子给你详细解释的。"

"好的，好的。"沈戌连忙点头应下，随后又谨慎地伸出一根手指，"我还有最后一个问题。"

"你问。"

"如果，我没进的话，可以旁听你们训练吗？"

他对自己的专业能力绝对自信，可是真的踏出这一步的时候，他还是会紧张，忍不住去做最坏的打算。

　　"说什么丧气话。"胡泳鑫光从表上都能看出沈戍的认真，沈戍的数据也许并不是队里最好的，但他参加比赛多，经验足，而且一直都有训练，更重要的是，他不是三分钟热度。

　　努力加态度，很多时候不能让你成为最好的，但一定能让你比绝大多数人好。

　　更何况……

　　"你数据不错，最大心率能上 200，吸氧量也在 70，就算到时候场地限制你发挥，我们也会考量到这方面因素的。"

　　一般来说自行车队的新晋成员都是由体院老师亲自挑选组成的，至于对外界招新，真能入选的概率还不到百分之一。

　　胡泳鑫在摊位蹲守了很久，其间来看热闹的居多，严格意义上有相关经历的也没多少。

　　社团跟车队是完全不一样的概念，社团组织活动，就是个兴趣爱好，比赛也不隆重；车队代表学校并且直接由教练老师管理，出去参加比赛直接挂华封的名，甚至可以称得上是学校的脸面；社团填表就能进，车队则还需要进一步选拔。

　　不过往年选拔能进的也没几个，光在这群新人里拿第一是没用的。卫教练每年都会把新招的队员也一并放在选拔赛里，前几名基本上都被这群专业的人垄断了。这样也好让人家直接明白为什么不招他，省得浪费时间和口舌从专业开始给人分析。

　　同样都是业余选手，沈戍的申请表更趋于专业，就算他体校经历短，也不是正儿八经的体育生，但也已经是业余里头最正规的了，甚至队里那些个人填得都不一定有他的详细。

　　"回去好好准备。"胡泳鑫宽慰道，顺手摸出个文件夹，把单独分出来的几张纸整理好，又把他的表放在最上面夹好。

　　沈戍也不再耽搁，与其在这里担心选不选得上，不如回去多练练，把军训落下的训练时间补上。

　　赵中楷也刚交完表："报完了？"得到肯定答复后，他比了个大拇指，"牛啊。"

这一个月的军训时间都被排得满满的，可沈戌是抓住每一点儿空隙练车。

每天集合前解散后，大家要么困得睁不开眼，要么累得走不动道儿，唯有沈戌劲头架势足到让人怀疑他吃了兴奋剂。

熬夜游戏他从不参与，早起无知无觉，吃饭也严格计算摄入，重油重辣更是碰都不碰一下。

赵中楷长这么大，还是第一次见到有人活得这么"累"的，偏偏当事人一点不觉得，甚至还怪自己不够勤奋。

"等入选了再夸吧。"沈戌越到这种时候，越不想提前听夸奖，一切都还未知就认下褒扬总觉得心里亏得慌。

"行。"赵中楷抬高胳膊勾住他。

沈戌问："你报了什么？"

"我？校学生会。"赵中楷神秘一笑，"女生部。"

沈戌无语："你要脸吗？"

"看你，思想龌龊。女生部怎么了？又不是女子部，我过去当苦力，那也是为学校女生出一份力好吗？"赵中楷振振有词，见他懒得搭理自己还来劲儿了，做了个挽袖子的动作就要跟他好好掰扯。

沈戌心不在焉，突然身子往下一蹲，从赵中楷的胳膊下逃出，接着朝对面一个小棚子走去。

那儿排了挺长的队，从上面挂着的横幅上可以窥见"科技创新"几个字。

赵中楷还在纳闷儿他怎么突然对这感了兴趣，就瞧见沈戌直直走向队伍中间。

赵中楷痛心疾首，好歹大学生，怎么还插队呢。这样想着，他赶紧跟上去。

然而还没等他出手，沈戌就伸出手指，小心地点了点正低头跟朋友聊天的女生的肩膀。

那人抬头，脸上的疑惑稍纵即逝。

嚯，熟人。

赵中楷赶紧刹车，头也不回地潇洒离开。开玩笑，不提军训两个连队待在一块儿训练，沈戌天天在宿舍都快把人家名字念烂了。

郑星沥嘛。谁不知道啊。

"你也报名哦？"沈戌声音都放轻不少。

"也？"郑星沥手上拿着填好了的表格，衬衫口袋里挂着支笔，不可置信反问，"你也要报？"

华封为了保证学生素质，在填报社团上不做强制要求，但需要满足一定的活动分。每个学生每学期必须修满活动分，如果想评优，则需要更多。

跟社团的两分比起来，更高效的做法是去参加比赛。

计科隶属于计算机与信息学院，别的不多，就比赛很多，而且大多是团体赛。想要更快步入比赛，有自己的队伍，最好的选择就是参加科创。

科创立足于计院，收纳众院之所长。每年计算机不同方向分支的比赛数不胜数，一个人精力有限，所以就需要擅长不同方面的队友补充进来，一起分工。软件、硬件、计算、文档、分析、答辩。各个环节相互配合，也就需要不同专长的人。

郑星沥权衡之后选择了科创。除了赚学分以外，还能学到更多和专业有关的东西。可是沈戍一个八竿子打不着，不论从兴趣还是选择都跟科创毫无关系的人，要来这里就不大合适了。

"科创大部分时间都在做比赛。"郑星沥给他分析，"所以很多时候也会跟你的公路车矛盾。"

沈戍连连摆手："我不是报名，我就是看见你在这里，过来看看。"

"看看？"郑星沥重复了后两个字，点点头，转回视线，"看吧。"

她语气坦然，话应该是开玩笑的，但配上神态总觉得是认真地回应。沈戍猜不透她，这让他有些惶恐，也让他心里涌起些不舒服。

他是直来直往的人，就连复读也是说去就去，从未觉得需要纠结，唯有在面对郑星沥这件事上，突然生出几分犹豫。高考之后，无数次谋划着想要和她在一起，却因为不确定而不敢贸然越过那一条线。

事到如今，他甚至不知道自己究竟是谨慎还是懦弱。

那边队伍往前挪了挪，郑星沥察觉到身边的人没有动静，伸手抓住他的小臂把人往前面带了带。

她问："你车队那边是怎么情况？报好了吗？"

正式课程才刚开始，除却那些出名的天赋型选手，各种部门招人主要看的还是态度和努力程度。郑星沥的报名表也琢磨了好几天才算填到满意，但自行车跟他们这个显然又不一样的。

沈戍没有从怀疑自己的氛围里钻出来，有些机械地跟在她旁边，像个守卫的保镖。话题转化得措手不及，他疑惑地"啊"了一声。

郑星沥还以为是外面太吵，往他身边凑了凑，又重复一遍。

沈戍把刚才汲取到的信息讲了一遍："周六去选拔。"

"周六啊。"郑星沥不自觉地蹙起了眉，心中有些遗憾，"科创也周六面试。"

这也正常，周末和公休就是各种部门面试的高峰期，其中好几个时间还有冲突，大家也不得不做个取舍。

沈戍心里一窒，不知从什么时候起，他已经学会了"抠字眼"这项技能，尤其是郑星沥的话，随便一句也要在脑海里过个一千八遍的，试图从其中推敲出些直接答案，但还是徒劳。

可他明白，不能再这样下去了。

润物细无声是好的，可问题是再"无声"下去，自己就要从候选人成为候选备胎了。

备胎也还是好的，万一沦为"姐妹"，自己就再没地儿哭了。

沈戍不敢再想下去，招手示意郑星沥过来，手放在嘴边做出要和她讲悄悄话的架势。

郑星沥听话地将耳朵凑过来，为了保证清楚，还把前边儿几根碎发也别到了后头："怎么了？"

"你喜欢……"沈戍顿了顿，到底还是压下了后半句，"喜欢男生吗？"

郑星沥抬起了头，看清他认真紧张的神色后在心里长叹了一口气。

或许，这就是自己的办法毫无效果的原因吗？

原来，在沈戍心里，自己是"兄弟"。

她站正身子："怎么，刚上大学就急着要给我介绍男朋友了？"

沈戍摇摇头接着又想起些什么跟着点了点头："那你喜欢什么样的男生？"

郑星沥看他，心中小人郁闷撞墙："你还真要给我介绍男朋友啊？"

"当然不是。"他一口回绝，"我就是好奇。"

"我喜欢正常的。"

"你这说了等于没说。"原本以为能挖到什么"内幕"的沈戍，有些失望。

"谁的喜欢还明码标价呀。"

"那你起码也要说个具体一二三的呀。"沈戌不满意地回她，"你这回答太敷衍了点。"

有了标准倒还好了，他还可以靠一靠，这没有标准的，他连个参照都没有，就全凭命好不好呗。

郑星沥狐疑地看了他一眼："你是生气了吗？"

"我哪敢啊。"沈戌火速否认，收起哀怨，一脸正色，"你别造谣，我没那么小气的好吗？"

"要一二三啊。"郑星沥掐了掐自己的下巴，尾音拖长摆出思考的架势。

沈戌屏息以待，心里小本本已然翻开，等着抄答案。

"高高瘦瘦吧，再细心一点。"

"身体健康，无不良嗜好。"

"还要能听劝的，别钻牛角尖儿，说白了就是乖巧听话。"

沈戌不敢相信："你这是在说喜欢的男生，还是在挑喜欢的儿子啊？"

"不都差不多嘛。"郑星沥对此无所谓，"你们不是总嚷嚷着说，'男人至死是少年'吗？总不能闯祸就赖少年，不听劝就说自己是成年人要独立了吧？"

沈戌暂时找不到话反驳，只好另起一问："那你这也还是太宽泛了。"

"那你要怎么不宽泛，让我给你举例子说人名儿？"

沈戌眼睛一亮："可以吗？"

"……"

她现在合理怀疑，这人在骗自己表白。

"不对。"沈戌反应过来，语气惊疑不定，"你有喜欢的人了？"

是啊是啊，而且就是你，开不开心？

郑星沥还没来得及开口，就因为撑遮阳伞不小心劈着了手，本能地倒吸了口气，伞也没抓住。

沈戌手疾眼快地捉住伞把子，又立马去看她的手。

倒不严重，也没出血，就是留下了道红痕在手背上肿起来，隐隐有些火辣辣的疼。

沈戌从兜里摸出了一块创可贴："伸手。"

"啊？"郑星沥摸不着头脑，沈戌没有给她反应的时间。

他抓起她的左手，轻轻摸了摸那道划口。带了药的创可贴覆在上面，刺痛便严重了些。

沈成得意地撑开伞，将她遮在影子里："你看你，要是我不在，你怎么死的都不知道。"

细心？ So easy。

……

这么点伤口，连血都没流，应该不至于死吧。

郑星沥想了想，再看看他现在一脸邀功的模样。算了，还是不打击他了。

沈成左等右等，没等来夸奖，频频朝她瞧，可一直没得到什么反馈。

"你觉得我这个人怎么样？"

"很帅，车骑得很好，专业能力过硬。"郑星沥客观作答。

"还有呢？性格方面，有没有什么优点？"

"敢想敢做，脚踏实地。"郑星沥想了想，"光是你对专业和梦想这么坚定就已经很厉害了。"

沈成依然没能听到想听的答案："还有呢？你不要老是关注这些众所周知的东西嘛，你要透过这些看一看细节。"他特地把"细"这个字咬得很重，但郑星沥又一次让他失望了。

她一脸惊讶："众所周知？你以为自己是什么男明星吗？这就已经很细节了呀。"

"我不是这个意思。"沈成铆足了劲儿，拼命暗示，"除了这些我还有很多细节啊。比如随身带着创可贴啊，第一时间展开救援啊。你难道就没发现我这个人，有点……"

"谨慎？"

"很接近了。"

"怕死？"

沈成微笑："好了，你不要说话了。"

"好了，我知道了。"郑星沥不再逗他，认真地作答，"我觉得你很温柔。"这个词远比她列举出有关的任何理想型的形容更加暧昧。

"温柔"是块剔透的琥珀，里面倒映出一切美好。或许人的取向各不相同，但温柔永远是排名第一的利器。

沈成后脑勺一麻，整个人被巨大的喜悦冲击着不知如何回答，只愣愣地反问："啊，是吗？"

"是的。"郑星沥夸人很有一套，对着沈戍，吹捧里更多了真心，"你就是很温柔。"

和她完全不一样的温柔。那是一种面对世界永远都有一种无畏昂扬的姿态。在他眼里，没有什么事情是严重的，是无可挽回的。与人相处也毫不忌讳地展露出善意，又可以轻易跟人共情，三言两语解构出情绪，把人从负面里拉起来。

而她，更愿意先用恶意揣测别人，然后再一点点找到蛛丝马迹推掉开始的印象。她把人想得很坏，这样就不会对任意一段关系抱有太大的期望。

沈戍摇头："你才不是这样。"

"我是的。"只是可以装成不是。

她从小的生长环境，一面告诉她善良可贵，一面告诉她懦弱会被欺负。于是她慢慢琢磨出一套适合的法则，与人相处先戴上层面具。戒备和疏离会让她损失很多朋友，却也能最大限度地保护好自己。

在面对这个世界的时候，她一直把自己放在"受害者"的位置上，觉得人性本恶。而沈戍他用完全相反的办法，积极面对一切，快乐与否都照单全收。

他们，真的是完完全全不一样的人。

"有些时候把自己想得太坏，把世界当成自己的敌人，也是装深沉的一种。"沈戍一本正经地科普。

郑星沥原本深刻的自我剖析到这里戛然而止，丧气和欢乐拉扯着，让她哭笑不得，最后也只能竖起大拇指，夸上一句："您可真是大智若愚。"

"不不不。"沈戍推了推不存在的眼镜，"本人这叫作表里如一，有大智慧。"

宿舍已经到了，郑星沥从他手里接过伞，慢条斯理地整理着，状似不经意地说："你不是问我喜欢什么样的男生吗？"

"嗯？"

"我再加上一条吧，勇敢的。"伞面捆得整齐，她抓住伞架，眸子里情绪平静又坚定，"我喜欢勇敢的。"

喜欢这件事情可能是世间最无迹可寻的，任凭你设定了诸多要求标准，也极有可能在框架之外找到那个人。

一见钟情也好，日久生情也罢，美或者帅可以在第一时间吸引住人，却不是生出情愫的必备。兴许是落日黄昏的光洒在侧脸上恬静美好；兴许是微风卷来的夏天气息浓烈又清新；又兴许是同桌之时他握住笔认真写题，圆珠笔在纸端摩擦出的声音分外痒……无数次的好感积攒着，在某一个节点露出端倪，那不是心动的唯一时刻，却是生出跟他一直在一起想法的瞬间。

沈戌心跳如擂，除了通红的耳尖再叫人看不出半点端倪。

情绪一刀切开，一半是雀跃一半是沮丧。

雀跃的是，在她眼里自己一直是"大胆追梦"的代名词；沮丧的是，自己的勇敢对着她偏偏就缩到了壳子里。

郑星沥最后这句话来得实在突然，像是看出自己懦弱所以委婉拒绝了自己，又像是……

暗示自己可以行动了。

后面这个猜测太过大胆，以至于他的呼吸都渐渐急促起来。

赵中楷看自己的室友一会儿叹气一会儿拍大腿的，不知道他在发什么神经，这会儿偏头又突然瞥见他脸色通红，忍不住问道："你是犯病了吗？"

问完就后悔了，怎么管不住这张破嘴，瞎问什么。

果然，被质询方眼神一亮，转过头来看着赵中楷，十分殷切："你是不是谈过恋爱？"

"是啊。"赵中楷点了点头，就见他目光更加殷切，心里发毛也还是继续装，"不是我吹，我谈过的恋爱，绝对比你们几个加起来都多。"

……

沈戌一直单身，唐煜刚跟初恋分手，剩下一个赵中楷。怎么算都会比他俩加起来多吧。

"我有一个朋友。"沈戌斟酌着开口。

赵中楷微笑着倾听，看破不说破。

故事讲述一段后，赵中楷拍了拍他的肩："不管她是什么意思，你都应该立马采取行动才对。"

"我行动了呀。"

他人前人后跟着训练，夜夜找人说话，偶尔还会给她打电话，这还叫没行动吗？

赵中楷目露同情："不是这样的，你这明显定位错误了。"

"哪里错了？"沈戌摸出手机备忘录，"先含蓄地表达好感，然后一点点侵入人家生活，让她习惯我的存在，最后等她察觉出苗头，再一鼓作气。我这都是严格按照攻略来的呀。"

赵中楷叹了口气："你啊，你的问题就在于蛰伏期太长了。不像是想跟人家谈对象，像是要给人家做备胎。"

"长吗？我们认识也才一年啊。"

"一年已经不短了。人家现在理想型都出来了，找到那还不是分分钟的事情？你还等啥？"

沈戌尴尬地摸了摸鼻子："我没准备等啊，我这不是，呃，我这朋友不是来找我出谋划策了吗？"

"我就建议你这朋友做得明显一点。"唐煜插嘴道。

赵中楷重重点头："此话有理。要利用一切可利用资源啊，而且据我观察，郑……你朋友那个暗恋对象对你朋友也不是全无好感。"

"真的吗？"

沈戌平日在宿舍里，可是以"心狠手辣"出名的。因为他说到做到，在大家沉浸在刚上大学的兴奋里游走投奔在各种桌游手游小队的时候，他早睡早起锻炼身体，跟大家的美国作息相比更像是穿越过来的。

可是他现在的怂包样子，跟"运动健儿"的样子实在相差太大。

赵中楷非常不理解："我说你……你朋友在怕什么啊，大不了就是黄了呗，还能咋样？潜伏什么啊，又不是谍战，你俩中间也没有什么阻力，就是普普通通谈个恋爱，至于吗？"

唐煜附和："失败是成功之母，你这倒好，失败都没机会失败的，谈什么以后啊。"

沈戌若有所思，又别扭地摆手否认："我朋友，不是我。"

两个室友微妙一笑，赵中楷说："那就让你朋友好好想一想。"

"机不可失，失不再来啊。"唐煜添油加醋。

"有句话，怎么说来着，心动错过了说出口的机会，就成了不见天日的黑洞。"

"有情人因为没长嘴错过半生，啧，这标题惨啊，我记下来记下来。"

沈戌再没理会军师们。他已经开始思考如何恰到好处地传达出自己的意思，又不让郑星沥觉得突兀。

他左想右想，挨到周六，车队选拔先一步来了。

南方城市天气多变，天气预报的多云在这一天猛然跳到了大雨。

郑星沥将阳台上晾着的衣服收了下来。底下广场凹处水洼里激起来大颗雨泡，雨点敲击在栏杆和水泥地上发出"噼里啪啦"的声音。

"小郑，科创是不是今天面试啊？"周承瑶扯着嗓子问。

郑星沥关上阳台的门，将吵闹隔在外头："对，下午两点。"

"这么大的雨还要去吗？"

华封大学新校区地处郊区，傍山而建，附近也没有什么大厦建筑，每每刮风下雨，伤害力跟建筑林立的地区比都是双倍增长的。在华封最赚钱的不是什么吃喝玩乐，是卖伞。没被刮断过伞的大学生活是不完整的。

现在外头雨势不小，大风出没，吹得玻璃阳台门都晃晃悠悠的。这天气出门是连打伞都躲不了雨的。

"对。"郑星沥把衣服挂好，加了件外套，"那边没通知不去，我看预报明后天雨会更大，他们大概也想早点搞好吧。"

"那你小心点欸。"室友们刚准备进入午睡，一个个都在床上发来了问候。

"穿我的雨靴吧。"张秋雨在床边弯下腰，指着自己的柜子。

郑星沥摇摇头："我俩脚不一个码。"

"那你记得挑干的地方踩。"

饶是做好准备，但风的威力还是远远超出了郑星沥的想象。

她把手机藏在兜里，双手握着伞把，顶着风雨前进。

华封新校区很大，从宿舍走到教学楼要二十分钟，这风雨又给原本平坦的路增加了不少难度。

郑星沥走得艰难，有几次连伞面都被吹翻了过去。柔软的雨被风一吹，便只能用劈头盖脸来形容。

教学楼面试教室外头零零散散站了几个人，郑星沥找到负责人签了到，又说自己有事，问能不能提前进去。

登记的男生摇了摇头："按顺序来嘛，不然乱套了多不好啊，你前面也没几个人的。"

郑星沥还想再说，那人就又盈着笑开始给下一个人登记了，她也就闭了嘴，站到墙角边，擦干净手机上的水汽。

微信对话框里，十几分钟前，沈戍还叮嘱她记得带伞。

外面雨越来越大，郑星沥问他车队还选吗。

"选啊，我们是场地赛，应该没什么问题的。"

"那你也要把车带去的呀。"

"这次不用，车队有赞助，上了很多新车，这次就统一用车，也好比较成绩。"

话到这里，郑星沥悬着的心总算放下了一点。

她在外面等了快一个小时，终于进了门。

讲台底下坐当当的学长学姐，郑星沥一个都不认识，不自觉找了个女生盯着，全程跟她眼神互动，试图从她的肢体反馈里找到一些安全感。

郑星沥高考成绩亮眼，尽管专业方向还是只学了点皮毛，但这些许皮毛掌握得也比大多数人要好了。

"我想问你，主要想在团队里发挥些什么作用呢。"一直被盯的学姐问，"你高中没有相关的经历，也没有办法保证后面就一定会热爱擅长专业领域。如果说我们只让你做一个专门答辩讲 PPT 的人，你跟其他专业的人比又有什么优势呢？"

计算机类比赛，百分之八十都是看现场的演示和讲解效果。一个校级比赛可以加两分，省级五分，国级八分。科创一年能参加的大大小小比赛能有三十多个，每个人起码也能搞到两分。

郑星沥稍微顿了顿，接着开口："对于专业问题上，我现在才刚开始接触，跟其他已经参加过竞赛的同学比起来是差了些，但我觉得我的优势在于踏实也愿意去学。计算机类团队赛多，我觉得跟跑得快但骄傲懈怠的兔子比起来，一直努力往前的乌龟更适合一个团队。"

"至于您说的做一个答辩人。我觉得我有一定的专业基础，毕竟就是学这个的，口条就算比不过播音主持的同学，但逻辑走向是跟计算机整个专业的方向契合的。我也了解了一些比赛，虽然多数时候，讲 PPT 的同学可以不用回答问题，但类似于'挑战杯'这种大的比赛，评委老师更倾向于团队性，只让某一部分的同学回答问题，显然并不能说服他们相信这是一个全员专业的团队。"

随着阐述，郑星沥紧张的心情渐渐平复了，提出问题的学姐也一直在给她点头回应。

"还有就是，我不觉得我会一直当一个答辩的人，这并不是我想要加入科创的初衷。我还是想要学一点跟专业有关的东西，这个分工不是不好，只是对我来说，可能不是最理想的。当然，如果团队确实需要我去承担这样一个作用的话，我也不会拒绝，毕竟一场比赛任何一个关节都有存在的意义，如果这是现阶段对团队而言最好的安排，那么我接受。"

面试结束的时候，已经四点多了，沈成的消息还停留在半小时前的"我去热身了"。

郑星沥不敢耽搁，取了伞就要走，教室里学姐追了出来，加了她的联系方式。

学姐跟郑星沥一个专业，叫徐阡，属于比赛的常驻选手。郑星沥还没有正式上课的时候就对她有所耳闻。刚才郑星沥紧张的时候一直盯着她看，她也不觉得冒犯，这会儿还打趣道："下次也要记得多看看其他人欸。"

郑星沥不好意思地笑了笑，说了些感谢的话便告了别。

走廊灌进来风，吹得外套都贴到了身上，郑星沥在屋檐底下艰难地撑开伞，心想，也不知道能不能赶上选拔。

好在车馆距离教学楼并不远，她着急之下走得也快，一路问到车馆的时候，里面的比赛还没有结束。

风雨嘈杂尽被隔在外头，这方场馆之内便只剩下轮胎和赛道的摩擦声，以及场边的摇旗呐喊。

郑星沥混到人群里，很快锁定了前面的沈成。

因为是选拔，所以他就穿着平常的衣服，为了方便扎住了下摆，宽松掩盖下的身体弯曲成了标准的姿态，随着脚踏速度的加快，有些许晃悠，但在一群人里也是最稳的一个了。

"不好意思，请问现在是进行到什么时候了？"她找了最近的一个人问。

那人跟场上几个人穿着一样的训练服，目不转睛盯着队友，听到女声略惊讶地抬头看了眼她，顿了顿道："快结束了，还有五圈。"

五圈？那看来这总里程也不短。

"你是，也对车队感兴趣？"男生热心地给她介绍，"女队的选拔要晚一点的，你交报名表了吗？"

郑星沥摇摇头："我就是看看。"

男生点点头，身子朝她侧了侧："那我给你简单说一下吧。今天下午呢是150圈计分赛。每10圈计一次分数，从高到低依次计5分到1分。套别人圈加20分，被套圈扣20分。"

场地中央教练模样的人吹响了哨子。

"冲刺圈来了。"男生收起嬉笑，严肃起来。

沈戍等这信号已经很久，瞬息间便追上前去，混迹在前几位专业训练服的人中间难分彼此。

150圈不是个小数字，中间骑不下来的大有人在。得益于破风手的训练，这点路程对他来说算不得长。

场上剩下的人已经很少了，沈戍的突然加速放在一堆冲线手里依然无法忽略。如果说之前他只是混在队伍里赶路的大雁，那么此刻他便是下定决心要冲出圈层的鹰。

自行车赛上的二百五十米不过是眨眼的事，观众激情被点燃，烧到最高，拍掌喊着加油。那男生往前走，郑星沥也跟着下到了栏杆前，在沈戍抵达附近的时候，高举着手挥舞着："沈戍，快冲呀！"

在这种所有人都卖力吆喝的时刻，她的动作一点儿也不突兀。

她用尽了全身的力气，但声音还是淹没在了更大的背景音里。

沈戍离得更近了些。好像有人在叫他，又好像是幻觉。他无暇纠结这些，终点近在眼前，他不想被淘汰。

他算了自己的分数，要想在这些人里脱颖而出，最后这圈他起码要拿三分。

郑星沥视线紧紧跟着熟悉的身影，在铃铛敲响的时刻，如愿以偿地看到他冲过终点线。

车队接二连三地停下来，看台上旁边的男生语气惊奇："那是新生吗？有点东西啊。"

胡泳鑫还没有回答，就见另外一边的女生转过头来："对，他是新生，叫沈戍。"

她丢下这一句便急匆匆走出了看台，目标明确地往入场口奔。

胡泳鑫丈二和尚摸不着头脑，只能问同伴："吴途，这是你朋友啊？"

吴途摇摇头："不是，是我刚刚搭讪的。"

"啧。"胡泳鑫摸了摸下巴，"这反应，不是亲戚就是女朋友啊。"

"应该是表妹。"吴途肯定道。

胡泳鑫看破不说破："行吧，你说表妹就表妹。"

郑星沥几乎是跑着下去的。不远处沈戍冲完线又晃了一圈才停了下来。卫教练冲站台挥手："胡泳鑫，分数记下来没有？"

"记好了！"胡泳鑫神出鬼没地从另外一个口钻进赛场，狂奔几步，将表递给卫教练。

沈戍把捆起来的T恤下摆扯平，摸了把脸上的汗。胡泳鑫递给他纸巾："成绩不错嘛，小学弟。"

"没有。"他脸色稍凝重地摇了摇头。

自己的成绩究竟怎么样，他心里明白，在这群人里连前三都挣不到，只能算个中等偏上一点。

果然，大城市里人才济济，自己这水平实在是二两油晃荡。

胡泳鑫偷偷凑过来："别灰心呀，这场上穿了训练服的，都是我们队今年新人，正儿八经特长生招进来的，你们这不是一个路数，成绩有差距也很正常。"

生活不是逆天剧本，再厉害的天赋在缺席了系统训练的情况下，都无法只靠一个暑假成为最厉害的车手。

在场的几位都是教练们亲自去各个高中选拔出来的尖子，而且就算跟这些人比，沈戍也能排到中等，这本身就能说明他的实力不俗。

沈戍略敷衍地笑了笑，心里却明白，体育竞技从来不会原谅意外，在这个唯成绩论的"斗兽场"里，再多的特殊情况都无法否认一个事实——他还不够好。

"对了，我刚刚在看台上碰见你朋友了，没想到啊，选拔还带家属呢。"

"什么？"

胡泳鑫朝门口努努嘴："不在那儿呢吗？你冲刺的时候人家可没少给你加油呢，就是没喊过我们队里人，但也脸红脖子粗的，那架势，不知道的还以为你在奥运会场冲刺呢。"

郑星沥身上的短袖被雨水浸成了深色，裤脚手底下杵着长柄伞，见他看过来，立马别开视线，一心一意地转着伞把，致力于甩去上面附着的水珠。

沈戍的心情瞬间多云转晴朗，嘴角没忍住往上翘："真的吗？"

胡泳鑫没来得及张口，他就已经丢下一句："谢谢学长，我先……"后两个字湮没在空气里，变得含糊。

这两人风风火火的劲儿还真的是如出一辙啊。

"你是在等我吗？"沈戍胡乱擦了汗，眼下还粘了根睫毛。

"你脸上……"郑星沥伸出手指有些慌乱，最后还是下定决心。

她指尖很凉，略硬的甲尖有些潮，轻柔地划过那片敏感的肌肤，捻起后展示给他看："掉了根睫毛。"

空气里有什么东西正在无声发酵着，它迅速蔓延成茧将人包裹进去。

沈戍还未平复下来的心跳又变快了些，他又重复了一遍问题："你在等我吗？"

郑星沥不自然地收回手，原本想要说明真相的打算，在这古怪的氛围里突然逆反成了嘴硬："我没有，我刚来。"

骗子。

沈戍心里小声地哼唧着，拽过她手里的伞："那我们回去吧。"

"你没带伞吗？"

"没有。"他根本不看大门口那把熟悉的黑伞，兀自撑开她的，睁眼说瞎话，"我来那会儿雨小了点，就跟朋友打了一把，他中间放弃先走了。"

"这么大雨，你也不嫌弃伞小。"郑星沥语气间不自觉带上些责备。

运动员的身体金贵，生病的影响更跟普通人不同。就算是淋雨发烧，也得尽力完成基础训练。现在偷懒图方便跟透支身体又有什么区别。

沈戍听得认真，点点头说自己记下了。他站在台阶下，回身将伞往门廊递了递，脸上浮起笑，仿佛夏天里倔强生长的一棵青草，尽情绽放着明媚。

"走吧。"

郑星沥闭了嘴，走到他的伞底。

阴沉的天色仿佛就压在头顶风将原本规整的雨吹向四面八方，沈戍半个身子都在雨幕里。

校园的排水做得不怎么好，好几段低凹被水浸没，只余下边边角角的一小块潮湿水泥。沈戍长腿一迈，很是敏捷，唯那把伞依旧稳当当地保持着一贯的位置，未从她头顶挪动分毫。

"小心。"沈戍虚虚地扶了她一把。

反正鞋袜早就已经湿透了，郑星沥有些破罐子破摔，这会儿动作也不怎么利落。

"等会儿你踩我鞋上蹚水吧。"沈戍又解释道，"反正我的鞋也湿得差不多了，造福一下你还好一点。"

郑星沥没说话，抬脚带出小水花："我的鞋也是湿的，来的时候就踩了水了。"

沈戍抬头朝路看去，食堂顶上的避雷针就在不远处。

"那我们去买双雨靴吧。"沈戍灵光乍现，"以后多的是雨下的，现在买了以后也还能穿。"说着便抓住她的袖子，带着人一起拐进了食堂。

华封有很多座食堂，每一个都设有小卖铺，占地不大，但早饭、午饭、夜宵、零食、生活用品一应俱全。你永远不知道老板娘会从窄小楼梯间里找出什么东西出来。

这雨来得突然，正是做生意的好时机，千篇一律的质朴格子伞结实耐用，透明长柄伞则透出浓浓的一次性味道。

"老板，有雨靴吗？"

俯身在缝纫机前的阿姨从短视频里抬起头："有嘞，阿姨去给你们拿。先进来躲躲雨吧。"

原本就不宽敞的空间顿时更加局促起来，沈戍的T恤几乎全湿，他攥住衣角稍稍用力，水便从指缝里钻出来。

"这雨也太大了。"他感叹道。

"那可不啦。"阿姨声音从深处传出，"华封就这个样子啦，多待几年就知道了呀。"

"年年都这样吗？"郑星沥问。

"嗯，不过往年都是要到十一月份才开始，今年早了呀，军训刚结束就来了。真是不给你们一点面子。"阿姨将雨靴摆出来，"你们一看就是新生，在华封读书的，哪个手里不备双雨靴啦。"她循着湿脚印看到郑星沥的鞋，"哎哟，妹妹还穿帆布鞋出来，这肯定不行的呀。"

沈戍蹲下来辨认着鞋上的尺码，抬头问郑星沥："你要什么颜色的？"

小卖铺这种地方也不会进太花里胡哨的样式，一溜儿的纯色系，红的、黄的、黑的、棕的，选择很少，卖得挺好。

　　"黄色吧。"郑星沥没有迟疑，"可爱一点。"

　　"好嘞。"沈戍痛快地应下，"阿姨，麻烦45码跟37码的，都要黄色。"

　　"对了。"他又补充道，"再要两双袜子，也是45码跟37码的，也要一样的。"

　　黄色雨靴肆无忌惮地踩在水里，裹了灰尘的水滴蹦跶上来附在靴身。

　　郑星沥换下的鞋袜被红色塑料袋装好，正晃悠悠地勾在沈戍的手指上。

　　"干吗不让我拿那个小黄鸭的雨衣啊，明明就很可爱啊。"

　　"那是儿童款。"郑星沥冷静地反驳他。

　　"怎么可能？这可是大学食堂，肯定是通用款啊。"沈戍自有一套看法，"而且你不觉得跟我们的雨靴很般配吗？"

　　"那你就不觉得，凭我们俩的个子，穿上那个很像一把撑开的伞吗？"

　　沈戍想象了一下那个飞碟状的小黄鸭雨衣，发现好像确实如此，但还是嘴硬："也没有吧。"

　　"比起这个……"眼看食堂已经远远甩在了后头，郑星沥提醒他，"你忘记再买把伞了。"

　　他们并不顺路。

　　"对哦。"沈戍装作懊恼，"那只能先借一下你的伞了，等明天我再来还给你。"

　　"明天也是大雨，等周一吧。"

　　沈戍又笑开："好嘞。"

　　没人问刚才怎么都没想起来，也没人问为什么不能现在就回去买一把。两个人各怀心事，都不曾戳破这层蝉翼。

　　怕雨会下得更大，郑星沥没有跟他一起吃饭，沈戍表情失望但嘴上还是嘱咐她记得点外卖。

　　室友们早都从床上下来了，凑在一起商量晚饭吃什么。

　　"哎，小郑回来了，正好，外面雨大吗？"

　　"挺大的。"郑星沥散开头发，攥住发尾挤出些水。

　　沈戍让给了她大半的伞，一定比她更难受。

"那算了，别去食堂了，点外卖吧，点外卖。"

"赶紧点赶紧点，等会儿到饭点送来肯定很慢。"

"小郑，你要点吗？"

郑星沥点头，换下雨靴，光速点完，把手机留在外面让室友们帮忙注意一下，就拿了东西去洗澡。

温热的水浇在身上，也冲掉一切疲惫，略显忙碌的一天被氤氲满屋的水雾轻易治愈。她心情很好，打开门，走廊落地置物柜底下的黄色雨靴，夺人眼球。

她弯腰，把它拎到阳台洗衣池边，拿了小刷子仔细去掉上头的泥污。

方梦去阳台取伞准备拿外卖："你新买的？"

"嗯，刚才雨太大了，鞋全踩湿了，就临时买了一双。"郑星沥回答，嘴角不自觉挂上笑。

方梦云里雾里："淋雨还这么高兴啊？"

"没有啊，你不觉得。"她把刷干净的那只雨靴举起来，"有点可爱吗？"

方梦不觉得，这不就是一双平平无奇的小黄靴吗？颜色这么跳脱，以后穿衣服还要考虑撞色不搭配问题。

"怎么搭配都好看，它可爱。"

方梦觉得她有点不对劲儿，那边周承瑶已经开始等不及也过来了："让你拿伞怎么人还拿丢了？"

"我忘了。"方梦在宿舍的属性偏向于老母亲，生活上的小事儿爱操心两句，拿了伞走还不忘提醒郑星沥，"你换下来的鞋拿回来了吗？没丢在食堂吧？"

郑星沥摇摇头："拿……拿了。"

没完全拿，被沈戍拿走了。

她光顾着踩水心里偷偷高兴了，两手空空地走，两手空空地回，哪里还记得要把自己的鞋接过来。

泡了雨水的鞋袜，肯定不美丽。

郑星沥赶紧结束跟小黄靴的"互动"，擦干手去拿手机。

"我到宿舍了。"

"我忘记把鞋还给你了。"

"我给你一起刷了吧。"

发来的图片里，蓝色水盆里装满了肥皂水，里面立着两只拆了鞋带大小不一的男鞋女鞋，一左一右，正好凑成了一对。

　　呃，完蛋。

　　郑星沥升腾起一种奇妙的感觉，既觉得羞耻又觉得愉悦。

　　羞耻的是，鞋子代表的个人意义太强了；愉悦的是，沈戍主动帮她刷的鞋。

　　他会挽起袖子，用握住车把的手拿住她的鞋子，指腹抹着泡沫在鞋面摩擦带去脏污，只留下淡淡肥皂水的味道。

　　她有些惋惜，自己没有办法看到这样的画面，只能在这里想象。

　　更要命的是，光是想想，她就已经很开心了。

　　这还真是没出息啊。

　　"你的袜子也洗好了。"

　　沈戍又发来一张照片，他们俩的袜子搓洗干净用塑料夹固定在了衣架上。

　　郑星沥心跳得厉害，只觉得隔着屏幕传来的文字都生动起来。沈戍那种骄傲讨赏的神情语气好像是刻在她脑子里的，看到这几句话就跳出来自动转换成了语音，循环播放。

　　周承瑶把外卖放到她面前的时候，她还在傻乐。

　　"什么东西这么好笑啊？"

　　周承瑶凑过去，世界差点崩塌："大哥，你有什么大病吗？这俩袜子有什么好看的？"

　　"哦，我没注意。"

　　郑星沥跟室友们关系很好，也没有掩饰过自己跟沈戍之间的事情，但是对着袜子笑，说出来着实奇怪。虽然她没想象出什么颜色，可这件事情听起来就洋溢着一种"变态"的味道。

　　传媒和计算机专业都有自己的教学楼，只有周一夜里的《计算机网络基础》全被拎到了集训楼里，安置在一间超大的教室。

　　一般来讲，专业的计算机教材跟他们网媒是不一样的，但学校非要这么安排，大家也没有办法。也正因如此，基本上全是文科出身的网媒专业在这门课上的通过率才会如此之惨淡。

张秋雨下午放学干脆留在了教学楼，点外卖到集训楼的空教室，之后直接去上课的 305 占了座。

这种大课，好位置的竞争还是很严重的。

夜里又下了场雨，小雨，也没什么风，跟周末时候比起来简直可以用温柔来形容。

郑星沥走到宿舍楼门口，刚把伞撑开，心思就打了个弯，跟室友们说："你们等我一下，我回去换个鞋。"

没多久，那双黄色雨靴踢踏着过来了。

"这么小的雨，应该用不着雨靴吧。"地面连水都没积起来。

她找借口："我上次踩怕了。"

郑星沥不习惯坐中间，特地跟张秋雨表达了诉求，最后顺利坐到了窗户边。

第一次上大课，大家也不好意思跟别的班同学坐在一起，填补进来的人越来越多，郑星沥这里倒像个分界线，把两个专业的人隔了开来。

临近上课，空座位越来越少，终于来了两个女生，看着面生，估计是网媒的，问她这里有没有人。

郑星沥正准备摇头，就有人冲了过来："有的有的，我我我。"

"沈戍，你插队啊。"

沈戍跑得急，气还没喘匀："谁插队，我们认识的。"

唐煜姗姗来迟，闻言也加入战局："对对对，这是沈戍高中同学，人帮忙占座了。"

两个女生齐齐看向郑星沥，后者点了点头，算是承认。

四排座正好给了沈戍一宿舍人。

前面的周承瑶等人顿时意味深长起来，互相对视一眼，选择拿起手机在宿舍群里激情开麦。

手机屏幕上对话框消息一条又一条地弹出，郑星沥却没有第一时间查看的意思，而是不自觉往里面挪了挪，侧着身子挡住屏幕。

沈戍挨着她坐下，正准备拿出课本，就被一边的唐煜禁锢住了手。

"你干什么？"

"我拿书啊。"

唐煜推了推金丝边眼镜，伸手从他包里把书拿走，转塞给他一本《传播学》，语气笃定："你没带《计算机网络基础》。"

"我带了呀。"沈戍没明白。

"不，你没带。"

"我……"

"你就是没带。"唐煜瞪了他一眼，侧身偏向赵中楷，声音稍高地补充道，"而且我也不会跟你看一本书的。"

沈戍就是再蠢也明白过来了，懊恼地把那本厚厚的《传播学》拍到桌面："啊，对对对，我带错书了。"他扭头看被动静吸引住看过来的郑星沥，目光殷切，"带我看看行吗？"

很难说不行。

于是她把书推过来，翻到目录页压好边："看吧。"

沈戍装模作样看起来。

计算机网络体系结构的形成；协议与划分层次；实体、协议、服务和服务访问点……

嗯，很好，开始想放弃了。

"好像很难的样子。"他小声说。

"好好听老师开篇，应该问题不大。"

上周代课老师请了假，今天才是第一次见面。

郑星沥还在回宿舍群里发了疯一般涌现出来的"啊啊啊啊"，一不留神把笔摔到了地上。

沈戍赶紧让开要捡，被她拦住。

她低下头找笔，更早映入眼帘的是身边人脚上那双熟悉的黄色雨靴。她想方梦果然说得没错，这颜色可爱但跟一身酷酷的黑色运动服确实不搭配。

郑星沥偷偷地笑了一下，回到桌面上又恢复了正常，问他："我的伞呢？"

"我忘记了。"沈戍装作后知后觉，还甩锅给室友，"都怪赵中楷，我出门前还说要拿给你的，就他催催催，我全忘了。"说着背过脸冲赵中楷使了个眼色。

后者立马配合："对对对，盒子就在桌上对吧，怪我怪我。"

开玩笑，这种可以再见一面的借口，怎么可以就随随便便用到一起上课的既定见面时间呢？

要不是怕太刻意，他都想鞋子袜子分开还，这样还能多见四面。

郑星沥趁着他背过身的好时机，迅速把伞塞到书包里拉上拉链藏好，接着长叹一口气，语气懊恼："那完了，我只有那一把伞，现在你忘了，这晚上还不知道该怎么回去呢。"

"你淋雨来的吗？"

"不是，我跟我室友挤了一把伞。"

沈成当然不会继续问，怎么回去不跟室友一起。他心情很好地笑了声："没关系，我送你回去。"

"可是……"郑星沥没有立马答应，而是退了一步，"等会儿下课都八点半了。你送我回去，训练怎么办？"

沈成每晚都要跑步，不论天气好坏，雷打不动。不过在见识到华封的大雨后，还是选择了在室内爬楼。

"好办呀，我跑着回去，从大西北到你宿舍走大路刚好三公里。"

"三公里？够吗？"

"不够就多跑几趟。"沈成才不会轻易放过这个机会，"都怪我没给你带伞，外面这么大雨，我当然要对你负责的。"

他言之凿凿，一旁的唐煜和赵中楷憋笑十分辛苦，就这毛毛雨还能算大，这还真是睁眼说瞎话第一人。

教这门课的老师姓刘，四十来岁，头发茂密，是计算机学院的书记，课堂纪律出了名的严格，上来一通发言就镇住了大家。他在黑板上详细列出了平时分的扣加分制度，以及期末的成绩计算方法。

刘老师上周没来上课，却提前要走了所有学生的照片、学号、姓名，还有读名字的录音。他做了个小程序，专门用来点名。被点到的同学长相、声音都必须跟小程序上一致，杜绝逃课更杜绝代课。

沈成正襟危坐，还被郑星沥分了几张草稿纸，让他记得待会儿自己记笔记，以防漏掉知识点。

"好了，现在呢，把课本翻到目录，我们先来说一下这门课的学习计划。"刘老师捧着课本开始了教室里的游荡。

他人看着瘦弱，声音却洪亮，就算不用麦克风也能尽量保证每一个人听得清楚。

沈戍脑子跟不上手，在纸上的字越发简洁潦草。

"那么注意一下啊，第六七章呢，我们就开始双语翻转课堂的模式。到时候我提前把 PPT 发到群里，你们自己下载，上课小程序抽签，抽到的上来用英语讲课，讲错不要紧，但如果出现中文，一个字扣一分。"

此话一出，底下顿时骚动起来，有胆子大的同学问是否可以分组，每组派代表。

刘老师微微一笑，眼镜片后头闪过精光："不可以。"

"要死了，我还以为学长学姐说他变态是随便说说的，哪知道真这么难搞啊。"赵中楷趁乱讲话声音大了一些。

唐煜刚小声搭了句"废话，我早说了"，刘老师的视线就直直投了过来，那表情似乎是在说"你们已经被锁定"。吓得他们几人一激灵，连没吭声的郑星沥和沈戍都紧张起来，一个个都坐得越发端正乖巧。

刘老师踱回到讲台，调整了一下麦克风，正式开始了课程。

"互联网这个东西，最基本的两个特征就是连通性和共享。包括现在出现的一些比较新的概念，究其根本也是从这两个出发的，像我们院前几年才设立的物联网专业，就是把互联网的概念进一步具体到了物体与物体之间的链接上……"

郑星沥该听课的时候重心就从沈戍身上移开了，随时补充知识点，但不可否认，偶尔不小心碰到沈戍的手什么的，还是会让她小小地走个神。

第一节课结束，刘老师淡定地等铃声打完，之后拿起讲台角的玻璃杯，拧开盖子吹了吹，云淡风轻说："行，歇会儿吧。"

大家如同得到了赦免的死刑犯，生怕他后悔，快速又小心从后门摸出去，脚步声里都透出了解放的欢乐。

没多久，玻璃杯里茶水赊了半，刘老师捧着杯子离开了教室。空气里的紧张跟着他的步伐一点点散开。屏息一节课的几个人也齐刷刷松了口气。

"都怪你，吐槽还那么大声，生怕老师听不见吗？"唐煜对赵中楷表示了深深的谴责。

不知道是不是他们的错觉，刚那一节课下来总觉得刘老师看了这边好几眼。

"怪我什么？指不定他就是那眼神呢？你没听说过蒙娜丽莎的微笑

吗？不管从哪个角度看，蒙娜丽莎都在看着你。"

郑星沥觉得好笑，沈戌也伸出大拇指不吝啬夸奖："真能编，明年诺贝尔文学，没你我不看。"

赵中楷潇洒地扬眉："过奖过奖。"

还没等热闹一阵，刘老师加满水又回来了。教室里的众人，齐刷刷收起手机，认真盯着课本，再度陷入发愤图强的氛围里，这架势，堪比高三。

刚上大学还没有第一时间习惯大学生的身份，遇见老师就想藏东西的条件反射一时还很难改掉，更别提这老师还很严格。

刘老师是从后门进来的，经过赵中楷这块的时候，郑星沥一抬眼还不小心跟他对上了，但好在他没什么反应，继续往前面走。

没几步他似乎是反应过来不对劲儿，倒退回来，站到前排空位置那里，伸手拿起中间的课本，眉头一蹙："你们看一本？谁没带？"

他目光如炬，盯着的就是郑星沥和沈戌。

"我。"沈戌弱弱地举手，"我带错了。"

"没带就是没带，扯什么带错了。"刘老师纠正了他的措辞，"叫什么？"

"沈戌。"

"嗯。"刘老师点了点桌面上草稿纸的空白处，"写下来，名字、班级、学号。"

沈戌不敢不写，又在他的示意下，撕下来递给他。刘老师拿了小纸片在手上："饭卡带了吧？拿出来给我核对一下。"

这谨慎程度堪比警察刑讯。

一切核对无疑之后，沈戌有些忐忑地发问："是，是怎么了吗？"

"怎么了？给你加分你信不信啊？"

他很想信，但信不了。

临上课前，刘老师当着全班同学的面点开了网媒班的点名表格，非常潇洒地在沈戌的名字后头更换红色字体打了个"-5"。

"下次再有同学忘记带书的话，扣十分。"轻飘飘一句话，威慑全班的目的便已达成。

至于沈戌，他将用一生来治愈这短短的一夜。

唐煜尴尬地摸了摸鼻子，小声劝慰："哎呀，能跟梦中情人亲密接触，这五分也值了。"

沈戌瞪了唐煜一眼，心想接触个啥，人家认真听课，才不会分心搭理自己。

"还是说，你觉得人家不值这五分？"唐煜赶在他开口前反将一军。

沈戌只能微笑："你可以的。"

"什么可以？"郑星沥刚从刘老师的冷酷无情里回过神。

"没什么。"沈戌本能否认，见她眉头稍拧对这回答不满意的样子，无中生有，"唐煜问我扣分影响成绩怎么办，我说找人帮我加强一下，他说'这样也可以吗'，我说可以的。"

他毫不掩饰地看着郑星沥："可以吗郑老师？"

郑星沥不自然地翻书："我怎么知道。"

"你当然要知道，你可是我的唯一选择啊。"沈戌半举起草稿纸给自己做掩护，实则凑近她，一双眼睛亮晶晶的，后半句咬得缱绻，说的是学习，想的却是另一件事。

郑星沥心口一窒，口不对心："听课了。"

"那就这么说定了。你可一定要救啊。"

男生距离很近，声音仿佛是蹭着耳朵钻进来的，明明是请求，却更像是暧昧地撒娇求饶。

郑星沥扭头对着窗外，语气不耐烦："知道了。"

可她不曾注意到，夜色下的玻璃窗，反射出她模糊的轮廓，沈戌盯得认真，将她高高扬起的嘴角也看在眼里。

他也侧身朝另一边，一手撑住下半张脸，一手使劲儿在身边人大腿上拧了一把，借此宣泄心中的情绪。

唐煜冷不丁遭袭，差点疼得叫出来，好在理智崩塌前一刻，瞥见了讲台上激情讲课的刘老师，赶紧抿住嘴，在桌面底下一个劲儿地拍着沈戌的手，示意他松开。

当事人依旧牢牢揪着，耳朵憋得通红，笑容和愉悦像是裹了布条的坏龙头下的水，一点点突破渗透出来，细微又源源不断，偶有几次甚至呼呼作响要失控。

唐煜无声呐喊：恋爱害人！看把个帅哥迫害成什么样儿了。

下课的时候，外面的雨已约等于没有了。

沈戌兴致满满地要送郑星沥回去，再次发挥睁眼说瞎话的技能："这雨不明显，但是淋了还是不好的，你说对吧？"

还没等人回答，他就撑开伞："没错没错，我们快走吧，看这天估计夜里还有一场大暴雨，这要是被我们晚几步赶上了可就不好了。"

虽然不知道他是怎么从漆黑天色里推测出这个结论的，但郑星沥还是坦然接受了他的谨慎。

"车队什么时候训练？"

"科创要开课了吗？"

两人同时开口询问，这该死的默契无形中又为空气里注射了几分莫名情愫。

"周二正式入队，除了周末，训练都安排在了晚自习，教练已经帮我们开好假条了。"

郑星沥应了一声："科创二三四晚自习上课，在集训楼的计算机实验室。"

"三节课？"

"两节，讲完知识点，要不就自己留下来做，要不然回去琢磨。"

沈戌有些失望："那好吧。"

他训练时间要更长一些，本来能赶上晚自习下课，还想着要送她回宿舍的，这下是彻底不能了。

"但我想留下来。毕竟在那儿还有人教我，问题可以立马解决。"

沈戌高兴起来，重重点头："没错没错，就是这个样子。"

下课的高峰期，路上人不少，撑开的伞在路灯下投出暗色的圆。郑星沥走了半程，看着水泥路上反光的水洼里雨滴越来越小直到再激不起一点波澜。

"雨停了吧？"她问。

沈戌将手伸出去感受了一下，认真反驳："没有，毛毛雨。"

郑星沥看了一眼道路上同行的人群，放眼望去只有他俩撑了个伞，多少是有点突兀。

"雨停了。"

"没有。"

郑星沥顿住脚，覆上他抓伞的手背，望着他的眼如一潭井水："真的停了。"

她的脸遮在伞下暗色里，眼睛亮亮的，日光灯从旁边打入，照出外套一抹明。她掌心紧紧贴着，没有松开的意思，温度一点点传递过来。

沈戍突然很想时间停在这一刻。

之后他便有些愣，看着郑星沥掰开自己的手，接下伞收好，一点点整理好伞边，捆成整齐模样，递给自己。

"沈戍？"

他后知后觉反应过来，刚准备开口就被自己呛到，咳了几下，嗓子都带些哑："我送你回去吧。"

没了伞的阻拦，他通红的脸色被苍白的光一照更加明显，也不知道是不是呛的。

"可是已经不下雨了。"

"嗯。"沈戍正视前方，声音又哑又认真，"我想送你回去。"

跟正常课程不一样，科创的宗旨是"实践"。于是新进来几人被分到不同的团队里，从最基础的文档资料整理做起。

比起从"Hello World"开始的编程语言教学，他们应赛群体更需要尽快了解项目的基础组成和理念。至于代码学习，主要还是靠老师，在他们这里顶多能答疑，不可能花那老些功夫从基础开始传授。

科创每个组由两个高年级生带，以确保整个项目的完成度，而新生则会被分配些简单的工作。这个过程其实很晦涩枯燥，面对不懂的问题往往需要自己去找资料补充。

徐阡的队友被老师借去了另外一个项目，所以暂时一带三，除了郑星沥，还有另外的一男一女。

郑星沥刚来还有些手忙脚乱，好在徐阡极有耐心，跟其他组比起来，几乎是手把手教的。

邻组的学长跟徐阡同级同班，经过这儿看郑星沥从头问起，也不管旁人，插嘴道："你连这个都不会吗？"语气里透出的惊讶更像一种不屑。

"怎么了？你刚来就会这个了？"徐阡笑嘻嘻地反驳他，状似玩笑地转而对着他们这群新生说，"别理他，你们学长总是自以为是。"

原本有些尴尬的氛围就此被冲散，实验室里的人笑作一团，不管有几分真心，起码表面一团和气。

郑星沥却并没有因为学姐的"仗义执言"而放松下来，相反，窘迫像是个雪球越滚越大，最后转化成要"扬眉吐气"的情绪。

倒不是怪学长，是觉得自己确实有点废物。

郑星沥的性格算不上好。她装出一副无所畏惧的样子，其实很容易陷在负面情绪里自我否定。原先她没有意识到这有什么问题。与人相处谁要看你内心煎熬啊，可以做到表面强大就已经很厉害了。

可现在，她还想要再厉害一点。

不是一边否定自己，一边把全世界想象成自己的敌人，而是扩展能力范围，尽可能地做到可以做的。

专业课她还不会，但可以学。如果别人嫌时间太长，那她就快点学。

实验室十点半关门，宿舍楼十一点门禁。

徐阡九点就收拾好了东西，十分钟后便遣散了小组。郑星沥抬眼看去，其他组的人也差不多都进入到了总结陈词的时候，只是新生们预备走了，学长学姐们还是不动如钟。

"我们不用再讲点儿吗？"

提问的是郑星沥同班同学，叫蔡伦，据说高中就参加过中学生编程赛，是科创这届新生里的抢手人物。他来华封完全是因为高考失误。

听听这话，伤害性、侮辱性都极强。

只是眼下他眉毛紧蹙，显然不是很满意这日程安排。

"第一天，主要给你们适应适应的，不用搞那么晚，回去好好消化今天的东西，上手试试。"徐阡解释道。

蔡伦昂了昂下巴："你多分给我一点事情做吧，要不然把郑星沥的工作匀给我，我速度快一点。"

旁边安静如鸡的郑星沥缓缓打出一个问号，关她什么事情啊？

"不用，我可以。"她立马拒绝。

蔡伦又蹙起眉头，语气不容置喙："我帮你。"

郑星沥觉得他理解能力可能有点问题，不然为什么要用这种霸总的语气跟自己说话啊。

"真的不用了，谢谢你。"她诚恳地谢绝了他的好意。

蔡伦顿了顿："随便你。"说着问组里的另外一个女孩子，"你要帮忙吗？"得到的也是拒绝。

徐阡看了这一出，心里也有了考量："行了学弟，今天就先这样，都走吧走吧，等会儿赶不上热水洗澡了。"

集训楼处在一个凹字的地势上，建造之初非常有先见之明地垫高了楼，留出了底下一层的自习室和车库。跟它对面的是体育馆，也是体育学院主要的教学场地，自行车馆自然也在其中。

露天操场上灯火通明，各种队伍都在这里进行着训练。郑星沥走得很慢，老远地就开始辨认里面有没有沈戍。

还真让她找到了。

新生的队服还没定做，他们全都穿着短袖短裤，占据在操场靠路边略暗的一隅，进行训练结束的肌肉拉伸。

大片结实的肌肉逃脱布料的掩盖，随着拉伸动作挥舞着，呼之欲出的健康气息，换个词来形容大概就是荷尔蒙。

郑星沥不自觉多看了两眼，再掂量掂量自己的胳膊腿。

突然觉得好羞愧！

沈戍也发现了马路对面的她，不自觉停了动作，欣喜地要叫人。刚张了嘴，卫任军的声音就从"咯吱咔嚓"的喇叭里传了出来："干什么干什么，训练你看哪里去了？说的就是你，沈戍。积分赛拿三十分，还觉得自己真不错呢？"

沈戍赶紧动起来："对不起教练。"话说着，还是夸张地朝那边比出口型："等我。"

郑星沥看明白了，摸到网旁边，小声问："你们还没结束吗？"

"快了快了。"沈戍把她挡住，动作越做越大，袖子偶尔随着高抬手的动作落下，露出流畅的胳膊线条。

不知道是不是她的错觉，总觉得好像比之前看的更结实了一点，就是不知道……

她思绪飘远，视线不自觉落到他的腹部。

不知道，线条沟壑是不是也会更深一点。

"科创怎么样？学得难吗？"

郑星沥摇摇头："还行，第一天教了些皮毛，就是我，我什么都不会。"

"你才上一星期课，能会什么啊。"沈戌满不在乎，"好不容易当回新生，菜是应该的。"

"你别说了，我现在听到'cai'这个音就觉得心痛。"

"怎么了？有人说你了？谁啊？"

"不是。"郑星沥手指勾着网，"是我们组有个人，实力很强。高中就拿奖了，现在还是 ACM 集训队的，跟他比，我什么都不是。"

"高中拿奖怎么了？我也拿过啊，拿过老多呢，还不是要叫你'郑老师'？"

"那不一样。人家拿的是编程的，专业的。"

"我也专业的，专业自行车手。"沈戌冲她挑眉，"未来的国家队运动员，现在不还是听你话？"

郑星沥想反驳，但一时又找不到合适的词。

沈戌转脸朝她这里，蹲下向侧边伸出腿拉伸，抬头对她说："再说了，你菜只是现在还没开始学，等你学了，指不定以后又要成为计算机的郑老师呢。"

"行了，别吹了，你对我也太自信了点。"

"集合集合。"大喇叭恢复工作，大家都缩小间距往中间聚集。

沈戌站起身冲她笑，眼睛弯弯，里面仿佛折射出月亮清冷的光："那可不，你可是我的郑老师啊。"

计算机类的比赛几乎是从年头比到了年尾，主办方可不会因为体谅新生，而宽限更多时间。

蔡伦专业经验比较丰富，速度快，做完之后交代好的工作后，拿着电脑凑到了徐阡旁边。

郑星沥正在听她解释答疑，冷不防从头顶就传来道声音："这里用'EEPROM'是不是多余了？"

郑星沥打了个激灵，脑子一片空白，什么"rom"？

徐阡看了他的屏幕一眼："不多余，储存器实现断电记忆的功能，在断电时存储设备目前工作时的数据状态，再度上电后读取。"

哦，储存器啊。

"那为什么要用这么蠢的办法实现功能？"

徐阡笑了一下，瞧不出喜怒，她拿起参赛项目书，放到他身边："因为这个比赛的单片机大赛啊，学弟。"

"可是我们做的东西没有创新，你就不觉得很土吗？"蔡伦翻看了几页文档，"我还是觉得，我们应该注意创新，而不是在这种项目上浪费时间。"

"嗯，不错。"徐阡没有生气，"你再好好看看项目书，这比赛是前年的，分给你的项目也是前年的。"

"你要旧题新报？"

"我要教你们东西。"徐阡手指在键盘上敲击着，速度算不得快，时不时还会停下，语气轻松，"新手不能上高速，所以带你们跑马路是最快熟悉技能的法子。至于这个项目土不土，什么时候可以有创新，都是把眼前事情做好后再有的问题。所以学弟，再看看项目书怎么样？"

蔡伦被噎着，翻了几下后，又去别的组看了看，回来还是建议说："就算练手，也不至于拿这种项目来吧。"

一边努力跟上节奏的郑星沥觉得自己有被牵扯到。她要死要活好容易才有点明白，在人家眼里竟然这样不堪一击。

"你是觉得隔壁的智能窗户比我们的智慧能源更加聪明吗？"徐阡不轻不重地回他，依然专注手里的活儿。

"我只是觉得，既然我们成为了科创的一员，科创也不应该对我们藏私。拿过时的项目来教学跟糊弄人有什么区别。"

气氛一时紧张起来，郑星沥跟同组的人大气不敢出一下，注意着徐阡的情绪生怕她憋不住发火。但徐阡没有，她只是笑了笑，点点头："你说得对。"

蔡伦大概是没想到会得到这种回复，还欲再说，徐阡就噼里啪啦敲起了键盘，一副很忙的架势，他也只好作罢。

课程结束后，郑星沥慢下几步，准备跟徐阡请教一下该看的网课。

该说不说，今晚那个储存器和蔡伦的形容，真的把她打击到了。

却没料到前面的徐阡先一步叫住了蔡伦，她只好在后面远远跟着。

"听说你高中时候就拿过中学生编程的奖是吗？"

蔡伦淡淡地"嗯"了一声："怎么了吗？"

"没怎么，很厉害。"徐阡还是一贯的和煦语气，"比我高中时候强多了，我大学刚来完全就是一摸黑，连 C 和 C++ 不是一回事儿都不知道。"

　　蔡伦不明白她什么意思，敷衍地应和了几声。

　　"但是我完全能理解你的心情。"徐阡笑着说，"所以学弟，如果你觉得我不行的话，可以去别的组。"

　　短短两天，蔡伦的不情愿和倨傲都写在了脸上。

　　很奇怪的是，好像大家都对女孩子有种天然的敌意和轻视，这种轻视甚至已经形成了一种思维定式。就算徐阡摆出拿过的奖项，在蔡伦的眼里，她十有八九也是靠文档答辩混子混上去的。

　　徐阡从一无所知到现在可以带人做项目，见识接触过的学生老师不知道有多少。蔡伦没有什么恶意，他只是单纯瞧不起他们这个组，觉得委屈自己而已。比起能力，徐阡更看重一个人跟团队的适配性，既然觉得自己这里庙小树低，那就欢迎他离开。

　　周四晚，蔡伦被调到了隔壁朱学长的组里，徐阡组本就少了一个人的团队更加萧条。

　　徐阡倒很乐观："行啊，现在咱们可算是真真正正的女生队啦。"

　　郑星沥无意中撞破内情也只装作不知道，暗下决心一定要好好学，学姐是那样好的人，可千万不能因为她们而被别人看轻了去。

　　组内的另外一个女孩子花名小六，看蔡伦调走开心溢于言表，跟郑星沥一起研究市场分析的时候还小声说感觉压力小多了。

　　"有这么夸张吗？"

　　小六激动地说："你不知道，每次蔡伦从我身边走过的时候，我都怕他看到我在做的东西，就总觉得他再多看几眼就又要开始问'这是什么玩意儿'了。"

　　郑星沥心理平衡不少，看来不止她一个人对那个言论感觉不舒服。

　　"你说为啥啊，咱们不都是新生嘛，为什么他优越感那么强啊？"

　　"因为提前接触过，所以就不想跟我们一样从头开始了吧，也能理解。"

　　"哎，看来天才总是有脾气的。"小六总结道。

　　郑星沥却发表反对意见："天才还谈不上，真正有能力的人是不会用自己的要求去要求别人的，更不会跟他一样让所有人都觉得不舒服。"

　　不管他出发点是怎样，他已经冒犯到徐阡，冒犯到这个组了。

"再说了。"郑星沥敲着键盘,修改文档措辞,"天才也不能为他的不礼貌发言开脱。"

这头郑星沥憋了股劲儿,那边沈戍正在面临职业生涯的滑铁卢——他的体脂率喜提全队最高。

卫任军冷笑出声:"我还真没见过数据这么高的车手。沈戍,你是准备去参加相扑吗?"

"相扑也是太夸张了点吧。"沈戍还有胆子提出异议。

卫任军又是一声冷笑,把表格举起来:"你好好看看,全队最低6%,你都跟人家差了快两条代沟了,还好意思说夸张?"

正常男性运动员的体脂率大概在7%到15%,他数据11%已经很不错了,可是在一群均值8%的车手里,这多出来的百分之几足够让他喜提加练。

郑星沥踩着实验室关门点出来的时候,还以为沈戍已走,却还是习惯性地拐到熟悉的马路对面。谁承想就看见刚跑到角落里的沈戍。他不仅没走,还就地卧倒在了垫子上。

郑星沥吓了一跳,小跑着到网前,还没开口问询,就见他屈起膝盖踩地,双手抱头,开始了仰卧起坐。

郑星沥不敢打扰他,就站在外头候着,等待的借口自己都想好了——拿伞拿鞋拿袜子。

他总是忘了带,她可不得每天都要来提醒了吗?

沈戍动作干净利落,哪里看得出来是刚跑了一遭,他就好像是张轻易卷起来的便笺纸,没有什么重量。

郑星沥看着他发力的腹部,感叹自己要是能掌握这项本领,马甲线什么的还不是手到擒来。

不过很快,她也发觉出不对,沈戍的队友哪儿去了?平日里可都是十几个人在这儿一起训练的,怎么今天萧条到只剩下他一个了?

卫任军说加练要靠沈戍自觉,反正一个月后例行体检验收,要是体脂率没有降下来,就扫地出门。沈戍好不容易才考上了大学,进了车队,总不能因为这一项数据被刷了下来,那也太亏了。他是一刻也不敢松懈。

沈戍一口气做完三百个仰卧起坐,翻了个身拉伸腹部,手撑在地上,头往上一昂,就看见郑星沥居高临下,不知道看了多久。

"好,好巧啊。"

郑星沥没想到他会突然抬头,乱了几分:"啊,我来拿伞。"

沈戌一愣,冲她笑,额角汗也随着面部动作滑到下巴:"我又忘了。"

"你能记住什么。"郑星沥不自觉呛声,又从兜里掏出纸巾,弯腰递给他,"擦汗,马上掉嘴里了。"

沈戌腾出一只手准备接过,突然想起自己昨晚刷到的短视频教程,又把手放了下去:"我拉伸呢,不能擦,要不然——"他语气为难,眼睛却亮得吓人,还藏着期待,"你帮我擦?"

擦就擦。

郑星沥稳住旖旎,抽出一张纸折好,蹲下来,将手伸到网里:"脸凑过来。"

沈戌听话地往前挪了挪,昂着脸:"好嘞。"

也不知道他练了多长时间,离得近了,感觉他整个人都在冒着又热又湿的潮气。汗珠落在纸上将面巾纸洇透,郑星沥不敢看别处就盯着他的下巴出神。

沈戌心里泄气,这人,到底是怎么把这么暧昧的事情干成跟做题一样的。正想着,纸巾就朝眼珠子过来了,他赶紧闭眼。她的手指并未多做停留,很快就结束了任务:"好……"

"沈戌!你在干什么?"

这声音耳熟,他短短几日就被骂了多回,来自他亲爱的教练——卫任军。

郑星沥受了惊吓,赶紧缩回手。

"我让你加练,你在这儿干什么?昂着脸噘个嘴偷的哪门子懒?"

沈戌心里叫冤枉,他哪有噘嘴啊:"教练,我没有。"

这句"教练",一下子就把郑星沥点醒了。她收纸,起身,掉头就跑。

沈戌刚准备跟郑星沥说两句,就只看见她匆忙的背影,那逃跑专用的小碎步,还真是似曾相识啊。

"看哪儿呢?练完了吗?"卫任军已由远至近走来了,用文件夹轻轻拍了拍他的头。

"练完了练完了,我正拉伸呢。"

"拉伸完了?"卫任军也不管他是不是真练了,"那还不快点回去?

这都几点了，还不睡觉，准备明天缺席晨练吗？"

沈戌麻溜儿地爬起，把垫子旁边的衣服书包一股脑抱起来："好的教练，再见教练。"

卫任军看着他跑出操场，跑出体育馆，跑到外面路上，往东边一拐。

东边？沈戌不是住在 14 号楼吗？他记得 14 号楼在西门啊。

郑星沥跑过转角就慢了下来，一边回头确认无人发现异常一边喘着粗气。喘着喘着又反应过来，这是大学又不是高中，教练也不是教导主任，自己一没作弊，二没偷懒，更没做什么亏心事儿，跑啥啊？

"你跑什么啊？"沈戌飞快跟上来，冷不防发问，又把她吓了一跳。

"我，我是要回宿舍了。"郑星沥自己都说不清楚，哪里回答得了，又转移话题问，"你教练没骂你？"

"没有。"沈戌摇头，"卫教练看着吓人，嘴硬心软，其实还没有李教练严呢。"

"李教练才不会这么凶呢。"郑星沥小声辩驳着。

沈戌笑："那是你没赶上'李灭绝'的时候。"

"李灭绝？"

"体校一代代传下来，给李教练的花名。这下你能品出他有多恐怖了吧？叫'魔王'都不够生动了。"

郑星沥点头："原来你会给老师取这样的名字啊，那你叫我什么？"

"什么叫你什么？"

"你不是说我是你的郑老师吗？平日里我也管着你，你给我取什么名字了？"

沈戌愣了愣，如果"我们郑星沥"也算取名的话，那他是取了。他摇摇头："没有。我对你的敬意那可是发自肺腑的，怎么会给你取那样的名字。"

"哦。"郑星沥垂下眼，掩饰眸中笑意，"所以对李教练的敬意就是威逼利诱的是吧。"

"对他是日积月累。"沈戌反应很快，开脱之后还不忘表忠心，"但是对你，是浑然天成。"

郑星沥点头："不错，看来新闻稿教会了你不少成语。"

"胡说。"沈戍义正词严地反驳,扬眉对她笑嘻嘻,"明明是你教得好。"

"你好狗腿啊。"郑星沥对此表示鄙视,但开心又像是拧松了的可乐瓶,不住地往外头呲着气儿。

"多好,跟别人我还不这样呢。你是天下独一份儿知不知道。"沈戍语气隐隐骄傲。

他卸下书包,从里面拽出一个牛皮纸袋子,递给她,笑道:"你的鞋子晒干啦。"

郑星沥伸手要去接,沈戍却收回手:"重,我帮你拿。"

他往前走了几步,发觉她没跟上来,站在原地看着自己似乎是出神。

"郑星沥。"沈戍冲她勾手,"走呀,送你回去。"

路灯的莹白洒在他身上,仿佛一层铠甲披身。

郑星沥似乎出现了幻觉,真的觉得拥有了自己的骑士。她不想做骄矜的公主,他也不必做持剑的骑士。他不需要给她抵挡住所有的风雨,只需要每一次坚定地站在她这里;他不需要为了保护她遍体鳞伤,只需要待在她身边看最美的夕阳;他不需要为了她放弃所有,只需要和她一起奔赴远方。

跟这些画面紧紧联系在一起的那个名字,拨开层层雾霭,亮了。

经过一个多月的培训"上岗",郑星沥终于出师了——暂时的,只是说不用每天去实验室报到了。徐阡给组员布置了一个任务,截至明年这个时候,要写一个自己的项目,其中包括一部分的数据收集,也包括功能的设定,做不做得出来不要紧,首先要有个基础的想法。

用她的话来说,科创能实现功能技术的人很多,能做出创意的却很少。不管以后她们会不会走学术研究这条路,起码对于现阶段可参加的比赛来说还是需要一定的创新能力的。

徐阡找来了科创历年比赛的项目合集:"在这些里面精进也是个好法子,就看你们怎么选了。"

郑星沥闷头想了好几天,还真从那些东西里总结出了几个中规中矩的点子,其中有一个徐阡给予了肯定,表示可以从这儿开始。

可她总觉得这是在拾人牙慧,说自己再想想。

沈戍又出现在东门操场。

车队几乎每天都在训练,每两周才会放周六周日两夜一天的假。但沈成的休息时间被他自己设定在了周日夜里，就算是休息也要夜跑，晚上九点来钟出发，跑完正好洗澡睡觉。

郑星沥从图书馆借了厚厚一本编程语言，还绕了个弯儿，特意从操场过了一遭。

她问过沈戍为什么不在南门训练，得到的回答是南门周末总要借给别的院体测或者做活动什么的，还有就是，东门操场掩人耳目，他要偷偷拔尖儿然后惊艳所有人。

郑星沥瞧了一眼操场旁边体育学院的 5 号宿舍楼，实在看不出来此举到底哪里偷偷了。

沈戍眼尖，隔着半个操场就开始叫她的名字，而后飞奔过来，撑着网边喘气边问："你这是拿的什么？"

"书。我们要开始想项目了。"

"这就开始了？"沈戍咋舌，"太早了吧。"

"早点试错，反正也不会挨骂。"郑星沥很庆幸自己跟带队的学姐学长以及老师适配度极高，压力也更多是来源于不想辜负他们的好，而不是什么比赛名次。

"那你错了吗？"

"错了也对了，但是总觉得不够好。"

"对了还不够好啊？"

"感觉不对。"郑星沥顿了顿，"我想出来的是很保稳的，但不是我真正想做的。可我也不知道自己能不能再想到更好的。"

沈戍点点头："明白了，是种玄学。"

姑且就当是玄学吧。

"那这就等灵光一闪了，你别光在实验室待着硬想了，到操场来，多看看人，指不定就能冒出什么好点子呢。"

郑星沥点点头又摇摇头："等明天，我先回去看眼书。"

沈戍也不留她，小跑着拿单杠上挂着的外套："行，顺路，回宿舍。"

路上郑星沥讲了讲自己已经过审的几个点子，沈戍听不懂原理，但也能明白大概的功能。

他感叹："怎么就没有人针对我们开发个软件系统什么的。"

"你们不是有吗？监测身体状况的，规划骑行路线的，不都有吗？"

"功能不全呀，还得充钱。"

"人家做开发当然要赚钱的，充钱也算情理之中。"

"关键是充钱了功能也不全。"沈戌停了下，"不对，应该说，充钱了，不该有的功能哪儿哪儿都是，想要的功能什么也没有。"

郑星沥闻言蹙眉思索，灵光一闪慢慢钻出芽儿。

夜里沈戌对话框跳个不停的时候，她的点子也成型了。郑星沥立马打开电脑记下笼统的想法，紧接着就发给徐阡过目。

"相似产品倒也不是没有，但可以一试。我建议你先比较一下同类型的，再收集一些数据，能不能用上另说。"

郑星沥暗喜："那你觉得，自行车怎么样？"

"受众会不会太小了？"

郑星沥心情迅速落下，很快又振作起来不想放弃："就针对这个系统来说，也不算小众了，除去录入专业运动员的数据，也可以参考业余的骑行爱好者。我粗略地查过，就是因为这个运动小众，把它跟计算机联系起来的项目才不多。如果是拿这个去参赛的话，创业类的或许不行，但是创意类应该还可以试试。"

徐阡那边过了一会儿才回复："可是咱们团队里也没有懂自行车的呀，这数据去哪里收集都是个问题。"

那可不是巧了嘛。

"我知道一点点，而且我有认识的人，就在我们学校自行车队里。"郑星沥强忍着高兴，"我可以先从他这一个课题样本入手，你觉得可行吗？"

"可以，当然可以。"

徐阡才不会只从现实考量，她一向喜欢会自己想东西的队员，做比赛最怕的就是才思枯竭不够敏锐。虽说郑星沥这个项目听起来算不上多出彩，但从她刚提出便能想到数据收集等一系列东西看来，她起码努力。

她才大一，什么专业都在起步阶段，突击补习完好几个项目后还能这么积极主动地去提出想法并付诸行动，就已经很好了。就算这个项目最后以失败告终，那也足够她积累经验了。

"我先跟蒋老师说一下你的这个想法，如果收集方面那边的老师不松口的话，你就找蒋老师，他跟体院的人熟。"

蒋老师是他们这个小组的指导老师，处事风格也是任由他们大胆试错，徐阡作为他的首席弟子可谓是一脉相承。

郑星沥找到了好办法，跟徐阡道了谢，这才去回沈成的消息。

"把你们训练的日程表发给我一份。"

沈成听话地发给她："怎么了吗？"

"没怎么。"郑星沥存好图片，又问，"你们队伍还招人吗？"

沈成没看明白她的意思，没等问，她便继续补充："就是除了车手以外的其他人。"

"你说经理？"

"倒也不必这么专业。"

"保洁是学校承包的。"

郑星沥对他的想象力报以无语："我的意思是，你们队有没有什么可以让人全程旁观训练的名额。"

"没有，教练说这是训练机密，不能泄露。"

我谢谢你哦，体育馆全天开放，训练表还发了出来，这算哪门子机密。

"算了，我自己想想办法。"

沈成精准捕捉到主语："你是想来旁观训练吗？"

她无缘无故怎么可能要来旁观训练啊，这一定是——想见他啊。

沈成不自觉挺直了背，就算屏幕那头的郑星沥根本看不见，他也想显得自己正经严肃一点。

思考了几秒后，他回道："如果是你想来看的话，我可以跟教练说。"

他原本打算等她问了再揭晓，可左等右等也不见出现"对方正在输入"，于是又打字"就说你是我家 shu"——

最后一个字还只敲出了拼音，那边郑星沥消息就发过来了："不用了，我弄好了。"

她找到了蒋老师，说明情况之后，老师很快就说他去体院沟通。前后没一会儿，就说搞定了，还把卫任军的微信也一道推给了她，临了不忘鼓励她"加油"。

郑星沥其实有点不好意思。这灵感来得突然，她之所以这么坚持笃定，把这个放在最前面着手实施，还是有点私心的。

不过一码归一码，能把想法落实，做出东西来，也是她的目标。

沈成搞明白前因后果，好不失望，把打好的字一个个删掉，假装欢天喜地地回复："那可真是太好了！"

确实挺好的，尤其自己还是她的采样样本，这意味着会有更多接触。

可是这心里总觉得有点小失落。

沈戍摇摇头，骂自己贪心，从椅子上站起来，换上运动服。

赵中楷正在"热带雨林"枪战，见状看了看表，惊讶道："这才七点，你就要去跑步了？"

沈戍蹲下来系紧鞋带："我这是赶着给人做研究样本去。"

"什么本？"赵中楷的问题没有得到回复，因为当事人已经推开门潇洒离去。

十分钟后，沈戍跑到了东区食堂，他放缓步子，喘匀呼吸，慢慢朝郑星沥的宿舍楼走去。

手机铃响起一声就被接起来，电话那头的女声"喂"了一下。

"你出来吧。"

"啊？"郑星沥一时没有反应过来。

"你不是要拿我做样本吗？"沈戍已经走到了楼下，"你的样本现在要生产数据了，你不应该亲自核对一下误差吗？"

郑星沥从椅背上迅速弹起，拿来镜子仔细检查："你到东门了？"

"在你楼下。"话音刚落，电话那头就传来东西落地的闷响，沈戍顿了顿，"你不用那么着急的。"

郑星沥弯腰捡起碰掉的书，有种被戳破的窘迫，不满地回嘴："谁着急了。"

"没着急，没着急。"沈戍昂头看向她宿舍楼层的露台，似乎要透过那狭小的一块玻璃门看到她，"反正我就在这里的，不走。"

前后没有两分钟，郑星沥就从楼里奔了出来，见到他才算舒一口气，蹲下来把鞋带解重新穿好。

"不是跟你说了不用着急吗？"沈戍也蹲下来，看见她脚上的鞋正是上次自己洗的那双，"呀，保存不错嘛，跟我洗完的时候一样白。"

"你少造谣，这都多久了，我都洗过了好吗？"郑星沥不看他，实际无比心虚。

这鞋从他洗好送来就一直被好好放在柜子里防止落灰，今夜实际上是它"洗心革面"之后头一次呼吸到宿舍外的空气。但这能让沈戍知道吗？

显然不能。

沈戍摇摇头，叹一口气："哎，怪不得我感觉小白的光辉都黯淡了些，看来你还没有掌握正确的方法。"

"什么意思，说我邋遢？"郑星沥就静静地听他瞎说八道。

"不，我的意思是以后小白的养护，还是交给我这种专业的人来吧。"沈戍随着她一起站起来，"当然了，要是你诚心向我求助，什么小红小橙小黄绿青蓝紫的，我也可以都护理一下。"

郑星沥笑他："车手的承接业务现在已经这么广了吗？"

沈戍摇头晃脑伸出手指："No No No，这是帅哥沈戍的超级 VIP 服务，终生有效，名额有限。"他笑起来，捏紧了拳头，半是玩笑半是认真，"只你一个。"

最近天气不错，虽然有点冷，但没下雨，操场中间草坪干干净净的，盘腿坐下最是惬意。

郑星沥手里拿着计时用的秒表，视线一丝不苟地追寻着操场边跑着的人影。

破风手的耐力训练不侧重速度爆发，跑步也更趋近于慢跑。

她站得有些累了，踮起脚放松，随意看了草地几眼。

有个社团在做活动，规模不大，中间提着盏灯，周围坐了一圈人像是在玩狼人杀。在这群人不远是相互依偎着的小情侣，男生在女生耳边说了些什么，惹来暴怒一捶，男生挨了揍却还是哈哈大笑着。足球场那边几个人在一起组队踢半场，连抢球都是慢悠悠的。郑星沥觉得此刻还差几声鸟鸣，不然就真的很像以后的退休生活了。

沈戍又一次经过她面前："走呀，一起跑呀。"

她坚定地摇了摇头："您客气。"

沈戍知道劝了也白搭，没停顿多久就提速又踏上赛道，临走丢下一句："最后一圈。"

手机屏幕上时间已经跳到了"9"，郑星沥又"唰唰唰"记下大致时间。

她粗略地查了一下，现存的公路车 APP，在社交网购等功能上做得齐全，但在最基础的骑行实用上只具备记录路线和导航的功能。支持速度计、心率、踏频等数据上传的软件，需要购买相匹配的速度台。其他的自行车品牌也推出过专属的 APP，功能大同小异，正如沈成说的那样，充钱了也没有想要的功能。

郑星沥算是站在他的角度出发，想通过对使用者的身体状态，以及外部天气风向等的大数据收集，做出可以自行规划合适路线的系统，在此基础上还可以改进增添定制训练计划等功能。在没有教练针对性给出计划的时候，给予使用者一定的指导。

如果可以实现设想的功能，还可以在后续把针对人群从自行车推广到其他的项目里去。不过现在这一切仍未可知，郑星沥也没有做好十分详尽的计划，她只是凭着这一股冲劲儿先从了解自行车手开始。

想跟沈成多点相处是真的，想要了解专业车手训练进而更好完善功能想法也是真的。

一举两得。

郑星沥心里给自己鼓掌手都拍烂了。

学习恋爱两不误，不愧是自己。

焦灼地等了一天后，卫任军终于给郑星沥发消息，表示可以来了。

郑星沥正在食堂吃饭，看清内容后，端着汤碗一饮而尽，颇有几分江湖儿女的豪气。

几个室友面面相觑："怎么了？吃这么快干吗？"

她很快收拾好餐盘，一套动作行云流水："我要去为了计算机的未来奋斗了。"言罢，潇洒离场，背影里都透着几分轻盈。

"啥意思啊？"

"不知道啊。"

"她什么时候理想这么远大了？"

"我也不知道啊。"

车馆刚结束下午的训练，郑星沥跟看门的叔叔说明了情况，很快便被放了进去。她一腔热血地往里头闯，到了才发现里面没人，正不知所措着，就看见三三两两的人穿着训练服入了场。

胡泳鑫正跟吴途低头说话呢，冷不防就被吴途揪住了手腕："队长，快看，那是不是沈成表妹？"

"沈成跟你说多少遍了，人家不是表妹，是好朋友。"胡泳鑫纠正他。

上次郑星沥来看选拔赛之后，吴途就去问过沈成，得到的答案当然是否定的。但是为了把她跟其他人区分开来，就也叫习惯了。

"哎，也不知道他这个好朋友什么时候能换个前缀。"

队里人又不瞎，几次碰见过他们俩一起，虽然没撞见过什么亲密到出格的举措，但沈成那眼睛就跟长在人家身上一样的架势，实在很难看不出端倪。

胡泳鑫四处张望了一下，并没有看见沈成："哎，奇怪，她怎么这个点儿来啊？她怎么进来的呢？门卫叔叔不在？"

"我不知道啊。"吴途松开他，"走，去问问。"说着勾勾手招呼人一起过去了。

郑星沥正低头给沈成发着信息呢，冷不丁就听得一声"嗨"，抬头就看到沈成的两个队友。

她跟沈成熟归熟，除开选拔那次，还是头一回跟他的队友们打照面呢。

"学妹，你记得我吗？上次选拔赛的时候，我还问你要不要来我们女子队选拔呢。"

郑星沥很快把事儿想起来，点点头："记得，你还跟我说了计分赛。"

吴途嘿嘿笑了声，单眼皮眯成到弯弯的线，莫名有丝憨厚："对呀对呀，这你都记得呢，记性真好。"

"行啦。"胡泳鑫实在看不下这番硬夸，一针见血问道，"你是来找沈成的吧？"

郑星沥点点头又摇摇头："我是来给我们接下来的比赛项目采集数据的。"

"比赛项目？你是学什么的呀？"吴途问。

"计科的。"郑星沥接着又把科创比赛的事情说了说。

吴途做恍然大悟状："我知道，挑战杯对不对？我们班也有人搞这个来着。"

"类似挑战杯的那种比赛。"郑星沥补充。

大学生挑战杯规模很大，涵盖的领域也不只是理工科，自然哲学、人文社科等方面的调查报告学术论文，均在比赛范围内。而科创，更多的是参加专门针对计算类的比赛。

凭借郑星沥现在的水平，能自己在大四毕业之前顺利把这个项目做出来，就足够谢天谢地了。大挑，她是敢想不敢上。

"你要采集什么数据？我们的速度？"胡泳鑫没问她具体做什么项目，毕竟是要去比赛用，该做的保密还是要有的。

郑星沥点头："心率、踏频、速度之类，也包括身体信息，什么身高、体重、体脂等等，都在采样范围内。"

吴途扬了扬眉："这么说，我们都是你的采样目标了？"

"倒也不是。"郑星沥顿了顿，"我现在能力有限，而且东西也在初步实践阶段，所以暂定的目标比较少。"

"少？你找好人了？找了几个？"胡泳鑫三连问。

郑星沥尴尬地咳了咳："一个。"

"谁啊？"吴途很自然地接着问了下去。

胡泳鑫拍了拍他的肩："傻不傻啊你，都一个了，还能是谁啊？"

"哦。"吴途做恍然大悟状，"沈戌啊。"

"叫我干吗？"

沈戌刚进车馆，就看见这两人换了衣服不训练光站在那儿，正走过来要看看怎么回事儿呢，就听见了吴途提到自己，再定睛一看，这两人前面站着的可不就是郑星沥吗？

"你来得正好。"胡泳鑫拽着吴途让出个空位，"你表……同学，正说着呢，你是她唯一一个采样样本。"

他咬重了"唯一"两个字，要说不是故意的，谁信啊。

郑星沥耳朵有些热，没有反驳他的说法只当作听不明白，偷偷看沈戌的反应，却又跟他热烈欢欣的视线对了个正着。

她抬手挠了挠额角，遮住不自然的神情，转移话题："那个，你们不去训练吗？"

"对呀，沈戌。"胡泳鑫话里有话，"光杵在这儿看着干什么？换好装备行动起来呀。你再不行动起来，可有人行动了呀，对吧吴途？"

在场的人大都懂了，除了吴途。他没听明白个中深意，还以为说的是自行车，一本正经地点头，附和说："没错，你再不行动，我就进场了。"

"你敢！"沈戌瞪了吴途一眼，顾及郑星沥仍在场，暗暗威胁道："你要是敢进场，我就跟你一刀两断。"言罢，极快速地奔去换衣室了。

吴途摸了摸头："这平日里也没见他骑车要人陪啊，怎么今天还生气了。"

胡泳鑫长叹一口气:"途啊,你练体育是正确的。"

吴途持续性发蒙。

"不然光靠你的文化课,我们应该很难在这儿见面。"

这话他听明白了,并且非常不满意:"学长!你怎么又说我啊。"

"不说了,骑车去。"胡泳鑫勾住他的脖子,朝郑星沥挥挥手,"走了啊学妹。"

两人走远了还是能听见吴途疑惑的声音:"可是沈戌不是让我们等他一起进场吗?"

郑星沥了解了,这人是真的没看明白。

没多久,卫任军也来了。大概是因为蒋老师先前打了招呼,他很努力地试着对郑星沥展现出自己和煦的一面,只是笑容太僵硬,甚至透出一种不耐烦的反讽意味。

郑星沥乖顺点头,再三保证自己不会打扰他们训练的。

卫任军还准备笑,最终发现确实很难,于是又恢复成平常的样子,拿着喇叭开始了今天的训练巡视,郑星沥也跟在他旁边。

赛道上车子一辆辆穿行着,井然有序,一样的队服,差不多的姿势,速度起来的时候,便只能用眼花缭乱来形容。郑星沥眼神跟着转,没多久就把沈戌看丢了。

枉她还觉得自己能跟沈戌锁死,这可倒好,全程找不同呢。

卫任军似乎是看出了她的手足无措,说:"别看人,看车看背后号码牌,沈戌是9号。"

"这么些人都是公路车的吗?"郑星沥问。

"那是当然。"卫任军视线一直放在场上,"这场地馆也就夜里给我们用用,这段时间基础训练进入状态之后,就得去环行了。"

"学校吗?"

"学校这屁大点地儿,绕上好几圈也不一定够他们骑的。我们得去外边儿怎么着也得来个二十公里热身。"

郑星沥犯了难,那自己该怎么跟上呢?

"这样吧,既然你来都来了。"卫任军想了想,"跟我们队里的羊羊一起做个助理怎么样?"

"这，合适吗？"自己可是什么也不会呢。

"反正你取样本也得在这儿待着，就当是来采样的代价。"

大好劳动力，不用白不用。卫任军想着，怕她不上钩，又补充道："而且我们这个比赛，以后你随便看，有机会去省赛，也可以把你也算作队内人，一起公款参加。"

所以，这个工资嘛，就不能给了。

经费有限，要不是太穷，他也不会效仿周扒皮。

郑星沥会拒绝吗？

当然不会。

卫任军每一句都正中下怀！

骑行训练刚告一段落，卫任军就拍拍手把众人召集到了眼前："介绍一下，车队新助理，哎，你叫啥来着？"

"郑星沥。"

"嗯，小郑，主要负责五人团。"

其他成员纷纷号起来："教练，怎么不给我们分新助理啊？"

"羊羊不是负着责吗？"卫任军抱着手，"再说了，人家为了沈戍来的，五人团沾沈戍的光，有你什么事儿啊？"

天地良心，他说的每一句话都是实情，但台下这群小崽子，好像理解成另一回事儿了，一个个号得更厉害了。

沈戍被队友们推搡着，接受了不少羡慕和打趣。

"干什么？干什么？"卫任军不知道怎么了，又看郑星沥也是一脸羞涩尴尬，更摸不着头脑，"沈戍给人家做比赛样本，有什么问题吗？"

胡泳鑫憋着笑："没问题教练，一点儿问题都没有。"

"行行行。"卫任军不耐烦地挥挥手，"该干吗干吗去。"又对郑星沥说，"这群人就这个样儿，傻了点儿但没恶意，你不用理他们。"

郑星沥耳朵发烫，沉默地点点头，压根儿不敢往他们那儿瞅。

"羊羊估计也快来了，你就跟着他后头看看日常要做什么就行了。"

羊羊今年大三，跟胡泳鑫是室友，也是体院出身，不过学的是运动康复。他话不多，乍听说要教新人，还有些不自在，于是整个"教学"过程显得格外沉默。

车队上下有二十个人，分别组成不同人数的团体和个人。自行车不比其他大热项目，就算是特招也有被挖墙脚去练田径的，卫任军的标准又严格，今年新进来的加上个沈成也才六个。

沈成在的五人团由胡泳鑫负责助教，所以正经算起来，该是六个人。

其中除了吴途和沈成，还有三个，一个叫张瑞恒，一个叫孙环宇，剩下一个冲线手叫佟晨，今天请假没来。

郑星沥跟他们一一打过招呼，突然发现自己是车队里仅剩的女生。

"倒也不是故意的。"沈成压低了声音，"我们队比较抠，羊羊不仅能跑腿，还能按摩，还懂器械，所以就全是他一个人干了。"

"我还有个问题。"郑星沥小声地问他，"羊羊全名叫啥啊？"虽说这样叫亲昵没距离，但是总得知道人真名叫啥。

"就叫羊羊。"

姓羊名羊。据说当初他爸妈根据酸儿辣女的口味觉得怀的是个女儿，于是取了这个名儿，好写好记又特别还很可爱，谁知道出了产房才发现七斤八两大胖小子一个。

骑行结束，羊羊一脸严肃站在车库旁，监督他们每个人把车子放好。他个子不矮，就是跟这群人比起来显得格外瘦弱，架着一副金丝边眼镜，说话也温柔："13号车，飞片磨损，等会儿去经理那儿填一下表格。"

车队的收支是不归教练管的，学校安排了专门的老师做经理。车子的损耗和更修都是记录在案的，哪怕是螺丝钉都有它的编号，以保证参赛时车辆不会出现违规改装的现象。

郑星沥不懂这个，只能看着他蹲在那里检查。

"你不用跟我在这儿。"羊羊不经意抬头，才发现她没走，"沈成不是已经检查过走了吗？你找他去吧。"

余下的几个人又开始"哎哟"起来。

"是呀是呀，再不去沈成就要结束训练啦。"

"到时候数据不准确，影响你参赛。"

郑星沥又窘迫起来，走也不是，留也不是。

羊羊推了推眼镜，平淡地看了起哄的几个人："怎么了？你们很闲吗？"他仍旧蹲着，视线也正好挪到几人的腿上，"我看你们关节好像不是很好的样子。"

"不不不，好着呢，好着呢。"几人忙活动腿展现灵活，那架势似乎是怕极了他。

郑星沥将一切都看在眼里，觉得蹲那儿的瘦弱学长，此刻气势已然冲破了天花板。这种三言两语间，呼之欲出的 bking 气质着实叫人艳羡。

学到了，学到了。

沈戍为了郑星沥的项目贡献了灵感，作为她的唯一样本，他也决心要做一个有思想的样本。

"你说什么？计算热量？"郑星沥差点以为自己听错了。

提出此名词的人却点了点头："没错，我现在还在降脂期，不只是运动锻炼，连每餐的摄入都是需要严格计算的。运动员减脂增重维持等等需求都不一样，情况不一样，针对的方法也不一样。所以每天吃什么也肯定要在你的数据监控之内。"

郑星沥点点头："说得也对，那你以后就把每天的饭拍给我看，我记一下。"

"不行。"

"为什么？"

"不准确。"沈戍摆出专业的架势，"你怎么知道我的每一顿饭都跟照片里的一样呢？怎么知道我吃完鸡胸肉和蛋白不会为小卖铺的关东煮驻足呢？怎么知道我不会在夜深人静的时候点开外卖叫一份晶莹剔透的琥珀炸鸡呢？"

"所以你的意思是？"

"我觉得，你要发挥一个助理的监督作用，彻底断绝我对这些东西的非分之想。"他一脸严肃，说着还点了点头，肯定了自己的发言。

"可是，就算我们系统做出来了，也没有办法给每一个用户委派一个助理呀。"郑星沥本能地反驳。

沈戍沉默了，这个问题，他没提前演练过。

还是郑星沥，反驳完就后悔了，自己找补："唔，不过眼下好像还没到考虑用户使用的时候，你就是数据库里的一个数据。"

"对呀。"沈戍顺杆子爬，"所以啊，为了确保我这个数据的标准，你作为开发者更应该行使监督的权利。"

"所以你的意思是？"郑星沥又把问题抛回给他。

"我的意思是，"沈戍心虚地顿了顿，"以后都一起吃饭吧。"

空气里一瞬间安静下来，明明前面铺垫了那么久，什么科学严谨的旗帜都打出来了，偏偏这话一出，暧昧就挣脱了层层禁锢。

"行啊。"

郑星沥声轻如蚊蚋，还有些含糊。沈戍却捕获到了，顿时大喜："真的吗？"

"嗯。"

"我说的是以后都哦。"是往后的每一天，不仅是因为这个项目，而是因为我。

"知道了。"郑星沥挠了挠额角，抬起来的胳膊挡住脸上的欣喜，略嫌弃地说，"你好啰唆哦。"

西区食堂有窗口专门卖减脂餐，不过需要提前预订，沈戍才又订了一个月的，眼下想换去东区兑换，却被告知，两家店不是一家。

沈戍也是这个时候才发现，这两个店一个叫"东树"，一个叫"东村"。

他只好尴尬地告知郑星沥这一事实，又找补说，自己会把饭带去东区吃。

"不用这么麻烦，我跟你一起去西区。"

"真的吗？"沈戍简直不要太高兴。

华封真的很大，东区门外街多店多，而西区除了个菜鸟裹裹和超市，基本全是居民楼。加上两个区距离远，东区的同学没什么特别的事情是不会去西区食堂的。

眼下郑星沥要来，而且还要长远地来，这让沈戍有一种，她要来自己的地方做客，要融入自己生活区的感觉，就好像是剥掉了莲心的莲子，又脆又甜。

他把这心情隔空分享给了陈宇昂，对方骂他没出息："就吃个饭，你至于吗？"

"你懂什么，我都说了是以后的每一顿了好吗？"

"你确定郑老师听明白了吗？"

"应该吧，她又不傻。"

"我是怕你傻，讲话讲不清楚，自己在这儿白高兴。"

"我已经讲得很清楚了好吗？"他才不信郑星沥听不懂呢。

"反正我劝你更清楚一点，马上都要放寒假过年了，这窗户纸也该捅破了。"

"可是，她会不会觉得我轻浮啊，毕竟这才一年多。"

"你如果再继续打太极，我觉得郑老师会怀疑自己是你备胎。"

"怎么可能？"沈戌激动起来，"你不要造谣，我才没有备胎。"

"我知道不可能，可关键问题是郑老师知道吗？"陈宇昂语重心长，以一种过来人的口吻，沉痛道，"有的女孩子徐徐图之是正确的，有的女孩子就要打直球，拐弯抹角那一套她们不吃。"

沈戌觉得有点道理："等等，我怎么总觉得你这话煽动性很强呢。你不会是也想转型，但怕效果不好，所以让我试水吧？"

陈宇昂心底大呼不妙，这厮上大学竟然开窍不少，又赶紧驳斥他："你把我想得太不堪了，我可是在给你出谋划策，如此掏心掏肺，竟然还遭你怀疑，太过分了。"说着立马挂断了电话，生怕他继续问下去。

计算机教学楼下，沈戌骑着自行车等候已久，郑星沥踩着铃声一路小跑，赶在更大部队之前出了楼。

她脚踩在自行车后轮两边，抓着他的衣服："我们走吧。"

沈戌一下加速，她直直撞上他的背，很快又弹开，徒余鼻尖萦绕着的若有若无的干净皂味。

他们穿行在各种车流人群里，沈戌踏脚踩得很顺，就好像没有载人般轻盈。

沈戌对身材的管理近乎苛刻，他不提前配餐，而是到了窗口后，紧盯着食物称重，生怕多吃一口。

郑星沥看了看自己的饭，再看看他的，突然觉得自己过得好不健康，于是感叹道："我俩这也是太南辕北辙了。"

说的是饭，但沈戌反应却很大："哪有啊，没有南辕北辙，有差异，那也是大同小异。"

郑星沥听得云里雾里："什么东西？"

"没什么，就是最近看了本书。"沈戌啃着生菜，含糊回道。

"什么书？"

"呃，忘了。"

"那你想什么？"

"就是有几个比较有趣的理论。"

"什么理论。"

"那个……"他放下筷子，心脏被一只无形的手捏紧，几乎要窒息，"我听说性格不一样的两个人，有很大的概率会在一起。"

"听谁说的？"

沈戍尴尬地笑了笑："沃兹基硕德。"

郑星沥没有反应，这让沈戍有些沮丧。但他还强撑着打着哈哈，硬挤出个笑，看上去不伦不类的，有点心酸。

这顿饭开始了段诡异的沉默，郑星沥吃饭的动作都快了些，似乎是在加速逃离。

沈戍心情跌到谷底，恨自己受陈宇昂蒙骗，一时冲动编出这么个拙劣的试探方法。

"有件事要告诉你。"郑星沥抽纸巾擦了擦嘴和手，一本正经。

沈戍紧张起来，啊，这……这架势，怎么这么像要宣告自己"死刑"啊。

他声音干涩："你说。"

"我有一个朋友。"

他点点头，更加苦涩，唉，开始暗示自己了。

郑星沥手放在桌下，握成拳，努力保持平静："问我要你的微信，说让我帮忙追你。"

"哈？"沈戍瞪大了眼，赶紧摇头，"不给、不帮、不接受。"

"我拒绝了。"跟他的激烈比起来，她跟打了镇静剂似的，坐得板正。

拒绝得好啊！沈戍在心里疯狂点赞。谁这么没有眼力见儿啊，怎么还求到她面前去了。

"但人家很坚持。"

沈戍刚松口气，就又屏住了呼吸，捏着的心脏手一会儿张一会儿弛的，把他折磨得不轻。

"还问我为什么。"

"我告诉她。"郑星沥盯着他的眼睛,"因为你在追我。"

懂事以来的前十几年,郑星沥一直处在一个悖论里。她一边看不惯家里各路亲戚,一边不得不为了面子名声,装出乖巧懂事的样子。

很多人夸她省心,夸她明事理,夸她优秀,于是她困在这些评价里,不得不扮演着这样的人。

懂事有什么好的呢?她宁愿自己晚一点才明白人情世故,这样才可以第一时间对那些糟心的事情说不,而不是拖拖拉拉到自己越来越不舒服。

一开始是远房的叔公家小朋友偷偷拿走的口琴,之后是无数次伸出的"援手"。

如果说这些跟她关系还算不上很大,高二遇见的那个体育生,就是她独当一面后遇到的第一个挫折。

她不想要把事情闹大,所以拒绝后选择了秘而不宣,保留一份体面,可是对方却以为她是在享受这个过程,玩什么欲擒故纵的小把戏,干脆闹得尽人皆知。

沦为大家的好奇对象和谈资其实并不愉快。

于是郑星沥第一次选择了回击,不留情面地完完全全否认了荒诞的传闻,态度坚决,用词保留了基本的礼貌,但跟语气放在一起显得格外阴阳怪气。

这件事情摆平之后,郑星沥也潜移默化地做出了一些改变。在债主上门的时候,她抛开所有的虚名,只从最现实的利益角度出发,选择了报警。

可即便如此,她还是没觉得自己是个多厉害的人。

因为她敢做的,也就到此为止了。

她的勇敢是超市货架上的打折商品,可沈戎不一样。

郑星沥后来有想过自己为什么会喜欢沈戎,答案的大部分是因为他很勇敢,而其他的理由听起来似乎是个悖论。

因为沈戎不是喜欢那个成绩好又懂事乖巧的郑星沥,是喜欢那个原原本本的,自私狼狈的郑星沥。

在他面前,她可以自私,可以不懂事,甚至可以坏。她所有的戒备和冷漠,他都照单全收。那是让人很轻松的感觉。

他似乎是看过了太多的事情,所以轻易便能洞察到她的想法。

如果说她的世故是因为生长环境，自我琢磨出一套厚厚的壳，那沈戍就是目睹世间百态后，依然勇敢地用温柔包裹一切锐利。

她不肯轻易说出喜欢，并寄希望于沈戍可以打破这条线。

她需要确定自己会是这段关系的主导方。原本她以为这是自己谋划的一部分，事到如今却又不得不承认，这是因为害怕。

可时间并不是拿来后悔，拿来权衡利弊的。人比想象中要脆弱，人生也比所能想象到的更加反复无常。如果不知道以后会怎样，那就好好地做好今天。

至于谁迈出的那一步，已经不重要了。

脑神经似乎被按下了开关，半边身子都麻了。热一点点爬上脸，透过肌肤散发着威力，影响着正常思考。

沈戍心里无声呐喊，我就是在追你啊啊啊！

自己踌躇了好久不知道怎么开口的事情，怎么突然就这么简单地从她嘴里说了出来。

可是要命的是，他并不能分清，这究竟只是她应付朋友的推托之词，还是真的察觉出了端倪。

不过很快，她就帮他解答了疑惑。

郑星沥单手揪下桌面纸巾干净的一角，在指尖不断捻着，搓成球再按扁如此反复。她语气轻松，说："我应该，没有理解错吧？"

"没有理解错。"沈戍背不自觉挺得笔直，手心渗出细密的汗，连自己的声音都有些听不清，"我就是在追你。"

14号楼B座211宿舍正在召集开会，题为"如何给女生一个体验感极好的表白"。

大会主题是赵中楷定的，十分符合他的定位。

"体验感"三个字正经中透露着猥琐，不知道的还以为是什么色诱计划。

事实证明，赵中楷会的也就色诱这一招，所以给出的三个方案不着调。

沈戍终于明白他为什么自从上了大学以来就再也骗不到小姑娘了。

活该。

"既然她都问你是不是在追她了，你就直接跟人家说喜欢不就行了？"

"不行，那也太草率了。"

赵中楷乐了："那你要怎么不草率，要不然你给人买束花，再买个戒指之类的，操场之上单膝下跪？到时候我们围观群众都给你叫好？"

沈戍想象了一下场面，如果真的这么干，郑星沥应该会给他两巴掌，让他清醒一点吧。

真不愧是赵中楷想出来的法子啊，

"俗，太俗了。你几岁了？"

他脸上明晃晃的嫌弃，噎得赵中楷说不出话来。

沉默许久的唐煜插嘴说："我觉得你们还是单独去约个会吧。从开学，你们俩是天天见，但每次都是因为车队，因为项目，有点个暧昧也被其他正事儿冲淡了，不如你就拿一天跟她去约会。"

"这可行吗？"

"犹豫就会败北，郑星沥这守门员都去冲锋陷阵了，你一个前锋还磨磨叽叽干吗呢。"

言之有理。

另一头，郑星沥脚步虚浮地回到了宿舍，一言不发坐在书桌前，在室友们快乐的背景音里沉默很久。

终于"victory"的声音响起，三人使劲儿捶床，大呼过瘾。

"那个，我可能是要谈恋爱了。"郑星沥丢下一句话，激起千层浪。

几人端起看热闹的架势，眼冒金光。听完这顿跌宕起伏的吃饭历险记，一个个都嗷呜叫起来。

"你好猛啊。"方梦夸道，"凭空捏造还能这么淡定，一下子就把他诈出来了。"

周承瑶也竖起大拇指："出其不意，不愧是你。"

至于张秋雨，她正忙着踹被子以表达内心激动。

"然后呢？他说你没理解错，你怎么回的？"

郑星沥的得意褪去了一些，摸了摸鼻子，有些尴尬："我当时还挺高兴的，然后脑子就一个抽风，我跟他说……"

"那你就追着吧？什么叫'那你就追着吧'啊？这啥意思？"赵中楷问。

沈戍摇摇头："我要是知道也不会召集你们出谋划策了好吗？"

赵中楷摸了把不存在的胡须："唐煜，你怎么看？"

"我觉得这家店不错，好吃地道，而且出了巷子就是商场，可以逛很久……"

"哥，醒醒，我们现在在讨论人家是什么意思了，别找店了，周末还远着呢。"赵中楷打断他。

唐煜不屑地笑："这还有什么好讨论的。沈戍愣大一爷们儿，表白追人磨磨叽叽的，还要人姑娘反过来确认，肯定是让她觉得没有安全感了呗。"

"怎么可能？"沈戍当下给自己辩驳，"我可是守身如玉好吗？"

"要不怎么说你跟赵中楷后头学，路都走窄了呢。"唐煜摇头晃脑，"安全感，不单单指这个。"

赵中楷被攻击不服气，却被沈戍一手按住，后者语气恭敬："您说。"

"你想啊，人家干吗没由来地问你是不是啊？肯定是你的举动让她确定又不确定了。确定的是你对她有意思，不确定的是多有意思。说白了，人家不知道你是认真的还是就随口一撩。"

"认真的，我当然是认真的。"沈戍迫不及待地解释。

"废话，但她感觉不出来你有多认真啊。"唐煜端起杯子喝了一口，"要我说，你就是太含蓄了，像这种情况，人家肯定是喜欢你的。为什么让你继续追呢，就是要再看看你能坚持多久。就这么跟你说吧，女孩子，都是细节怪，但这也不意味着她们就不在乎那些热烈的表白，所以你的问题不是天天在那儿'润物无声'，是要润物之余电闪雷鸣，火花四溅。这样说，你懂了吗？"

"好像懂了又好像没有。"沈戍有点蒙，为难道，"要不然，你给我做个计划表，落实落实？"

"呵呵，我再给你做个 PPT 好不好啊？"

"可以吗？"

"不可以。"唐煜翻了个白眼儿，恨铁不成钢道，"你没学过吗？'实践是检验真理的唯一标准''绝知此事要躬行'，还计划表，还 PPT，您动起来成吗？"说着把馆子的截图和地址发到了他微信上，"我们俩能做的，就到这儿了，自己约人出来，懂？"

沈戍懂了，可惜事与愿违，还没等他着手准备下个休息日的日程，卫任军就带来一个消息——本学期休息时间从两夜一天缩减至周日下午三小时，只要不是病到爬不起来，拖也得拖来训练。

一石激起千层浪，大家纷纷询问为什么。

"你看看你们，还运动员呢，关心赛事没有？明年十月，我们省运动会就要开始了，四年一届，人运气不好的，大学都参加不了一届，你们还不好好训练准备比赛？"

"教练，这连元旦都还没到，离十月还有好长一段时间呢。"吴途号道。

"哟，多新鲜啊。你考体育的时候，怎么只恨训练短，不嫌周期长了呢？"卫任军轻飘飘一句就顶了回去，提高音量道，"别真以为上大学就轻松了，你们看看院里各个队，哪个不是抓紧训练的？咱公路车不比其他吃香，要熬出头就更要努力才对，再说了，我又不是不给休息。"他举起表格，"这周日晚上不是也空着吗？"

空是空了，但第二天紧跟着就又是训练，拿来睡觉都嫌不够，哪里能拿去约会呢？

郑星沥不知道沈戍的计划，她未动声色，只在卫任军来通知的时候说了好。她可是队里的助理啊，虽然是个临时工，但也得有职业道德啊。更别说，经理看不下去卫教练不给钱，还给她补了一份协议。

于是她心安理得地抱着电脑坐在羊羊的车后座，一边实时记录数据一边看网课尝试搭建网页和系统。

羊羊这个人，不可谓不神，真的如沈戍所说，什么都会。拿着助理的一份工资，做着监管按摩机械师等好几份工作。大三的课少，他几乎整天都泡在车馆，手上就没停下过。

"实际上，我拿的是双倍工资。"羊羊纠正她。

"哇，你就不怕我会觉得不公平吗？"这不设防的样子着实有些，过于诚恳了。

羊羊把稳电车方向盘："你应该会觉得我只拿两份工钱太少了吧。"

不得不说，是的。与其说他是助理，倒不如说是助教更贴切。

郑星沥扯扯嘴角笑了笑，降下来的车窗伸进来一只手，沈戍看了一眼开车的羊羊，眉头稍稍拧起："帮我加一下水。"

肌肤不可避免碰到一起的时候，两个人都没什么大的反应。沈成直接灌下一大口盐水，嘟囔道："有那么开心吗？"

"什么？"郑星沥没听清。

沈成却不愿意再说了，似乎是在赌气，哀怨地看了她一眼，就回到了行进的车队里。

"啧。"羊羊笑了一声，老气横秋地感叹道，"年轻人，哎。"

郑星沥没接茬儿，登上沈成的监控台账号，看到他的实时数据，又对比了先前的，觉出些差异："现在这个骑行强度值是不是涨得太快了？"

"不快。"羊羊始终将车速控制在跟他们同步，"卫教要把他们往省运会里送，这种程度提早适应也好得很。"

照往年的省赛惯例，公路车分别设有团队计时赛、个人计时赛和个人赛。对应赛程最短的也有四十公里，开车都得不少时间，更别提多少人压根儿都骑不下来。

羊羊知道她要做项目，平日里也没少教她这些基本的数据："沈成的话，他的 VI 值没话说，我在车队这么长时间，到他这个稳定度的，我也没见过几个。"

虽然参加个人赛，他不一定能拿到名次，但是作为破风手，他绝对算得上有潜力。

郑星沥侧头，视线透过车窗看向前方。

行进至繁华的市中心，夜晚也变得喧嚣、明亮。他混在队伍的中段，背弯曲成一道漂亮的弧线，橘黄色的虹洒在上面随之晃动，他摇摆着越过光，像一幅镌刻在白玉上永生难忘的画。

她有一种强烈的预感，那个背后写着"9"的人，总有一天会如他所愿，牢牢地踩住风。

周末，郑星沥去了趟科创。跟其他组个个忙忙碌碌不一样，他们组的放养风格，着实懒散。

蔡伦见她来了，远远地点了点头算作招呼，键盘敲得更加响。

"小郑，来来来，这里。"徐阡正在拼接模型，招手示意她过来。

实验台上，亚克力和薄木板混放在一起，徐阡拿着把胶枪，嫌弃地说："阿虎，你能扶稳一点儿吗？"

范文虎翻了个白眼："姑奶奶，你要是不行，就放着让我来粘。"

"说谁不行呢。"徐阡毫不留情地给了他一下。

郑星沥跟两人打了招呼，问："这是给'开源节流'搭的吗？"

这些天，她忙着追踪沈成的数据，但也有积极参加这个新项目。跟她现在情况一样，这个项目也是徐阡他们从大一开始琢磨，大三正式出生落成的。虽然自己能做的部分还是只有文档阐述，但观摩系统运行，也让她从中学到了不少。

"对。"徐阡点点头，"你的项目呢？调研得怎么样了？"

"做了一点东西。"郑星沥将电脑托在手上，一边开机一边说，"我的设想是通过自行车运动员在训练状态和比赛状态时，自身和环境的不同信息的大数据，利用决策树算法实现机器学习从而开发出自行计算准确冲线方略的系统，经过数据的更新和进一步升级后也可以用在其他领域。"

"不错呀，这么长时间就能想这么细了呀，连前景应用都打算好了。"

郑星沥不好意思地摸了摸鼻子："也没有。"

"用不着谦虚。咱们组的本来就是人工智能方向的，你能做成现在这样很好。"徐阡一贯以来都像个夸夸群的群主。

"不过，你功能设想细节也写好了吗？可以发给我跟你学姐看看的。"

郑星沥点点头："其实，我还试着写了写代码，大概是运气好，真的跑起来了一个小功能，是关于数据库的存储和调取的，具体的分析算法，我也才开了个头。"说着她挪近几步，给他们看。

"我记得数据结构是大二才开课吧？你现在就会数据库了？"徐阡惊讶道。

郑星沥拇指和食指捏在一起做了个手势："一点点，我也是刚开始学，看了看网课，又找老师请教了一下不懂的地方。其实，这个算法不是最优的，我也还在改。"

范文虎却拍起掌来："哈哈哈，我现在觉得或许不用等大三，兴许明年蒋老师问你要项目书的时候，你就能直接把成品交上了。"

他声音有些大，一时间实验室的人，纷纷看过来。徐阡拽了他一把，佯装怒道："让你扶着板啊！"又压低了声儿，"阿虎，淡定。不露锋芒，我们悄悄拔尖儿。"

这话耳熟，郑星沥低头笑了笑。

"干吗呀，学妹优秀还不让夸了？哪来的道理，我不仅要夸，我还要跟蒋老师举荐一下，依我看，这次的比赛，完全就可以让学妹跟我们一起去，让她提早熟悉流程。"

"那还用你说？"徐阡挑眉，"我早就跟蒋老师说了，这回他带队，别的组五六个人去三个，我们组拢共才四个人，加塞进一个也不难，他们组内选举，咱们连竞争都不用。"

郑星沥把修改好的比赛文档传到了群里，这场短暂会面也算圆满，交接好任务后，她又背着包匆匆往体育馆赶。今天是周六，也是车队第一次骑八十公里，她特地早早来的科创就是不想错过，卫教练跟羊羊也都去，车就在集训楼门口停着呢。

刚出门就在楼梯口撞见了打水回来的蔡伦，匆匆点头便擦肩而过，他却叫住了她。

"你最近……"他顿了顿，"是不做项目了吗？怎么总不见你来？"

"我在做的。"虽说大家是一个组织，但比赛总存在竞争关系，项目直到校内答辩那天为止基本都不会让人全知晓，她也不好细说。

蔡伦语速快起来："是做什么？"

"就，自己想东西，然后试着上手看看。"

他从鼻腔里发出轻嗤，似乎是觉得好笑："这么警惕的吗？"

"倒也不是。"郑星沥胡乱扯着，"就是没做出什么具体的东西来，所以不知道该怎么跟你说。"

"我听徐阡学姐说，你一直在找网课是吗？"得到她肯定的答复后，蔡伦继续道，"我给你推荐几个老师吧，不是炙手可热的，但讲得很好，回头给你发微信吧。"

郑星沥当然没有拒绝人好意的道理，诚恳地道了谢，心想这人也不算太恶劣。

"别误会，我是觉得，既然我们是计科仅有的两个进了科创的，就不应该给我们专业丢人，你的水平，实在不敢恭维。"

好的，她收回先前的话，这个人是真无语。

郑星沥微笑："你说得对。"

蔡伦从兜里掏出手机，咳了咳："你的微信。"

"什么？"

"微信，加一下。"

郑星沥才想起来，当初他来也匆匆去也匆匆，后面两人虽然一个班但也没什么交集，联系方式到现在都还没有。

她摸出手机，刚打开二维码。

"你扫我。"

她便切换成扫一扫，"嘀"一声后，蹦出来他的信息，头像是张圆月，昵称那栏就是简单的名字拼音。

可能是她的印象先入为主，总觉得透露出了一股浓浓的中年干部气息。

这样想着，她再抬头看蔡伦那个蹙眉正经的样子，便越觉得贴切。

郑星沥憋了笑："我还有事，先走了。"

"哎。"蔡伦又叫住她，"希望你别给计科丢脸。"

"我尽量吧。"郑星沥脚步匆匆，敷衍丢下一句也不管他听没听清。

两三台阶并作一步走，接着栏杆转向。郑星沥觉得自己有点刹不住车，不过也好，起码够快。

出了楼，沈成正好要往楼上冲，他里头穿着速干服和抓绒服，外面套了个防风衣，头发窝在头盔里，看上去有点滑稽。见到她，他便解下她的书包："快走吧，卫教练催了。"

郑星沥却不自觉看向他的下身，耳朵一度烧起来。

咳，说起来有点不好意思。

她也是最近才知道，骑行裤里面，是不能穿内裤的。

这是场地训练、骑行训练后，华封车队本学期第一次长途骑行。

卫任军本意是让他们熟悉一下秋冬赛事的天气环境。南方冬天的冷是股子寸劲儿，潮湿、阴郁，像是打开门的冰箱，恒温，而且哪儿哪儿都是这个温度。

郑星沥坐在后排，羊羊依旧开车，不同的是，副驾驶多了个卫教练。

他依旧没有放弃大喇叭，声音经过扭曲有种莫名的喜感："注意啊，这次是从南门口出发，一直往机场骑，遇见蓝山寨的标识，就往车道拐啊。到山顶，从另一边下来，穿过山脚的包庄村，那块儿没有红绿灯，但是路不宽，所以还是要注意避让。之后掉头回学校，经过校南门呢也不要停下来，从东门进，到体育馆。这是一整个车程，听明白了没？"

郑星沥听得头大,热身着的队员们却纷纷应"明白"。

"嗯,这次主要是要跟上队伍,千万不要掉队,要骑下来才行。大一的记得跟在后面,先熟悉一次路。"卫任军看了看表,"到时候我们就是补给队,会一直在后面跟着的,其间,你们所有的补给都要打手势,然后自己降速来找我们。羊羊,他们车子的定位都检查好了吧?"

"检查好了。"

"那就没问题了,现在列队,我们出发。"

恰逢周末,路上车很多,他们是骑行,路口得等红绿灯,勉强算是短暂喘息。郑星沥打开电脑,趁着前半段没什么事儿,打开了热点,照着蔡伦发来的消息搜索着网课收藏起来。

至于沈戌,她一点儿都不担心。上次的环渭水青年赛,他参加的就是八十公里平地赛,虽然现在路况不一样,但自己对他也是信心满满。

没什么依据,就是一种直觉。

"最近他们训练身体状态怎么样?没什么伤吧?"

"还行。主要赛前热身拉伸这块都没偷懒,所以没有什么急性损伤之类的,就是几个大二的,比如吴途,陈旧伤好像有点苗头。"羊羊回道,"我正准备趁今天训练回去,给他们做一下全身按摩。"

"嗯,大二大三的你也教过,没什么问题的就让他们互相按,严重的就你来,正好教一下大一的。"

卫任军除开教练身份,还带了体院的课程。羊羊跟胡泳鑫就是他的学生,两人大一的时候跟着他入队,一个做了车手一个做了助理。这些年,队里人来了又走,他们俩也从新人熬成了学长。

羊羊看了后视镜一眼,郑星沥正盯着屏幕,键盘敲敲停停的,不时还拿过旁边的草稿纸垫在膝盖上像是演算。

全身按摩啊。

好机会啊。

学弟啊,感谢我吧。

"什么?我来?"郑星沥的惊讶程度也不亚于一边的沈戌。

她就说怎么都训练结束一个多小时了又把自己叫回来,原来是这茬儿。

羊羊轻轻踢了踢吴途的脚,示意他脱鞋,而后转身在角落里拉来张铁架滚轮床，头也不抬："对，你按沈戌。"

郑星沥："可我不会。"

"我这不是要教你吗？"羊羊推了推眼镜，拍了拍吴途的小腿，"运动助理眼里无男女，你迟早要学着做的，不只是你，新生都要学。"

他说得一本正经，直接点名让高年级的去教新生队的。

"那我为什么……"

"队里二十个人，吴途被我拉出来，剩下十九个，两两分不开。"羊羊将脱下的外套放在一边，将不知所措的沈戌强制性按坐在长凳上。

"不了吧学长，我还是等你按完了再按吧。"沈戌极不自在。

"你是运动员，她是助理。给你按摩那是职务内的事情。"说着，羊羊转向郑星沥，"别愣着了，赶紧的。要做就得做个有职业道德的助理。"

"可是……"沈戌还想再说，却被郑星沥打断。

"好。"她学着羊羊的姿态，抱着手，"我该怎么做，你说。"

"这次进行的呢，是运动后的全身按摩，从开始长时间骑行训练，也就是今天开始，频率是一周一次。"羊羊朝吴途昂下巴，后者会意很快躺了上去。

"之后依次按照，胸、腹部、上肢、下肢的顺序来按，由重到轻。"羊羊挽起袖子，那架势仿佛眼前不是床，是手术台。

吴途却已经见怪不怪了，只说："学长，到时候控制下力道可以吗？"

羊羊毫不留情地将他一掌拍下，紧接着掀起他的衣服。郑星沥还未来得及反应，就被迫看见了一大片肌肤，赶紧把头扭回去，正对上沈戌抬头看着自己的又窘迫又羞涩的眼。

他耳朵红得厉害，眸子深处却又藏了一丝跃跃欲试。尽管内心深处很希望可以进行此次按摩，但他还是认真地说："你不用为难，我可以等吴途按完了。全身按摩是在洗澡后充分休息才开始的，间隔一个小时跟两个小时也没有区别，所以不碍事儿的。"

一味想着自己喜恶，而不尊重当事人的想法强求结果是非常可耻的。他再怎么期盼她点头，也不会给她压力。因为在这件事情上，主动点头和被逼点头，性质完全不同。虽然喜欢一个人就是会不由自主地亲近她，甚至想创造肢体接触的机会，但如果对方是不愿意的，那就不是情趣，是性骚扰。

郑星沥没有直接拒绝，退一步问："必须要脱衣服吗？"

"可以不脱的。"沈戍回她。

"那你躺下吧。"

沈戍还是担心："你真的不用勉强。"

郑星沥摇摇头，说："我是你助理，这是应该的。"

再说谁勉强了，上手摸帅哥的肌肉，这是她不花钱就能干的事儿吗？

"嗷！"一边正看戏看得津津有味的吴途发出一声惨叫，"学长，你怎么不打招呼就开始了。"

羊羊面色未动，根本不把他的反对意见放在眼里："那边琼瑶剧场的两位，教学开始了。"他嘴上不饶人，却还是把刚才掀起来的衣服放了下去。

"用手掌，或者掌根的位置，单方向推线或者弧。"他手掌很重，总会把背上的衣服蹭起来，"吴途，揪一下衣角。"

郑星沥学着他的位置落下手掌。

在训练结束后的空闲时间，他们已经在休息室的浴室里洗好了澡，换好了衣服。沈戍趴在长凳上，整个人好像一条晒干了的咸鱼，笔直僵硬，双手握拳不说，连脚趾都用力蜷缩在了一起。

所以这样看下来……郑星沥心虚地咳了咳，强迫自己移开视线上行到他背上。

虽然但是，还挺翘的。

郑星沥感受得出来，他相当紧张。她尝试着用了用力，无奈道："沈戍，放松一点，你太绷了。"她甚至能感受到肌肉发力在跟自己对抗。

"全身按摩的目的可是让运动员放松直至入睡呢。"吴途插嘴道，"你这样人家小郑按到猴年马月，你也睡不着啊。"

"不要说话了啊。"沈戍声音闷闷的，这种看不见人，却能感受到她的特殊情况，很难让人不紧张好吗？

还是羊羊承担起了解说的任务："按摩呢，是要加速静脉血和淋巴液的回流，促进损伤部位水肿吸收以及扭伤的自然修复。说白了，就是消肿散结、活血止痛。"

所以这也就决定了，按的那个人要花费的不少力气。

室内本来就开了空调，郑星沥没按几下就冒出了汗，羊羊没叫停，她只好尽量跟上节奏。

沈戏一点点困倦起来，全身"武装"也就此卸了下来，正当羊羊的声音消失，他昏昏欲睡的时候，突然有冰凉的水滴到了后脖。

他一下子就清醒过来，以为是泪水，急切地问："怎么了？"

"嘘！"郑星沥不知道他在说什么，她看了看已经发出轻微鼾声被推到旁边的人，压低声音道，"吴途睡着了。"

沈戏双手一撑就要起来，却被她再次按住："等会儿，马上就结束了。"

休息室里，羊羊已经去另外一边指导，角落里空余他们两人。

"你是哭了吗？"沈戏很着急，又不敢不听她的话，老老实实趴着道歉，"对不起，我不是故意的。"

郑星沥云里雾里："什么呀，你什么就对不起？"

"我声明，真不是跟羊羊串通好的。"

从上回自己承认了是在追她，得到一个复杂回复后，两人的关系就一直在原地踏步，沈戏甚至都快觉得那天在食堂是场幻觉了。

"我也没说你俩串通了呀。"郑星沥觉得好笑。

"可是你……"沈戏顿了顿，"反正让你觉得委屈，让你尴尬，真的对不起。"

"也没有，还挺好玩的。"

都按哭了，还反过来安慰自己呢。沈戏更加内疚了。

汗水顺着额角一路滑下，又一次跌落，不同的是，这次郑星沥看见了，她想也没想就伸手把后颈那处水渍抹了去。

沈戏开始谴责自己，跟着就觉得后颈一热。

某种意义上来说，那里是比锁骨隐私意义更强的存在。

她掌心又热又潮，细长的手指顺势掐起了脖子，似乎是在做按摩的什么放松步骤，但用力却很浅。

他只觉得嗓子越来越紧——自己好像是条蛇，郑星沥捏住了自己的七寸，只稍稍用力就能取自己小命。可她没有，她是驯兽的猎人，用温柔一点点蚕食掉自己的意志。然而荒唐的是，自己心甘情愿。

"郑星沥，你还记得上次我说什么了吗？"

"嗯。"

"我也记得你说了什么。"

郑星沥一愣："那个啊，其实……"她想解释自己当时紧张抽风，可沈成却打断了她。

"所以你看好吧。"

"什么?"她松开手,结束这场生疏的运动按摩。

沈成翻身坐起来,手撑着身子两侧,满眼的认真,宣誓一般:"我会好好追你的。"

复习周是全体大学生最忙的一个时间段。郑星沥自习室、科创、体育馆到处跑,沈成也好不到哪里去,除了训练就是抱着《传播学》《新闻学》两本书背得昏天黑地。

他不是体院的学生,车队成员的身份就更没法在期末成绩上讨得什么便宜。加上平日还经常请假什么的,好几个专业课老师都说他期末考不到八十分绝对不可能过。

沈成更加兢兢业业,连训练都跟卫任军申请了戴耳机听带背书。为了照顾他岌岌可危的成绩,郑星沥也是逮住训练闲暇和其他一切碎片化时间,进行见缝插针式的辅导。

从上次下定决心宣誓后,沈成电脑搜索栏里各种的约会表白大法就没缺过,可惜他们俩都没有时间,每天车队聚头,能看见她都已经是最最开心的事情了。

但这种有目的的忙是很有意义的,起码沈成的体脂已经从全队最高变成了平均值,成绩也从吊车尾跻身到了中列。

寒假,卫任军依旧给队内安排了集训,用他的话说"留给车队的时间已经不多了"。在考试全部结束的时候,沈成总算有了一天来之不易的假期。

唐煜给他推荐的馆子,也到了发挥作用的时候。

郑星沥考完了,正在收拾回家的行李。车队并没有强制性让她留下参加寒假的集训。她爸妈从元旦就一天一问,问她什么时候回来。她没抢上第二天的票,只好做宿舍最后一个走的人。

周承瑶邀请她直接去自己家:"到时候从我家去高铁站也一样的。"

郑星沥原本答应了,之后很快反悔:"下次吧。"

"怎么了?"

"我要跟沈成吃饭。"

"哎哟哎哟哎哟。"周承瑶打了个冷战,"女人,你太现实了。"

"不是我说，你俩怎么还没好上呢？我可是等着吃饭呢。"方梦插嘴道。

张秋雨点头附和："对啊对啊，这都一学期过去了，进度条也太慢了点吧。"

"慢着呗。"郑星沥一开始想解释的，谁知道沈戌那个憨人，态度坚决到听都不听一下的，她一时不察，又错过了机会，之后做项目期末考，也耽搁到了现在。

"你就不着急吗？"

"应该他比较着急吧。"仔细想来，她的计划实施程度还是挺到位的。虽然低估了他的憨，但起码一切尽在掌握中。

另外说句不怎么好听的话，她不清楚两人的恋爱会怎么样，但眼前这种暧昧拉扯的氛围，还是挺让她开心的。

"你现在——"周承瑶夸张地耸了耸鼻子，"弥漫着一种渣女的味道。"

郑星沥笑着把她推走："别管我了，收拾东西吧。"

第二天沈戌起了个大早，候在宿舍楼门口生怕错过。

郑星沥裹了件长长的棉袄，手插在口袋里，朝他跑过来。刚洗的头发柔顺地垂在脑后，随着动作摇晃着跑出几丝温暖木香。

"冷吗？"沈戌问。

她摇摇头："我们走吧。"

进店暖和不少，郑星沥脱掉了外套，里面的白色方领毛衣露出纤细精致的锁骨。

沈戌跟她商量着点好了菜，特意嘱咐服务员，其中一份沙拉，不要油不要盐也不要沙拉酱。

"是少油少盐吗？"

"是一丁点儿油和盐都不要。"

沙拉本来就清淡，按照他的要求端上来后，几乎就是一大碗洗干净的蔬菜。

"你这减脂，得到什么时候才结束啊？"郑星沥忍不住问。

"不知道，等达标就可以了。"沈戌有些麻木地嚼着菜，瞪圆了眼睛，又激动又惊讶地说，"啊，这生菜居然是甜的。"太感动了，天啊。

郑星沥被他这句击中，心想，突然觉得他既惨又可爱。

"你是一点点油盐都不能吃吗？"

"因为没有办法保证外面吃饭的油盐质量，所以最好是不吃。"

郑星沥点头："那下次不要出来吃饭了，你也不方便吃这些……"

"不行！"沈戍赶紧打断她，急切道，"我没关系的，我都习惯了。而且沙拉，每个店都有的，我正好尝尝谁家好吃，就比如今天。"他又起一块生菜梗，"我们不出来吃，怎么会发现这家菜甜呢？"

他脸上表情严肃认真，眸子里写满了笃定和期待，很怕她紧跟着就说出再也不跟自己出来了。

"我的意思是，不要出来吃这些保不了质量的，我们可以一起吃合乎你规格的。"郑星沥慢吞吞地说。

"真的吗？"他眼睛顿时一亮。

明明是在湿冷的冬季，跟沈戍在一起却总让她觉得自己身处热烈的夏天。低悬着的太阳落在露珠上，在逐步升高的温度里，一点点蒸腾挥发，余下翠绿底色的叶子好像水洗般清澈。之后骄阳居于无边的蓝，白色云朵边缘蓬松又明显，在热风里极度缓慢地挪动着。

郑星沥突然有个强烈又荒谬的想法——她的夏天，一直没有离开过。

"真的。"她说，"有人要追我，我得给他创造机会。"

沈戍一时间不知道自己是不是出现了幻听，只见她低头认真跟碟子里的菜打交道，腮帮子一鼓一鼓的，看不清是什么表情。

啊呀，这人，怎么，怎么说完就当没发生啊。

更气的是，他一时间竟然找不到话回复她，显得自己追人的把戏特别无能。

沈戍偷偷在桌下点开手机，键入关键词。

"撩妹的一百种方法。"

"听过的女生都感动哭了。"

"情侣感情升温小话术，保证你的女朋友离不开你。"

沈戍：学到了，学到了。

郑星沥吃饭一直很慢，沈戍不想自己干看着，让她尴尬，于是也放缓了速度。

饭毕，还没等他想好接下来的行程，郑星沥的眼神就已经看了过来。

算了算了，没有妥善的计划，不如不计划。给女孩子一个没有准备又无趣的约会，还不如早早放人回去，反正都在一个学校，以后还有大把大把的时间。

他打定主意转头去看她，刚准备开口说"我们回去吧"，视线就带到她的耳朵，看见一个小小的耳洞，仔细看还能分辨出上面好像插了一根透明的小棍子。

"你打耳洞了呀。"

她仰头对上他的视线，继而点点头，摸了摸耳朵："秋天打的。"

他有点好奇地伸手摸了碰那个透明的小棍子："这是什么？"

"消毒棒，防止长起来。"她的耳垂有点厚，耳洞也更容易长实起来。于是宁愿现在天天换消毒棒麻烦一点，也好过后来再挨一下。

沈戍"哦"了一声，虽然有点不大懂，但没有再继续问。

来的时候还是阳光大好，现在他们走在街上，却只能看见暗沉沉的天，映得周遭的光都黄上不少。

"不是要下雨吧。"郑星沥有点担心，她跟沈戍两手空空的来，也没带把伞。

"应该不会吧，这可是冬天。"

郑星沥笑了声，说："在华封，没有什么天气是不可能的。"

沈戍抬头看一眼："我看过预报，不会的，顶多阴一会儿。退一万步，就算下雨也应该是在夜里。"

他话音刚落，就有细细凉凉的雨落在他的眼眶附近。

……

"我还是去买把伞吧。"

郑星沥心里发笑，跟沈戍一起贴着别人家的门廊走。

很快，原本细细绵绵的雨开始变得浓烈，在砖块铺的地板上，砸出一个又一个阴影，继而晕染开来，浸湿整片地面。

沈戍的步子又迈得大了些，郑星沥有些跟不上，连忙伸手扯了一下他的衣服，"等我一下。"

他立马僵住，回过头来，看见她牵着自己的袖子，微微蹙眉有些埋怨的意味。

他怕雨越下越大会淋到她，于是着急去买伞，一时间忘了她还跟在自己后头："不，不好意思。"

"走吧。"

这回他没再那么急，放慢了步子，时不时回头确认她就在后面。

好在街不算太长，等见到一个偏门之后，他立刻就带着她拐了进去。

一场突如其来的雨，让商场的人更多了。

沈戍伸手帮她拍掉后背的雨水，突然灵光一闪："其实没有伞也没关系。"

"什么？"

"因为你在我心里，雨淋不到你。"

郑星沥眉头一蹙，扭头看他："哈？"

呃，怎么跟想象中不一样。照常理来说，她不是应该觉得害羞吗？可是她现在的嫌弃已经呼之欲出了，那表情难以形容。

沈戍摸了摸鼻子："不，不好玩儿吗？"

"嗯……"郑星沥斟酌了一下，"有点浮夸。"

沈戍受伤了。

郑星沥叹了口气，抿了抿嘴，语重心长："少上点网吧。"

"网络信息良莠不齐。"她拍拍他的肩膀，表示理解，"你现在可能还不具备汲取有效信息的能力。"

商场一层就有百货，郑星沥来去匆匆，拿了一把伞就去结账。队伍排了老长，周遭还有人来来往往，沈戍让她出去透气，自己排着队。

郑星沥没推托，去商场门口等他。没多久他就出来了，边撑开伞，边从兜里掏出一个小盒子来，在她疑惑的目光里，红了耳朵，不自然地说："刚刚排队的时候看见的，觉得挺可爱的。"

里面躺着一对银色的小鲸鱼，莹莹的，像在发光。

再看沈戍，依然目视着前方，嘴角紧绷，好像递给她东西的人不是他。

寒假一个多月，郑星沥却几乎没带什么东西回去，一来山高路远，赶路不方便，二来开学回来温度也还低着，没那么快过春天。

她在家里睡了几天，之后便又开始看网课写程序。

蔡伦上次推荐的几个老师确实很好，而且知道她看完之后又推了几个进阶版的。不得不说，他人不怎么讨人喜欢，在专业上还是很可靠的。

期末成绩像挤牙膏一样，一点点地往外蹦，好在她没有挂科，好几门上了 90 分，其中计算机网络一门因为还要给沈成补课，学得尤为熟练，喜提年级第一。

沈成也没有挂科，他们老师说得凶，但其实好几门他考了"70+"，老师平时分也没有少给，放他过了，好歹没让还在集训的生活起波澜。

"在吗？"

郑星沥看了眼亮起来的消息提示，名字写着"方漂亮"。

嗯，方书琛那个不要脸的，真给自己微信名改成这个了。

"快放。"

"我又被停课了。"

短短几个字，信息量巨大。

郑星沥回他："每次你给我发消息，我心里都是'咯噔'一下。"

"干吗呀，我也没有给你发过几次消息好不。"

"对，但是回回都不是什么好消息。"

"……"

"说说吧，这次是为什么。"

"这次真的是意外。"

郑星沥叹了口气，按下视频暂停键，认命地找了耳机戴上，内心数字还没数到三，方书琛的电话就来了。

"我跟你说，真的是点背，我都服了。"方书琛语气愤愤不平。

郑星沥见怪不怪，想着算法，"嗯啊"地敷衍着。

"我就想着出去玩这么一次，而且我们三四个人呢，倒霉肯定也一起来，怕啥。出校门拦了辆出租车，一打开门，好嘛，副驾驶，班主任。"方书琛越来越激动，"而且你知道最缺德的是什么吗？他们居然全跑了！全！跑！了！是人吗他们？我才是被怂恿的那个，最后成了唯一一个停课的。我恨！我恨啊！"

"简单啊，你把人供出来不就不是唯一一个了吗？"

"你好缺德啊，怎么能这么不讲义气。"

郑星沥乐了："你不是说他们先抛弃你的吗？是他们不义在先啊。"

"哎呀，这种事情，能跑掉一个就算一个啦，何必斤斤计较。"

"你这话说得，显得我格外不是人。"

方书琛重重地"嗯"了一声："你确实不是人。"

"呵呵，我看你是觉得以后的日子太长了，想早点跟这美丽人间说再见。"

"你真缺德，我都被停课了，你还不安慰安慰我，竟然威胁要杀我。"他哼唧了两声，恶狠狠地下定义，"过分！"

"我安慰你？都高三了，还逃课，你这叫活该。"

"你少来，你高中没逃过课吗？"

"当然……"郑星沥顿住了。好吧，逃过。还跟沈戍在凉亭里看了一场日落。

"算了，你肯定没有逃过，你除了念书还知道什么。"方书琛嫌弃地说，"你的高中——索然无味。"

瞎说。

她在心底反驳。

谁说的索然无味，起码高三就很精彩啊。

"你少来了，你能有什么精彩的时候。"方书琛太知道她有多书呆子了，"你别把疯狂刷题当作精彩好嘛。"

精彩啊。

郑星沥翻来覆去地回忆，想拿点东西反驳他语气里的瞧不起。可很快就发现，所有的精彩都跟某一个人有关。

她长长地叹了口气，骂方书琛："你烦死了，天天说些有的没的，期末都考试了，跟我打什么电话。挂了，我要给未来的计算机事业添砖加瓦了。"

被挂了电话的方书琛丈二和尚摸不着头脑，不明白她怎么跟出了故障的定时炸弹似的，倒计时还没归零了，就炸了。

炸了的郑星沥烦躁地抓了抓头发。

她拿了手机，点开消息框，遣词造句又删删减减，最后还是没发出去。

沈戍的集训是为了以后的职业生涯做准备，她不好打扰叫他分心的。

都怪方书琛，非强迫她想高三。这下好了，她好想沈戍哦。

今天才腊月十九，距离沈戍回来还有十天。

她瘫在椅子上，闭了闭眼，很快打起精神。

很好，振作起来，起码要在他回来之前，把 PC 端界面搭好。

给自己定下目标后，郑星沥又开启了学习模式，连赴刘希、陈宇昂的邀约也都来去匆匆，吃饭途中聊天都跟特务接头似的，极为精简，之后到点儿就走，说自己预约的安卓课程要开始了。

刘希愣了愣："咋回事儿啊，华封竞争压力这么大吗？"

"我不知道啊。"陈宇昂跟她一样蒙。

"我都怀疑自己上了个假大学。"

"谁不是呢。"陈宇昂顿了顿，意有所指，"你说有没有可能，她是要给我们俩创造条件？"

"疯了吧。"刘希眉头拧在一起瞪他，"在她眼里我审美会这么差吗？"

"吼，你什么意思，什么叫审美差？"

刘希挥挥手："就字面上的意思，不重要。"

"重要，很重要。士可杀不可辱，你在侮辱我！"

两人见面就掐的毛病到现在还没改掉，新一轮的掐架也就此开始。

腊月二十四，小年夜卫任军总算做了个人，夜里的集训暂停一回，把大家集合起来看小年夜晚会，也算是感受一下过年氛围。

沈戌中途溜回了宿舍，路上给爸妈打了个电话。

宿舍楼里也有些没走留校的人，要不就是跟导师做项目要不就是考研的，人少，所以显得楼里格外冷清。宿管室里泄出几句小品的哄笑声，在这冬夜里更为寂寥。

室友们早就回去了，徒留床上一个又一个叠起来的被坨子。沈戌草草洗了个澡，没完全擦干的水珠被空调一吹，激得他打了个寒战。他给郑星沥打去电话，铃声刚响就被拿了起来。

"今晚没去训练？"

"今天小年，没训。"

他实在是太长时间没有听到她的声音了，这会儿说上话便觉得身上暖和了起来，比那空调还好使。

"嗯。"她应了一声，接着舒出一口气，如释重负一般。

听筒里传来键盘的脆响，沈戌问："你在学习吗？"

"对，我刚看完课，实操一下，顺便改改之前的代码。"

"好辛苦哦。"

"不辛苦。"她顿了顿，心里补充一句——命苦。

"那我有打扰到你吗？"沈戌小心地问。

郑星沥看了看新敲代码运行出来的"3error, 5warning", 坚决否认道:
"不打扰。"

"那就好, 我马上就回去了。"

"嗯, 回来好。刘希和陈宇昂总问我你什么时候才能一起吃饭。"

郑星沥认清了自己没有办法一心二用的现状, 干脆把电脑合起来, 躺倒在床上。

角落空调对着床吹, 惹得她皮肤下的血管一阵跳动, 温度也急剧上升。似乎就是这空调风的问题, 连带着她觉得心跳都快了不少。

沈成说: "我年三十上午的车, 估计到家刚好赶上年夜饭。"

"这么迟啊?"

"春运票难抢, 我这还是买的站票。"

郑星沥眉头稍拧: "那得站好久呢。"

"没关系, 平日训练可比这个累多了。"

"看来饭只能新年再吃了。"

沈成把手机扔到床上, 一边爬梯子一边回她: "大概率是吃不上, 初一我就得回校, 初二训练。"

郑星沥说: "过年就两天假? 这还不如双休日呢。"

就这架势, 他回来了, 她也见不到人。

"没关系等到开学就好了, 起码你可以来我队里, 到时候我们还能见面。"

电话那端有一瞬的沉默, 郑星沥再开口有些气急败坏, 像只被踩了尾巴的猫: "什么去你队里啊, 你少自恋了。"

沈成没明白这话怎么就自恋了, 他诚实地说: "可是我想见到你啊。"

沉默又开始了, 跟上次不一样的是这次有种不易察觉的气声, 似乎是隔着棉花透出来的, 好像是阻断了的急促呼吸。

沈成问: "郑星沥, 你是在笑吗?"

那气声停止了, 豁达的声音却有些扭曲上扬: "你少自恋了, 谁笑了。"

他挠了挠眼皮, 怎么就又自恋了呀。

郑星沥重新坐起来, 把笔记本端到床上, 趴着看代码。

沈成听到动静, 好奇地问: "这个项目这么着急吗?"

"没有那么着急。"郑星沥回他, "只是我比较着急。"

"为什么？"

她停下找"bug"的视线，翻身盯着天花板亮亮的白炽灯，直到边缘线变得模糊。

"这个项目严格来说，是你给我的灵感，它不只属于我一个人。"

沈戍不好意思起来："没有啦，我就只是随口提了一嘴，并没有那么重要。"

郑星沥摇了摇头，头发跟床单摩擦发出"沙沙"的声音："没有这个灵感，我就不会想主动去学、去做，也不会发现人工智能这么有意思。"

"你很喜欢这个哦？"

"我大概是找到自己喜欢的事情了。"郑星沥笑了一下，"所以啊，多亏了你。"

沈戍嘴角得意地翘起来："唔，这么看来，好像我是发挥了点作用哦。不过，你还是没有说为什么着急。"

"因为——"郑星沥闭上眼睛，声音又轻又柔，"我想把它送给你。"

"沈戍，这是我给你的礼物。"

"我想早点送给你。"

用你的数据做出来的，与你的热爱有关的软件。糅合了你与我的喜欢、独一无二的软件。

我把它送给你。

Chapter 08
·新年快乐，女朋友·

年三十，吃了中午饭，郑乔生就给店里贴好了对联，之后关门带着方荟回了小区。

新房子刚装修好，今天就是在这儿过的第一个年，不仅他们一家，还有方书琛他们家，贴完了对联也会过来。

方荟从二十八就开始一点点打扫家里的卫生，到今天总算是全部结束了。

郑乔生拿了水桶抹布，搬了个凳子放在门口，准备把门洗一遍再贴对联。

大年三十的时候给徐阡他们打电话问问题属实不大好，于是郑星沥提前发信息祝贺了"新年快乐"之后便也出来帮忙了。

方荟忙着在厨房里处理菜，今晚人多，又是在新房子第一回过年，该要大办的。郑星沥挤过去帮忙择菜，手机时不时响几声，她擦干净手，回复沈成。

他已经回来了，说自己刚刚经过街心，看见她家对联都贴好了，好奇为什么这么早就关门了。

"我们在小区。"郑星沥给他说了情况。

沈成回复了"嗯嗯"，又过半小时，他直接打了通电话过来。

郑星沥刚帮方荟从桶里捞了条鱼，一时间腾不出手，那边厨房又烟熏缭绕忙着，她赶紧去找她爸，让他帮忙把手机拿出来。

"喂，你在家吗？"

"嗯？在啊，怎么了？"

"你们家小区是花盛河苑吗？"

"对呀。"

"嗯。"沈戍笑了声，"你下来吧，我在你们小区南门口。"

郑星沥脑袋"嗡"的一声："你说什么？"

沈戍又笑着重复了一遍。

她侧了侧身，示意郑乔生把鱼接过去，自己用肩膀夹住了手机："你真的在吗？"

"骗你是狗。"

鱼刚脱水还在手里活蹦乱跳着，郑乔生一边撸起袖子握着鱼，一边好奇地看着她。

郑星沥动作艰难地用小臂把手机夹到桌子上，一扭身，"噔噔噔"地跑去阳台洗手了，脚步声里说不出的欢快。

郑乔生好奇地张望着，问："你这是要出去？"

"对呀。"她一边答着一边钻到房间里，出来的时候，手还在摆弄着耳垂。

郑乔生凭借着养闺女的敏锐嗅觉，察觉出了不对劲，试探着问："都大年三十了，还出去呀？"

郑星沥丝毫不慌地点点头，从善如流道："是很久没见的老同学。"说着蹲在门口把鞋拔进去，"您快给我妈送鱼去呀，她还等着呢。年夜饭，可不能开玩笑的。"

郑乔生还想再问，但她爬起来一溜烟儿就跑没影儿了。

郑星沥一路小跑着进了电梯，趁着下行的工夫，还在反光镜前整理了一下头发。

她轻轻拍了拍自己的脸，长长舒出一口气，之后加速奔出去。

小区门口，有人站在外头，背对着这里，身边站着一个行李箱。头发后面参差不齐，宽松修长的黑色羽绒服款式简单，背后是个圆形的 logo，上面写着"华封大学公路车队"。

郑星沥刹住步子，喘匀粗气后，才抬脚朝他走过去。

似乎是心有灵犀，那人紧跟着便回过头来，清隽英气的脸上的笑意在看见她的那刻开了个头，之后便如洪水一发不可收拾。他高高地举起双手："我在这里！"

行李箱没了人掣肘，顺着倾斜的坡路往底下滚去。沈戍听了动静，赶忙弯腰伸手一够，再回身看，她便已经来到了跟前。

"你没有回去吗？"郑星沥有些错愕，这满身的风尘仆仆，实在叫人很难忽略。

沈戌把箱子捞回来："没有，我顺路。"

顺个鬼的路，他家小区跟自己家小区，一个南一个北。

"你这路顺的，还要多转一趟公交车。"

"那怎么了。"沈戌抓了下头发，眼神真挚，语气透着理所当然，"可以在今年的最后一天见到你，再转十趟公交车都行。"

郑星沥怀疑自己的心脏有一条统管全身神经的麻筋，只要沈戌敲一敲，便能轻而易举点到，导致自己血液流速加快，大脑迟钝。

"你家住几单元啊？"他问。

"干吗？"

"问问，下次好歹可以进小区等你。"

"6栋1单元0802。"郑星沥还指给他看，"就眼前这栋楼，另一边的八层，阳台就是我房间。"

"行啊，会买，这楼层、单元、门牌都吉利得不行啊。"他又抓了抓头发，动作略显刻意。

郑星沥这才发现奇怪的地方："你这头发是？"

平日里整齐干净的偏分刘海，这会儿半短不长地斜杵在额前，两边的头发长度差异明显，看上去像要啃完又没完全啃完的西瓜皮。就算是这张脸，也被拖累得从八分赊成了六分。

沈戌悲愤地又揪了揪约等于没有的刘海："我们训练没时间出去剪，所以卫教练昨晚特地给我们剪个了头，喜迎新年。"

然后摩拳擦掌一剪子下去，顿了顿说：没事，我补救一下。

结果刀刀都等下刀补救，于是就成了现在这个样子。

郑星沥踮脚看了看他的头顶，安慰道："没事，起码没给你剪成地中海。"

沈戌掀开耳朵边的头发，语气悲壮："可是我的鬓角也没有了。"

多好看的鬓角啊，离开得太快。要不是他及时叫停，估计连这块遮羞的头发都得失去。

"没关系。"郑星沥挪开他的手，帮忙把头发盖住那块缺损，"长长就好看了。"

沈戌抿嘴："谢谢，如果你不偷笑的话，我觉得会更有说服力一点。"

"对不起。"郑星沥也抿嘴憋住笑，但是实在忍不住，最后全面崩盘，双手搓着他的头发，边笑边说，"这边是软软的，这边就是扎扎的。卫教练到底怎么做到的呀。"

视线所及是她流畅的下颚，扬起灿烂弧度的嘴角。耳垂上趴着的那只熟悉的银色鲸鱼，在夕阳下反射出亮亮的光。

沈戍眼神一软，任她捏圆搓扁，还配合地摇了摇头："可不是嘛，甩起来都不对称了。"

嚯，这长短不一又各有层次的线条啊。

"你再摇一下。"

沈戍听话地又甩头。

"哈哈哈，真的好好笑。"

她整理着他惨不忍睹的头发，喟叹道："怎么能剪成这个样子呢？"

笑够了，郑星沥又开始找补："嗯，还是很好看的。"

"骗人。"

"没骗你。"她扒拉了下他额前的发，把两边长的帮他别到耳后，又拍了拍他的头顶，满意道，"这样还是很可爱的。"

"真的吗？"

"真的。"

"是有可爱到你吗？"他睁圆了眼睛，盛满了急切，明晃晃地寻求肯定答案。

郑星沥心里一软，略略点头，比画道："一点点吧。"

你最可爱了。

沈戍笑容撤下："算了，反正等下次你见我，就不会再是这个样子了。"

大不了回学校推成板寸。

"恐怕不行，你不是说了吗？不能在正月里剪头。等我回学校的时候顶多出了正月十五，可还没出正月呢。"

"封建迷信要不得。大学生，不要搞这些有的没的。我们要做坚定的唯物主义拥护者。"沈戍严肃地纠正她的错误。

郑星沥哭笑不得。

"好了。"沈戍抬手看了看表，"还有五分钟。"

"什么五分钟？"

"可以让我赶上年夜饭的那班公交车还有五分钟到。"

"那你快去吧。"

小区门口没有车站，还得拐出去到主街上。

"不用，我跑着过去，两分钟就够了，还能再留三分钟。"

"你回去吧。时间宽裕点好，不然赶不上年夜饭了。"

沈成摇摇头："我想再跟你待三分钟。"

啊，无语，他到底是怎么做到用这种一本正经的表情，说这种暧昧的话啊。

幻想里的小人捂着心脏倒地，幻想外的她慌乱地移开视线："在这儿吹冷风干吗呀，快回去了。"

沈成选择性失聪："你冷吗？"说着拉开羽绒服的拉链，挪了挪身体，单手插兜将衣服微敞，"现在还有冷风吗？"

小人刚爬起来就又被打倒，这次连挣扎的力气都没有了，嘴角挂着安详的笑容。郑星沥低头看着他里面的灰色打底，略修身的版型，似乎勾勒出了腰身。不得不承认，真的很想就这样环住，把手放到暖和的袄子里。

她不说话，沈成就从她的发丝来判断还有没有风，不自觉便越走越近。

等到郑星沥从幻想里挣脱出来的时候，那块腰身已经近在咫尺了。她抬眸，看到他下巴一圈胡子冒了青青的胡茬儿。

鬼使神差地，她举起手，用手心在胡茬儿上摸了摸。

下巴冰凉的触感让当人墙的沈成僵住了，松松地握着拉杆的手也不自觉放了开来。万向轮"咕噜噜"地往底下走，不同的是，这次没有人身手敏捷地捞住它了。

密密的茬儿硬得有些扎手，但转圈的时候又能把它轻易带弯。距之分厘的肌肤有些热，轻轻浅浅的呼吸喷在指中，给冻僵的手带来暖。

"砰！"加速的箱子遇到圆墩子，顺利逼停倒在一边。

与此同时，路边传来声高叫，饱含震惊、紧张，还有窃喜："郑星沥！你在干吗？！"

这声音简直不能再耳熟了。

郑星沥如梦方醒，呆呆地循声看去。

方书越一脸的八卦，旁边是难以置信的方书琛以及同样难以置信的舅舅和舅妈。

舅舅，舅妈。

郑星沥一个激灵，赶紧缩回手，谁料一时不察，指甲划过了沈戌的脸边。那块皮肤很快变红，肿出一道粉红的痕。

"对，对不起。"

方书琛捡起箱子，痛心疾首："天啊，谈恋爱连行李都不要了，你们考虑过箱子的感受吗？"

"你不要瞎说。"郑星沥几乎是弹开的，作案双手放兜里藏得严严实实，似乎是这样就能掩盖刚才发生的一切。

"舅舅，舅妈。"她叫了人，想解释一下现状却发现无从说起，憋了半天来了句，"这是我同学。"

沈戌也尴尬地站在一边，脑袋昏昏的，一紧张也跟着叫了声"舅舅、舅妈"。

"嚯！还说是同学，这都跟着你叫人了！"方书琛一脸"被我逮住了吧"的表情。

"你闭嘴啊。"郑星沥从他手里夺过箱子，塞给沈戌，"快走，你不是要赶公交车吗？年夜饭，要赶不上了。"

"啊，对，那，那我走了，舅……叔叔阿姨再见。"说完，沈戌飞奔着离去，那架势跟激情犯罪后吓傻了逃离犯罪现场一模一样。

方书越拍了拍郑星沥的肩，小声说："你们这也太明目张胆了。"

这年三十的，不知道的还以为要给人带回去见家长呢。

"真不是。"八字写完一撇刚准备写一捺的郑星沥欲哭无泪，"真不是谈恋爱。"

"不是谈恋爱你在那儿摸人家下巴干什么？耍流氓啊？"方书琛对着爸妈说，"看见没有，渣女。"

"方书琛！"郑星沥低声叫他，"你不说话会死啊。"

"看看看，心虚了。"

方妈妈骂他："就你声音大。"说着走上前，"星星呀，你们这谈多长时间了呀？"

"我们真没谈恋爱。"郑星沥叹了口气，"我那是，那是，那是帮他拿掉东西。"

方书琛："少来，我两只眼睛 5.0 绝对没看错，你什么都没拿掉。"

郑星沥狠狠瞪了眼方书琛。

方妈妈也数落方书琛没大没小。趁这间隙，方书越把郑星沥往身边拽了拽，压低了声音问："真没谈？"

"真没有。"郑星沥诚恳道，"就，暧昧期。"

"那你这胆儿挺大啊，都上手了。"

郑星沥无话可说，总不好承认自己是鬼迷心窍了。

"不要害羞嘛，舅舅、舅妈又不是外人。年轻人谈谈恋爱又没关系，又不是谈婚论嫁，我们很开明的，不会过问的。"方妈妈捉起郑星沥的手，拍了拍手背，"他哪里人呀？多大？什么学校的？你们怎么认识的？他是独生子还是有兄弟姐妹呀？你们谈多久了？谁先提的呀？"

"妈，你这还不过问呢？"方书越把妈妈拽走，"人家真的不是在谈恋爱，你们误会了，总不能逮到点东西就认准了吧。"

"哪里是一点东西，这是好大的东西。"方书琛看热闹不嫌事儿大，于是他得到了报应——方书越的巴掌一枚，结结实实地落在了他的后背。

"啊！"他一声惨叫，"你干什么？"

"打你。"

"为什么打我？"

"我什么时候给过为什么？"方书越冷笑，"别以为我不知道，你那草稿纸上密密麻麻的，可全写着人名字呢。"

方书琛罕见地脸红了，气急败坏："你，你侵犯我隐私。"

"隐私？你本子就摊在桌上，我不小心瞥到的，我还没怪你闯进我视线呢。"

"你造谣！"

"好呀，回头让爸爸看看是不是造谣。"

"怪不得，期末考试前还敢逃课呢，我看你是皮紧了。"方妈妈的注意力迅速转移。

"不是，我没有！"方书琛百口莫辩。

"哼，那星沥也没有。"方书越三言两语就成功地把人绕了进去，挽住妈妈，"行了，都俩小屁孩知道什么谈恋爱啊，您也别想太多了，上去吧，我都饿死了。"

一场鸡飞狗跳的喜剧可算是落下了帷幕，郑星沥心情稍稍平静。手机再次振动，沈戌发来一个沧桑的熊猫头表情包。

"赶上了。"

"那就好。"

"你舅舅、舅妈怎么说？"

"我姐搞定了。"

沈戌激荡的心绪定了定，期待排挤了出去，剩下缕小失落，但很快又转换成斗志。

那句话怎么说的来着，有志者，事竟成。舅舅、舅妈终成一家人。

也不知道方书越嘀咕了些什么，直到年夜饭进行到尾声，舅舅、舅妈都没有要说出小区门口见闻的架势。

郑星沥惴惴不安的心也算是放了下去。

配合着春晚的背景音，客厅里麻将扔得乒啷响。方荟说这是以后行走江湖的必备技能，于是郑星沥被按在一边看牌。

嘈杂声里，口袋里的手机振动个没停，郑星沥看清楚上面的信息后，看了眼牌面。

舅妈已经听牌，刚抓了一张麻将子，没第一时间看，而是用手指按着，试图摸出是什么牌面儿，全场人心都提了起来，因为她已经杠了两张牌，这把如果自摸，赢的钱那就大了。

郑星沥便是在这个时候，先按了接听，而后悄摸地躲回到房间里的。

"你们家好热闹啊。"沈戌似乎是在阳台，听筒里风声有些重。

"打麻将嘛，也就过年闲一点。"

沈戌笑："你会吗？"

"还在学。"

"那可快点学，我可是合祁市腾山区'雀神'。"

"你少吹牛了。"

"才没有，不信明年过年一起打麻将看看。"沈戌语气得意，"我一定让你见识一下什么叫作独孤求败，到时候你要是把压岁钱输完了可别骂人。"

"麻将可得四个人，你光赢我？"

"好办呀，叫上方书琛还有你姐姐。"他恍然大悟道，"对了，应该把方书琛的钱全部赢走。"

"你跟他？还指不定是谁赢谁呢。"

沈戌见她并没有辩驳会跟他们一起玩，高兴极了："走着瞧，到时候赢了的钱就全给你，让你看看什么叫实力。"

"你什么时候回学校？"

"早上六点。"

"这都已经两点多了，你岂不是没法儿睡了？干吗买这么早的票啊？"

"春运，能抢到票都不错了。"

"又是站票？"

"运气好，捡漏了。"沈戌声音有些抖，感叹道，"今天风可真大啊。"

"你是在风口站着吗？怎么不进屋？"

沈戌不回答反问她："怎么没有去放烟花？"

"今年没有买。"

合祁的政策常改常新，今年的烟花所有区县都全面禁放，除了实在偏远的乡村以外，可以说是一点爆竹声都没有。他们在新家过年，当然也不会为了纠结开门炮的事儿，跑老远的路，于是也就作罢。

"那你想放吗？"

郑星沥登时敏锐起来："怎么了？"

"如果你想放的话。"沈戌慢吞吞地说，"可以来楼下。"

他说："禁放烟花的话，两根仙女棒应该没有关系吧。"

郑星沥迅速拉开窗帘，去到阳台。街边灯下站着个人，正在昂头看着她的方向。

底下的人挥了挥手，同时耳边听筒里也传来惊呼："你发现我啦！"

"沈戌，你真的是！"郑星沥不知道说什么好，想到外边正打在兴头上的家里人，"你等着。"

"好哦。"他语气乖觉地应下。

郑星沥换上了新衣服，之后悄咪咪地打开了门。门锁"咯哒"轻响，好在此时不知道谁自摸了，客厅里绽放出一阵狂笑，完美遮掩了她的动静。

她慌慌张张，进了电梯还心跳如擂。

那人站在光里，身形轮廓变得格外清晰，风吹动长长大衣的下摆，更显得他单薄。

"沈戍！"

他回过头来，灯光般的明亮从眼球里四散开来，为五官蒙上一层柔和的银色，朦胧之间，她却能看得清楚他的笑眼。

他身边依然跟着笨重的大行李箱，不同的是这次不会再往下滑了。

"给你。"沈戍把手里捏着的两根细细的铁丝棒递给她，"新年烟花。"

郑星沥想，一定是自己熬夜熬出了幻觉，不然为什么会在年三十的夜里，看见漂亮的月亮。

沈戍摸遍了浑身上下，最后尴尬地说："你带打火机了吗？"

郑星沥摇摇头。他气馁地耷拉下来笑，语气里满是懊恼和失望："完了，万事俱备，就差个火。"

她把烟花棒放到兜里，说："没关系，等到明年再放吧。"

沈戍笑起来，原本想让她别说傻话，这烟花棒明年一定就放不了了，但很快又悟出她话里的另一层意思："明年还是我跟你一起放吗？"问完又立马重重点头，生怕她出口说不是，"你说的明年哦！是你说的，你要做到哎。"

不管是不是跟他猜想的一致，反正他默认一致了。

郑星沥觉得好笑："闲不闲啊你，就为这两根烟花，绕这么远的路？你怎么过来的，打车？"

合祁不比一线城市，这么晚公交车早就停运了。

沈戍摇摇头："我在家里守完岁，收拾好东西就直接出来了。路上没打着车，走来的。"

郑星沥一顿。

他们两家小区间隔了得有十几公里，他还拖着一个箱子，风这么大，还不知道走了多久。

"你傻不傻呀。"郑星沥斥他，"家里不待，跑这儿吹风，你是运动员，万一生病了还怎么训练啊？"

沈戍把手插在大衣兜里，听了责备也不生气，依然对她笑："因为我想见到你啊。"

"去年最后一天见到了你，今年第一天也想见到你。"

以后每一天也是。

三月初开学，科创参加的比赛也都在省赛里杀出了重围，开始迈入国赛的最后一轮修订补充。

与此同时，四月份的市春季运动会准备工作也拉开了帷幕。

郑星沥两边都有活儿，一个也不敢落下。国赛也在四月，结束后紧跟着的就是市运动会。她只能祈祷可以抽到个前一点的签，这样才能去运动会凑人头。

"你这个云计算处理的结果有偏差哎，你再看看哪里出问题了，到时候答辩如果也是这个样子，那就基本告别角逐资格。"

蒋老师今年三十出头，之前进过大厂，后来考上了博士，毕业就来华封当讲师，主攻人工智能方向，因为学术做得好，去年刚升为副教授。

范文虎点点头说自己会调整。

"这个项目也做了有几年了，只要不出什么意外，国赛是很拿得出手的，不用给自己那么大压力。"蒋老师顿了顿，"至于徐阡上次说的，多带一个人的事情，我也跟学校沟通过了，主任的意思是不好走后门。"

徐阡忙道："学妹都是好学妹，就不能一起去吗？"

"急什么。"蒋老师淡定地捧过水杯，"话还没说完呢。"

"您说您说。"

蒋老师把表格递给徐阡："这次拿了省一等的，我们学校拢共才两个队，加一个也是加，加两个也是加，所以我跟学校那头说，干脆改成每队去四个。"

"可以吗？"

"省里拢共就推五个队去，我们学校占了俩，还全是我们院的，领导心情好着呢。"

徐阡继续问："那住宿？"

"市中心，四星级。知足吧。"

几个人纷纷点头如小鸡啄米，异口同声道："知足的知足的。"

"行了。"蒋老师靠在舒服的办公座椅上，"大一的那俩，你们的项目呢？有眉目没有？"

被点了名的郑星沥和小六不可避免地紧张起来。

"有的有的。"范文虎代替她们回答，"小六想了个智慧能源家居方面的，小郑搭建了机器学习的决策型系统。"

"先看看能源家居吧。"蒋老师打开笔记本电脑，拿了笔认真听小六说完了构想。

"三个问题。"他看了眼过程中记下来的只言片语，"第一，跟同类型的创意相比，你觉得最大的优势是什么；第二，你所说的功能可以实现多少，实现到什么地步；第三，你还要多久才可以做出成品。"

小六前两个问题回答得很顺："至于做出来，我刚刚才开始，如果您指的是我一个人承包的话，估计时间会更长一点。"

蒋老师点点头："行，我觉得你这个项目比较适合去参加类似于电子商务大赛，服务外包之类的，在创业类里做好后面的市场和营销分析，应该可以去很多。偏于经济的这方面，要不然就自己查自己学，要不然就去经管院找同学找人，科创如果有人懂这个的话，也可以优先考虑拉到队伍里来。"

他用眼神示意郑星沥上前汇报。

她们俩目前做出来的东西除了功能侧重不一样，整体进度也都差不多。

"你数据采集得怎么样了？"蒋老师当初帮她跟体院那边搭了头，也还记得这事儿。

"我一开始尝试跟踪了单个样本，其他数据是来源于网上的，提前大数据分析完成后，导入现实采样的样本，系统自己计算出来的结果跟市场上同功能的其他软件比还是存在差距的。我去问了体院的老师，他们说两个结果都不能算完全准确，但也不算完全错误。换句话说，弥补教练不在、计划暂无情况下状态的保持和精进来说，是够的。"

"嗯。"蒋老师认真地看完了初步的演示，"但是拿出去比赛，不够。"

郑星沥虽然知道会是这个评价，但真的听到的时候还是挺失望的。

"我还是刚刚一样的三个问题，你可以不用着急回答我。另外就是，从你写的功能设想来看，你要搭建的东西，要做的模块还有很多。还有你如何获取准确数据？是通过购买速度检测台，还是直接装传感器？如果是跟手环之类的东西同步数据的话，又要怎么实现同步？"

郑星沥手指无意识地交叠摩挲："我还在学。"

"把你程序调出来给我看一眼。"蒋老师问，"你用什么语言写的？"

"python。"

"学了？"

"还没有，我自己看了点课。"

蒋老师应了一声，上下看了几个子程序，指了几个不恰当的地方给她看，最后总结："还行。你这个项目好好做，也可以参加很多比赛。我看你语句算法用得还不错，好好学语言，下半年有个数据分析的比赛，七月份报名，你如果那个时候学得好的话，可以去试试。"

"啊？"

"我看过你的期末成绩，高数、线性代数学得都很不错，这在比赛方面也是优势。好好看书好好学，以后多的是拿奖的机会。进了省赛名单的，最次也是二等奖，进了一等就是去国赛，只要东西好，答辩现场解释清楚，在国赛拿个金奖也不是不可能。"蒋老师摘下眼镜，捏了捏山根，"行了，回去吧，都把目标放长远点。这年头敢想的人，才能做成大事儿。"

沈戍魔鬼训练，郑星沥疯癫学习，一切都这么有条不紊地行进着。

两人各自的比赛挨得很近，市运动会23日开幕，自行车项目穿插其中，26日最后一天才到沈戍的赛程。而郑星沥，25日答辩才结束，时间都是紧巴巴的。

临行前一天，郑星沥在车馆休息室里紧急顺着PPT，这是她第一次被安排去答辩，为了确保不出意外，她特地带了三个U盘备份。

沈戍安慰她不要太紧张，郑星沥辩驳说这是谨慎。

"等你到了市运动会现场也会跟我一样谨慎的。"

沈戍笑："才不会，起码也要等到了省运会才这样。"

郑星沥打了个哈欠，有些懒地趴在了桌子上："这么看不起市运动会啊？"

"哪有，我是相信我们团队。"他挪过电脑，"再说了今年分了高校部跟专业部，他们市队的压根儿不跟我们一起比。在全市的大学里出线，可比跟他们一起压力小多了。"

"你没听说过吗？骄兵必……算了，不说这个字，反正你还是要好好对待的。"

"那是当然，你看我什么时候没好好对待过比赛吗？"

这倒是，平日里就算是队内组织的训练赛，他也是争当第一的。就算赢不了冲线手，那也必须当破风里的佼佼者。

"这样吧，让我这个门外汉来看看你们的东西好了，要是我能看懂你们绝对可以。"

"这是什么道理？"窗外的太阳有些刺眼，郑星沥换了个方向趴着，也不阻止他。

"你以前给我讲过的呀，白居易写完诗以后都要读给不识字的人听的，以此来证明东西通俗易懂，这不是一样的道理吗？"

他很认真地翻看着，时不时蹦出几个问题，还不等郑星沥解释，就自言自语找出了答案。

"我觉得非……"沈戌的夸奖说了一半就停了下来。

郑星沥枕在胳膊上，背对着阳光，头发乖顺地垂下，脸陷在阴暗里，不知什么时候已经睡着了。他视线在她脸上停了好久，从额头到合上的眼，沈戌小心翼翼地碰了碰她的脸颊，她睫毛轻颤似乎睡得并不安稳。他赶紧缩回手坐直，试探着叫了叫她，却并未能得到回应。

提着的那口气缓缓吐出，沈戌松懈下来，手肘撑着桌面，侧头看着她。

四月的风和煦温柔夹杂着些许暑气，夏天就这样悄悄地踩着春的尾巴，无声登场。

沈戌喉咙一阵发紧，屏住呼吸，一点点靠近，随着动作，鼻尖的馥郁也愈加明显。她身上的味道就好像被雨洗涤过的草地上铺开的装满阳光的蓬松被子，清新又温柔。

他不自觉闭上眼，去够那处肖想已久的红，然而在鼻尖先一步碰到柔软肌肤的时候，他打了个激灵，清醒过来——人家都没答应要做自己女朋友，这算怎么回事儿啊？变态？性骚扰？要是被她发现了会觉得自己恶心透了吧。

"啪！"

拍打皮肉的清脆响声在房间里响起。

沈戌狠狠给了自己一巴掌，受力的脸上火辣辣地疼。还好，郑星沥睡得沉，她只是蹙起了眉头，换了个边儿继续睡。

他在心里唾弃自己。

看看人家，这么不设防，多么放心啊，再看看自己，竟然要乘人之危。

他喘着粗气，心口仿佛被一只手狠狠捏住，羞愧、自责几乎要把他打垮。

"对不起。"沈戌小声道了歉，轻手轻脚地整理好东西，之后迅速逃离现场。

休息室彻底安静下来。

风扰乱树叶沙沙作响，玻璃窗前映出一个模糊的轮廓，眼眸半睁着毫无焦点。不知道过了多久，那人扭过头，把脸埋在臂弯里，只有藏在蓬松头发里通红的耳朵冒出了尖儿。

在蒋老师的带领下，华封大学的两支队伍，顺利踏上了高铁。与此同时，卫教练也带着车队去熟悉了公路车项目的地图。

蒋老师果然说到做到，住宿四星级，标间又大又敞亮，酒店对面就是家商场，唯一不好的是，离比赛学校有点远。不过这些在舒适的房间面前通通不算什么。

郑星沥跟隔壁队伍的一个女孩子住了一间房，夜里她开始看起了恐怖片，没戴耳机，阴森森的背景音听着人很不舒服。

郑星沥委婉地表示自己比较害怕这些东西，女生还没有意识到不妥，反过来鼓励她："克服恐惧的第一步就是迈出去，加油，你可以的。"

谢谢，我不可以。

郑星沥看她那没心没肺的样儿也不好说什么，戴了耳机开始仔细看明天项目的PPT。沈戌打电话过来，安慰她不要紧张。

"我没有。"

"你就有。"

"嗯？"

"好吧，你没有。"

他认怂得很快，惹得郑星沥心情大好。

沈戌认真听着她的气声："对嘛，就是要这样。你拿出'在座各位都是垃圾'的态度来，保准拿第一名。"

"行了，别替我吹牛了。"郑星沥提醒道，"你该睡觉了，十点了。"

沈戌看了眼表："这你都记得。"

"这叫一个助理的职业修养。"

沈戌心里叹了一口气，什么时候她能把助理改成女朋友就好了。

"你明天几点比赛？"

"八点开始签到，每支队伍十五分钟，我们是 25 号，如果中间不出意外的话，下午就能排到。"

"会出意外吗？"

"可能 PPT 出问题，可能虚拟环境有差错，谁知道呢，希望没有。"毕竟他的比赛就在后天，她可不想错过。

郑星沥必须赶上下午五点的那班高铁，掐头去尾，其实够呛。唯一欣慰的地方在于，自己的箱子大小刚好，拎了就能走，不至于大包小包到处塞。

一上午，他们都在紧锣密鼓地准备着，重复实验就怕出什么岔子。郑星沥的 PPT 试讲了一遍又一遍，同组的其他人都快背下来了。

四点十分，终于轮到了他们上场。

郑星沥稳住心神，拿出最好的精神状态，开始介绍项目。讲完最后一张的时候，她看了眼教室后面的钟——四点十七分。

来得及。

项目起主要作用的还是徐阡和范文虎，于是答辩时候的核心难点也基本是他俩回答的。几个评委对这个项目很感兴趣，问题抛了一个又一个，直到主办方的负责人提醒说已经超时才停下。

郑星沥鞠完躬"嗖"地就窜出了教室。蒋老师等在走廊里，还没来得及问什么，她就丢下句"谢谢"，之后夺过拉杆箱狂奔。

蒋老师有幸体会了一把"飞车党"的经历，喉咙里那句"怎么样了"连个尖儿都没冒出来。

她一边跑一边飞快地叫了辆车，还好主办方学校在市中心，很快就有师傅接了单。她到校门口的时候，刚好接到司机电话。

放行李、上车一气呵成。

"师傅，去南站。"她喘着粗气，看了看手机，"四点五十之前可以到吗？我五点的高铁。"

"莫急莫急。"师傅操着一口方言普通话，"赶得上赶得上，现在没下班，路上不堵。"

她这才稍稍放心，原打算给沈戌发消息，又想起来他这会儿还在训练，于是跟羊羊说自己打上车了。

市运动会算是省运动会之前的一次选拔，只不过高校部公路车项目的竞争远远要比田径等弱。饶是如此，华封公路车队还是没有一个人放松的，毕竟是正式组队以来第一次参加官方的比赛，比起出线，更重要的是首次配合能不能抵住压力正常发挥。

不是他们高傲，是全市的其他学校，基本都是协会出战。就算是目光放远至全省，除了体育学院和华封大学以外的任一所综合性大学也都没有一个官方的车队。

在专业性上来说，他们的成绩出线很容易，但难就难在能不能在正式比赛里也做到完美配合。卫任军对这个比赛很看重，关注点更多放在这群新生上，沈戍他们这几天，基本都在公路车赛的场地里泡着，熟悉路线。

"嗯，房卡给你留在前台了，你报自己电话号码，再让他们刷一下身份证就行。"

"我知道了。"郑星沥问，"他们训练怎么样？"

"你说沈戍吗？他挺好的。"羊羊拍了段小视频过来，"状态还不错。"

镜头晃得不像话，但郑星沥还是精准锁定了沈戍。他正在前面领骑，还没等她看仔细些，视频便戛然而止。

"你这是生怕我看清楚吗？"

"Live 版清楚，你快点儿来吧。"

"我已经上高铁了。"

羊羊收了手机，小沈啊小沈，你这恋爱谈得，也太让人操心了。

郑星沥历尽劫难，终于顺利抵达酒店。她按羊羊说的登记，拿好房卡，刚准备拎箱子，就有只手从身后穿插过来，吓得她险些跳起来。

"我来吧。"

声音熟悉又殷勤，叫她紧绷了的心绪霎时松懈下来。

"沈戍你偏心！刚刚让你帮我扶个车都说累死了，现在怎么这么大劲儿啊？"

大家纷纷哄笑起来，场面变得热闹非凡。

郑星沥垂眸，看他裸露在外的结实小臂，突起的青筋一路朝上，尽头没在短袖里，白青对比间有种说不出来漂亮。

沈戍真的是她见过的，身材最好的一个。

他满眼的高兴，汗湿的头发乖乖垂在额前，衬得眼睛更亮更圆。他不理会队友们的调笑，小心地拽了拽她衣服下摆："走了。"

郑星沥深吸一口气。

无语，这是在干什么，怎么突然觉得有点可爱。

他背身走进电梯，留给她黑乎乎的后脑勺。

啊。

郑星沥心里小人"哐哐"撞着墙。

好想揉啊。

电梯很快站满了队员，彼此间有种无需言明的默契，一个个都往角落里挤，让最早进来的沈戌和郑星沥被迫窝到了一起。

"行了行了，别来了，马上超重了。"羊羊眼观四路，见局势大好，迅速叫停，按下关门键。

郑星沥缩在角落里，紧挨着脚尖的是沈戌的鞋。

温热的呼吸彼此交缠，像是在做着什么中和，又像是不停叠加，直到两种温度统一起来。

抬眼望去，队员们无一例外都背过身去，存了心要留这一圈给他们。

"对了沈戌，还没问你，脸怎么回事儿啊？"佟晨哪壶不开提哪壶。

沈戌蹙眉瞪眼："闭嘴啊。"

郑星沥这才发现，他脸上还印着红痕，看来那天他是真的很懊恼，对自己的脸都下这么狠手。

"怎么了呀？"佟晨哪里知道发生了什么，傻乎乎地揣测，"难道是因为训练不在状态？那也不能这么实诚啊。"

沈戌心虚地去看郑星沥，后者很快就低下头移开了视线，似乎对这个话题并不感兴趣。

还好还好，自己及时刹车，没有被发现，不然就真的要变成猥琐男了。

也不知道谁捣了沈戌一下，他吃痛，一下子就朝她倒过去。

郑星沥退无可退，赶忙伸手拦住他。掌心的肌肉紧致有力，唯一多的是布料的细滑手感。

电梯的温度似乎是随着楼层升高的，郑星沥的脸受到影响，皮肤下的每一寸都在突突地运动着。

她意识到自己撑的部位不怎么好，于是一点点往下挪着，原本是不想停在那么尴尬的地方，但是她窝在角落里，连确定手部都难，直到摸到运动裤的松紧带。

呃。

她一整个人僵住，大脑一片空白，

沈戌喉结上下滚动，根本不敢说话，总觉得只要张嘴，心就会从嗓子眼儿里跳出来，蹦跶到她面前表演疯病。

"喂，走了，两位。"

羊羊一只脚放在电梯门感应区，抱着手跟胡泳鑫一起笑。

两人后知后觉地扭头，发现电梯不知什么时候已经空了。门前的走廊里站了八九个大汉，脸上均是生动的八卦表情。

郑星沥也不贪恋肌肉了，赶紧把人推开，拉过箱子匆匆逃离。

"愣着干吗呀，快去送人家回房间啊。"胡泳鑫提醒道，看着沈戌后知后觉地跟上，摇摇头，"纯情少男啊。"

谈个恋爱的，还得全队人出力。

"等一下。"沈戌小跑着跟过来，"我送你。"

郑星沥看了看自己压着门把的手和已经半开的门。

"呃，那你回去，我走了。"沈戌实在不好睁眼说瞎话。真的跟着她进去的话，孤男寡女显得没有分寸，还容易让人家害怕。

"等等。"郑星沥叫住人，手指摩挲着拉杆，憋了半天，最后说，"明天比赛加油。"

沈戌点点头："我会的。"

"再等等。"

他疑惑地看着她。

"你——"她拼命压制内心冲动，"想不想有点仪式感的加油？"

他没说话，但表情分明是在问"什么仪式感"。

郑星沥松开门把，手举起来落在他的脸颊，轻轻捏了捏。他脸上的皮肤出乎意料的软。

"明天加油啊。"

沈戌瞬间脸色爆红。

哎，她心里满足地喟叹，果然很好揉。

市运动会规模不比省级国级，场地和公路车的项目都只有三个，分别是团队计时赛、个人计时赛以及个人赛，几种计算成绩的方法各有不同。

计时赛是由每个队或车手依次出发，其中团队赛计算第三个冲过线的车手成绩。

而沈戌在的队伍被分到了个人赛，他们需要在起点线统一出发，骑行的路途为八十公里，也是三项里最长的。

这同时也意味着，沈戌他们这几个破风手必须帮助队内的冲线手，自己领奖的机会几乎为零。

"你们几个一定要听沈戌指挥。"

卫任军打一开始就准备把沈戌往战略型车手培养，作为一个破风手，他的耐力有待加强，但赛时意识却是全队最好的。几次赛前模拟，他都表现不俗，胡泳鑫这个队长的位置要是往下传，他是第一候选人。

这次官方比赛，后勤车队都由官方派遣，车队里剩下的人只能待在起终点大屏看无人机现场直播。

五人小队这次一改往常，从一开始就冲了出去，拉开距离。一般来说八十公里的比赛要想名列前茅，四十公里的平均时速只能算勉强。长战线的赛程初期大家都不愿意冲在前头，白白破风领骑消耗掉体力。但沈戌他们小队，从一开始就不准备跟人群混在一起。

他们既然是一个团队，那么参加个人赛最大的优势便在于可以独立组成小集团，依次领骑破风，让冲线手佟晨取得好成绩。

团队比赛里的个人荣誉永远不值一提，这是每一个破风手的共识，也是每一个破风手最基本的观念意识。

跟其他人比起来，华封大学队的战术一目了然。他们骑在前头，远离一系列混乱局势，就算被人超车也一直保持在自己的节奏里。

郑星沥看着广场支起来的大屏，耳朵里传来的是车队频道里各个人的呼机声。

"前面有人撞车，"沈戌稍稍抬脸，"风目前不大，跟紧我从左边绕顺风大圈。"

"张恒瑞来换我，佟晨保持第三位，不要动。"

很快队伍行进到最容易出成绩也最容易出事故的弯折地带，因为转角大，稍微控制不住方向便有可能摔车。

"不要着急。注意脚踏位置和重心。"

沈戌身子往前倾，先将身子往内倾斜，等到外手臂伸直后，再歪车把，内外手臂相互配合着车把拉回推出，两边膝盖内扣蹬踏。

"好，吴途去换人。"

几人在一起训练了大半年，如今已经可以默契顺畅地切换配合。80公里不是个小数字，赛程过半，已经有人因为摔车受伤，体力耗尽等各种情况放弃了比赛。

大屏幕带过惨烈的摔车现场，在参赛人员密集的情况下，一辆车摔倒引起来的连锁反应，牵涉到的就不再只是个人。

与此相对，穿行在各种事故中依然保持着队形齐整的华封队，显得格外亮眼。

"前面坡路，尽量不要站立加速，到坡顶再站。佟晨控制一下距离，不要跟得太紧。"

耳机里他的声音有些喘，郑星沥的心也跟着揪起来。

就在坡道中途，突然有人加速从后头超过来，但体力不支，车头一歪撞上了最末的沈戍。一切都发生在瞬息之间，郑星沥看着大屏，不由得惊呼出声。

沈戍当即锁死后轮，转弯打横车，内侧脚落地拖行借力作为支撑，总算没有彻底摔下。

低姿势滑行解决完困境后，他又迅速调整姿势踏频，站姿骑行追上队伍。

"怎么样？"队友们问。

"没事。"沈戍声音沉着，"下坡注意提速。"

郑星沥握成拳头的手总算松开，但羊羊脸上的表情却不怎么轻松。

"沈戍的腿……"胡泳鑫欲言又止。

"应该没什么大问题。"羊羊回道。

胡泳鑫还想说什么，又看看郑星沥，最后选择了闭嘴。

郑星沥又不傻，赶忙问："是出什么事了吗？"

"没事。"羊羊说，"刚刚滑行的时候，可能蹭到膝盖了。"

可是胡泳鑫的表情分明在说不止如此。

见她不信，羊羊又补充道："刚蹭那会儿是最疼的，所以这段时间他比较难熬，胡泳鑫担心他忍不了而影响成绩。"

郑星沥不由自主地瞪了胡泳鑫一眼。

有没有人性，人家为了不影响队友，都这样了，他竟然还在想着成绩。

平白无故遭人嫌的胡泳鑫暗暗给羊羊比了个大拇指："你可以的，造谣好得很。"

羊羊往后退了半步，低声说："没办法，小沈打了招呼，不要让人家担心。"

"那你就让我遭人记恨啊？"

"为了学弟的幸福，做出点牺牲应该的。"

四月的太阳已经很大了，浅蓝色的队服在灰色宽阔的道路上保持着差不多的间距。

"佟晨，到你。"五百米的提示标出现，最前面的沈戍再度让出位置。

佟晨握住车把的下弯，蹬踏到最高点时离开座位，开始全力加速。与此同时，其他选手也接二连三地开始了冲刺。

沈戍等人混在其中，对于领骑的前置位来说，需要顶住风，而跟车的人也可以起到帮前位提速的作用。他们或许没有那么强的爆发，但不到比赛的最后一秒，都不可能放弃一切可以提供帮助的机会。

比赛结果毫无悬念。

用胡泳鑫的话来说，他们这半年的训练如果连市运会都拿不到名次，那就趁早歇菜回家好了。

后轮过线的那一刻，沈戍整个人都松了下来，晃晃悠悠地踏了几步，最后实在忍不住不受控制地往旁边一倒。

郑星沥飞快钻过阻隔线，朝他狂奔，羊羊和胡泳鑫紧跟其后。

车倒在中央，受伤的腿就压在底下，他费力地坐起来，用另一只腿配合着双手，将车挪走。

"你没事吧？"郑星沥蹲在他身边，语气焦急，"是受伤了吗？哪里？怎么回事？"

沈戍原本跷起来的腿又悄悄压了下去，他摇摇头："没大事儿，就是蹭破了点皮。"

可郑星沥依旧蹙着眉，因为他的脚踝已经高高肿起，将袜子都撑薄了一块儿。

羊羊也来了，看了眼情况便立马将他腿扶住。

"哎，不用。"沈戍赶忙伸手阻止，"小伤，不严重。"

郑星沥一巴掌拍下他的手，凶巴巴道："什么时候了，还想着偶像包袱呢。"

"我没有。"沈戍小声辩驳，还没说完就不自觉痛呼出声。

羊羊已经把他的腿立起来了，跟高肿的脚踝比起来，他血糊糊的半边腿更加触目惊心。

破了的皮皱在一起，渗出来的血将附着的灰尘染成黑色，细碎的石子粘在翻出来的皮肉之间，侧边鞋面凸起的 logo 更是被直接磨平。

郑星沥看得头皮麻，手掌的温度瞬间褪去，凉得好像块冰："你在吹什么牛啊，这叫蹭破点皮吗？"

医疗队很快赶来，细细的水流冲洗着伤处，分不清楚是冲得疼还是伤口疼。沈戍咬紧牙根，还在对着郑星沥笑："真的是蹭破皮，看着吓人而已。"

"行了。"羊羊把药递到他手边，"一日三次，防止发炎。"

沈戍将药扔到嘴里，又灌下一大口水："这样可以了吧？"

医生已经给他涂好了伤处："裤子别脱了，等会儿药蹭没了，直接剪了吧。这几天尽量穿宽松的衣服，避免影响伤口，至于你这脚……"医生托起他的脚后跟，检查了一会儿，"骨头没什么大问题，不过最好还是去医院拍个片子。"医生往他脚上喷了药，手掌揉着肿起的那处，"回家记得买瓶红花油。"

"我这个应该几天就好了吧？"沈戍小心地问。

"那谁知道呢。"医生收起药箱，"反正自己注意。"说着站起身，还从羊羊手里拿走了剩下的药，"回头记得买这个消炎啊。"

胡泳鑫由衷感叹："真抠门。药油不给算了，还剩两粒都拿走啊。"

羊羊把沈戍扶起来，又去扶他的车："快买药去吧你。"

"那你呢？"

"我负责送车。"

沈戍问："那我呢？"

"你？你回酒店歇着。"

"可我这腿……"

羊羊轻哂一声，推了推眼镜："你的小助理不是在那儿吗？扶着呗。"

那还能怎么办？那就扶着呗。

郑星沥伸手把住沈戍的小臂："小心一点。"

沈戍肌肉绷紧，一瘸一拐的，胡乱应了声，在岔道口停住："去，去看领奖吧。"

"医生说你最好回去休息。"郑星沥顿了顿，"佟晨是第一。"

"嗯。我还是想去看看。看完我就立马回去休息可以吗？"

郑星沥没说话，扶着他转弯慢慢行进。

远远地就能看见站在最高处的佟晨，他弯腰接受颁奖，将那块奖牌举起，对着镜头露出骄傲的笑。

沈戍一只手被她搀住不能动，便用另一只来拍打着掌心，动作既笨拙又滑稽。

佟晨很快看见了他们，手越过头顶用力挥了挥，接着跑下台："快看，我们是第一名，第一名啊！"

沈戍笑着骂他没出息："等着瞧，我们还能再拿好多个第一。"

酒店距离赛场不远，走回去也快，吃上饭更快。沈戍原本还感叹卫教练这回可算是做个人，学校经费也终于不紧张了，可现在眼看着硕大的酒店 logo 灯牌已经亮了起来，他心里只剩下恨。

这路，就非得两点之间取直线吗？地铁都会绕圈，怎么这不会呢？

郑星沥听不见他的腹诽，扶他上台阶的时候格外小心，嘴里还念叨着"慢点慢点"，那架势就跟他不是摔伤了，是摔残了一样。

一路上，路过的人都或多或少地显露出了好奇。

沈戍有些别扭："其实我自己可以。"

钳制在他胳膊上的手未动分毫："你不可以。"

"我真的……好吧，我不可以。"沈戍在她的眼神里闭了嘴。

郑星沥停在房间门口："我就不进去了，你自己注意一点。"

车队开的都是标间，两两住一起，郑星沥是女生，所以一个人住了个大床房。

"等会儿还有聚餐，你去吗？"

最后这天比赛，几个队的教练特地组织聚餐，还很了解大家地选择了不出席，要把欢乐时间留给这群年轻人。

"你去吗？"

"我，应该去吧。"

"那我也去。"郑星沥补上一句，"毕竟你现在生活成问题，我得扶你过去。"

沈成眼里的光暗了下来，耷拉着脑袋委委屈屈地"哦"了一声。

郑星沥压下嘴角："什么时候？"

"七八点吧。"

"那你休息好了给我发消息，我来找你。"她顿了顿，"洗澡的话注意一点，地板滑，记得铺防滑垫。"

个人赛的胜利也意味着本次市运动会的圆满结束，华封大学的各个项目都顺利出线，虽说到了省运会还是要做出取舍，但起码现在的成绩不错。

比赛都分批次进行，先结束的就直接回了学校，车队今晚参加聚餐的加上胡泳鑫也才七个人。

"要我说，是真的险，你们离得远不知道，当时沈成的车根本停不下来，所以才用了滑的，要不是他当机立断，我估计咱一个撞一个都得折在坡道上。"

摔车并不意味着不能继续，但中间浪费的时间，足以让他们丢掉冠军。

"还说呢，沈成腿伤成那样，也不见你照顾人去。"

佟晨扬了扬眉："人家缺我照顾吗？我是在成全他们好吗？"

这两人的事儿早就是队里公认的秘密了。

"不过啊，咱们都是一个队的，他俩要是真谈恋爱了，一直在一起倒还好，要是分手了，抬头不见低头见得多……"

吴途杯子刚递到嘴边，立马打断他："可不敢胡说，要是让沈成听见了，准给你一脚。"

"给谁一脚？"沈成被郑星沥搀扶着来，表情那叫一个神采飞扬。

胡泳鑫看不下去："你得了，又不是没伤过，还让人家一路扶着，要不要脸啊。"

"瞎说什么呢？"沈成得意地看了他一眼，"我这是伤得光荣，她受累还不是因为你们不管我。"

放屁，他刚才磨磨蹭蹭的，就是要熬到人都先走了，好找郑星沥帮忙呢。

"来来来，我管你。"吴途给他让出个位置，"你坐这儿，我今天全程给你喂饭。"

沈戌面露嫌弃："谁要你喂啊，恶心心。"说着伸手拽过一把椅子，强硬地插到座位旁边，让郑星沥坐下。

"你竟然说叠词，更加恶心心。"

"行了，马上乒乓球队的人也要过来了，都坐好，收敛点。"羊羊适时地出来主持大局。

说来也巧，他们这两个队，一个家喻户晓，一个受众很小，偏偏安排在了同一天结束比赛。即便是庆祝餐，教练等人还是点了一堆口味清淡的菜，丝毫没有什么大获全胜后的庆功感。

菜食之无味，那天儿就一定要聊得尽兴。虽然项目不同，但对于大同小异的基础体能训练，大家的共同语言还是挺多的。尤其在吐槽教练这一话题上，两拨人更是极快速地熟络起来，佟晨和吴途甚至换位置到了对面，左右手勾着人家男队员，哇哇吐苦水。

"还没问，你是女队的吗？"坐在郑星沥对面的乒乓球队女生问。

"不是，我是他们的助理。"郑星沥解释道。

女孩子舒出一口气："我就说，你看起来好单薄的。"

"你也好瘦。"郑星沥诚实道。

女生笑起来："我可不瘦。"她撸起宽大的袖子，露出胳膊上漂亮的肌肉，"你看，我是有肌肉的。你摸摸看。"

郑星沥也没客气，倾身戳了戳："哇，手感好好。"

旁边的沈戌在心底呐喊，我也有啊，我手感更好啊，你舍近求远干什么？看看我啊！

女生一脸骄傲："我们每天挥拍都不知道要多少次呢。"

"那你是不是也有马甲线？"

"那是当然。"

"哇。"郑星沥眼神热切了几分，"好羡慕。"

"你喜欢马甲线？我可以教你啊。"

"真的吗？会不会很难？"

"不难，主要是坚持。"女孩子伸手越过长桌，隔着衣服捏了捏她的手腕，"我看你还行，加强锻炼再控制一下饮食，很快就能出来的。"

两个人一见如故，越聊越投机，倒将一边的重点守护对象抛在了脑后。

沈戌满头的问号，看来，自己有必要做些什么来吸引一下郑星沥的注意力了。

"马甲线很好练的，我也有经验，可以教你。"

郑星沥回过脸，胡乱点点头，又跟女生继续聊天。

沈戌吸引注意失败，又给她倒了杯苏打水，瞅准气口，递到她手上："喝点水。"

郑星沥咕嘟嘟一饮而尽："谢谢。"

他笑："你还想吃……"话还没说完，人家就又抬脸跟那女生聊天去了。

哎，突然有种"后宫争宠"的感觉是怎么回事？

他愤愤地把筷子直直插在米饭上，又往后拖了拖椅子，木腿在地板上拖出刺耳的声响，不足以打断热火朝天的局面，却足以吸引郑星沥回眸。

"你干什么？"郑星沥赶紧把筷子拔出来，平放在碗边，"你家吃饭还准这么干的？"

不准，往饭里插筷子是当众上香，是对人的大不敬。

沈戌抿了抿嘴不说话，伸手夹了虾，剥好丢在她碗里。

女生好奇："同学也是车队的哦？今天比赛怎么样？"

"他是破风手。"郑星沥替他回答。

"听说过，是不是有个电影就叫《破风》啊？"

"对，那个就是讲自行车的。"郑星沥给那女生解释了一番。

女生点点头："你也是体院的吗？我怎么觉得上大课没见过你啊？"

"我是学计算机的。"

"嗯？那你跨度有点大哎。是喜欢自行车吗？"

郑星沥笑笑不置可否："是挺喜欢的。"

不过不只是自行车。

对面佟晨似乎是受了夸奖，隔着宽桌站起来："这几位，都是今天的大功臣，要不是他们给我破风，我凭啥拿这冠军啊。"

沈戌正沉迷于给郑星沥倒醋，比起那些寡淡的清水煮牛肉，起码虾肉蘸点儿醋就很好吃。他想明白了，既然口头留不住她，就用行动留住她，而且还能显得自己细心。真好，又往她理想型凑了凑。

佟晨根本没注意，猛地抓住沈戌的手腕。瓶口很快偏离方向，浇了一桌的绛色，顺着餐布流到桌下，降落在郑星沥白色的长袖下摆。

"你是不是有病？"沈戌瞪了他一眼，接过羊羊递来的纸巾，低声问，

"没事儿吧？"

郑星沥摇摇头。

佟晨坐下来，收敛了些："对不起嘛。"

沈戌还在给她擦着衣服，嘟嘟囔囔："擦不干净，这应该能洗掉吧？"

"可以的，用小苏打或者牙膏抹一下。"女生插嘴道。

沈戌："那你晚上把衣服拿给我吧，我给你搓搓，看能不能洗干净。"

郑星沥："行。"

这两人一个说得自然，一个答得顺畅，就好像洗洗衣服这种事情已经是种习惯了。

这下不止乒乓球队的女生，连旁边的男队员都好奇起来："我有一句话，不知当问不当问。"

他视线在同时抬头的两人身上打转，最后看着沈戌："她是你女朋友吗？"

轻飘飘的一个问题，却成功地让场面冷静了下来。十几双眼睛齐刷刷盯了过来，不知情的满脸好奇，知情的满脸担忧。

沈戌的节奏被这句问话打乱，他很快反应过来，却不知道自己该怎么回答。

说是，那是撒谎；说不是，又怕她误会自己的心意觉得自己不肯承认喜欢。

就在他无法找到合适的答案的时候，耳边响起一道熟悉又坚定的声音。

"我是。"

郑星沥背挺得笔直，手放在桌下，一点点挪到他腿上，覆住他的手背。

耳边响起赫兹极高的轰鸣，沈戌眼冒金星生出一种不真实感。

或许她是不想让他尴尬。

他做着最坏又最合理的揣测，然而下一刻盖在手背的触感告诉他一切都是真的。

她真的在这么多人面前承认说是他的女朋友。

郑星沥以一种强硬的姿态，将手指塞到他的空隙里，堂而皇之地将交握在一起的手拎起来放在桌面上，语气认真：

"我是他女朋友。"

车手比赛时的爆发力用在这种时候，效果格外显著。短暂沉默后，场上集体爆炸了。

"啊啊啊，我听见了什么？女朋友？"

"沈戌！你这个狗贼，得逞了居然不告诉我们。"

"莽夫，你太莽了！"

"知不知道我们多怕你被打击啊！白替你揪心，白尴尬了。"

"泪目了，这就是传说中看着儿子出嫁的心态吗？"

几个人面容狰狞上去把沈戌一顿乱捶，动作看着凶，其实都是轻飘飘的，没用什么力。

沈戌既不还手也不躲，一个劲儿地盯着交握的手发愣。

自己真的不是在做梦吗？

"怎么回事啊？合着我误打误撞帮你们挖掘出一桩队内地下恋情呗？"先前提问的男生笑着打趣。

"你是不知道。"佟晨又勾住人家肩膀，语气喟叹，仿佛是蹲守了好久终于逮住犯罪嫌疑人一般，充满自豪，"他俩都磨磨叽叽老长时间了，咱队里替他都操碎心了。"

胡泳鑫隔着老远给了沈戌一拳："快说，你俩到底什么时候好上的？"

沈戌只会抿嘴角笑。老实说，他也是刚刚才知道他俩好上的。

"有段时间了。"郑星沥面色沉静如水，窥不见丝毫慌乱。

她用指腹轻轻点了点他的手背，捏起虎口的软肉，像在把玩什么有意思的解压玩具。

"什么什么什么啊，快给我说说。"女队员把头发别到后头，兴致勃勃地做洗耳恭听状。

"说来话长啊。"吴途举着杯子跟她碰了碰，"他们俩以前是高中同学。"

"青梅竹马呀。"

"那倒不至于，不过据他自己说，能来我们学校，多亏了学妹。"

"怎么说？"

"学妹是他家教。"

"哦嚯。"那女生更加兴奋，"还是师生恋啊。"

听别人当着自己面复述恋情，还挺尴尬的，于是郑星沥低头不去参与话题，只松开沈戌的手，翻来覆去地瞧，捏捏指节又捏捏手背的青筋，最后心满意足地嵌合在一起。

沈戌声音干涩，带着飘忽和不确定："我们……"

"在恋爱。"郑星沥没有丝毫犹豫，"从新年开始。"

"为什么？"沈戌傻愣愣地问出口才发觉自己都不知道究竟是想得到个怎样的答案。为什么是跨年夜，还是为什么承认是恋爱。

郑星沥笑，稍垂的睫毛颤动着，在眼下透出一片阴影。轻轻柔柔像一片羽毛，晃悠悠跌到了湖面。她一字一句拉长尾音道："因为烟花很好看啊。"

他毫无预兆地出现在楼下，满身风尘，穿行两个区，就为了两根烟花棒。最后烟花没有如愿点燃，可绚烂的冷焰已经在她心尖绽放，并且定格成永恒。

她很想要和他一起过接下来的每一个新年。

如果将时间倒回，在那个借着冲动说出"你在追我"的那个午后，她就已经开始把他放到了男朋友的位置上。从那天之后的一切，都像是没通知他的一场单向恋爱。

沈戌听了，先是高兴接着又满脸懊悔："怎么是从那天就开始的呀。"

"我准备告诉你是个误会的，但是你信誓旦旦说要我等着，我就配合你一下。"

"也不用这么配合呀。"他小声抗议着。

倒叫这手现在才牵上。

"怎么，追我委屈你了？"

沈戌赶紧摇头，拍着胸脯保证："怎么可能，我怎么可能委屈，我开心死了。"

郑星沥绷住脸，故作严肃："我怎么觉得这么不可信呢。"

"可信，太可信了。你听说过那什么石桥吗？"沈戌在脑子里紧急搜索着仅有的故事例子，"就那个什么五百年风吹，五百年毒打，还是什么打的，那个故事。我就是那石桥。你给我机会献殷勤，对我来说那都已经不是机会了，是恩赐。不信你问我室友，问我队友也成。"

他的话修辞极尽夸张，可偏偏表情语气都认真。郑星沥忍不住笑，总结道："你真的好狗腿哦。"

他"嘿嘿"傻笑，双手裹住她的手，像捧着什么宝物一样，细细摩挲着手背："应该的应该的。"

"哎哟，行啦，注意点分寸，在座的各位可都是单身呢，注意影响好不啦。"吴途故意提高音量阴阳怪气道。

沈戌有了底气，才不会轻易被戳到，还举起手晃了晃，中气十足："就影响，你怎样啊。"

"过分了过分了，我可是你学长。"

"我还是你队长呢。"看了看胡泳鑫，他补上一句，"今天的。"

羊羊举起杯子："那我们恭喜小队长，赛场得意，情场也得意。"

一桌的运动员，除了水什么都喝不了，饶是如此，大家还是把杯子碰得叮当响，喝出了二锅头的豪迈来。

郑星沥低头挠着衣服上的醋渍。

"待会儿记得把衣服给我，我帮你洗掉。"沈戌顿了顿，"你有换的衣服吗？"

到嘴边的"有"生生转了个弯，郑星沥摇摇头："没了，在庆市的时候换完了。"

"没关系，等会儿去买一件……"

"外面店应该关门了吧。"

"那现在就去？"

"大家都在吃饭，不好吧。"

"那怎么办？"

"没事。"郑星沥坐正，"你有多余的 T 恤吧，借我一件。"

他的衣服啊。

沈戌觉得后脑勺好像被什么东西轻轻敲了敲。

郑星沥："怎么了？不借？"

"借借借，不对，送，也不对。"沈戌想了好几个词都不够严谨，"反正，我的就是你的，你随便用。"

"哦。"郑星沥心里窃喜，"真的？随便用？"

沈戌重重地点头，看她视线上下扫视，猛地想到一些不该想的事情，想矜持一点，于是正色道："呃，倒也不是那么随便。"见郑星沥露出迷茫，他又光速改口，"但是，你的话，随便。"

郑星沥云里雾里："啥？"

沈戍端起椅子往她旁边蹭了蹭，伸手拢成小喇叭，做悄悄话状："就是……"

"不过我还有一个问题啊。"乒乓球队的女生举起了手，"你们队，让谈恋爱吗？"

热闹氛围有一瞬间的凝固，沈戍的话开了个头，也忘记了继续说。

在座几个都是新生，不由得纷纷把目光投向了吴途，羊羊和胡泳鑫。

"看我干吗，我才大二，从我入队以来也就看到他们这一个恋爱的。"吴途也跟着看剩下俩大三的，"应该问他们。"

一桌人的心绪都放在了在场"唯二"的两个大哥上，刚才还活跃举杯的两个人这会儿都僵了声儿，眉头拧在一起，又把问题抛回给球队的人："你们队不准吗？"

"那是必然不准。"

运动员要保持状态，不只是身体条件，还包括注意力。尤其对他们这种还没熬出头的小菜鸡，更要时时刻刻地保持专注。恋爱，几乎是被默认不允许的，尤其是同队的运动员之间。就像刚刚他们说的那种煞风景的话——"万一分手了怎么办"。

羊羊叹出一口气："那真是太巧了……"

"我们准。"胡泳鑫默契地补上后半句。

"准吗？我为什么没听教练说过？"吴途挠了挠头，表现得也很蒙。

"教练没说过不行的，就是可以。"

卫任军除了抓训练，对一切事情都懒得管，不然也不可能这么长时间了，愣是没看出来他俩之间的事儿。用他的话来说，公路车难出头，爱练不练，管不住自己、熬不下去赶紧走人别浪费资源。

"那咱队里怎么没见过谁恋爱啊？"

羊羊嗤笑一声："你每天除了上课就是训练吃饭的，别说恋爱，谁有那个空闲时间去认识女生啊？"

也就郑星沥，集天时地利人和于一体，才能跟沈戍朝夕相处、公费恋爱。

"恋爱不算管不住自己吗？"乒乓球队的女生问。

"不算。"羊羊回答道，视线看向沈戍他们，"只要训练跟得上，不抽烟不喝酒不吸毒不犯法不被开除，你就是科全挂完了，毕不了业都不关队里事儿。谈个恋爱算什么。"

乒乓球队的男生捶胸顿足："你们车队还缺人吗？我能转吗？"

大家哄笑起来，恢复了先前的吵闹。

经历了情绪反复起落的沈戍，再度握紧了郑星沥的手。她挪了挪凳子，状似不经意地缓缓将头枕在他肩上。

沈戍立马直起身来，怕她费力还往她那儿蹭了蹭。郑星沥却没明白到这点，还以为是他受伤的地方觉得不舒服，赶紧起身："怎么了？哪儿不舒服……"

沈戍抬手捧住她的脑袋，强制性按回自己肩膀，好声好气地哄道："靠着靠着。"

郑星沥觉得自己有那么一瞬梦回到了小时候的饭局。

一桌子的大人，混进个小朋友，她觉得无聊就趴在她爸怀里打哈欠。迷迷糊糊间被桌上的热闹惊动了，郑乔生就安慰似的，拍拍她的背，让她继续睡。

而现在，她稍稍侧头，发丝在沈戍宽阔的肩上蹭出喑哑的摩擦声，他下颌角利落分明，往上衔接处的耳垂如朱砂般红，在灯光下呈出半透明色。

郑星沥心里痒痒的，故意用发顶去蹭了蹭他的脖子，再抬眸如愿看到他嘴角止不住地扬起。

反复几次，屡试不爽。

沈戍把她的手捉住放在腿上，用掌心盖住，像是怕她跑掉。

郑星沥低下头，也笑了。

Chapter 09
·不准偷偷喜欢我·

夜间的风褪去了白日里的燥，变得更加舒适，莫名添了些暧昧难明。

郑星沥想将遮挡住视线的发丝捋顺，却发现手被人死死牵着，挣脱不开。

沈戍大惊小怪地差点儿跳起来，眼神锐利，面容严肃，把她的手往自己怀里带了带，谨慎地问："你要干吗？"

"头发。"郑星沥笑他，"你在担心个什么啊？"说着又抽了抽手，还是拿不出来，"怕我跑了？"

沈戍依旧不肯松开她，自己侧过身，帮她把头发别了起来。

郑星沥抬眼瞧他："就这么大胆子啊？"

"我怕你后悔。"他掀开衣服下摆，把牵着的手藏起来。

手背触摸到温热的肌肤，郑星沥略微用力，将手转到合适角度，接着用指弯蹭了蹭他的侧腰。

沈戍想被踩了尾巴的猫，"啊"了声往旁边一躲，身上涌现出一种难言的感觉，每个毛孔都张开把一切细微放大，被她碰到的地方又痒又麻。

"干吗呀？怕我后悔，就用肌肉挽留我啊？"郑星沥摇头晃脑，做痛心疾首状，"没想到啊沈戍，竟然连这招都用上了。"

"留，留得住吗？"沈戍声轻如蚊蚋。

郑星沥看他低着头耳朵通红的模样，越发觉得自己像个调戏良家妇女的流氓。可他都羞成这个样子了，还牢牢地盖着衣服，手好像不能见风似的。

"不用留。"郑星沥干脆另一只手抱住他的胳膊，半边重量都依仗在他身上。她用视线一点点描绘着他的模样，织出一张巨大的网将他包裹起来。

"我不后悔的。"

深夜的街头，人变少了许多，天桥底下车水马龙，霓虹依旧不灭，它们点缀黑夜，永远明亮。

郑星沥拨开他脸边的碎发，用指腹摸了摸他脸颊上的那处红痕："还疼吗？"

"不疼。"他摇摇头。

她又笑起来，突然猛地使劲儿，带着他的手往下坠。沈成来不及反应，膝盖本能地弯了下去，还未问怎么了，脸边就印下一处柔软。

郑星沥耳根通红，飞快靠近又回转过身，将视线放远："下次不要打自己了。"

沈成一愣，也明白过来，她这是知道了休息室里未得逞的偷亲。

"你可以光明正大……"

话还没说完，她的手就被松了开来，紧接着，火热的掌心掰过了她的脸。

湿润柔软印在唇瓣，沈成低着头，鼻尖陷在脸边，纤长睫毛挠在她的眼皮上，咫尺之间，她看见少年闭着眼睛一脸虔诚。

薄薄的 T 恤贴在身上，廓出宽肩窄腰的身形，少年身上的樟木味道混着些许橘子的清甜，明明是黑夜却让人觉得阳光大好，就像是在盛满了骄阳的夏天身处郁郁葱葱的香樟大道。

郑星沥闭上眼，双手扶住他劲瘦的腰。

沈成动作顿了顿，像受到了莫大的鼓励一般，用力吮吸接触着的软腻，又伸出舌尖一点点溜进不加防备的牙关。温暖带着他独有的味道，侵略着她的每一寸感官，生疏、笨拙又叫人不舍得结束。

天桥上的风吹起她的头丝和他的纠缠在一起，再难分离。

门被敲得"咚咚"作响，声音又快又急，吓了屋子里人一跳。

"谁啊。"羊羊夹着手里的牌，一边朝门口去，一边紧盯桌面，"不准耍赖啊，等我回来再出牌。"

刚结束完比赛聚餐，难得片刻休闲，卫任军还不在，几个精力还充沛的就聚在了一起斗地主，都发誓要赢钱回去。

羊羊弯腰从猫眼里看清楚人，卸下防盗链："是你啊，怎么这么早就回来了？"都说小别胜新婚，这还刚秀了把恩爱的，他还以为这俩要多溜达一会儿呢。

"你回来得刚好，蒙骗我们这么长时间了，怎么着得表示表示吧？"输得最多的吴途赶紧插嘴，"今晚输赢由你沈公子买单怎么样？"

沈戍听了打趣一言不发，面色严肃，眉头紧锁。

羊羊心一沉，玩笑的意思瞬间消散："怎么了？发生什么事儿了？"

别不是刚公开就吵架了吧？

沈戍还是谁也没理，他走到床边，脱下鞋袜，往被子里一钻，挡得严严实实。

在座各位你看看我，我看看你，都不知道发生了什么，气氛瞬间变得凝重起来。大家眼神互相示意，推搡着要选出一个代表去问怎么了。

就在众人动静越来越大的时候，床上那坨拱起有了动作。

"啊啊啊啊啊。"沈戍激动地叫着，边捶床边蹬被子。他还有伤，偶尔扯到伤处还会痛呼几声。又是高兴又是痛苦的，整个屋子似乎都在这番剧烈里震动着。

"学长，他这是怎么了？"佟晨不确定地问。

这动静听着像是高兴的，但综合看来也太不正常了点。

羊羊提着的气上也上不去，下也下不来，最后翻了个白眼儿："看不出来吗？这是乐疯了。"

佟晨："真，真的吗？"怎么觉得这么像犯病了呢？

羊羊把牌收起来："行了，不打了，都回去睡觉，明早还要回学校呢。"

等到人都清走了，沈戍还在被子里发疯呢。羊羊看不过眼，录下一段视频发给了当事人之一。

还没等到回复，沈戍病就发完了，一个打挺从床上端坐起来，将被子一掀就下了床。

他在行李箱里翻出好几件衣服，比画纠结很久，总算是找到件自己觉得合适的。

羊羊刚准备问他要干什么，就看见他捧着衣服偷笑。笑就算了，还非要装作正经，装不了几秒就又忍不住笑，看得人心里直发毛。

羊羊："你发什么神经啊？"

沈戍又把嘴抿得紧紧的，试图让自己看上去严肃寻常些，但眼角眉梢的得意哪里藏得住。

如果五官可以飞的话，羊羊想，这货应该飞出太阳系了。

"你到底想干啥？"

"我要给我女朋友洗衣服。"沈戍把"女朋友"三个字咬得很重，生怕人听不清似的，"所以，我现在要给我女朋友拿一件换洗衣服。"

"那你拿好了吗？可以拿走了吗？"

沈成抖了抖 T 恤："你觉得这件怎么样？适合我女朋友吗？"

羊羊微笑，学着他的重音："哦？你是让我想象一下你女朋友穿这衣服是什么样儿吗？"

"打住。"沈成紧急伸手阻止，"就这件，我这就给我女朋友送去。"说完，一瘸一拐地踱到了镜子前，薅顺头发出门去了。

郑星沥刚洗完澡，正看着羊羊发过来的那段视频不明所以。她调出音量，喇叭里涌出来中气十足的号叫。

嗯，经辨认，来自她的男友。

下一秒，手机里的人出现在了门口猫眼前。

郑星沥一愣，赶紧抓了两下头发，又把毛巾扔到卫生间关好门，这才打开门："怎么了？"

沈成视线在她湿漉漉的头发上掠过，之后提起衣服晃了晃："我来拿你的衣服。"

"等一下。"郑星沥顿了顿，还是让开门，"你先进来吧。"

她穿了件很长的睡裙，裸露出来的皮肤有种扎眼的白。沈成不自然地摸了摸鼻子："那我帮你把衣服挂起来？"言罢也不等她动作，就去够了衣架。

郑星沥来得匆忙，很多东西都没有拿出来，挂衣服的玄关也是空荡荡的。沈成不敢乱瞟，挂好了衣服就背过身站着。

"你干吗呢？"郑星沥云里雾里，"罚站？"

"没，没有。"沈成转过脸，不由自主地看向她的下巴。

再往上一点点……

郑星沥伸手拨开嘴边沾着的发，把衣服递给他。

沈成毫无反应，仍旧盯着她发呆。

中央空调吐着冷风，正对着玄关，吹得身上泛起些鸡皮疙瘩，郑星沥不自觉打了个寒战。

"冷吗？"沈成握住了她的手。

她摇摇头："你快回去吧，明天还要回学校的。"

沈戍欲言又止，沉默着拿了衣服离开，刚踏出去半只脚又回身，小心翼翼地问："我能抱一下你吗？"

郑星沥一整个顿住，不是她不好意思，是她实在不知道该对这个问题做出什么反应。可沈戍还站在那里等着她的答复。

于是，她走上前，把人拽进来关好门，率先将头埋在他的胸膛里。

沈戍从来没有觉得这么踏实过。不是出于朋友安慰，不是因为比赛鼓励，是因为喜欢，因为把他当成了最亲密的人。

他一时间分不清楚究竟是这个想法更开心，还是抱着她更开心。但百分百可以确定的是，不管哪一种愉悦更甚，这些都是来自怀里的郑星沥。

她抬起头，下巴磕在他的锁骨："下次不要问这么蠢的问题。"

"我们已经在恋爱了。"她故意用鼻尖去蹭他的衣服，"所以不止可以抱一下的。"

沈戍亲在她的发顶，又低下头将脸埋在她的脖颈，感受完完全全的安心和欢喜。

送走了黏人的大狗狗，郑星沥吹干头发，便试了试他送来的衣服。

因为训练没什么时间，沈戍的衣服都是大同小异的各种卫衣运动服，选择少、款式也简单。他个子高，刚好的衣服套在她身上就显得有些长。正看着，电话就来了。

郑星沥蹦跶到床上够到手机，是沈戍打来的。

这前后分离还不到十分钟，又有什么事儿吗？

她接了电话，那头的沈戍面对询问却沉默了。

"怎么了？"

"没什么。"他似乎有些为难，因为她隔着听筒听到了他用力翻身的动静。

"就是想听听你说话。"

郑星沥哭笑不得："我们不是刚说完话吗？"

"嗯，想一直听。"

啊，他是有什么天赋技能吗？平日油腔滑调的甜言蜜语，为什么从他嘴里说出来就是那么真诚啊。

"沈戍，能不能别这么肉麻！"那头羊羊少有地暴躁起来。

郑星沥笑出声："好了，快点睡觉，睡醒起来就又可以说话了。"

沈戌不情不愿地哼唧了两声，又问："你刚才说的是真的吗？"

"什么？"

"就是……"他压低了嗓音，把被子从头蒙到脚，"不止可以……一下的那个。"

"真的。"

"那除了……还有其他的也是这样吗？"

郑星沥躺倒在床上，对他小心翼翼的态度质疑道："沈戌，你是怕我吗？"

"当然不是。"他立马否认，"我是怕自己会吓到你。"

比如今晚天桥，他就没压抑住"兽性"。

"吓到我？怎么，你是准备对我采取什么强制手段吗？"

沈戌老脸一红，思想跑偏："当然不是，我是，我是怕。哎呀算了，反正如果你不愿意就一定要阻止我。"

"万一阻止不了呢？"

"不会的。"他认真地说，"你说的话，我永远都听的。"

郑星沥心里一软。

还没等开口，背景音里羊羊的声音更加暴躁："沈戌！你给我收敛一点啊！"

国赛的结果是回校第二天出的，徐阡组金奖，隔壁朱学长银奖。小六扬眉吐气，去科创开会的时候，背影里都透着股潇洒。

"我要是你一定会去蔡伦面前现一圈。"小六跟郑星沥咬耳朵，"谁让他当初那么看不起人的！"

郑星沥哭笑不得："不至于不至于。"

见小六还是很不赞同的样子，她又补上一句："这也不是咱自己做的项目，等到明年这个时候再去现一圈好了。"

小六重重点头，表示高度认可："你说得对。"

拿完证书，大家各自回教室上课去。

"郑星沥。"

有人在后面叫她，她回头，正是小六心心念念要现一圈的当事人。

"有事吗？"

蔡伦沉默着走到跟她并肩："一起去教室吧。"

郑星沥摸不着头脑，倒也顺路，就没拒绝。

"你的答辩我听说了，很精彩。"

"呃，谢谢。"

氛围冷凝下来，两人本来就算不上熟悉，这会儿更是没什么话题好聊的。

"上次给你推荐的那几个网课还行吗？"

郑星沥点点头："挺好的，谢谢。"

蔡伦蹙起眉："不用说谢，大家都是同学。"

郑星沥无话可接，只应和着后半句："嗯，同学同学。"

"还没有恭喜你拿了奖。"

"啊，你也是。"郑星沥从没有觉得集训楼到计算机楼的路有这么漫长过。这段不知道从何而来的尬聊，同样不知什么时候才能到头。

"你找人帮你占座了吗？"

"我室友已经去了，我的包也在那里。"

场面再度沉默，郑星沥只能走得快一点再快一点。天知道这人发的什么神经。她心里吐槽着，小心看了一眼他，正对上他盯着自己若有所思的模样。这让她想起了成绩下降把自己叫出去分析原因的高中班主任。

"我室友催我来着，我先走了。"她心中一凛，随便捏了个借口，也不管他是何反应便小跑着离开。

她气喘吁吁地到了教室，连滚带爬一般往最角落里去。

"哎哟你说你急个什么劲儿啊？"周承瑶看着她一口气灌完了大半杯水。

"我不快点，可能会被暗杀。"郑星沥平复了呼吸，趴在桌上小声解释道，"我怀疑蔡伦要杀我。"

"你又怎么得罪他了？"

"可能是……"郑星沥迟疑着，说出了自己的推论，"嫉妒我拿了金奖吧。"

这番猜测在蔡伦也到了教室之后隐隐约约要成真，因为他给她发了微信，说是要问她比赛的详细情况。

学习委员拖着一个大口袋，开始了挨个儿收手机。郑星沥时间匆忙，于是选择了回复沈戍的消息。

从车馆到教学楼还有一段路，郑星沥也没那么着急，慢悠悠收拾着书。室友们懒得去食堂，正留在座位上紧急讨论要点什么外卖，大家知道她要跟沈戍一起也就没问她的意思。

一片阴影压过来，几个人纷纷抬头。蔡伦调整了一下书包带，对郑星沥点点头："走吧。"

"那个，不好意思刚才没有回复你，我等会儿还有事儿，你想问项目的话，可以去直接去科创那边找学长学姐。"郑星沥解释道。

蔡伦反问："有事？"

这个借口听起来很像是不愿意跟他说话所以随便乱编的。

郑星沥显然也意识到了这一点，于是补充道："对，我要跟我男朋友吃饭。"

看热闹的几个室友齐刷刷疑惑地"嗯"了一声，蔡伦也愣住了。

"男朋友？"

"可以啊小郑。"

"沈戍吗？是沈戍对不对？"

室友们一个接一个，场面一度往单口相声发展。

"还能是谁啊。"郑星沥笑着任由她们打趣，"行了，回宿舍再说。"

她挎上单肩包，才意识到蔡伦还没走，对他稍稍点头："那我就先走了。"

等到她的身影消失在了门边，蔡伦依然还愣在原地。

周承瑶几个人手都攥在了一起，一副看好戏的架势。

蔡伦猛地回头："她男朋友是谁？"

"啊？"

"郑星沥的男朋友。"蔡伦又重复了一遍，怕她们多想，补了一句，"我只是好奇，他是我们院的吗？"

方秋雨摇摇头："不是。"

"是传媒院的。"

"传媒？"蔡伦眉头拧起，"我们学校有这个院吗？"

伤害极大，侮辱性也极强。

周承瑶沐浴在学霸的光辉下，压力前所未有的大："有的，他们俩是以前的高中同学，最近又在一起做项目。"

"项目？是科创的那个项目吗？"他怎么没听说，科创还有传媒院的人。

"对，沈戍是她的采样样本，具体的我们也不怎么清楚。"

"'shen shu'？哪个'shen'，哪个'shu'？"

得到答案后，蔡伦匆匆点头，跟她们说了谢谢，转身也离开了教室。

车队最近劲头都很足，卫任军依然秉持着铁血手腕，告诫每一个人，一定要加强训练，不能因为眼前的小胜利错失后头的大西瓜。

"今年的省运会主要还是分个人和团体两项，我们的排兵布阵跟市运动差不多，不过赛程几乎都是市运会项目的两倍，所以这个加练情理之中。另外，沈戍、佟晨、张恒瑞，你们在个人赛的时候也要练一下爆发。"说着，卫任军拍了拍沈戍的背，"除了核心，这个背也得多练练知道吗？"

"现在五月，还有一个月放暑假，到时候决定送去省队集训的名单，名额有限，你们都给我好好表现，都这种时候了，可别跟我玩什么兄弟情深、友谊第一的。咱这队里能出几个运动员算几个，听明白了没？"

队员们纷纷应是，随着他一拍手，便如鸟兽散，抢占器械开始训练。

郑星沥就在角落里，从一开始扭扭捏捏，到现在看到诸多健壮的胳膊腿也还是忍不住感叹。不过跟以前不同的是，现在自己也是可以上手捏捏的人了。

她摸到沈戍附近，逮住这一个样本使劲儿观察。即便现在的数据库已经扩展到了全队，但事分轻重，沈戍永远是她最核心的数据。

郑星沥盘腿坐在距离不远的瑜伽垫上，一边跑程序一边在眼花缭乱时从他的身材上汲取些能量。

沈戍背对着她坐在拉力器上，从头垂直下拉横杠至胸前，肩胛骨向内收紧，身子微微后仰，因为用力收缩绷紧的背阔肌在训练服上箍出形状，汗水从他的头发顺着后颈和脊背一路下滑。

啊，这身材，谁看了不说一句，姐妹眼光好？

骨骼分明的手捏着一瓶水，仰起头灌了一大口，凸起的喉结随着他吞咽的动作上下滚动着，再往上是他线条硬朗的下颚骨和好看的下巴。

郑星沥越看越喜欢，她确认了下时间，合上电脑问他："练完了吗？"

"嗯。"沈戍重重点头，接过她递来的毛巾，"你等我一会儿，我去换衣服。"

"好，我正好帮忙收拾器械。"

拿了助理的工资就得干好助理的事情，这些天跟着羊羊自己虽然没练出什么好身体，但对健身餐、健身器械以及自行车那是了解得清清楚楚。大家都说凭她现在的水平，天桥底下摆个摊儿修自行车绝对是把好手。

正检查着，又有人进来了，是个陌生面孔。郑星沥不认得，羊羊也不在跟前，于是问他找谁。

"我找沈成。"男生身材中等，穿着一身运动服，看上去像是别的队的。

"沈成？你找他什么事儿吗？"

"我是他好朋友。"

"好朋友？"郑星沥心说自己怎么不知道这回事儿。

"嗯，他在吗？"

"他去换衣服了，你可以在外面等……"

话还没说完，那人就钻了进来，刚拖好的地板上赫然印出了几个鞋印子。

郑星沥头皮发麻："那个，我在拖地。"

"没关系。"男生笑眯眯的样子，说出的话让人窒息，"你小心一点别拖到我鞋上就成。"

郑星沥万万没想到会得到这样的回应，不自觉"嗯？"了一声。

对方更加大方："我开玩笑的。"

就在她以为自己误会了的时候，他又补上句："弄脏了帮我洗就好啦！"

郑星沥开始生理不适，他该不会以为自己很幽默吧？

"这是什么器材？"说着他踩在垫子上，试探着拉了拉绳子。

"这是龙门架绳索。"郑星沥语气略硬说，"你踩到垫子了。"

"没关系。"男生又大大咧咧地挥挥手，对眼前的器械非常感兴趣，"这个怎么玩的？你会吗？"

没等她回答，他兀自摇摇头，自己拽了拽，说："算了，你看着也不像会的。"

不能骂人，不能生气，好女不跟男斗。

郑星沥默念了好几遍，还算平静地开口："你到底是想做什么呢？"

"我说了呀，我找朋友的。"男生挥挥手，"你不用跟在这里的，我等到人就走。"

"等人的话要去外面，我们训练室要关门了。"

"这不是没人吗？我再看看，等沈戌出来了就走。"说着，男生又火速奔向下一个器械，这里摸摸那里碰碰。

郑星沥看着干净地板上，一个接一个的灰脚印，心里忍无可忍。

"砰！"哑铃掉在地板上发出沉重的闷哼。

男生撇了撇嘴，拍拍手好像上面沾了什么作呕的东西一样，嫌弃地说："你们这也太不专业了，东西弄这么滑，还湿答答的，好恶心哦。"

郑星沥深吸一口气，将"仇恨"转移。

啊，沈戌，你绝对死定了！

郑星沥自诩也是经历过大风大浪的人，上大学碰见了目中无人的蔡伦，后来人家"改邪归正"也在正常人的范畴内。但她很长时间没有遇见过这么纯种的奇葩了。

她深吸一口气，越压越上火，千钧一发之际，沈戌终于赶来了。

"走吧，咱们去……高奇飞？你怎么在这儿？"

郑星沥微笑，上前几步把拖把棍往沈戌怀里一塞："正好，拖干净再走。"说着拉了把椅子就此坐下。

沈戌看着满屋子的鞋印，也不知道说什么好。

高奇飞兴冲冲地挥了挥手，隔老远大声回他："我来找你的。"说着器械随手一松，又发出声巨响。

沈戌："找我？"

"拖！"郑星沥厉声道。

沈戌打了个寒噤，立马拿起拖把听话干活。

"这人是谁？你好朋友？"

沈戌摇摇头："上次我跟队长去协会盖章的时候碰见的。我只知道他叫高奇飞，是协会的。"

说话间，当事人已经来到了跟前："你上次不是说自己是车队的吗？我过来讨教些骑车的经验。"

说到这个沈戌可就来劲儿了，也不管这人是不是熟人，本着能蛊到一个算一个的原则，立马停下手里的活儿："你说你说。"

"你现在是每天都训练吗？"

"对呀。"

高奇飞有点不敢相信："你就没有那种每次酒足饭饱后就懒得骑车了的时候吗？不会总觉得不在状态？"

沈戍稍惊讶地看了他一眼："不会啊，为什么会懒得骑车，骑车训练是很累但是也很快乐啊。"

"唔。"高奇飞含糊地应了一声，"我一个月只能骑个一两次，也不是骑不下来，就是懒得骑，这要怎么克服啊？"

沈戍还真不知道怎么克服，只能如实说："就自己监督自己。因为我个人是很喜欢骑车，所以并不觉得这是件要去克服的事情。"

"我也很喜欢骑车。"高奇飞点点头，"那要怎么自己监督自己啊？"

郑星沥听了这几句话，觉得心里不大舒服。也许是因为他没什么眼色分寸的表现，让她印象不佳，以至于这些问题，在她看来毫无营养。

沈戍也有些莫名其妙："就自己让自己去骑啊。因为不骑的话，肌肉就会退步，成绩也会变差，还会被车队踢出去。"

高奇飞露出恍然大悟的神情，似乎是明白了自己的问题所在。他继续问道："咱们校车队也出去比赛过吧，听说拿名次还有奖金，真的吗？"

郑星沥不是傻子，这话里的试探明显比刚才更加急切。于是她代替沈戍回答，漫不经心道："有钱，怎么了？"

"我就问问。"高奇飞摆摆手，做出他们别误会的架势，顿了顿又道，"大概多少钱啊？"

话到此处，沈戍刚才的热情已经快消磨殆尽，他本来就不是傻乎乎的人，更何况高奇飞的目的性太强，前半段那些莫名其妙的问题明摆着都是在为了这个核心要义铺垫。

"就零花钱的那种。"沈戍不想告诉他准确数字，没必要也很麻烦。

"拿一次名次多少啊？"高奇飞给出了一个猜测的数字，"有三千吗？"

沈戍拧眉更加不解："这个很重要吗？"

"我就是想给自己一点动力。"高奇飞哈哈笑了两声，"听说有的车手一个月只能挣个三四百块的，我也能接受。"

沈戍连表面功夫都不做了，对方的话听起来根本站不住脚，他直截了当地问："你是想加入我们车队吗？"

"对。你看，我现在在协会里，也算是一只脚踩着圈边儿了。"高奇飞耸了耸眉毛，意有所指，"就差人给我领进门了。"

郑星沥忍不住插嘴："你可以去找教练，我们队里只要成绩好条件好任何时候都能加进来的。"

卫任军巴不得全校都来骑自行车呢，而且他也很乐意为有天赋的人开特例，用他的话来说，公路车队的大门为每一个预备役运动员敞开着。

"这个我知道。"高奇飞凑近了些，插到两人中间，挡住了郑星沥的视线，压低声音只对着沈戌道，"我问了卫教练，他说队里不需要我这种类型的车手，我觉得我这种的在你们队里很难得，但他喜欢耐力强劲的类型。"

郑星沥差点笑喷，不着痕迹地将高奇飞扫视一遍。不是她瞧不起人，是她实在看不出来他是哪种类型的。

见沈戌不说话，高奇飞又继续说："你现在有钱赚吗？"

沈戌别扭地跟他拉开一段距离："没有。"

高奇飞显然没料到自己会得到这样的答案，竖起大拇指，也不知是夸奖还是嘲讽："你真行，白忙活。"

郑星沥此刻很恨自己没有锻炼体能，否则就可以在这人发言的时候冲上去给他一拳。

想着沈戌不好直接骂人，她干脆点出关键，问道："你是想骑车赚钱吗？"

高奇飞稍稍侧身："给点钱会有动力的，支持着走这条路什么的，万一火了呢？"

"不是白忙活。"沈戌语气少有的生硬，郑星沥听得出来，他很生气。

"我骑车就不是为了挣钱，我只是因为喜欢所以就来做了，就坚持了……"

高奇飞胡乱地点了点头，迫不及待地打断了沈戌接下来的长篇大论："好的，我也是。"

如果傻瓜也分等级的话，郑星沥有理由相信眼前这个是最高级。她觉得自己有些对不起蔡伦。

跟这人比起来，蔡伦顶多就是公主病。

自大、没有分寸、不尊重人，很难想象大学里还会遇见这样的人。

高奇飞："我想知道到底怎么才能加入车队。"

"我说了，好好训练。"沈戌耐心告罄，注意力也从他那里移到了拖把上。

"你是怎么进队的？"高奇飞两步跟上沈戌，再次挡住郑星沥的视线，低声说了句什么。

"砰！"拖把被重重地杵在地板上，海绵擦里的水渍溅得老高。

沈戍已经很长时间没有这么生气过了。

练项目的初期，他是个一点就着的爆竹，没有办法容忍其他人误会公路车。他存有份高傲，那是一种对所有外行人的蔑视。慢慢地，他变柔软一些，开始转换思路，用热情来感染对公路车好奇的人。

有人对公路车有兴趣、有想法，对他来说是一件很幸福的事情。这意味着他热爱着的东西正在被人关注，而在这条路上，他并不会是孤单一人。

这在追逐光亮的同时，希望其他人也能来这路上看一眼。不一起没关系，不感兴趣也没关系，至少那些人会知道，这条路究竟长什么模样，他们追逐的究竟是何种光亮。

可现在，他的梦想在三言两语之间被羞辱否认了。

沈戍不鄙视任何出于金钱角度的追逐，但他无法忍受高奇飞语气里的满不在乎，更不明白，为什么明明是从利益出发，却偏偏要借喜爱之名。在高奇飞的心里眼里就好像公路车不过是件再简单不过的事情，就好像他的付出都只是为了钱。

有人想抓住星星，于是发了狠，一刻不敢放松，终于迈入门槛；可其他人却只看得见铺在路边的钱，而把星星当成廉价的玻璃碴儿。

"好好训练，好好训练，好好训练。"沈戍眼睛里盛满了怒气，声音愈来愈大，他强压着让自己镇定，"如果你想加入车队，那就从现在开始每天训练，如果你觉得车队识别不了你这个人才，那就去找适合自己的队伍。总之，去做点什么，而不是在这里——"他呼出一口气，"在这里问我有没有什么路子可以认识人，放你进队。"

"没必要吧？我就是开个玩笑。"高奇飞不知道是真的蠢还是装得蠢，到这时候仍旧笑嘻嘻的。

沈戍觉得自己的怒气好像是捶在了棉花上，更加憋屈恼火了。

"咚——"刺耳的摩擦声在馆内响起。

两人都本能地循声望去，郑星沥不知道什么时候已经站了起来，满脸的不耐烦。

"同学，你说完了吗？"

"啊？"

"说完了，就离开。我们车馆是封闭管理，严禁外人进入。"郑星沥摆出一张冷脸来。

"我是车协的。"

"那又怎样？"她抱着手，"规矩是学校定下的，不是我们可以轻易动摇的。你如果真的想来又无法通过正常选拔进来的话，我建议你——"她顿了顿继续说，"让你家里人给学校捐个楼。兴许这样，卫教练会看在你家里的面上，网开一面，放你进车馆。"

"你在说什么啊？做梦吗？"

郑星沥点了点头："原来你也知道这是做梦啊？那还问什么蠢问题啊？"

"你这个人说话怎么这么难听，我是真心想加入车队的，我是真的喜欢，我是在很诚恳地请教。"

她点点头："我知道，我也在很诚恳地给你建议。"

建议你回去好好看看脑子里是不是有病。

高奇飞还想再说些什么，整个人就被往上提了提。

沈戌夹住了他的领子，面无表情，不给他一点点反应时间，直接将人拎到门外，狠狠甩上了门。

郑星沥有些担心沈戌的情绪，紧跟在他后头，还没开始安慰，就听他嘴里蹦出了句："有病。"

她没忍住笑出了声。

沈戌回过头，脸上的严峻瞬间不见，取而代之的是满满的委屈："你怎么还笑啊。"

他的情绪来去匆匆，总不能因为他的发言一直生气。

"我笑你可爱啊。"郑星沥看得出来他已经自愈了。

她上前几步足尖抵着他的鞋，昂头看他，之后抱住他的腰，哄道："好了好了，别生气了。"

沈戌回抱住她，寻求安慰般埋在她颈窝，声音闷闷的，说："我受到了伤害。"

郑星沥摸了摸他的后脑勺，那里头发茂密柔顺摸起来很是治愈："没关系，下次别理这种人。"

"还是好难过哦。"

"那要怎么办？"

他长长叹了一口气，灼热呼吸带起阵阵酥麻："我觉得，如果这个时候可以有女朋友的安慰应该会比较好。"

郑星沥笑："我这不是已经在安慰你了吗？"

沈戌抬起脸，直勾勾盯着郑星沥的眼，一手将人环住，一手摸上她的后脑勺，学着她的动作摸着发。他说："这样的不行。"

"那怎样可以？"

沈戌双手用力，将她往自己怀里按。

滚烫结实的胸膛，柔软湿润的唇瓣。他轻触一下，分开一段距离，睫毛低垂着落下一块阴影，分毫间蹦出的字句带着狡黠和愉悦："这样可以。"

浅樟木味道再度压过来，在唇齿间斡旋，绕过每一寸同蕊纠缠。

车馆厚重的门上跳来几缕阳光，光束中的微小颗粒跳动着和胸膛里的运动频率不谋而合。

不知道过了多久，沈戌额头抵在她肩膀上，毛茸茸的脑袋像极了犬。郑星沥呼吸杂乱，低垂着眸，耳朵通红，即便如此还是不肯落下风。

"沈戌，你太没出息了吧。"

沈戌从脸红到了脖子，整个人像只煮熟的虾米，他没有松手，有点委屈又有点无奈，说："我也不想的。"

郑星沥僵直了脖子："那现在怎么办？"

"等会儿吧，等会儿就好了。"

"还抱着？"

"那不然被人闯进来看见了，多不好啊。"

郑星沥笑了声："你不是运动员吗？不是很克制吗？"

沈戌更委屈了，说道："我是能克制食欲，但我克制不了……"

"色欲是吧？"郑星沥替他补完全句。

"别说了。"丢死人了。

郑星沥尝试挪动无果，轻轻拍了拍他的背："松开一点。"

"不行，会被人发现的。"

"可是你硌着我了。"

"……"他不说话。

"沈戍！"郑星沥简直不敢相信，"你怎么更硬了。"

"啊，你别说话了，求你。"他语气近乎哀求，有种天然的惹人蹂躏的怜爱感。

这种形容一旦蹦出来就越来越觉得贴切，郑星沥不自觉哄道："好了好了，不说不说。"

某种意义上，她的语气略带哄骗。

沈戍下了狠心，可算从她的脖子里抬起头。

郑星沥故意问："好了？"如愿又看到他气急败坏的懊恼模样。

"你这情况……"她斟酌用词，"是不是有点严重？"

"就是正常的生理反应，你怎么说得跟绝症似的。"沈戍活了这么长时间，头一次听人几个字就扭转事件性质的。

郑星沥怕他又觉得羞愤，咳嗽两声压住笑意："那以后会都这个样子吗？"

沈戍抓住她的手，回身锁好车馆的门："应该是的。"

以前不在一起的时候，两个人关系亲密，但仍保有距离，他还可以克制着不想那些有的没的，可现在他们是名正言顺的情侣，不犯法也不违反道德，还每天都可以碰碰抱抱亲亲，实在很难没有反应。

"你不能忍住吗？"要是哪一次被人碰见，那可就太尴尬了。

沈戍想了一会儿，尽管他很想表现自己的正经，但最后还是摇摇头，老老实实摊牌："我忍不住。"想想又找补了一句，"可能因为我身体太好了？"

身体好不好不知道，身材那是真的没话说。

郑星沥思想一路跑偏，原本是只想揶揄取笑他的。

她偷偷看他的腹部，刚才隔着衣服，自己也没少揩油。照目前的情况看下去，他们俩半斤八两的，谁也不能笑话谁。

为了以后色迷心窍做出的举动，不至于显得太色情，郑星沥状似为难地点点头，表示理解："那算了，忍不住就忍不住吧。"

沈戍如蒙大赦，眼睛一亮："你不会觉得我很猥琐吗？"

馋人家腹肌的郑星沥觉得自己没什么立场作出这种评价。她端出"郑老师"的架子，一本正经："不要有这种想法，基于我们俩目前的情况，在不违反我意志的情况下，合理。"

"真的吗？"他眼睛亮得吓人。

郑星沥重重点头，沈戌"哦"了一声，牵住她的手，乖巧发问："这算违反你意志吗？"

"不算。"

掌心从侧腰这边蹭到另一头，扣在边缘，将人带到怀里。

"这算吗？"

"不算。"

他稍用力，将她按在怀里，严丝合缝地嵌合在一起："这样呢？"

"也不算。"郑星沥抱住他的脖子往下带了带，盯着他的嘴唇笑，"我说了不可以那就是不可以。"

"那你要没说呢？"

郑星沥没回答，闭上眼吻他。

午后蝉鸣声声，长廊爬满了绿藤，在顶部织就一片凉，石缝里不知名的小花开出簇簇欢喜。

沈戌尝了甜，还没忘记先前的问题："没说算什么呢？"

"算默认。"

从上次国赛以后，他们这些大一的也正式从预备役进入到了主力队伍。每天都会收到指导老师和学长学姐的进度问候，而其他各类比赛的决赛也都提上了日程。

郑星沥忙成狗，还没怎么来得及跟男朋友你侬我侬就到了暑假。

结束最后一天考试的时候，她在门口看见沈戌，突然就有一种"久别重逢"的感觉。即便实际上他们每天都有那么一会儿工夫见面吃饭。

沈戌的考试结束得更早一些，他接过她的书包："我们老师说下学期开始，期末除了考试就要增加一门作业了，如果作业不合格，考试考满分也要挂科。"

"这么严格？"郑星沥吓了一跳。

人的注意力有限，能够兼顾好几门重要事业的人不会是他俩。有的时候，郑星沥怀疑过自己的智商，为什么别人忙着做项目考试还能拿奖学金，而自己只能分时间段做取舍，集中在某一个时候突击某一方面的工作。

"你是人吗？你突击下来的成绩都能拿好几个第一，还嫌自己智商不够？"沈戌微笑，"你想说我就直接点。"

他一天中的大半时间都花在了自行车上，光是维系中等的成绩就已经相当吃力了。

郑星沥："你还没说，下学期要做什么作业？"

"自己做东西。"

"你们也要做项目？"

"可能说策划比较贴切吧。"沈戌想了想，"老师跟我们说，截至下学期的期末，我们要自己做个策划，并且拍出来，新闻、节目，甚至微电影都可以，不过要讲究时效性。这是几个专业课老师综合性的大作业，每个人必须完成。"

"不分组？"

"分了，以宿舍为单位。"沈戌叹了口气。

"那你叹什么气？你室友不是大佬吗？"

"因为大佬只做大佬。"沈戌更加惆怅。

他们宿舍空了一个床位，少了个劳动力。唐煜忧心忡忡，要求他们笨鸟先飞，每个人都要报选题。

"没关系，多看看就好了，你们搞文字的，最需要就是灵感，强求是不行了，不如走一步算一步。"郑星沥安慰他。

"比起这个。"沈戌拽了拽行李箱，不情不愿地招手打车，一边把行李放好一边不死心地问，"你今天非走不可吗？"

他这个暑假要去省队集训，两个月的封闭式，九月直接去省运会。

"我妈给我买的票，从复习周开始就一直叫我早点回去，虽然她说是因为很想我，但我心里总觉得不踏实，家里肯定是出什么事情了。"讲到这里，她少有地有几分浮躁。

沈戌还不知道有这层关系："别瞎猜，反正今天回去就能知道了，在这里白白担心不如待会儿好好休息一下。"他摸了摸她的眼睛，"看你这眼圈重得，这几天光熬夜了吧。"

项目软件搭了大半，蒋老师又给她申请到了硬件经费，她暗暗给自己下了期限，寄希望于这个暑假就把东西做出来。

回家不比学校，请教问题什么的都有一定的局限，她一边复习一边加紧解决了几个重要的问题。

"没休息好，人很容易慌的。"沈戍伸手将她拉到怀里，"你睡一会儿吧，到了我再叫你。"

沾上他的胸膛后，她心头的不安奇妙般地好了几分，他胳膊很长，刚好将她环住。

这几天确实很累，而他的存在像是股细流，温暾却足够叫人松懈片刻。

沈戍空着的手捂住她的眼睛，挡去茶色车窗外的刺眼阳光，轻声哄着："睡吧，我就在你旁边的。"

高铁抵达合祁的时候刚七点，外边天亮堂堂的，云隐匿了行踪，纯净的晴空也逐渐褪色，悬挂着的夕阳在路的一边偃旗息鼓，另一边的尽头则泛起墨色的蓝。

郑乔生今天没来接她，方荟说他得出去给客人装帘子，让她自己打车回来。来去路途远，她行李不多，也很方便。

车载的电台里响起熟悉的合祁交通台前奏，来往熟悉字母开头的车牌和广场舞的音乐声，鲜活到叫人熨帖。

郑星沥没回小区，到主街的时候，远远便瞧见门口停车位上自家的车。方荟跟郑乔生都站在店门口，视线来来回回，不放过一辆车。见确实是她，他们便争先恐后地迎了上来。

郑乔生伸手要拎箱子，被一巴掌拍下。

方荟瞪了他一眼，猛地用力从后备箱拿了出来，转头一脸和煦问郑星沥："还有东西吗？别丢车上。"

郑星沥摇摇头，要从方荟手里接过箱子，不意外也挨了一下。

"我来。"方荟中气十足。

万向轮在砖路上声音格外大，像是在跟附近的人宣告"今天有人回家"。

隔壁的几个叔叔阿姨站在门边上，热情地打招呼："哎呀，你家郑星沥今天就回来了呀？"

郑星沥笑着叫了人，跟着他们的话茬儿接了几句。

进门后乍迎过来的冷气，吹得她打了个寒战。

缝纫机上还堆着没做好的窗帘布，郑星沥顺手关上了上面的小灯。

"洗手吃饭了。"方荟把饭菜端到玻璃柜台上，又一次拍掉了郑乔生想帮忙的手。

"怎么了，你跟妈妈吵架了？"郑星沥边洗手边小声问。

"没有，你妈她。"郑乔生好像有点心虚，"更年期。"

她才不相信："我高一她就更年期了，现在还更？"

"吃饭吃饭！"方荟大声喊着，像是对郑乔生说法的遥相呼应。

上半年没有长假，郑星沥也就趁着五一回过一次家。暑假还长，父母因为她刚回来而产生的热情还在顶点。

方荟特地炖了汤，盛好了递到她跟前："快喝，从上午炖到现在呢，汤里都是营养。"

郑星沥吹了吹热汤，端着碗沿小小抿了一口。

郑乔生夹了块糖醋肉，还没离开盘子就被方荟毫不留情地拍下。她语气严厉："不准吃！"

郑星沥被这声怒吼吓了一跳，差点没端住碗。

方荟丢了一大筷子香菇到他碗里，恶狠狠道："吃这个。"

"怎么了？"郑星沥小心翼翼地问，"我爸他惹你生气了？"

"呵。"方荟冷笑了声，没有回答。

郑星沥偷摸摸夹了块肉，趁方荟不注意飞快丢到她爸碗里："生气也不能不让人家吃饭呀，好歹是我们家唯一一个劳动力呢。"

他们家开店主营业务就是给人装窗帘，怕叫人保证不了质量，于是从测量到定做再到安装全由郑乔生一人包圆，什么爬高打电钻的活儿都极其耗费体力，方荟也只能起些辅助作用，再有就是买卖东西。

"呵。就是因为是唯一的劳动力，才不让他吃呢。"方荟冷着张脸，"之前你在学校就没告诉你，你爸前几天才从医院回来。"

"什么？"郑星沥插科打诨的心情霎时消失，脸上的表情也僵住了。

"哎呀，不要说了，又不是什么大事儿。"

"不是大事儿？我现在说话你是不听了，让你女儿骂骂你才管用呢。"方荟把碗一摔。

郑星沥也吃不下去了："到底怎么了？"

"你爸，非要去钓鱼，大河不去，净往犄角旮旯走。结果呢，高血压犯了，人差点儿没了。"

郑星沥大脑一片空白。

"没有，没有那么夸张。"郑乔生心虚地摸了摸鼻子。

"没有？还没有呢？要不是你小舅去得及时，你爸这回就不是住院那么简单了，医生说再晚个十分钟不是中风就是偏瘫。"方荟尤其不忿。

"没有。"郑乔生还在嘴犟，"我那不是骑到大路上了吗？"

"还敢说？那你不会不去吗？这大夏天的，是钓鱼的季节吗？"

"那我不是看天阴阴的吗？"

"不管，反正你吓死人了。下次，不对，以后都给我老老实实待家里。"

"我那儿还有好几斤米没用完呢，我还是拿好酒拌的呢。"

"郑乔生！你怎么回事儿？女儿回家了，有人给你撑腰了是不是？怎么又顶嘴。"

"我没有。"他说着，看向一边的郑星沥，这才发觉，她眼眶里已经蓄满了泪水。

原本还斗嘴的两人大惊，赶紧叫停争论，哄道："哎哟哎哟，没事没事，你爸现在好着呢，别哭别哭。"

"对对对，没什么大问题的，我现在爬梯子打电钻都行得很。"

郑星沥眼睛死死睁着，就是不想让里面的泪掉下来，她声音有些颤抖："为什么不跟我说啊？"

"哎哟，真的是小事儿，我住了几天院，立马就好了。年纪大了，人都这样，正常的。"郑乔生拍了拍方荟的胳膊，故作轻松，"就你妈，讲话太夸张了，一下就把你吓到了哈哈。"

郑星沥却笑不出来，她又气又恼，说出的话带上了点责备的劲儿："都住院了还小事儿啊？你们就应该告诉我的，我是你们亲女儿，怎么能不过问呢？"

"你一个小孩子过问什么啊，山高路远的你要是着急忙慌出了事情，还叫我们担心呢。再说了，现在不都好好的吗？"方荟哪里还记得自己的初心，"你爸就是年纪到了，真不是什么大事儿。而且你看，他这命多好啊，临休克前几分钟就意识到不对了，赶紧给你舅打了电话。我们啊，都精着呢。"

郑星沥抹掉泪："那也不行。你们应该告诉我的。"

"好了好了。"方荟挂掉她脸颊残余的泪渍，"下次一定。"

"呸呸呸，没有下次没有下次。"郑乔生补充道，又忍不住说，"我们不告诉你就是怕你像现在这样，吓得要死，又哭又难过的。谁知道你妈还是说了……"

这下方荟就不乐意了:"什么意思?你怪我啊?"

郑星沥抿了抿嘴,把先前偷丢给他的肉又夹了出来:"别吃了。"

高血压不是小事情,这次他晕倒还有前兆,才能打电话通知家里人,要是不注意,以后说来就来一下的,真的不知道会怎么样。

郑乔生想逗她们俩开心,打着哈哈:"不会的,我这次逢凶化吉,说明老天不收我。"

郑星沥不敢想象,如果她爸真的中风或者更糟的话会怎么样,这个假设光是冒出尖来,就足够让她难过。

可这件事情却真的发生了,虽然现在看来一切都好,但当时情况究竟多危险,从方荟现在谨慎的态度里也能猜得出来。

"别去钓鱼了,安装不行就歇歇,叫人来做。还有降压药,开回来就吃,别吃吃歇歇的。"郑星沥把脑子里仅存的那点子相关信息一股脑都说了出来。

郑乔生频频点头:"知道知道,我一直在吃药呢。"

"休克晕倒是很危险的,你也得注意,有任何不舒服的地方就立马停下来,千万别死撑。"郑星沥声音有些哽咽,又很快平复。

她爸妈说了,不想看见她哭。

郑乔生一一应下,笑着说:"我反应可快了,真的,我骑上摩托发觉眼花就赶紧骑到大路上了,之后没撑住车,但摔得也不狠。打完电话之后,老长时间才彻底睡着了呢。"

郑星沥不敢叫他们发现自己的眼泪,低着头几乎要把脸埋到汤碗里。

"我当时就在想,我肯定不能死。"郑乔生声音慢悠悠的,还带着笑,"万一我死了,我女儿在学校肯定要哭死的。"

泛着鲜亮的汤上落下一滴水,郑星沥将碗举起来,把脸遮得严严实实,铆足了力气咕嘟喝着,连汤滴到了衣服上都不在乎。

"慢点儿慢点儿。"方荟拿了纸巾给她擦了擦,"还有一锅呢。"

她不吭声,视线集中在一点点露出全貌的瓷白碗底。

她爸妈今年五十多岁了,隔壁叔叔阿姨结婚早的,都已经开始带孙女了,而她才刚刚上大一,刚成为一个成年人。他们还在加倍工作,供自己读书,供自己花销,一刻也不能放松。

似乎，是她扯慢了他们的脚步。

"明天。"她低着头，"我跟爸爸一起去装窗帘吧。"

"不用不用。"郑乔生摆摆手，"这天多热啊，再说了你去了也什么都做不了，再当心中暑。"

"不是。"她抠着下摆油渍，随口捏造理由，"我得学打电钻的，我们做比赛项目，也要搭建模型。我多会一门儿，跟其他人比就多个优势呢。"

"真的吗？"郑乔生半信半疑。

郑星沥夹了一口菜边裹着边仰起脸，眼睛弯起，语气欢快："当然啦。"顿了顿，"还有啊，也得报名学车的。我问了学长学姐，要早点学才好，听说现在找工作都要求有驾照了，趁着现在学完刚好。要是我拿证儿快的话，还能给你当两天司机呢。"

夜里，郑乔生跟方荟关了门，依然点着灯赶做窗帘。郑星沥帮不上忙，被打发回了小区。

郑星沥锁紧了门，把箱子拉回到房间里，换好睡衣往床上一倒。

新晒的被子有着特殊的味道，干净舒心。

知道她要回来，方荟老早就打扫好了房子。她不在家的时候，他们就很少回来。小区离店里不近，他们想早点开门，干脆都住在店里。原本楼上的大床被搬到了新家，就只剩张一米二的老式花床，他们俩挤在一起，糊弄着也就过去了。

郑星沥睁眼看着灯，手机里传来接通电话的声响。熟悉的声音穿破层层距离抵达耳边，带着惯有的热切欣喜，一饱的热情。

"到家了吗？吃上饭没有？"

郑星沥低低地"嗯"了声。

那头的人无比敏锐地察觉出了不对，语气也变得小心："怎么了？发生什么事儿了？"

强忍着，不想让爸妈担心的泪水就在这声问候里无声滚落。她诚实地说："我好难过啊。"

郑星沥第一次生出这样的恐慌，尽管不想面对，还是无法否认，他们真的老了。

在她长大的同时，他们以一种无法抗拒的姿态，快速老去。头发不再乌亮，皱纹越来越深，眼白也愈加混浊。

更让她害怕的是，她根本承担不起这个家。

如果，如果，郑乔生真的倒下了，她能做什么？她要怎么挣钱去救他，去养这个家？

她不知道。

内心涌起的罪恶感，自下而上紧紧扼住她的喉咙，叫她喘不过气来。

她开始羞愧，羞愧于自己的成绩，羞愧于自己的能力，羞愧于自己做的和他们付出的不值一提。

她以为自己已经足够努力了，可当问题出现的时候，再回顾先前的问题，她的答案是远远不够。

电话那头的声音很轻，听起来正常，却遮不住哽咽。

沈戍从没见过她失控的时候，好像再怎么难过的情绪，到她这里表露出来的方式就是温温吞吞的。

她像只老虎，威风凛凛，所向披靡，真的被触及柔软的地方又瞻前顾后，生怕被人发现了脆弱，生怕亲人担心，只敢藏起来悄悄伤心。

"没关系的。"他放缓声音，"我们都在努力的，而且你现在已经很厉害了。"

细微的动静停下，渐渐换成种抑制不住的抽泣。

她想，可真是奇怪，为什么一听见他的声音就忍不住了呢？原本自己一点儿也不爱哭的，怎么总三番五次在他面前丢人呢？

沈戍并不擅长言语安慰，但他也不会一味地让她"好了好了，不要哭了"。他一直清楚地知道，郑星沥是有些压抑的。至少在他们相识的这些时间里，她是压抑的。

当初施媛让他帮忙当学生对郑星沥施以援手的时候就说过——她太懂事了，以至于在事情发生的第一时间，迫不及待地把错误归因到自己身上。

一如现在，她觉得父母的辛苦全是因为自己。她需要安慰吗？或许她更需要的是陪伴和倾听。

时间在低低的絮语中流走，她也从一开始的断断续续说不出一句完整的话，逐步平复下来。

"跟大多数人比起来，你做得已经很好了。"沈戍到此刻才开始说话，

"不要怪自己了，就算嘴上不说，你爸妈也肯定会觉得你是最好的。如果你觉得现在羞愧的点是自己还不足以独当一面，那以后就更加努力一点好了。至于究竟要等多久，究竟来不来得及，答案是肯定的。"

"就算你不可以，那也还有我。"他说，"虽然知道你不会是依赖别人的那一类，但是如果有一天，你真的很累很累，那么靠着我行吗？几天也好，几年也行，在我这里，懈怠是你的特权。

"我相信你可以，就像你一直觉得我可以成为最好的破风手一样。不管你选择了怎么样的路，我都会跟你一起的。"

郑星沥痛快地哭了一场，宣泄出所有堆叠在心头的矫情压抑，又听了他的笨拙安慰，不自觉放松下来，轻声问："真的吗？"

"嗯。"沈戌肯定道，"我没有办法许诺只要你想就一定会出现，但是我一定会尽自己所能出现在你需要我的时候。"

"好烂哦，怎么就不能是只要我想就出现？"郑星沥被他逗笑，"你也太老实了点。"

"那我也不能骗你啊。"沈戌听出她的笑意，也知道她并不会生气。

"我知道的。"郑星沥情绪已经彻底平稳，她翻身下床从书包里拿出电脑开机。

就好像服从军令是军人天职，运动员的生活也并不完全属于自己，在需要遵循规定的大多数时间，他能做到的只有把剩下的所有空闲规划给她。

"沈戌。"她语气认真，"我们约定好，以后不管出了什么事，请务必把你的梦想排在我的前面。我不想你因为我的一些事情，冲动之下就放弃掉自行车，不管是比赛还是训练，都不可以。"

运动员付出的那么多年，不是可以轻易放弃掉的。

换句话来说任何为了爱情放弃梦想的举动都只是看起来动人，放到身边，结果除了可惜就还是可惜。

"我自己可以做很多事情，我也会找人帮忙，即便你没有时间，也有其他的朋友，遇见危险我会报警、会打120，所以安心训练，不要总惦记着我怎么样。"

沈戌沉默了一瞬，虽然他很想说些动听的类似于自己会"不顾一切"的话来，但在现实的情境里，他还是选择了实话实说。

"你不会觉得我不够喜欢你吗？"

"不会。"郑星沥反问，"你知道我喜欢你什么吗？"

沈戍顿了顿，语气惊讶："难道不是因为我超凡脱俗的帅吗？"

她哽住了："也是有这个原因。"

得了夸奖，他"嘿嘿"傻笑了两声。

"还有就是因为你闪闪发亮。在你骑车的时候，跟我介绍自行车的时候，毫不掩饰说自己梦想的时候，是我最最想要成为的人。"她诚实地坦白自己的想法。

不是因为他想变成更好的人，是因为在他身上看见了可能，所以也想成为和他一样，努力追寻梦想的人。

沈戍又笑了，他就知道，任凭她嘴上说得再怎么现实，本质上来说都是跟自己殊途同归的。喜欢不仅是因为心动，更因为他们最能理解彼此的想法，能够尊重对方的选择和梦想。

"你也一样。"沈戍一字一句，"不论发生了什么，都不要为了我放弃你自己的未来。我希望你可以做自己喜欢的事，并且永远可以做自己喜欢的事。不管你的未来有没有我的参与，我都希望没有耽误你去追逐，去蜕变成更好的自己。"

省队集训的强度跟学校比起来，堪称地狱。暑假两个月，沈戍晒伤了又养，养好了又继续晒，一天的行程都被塞得满当当。

郑星沥也没闲着，她以最快速度拿上了驾照，并且顺利出师，掌握了电钻打孔技能——尽管郑乔生还是不允许她爬梯子，但好歹也能分担些活计。

与此同时，踩在假期的末尾，她的项目也正式做好了。等到开学，把东西安装在车队的人手机上，就可以正式开始测试功能了。

因为是比赛项目，所以它的名字不怎么动听——"基于机器学习的智慧运动规划系统"。郑星沥藏了私心，在做 logo 的时候写了"星树"。

蒋老师嫌弃拗口，表示希望她改一下，却遭到了委婉拒绝，于是问她："是有什么特别含义吗？"

"也不算是。"郑星沥回复道，"就是做了个开屏，觉得很贴切。"

开屏图片是找刘希画的，画出星空组成树的轮廓，底下写着一行字"梦想会送你一树星光"。

不算什么大事，蒋老师也就没继续让她改掉。

电话沟通进行到尾声，他突然问："对了，你们通知了宿舍楼几号开没有？如果可以的话，早点来学校。"

"是有什么事情吗？"

"实验室做大数据的黄教授，问我有没有对这方面感兴趣的本科生，可以去他那边培养一下做些东西，我推荐了你。"

郑星沥听学长学姐说过黄教授，他资历很老，是研究生院的硕导。前几年身体出了些问题，就没亲自带学生，如今调养好了，又开始精神抖擞要重振门风。

这次说是在本科生里挑些好苗子培养，其实就是为自己带硕士做准备，如果本科生里有好的，指不定就留下来直接成他学生了。

说不心动是假的，但是……

郑星沥迅速判断情况，片刻后斟酌着回答："我暂时还没有读研的打算。"

"想什么好事儿呢？人家是发善心教你本领，可没说要对你本科毕业以后的日子负责啊。"

"您不带学生吗？"对她来说，蒋老师是自己的领路人，跟在他后头这一年学的东西简直不要太多。同等条件下，她肯定不会选择别的老师。

蒋老师笑："术业有专攻，多去其他老师那儿学点儿东西，到时候才好回馈我呢。"他顿了顿，"小六推荐给了通信的吴教授，范文虎保了研，徐阡在准备出国。今年团队就要指望你跟小六招新生，你俩可千万不能给我丢脸。还有啊，我只是推荐你去，能不能留下来，还得看你自己的表现，多看点书。"

蒋老师顺势发来一串长长的书单，密密麻麻，看着就头大。

"对了，不只是你，科创盯着黄教的还有好几个，隔壁组老师也推荐了个人去，也是你们专业的，你可以跟他沟通问问。同学之间要良性竞争才有进步的。"

郑星沥知道他说的是谁，几乎是在自己说"好的好的，谢谢老师"的同时，那个同专业的同学就发来了信息。

蔡伦："你也去黄教那里？"

从上次蔡伦询问自己比赛而被自己回绝以后，两人的沟通就等于零。

不过这也属于正常情况，除了当初他突然给她推荐了几个老师，她道谢了以外，他们就没有什么交集。

硬要说有，就是概率论课上总被一起叫到黑板上写题目。

概率论老师是数学院的，在很久很久以前，计算机和数学院还是一个院，之后计算机独立出来，风头甚至盖过了数学，成了华封最王牌的院系。概率论老师年纪有些大，在这门课上却有些小孩儿心性，非要证明数学院的学生比计算机好，于是总点人上去做题。

郑星沥是全班第一，蔡伦是第二。他们总会在其他同学答不上来的时候，被老师拎出来当作"榜样"。

"对。"她简短地回了一个字，便拿着蒋老师开出的书单，对照着一一加入购物车。

蔡伦问："你看的哪些书？"

又说："你什么时候去学校？我们一起提前预演一下吧。"

见她没回，他继续问："你去干什么了？跟男朋友聊天？"

郑星沥不过晚了那么几分钟，消息窗口就一个接着一个地弹了出来。她也没藏私，把图片发给了他，回复道："什么预演？"

"就是一些黄教授常问的问题之类的，我们互相问问。"

"行，那再问问其他同学一起来好了。"

蔡伦的提示框一直显示"正在输入中"，郑星沥以为他打什么重要的信息，就没退出去。结果等来了三个字。

"为什么？"

郑星沥没懂："什么为什么？"

"为什么要带其他人一起？"

"人多方便一点啊，看问题全面一点。"

"你讨厌我？"

郑星沥短暂地心虚了一下。

刚认识的时候确实讨厌，但相处下来也知道这个人就是单纯的情商低，坏心眼儿是不存在的。先前意识到自己冒犯了徐阡，被点醒后还找人家道了歉。

"没有的事。"

"是因为你男朋友吗？你男朋友不让你跟异性单独相处？"

郑星沥彻底迷糊在他的脑回路里，没等回复他就又说：

"那也太小气了点。"

呃，是她的错觉吗？

总觉得空气里有一股若有似无的……味道？

夏天进入尾声，店里的生意也渐渐冷淡下来。宿舍开放前一天，郑星沥就被"赶"回了学校，她临行前还不忘再三强调，家里事儿一定要及时跟自己说。

她没有急着去看沈戍，一来是她去了起不到什么作用，只能叫他分心，二来自己还有黄教授的面试要做。

整个科创想去那边的各个年级的都有，论经验和能力她不知道差学长学姐多少倍，要真的想进组，她只能加倍地努力学东西，起码要让黄教授看见自己的态度以及那么一点点的潜力。

好在整个科创的氛围都很棒，那些学长学姐知道了她也去，做什么讨论都乐意把她带着，并不藏私。

蔡伦和她是"唯二"的低年级学生，得到的照顾也多一些。大概是因为相似处境的就他们俩，蔡伦十分热衷于事事跟她商量。

一周的时间过得很快，公路车队没去省队集训的其他人也都陆续到齐，约着一起吃饭。郑星沥第二天就得面试，于是拒绝了。

这么长时间相处，大家早就熟悉不过，也没人怪她扫兴什么的。倒是羊羊有些担心："那你来得及去接他们回来吗？"

今年省运动会定在了国庆之后，持续时间一周，又分成了高校部、青少年部和职工部三个大类。

省队的时间精力有限，再加上华封就要开学，于是九月初就要把集训的其他人放走。省队基地就在隔壁云城市，来回车程也才三四个小时，原本她跟羊羊说好，一起去接他们回校的。

"来得及。"郑星沥早就打听好了行程，"明天八点开始，我跟学长学姐打好招呼先面先结束。"顿了顿又说，"如果我晚了的话，你也不用等我，直接走就好了。"

总不能因为自己一个人耽误了整个队。

第二天，郑星沥起了个大早，收拾好了自己，想了想把驾照也一并放到了包里。

面试会议室门开着，里面已经坐得满当当了。

最前边的蔡伦叫了她的名字，挥挥手。

"这里。"他拿起座椅上的书包，示意她过来。

郑星沥也没客气，道了谢，又扫了一眼四周，低声问："怎么这么多人？"还有好些不认识的。

"汪教授的面试也安排在这儿了。"蔡伦凑近她低语，"黄教授干脆就把两拨人放一起说是互相看看。"

郑星沥不着痕迹地往边上蹭了蹭，跟他拉开一定距离："那还是我们组先吗？"

"应该是间隔着来的。"蔡伦说，"汪教授带的研究生学长已经要了我们两个组的名字过去了。到时候轮到哪边了就随机抽哪边的。"

郑星沥心里"咯噔"一下："不能往前换吗？"

"你很着急吗？"

"嗯。"郑星沥毫不掩饰，"我车队还有事情。"

蔡伦眉头拧起，语气也变得硬邦邦的："事情有轻重，跟不相干的车队比起来，这场面试才更重要。你现在担心那边，就不觉得对不起你指导老师的推荐吗？"

这话很刺耳，听得郑星沥很不舒服："车队也是我项目的一部分，为什么叫不相干啊？"

"我……"蔡伦看出她的情绪差异，顿了顿，"对不起，我就是觉得你要专心一点。"

"我很专心。"郑星沥敷衍地回了句后便垂下眼眸不去看他，兀自翻着电脑文档，趁着打开间隙还给羊羊说了一下现在的状况。

蔡伦想再说些什么，又瞧她嘴角绷紧不耐烦的模样，还是闭了嘴。

"各位同学大家好，我现在点一下名字哈。"一直在主位统计名字做抓阄纸团的研究生学长学姐这会儿也开始了最后的准备工作。

确认全员到齐后，学姐清了清嗓子："好，那现在由我们分别抓阄排好两个组的发言顺序，等教授来了以后，两边交替开始，没有问题吧？"

郑星沥心跳得很快，生怕自己排到最后。结果她是这组第三，整场第六个发言。

就算一个人二十分钟，到她结束那也得十点多了，到高铁站得十一点。从华封到云城的车次过了十一点的，只剩下午四点的班次，之后还得转车，这么算下来，等她到了省队，天都黑了，人估计早就回学校了。

可是她答应了沈戍要去接他的。

郑星沥找不到什么好法子，最后选择转车方案，就算中间多了两小时的换乘，但起码能在队伍回来之前到。

"不用那么麻烦。"羊羊丢了句信息，就消失无影，任凭郑星沥怎么问都没了下文。

算了，还是买这个票吧，再晚点儿，连这个都没了。

正想着，突然门口传来敲门声。

大家立马齐刷刷看过去，以为教授来了。但门口的那个虽然戴着眼镜斯斯文文，可是脸明明还是个学生。

"不好意思，打扰了。"羊羊稍稍欠身，"我找一下人。"

郑星沥腾地站起来，迅速奔到门口。

"给你。"羊羊塞给她一把钥匙。

"这是？"

"车钥匙，给你停在南门口了，你到时候结束了直接出去。看得懂导航吧？跟着语音走就成。不用着急，包的大巴是下午两点出发的。你肯定来得及的。"

"充电了吗？能开得了来回吗？"万一中途要充电，那可就糟了。

"放心吧，油车。"

"啊？哪儿来的油车？"队里配的可就一辆电车呢，晃晃悠悠车屁股裂了都不舍得花钱修的。

"我的。"羊羊推了推眼镜，暗含警告，"所以你给我小心一点，万一磕碰了，记得赔钱。"

郑星沥差点儿没感动哭。羊羊满不在乎地挥挥手："行了，感动的话留着跟你小男朋友互诉衷肠吧，我得去赶高铁了。"

要不是沈戍天天念，他才不会这么无私贡献。

想了想，边下楼边给她发消息让她千万注意慢点开，可是新车呢。

驾龄半个月的郑星沥肯定地回复他：一定会的。毕竟跟赴约比起来，生命还是更可贵一点。

"刚刚是？"蔡伦问。

"车队的。"郑星沥把钥匙收起来。

他又问了句什么，郑星沥没听清楚，不等她问，门外就再度响起声音，这次来的是两位教授了。

黄教授约莫五十多岁，汪教授则年轻上一些。计算机院的几个教授都属于"狠角色"，抛开年龄资历，做的学术也是个顶个的强。不管能不能成为他们手底下的硕士，不管会不会走学术研究，能够跟着他们学习，对未来绝对是一大助力。

现在这个机会就摆在眼前，没人敢不认真对待的。

他们的题目是教授早就发布的，在来之前就做好打包发到邮箱了，面试主要是检验他们对自己项目内容的熟悉程度，以此确保没有人作弊。

郑星沥搭建的东西，老实说很烂，步骤不够简洁，算法也不高级，看得出来很浅显，但胜在很扎实。而且她反应很快，前面几个同学被指出的不妥之处，她立马就能跟自己的对照起来，并且在老师询问之前，先一步表示自己应该如何修正。

"我看你的简历上写，做过自己的项目是吧？"黄教授看得仔细，"方便说一下具体什么项目吗？"

"可以，不过项目目前还没有开始试运行，可投入的数据不多。"说着她先打开了电脑的演示网页，开始了讲述。

黄教授的主攻方向是大数据，也就是在数据变得有用之前进行清理、结构化和集成的原始输入。郑星沥的项目离不开大数据的支持分析，或者说她的整个项目都是在大数据的前提基础上进一步开发阐述的。

"其实我觉得。"一直沉默的汪教授突然打断了她，"你这个项目的重点不在大数据，在机器学习。"

郑星沥反应很快："是这两个一起组成的整个框架。"

"我没有要把这两个分离开来的意思，我是觉得，项目功能的亮点就是后续的学习算法模拟出最佳路径和摄入训练，对吗？"

郑星沥也清楚自己的项目连名字都是"基于机器学习"，但这不是想入黄教授的眼吗？可不得把内里藏着的大数据着重拿出来说说。

现在小心思被点了出来，说不尴尬是假的。自己也不能硬着头皮跟汪教授犟嘴说大数据更重要的瞎话，她只好点点头："对，后续亮点也是在大数据的基础上行进的。"

这倒是实话。

汪教授又接连问了其他几个关于这个项目的问题。

黄教授一直微笑，最后咳嗽了两声，逮住空隙指出个小 bug。

汪教授看了眼身边的黄教授，这才想起是人家组的，于是闭上了嘴。场面主动权很快回到黄教授手里。

郑星沥带着些忐忑回答了接下来的几个问题，黄教授点点头："可以了。"

她收拾好东西，略微鞠躬："教授不好意思，现在的这个软件要去安装到用户手机上试运行，跟这边接下来的时间有点冲突，所以……"

"没事儿，你去吧，到时候结果会私聊通知你们的。"黄教授笑眯眯的样子，一点儿没有觉得被冒犯，相反还鼓励她，"数据多多益善哦。"

郑星沥如蒙大赦，边走边鞠躬道谢，带上会议室的门后就开始撒丫子狂奔。

空旷楼层里脚步声"咚咚咚"的，尤其响。

汪教授感叹："这得是多着急啊。"

"好得很，好得很。"黄教授笑着摆手，"年轻人嘛，这会儿不积极什么时候积极。"

八月尾巴的南方并没有摆脱夏天，省队训练基地今天热闹，来往人多，甚至搬来了空调扇就对着路边吹。

就算是最后一天，他们该有的训练也都没歇。几个操场跑道上乌泱泱的全是人。

卫任军跟一边的教练打了招呼："怎么样这几个？"

"都挺不错。"教练给他翻看记录板，"你命好啊，挖到这几个好苗子。"

省队集训也不是谁都能进的，年年他们车队都是送大一的来，今年有资格来的就三个，其余的都留在学校训练一直到前几天才放假。

"跟你们省队比咋样？"

"这个年纪来省队是有点儿超了。"

卫任军也不灰心："懂了，让我往国家队报报呗。"

"再过两年不就大运会了吗？他们要是能一直进步，倒也不是没可能，就是不知道……"

他没继续说，在场的人却都明白接下来的是什么。

运动员的三要素：天赋、后天培养以及选择。

后两项是他们出发的必要条件，第一项是他们能够到的最远距离。

不是所有人考上大学进了队就圆满了的，能被看重挑走的是少数，剩下的那些人一腔热血过完了四年却闯不出头，最后不得不回归到最基本的问题——吃什么，喝什么。

于是有的去当体育老师，有的去当教练，有的去卖体育器械。如果问他们会不会不甘心，谁都会说不甘心。他们曾经离梦想那么近啊，谁能甘心啊。

沈戍埋头跑步，白色背心前面湿了一大片，贴着腹部透出线条感，摆在身侧的手臂渗出黏腻的汗，在太阳下不停蒸发又流下。

熟悉尖锐的哨声响起，这也意味着在省队的最后一项训练内容画下了句号。

他放慢步子，捞起单杠上放着的毛巾，擦掉汗后搭在脖子上。佟晨喝了点盐水，含在嘴里就开始乱叫，一个劲儿往台上指。

"是不是犯病了。"沈戍拿毛巾轻轻甩了下他的背，之后顺着方向看去。

羊羊和胡泳鑫一左一右站在教练们两边，高举手挥了挥。

张恒瑞眼泪汪汪，说："家人啊！"

沈戍迅速搜寻，并没有看到印象中的人。

他们训练开始得早，为了方便也不会带手机。昨晚郑星沥信誓旦旦说自己能赶上，他今天训练都格外卖力，就是不想被她逮到自己不专心。谁知道他卖力了，人没来。

"教练好。"他们齐齐打了招呼。

卫任军是体院的代表，这次来除了自己队里，其他集训的队伍也都得带回去，于是没说几句，就去找别的负责人了，留下羊羊跟胡泳鑫跟他们仨一起吃饭，顺便帮忙收拾走人。

沈戍走在路上，还是没忍住问："学长，就你们过来了吗？"

"就？怎么了，队里资格最老的两个来接你们，还嫌不够有面子呢？"胡泳鑫明知道他问的是什么，偏偏就不说。

"不是不是。"沈戌赶紧摆手，挠了挠头发，"我是问，郑星沥没一起来啊？"

胡泳鑫扶着羊羊的肩，做摇头痛心状："啧啧啧，看见了吗？学长风尘仆仆都不问句辛苦了，光记得女朋友呢。"

"行了，逗他干吗。"羊羊把他的手从肩膀上抖了下去，"她的面试改了时间，不一定能来。"

沈戌瞬间耷拉了下去："哦，那行，走吧。"

"干吗？"

"教练不是让你俩帮忙收拾东西吗？走吧。"沈戌冲前面虚虚一指，"前边就是宿舍楼。"

"教练还让我们先吃饭呢，你没听见啊？"

"先收拾东西吧。"沈戌像是冬天被冻坏了的小白菜，叶子蔫蔫的，"刚跑完也吃不下。"

"你吃不下，我们吃得下啊。"胡泳鑫暗骂他装相，又按捺住要解释的羊羊，"你不吃我们可饿死了呢。"

"那你们吃吧。"沈戌挥挥手，"我先收拾东西了。"说完，就迈开步子朝宿舍去。

他得洗澡还得收拾东西，更重要的是，要拿手机看消息的。

可让他失望的是，除了早上她解释自己要晚点到的信息以外，列表空空如也。

沈戌想也没想给她拨了个电话，还没等响铃又迅速挂断。

不行，万一还在面试，自己这不是让她分心吗？

他坐在凳子上，打开软件开始看来云城的票，越看心越沉。这是肯定赶不上了。

算了，反正回去见她也一样的。

这样想着，他发了条微信过去，让她不要着急忙慌。之后捞起衣服去浴室洗澡。

没了立马要见心上人的急切和训练的催促，沈戌变得磨蹭起来，想把所有的疲惫都留在这里。旁边隔间人来了又走，也不知道过了多久，他才擦干净身子出来。

慢吞吞地穿好衣服，甚至破天荒地投了块硬币吹起了头发，再慢吞吞地拎着袋子往宿舍楼走。

哈欠打到一半，看见树下站着个熟悉的身影。

郑星沥似有所感地转身，瞧见他半张着嘴呆滞的模样，看起来又蠢又帅。她手放在额头上挡着阳光，眯起眼睛看他："沈成，你宿舍也太晒……"

话没说完那人就狂奔过来，紧接着她被纳入一个干净的怀抱。

他硬硬的胸膛贴着她的，几个月不见，手底下的触感又结实不少，似乎连肩膀都宽了点。而和以前一样的是，抵在颈窝里毛茸茸的脑袋，以及在脑后摩挲的宽厚大掌。

他身上很暖，在这么高的气温里一点儿都不燥热，沐浴露淡淡的味道静默无声地流淌，卷去夏日的闷。

郑星沥扶着他的腰，语气柔和："你怎么这么慢啊，晒死我了。"

沈成埋头不肯起来，声音闷闷的："我以为你不来了。"

"我哪敢。"她笑，"我可得捧着你的，怎么能说话不算话呢？"

沈成满意地哼唧一声，说："倒也不用捧着我，你自己的事情最重要，不能耽误了。"

"没耽误呢。我跟教授说，我要来找我的数据啦，他们就放我走了。"

"哦。"沈成抬起头，将她按在自己怀里，"所以我就是个数据啊。"

"核心数据好吗？地位最高的。"郑星沥顺从地埋首，抚摸着他的背，感叹道，"你好好摸啊。"

"是不是？"沈成不无骄傲，捉住她的一只手塞进衣服下摆，"这个也练了。"

光滑细腻的肌肤底下藏着的肌肉硬得像块瓷，指腹在沟壑间极缓慢地移动着，还未摸索出全貌就被当事人强制性地劝退。

"好了好了，别继续摸了。"沈成耳朵羞得通红，那里还有刚刚邀功的得意模样。

郑星沥撑着他的胸脯："好好好，回去收拾东西吧。"

"我不。"沈成硬气地把她的手按在自己腰间环好，"再抱一会儿。"

"你能不能有点出息？"

他理直气壮："不能。"

"有人来了，快松开。"

"不松。"

"沈戍！真的来人了。"

"来就来。"沈戍将她禁锢在怀里，炫耀道，"谈恋爱嘛，他们没见过也正常。"

省队规矩严，时间紧，运动员们谈恋爱的很少，就算谈了也没有这么明目张胆的。毕竟不管队里允不允许，只要被教练逮到了，少不了挨一顿训，要他们把心思放在训练上云云。

眼下吃完饭的、洗完澡的、训练完的都开始陆续回寝午休，他俩站在树下是真的显眼。

大家从远远的惊讶讨论到近身后的一言不发，之后没走出几步就又开始议论纷纷。

郑星沥脸都不敢抬，羞愤得想撞墙。

"你松开呀，回去再说好不好？"

沈戍不为所动。

"我快热死了。"

34摄氏度的室外温，烈日当空就算了，还有个小火炉抱着，她完全是靠着对男朋友的滤镜才忍到现在的好吗？

沈戍听了这话，立马弹开，果然看到她额头冒出细密的汗，懊恼道："怪我怪我。"

呵呵，你知道就好。

郑星沥掏出纸巾，被他接过，干脆心安理得地接受帅哥的讨好服务。

她昂着头，嘴角绷直，一脸的不耐烦。沈戍却只觉得可爱，他借着擦汗，偷偷扯了扯她的脸，不意外又得到她的怒视。

"你要造反吗？"

沈戍头摇得堪比拨浪鼓，飞快扫视一圈，见没什么人，立马俯身在她嘴上啄了一下。

郑星沥持续恼怒，抬手就是一下直击天灵盖："你干吗！"

"别看了。"沈戍看她东张西望做贼的样子，好笑道，"没人。"

郑星沥这才放下心来，又觉得不对："没人也不行，公共场合不能这样。"

"哦。"他乖巧应了一声，视线变得黏腻暧昧，一点点扫过她的每一寸，意有所指，"所以私人场合就能是吗？"

郑星沥很难形容此刻的感觉，直白、热烈，就好像，在他眼里，自己没穿衣服。说出来猥琐，却是她当下的真实感受。

她耳根子发热，慌乱地躲过他的眼睛："烦死了，赶紧拿你东西走了。"

一声短促极轻的笑落下，似乎是嘲笑她的局促。

男生圈住她的手腕，带着她往里面去："好好好，一起走了。"

今天退宿的学校不少，宿管也都收到了通知，沈成解释了两句就被放了进去。

要说男生宿舍跟女生宿舍有什么不同，对郑星沥来说，大概最大的不同就是吵吧。

尤其现在大家干完自己的事儿才进门，午休还没到点，正是一天紧锣密鼓训练中难得的放松时刻。大家都像熬夜一样，在睡眠之前显现出格外的兴奋。晒衣服的、隔着走廊喊话聊天的、不知道因为什么"大打出手"的，以及随处可见的光膀子选手散发着挡不住的荷尔蒙。

一个沈成的身材是很好的，现在出现了很多个"沈成"，并且大大咧咧地毫不掩饰。

郑星沥忍不住悄悄打量，数着遇见的第多少个，心想,这就是天堂吧！

走廊里站着的人看见进来个女生也是满脸诧异，瞬间安静。沈成又不瞎，赶紧看她，担心她会觉得不好意思，结果却发现她眼冒金光，嘴里还念念有词，惊讶感叹："哇，这胳膊。"

沈成无情铁手把人拉了个踉跄，趁机挡住视线，不满地催促道："快点走了。"

临了，还看了看她说的那人的胳膊。

也就那样吧。

喊，没见过"世面"。

来集训带不了多少东西，一切都从简。华封队伍里三个人跟隔壁体育大学的车手住一个寝，进门的时候，其他几个人东西都打包好了。

"哎，小郑？"佟晨跟张恒瑞跟她打了招呼，还不忘告状，"你可算来了，不然沈成都要杀人了。"

"瞎说八道什么呢。"沈成把装了衣服的袋子放下，又跟还没走的体大男生介绍，"这是我女朋友。"

男生很壮实，从大腿能看出来跟佟晨一个路子，他在身上蹭了蹭手，准备握手："你好，我……"

沈戍先一步抓住，回身跟郑星沥说："这是体大公路车队的周晓峰。"

佟晨跟张恒瑞齐齐翻了个白眼儿，对他这小家子气的作风表示了深深的鄙视。

"对了。"郑星沥从包里翻出手机和转接口，"我的软件做好了，正好今天就给你们装上。"

"什么软件啊？"周晓峰问。

沈戍边收拾东西边解释了一番，换来周晓峰惊讶："自己做的？这么厉害？"

"可不。"沈戍仿佛是自己受了夸奖，尾巴都要翘到天上去了。

他转头把自己手机递给她："你是怎么过来的？不是没有票了吗？"

"开车来的。"郑星沥低头设置。

"开车？从学校开到这里？"

"那不然呢。"她抬头，"羊羊没跟你说吗？"

"没有。"

"他把他的车借给我了。"

宿舍安静了一瞬，接着爆发出一声惊呼："车！"

张恒瑞："羊羊学长的车？"

佟晨一脸羡慕："他买车了？"

郑星沥完全能理解他们的心情，重重点头："就是他的车。"

几个人又吱哇乱叫起来，话里话外全是羡慕。

"你胆子怎么这样大，这么远路一个人都敢开的？要是出了事儿连个搭把手的都没有。"沈戍蹙着眉，略带责备，"又不是什么大事，来不了又没关系。"

"我有证啊，而且暑假都上路老多回了。合祁从南到北大街小巷的，都没出过一次事儿，更何况导航还都是大路。再说了，"郑星沥偷偷钩住他的小指，几乎是附在他耳边说的，"我要是放了你的鸽子，会对你这一颗少男春心造成多大伤害呀。"

一句话经过沈戍的耳朵过滤就剩下了"春心"二字，他赶紧比画了个噤声的动作，谨慎地看了看同伴，见无人注意才低声扭捏道："哎呀，回去说。"

"哎,不对呀。"佟晨拔高了音量,"你开车来的,谁开回去啊?"

"也是我。"郑星沥说,"羊羊没带驾驶证。"

张恒瑞眼睛一亮,说:"这么说,我们是不是可以不坐大巴车,坐小……"

"你想都不要想。"沈戍丝毫不留余地,"做梦去吧。"

没有人能够打破他们的二人世界。

省队里面有停车场,郑星沥刚来的时候找羊羊打了招呼,在门卫那儿领了个临时停车牌。车停在树荫底下,也没能逃过烈日熏陶,她发动车子打开空调吹了会儿,才勉强能坐人。

最后,沈戍成功坐上了女朋友的副驾驶,还好奇地拨了拨前面的小摆件。

"别乱动。"郑星沥故意吓唬他,"这可是羊羊去庙里开过光的,动一下就破风水了,容易出事的。"

"真的吗?"沈戍半信半疑,保险起见还是不动了。

"安全带系好。"郑星沥调好空调风向,提醒道。

沈戍刚伸手又缩了回来,两手背在身后:"我系不来。"

他在食堂匆匆看过几眼电视,那上面的男主就是借着系安全带的假动作,趁机霸道地将喜欢的人搂在怀里的。虽然他俩现在已经不是暧昧期了,但是该有的小情趣多点才好。

"你说什么?"

"我说——"他铁了心耍赖,加上附近又没什么人,更加肆无忌惮,一字一句道,"我系不来。"

郑星沥无奈地笑了声,解开自己的,半边身子朝他靠过去。

偶像剧里的情节即将上演,沈戍屏住呼吸,计划等她牵住锁扣,就趁机亲上去。

可她的手却没有越过身子,反而落在了脸边。

郑星沥捧起他的脸,眼眸低垂,接着贴上微张的红。

清甜的橙花混着薄荷,一触即离。

"现在会了吗?"

空调风吹开额前散落的碎发,沈戍在她撤退前单手擒住她的手,摸着她的脖子重现，跟刚才不一样的是，更加专注深切。

滚烫的、虔诚的，带着重逢后的炙热，长驱直入地铺陈开版图。

低垂的枝丫影子映在车前，近在咫尺的蝉鸣清脆又绵长。鼻尖浅浅的樟树味道透出些檀木的香，郑星沥闭上眼，徜徉在甘洌滋味里，给悠长夏日的想念画上句点。

不走高速难免要多走些路，但奈何他们俩一个拿证半个月，一个驾校还没报名，不符合要求，只好走公路。

沈戌也不玩手机，胳膊撑着脸，斜靠在车窗上，直勾勾地盯着她看。

郑星沥虽然是新手，上路却很稳，就算是在男朋友面前也没有要炫耀本领的意思。用她的话来说，暑假当"司机"的时候可是承载着家里的希望，万一出个好歹，那就是家破人亡，她哪敢吊儿郎当。

可她再怎么稳，也很难忽视那双炯炯有神的大眼睛。

"你干什么啊？"

"没干什么呀。"沈戌姿势未改，"我学习呢。一些开车技巧什么的。"

他的空闲时间都留给了车队，只要他身体不出问题，未来很长一段时间内，都是无缘考驾照了。现在坐在副驾驶，看女朋友开车，让他有种翻身做主人的感觉。

然而郑星沥只觉得他像小娇妻，哦，不对，这体格子，应该是大娇妻。

她被自己的想法逗笑，在红灯亮起的时候朝他勾了勾手。

沈戌听话地挪过来，之后享受到了揉头发的安抚，为了保证她足够尽兴，还往她掌心拱了拱。

郑星沥被击中了，没忍住又捧起他的脸，"吧唧"一下。

"说真的，你车开得真不错。"沈戌尝到了甜头，回到原位，继续吹捧。

她矜贵地哼了一声，十分受用。

"以后等你有时间了，我们可以出去自驾游。"

"真的可以吗？"沈戌睁着双眼，"你愿意跟我一起去旅游哦？"

"为什么不愿意？"郑星沥昂了昂下巴，"不过，我只负责开车的，什么计划都你做可以吧？"

"没有问题。我最擅长这个了！"他兴致勃勃地开始问询，"你想去哪里？"

郑星沥思忖了片刻："我想去看海。我还没有看过海。"

"我去过。"

前几年比赛的时候到过青岛，因为成绩不好，半决赛就被刷了下来。沈戌那时候心高气傲的，哪里肯接受失败，跟带队教练闹脾气，自己买了票跑去了威海。

那会儿是工作日又是阴天，海滩上没有什么人。妙的是，当他赤脚踩在细软的沙子上一点点踏浪沿走过去的时候，太阳突然出来了。

灰蒙的天空瞬息间换上蓝色幕布，纯净得仿佛婴儿的眸，跟翻涌上来的浪花相得益彰。

他朝高处跑，躲开涨起的潮。

天边的太阳落下海平线，余晖将海染成绚烂的橘红色。

周围的人拿出手机相机，将这一幕定格。沈戌却只是坐着，耳边是水声拍在沙上，眼前是黄昏、夕阳、状如小点的人群，拂面的风里带着海水的咸。

那是永生难忘的画面，每被想起一次，都像是发生在昨天。

他第一次觉得生命是如此渺小，而这仅是因为一片海。

郑星沥看着他的侧脸，陷入他描绘的画面里，想象着他是如何朝相反方向离开，又是如何坐在远处静静看着一切的美好发生。

她轻声问："然后呢？"

"然后？"沈戌如梦方醒，"然后我就归队了，被教练指着鼻子骂了一顿，罚了五百个青蛙跳，差点没把我膝盖跳碎。"

从那时候起他就明白了两个道理。

一、生命太渺小；二、美是有代价的。

省队的训练果然好使，郑星沥后台采集到的沈戌数据相较上学期进步得可不是一点半点。

"郑星沥。"

她回头，看见蔡伦背个包从后面追了上来，问他："怎么了？"

他脸上挂着笑："你收到通知短信了吗？"

"没有啊。"

"恭……什么？"

"我说没有。"郑星沥当即按亮手机看了一眼，"你收到了吗？进了？"

蔡伦的嘴角撇了下来，点点头。

郑星沥胡乱应和两声，实际心里清楚，黄教授精力有限，大二年级的顶多要一个，说白了，有蔡伦就没她，有她就没蔡伦。现在他收到了录取的通知，她这儿连个影都没有，结果已经很明显了。

不过他好像没有意识到这一点，还安慰她："应该是有先后顺序的。"

说着，她手机就亮了。

蔡伦笑起来："我就说吧。"

郑星沥却没那么乐观。

"谢谢你在……但是很遗憾……"

行了，接下来也不用看了，没戏。

"我没进。"

蔡伦表情僵硬："怎么会呢？你做的明明就……"

郑星沥不想听他说没用的话，于是礼貌地打断了他，故作轻松："教授有自己的考量的，也不是什么大事。"

"可是……"

他还想再说，郑星沥却不再给他这个机会了，往旁边一拐："我要去车队了，再见。"

说不失落是假的，好歹也准备了这么长时间，更别提进了实验室以后又能学到多少东西。她离成功就差那么一丢丢了啊。

郑星沥脚步沉重，进了车馆后和往常一样，放东西对表格，就是举手投足间那股子丧劲儿，叫人难以忽略。

沈戌眼睁睁看着她一路发水到跟前，问："怎么了？"

"黄教授没收我。"跟他面前也没什么好藏着掖着的了，郑星沥直接表达了自己的挫败。

"是不是因为我耽误你面试了？"

郑星沥摆摆手，说："没有的事，别瞎想。是我自己的能力还不够。"见他还是蹙着眉，又道，"当时黄教授急着赶我去采集数据呢，如果是因为这个只能说明他表里不一。那我幸亏没跟他，不然以后揣度他意思都够呛，能学到什么？"

怕他自我责怪，她现在说的话都特像吃不到葡萄说葡萄酸的狐狸。

"不能再去别的组了吗？"

郑星沥想了想，说："可以等明年再看看的，到时候我多积攒一年，应该可以进的。"

沈戌勾起她的头发，在指腹缠着："是肯定能进，今年没去也是他们没眼光。"

"你这话说得，"郑星沥觉得好笑，"明年他们眼光就提高啦？"

"明年去别的组。然后飞黄腾达气死他们。"他恶狠狠地说。

"行，那就等着我飞黄腾达。"郑星沥收回空水瓶子，极为自然地在他腰上掐了一把，"那你要跟上我才行，举铁去吧车王。"

"轻点儿掐。"沈戌掀起衣服下摆，看着痛处红了一块，不无指责道，"禽兽！"

"好了好了。"郑星沥掌心贴着揉了揉，"去吧去吧。"

明明是被占了大便宜的沈戌却得意得很，似乎是觉得自己家庭地位明显提升，眉飞色舞："不行，多揉会儿，可疼了。"

两人正腻歪着，旁边传来道冷冷的声音："光天化日，你俩能收敛点儿吗？"

郑星沥把作案右手藏到身后，尴尬地看着来人："哎呀，你怎么来了？"

羊羊镜片后的眼睛里写满了无语，递给她手机："你手机信息一直在响，我怕是有什么重要的事情。"

好不容易找了个地方准备看书，这"叮咚叮咚"的，很难不注意。出门找人还撞见别人亲热，这对单身人士造成了很大的伤害！

郑星沥的消息列表涌入了很多信息，大部分来自科创认识的学长学姐，她一脸蒙地划到最底下，一溜儿的全是恭喜恭喜。

点开未读短信，在刚才那条"很遗憾"的上面出现了另外一串陌生号码。

"郑星沥同学你好，我是汪简天。经过与黄教授的协商，结合你面试的表现，我们一致认为你更加适合人工智能方向。你的最终面试结果是人工智能（汪简天）实验室。如无异议，请加本号码所绑微信，说明意向。收到请回复。"

沈戌眼看着她的表情从云里雾里到震惊呆滞，忙问："怎么了？"

"我好像……"郑星沥猛地抬起头，斟酌着开口，"要进组了。"

她把短信拿给他看，整个人还处在一种不敢置信的状态里："是我吧，没发错吧？"

"当然是你。"沈戍说，"这开头就是你名字啊。"

"别是恶作剧？"

她能有这么好的运气？

"管他呢，加了再说。"沈戍回复了收到，又发去微信好友申请，接着意识到不对，"等等，你不会是不想去吧？"

"我疯了吗？"郑星沥拿回手机，"人工智能还更对口点呢。"

毕竟她现在做的东西就是这个路子。

"那蒋老师干吗不推荐你去他那儿啊？"

"因为难进。"

人工智能是个大类，体系庞杂。机器学习、计算机视觉、自然语言处理，等等，要学的东西很多。能力欠缺的，基础不扎实的，根本没办法跟上进度。所以实验室招人也基本不会考虑大三以下的学生。

"那你岂不是很厉害？"

郑星沥迟疑着点点头，不确定道："我可能是，超级厉害。"

"牛啊！郑老师。"沈戍笑嘻嘻地捏了捏她的脸，"原来不用等明年，今天就扬眉吐气了。"

这只是个开始，加入实验室除了得到更专业的指导，学到更多东西外，也意味着她必须做出取舍——不会再有这么多时间留在车队了。

"是不能来了吗？"沈戍问。

"来肯定还要来的，毕竟这都是我的数据库。就是没法儿跟现在一样了。"

"不来也没关系。"沈戍躺倒在瑜伽垫上，往上仰卧起坐，"反正我有空，刮风下雨，我都会去见你的。"

实验室的事情很多，这点郑星沥早就做好了准备，但她没想到会这样多。

这里从上到下每一个人都没有闲着的，不是在调试就是准备调试。汪教授带的四个研究生也都在这里，坐镇四角，看住场子，负责答疑还负责教课。据说这也是他们课程中的一部分。

这次跟往常一样，拢共就招了两个本科生，郑星沥属于两人之外的例外，还是实验室全体人员的能力盆地。相比之下，她的东西拿出来都有些丢人。

这也让大家更加好奇，问她是怎么进来的。

别说他们，郑星沥自己都很好奇。

"可能是让我来衬托大家的？"

有个电影叫《少年班》，说的是一群天才跟一个聪明人的故事。郑星沥觉得自己现在就挺像电影里那个聪明人的，不一样的是，身边这群天才还没那么天，自己加把劲儿还是能看到差距缩小的。

"说的什么话，你应该是后起之秀才对。"大家纷纷开起玩笑。

郑星沥没有去问汪教授为什么招自己进来，这问题本身就很愚蠢，答案不管是夸还是贬，都无法给自己带来一丁点好处。

她唯一能做的就是充分利用有限时间，多学点东西。于是她下自习的时间一天比一天晚，忙的时候连回信息都做不到。

沈戍却没有一次不等她的。

他总会站在集训楼的门口，卸去训练的疲惫，换上一身干净衣服，见她下楼再从训练包里掏出些小玩意儿来。

有时候是五颜六色的糖果，有时候是不知从哪里找到的奇形怪状的叶子和花。他总是乐于把这些微不足道的东西捧给她看，似乎是用这些来跟她分享她没能参与的生活。

她想，这或许是沈戍专有的浪漫。

国庆七天，郑星沥被实验室和科创两座大山压倒，抽不出时间回家。她爸妈都表示理解，让她学习第一。然后在假期刚结束没两天的时候，打来了友好问候电话。

郑星沥好不容易抽出了点时间对上了沈戍的行程，两个人正手拉着手在学校里逛。

至于为什么不去别的地方玩，别问，问就是没空，谁都没空。一个省运动会在即，一个竞赛项目提交在即，谁都离不开学校。

他俩这还没开始工作呢，就提前享受到了"社畜"的时间管理。

郑星沥比了个噤声的动作，沈戍一瞬间安静下来，表示明白。

电话接通，那头的方荟照常嘘寒问暖，郑星沥一一作答。

"想不想回家啊？"

"想的。"

沈戍手贴着她的腰，带着人往前走。

方荟得意地哼了一声："在家里待着嫌无聊，到学校想起你爹妈好了吧？"

"我哪有嫌无聊啊，你可别造谣。"

"你今天没去那什么实验室啦？"

"实验室也有休息时间的呀。我午休呢。"

电话那头"哦"了一声："你现在在干吗呢？"

"现在？"郑星沥看了一眼旁边的沈戍，瞎话张口就来，"跟我室友一起在学校散步呢。"

"室友"惊讶地抬头，什么也没说，凑过去亲了她一下。

郑星沥瞪了他一眼，暗含警告，但威慑力不大，对方再次挑衅。她怕被家里人听出端倪，左躲右躲的。

"散步？"

"对呀，现在秋天又不晒，散步刚刚好，我们都快到教学楼了，正好顺路去实验室。"

那头传来她爸的声音，似乎是在跟什么人说话。

"我爸也在啊？"

方荟说："我们一起出来装窗帘的。刚你爸问小区里面有没有停车位，要是没有就停外边了。"

"那你们不是就快去干活儿了？"

"不着急，找车位还有一会儿呢。"方荟一点都不着急，顿了顿又不确定地问她，"你刚刚说你干吗来着？"

"跟室友散步呢。"郑星沥躲闪不及，又被沈戍得逞，只好捂着他的嘴将人推开。

"散步啊。"方荟重复了一遍，笑了一声。

郑星沥不知道她在笑什么："怎么……"

汽车喇叭声在身后响起，郑星沥赶紧把沈戍往回搂，他瞅准机会又亲一下。郑星沥恼羞成怒，发誓要让他好看。

"妈，我不跟你说了，我跟室友到实验室了，我挂了啊。"

汽车驶到身边，突然刹车，车窗摇下，露出方荟那张毫无表情的脸。

方荟将手机放下，稍稍挑眉，语气平静："嗯，挂吧。"

郑星沥瞳孔放大，她已经从这淡淡的三个字里感到了一丝不安。

Chapter 10
·有你就很浪漫·

跟沈成谈恋爱的时候，郑星沥就没想过要藏着掖着，但是太早让父母知道也不是什么好事儿，尤其郑乔生和方荟还提前打招呼让她大学最好别谈。

她想着等到大三，年纪大点儿了，两个人也有感情基础了，再回去说总不会出错。可没想到，今天就被逮到了。

而且场景还是如此尴尬——沈成搂着自己，噘着个嘴还要来袭击，自己刚电话里信誓旦旦说跟室友一起。这作态，自己再怎么狡辩都不会有人相信的。

更何况，她也是实在编不出什么一二三来。她只能干巴巴地笑着，欢天喜地地跑上前："啊呀，你们怎么来了呀？"说着，拉开车门，坐了上去，"砰"的一声关上，"走呀走呀，我带你们停车去。"

车子未动分毫，郑乔生把她那边的车窗也降了下来，遥遥地对呆站着的沈成说："这位同学，上车一起走吧。"

"不上的不上的，他要去体育馆的。"郑星沥连忙打断阻止。

方荟这会儿已经完成了对目标的初步打量，稍微笑了笑："同学，这么一点点时间应该有的吧？"

沈成敢说没有吗？他不敢。

"有的有的。"他点头如小鸡啄米，哪里还有刚才大胆的模样，整个人宛如一只受惊的鹌鹑。

郑星沥没有办法，只得打开车门放他上来，于是更尴尬的画面出现了。

眼下，他们一家三口加个沈成都端坐在食堂正中央，对面的郑乔生和方荟齐齐抱着手，就差没把"兴师问罪"写脸上了。

"你说你们来怎么不提前告诉我呢？"郑星沥肩负破冰重任，"吃饭了吗？累不累？"

"这不是想给你惊喜吗？"方荟冷笑一声，"谁知道还是你更厉害一点，给了个好大的惊喜啊。"

郑星沥摸摸鼻子，不敢说话。

"哼，幸亏我们来得早，这要是晚了点，不会有人要叫我外婆了吧？"

"不至于，不至于。"郑星沥赶忙刹住她妈的思维。

郑乔生对这一切充耳不闻："你怎么也不介绍一下，这位同学是你哪个室友啊？"

郑星沥老脸一红："未来室友，未来室友。"

"你敢！"方荟声音一沉，"现在就想同居的事儿了？你才多大？"

很显然，在场几个人都没跟上她的脑回路。

郑星沥赶紧摆手解释："不是不是不是，你误会了，误会了。这个未来到底多长还不确定呢，就跟未来富婆一样，是个待定的概念，待定。"

"说说你吧。"方荟生硬地转了话茬，"同学，还不知道你是哪位？"

"他是……"

"让你说话了吗？"郑乔生打断要开口的郑星沥，恶狠狠地瞪了眼沈戍，"你说。"

"好的好的好的。"沈戍赶紧点头，"我是沈戍的高中，啊不，我是郑星沥的高中同学，我叫沈戍，我们俩现在在谈恋爱。"

"高中？"

"对的对的对的。"

方荟不敢相信地看着郑星沥："你竟然早恋？"

"不是的不是的，我们俩高中就是普通同学，大学才谈的恋爱。"沈戍赶紧解释。

"他是沈戍，是施阿姨的儿子，我之前跟你们说过的，补课，就是给他。"

郑乔生眉头一蹙，好家伙，他就说怎么还给人家拿通知书呢，合着都是铺垫呗。

"所以你现在也在华封吧？"

"对的对的，在传媒院，学的是网络与新媒体。"

方荟昂了昂下巴："长得还是怪端正的。"

沈戍双手放在膝盖上坐得笔直，听了这话，只恨不得自己再高个几厘米，能显得更挺拔端正些。

偏偏这会儿兜里手机响个不停，沈戌掏都不敢掏。

"接电话呀，愣着干什么。"方荟说。

"啊？哦，好的好的。"沈戌赶紧滑下接听，不小心按了免提。

吴途的嗓门儿特别大："小队长，你再不来卫教练就要打断你狗腿了。"

"不，不好意思。"沈戌给两位长辈道了歉，随后光速切换到听筒，压低声音道，"帮我跟教练请个假。"

"请假？你疯了吗？马上就省运动会了，这节骨眼儿你请假？你不想要狗腿了就直说，别连累我也挨熊行不行？"

事实证明，在某些人的嗓子面前，免提或是听筒都是摆设。

"我有事儿！"沈戌紧张得后脑壳发麻，脑子一抽脱口而出，"我爸妈来了。"

话一出口，抽风结束的脑子飘来两个大字——完了。

场面陷入诡异沉默，郑乔生面无表情，方荟神色微妙，郑星沥低头不忍直视。

唯一响亮的是吴途更加激动的声音："叔叔阿姨来了啊？那正好让他们来队里看看呀，看看他们儿子在赛场上的雄姿。"

雄什么姿啊，熊样都看够了。

事已至此，他只能强行插话解释："不是，说错了，是郑星沥爸妈来了。"

"什么？"吴途声音激动到有些扭曲了，扯嗓子大喊，"天啊各位，沈戌出息了，见家长了嘿。"

"真的吗，真的吗？"

"真的嘿，我这打着电话呢，老丈人丈母娘就跟沈戌在一……"

沈戌彻底死心，果断挂掉电话，再继续下去，估计就要过来齐刷刷喊人了。

他现在就是想死，非常想死。

原本有施媛那层关系，只要在恰当的时机说出来，他这好感度应该很容易升上去的。可现在，他耍流氓被逮，郑星沥撒谎被逮，还有不靠谱队友，搁谁家长能开心啊。

"行了。"郑乔生看了看手机，"你们午休也都到点儿了是吧，该干什么干什么去吧，我们也得走了。"

大鱼正版

"这么快？我还准备请个假呢。"郑星沥抬头道。

"请什么假，我跟你爸本来就是路过，顺便来看看你。"方荟从座位上起身，拉住郑星沥的手，"送我们出去吧。那个……"

"沈戍。"沈戍赶紧补充。

"嗯，小沈，你跟你叔叔一起去刚停车的地方行吧？我们不熟悉路，来了就忘。"

"好的好的。"沈戍一下子弹起来，微微躬身，"叔叔，您先。"

郑乔生一言不发，走在前头。等两人都走出了大门，方荟才恨恨地掐了一把郑星沥的胳膊："你好大的胆子，要反了天了？"

"疼疼疼。"郑星沥赶紧认怂，"我这不是怕你们不同意吗？"

"你瞒着我们就能同意了啊？"

郑星沥干笑两声："是是是，我错了，对不起嘛。"

方荟推了推她的额角："行了，谈都谈了，我们也管不着你了，你好好谈着吧。注意点分寸知道吧？"

"你不反对呀？"

"你都瞒着我谈了，我反对，你就不会装分手然后继续瞒着我吗？"方荟心里门儿清，"再说了，人看着也不错。被我们撞见没有丢下你当场跑走，憨是憨了点儿，但也礼貌。而且施警官人好得很，教出来的小孩儿不会是坏的。结婚嘛，目前还看不出来什么，恋爱肯定没大问题。"

"你这眼光，神了，果然我像你。"郑星沥担心的事情没有发生，心底松了口气。

"我知道你们现在年轻人观念都比较前，我就一个底线，别给我升辈分。"方荟又顿了顿，"预备升辈分也不行。"

"妈！"郑星沥耳根燥热，"你想得也太远了点。"

方荟拍了拍她的手，一副过来人的姿态："等事儿到跟前，你就知道想得不远了。"不等她辩驳，"行了，送我们出去吧，我跟你爸还有事儿呢。"

"你们到底去哪儿啊？怎么还顺到我学校来了？"

"你爸年轻时候一起学做窗帘的朋友生病了，在云城，我们刚看完他，顺道就拐来了。"

外边郑乔生已经把车开到了路边，旁边还候着个沈戍，跟站军姿似的，动都不动一下。

"别愣着了，一道上车吧，捎你们一程。"

领导发话谁敢不从的？

到了楼前，方荟叫住两人，打开后备箱，端出一个纸箱子："拿回去吧，特地给你带的，吃不完分你室友吃，或者给男朋友也成。"

郑星沥掂了掂，老沉，问："这什么呀？"

"你爱吃的。"方荟没详细说，坐上副驾驶，摆摆手，"干你们事儿去吧。那个小沈，放假记得来玩啊。"

沈戍正从郑星沥手里拿过箱子，听了这话重重点头，生怕不够热情，掬满笑："好的好的，谢谢阿姨，谢谢叔叔。阿姨再见，叔叔再见。"

车都转出去了他还举着手挥，颇有些意犹未尽的感觉。

"我爸跟你说什么了吗？"

沈戍摇摇头："没有，他就问了问我们谈多久了，让我注意一点。"

事无巨细的叮嘱都没有这简简单单的四个字杀伤力大，沈戍就差磕头保证自己绝对注意了。

"对了。"他掏出手机，"既然你爸妈都知道了，我是不是也能跟我爸妈说了？"

郑星沥没有立刻拒绝，之前不让他说是觉得只让一方家长知道怪怪的，现在都东窗事发了，当然也得保持一致。

"那我就说了啊？"沈戍在衣服上蹭了蹭手上的汗，"怎么还觉得有点紧张呢？"

"不应该是我比较紧张吗？"

"你紧张什么？"

"那是你爸妈，万一他们觉得我不行，配不上你，那怎么办。"

"怎么可能？"沈戍笑出声，"我妈估计会觉得你眼瞎了。"

"嗯？"

"眼瞎了选我。"沈戍想了想，"没准儿还要骂我一肚子坏水，连累你没上成北大清华。"

郑星沥摸了摸他托着箱子的手背："瞎说，我眼光很好的。"

纸箱被带去了车队，实验室里到处都是东西，远不如他们的休息室宽敞。

沈戍晚了半个小时归队，急匆匆换好衣服就在门口撞见了卫任军。

"教，教练好。"沈戍一整个僵住，贴着墙根儿往旁边摸。

"嗯。"卫任军轻飘飘应了一声，竟然没有发火。

沈戍心底大呼侥幸，脚底抹油一下子就窜到了训练场。

场内，大家的热身刚进行到了一半，领队的位置被胡泳鑫替上，羊羊正如往常一样开始巡视。他便悄悄摸到空出来的位置上，很快跟上节奏。

"哎，你怎么就回来了？不是见家长吗？"身边的佟晨小声说着。

"什么跟什么啊。"沈戍斥他，"别听吴途瞎说。"

吴途从前面插嘴："怎么瞎说了，不是你说小郑爸妈来了吗？我可是冒死帮你跟教练请的假，给你腾出了一个小时的假期呢。"

怪不得刚才卫教练没有骂他，原来还有这一遭。

等等。

"你怎么跟卫教练说的？"

吴途"嘿嘿"笑了两声："请假嘛，当然要夸张一点啦。"

沈戍有种不大妙的感觉。

羊羊正好巡到这边，看到沈戍归队一脸的惊讶："你怎么这么快就回来了？订婚细节这么好敲定的吗？"

……

"吴途！"沈戍咬牙切齿，"我可真是谢谢您了。"

他已经可以想象到日后郑星沥来队里，会收到多少个"恭喜恭喜"了。

"干吗呀，我这不也是为你考虑吗？而且都见家长了，订婚还远吗？"吴途看了看沈戍的神色，推测道，"你俩这关系不会还在搞什么瞒着父母的地下恋吧？"

沈戍膝盖中了一箭。谢谢，今天已经被撞破了。

"看你这表情，怎么了，对你不满意啊？"佟晨问。

"真不是见家长。就是顺路来看看。"

吴途充耳不闻："叔叔阿姨人呢？你也不多陪一会儿？"

"回去了。都说了是顺路来的。"

"唉。"佟晨叹了一口气，"你应该邀请他们来车队看看。"

"看什么？看我们热身，还是健身啊？"

吴途："这就是你不懂了吧？"

"展现一下优点长处。"

"可以刷好感度的。"

他们俩一唱一和。

"再说了，谁家家长不喜欢身体好的呀？你说你平日穿的衣服哪里看得出来一点点肌肉的。这要是过来了，一看这肌肉，这身材，肯定对你印象分嗖嗖往上涨呀。"

沈戌被忽悠得还真在考虑这方法的可行性了，但很快又清醒过来，赶走那些乱七八糟的心思："热身热身，热完骑车去了。"

后天运动会开幕，明天他们就得去云城，留校的训练时间紧巴巴的，一分一秒都很难得。

郑星沥很想跟着大部队一起去。她刚把身份证在行政楼老师那里登记好，"星树"已经进入了校内评审环节，这将决定这个项目能不能报到省赛里。她暂时还脱不开身，只能等到 14 日上午直接坐车去赛场。

车队的骑行刚结束，卫任军办公椅刚坐稳，门外就传来敲门声。郑星沥背着包，她今晚掐着点儿过来，连手机充电都没顾上，就想着取走假条。

"假条是吧，你等等。"卫任军拉开抽屉，翻找起来，又想起白日里听到的消息，"对了，还没恭喜你，日子定了哪天啊？"

"啊？"

"你跟沈戌。"卫任军虽然没有被特意告知他俩在一起的消息，但也从手底下那群队员嘴里听过讨论。

对于恋爱这点，他一直持中立态度，说白了就是因人而异。像沈戌这种自己知道分寸，不影响比赛训练的，爱谈几个谈几个。

郑星沥继续云里雾里，卫任军只当她是不好意思，也没继续问，把盖了章的假条递给她，说："到时候记得叫我去。"

"啊？好。"她什么也不知道，但点头应该没错。

"你再顺便……"他把一沓身份证和一卡通一并交给她，"把这些给他们发下去，让他们保管好，可别弄丢了。到时候运动会还要用这个核对身份呢。"

郑星沥领了命令，退了出去，途中还不忘记翻到沈戌的身份证。

白色背景前，他坐得端端正正，黑色圆领的 T 恤，显得脖子更长更白，头发似乎用什么东西固定了，全部背到后头，露出全脸稍显成熟。他嘴角微抿，难得严肃，那双眼睛偏偏有神，看上去又倔又憨。

休息室里空气湿润，大家都是一副刚洗完澡的模样，拿着毛巾擦着湿发。

郑星沥已经见怪不怪了，率先把身份证还给沈成，之后一路发过去。沈成就坐在中间的沙发凳上，抱着那纸箱，目不转睛地盯着她瞧。

"这什么呀？"吴途偏要过来逗他。

"不知道。"

佟晨凑近了看，没瞧出什么端倪，又俯身嗅了嗅。

"干吗呀？上岗警犬呢？"吴途笑他。

"不是。"他又使劲儿闻了会儿，"我好像闻到了一股小龙虾的味道。"

吴途光是听到这三个字口舌都要生津了："别瞎扯。"言罢，也吸了吸鼻子，半信半疑，"好像是有点儿味道。"

"好像还辣辣的。"

沈成左一下右一下将人推开："行了，是不是跟你们都没关系。"

吴途哼了两声："你好大的胆子，竟然吃小龙虾，我要去跟教练告状。"

小龙虾、火锅、烧烤等一系列重油重辣重添加剂的食品是运动员禁忌。

他们几个从练特长开始，就很少再碰这么重口味的东西，毕竟被逮到了就是一顿加练。

胖不胖倒是其次的，主要是怕餐馆里用的调料不安全，尿检会出问题。运动员一旦被扣上个"兴奋剂"的帽子，这辈子竞技生涯也就走到头了。

沈成："谁说是我的了，这是郑星沥爸妈带来的。"

"送你了？"

"算是吧。"都叫郑星沥带自己分了，也算是送给他了吧。

郑星沥回到原点："你们干吗呢？"

"这个……"佟晨求证道，"是小龙虾吗？"

"应该是的。"

她拆开封条，取出塑料包装，扯掉外头的泡沫纸，总算露出一个双层的巨型厚实饭盒。透过上头的透明盖子，里面的小龙虾个头大，颜色红亮，叫人看了就食指大动。

"确实是小龙虾。"她一层层拿下来，每一层都是相同的内容。

尽管已经凉了，饭盒盖子拆开的那一瞬，香味还是散开到了四面八方。还没走的车手们迅速集合，看着摆了一个凳子的双盒小龙虾，情不自禁发出"哇"的感叹。

郑星沥做了这么长时间的助理，当然明白他们的心思，赶紧把东西收好，生怕他们管不住自己过来上手。

虽然家里做的小龙虾比餐馆干净，但那也不是他们能破戒的理由。

沈戍比她动作更快，把箱子封条重新粘好，摆手叫他们收拾好东西走远点。

"干吗呀，看看又不犯法。"

"对呀对呀，看看怎么了。"

"你该不会是想把我们赶走偷偷吃吧？"

"怎么可能！"沈戍在这点上还是能抵住诱惑的，"我是怕你们把持不住。"

"谁把持不住了。"吴途不服气地顶他，眼神却还停在纸箱上，满是依依不舍。

也不知道叔叔阿姨是哪里来的渠道，这都秋天了，龙虾个头还这么大。突然就让他想起了若干年前，在烧烤摊前撸串吃虾的快乐时光了。

啊，那炭烤的猪蹄；啊，那蒜蓉的龙虾。

他没出息地吞了吞口水，心中悲愤，干脆眼不见为净，勾住队友的肩膀："算了，走就走，咱们一块儿走。"

在吴途的号召下，大家清空了柜子，光速撤离。沈戍也牵着郑星沥的手到了茶水间。

刚结束训练，茶水间正空着。郑星沥又把饭盒拿出来，往微波炉里塞。可惜饭盒太大，两个放不下，只好挨个儿热。

沈戍洗了手，又取来块一次性餐布垫在桌上，一切准备就绪。

"你干吗？"郑星沥忍不住问。

"给你剥虾呀。"

"你能忍住不吃？"

"你也太小看我了。"沈戍撸起袖子，"我这个人别的不行，就是能忍。"

方荟做小龙虾有独家的秘方，腥味儿处理得很好，又不至于太辣。咸鲜的汤汁沁透虾壳，虾头干净，虾尾肉颗颗饱满，紧致之余保留了嫩嫩的口感。万般滋味在舌尖爆开，叫人直呼满足。

更满足的是，还有个任劳任怨剥虾的帅哥。

"人生圆满。"郑星沥忍不住感叹。

沈戍笑她："这就圆满了？"

"那是因为你没吃过我妈做的小龙虾，堪称人生最好吃，没有之一。"郑星沥说完又觉得他还怪可怜的，连舔汤汁都不敢，话锋一转，"当然了，除了小龙虾，我妈能做的菜还有很多的，都很好吃。"

"真好啊，就是不知道以后我有没有这个资格能去你家吃口饭。"

"这有什么资格不资格的，让你点菜，随便点。"

"我不点。哪有去见丈母娘还点菜的？"

郑星沥被他的无耻震惊了，嚼虾的动作都顿了顿："你好不要脸哦。"

"要脸能追上你吗？"沈戍坦然接受评价，甚至有点沾沾自喜。

"现在叫得顺，下午谁战战兢兢动都不敢动一下的？"

"我那是保稳。第一次见面那么花里胡哨，容易让人觉得我轻浮啊。"

"别扯了，你那是紧张。"

"你不紧张？你不紧张'啪'一下就给我手甩开了？"

"我那是谨慎。不忍心把你牵扯到纷争里来，给你创造逃跑机会好吗？"

"逃什么跑，又不是早恋。再说了，就算是早恋，我把你丢下一个人跑，不浑蛋嘛。"沈戍很快剥出一堆虾肉，"那我也太不是人了。"

微信的铃声响起，打断了他俩。沈戍看了眼来电显示，便叫她帮忙："我妈打来的，帮我接一下。"

郑星沥赶紧躲到对面："别说我在啊。"

"干吗，我刚说完逃跑不是人，你就要逃跑了？"

"我谨慎。"

要是让施阿姨知道了她也在，一定会跟自己说两句，到时候可太尴尬了。她还是等什么时候回去了，当面跟人家打招呼比较好。

沈戍笑了下，很快妥协："行，谨慎，帮我当下支架总可以吧？"

郑星沥点点头，把手机立起来。

"高点儿，还要给你剥虾呢。"

调整到合适的高度，沈戍终于示意可以接了。

屏幕里，施媛一副刚下班的样子，虽然看着憔悴，但精神头很好，那声音简直要冲破茶水间。

"沈戍！你是不是找死！"

手机喇叭带着后屏振动，郑星沥虎口都麻麻的。这还是她印象里那个温温柔柔的施阿姨吗？

"干吗呀，谁惹你了？"沈戌丝毫不畏惧。

"说，你是不是高中时候勾引人家早恋了？我让你好好学习，让你耽误人家女孩子上北大清华了吗？"

嚯，这话，还真是跟他的推测一模一样啊。

沈戌投给手机后头一个"我就说吧"的眼神，不急不缓道："我可没有，跟您说了呀，我们俩大学才谈的。"

"就你？人家眼瞎了？"

恭喜预言家梅开二度。

"您这话说得，我哪里差了？我不也是很帅的吗？"

"你自己肤浅就不要把别人想得那么肤浅，再说了人家女孩子那么优秀，你这种姿色的会找不到吗？你哪里能讨到人喜欢啊。"

"是吗？"沈戌视线从屏幕上挪开，"我这种姿色讨不到喜欢吗？"

"你问我？"施媛差点儿被气笑，"你自己觉得呢？"

"我觉得啊——"他拉长尾音，看着郑星沥，如愿得到她的点头肯定，才笑，"我觉得可以。"

"呸，不要脸。"施媛又噼里啪啦说了一通，等嫌弃的话说完了才意识到不对，"你人在哪儿呢？我怎么看着后面不像宿舍啊？"

沈戌底下剥虾的动作不停，一边投喂女朋友，一遍应对亲妈，还能面不改色："我在车馆呢，这不是马上就去比赛了吗？就结束得晚了点儿。"

"你这也太晚了吧？你们门卫不下班的吗？"

"拿钥匙了，到时候锁好门往门卫室窗户里一塞就行。"

他们也有人留下来加练的，老早就跟门口叔叔商量好了一套方法。

"谈了就好好把握。"施媛不跟他废话了，谈都谈了责备多了也没有用，当今大计还是要教他做人，"人家在家里那可是掌上明珠，放你这儿要是受了委屈，你可等着吧。"

"我知道，我哪里敢让她受委屈啊。"

"你这条件，不是我说，能跟人家女孩子谈上恋爱，那都是你上辈子积德了知道吗？"

"有这么夸张吗？"沈戌忍不住问，"我也不差吧？"

郑星沥赶紧摇头，空出的手比出了个大拇指，示意他非常棒。

"反正你给我注意一点。"

沈成语塞，这话今天已经第二次出现了，合着没一个人站自己这边的呗。

"我知道了，我注意着呢。"

"要尊重女孩子意愿知道吗？对人要温柔，要捧着她才行的。"

"知道了知道了。"沈成又应和了几句，就差指天发毒誓了。

挂了电话后，他还有些愤愤不平："看看看，我就说吧。真不知道我俩谁才是亲生的。你怎么能这么讨他们喜欢？"

郑星沥放下手机，毫不客气："可能是天赋吧。"

最后一颗虾肉顺利脱壳，来时浩浩荡荡的架势，剩下一堆壳也堆成了小山。

沈成抬起手腕，匆匆看了眼时间："快十点半了，刚好，咱回去吧。"

利落地卷好垃圾，两只手上满是红油，洗干净后，他举着鼻子底下闻了闻，香皂的味道还没完全盖过龙虾，不由得感叹："确实香啊。"

等两个人全部打扫好，外边路上已经没人了，门卫室点了灯，看门的叔叔正在往木桶里丢泡脚药包。

"哎哟，你们还没走呀？"

"这就走了。"沈成把钥匙从窗户里递给他，道了谢。

"没事儿，下次别练这么晚了啊。宿舍都关门了吧。"

"关门了？"沈成心底一惊，忙看手环，这才发现自己刚刚看错了时间，哪里是什么快到十点半，都十一点半了。

宿舍十一点关门，这会儿宿管阿姨都睡上了，彻底凉凉。

郑星沥手机没电，唯一获取时间的渠道就是沈成。尽管觉得他脑袋不灵光，也确定他不可能犯这种低级错误，谁知道他偏偏就是犯了。

"你怎么就看错了呢？"他们俩并肩走在空荡荡的校园里，心情复杂。

沈成如芒在背："我也不知道，可能是手环显示屏太小了？"

"你问我？"

"唔，还有我妈打电话的时间太长了，影响了我剥虾的速度。"

郑星沥沉默了片刻："你不会。"她迟疑着，有些为难又有些警惕，"是故意的吧？"

"故意什么？"沈成问完就反应了过来，瞪大了眼，"怎么可能！我是那种人吗？"

"你这么激动干什么。"

"我哪里激动了！我是在陈述事实，你不能恶意揣测的。"

郑星沥看了眼蹦出好几步远的沈戌，语气淡淡："我就随口一说。"

"那也不行！"沈戌夸张地捂住胸口，指责道，"恶语伤人六月寒，你伤害到我了。"

"本来就是随便说说的，但你现在这副狗急跳墙的样子，真的很像实锤啊。"郑星沥抱着手，做铁面无私状。

"你不讲道理，我这是合理申辩。"

"行了。快点儿走吧。"郑星沥抓住他的手，"别等会儿宿管阿姨真不给开门了。"

沈戌觉得他们俩都还挺预言家的。

宿管室一片漆黑，他们贴着窗户听了一会儿，没听到任何短视频的背景音。很明显，阿姨已经睡着了。

郑星沥不敢去敲门，沈戌也不敢。

原因无他，4号楼的阿姨被誉为当代容嬷嬷，虽然不扎你，但是会一直唠叨你，像她这种晚了这么长时间才回宿舍的，甚至会被报到院里去。

她不想丢这个人。

"算了吧。"郑星沥叹了一口气，"看看我宿舍灯亮没吧。"

"你室友有办法？"

"没办法，但她们能把我的东西递出来。"

沈戌极为敏感："递出来？"

"你觉得，我回不去，你回得去吗？"郑星沥揉了揉眉心，"订房吧。"

周承瑶正忙着跟室友大杀四方，突然一个来电，打断了她极其顺畅的操作。团战的关键时刻，岂能被这些东西打搅？她想也没想就挂断了。然后没走两步，电话就又来了。

"狄仁杰，你能不能行啊，我是鱼，你走我前面干什么啊。"张秋雨忍无可忍。

"我也不想，是有人总给我打电话。"周承瑶刚掉头往回走，就又被打断。

她恶狠狠地按下接听："喂，谁呀！"

"是我，我是郑星沥。"

"啊？"周承瑶看了眼号码尾号，"这不是你电话呀。"

"我手机没电了，宿舍门关了，进不去。"

"啥？宿舍关门了？几点啊，怎么就关了？"

郑星沥顿了顿，从嘈杂的背景音里听出了"团灭"的动静儿，叹了口气："快十二点了。"

哈？她就是开了两把黑，怎么就这么晚。周承瑶："那你咋办？"

"我柜子里有个纸袋子，还有一个四方的旅行包，你把两个都给我送下来吧，我在一楼窗户这儿等你。"

周承瑶哪里还敢耽搁，游戏也不玩了，赶紧下床。

她撂挑子不干，剩下两个人瞬间不淡定了。

"你刚发育起来，干啥啊？"

"推塔呀，谁电话啊。"

周承瑶已经找到了东西："是我们的姐妹啊，你俩都没看时间吗？小郑被锁门口进不来了，我估计是要在外边将就一晚上了。"

张秋雨："刚刚是小郑？那你不接她电话干啥？"

"她手机没电了。"

方梦："那用的谁手机？"

这话好似雪山一声惊雷，谁还有心思打游戏啊。

"天啊，不会是我想的那样吧？"张秋雨捂住嘴，一脸兴奋。

"可能就是你想的那样。"周承瑶也反应过来。

方梦从床上坐起，往下爬："等我一起去，等我一起。"

"也等我也等我。"

三个人在睡衣外边裹了件外套，蹑手蹑脚地下楼到达目的地。

让她们失望的是，等在防盗窗外头的只有郑星沥一个人。

"你们怎么都下来了？"

"我们，我们陪小周一起呢，这不是也想见见你吗？"张秋雨随口敷衍了句，拼命往外头看，生怕错过一星半点的可疑之处。

"干吗呢？"

"就你一个人啊？"

郑星沥笑，装作不明白："什么意思啊？"

"你少来。"周承瑶压低了声儿，"刚刚那号码归属地明明是合祁，肯定是沈戍的对不对？"

见她没否认，几个人又无声尖叫起来，表情在月色下，稍显狰狞。

"天啊，你今晚是要享福了吗？"

"沈戍他应该不会让你遭罪吧？"

"我们家小郑要长大了吗？"

郑星沥跟室友们相处很好，聊天尺度也相当惊人，但该否认的还是要否认："想什么呢，他马上比赛了。"

"咋？运动员赛前要禁欲吗？"

"好像是听说过有这么回事儿？"

"是吗？我怎么听说是不禁欲更有利于激素分泌啊？"

为了防止事态扩大，郑星沥打断她们："别瞎想了，总之还不会。"

"啧。你不对劲儿啊。"方梦目光如炬。

"我？"

"没错就是你。"张秋雨补充。

周承瑶摸着下巴，推了推不存在的眼镜："你好像很遗憾啊。"

"别造谣啊。"郑星沥赶紧否认，"谁遗憾了，律师函告你们嗷。"

几人长长地"哦"了一声，脸上深意不减反增，仿佛三只猫头鹰。

郑星沥被她们"哦"出一身鸡皮疙瘩，赶紧脚底抹油："好了，我走了。"说着往旁边墙根儿伸手，紧跟着迈开步子狂奔。

三人组在后头看到路灯下她牵着的人，纷纷露出"果然如此"的表情。

"哎，不对啊，沈戍哪里冒出来的？"周承瑶不解。

张秋雨轻哂："要不说你观察不敏锐呢？没看见她临走捞了一把吗？很明显刚蹲在咱们视觉盲区呢。"

"这样说的话。"方梦气势陡然弱了下来，"我们刚刚说的，是不是都被人家听见了啊？"

……

沈戍没在学校附近订房间，说他顽固也好，说他腐朽也罢，他总觉得如果被认识的人撞见，对郑星沥不好。

虽然他并没有什么偏见，可是别人他管不了。谁知道他们笑嘻嘻的，暗地里会用怎样的词汇揣测一个女孩子呢？

不过考虑到时间很晚了，他订的店也没有多远，两个人骑了电动车，十几分钟后就到了目的地。

沈戌平日都是十点半准时睡觉，今天发生的事情太多，搞得他精神极度兴奋，一点疲惫的样子都没有。

这么晚入住的人已经很少了，沈戌报了名字，又跟她一起刷了身份证。他们俩第一次住一间房，刚才又听到她室友们的话，不知怎么还变得尴尬了起来。

电梯从三十层往下走，沈戌想要打破局面："你知道吗？刷了身份证以后，在派出所就能调到你所有的入住记录，包括一起入住的人。"

"你的意思是说，你妈妈能查到我们俩一起开房吗？"

"呃，那倒不是，她私自查这个是违法的。"

"哦。"

电梯到了，新一轮的沉默又开始了。

沈戌继续没话找话："你室友没给你收拾漏东西吧？"

"这是我出去比赛带的，东西洗干净就一直放着没拿出来过。"

"哇！"他伸出个大拇指，"厉害。"

郑星沥看出来他的拘谨："你紧张什么？"

"我没有啊。"事关尊严，沈戌死鸭子嘴硬，"我是怕你紧张。"

"我紧张什么。"郑星沥率先走出电梯，"你又不会对我做什么。"

话是如此，但为什么听在耳朵里怎么就这么像挑衅呢？

房卡插上电，暖黄色灯光随之亮起，房间中央就摆了一张大床。

沈戌瞳孔放大："我不是故意的，你听我解释。"

解释啥？说自己急着怕没房，看见手机电池余量1%就赶紧点了？

她能信吗？

别说她，他自己听了都要骂这个人说谎不眨眼。

沈戌耷拉着脑袋，强调："这真是个误会。"

"我去洗澡了。"郑星沥却好像根本不在意一般，从袋子里翻出换洗衣服抬脚就往浴室走。

留下沈戌一个人看着大床不知所措。

等到玻璃门关好，郑星沥才松下劲儿来。

开玩笑，第一次跟男朋友开房啊，很难不紧张啊好吗？更何况还是大床房。

他真的不是在暗示自己什么吗？

这个问题在她洗完澡的时候得到了答案。

沈戌已经挪走了床边的小茶几，把两个椅子和凳子拼在一起，那架势，今夜两人该怎么睡觉已经一目了然了。

郑星沥没说话，装作不知道，径直走到玄关拿吹风机吹头发。

沈戌他们明天要走，今天休息室柜子里的东西得全收走，所以也有换的干净衣服。

浴室很快传来水声，磨砂玻璃里灯光和水汽氤氲，从穿衣镜里只能看到一个模糊的轮廓。

郑星沥遗憾之余又有些激荡。平日里肌肉确实没少摸也没少看，但是今晚这种情况是真的头一次啊。

她头发又多又长，等沈戌出来了还没有吹完。他默默拿着毛巾擦着头，借着吹风机的声音掩护，完成了所有洗漱工作。

郑星沥手机充上了电，沈戌帮着开机，消息就弹了出来。

"你帮我看一下谁的信息。"

"你室友发的，都是语音。"

郑星沥把风调小，依旧空不开手："那你帮我点开放一下吧。"

免提里传来周承瑶激动的声音："姐妹，你放心我已经给你查好了，运动员赛前那啥有利于发挥。"

方梦："不要害羞，你是在帮他夺冠啊。"

张秋雨："加油哦。"

……

郑星沥很想给自己两巴掌，穿越回前两分钟，问她是不是刚才洗头脑子进水了，好端端自己看不了消息？非要指使人？

她深吸一口气，先发制人："你怎么不告诉我是宿舍群啊。"

当代女生，跟姐妹的聊天记录无论如何都要删除，更何况是宿舍群里的记录。

沈戌还没辩驳什么，消息提示音就又响了两下，他手一抖再次点开了语音。

方梦："不要不信嘛。这都有专门科研调查的，是科学的。"

周承瑶："文章链接分享给你啦。"

张秋雨："你要相信科学。"

郑星沥不用看，也能猜到所谓的文章链接的标题有多露骨。

说实话，她现在真的很想逃离这个星球。

她快准狠地夺下手机，强装镇定："啊，睡觉吧就。"

沈戌摸了摸鼻子，压下心头旖旎："好，我睡椅子就行。"

郑星沥蹙眉表示不赞同："不用，我睡吧。你是运动员，马上就比赛了，要好好休息的。"

"没关系的。"沈戌哪里肯，"后天才开幕而已。而且这地方小，你别再摔了。"

两人谁都没有说服谁。

郑星沥看了眼时间，再这样客气下去，他们俩谁都别想准时起床了。

她沉默着将靠枕拿掉，躺到被子里，声音干涩："那一起睡床吧。"

"啊？"沈戌以为自己出现了幻听。

郑星沥掀开另一边的被子，拍了拍空处："上来吧。"

酒店特有的灯光发着暖黄色的光泽，给一切铺上层柔和。

靠近街边的窗户时不时传来路过的汽车发动机的声音，在夜里显得格外吵闹。

杂乱得没有规律的两道呼吸此起彼伏的，偶有重合便有一方屏息，就好像这巧合也会给夜色添上些不寻常。

"那个，我让前台再送床被子吧。"郑星沥撑着身子就要起来。

"不用了吧。"沈戌抓住她的手腕。

"我睡觉会抢被子，我怕你到时候盖不着。"郑星沥话这样说着，人还是躺回去了。

"没事儿，我盖一点点就行。"

又陷入沉默。

"啊，那就睡觉吧。"郑星沥把眼睛闭得紧紧的。

"要点灯吗？"

"不用，关掉吧。"

开关"啪嗒"一声后，房间彻底陷入黑暗，外边路灯的白光被厚重的帘子阻隔只剩下个若有似无的微光。

郑星沥藏在被子里的手，极缓慢地往旁边移动着，本以为他不知道要躲到哪里去，谁知道不久就触到了他的指尖。

两个人都瞬间将手收回。

"咳，我是想看看你睡没睡。"沈戍欲盖弥彰地解释道。

郑星沥"唔"了一声，干巴巴道："我也是。"

沉默再度光临。

她一咬牙，故意翻身弄出很大的动静，还没等下一步动作，整个人就被抱了个满怀。

暗色里她看不清他的表情，却能听出他声音里的小心翼翼。

"睡觉吧。"

沈戍强装镇定，却不知道她贴耳在自己胸前，早就将急速狂飙的心跳听得一清二楚。

"你心跳得好快。"

"我心率一直很高。"

郑星沥闷闷地笑，从他怀里抬起，往上拱了拱，拆穿他："你撒谎。"

"别瞎说。"沈戍矢口否认。

"你明天什么时候去集合？"

"下午三点。"

"那应该不会迟到。"郑星沥手攀上他的 T 恤，隔着衣料描摹着线条。

沈戍无奈地按住她的手，放到自己的脖子上，又将她往上带了带："你明天还要去实验室的。"

郑星沥没说话，手改成在他的脸上乱摸，确定好了位置，撑着起身。

沈戍随着她的动作松开手，不自觉躺平，问她："怎么了？"

刺痒的头发落在他的脸上，紧接着是薄荷的牙膏味道，清新到有些苦。刚尝出甜，薄荷就已经离开。

她轻轻拍了拍他的脸，低声道："睡觉吧。"

郑星沥占了便宜就要离开，沈戍却直接坐了起来，而后钳住她的下巴。

不加掩饰的渴望张大了口，几乎要将她吞噬干净，一点点扫荡着理智，牵引出最原始的本能较量。

等郑星沥反应过来的时候，正环着他的腰身，而沈戌的手放在她的后脑，陷在柔软的枕头里，胸膛紧紧相贴，两种浑然不同的感受碰撞出火花和水，一发不可收拾。

粗重的呼吸、紧绷的肌肉，还有肌肤渗出的汗。

沈戌轻轻咬了咬她的脸，闷声取笑："你给我脱衣服还挺快的。"

"我脱的吗？"郑星沥妄图甩锅，"是你自己蹭掉的吧？"

他笑起来，呼吸喷洒在她的脖子上。

"还有啊。"郑星沥艰难地从两人中间扯出一块清凉衣料，"你什么时候把我扣子解开的？"

"可能是你脱我运动裤的时候吧。"

"别造谣，裤子明明是你自己脱的，我记得清楚得很。"

"所以 T 恤的确是你帮我脱的是吧？"

郑星沥避重就轻："起来啊，睡觉了。"

"不能再亲亲吗？"

"会迟到的。"

沈戌沉思了一会儿："那你睡吧，我再亲一会儿。"

郑星沥差点儿破功："你是不是有病，你亲着我怎么睡？"

"那我现在硌着你也没办法睡啊。"

"所以我叫你起来。"

沈戌倒吸一口气，指责道："你好狠的心。"

话是这样说，他还是乖乖躺了回去。

郑星沥摸到睡衣套上，之后又钻回他怀里，极为自然地抱住他的胳膊。

"你倒不怕我。"

"我不点头你敢吗？"

"不敢。"沈戌回抱住她，嗅着她身上的味道。

又过了一会儿，沈戌叹了一口气："我也不想的。"

"别想了，睡觉。"

"恐怕要麻烦一下你。"说着他捉起她的一只手，朝被子深处去。

郑星沥嗓子发紧，脑袋里跟装了个小马达似的，跳得厉害："这样就行了吗？"

"嗯。"沈戌闷哼一声。

这种感觉很奇怪，在郑星沥的设想里，可能会觉得害羞或者恶心，可真等到付诸行动的时候，对未知的探索欲，一度压过了那些枷锁。

她甚至打开了手机手电筒，想钻到被子里仔细看看。

沈戍一把揪住了她的脖子："你干吗？"

"我看看不行吗？"

"别看了。"手电筒亮得突然，晃得人睁不开眼。

注意力转移到了其他地方，便也偃旗息鼓退了场。

郑星沥一脸受伤。

这么失败吗？书上可不是这么说的。

"该不会……"她给自己找了个完美又不那么完美的借口，"你，不大行？"

沈戍深吸一口气，头一次这么想把人捶爆。

"你以后多看点书吧。"

从未想过这句话也能被他拿来送给自己，郑星沥饿虎扑食，狠狠在他锁骨上咬了一口，疼得他直叫唤。

沈戍摸了摸痛处，不意外摸到了牙印："你好狠的心。"

"一般吧，我还能更狠一点。"郑星沥平淡丢下话，背过身去，"睡觉吧，困死了。"

沈戍笑着从后面将人抱住，也心满意足地闭上了眼，还是没忍住好奇问："你室友说的是真的吗？"

"你自己是运动员你问我？"

"不是，我说的是你真的很遗憾吗？"

郑星沥沉默了，之后狠狠在他腰上拧了一把，恨恨道："我劝你最好闭嘴，不然我很难保证，我的巴掌会不会降落在你脸上。"

省赛的规模大，日程也多，好在自行车并不是什么特别热门的项目，相对应地，高校部的竞争就要小上一些。但同样，因为对比样本少，想在这些人里脱颖而出，光做鸡头是行不通的，得做凤头才行。

卫任军的排兵布阵没有定式，直到赛前才定下。一来是想随时调整，把每个人都培养成全能型的车手，可以应付得来所有突发情况，二来是防止被体大的人看出套路，从而各个侦破。

只可惜人算不如天算，团队计时赛的半决赛里，纳入成绩的车手受了伤，虽然他坚持骑完了全程，团队有惊无险顺利出线，但是这也意味着，他们必须再抽调一个人，补上决赛的空缺。

　　个人计时的决赛在团队计时的前边，两个比赛无缝连接，于是乎缺少的人手就只能从个人赛里调。

　　问题就在于，个人赛跟它们也是挨着的，其间休息时间仅有两个小时。也就是说团队计时赛的五十公里后，就要去骑一百七十公里的个人赛。

　　如果不讲究速度，并不是件很难的事情。可是前后两个都是竞速，要接连参加，说实话，够呛。

　　胡泳鑫忍不住骂了声："主办方脑子有病，这么赶忙着投胎呢。怎么不见把田径也一天全比完啊。"

　　"公路车赛程远，中间安全问题就多，封路花的代价也大，受众又不是那么广。肯定是想能早点比完就早点结束了。"羊羊声音低沉，说的是事实，却也无奈。

　　这年头，公路车的境遇就是这么尴尬。他们恨外界环境，短时间内却又无法改变。

　　"实在不行，我去吧教练。"胡泳鑫提议道。

　　"胡扯，你连名字都没报上，你去算作弊，到时候咱们学校成绩都得作废。"卫任军翻着赛程表。

　　"那怎么办，总不能放弃吧。"

　　原本以为稳了的事儿，结果临门一脚出了错，卫任军的悔意不比任何人少。

　　公路车没那么受学校重视，给到的资源就少，全得靠他们攒着劲儿自己搞。省运会又有报名资格限制，连团队赛的替补名额都是用个人赛的那几个人补上的。

　　本来照他们的计划，是绝对不会出错的，毕竟他们最强劲的对手就只有个体大，想出线也不算太难。

　　卫任军在大家上场前就说过要注意安全，伤得留到决赛受，谁知道还是没拧过不可抗力。

　　"您准备抽谁过去？"

　　卫任军摩挲着出阵表，说："沈戌吧。"

"教练，沈戌是有可能冲到名次的。"胡泳鑫说。

作为一名决策型破风手，沈戌的实力有目共睹。在这么长时间的训练里，速度和爆发也都有了提高，个人赛帮助佟晨夺冠的情况下，他自己拿一个第三名也不是没有可能的。可一旦去了团队计时，能不能夺冠不说，他原本的个人赛也势必会受到影响。

"张恒瑞跟吴途耐力都没他强悍，佟晨是冲个人赛冠军的苗子，更不可能抽调。"卫任军头一回耐心地解释，"沈戌的速度属于上流，把他放进第三个冲线的位置，才有可能拿好成绩。每一场比赛，我们都不可能放弃，更不能输。"

省内有专门车队的学校真的很少，体大的重心更多是放在那些热门项目上，但这并不代表公路车会被他们放弃。成绩有时候能决定的，并不只是一个运动员的发展，更能关乎一个车队的生死。

做不出东西的队伍，凭借着脸皮讨来的资源，总有消磨殆尽的一天。卫任军在这个位置上坐着，就必须把全队的存亡放在第一位。

"可是教练……"

"我知道你想说什么。"卫任军打断了胡泳鑫的话，"他想进国家队，谁不想进？可我们是一个团体，不能让所有人都帮他圆梦。"

沈戌缺一个亮眼的成绩，车队里的每一个人都缺。他们先是个团队，然后才是个人，不然划分哪门子的冲线手破风手。

沈戌比任何人都明白这个道理，听到教练安排的时候没有丝毫的犹豫，立刻答应了下来。

"你要知道，顶上团队赛的话，后面的个人赛可能就……"卫任军提醒他。

"我知道的，教练。"沈戌笑起来，露出一口白瓷样儿的牙，"没事儿，我能骑着呢，佟晨肯定能拿冠军。"

卫任军没再继续说了，拍了拍他的肩膀："好好骑，实在不行，个人赛让他们三个去，二保一也是一样的。"

"放心吧教练。"沈戌甩了甩手，故作轻松，"我这劲儿多着呢。"

郑星沥拎着行李箱赶到赛场的时候，只看见了穿着训练服的佟晨等人。

"你来了呀。"羊羊接过她的箱子，指了指大屏，"沈戌在比赛。"

"什么？"郑星沥看着镜头给到的赛场，"个人赛什么时候也一个一个出发了吗？"

"这是团队计时赛。"羊羊把突发的状况解释给她听了。

本以为她会替沈戍鸣不平，却不想她只是点点头说自己知道了，便继续专心看比赛。

"你就不觉得不公平吗？"胡泳鑫没忍住问道。

"为什么不公平？"

胡泳鑫顿住了，还能为什么，因为来了这场比赛就有很大风险不能在下一场个人赛里出头了呗。没有足够亮眼的成绩，就不能被看到、被挖掘了呗。

"不会的。"郑星沥否认了他的担心，"就算这次没能出来，下一次他也一定可以的。"

"可他本来可以不用等到下次的。"

"学长，我了解沈戍。为了车队，他可以做任何事情，也包括舍弃掉一部分成绩。"郑星沥说，"你们可能不知道为了进华封车队，他到底付出了多少努力。而现在他在为车队做事情，在做自己喜欢的事情。"

这世上那些一鸣惊人的很少，之所以大家会觉得多，是因为出现在眼前的都是成功的。而那些一直努力，费劲攀爬的人，常常会因为不那么"爽"的经历被忽略掉。

很多人都梦想着一夜暴富一夜成功，从而把别人日积月累的成功当成一蹴而就。这样是不对的。

不管梦想会不会实现，不管结果能不能如愿，在这个过程里的经历，学到的东西，才是占据了人生主要篇幅的。

沈戍知道自己缺什么，同样也知道自己应该做什么。他不只是车手沈戍，更是车队的一员。

从他选择当一个破风手的时候开始，团队荣誉就是永远凌驾在个人之上的。他不会觉得不公平，更不会觉得后悔。

胡泳鑫到此刻才露出不一样的神情来："我好像能明白沈戍为什么对你死心塌地了。"

郑星沥没有接茬儿，仍旧盯着大屏。

跟其他计时赛不一样，团队计时不仅是各个队伍错落出发的，更要求在行进过程中，两百米左右就换一次领骑，四人轮流相互换位。在抵达终点时，计算第三位过线车手的成绩算作团队分，再按所花时间排出名次。

这也是为什么非沈成不可的原因，他兼具破风和冲线的双重本领。那些成绩比他好的冲线手，冲在第一没有悬念，但不一定能保持自己的位置在第三。

在计算第三名的情况下，让沈成上是最好的方法。

事实也证明，卫任军的排兵布阵没有出错。每队的出发时间中间都有三分钟的空隙，华封车队是首发，并且在完成比赛的时候依旧保持着首冲线的成绩。扣除出发时间，成绩比第二名的体大就少了三秒半，险胜。

场地时间紧张，沈成刚喘匀气儿，正跟女朋友招着手呢，还没来得及嘚瑟一下就被拽走领奖去了。

跟以前不一样，这次他不再是那个只能在台下鼓掌的人了，他们队里人的名字被喇叭广播一个个念出来的时候，有种别样的骄傲。

队里的学长鼓着掌，小声说："多亏你呀小沈。"

临时调过来，还能发挥得这么好，确实很不容易。

沈成弯腰接受奖牌，摩挲着上面的纹路："学长你知道吗，这是我第一次在这么大的比赛里得到金牌哎。"

镜头也将他和手里举起的金牌定格成了永远。

走完流程，沈成飞奔下台子，要去找郑星沥。刚才会面匆忙，连句话都没来得及说，他现在迫不及待要让她看看。

可是电视台拦住了他的脚步。

省运会是大事儿，电视台常驻转播直播还录播的，每一个项目的获奖人员都要接受采访，沈成自然不可能被放过。

一段开场白之后，几个人都介绍了一下自己。

"恭喜你们赢得了冠军，大家现在的心情是怎么样的呢？"

沈成如实作答："有点激动。"

因为相貌较为出众，镜头大半时间都待在沈成脸上。他头一回应对这种场合，非常不自在，整个人宛如一尊晒裂了的泥像，远没有几个学长游刃有余。

"这位同学，那你接下来还有什么赛程吗？"

问题猝不及防抛过来，沈成僵硬地回答："还有个人赛。"

"那我们一起期待你在接下来比赛里的表现哦。"记者客套了一句，逐渐开始收尾，"这次比赛夺冠结束后有什么特别想做的事情吗？"

"有。"沈戌重重点头，毫不避讳，"我想把金牌送给我女朋友。"

场面瞬间爆炸，在场的人不少，采访通过大屏放送，又传回直播频道，不知道多少人在这一刻听见了沈戌认真的话。

郑星沥也没想到他会突然来这一招儿，身边站着的队员们都吱哇乱叫起来。

"全国人民面前啊，胆儿太肥了。"

沈戌已经结束了采访，直直地往这儿飞奔。

大概是因为发言太大胆，镜头这会儿还对着他的背影。

他站定在郑星沥面前，把金牌取下，郑重地戴到她的脖子上，之后双臂一张便将人抱了个满怀。

镜头之下，两个人深情拥抱，挺拔的男生凑到女孩子耳边窃窃私语着不知道在说些什么，却美好得像是一幅画。

"累死我了。"沈戌嘟嘟囔囔抱怨道。

郑星沥好不容易酝酿起来的澎湃骤缩成了好笑："刚刚不是还说自己第一次拿冠军心情激动吗？"

"那又怎么了？冠军也很累的好吗？"沈戌依依不舍地放开了她，强调道，"冠军现在累惨了好吗？"

郑星沥捏了捏他的胳膊："回去吃饭吧，我抓紧时间给你按按。"

别的不说，羊羊一手按摩的功夫她还是学到了些的。

沈戌心满意足地跟着离开了。

说是两小时的休息时间，实际上掐掉获奖采访和赛前准备，正儿八经的空闲也才四十几分钟。

郑星沥顾不上吃饭，抱住沈戌的腿替他松解肌肉。

羊羊跟胡泳鑫打好了饭端过来，什么都递到手边，就差没亲手喂了。

沈戌受宠若惊之余还有些嗫嚅，嘴上说着："啊呀，你们也太客气了。"指使起人来却毫不手软。

羊羊胡泳鑫互相对视一眼。算了，看在他一个人要比两个项目的份上，忍了。

"好了小郑，你也去吃饭吧。我来。"羊羊挽起袖子接过任务。

"少吃点儿。"看他扒饭太快，郑星沥提醒道，"别到时候吐了。"

毕竟间隔时间不长，要是动作不到位是很容易发生状况的。

"好，知道了。"沈戍留了一半的米饭，把牛肉挑出来全部吃掉了。体力恢复期短，他又吃了两根能量棒，算作补充。

佟晨等人也到了旁边，坐等教练安排。

虽然团队赛的车程没那么长，但要说一点不影响那是扯淡。为了保险，冲刺前的破风手位置由张恒瑞接替。

一百七十公里的总路程，中间少不了接受补给什么的，服务车队也会全程跟随。

卫任军赛前打招呼："我们这次的目标没有别的，就是要赢。上午团体赛体大没上几个冲线手，他们的全副心思都放在个人赛了。为什么？因为容易出成绩，容易被看到。我给你们的目标也是一样，一定要拼尽全力才能被看见。人家教练挑选队员可不管你梦想多大，努力多少，咱们都在赛场上，拿成绩说话。"

省运动会四年才一回，是个不可多得的好机会。

"当然了，如果身体出现不可克服的严重问题，那你可以选择放弃，去上服务车。通知也已经下来了，后年这个时候，大运会就要开始了，所以说还没有完全失去机会。自行车项目特殊，你们也清楚。国内外有名的车手大多是三十来岁达到顶峰的，但如果你透支了身体还没能获得一个好的成绩，那么是很亏的，因为可能会影响你后续的比赛。"卫任军说这话的时候着重看的是沈戍，"所以，也一定要注意安全。"

这次比赛设置了三个途中冲刺点，第一个路过途中冲刺点的选手可以减去 3 秒时长。这也就成为了每个车手都要争夺的地标。

沈戍布局沉稳，在大家一窝蜂去过第一个冲刺点的时候反而控制住了速度，并不去凑热闹。

"保存实力。"沈戍一早就计划好了，"第二个到第三个冲刺点中间，有将近一公里的连续转弯下坡，这就是我们要做出成绩的地方。从这儿以后的三十公里，我们必须突袭出来，佟晨的任务就是尽可能地拉掉其他人，我们会跟上你给你破风的。"

他们的小集团选择在连续转弯下坡的时候发起突袭，佟晨一马当先，迅速拉掉身后的队友。

体大的冲线手见他们竟然不跟着佟晨，毅然决然地选择了插到后头，跟着佟晨的线下坡拐弯。

可惜他不知道佟晨在队内有个诨名叫作"小尼巴利"，最擅长的路段就是下坡。果然，体大车手"顺利"地在第三个弯道把自己从车上摔了出去。

沈戍几个人从他旁边呼啸过去的时候，连个可怜他的眼神都没给他。

不只是因为他只会下坡，更是因为跟他车的人一般都不会有什么好下场。

成功拿下第三个冲刺点的成绩，佟晨也放缓下频率。吴途加速上来领骑，沈戍跟在最末。

才结束的比赛确实对他状态有所影响，尽管不想承认，但他没有办法再像之前的比赛一样，承担大部分的压力了。

沈戍咬牙追上吴途："这把我来。"

起码要在状态稍好的时候，尽可能地发挥作用。

场外的羊羊满脸不赞同："为什么还要领骑，他明明已经带过开头了。"

"吴途有旧伤，沈戍应该是想让他稍微休息一会儿。"胡泳鑫看穿意图，却也不认可，"心是好的，但是……"

但是不到一个小时的休整时间，他的状态也没有办法调到最好的。

镜头并不会全程跟随着他们这一支队伍，很快又转到其他集团去。

郑星沥这会儿才收回视线："他是知道轻重的。"

在没接受到国家队橄榄枝以前，在梦想依然有希望成真以前，他知道什么叫作量力而行。

卫任军给出的目标是每一场比赛都必须要赢。

他们被送到省队集训的时候，每天对标的也都是那些最优秀的前辈的水平。只要进步，哪怕是半秒，对他们而言，就不算白来。

这种耐力同时保证冲刺的比赛，没有那么长的拉锯时间，只要稍微落后，局势便会陷入不可逆转。参赛运动员势必要好好休养，拿出最好的状态来。

最后的冲刺阶段渐近，场上的领骑也已经按照原来的计划换成了张恒瑞。沈戍在此落在最后头，动作明显有些卡顿。

尽管现在距离终点只剩下不到五公里，但他们这些知道内情的人都清楚，沈戍应该休息的。

佟晨、张恒瑞、吴途已经跟沈成和其他人拉出了一节火车车厢的距离。而佟晨此刻依然是高匀速并没有进入到加速状态，换言之，只要他们不摔车，冠军已经是不可逆转。

"他怎么还不下来呀。"胡泳鑫着急得碎碎念，"年轻人该放弃的时候就要放弃啊。"

卫任军忍不住骂他："别废话了行不行，看个比赛叨叨个没停，搞得人烦躁的，看看，不看滚！"

胡泳鑫哪里还敢吱声，甚至悄咪咪往郑星沥背后躲了躲，小声鸣不平："我这也是为了小沈好呀。"

"你看教练那手。"羊羊提醒道，"关节都攥白了，也紧张着呢。"

卫任军紧盯着大屏幕，与此同时，他们一直在等的那个加速点，来了。

佟晨稍稍侧头看清楚身后局势，继而极小幅度地调整了一下坐姿，踏频开始加速。

蓄势待发的冲线手们也接连越过领骑，开始了征途。

只可惜在这些人里，受到的训练，自身的水平，最好的还是华封和体大。

郑星沥听到广播解说里飘出来一个熟悉的名字——周晓峰。

上次见面还是沈成在省队里的室友，今天再遇见就是赛场跟佟晨争夺冠亚。

体育竞技，不讲任何情面。

随着车轮撕裂空气，佟晨提了一整场比赛的心，终于可以在此刻化成轻松，他高举起手，迎接胜利。

镜头也终于给到了沈成。

"好啊，我们看到华封车队的这员小将，在上午的团体赛中呢是取得了好成绩，但是现在就有些力不从心了啊，包括这个冲刺也是三两次提速都没能提上来哈。"

"没错，不过不能否认，他的表现也很突出啊。"

两位解说员的你来我往里，场上又有了突发状况。

沈成原本处于后位，却一下子摔倒夹带着车子一道往终点线滑了过去，途中甚至还超过了几个车手。

"呃，这还真的是巧啊。"解说员忍不住感慨，"我们现在可以看到，原本这位新兴车手呢，是在后置的，但是现在已经顺利以第九名的成绩冲过了终点线。"

"这还就真的应了我们中国的那句老话，塞翁失马，焉知非福。"

焉知你个大头。

郑星沥又急又气，立马跟在卫教练后头飞奔上前。

沈戌的训练服已经被磨破了，比市运会那次更加严重，血糊糊的样子，紧贴着骨头的皮肉翻出来，隐约可见白色。

郑星沥看得脑子发麻，忍不住顿住脚，挡在他前面，妄图拦住被车轮带起的尘土。

"怎么参加一次运动会受一次伤啊。"沈戌脸色煞白，明明虚弱却不叫疼，皱起眉头忧心忡忡，"不会以后参加大运会也会摔吧？"

卫任军闻言一巴掌拍在沈戌头上，动作看着重，实际上也不敢用多大力气。他恶狠狠地说："你长本事了。赛前怎么跟你说的，该放弃就放弃，你干什么？给我来这一出。服务车在后面是摆设吗？你以为自己在这儿末日求生呢，停下来就得死啊？"

"我这不是想着就差那么几步路了吗？不骑到终点多可惜啊。"沈戌笑嘻嘻地辩驳，又伸手拽了拽郑星沥的裤脚，"哎，你怎么啦？吓到了？"

郑星沥摇摇头，蹲在他身边，握紧他的手，低垂着眸子看伤势，问："疼吗？"

"不疼。"沈戌答得干脆。

卫任军也不好当着小情侣的面骂人，丢下句："你给我等着。"

冲过线的队员们通通围了上来，你一言我一语，差点没给检查的医生问走。

"行了行了，都围这儿干吗，不知道的还以为我夺冠了还是咋呢。快走吧。"沈戌打发走了他们，才露出些担心，"医生，我这儿没大事儿吧？不影响骑车吧？"

"算你反应快，摔车也注意到了姿势，但这个脚，我估摸够呛，得休养，拍片子看看骨折没，没有的话也起码得歇一个月吧。"

"不是吧？"沈戌瞳孔放大，"一个月？医生，您怎么还空口鉴伤呢。"

让他休息一个月，那不就是基本告别职业生涯了吗？

"告不告别的，我不知道，反正你要是不休息，基本是永别职业生涯了。"

尽管十分不情愿，沈戍还是在医生的建议下被强制性停掉了训练。全身检查下来各种旧伤叠新伤的，已经不是简单的休息两三天可以解决的问题了。医生直接给出了半年的答案。

这更是不可能实现的。一个月他都嫌长，更何况半年。

医生淡定地指了指他腿上的石膏："就这骨折程度加腿部拉伤的，你还嫌半年长呢？这都是看在你运动员身体不错的份上，打折了知道不？"

在沈戍的讨价还价以及再三保证下，休养时间被压缩到了三个月。三个月之后来医院复查，如果状态不错，那就可以继续训练，如果不行，接着养。

他不满意，还想再争取一下，得到了卫任军一记爆捶。

郑星沥安慰他："趁着这段时间正好可以把你的期末大作业做了呀。"

事已至此，也只能这样了。

可是大作业不是那么好做的，什么狼人杀之类的节目已经有组做了，街头采访呢，找托太明显，不找托又没效果，问题还难选。

唐煜是个第一名强迫症，沈戍跟赵中楷报给他的好几个选题都被否定了。

一筹莫展之际，沈戍陷入了自我怀疑里。

他，未来的"马克·兰肖"，文不能做出选题，武不能上场训练。这样的生活还有什么意义？

郑星沥点点头："懂了，嫌弃跟我一起不快乐了是吧？那你走吧。"

"啊呀，我哪里是这个意思。"自知失言，沈戍赶紧找补，"我就是这伤都从秋天养到冬天了，现在石膏拆掉了，我也能跑能跳的，偏偏就不让我骑车，我难受死了。"

一个在他有限生命里占据了大半时光的东西，突然就消失了，虽然知道是暂时的，但那种滋味也很难熬。

郑星沥把他专业课的书往桌上一拍："号也没有用，上次偷偷带你骑车，自己疼成什么样子不记得了？"

沈戍心虚不已："那是大病初愈，确实没怎么恢复好，但我现在恢复得不能再好了。"

"别想了，都小两个月了，也不差这几天，不如好好想想大作业到底做什么吧？别到时候没能被国家队选走，先因为挂科被开除了。"

这话倒也没错，沈戍看着她的电脑屏幕，灵光一闪："有了，我可以拍你呀。"

"啥？"

"你们实验室，不是每天都在做项目研究吗？我可以拍一条新闻报道出来呀，这不就把作业解决了吗？"

"唐煜愿意？"

"反正他要我跟赵中楷都报选题的，我先拍了再说呗。"

沈戍说干就干，不过可惜，拍摄申请被实验室婉拒了。他也不灰心，立马盯上性质相同的科创。

为了确保这次不会遭到拒绝，还特地缠来了卫任军。

毕竟早前郑星沥做软件、收集数据就是欠了蒋老师的人情，卫任军现在直接出面，可算是一路顺畅无阻。

万事俱备，沈戍表现出了前所未有的激动："我终于能去看你待着的地方了。"

郑星沥不解："你早就可以去看看了呀，又不是不让进。"

"那不一样。"沈戍义正词严地反驳，"以前那是等你下课，现在是陪你一起去。意义不一样。"

关于要来人采访的事情，科创上下都有些重视。该说不说的，起码不能丢脸啊。

范文虎被蒋老师警告赶紧换掉那件破大褂，别搞得松松散散的。

范文虎不服气："那我一天到晚待在这里，想着穿舒服点嘛。"

"这是你攒了辣油点子不洗的原因吗？"

"我没有不洗好吗？我那是洗不掉。"他小声辩解着。

蒋老师懒得跟他继续说，又把矛头指向工作台："收拾干净点儿，你这书放得到处都是，也不怕院领导骂你占用公共资源。"

科创的场地是院里专门划分来的，不少学长学姐后面没抽中自习室，就在这儿看书，也算是额外的一点儿小福利，属于正常情况。

胳膊拧不过大腿，范文虎不情不愿地收拾东西去了。

科创上上下下努力营造一个好形象，那架势就跟来的不是学生做采访作业，而是著名电视台拍摄走进校园一样。

郑星沥走过去说："其实也不用这么严格……"

"说什么呢？"小六已经接受了蒋老师的那套说辞，正在往工位上喷香水，"保持形象知不知道，我们应该借着这个机会把科创做大做强才对。"

郑星沥扶额，赶紧发信息给沈戍，让他多带点人来。起码也得把场面撑起来，才能对得起大家风风火火的准备。

"小郑，你说传媒院的女生那么多，来的会有漂亮小姐姐吗？"小六眼放金光。

郑星沥："呃，我帮你问问。"

"你认识来的人啊？"

"对，是我男朋友。"

"啥？"小六瞪大了眼睛，"你男朋友不是体院的吗？"

"不是，他是加入了体院的车队，网媒专业的。"

沈戍得了消息，看了看同行的两个大汉，只好如实相告。

几个人一来，就能感觉到房间里氛围陡然不同。每个人坐得板正，连同组员交流打招呼都格外的字正腔圆。赵中楷差点以为自己是来到了什么主持人大赛现场。

还是唐煜出面，笑着让大家放轻松："我们也都是学生，只是来做大作业的。大家就怎么舒服怎么来就行。今天第一天，主要是拍一些工作学习的镜头，不用紧张。"

在场各位纷纷点头，然后继续正襟危坐。

沈戍把单反用脚架放好，先拍了几个全景和空镜。唐煜跟赵中楷帮着打光找角度，不停调试直到最佳状态。

等散热休息的时候，沈戍摸到了郑星沥旁边，极为自然地小声跟她的组员们打着招呼。

"哦，原来是你男朋友啊。"范文虎听了介绍长长地舒出了一口气，摆摆手声音嘹亮，"自己人，自己人。"

这话一出，原本严肃的氛围稍稍松懈。加上现在还不在拍摄，大家的八卦之心已经到了空前高涨的时候，纷纷投来打量。

隔壁组的朱学长打趣道："我碰见过好几回了，是不是总在咱楼下等你来着？"

郑星沥点点头。

"对吧！"朱学长推了推发呆的蔡伦，"就上次我俩遇见的，你还非说不是。怎么样，现在人来了，就是他吧？"

蔡伦犹如大梦初醒，觉得鼻梁上架着的镜片模模糊糊的，烦躁地一把摘了下来，低低"嗯"了声，兴致不高。

热情过去后，众人也都陆续开始捡起了自己的活儿。只有蔡伦，看着眼前的书，听着隔壁隐隐约约的对话，愈加烦闷。

程序运行再度出现"bug"，他看着提示怎么改都无法修正。他"噌"地站起来，看着被他惊动，纷纷投过视线的两人，目标明确："郑星沥，你能帮我看看哪里出'bug'了吗？"

"可以。"她把电脑往旁边放了放，腾出一块空地。

蔡伦毫不客气地插到两人中间，平静道："同学，麻烦让让。"

沈戍立马让开："不好意思。"

蔡伦没说话，将他上下打量了一下，继而从鼻腔里发出一声"嗯"，便俯下身，将错误代码指给郑星沥看。

沈戍许久没亮的雷达，在这一刻发出了警报。

从这人侧身的姿势，蹦出的带着炫耀的专业名词，以及对自己的态度来看——

十有八九，是对手。

正想着，那人就又抬起了身子，跟他对上的眼神里没有半分友好，浑身上下都在跟他传递着"不过如此"的评价。腿一伸勾了个凳子过来，彻彻底底把他排挤出了工位。

郑星沥对此毫无察觉，依旧在专心看代码。

跟电视上那些在键盘上走字如飞的剧情不一样，现实生活里的程序员需要停下来在这些密密麻麻的小字里找出错误，修改或者重新拟算编写。这不仅仅是靠手速快就能解决的，更需要细心和计算。稍稍走神，看丢了一行，很可能好几天的成果就喂了狗。

她哪里敢分神啊？别说没发现他们俩的针锋相对，就是对蔡伦刻意展示亲昵友好的姿势，她也不知情。

沈戍气炸了，但他明白轻重。这不是吵着拈酸吃醋的时候，更不是可以打搅到郑星沥思考的时候。再说了，此人也就是稍微侧了点身，手脚都规矩得很，就是发难也找不到什么合适的理由，总不能跟郑星沥说是自己的直觉。

于是他恶狠狠地瞪了眼那惹人厌烦的后脑勺，就回到了自己的工作岗位上——熊样儿，自己有一百种宣示主权的法子，就让他小人得志一会儿好了。

沈戌翻看着预先写好的脚本，发号施令："先拍这几个景吧，趁着现在阳光洒进来了，借着光影把这几个特写搞定。"

沈戌成绩算不上多好，对专业更谈不上热爱，但做一件事儿还是会把它做好。更何况这次还拉了人来帮忙，要是他再不认真点，那也太不是人了。

唐煜、赵中楷两个人拿着板子辅助打光，沈戌在摄像机后头调整确定参数和画面。

偌大的办公室里，两个原本不搭边的团队，都在为了自己的专业认真努力着。

当天的拍摄任务已经完成，唐煜、赵中楷收了脚架跟打光板先行撤退。沈戌预备将相机关机，刚退出页面，就从镜头里带过了郑星沥。

她瞧着键盘一丝不苟，夕阳把散落的碎发染成橘色，比平常更多一份认真的迷人。

沈戌接连按下快门键，直到有另一个人不合时宜地闯了进来。

刚刚不是已经问过东西了吗？干吗还要凑过来啊。他这个正牌男朋友还在呢，怎么还能这么猖狂？

他放下相机，把刚刚带到蔡伦的照片通通删掉，之后才到郑星沥身边。

听见他们说的不是什么专业的东西，才放心大胆地出言打断："你什么时候结束呀？"

"结束不了。"郑星沥还没说话，蔡伦就先做出了回答。

他看向沈戌的目光沉沉，还透着些不屑："我们还有很多新项目正在起步，硬件软件框架运行一系列的专业问题都等着郑星沥解决。恐怕没有什么时间随意浪费。当然了，硬件什么的问题，跟你说了你也不明白，毕竟不学这个，就不知道我们说的是什么。更没有办法体会脑力劳动跟体力劳动的区别。"蔡伦镇静自若，"能理解。"

理解个头。

沈戌深吸一口气，要不是人太多，真的很想撸起袖子给他来一拳啊。

"你有病吗？"郑星沥蹙起眉头，"你真的不觉得自己很傲慢吗？"说着，她拎起包，一言不发地收拾起了东西。

"我没有，我是想让你专心做项目。"蔡伦压低了声音，急忙解释，"你的效率不应该被外界因素影响得这么厉害。"

蔡伦本意是想惹恼沈成，最好能换几句骂声，或者更严重点打一架。这样才能叫她看清楚沈成没头脑的本质。可他不曾想过，先忍不住的是她。

"我的效率怎么样你很清楚，'星树'进了国赛，实验室的项目也在有序推进，ACM（国际大学生程序设计竞赛）刷题也没停过。倒是你——"郑星沥毫不客气，轻飘飘看了他一眼，"你代码有写得很好吗？"

坐在郑星沥后座上，顺利抵达食堂吃上饭的时候，沈成还沉浸在她刚刚那句话的氛围里。

轻飘飘一句反问，杀人不见血。刚刚那人的表情，也实在精彩。他只恨自己脸皮不够厚，不然拍下来做成鬼畜素材。

"有那么夸张吗？"

"怎么没有？"沈成极其兴奋，"我拿我媒体人的专业素养告诉你，绝对精彩。怎么说呢，又恼怒又憋屈还带着不被理解的怨气和委屈。"

"你这观察得还挺细致啊。"

"那是。看情敌吃瘪，人生幸事啊。"

"情敌？"郑星沥笑起来，"你疯了还是我疯了？"

"别不信。"沈成手指撑开眼皮，突出强调大眼睛，"就凭我这双火眼金睛，他看不起我，一大半的原因都是你。"

"少来，他是谁都看不起。我以前跟你说的那个人，就是他。"

"不不不，这次不一样。"沈成挑起一筷子饭，"这么说吧，他原本瞧不起人的程度是这一筷子，但因为我是你男朋友，所以呢，他的瞧不起就变成了……"一大勺差点舀空饭碗，"这么多。"

"其中起主要作用的，就是你。"沈成把米饭全部放回她碗里，啃着玉米，"这就叫作情敌滤镜。"

"哦，所以今天这出还赖我了？"

"怎么可能赖你？都怪我把你勾引到手，是我，招人羡慕，是我，惹人嫉妒。"他慷慨陈词，最后抓着她的手，贱兮兮笑了下，"这些都是我应得的。"

"你还真是够狗的啊，怪不得佟晨他们叫你沈狗。"

"别听他们的，他们那是诽谤，我明明是对你一片痴心，天地可鉴，你感觉不到吗？"说着又牵过她的手按在自己心口。

郑星沥淡定地抓了两把："看出来胸肌不错。哎，这是什么？"

"咳咳。"沈戍赶紧松开，"没什么。"

虽然是冬天，但食堂空调给得足，沈戍又不怕冷，里面就穿了件打底的长袖，进门就脱掉了外套。

现在长袖贴在身上，胸前出现了一个可疑的印痕，尽管他有意勾背遮挡，却因为身高宣告失败。

"天啊。"郑星沥很快认出来那是什么，"你也太夸张了吧。"

"干什么！"沈戍耳尖通红，还大着胆子瞪了她一眼。

"不是，我就随便捏了捏肌肉。"她咬重了后两个字，"你要不要这么……敏感的。"

"怪我？不是你瞎捏的吗？"

"不是你牵着我的手贴过去的吗？"

"那我也没让你捏啊？"

"怎么了？现在不得你许可，我还不能捏一下男朋友了？"

沈戍的气势瞬间崩塌："能是能，但是……"

"但是？"

"没有，没有但是。"

郑星沥十分满意他的认怂速度，拍了拍他的脑袋，表示赞赏。

沈戍低头思考，自己快一米九的猛男，到底是怎么走到今天这般乖巧的？

在寒假来临前，沈戍终于得到了医生的许可，可以参加假期集训。他心情大好，甚至在期末检阅大作业的时候，拿了拍的新闻，自告奋勇上去做开场。

团队另有项目，他这个纯属试水活跃气氛，也不计入成绩。

三分钟的视频不长，该有的镜头也都有。

老师没有过多苛责，还是以鼓励为主："不错，这位同学拍的个人纪录片拍得还是很别树一帜的。不过在镜头语言方面有点简单单薄了，你不要一味遵循新闻的范式，下次一定注意啊。还有这个标题，你的主题是人就围绕人展开呀，不知道还以为你拍的是新闻呢。"

沈戍愣了愣，实在很不好承认自己拍的确实是新闻。

"你这个切入不错，找的出镜人员是预先安排好的同学还是什么？"

沈戍实话实说："是我女朋友。"

底下起哄声音一片。

"所以里面涉及的东西也都是真的咯？"

他点点头，老师没继续问了，虽然不计入成绩，但也给他的作业打了7分。

唐煜嘲笑他："我就说你脚本有问题吧，一个劲儿对着女朋友拍，哪里像新闻了。"

沈戍不服气："那我也是拿了7分的好吗？指不定，咱队里的分数都拿不到这么高呢。"

"我呸，你能不能别说这么晦气的话，什么叫拿不到，我们的目标是第一名。"唐煜赶紧打断他的话。

沈戍没继续跟他怼，而是把视频发给了女朋友。既然老师都给它定性是纪录片了，那他更应该把东西拿给主角看才对。

不过郑星沥暂时还没有点开压缩包的心情，她正一脸蒙地朝汪教授办公室走去。

汪教授的用词很焦急，让她"速来"，也不知道是有什么事情要说。

"教授，您找我？"

办公室里，汪教授跟个陌生的女人相对坐在会客沙发上，见她来了挥手让她也坐下。

"这位是你师姐，柯容，是我带的第一届毕业的学生。"

郑星沥站起来稍稍鞠躬："师姐好。"

"这位。"汪教授介绍道，"就是你问的，'星树'的项目人。"

"你好呀小师妹。"柯容笑眯眯的样子，眼角有些许细纹更添岁月之美。

两人打了个照面，郑星沥还是不知道自己为什么会被叫来。

"好了，我也不跟你兜圈子了。我呢，在耳熟能详的大厂里做过一段时间的 CTO，前几年才出来跟自己同僚一起单干，运气不错，抓住了市场几次风向，公司去年也正式上市了。我觉得你的这个项目的创意很好，不知道你有没有兴趣，来我们公司实习。"

汪教授赶紧打断："不对呀，你刚才明明说的是要买人家软件，怎么现在就要招人了？"

"我这不是都试试吗？"柯容端起杯子轻啜了一口，依然给郑星沥介绍，"我们公司属于新兴科技，最缺的就是你这样的新鲜血液。如果你的表现符合我们的定位的话，一毕业就可以直接来上班，薪资待遇方面绝对会比市场价要高。"

"'星树'也算不上多成熟的产品吧。"

天上掉下馅饼儿当然是喜事，但郑星沥很清楚，也很警惕，并不会轻易被这些东西诓去。

柯容露出些许欣赏来："是，在市场上比'星树'更好的东西是有的。单从功能性来说，它虽然包含很多，也有独特的路线规划算法，但是还不够精练成熟。不过从你现在的年纪和年级，做出'星树'已经足够成熟了。与其说我看好'星树'，不如说我更看好你。"

"可是，我才大二，恐怕不能完全适应公司的模式吧？"

"小师妹做过不少功课嘛。"她打趣了一句，"那你应该也知道，除了那些顶尖的人才以外，大多数计算机毕业的本科生找工作之后也是需要接受岗前培训的，甚至从头学起都有可能。我希望你早点儿来公司实习培训，就是想省得毕业后再浪费半年。说句不怎么好听的，我是开公司的，也更希望帮自己的公司提升效率。所以如果你的顾虑是出自能力方面，完全不用担心。我们会安排人带你的，你的天赋会得到最好的发挥。"

这是郑星沥第一次从别人嘴里听到"天赋"这个评价，她有些恍惚，又有些庆幸。自己似乎一直都足够幸运，才可以阴错阳差学到自己喜欢的专业，继而发现那么一点点的天赋。

柯容看了一眼汪教授，不经意道："比起学术，我是觉得你更适合实用型的培训。"

一直看戏的汪教授这下可不干了："嘿，我好心帮你给师妹牵线，你怎么还落我面子了？做学术怎么了？做学术好着呢。你怎么知道人家不想考研呢？我可只同意她去实习呢，你这就计划到本科毕业的事儿啦？有你这样跟老师抢人的吗？"

柯容也不发怵，她是汪简天带的第一届学生，他们之间的关系与其说是师生，倒更像是朋友。

"我哪有呀，这不是给师妹提供一下方法路子吗？现在环境不比我们当年艰苦啦。做实业、做学术的，只要努力不都能做出东西来吗？"

"那倒也是。"汪教授点点头。

郑星沥："我可以考虑考虑吗？这件事实在有些突然。"

"当然可以。"柯容从包里拿出名片递给她，"不管是想卖软件，还是想入职，都可以联系我。我建议你，可以把'星树'的受众进一步扩大，不要只局限在自行车这一个领域。"

再寒暄几句后，柯容告了辞，她公司里还有一堆事儿，今天也是顺便过来的。

汪简天叫住了紧跟着就要走的郑星沥，问："你师姐说的事儿，你是怎么想的？"

提早实习，毕业就能有工作，薪资待遇还很好。可以说这一切都跟她高考时的期望不谋而合。她可以赚钱了，甚至比预想的时候更早赚到钱。

这样好的机会，她根本不用考虑，应该爽快应下，最好明天就去实习才对，可她却犹豫起来。

汪简天看出她的举棋不定，也大致能够明白她的摇摆是因为什么，干脆把局面剖析给她看。

"你师姐呢，是个实干家，是我带过的唯一一届本科生。为人方面是肯定不会坑你的，不过你也听到了，她更希望你能尽早转正，尽早发挥作用。换句话来说，如果入职，她不会给你时间读研。他们当老板的，在员工发挥价值方面是不讲情分的。如果你要进公司，也要做好这方面的准备。"

汪教授语气肯定："当然，从我个人来说，我是建议你去读研的。我带过不少学生，你的资历天赋不算惊世骇俗，但你好就好在比有天赋的人多了几倍踏实肯干，比踏实肯干的人又多了几倍天分。我肯定是更希望你能多读些书，多做些学术的。"

"不过说到底，这个选择权在你。"汪教授摘下眼镜，用纸巾擦了擦，"小郑，你是怎么想的？"

Chapter 11
·只能藏住一颗星·

郑星沥不知道。

或者说她隐约感觉得到自己更想选什么，但是每当那个念头冒出来的时候，她又会不自觉想起她爸妈，然后千百倍的悔恨。

不应该是这样的，这有什么好犹豫的？

她无数次输入名片上的号码，又在按下拨号键之前失去勇气。

真的要去实习吗？真的要这么决绝的，不多考虑考虑吗？

沈戌听了事情始末，不用她说就能明白顾虑，在电话里劝她："你应该告诉你爸妈的。"

"怎么告诉？告诉他们我想赚钱又不想赚钱？"郑星沥自嘲地笑了一声，"他们好意思不让我读书吗？"

"你怎么能这么想呢。"沈戌知道她烦了很长时间，也不在意她话里的不善，"不是好不好意思，是他们对你未来的期许是什么样的。华封的学历不差，你又是计算机这种王牌院系的，如果只考虑毕业工作的话，就算是本科学历出来也能混得很开。但关键问题在于，你读研也只是为了更好找工作吗？"

他理解她，更能从往日的相处里窥见她对专业的喜欢，仅仅凭借"早点工作"这一个念头，还不至于能支撑她把日程塞得满满的，提前学完所有东西。

"你一直让我坚持自行车不要放弃，怎么到你自己头上就看不明白了呢？"

"我没有放弃计算机，我只是要换个方式而已。"

"这么说，我可以不进国家队，改去做教练了？"

"你敢！"

"那不就得了。"沈戌笑，"你现在不也是一样吗？汪教授都那样说了，很明显是想收你当学生的，有更符合自己愿望的路在这里，为什么还要纠结什么该不该去呢？我如果拒绝了国家队的报名表，你不会给我腿打断吗？"

"这不一样。"郑星沥还拧不过来，"我一开始的愿望就是早点工作赚钱的。"

可现在她变得贪心了，这是不对的，这是自私的。

"瞎说，这算哪门子自私啊。"沈成继续给她举例子，"我一心想进国家队没错，但如果环法给我发来邀请函，我也会毫不犹豫地加入的好吗？这根本不叫自私，充其量算……曲线救国。"

郑星沥没说话，但沈成明白，这是已经被说动了。在他的一再劝说下，郑星沥终于表态自己会问问父母意见。

沈成完成了知心男友的任务，顺利开启新一轮加训。用他的话来说，没跟上进度的人，不配回家过年。

卫任军提醒他："当心过犹不及。"

现在他们车队还是纯靠学校资助的，也有些商家来谈过赞助，但卫任军考虑到一旦利益掺杂得多了，队员们的压力就变得更加复杂了，一直都不同意。

就拿沈成这次受伤来说，可以得到近三个月的假期属于不可能中的可能。一旦车队有赞助商，为了确保曝光量，车手是不可能拥有这么长的休息时间的。某些时候医生说的"可以参赛"并不等于"痊愈"，如果上场实在不行，那就打封闭。透支身体换来成绩并不是什么出格的事情，相反，在那个牵涉到诸多利益的圈层里，这是基本的规则。

卫任军能做的，就是让他们尽可能晚地受到这些外界压力。也亏他的坚持，沈成的伤才能痊愈无恙。

"教练，那明年咱们是一点儿大赛都没得参加了吗？"沈成问。

"你想得美。"卫任军冷笑一声，"大运会、全运会还在后面，明年参加不了这些，不还有很多环赛吗？青海、西藏、太湖……多的是比赛，你还跑得了？"

沈成隐隐兴奋："那就好，那就好。"

他就怕没有比赛可以参加，状态放松，找不出差距呢。

"不过，这些比赛肯定是没有后年大运会那么引人注意就是了。你想进国家队，这一年的基础一定要打好。看看佟晨，先进国家队给你们试水去了，你们也得跟上才行。"

省运会上佟晨压过体大，顺利摘金，也因此被看中，等到明年开学就正式办理好休学手续，去国家队报到了。

卫任军还担心过沈成的状态，毕竟要不是被临时抽调走，凭他的实力拿下第三名也未可知，那样一定也能吸引外界关注，而不是因为那一记"低空滑行"被做成解说视频里的笑点。

沈成倒很坦然，对佟晨的离开表现得并无异常，唯一担心的就是，佟晨走了，他们这些破风手保谁冲线呢？

但这个担心也没有持续多久，真正让他没有办法接受和理解的事情发生了——团队计时赛小队退掉了三个人，就剩下一个速度最快的，倒像是为他们这个走了冲线手的团队做贡献。

其中就包括在领奖台上，称赞沈成真的不错的那个学长。

"为什么啊？"沈成不理解，"你不也才大三吗？毕业，升学，都还早，好端端的干什么要退队啊？"

学长不说话，只沉默地收拾着东西。

沈成无法接受："就算是大四有压力，可现在不还有半年吗？你为什么要走啊？车队就这么容易被放弃吗？"

"小沈，你不懂的。"学长苦笑了一下，拍了拍他的肩膀，语气故作轻松，"我啊，没有什么天赋的，再坚持下去，也是做白用功，倒不如早点回去学学理论课，回家考个什么老师的，也能糊口。"

沈成刚劝完女朋友就遇上一样心态的学长，不过对着他可就没有了对女朋友的耐心温和。

"团队计时你明明是第二个冲线的，速度在我之上，能力也比我强，怎么能算是没天赋？你不要妄自菲薄，明明就很喜欢，为什么非要装成这么云淡风轻的样子啊？"

"我是喜欢，但很多问题不是一句喜欢就能解决的。你现在年纪还小，所以不明白，天赋这件事情，不是光从速度能力就能得出的。我是比你快，可是我现在的速度就已经是我的极限了，我已经两年没有突破过现在的成绩了，别说一秒，半秒都没有。你看，连教练都没有劝我留下来，我的成绩，是真的就到这儿了。你总要允许别人有放弃的机会。"

这世上要是所有的事情，只靠坚持就能获得好结果那就好了。只可惜，在这条路上，大多数人已经按照天赋被分好了三六九等。他坚持过，努力过，也明白自己遇见的不是瓶颈，是天花板。

"我这车手生涯，今天可算是画上句号啦。"学长笑了一下，端起箱子，故作轻松，"不过还是谢谢你。你是有天赋的，希望你可以紧跟着佟晨去国家队，去世界比赛里转一圈，最好拿个奖，到时候咱就也是跟世界冠军一起并肩作战过的人了呢。"

沈戌笑不出来，他说不出心头是什么滋味，理性上他明白学长说得没错，人人都拥有选择和放弃的机会，这无可厚非；但感情上，他没有办法接受。

韩超超那样努力，却因为伤不得不放弃公路车，可是学长，明明还有继续努力的机会，却就这样不要了。

过了两三天，他依旧没能消化这些负面情绪。

郑星沥的电话也就是这时候打来的。

她听从沈戌的建议，纠结了两天，还是跟父母说了这件事情。

"就不能既去公司，又继续读研吗？"

郑星沥摇头，说："恐怕不能。"

柯容既然要花资源培养她，就不可能轻易放她走。

郑乔生点点头，毫不犹豫："那就继续读书。"

这般痛快，倒是她想不到的。

"你，不考虑一下吗？"她绞尽脑汁想着词，"利弊得失什么的，不权衡一下？"

"这有什么好考虑的。读书是天大的好事，为什么不去啊？"郑乔生一点点都没明白到自家女儿纠结的点，"而且你老师这么看好你，说明你聪明啊，这都甩多少人几条街了？有啥好犹豫的？"

"可是……"

"有什么好可是的。"郑乔生看女儿闷闷不乐好几天，还以为是出了什么大事儿，她刚才那么为难地开口，自己心里都做好要当外公带孩子的最坏打算了，谁知道开口是这样的事。

"你啊，就是脑子太死了。什么工作，不是研究生更好就业啊。就不说工作，有机会读书，咱砸锅卖铁也要上啊，别说研究生，就是博士，只要能上，你也给我上去。更何况现在压根儿不用砸锅卖铁，就能供得起你。

有什么好考虑的。上学，肯定是上学。"

"但师姐的公司待遇……"

方荟夹了一筷子菜，打断了她的话："别什么公司不公司的，那就是阿里巴巴指明要你去，也不能耽误上学呀。我跟你爸就是没文化才吃了许多苦，现在到你了，多读几年，就当是把我俩的份儿都给读完咯。管那么多干什么，都不该你管的。"

这场原本在脑海里要纠结个三百回合的大战，最后在郑乔生和方荟空前一致且坚定的态度下，毫无悬念地结束了。

沈成在电话里表示了自己的祝贺，这也算是沮丧的这几天里得到的好消息。走了一个放弃目标的学长，但保住了女朋友的梦想。

郑星沥极度敏锐，怎么会听不出他的不对，很快就问出了前因后果。

"其实我也知道我不应该这么想，我不能把自己的想法强加在别人身上。但是怎么说呢，我总觉得不应该是这样的。"

郑星沥却很容易就理解了学长的选择，甚至如果刚才父母的态度没有那么坚决的话，她自己也一定会毅然决然地选择打电话给师姐。

"每个人的经历是不一样的。"

沈成他是个敢做敢想的大梦想家，就算遇见过很多挫折，但那些都算不上多么坎坷，起码教练、父母，从始至终是一直站在他这边，并且从来没有让他考虑接触过一点点现实问题的。

"就拿你的车来说，花了多少钱？"

"三万。"

"你看，三万，对大多数人来说都不是一个小数字吧？而且车过不了三四年就得换一次，跟着物价这个价格还会更贵。你不需要担心这个问题，但是其他人需要担心。"

卫任军不想让他们被外物束缚所以拒绝赞助的心是好的，但同样，这也意味着队员们很难支付起自己的训练费用，餐饭、健身、自行车。除去一个月两三百的校内补贴，他们唯一获得金钱的资源就是比赛。可又不是所有人都能拿到名次，拿到奖金。

除了那些没有后顾之忧的人以外，他们都不得不考虑这一系列的问题，以及不能做运动员后，吃什么喝什么。

在这种情况下，提早结束"旅程"，是最好的方法，如果以后解决了生活的问题，还是有可能继续骑车，总比现在继续消磨时间好。

沈戍沉默了，那些在脑海里滚着搅成一团乱麻的各种想法，被郑星沥一条条全部梳理了出来。

他自己也知道这种苛责学长的想法有多么不讲道理，到如今才算是借着这个当口全部理了个清楚。

一时半会儿要从负面情绪里走出来可能还不大行，但起码，他更能够理解，也知道必须要尊重学长的选择了。

"还好。"

"还好什么？"郑星沥问。

"还好，你没有和学长一样。"

"是啊。"郑星沥笑起来，"还好我可以跟你一起。"

"那我们就约定好。"沈戍认真地说，"别人管不着，但是你可千万不能轻易放弃。"

"好啊。我等着看你进国家队，拿世界冠军。"郑星沥同样回他以坚定，"至于我，那就祝我在人工智能成为最最厉害的人。"

从曾经对梦想的不屑一顾，到现在真真正正地把那些口号当成自己的目标，郑星沥回首看自己的改变，好像追溯到起点，是因为在那个秋天，自己选择做沈戍的家教开始的。

从对他的想法报以尊重，再到自己尝试着去做喜欢的事情。沈戍好像一个例子，一点点用自己的行动来证明，只要敢去做就已经足够厉害了。

郑星沥委婉地拒绝了柯容，她的选择也说明了态度，汪教授知道以后，提前把她带到了研究生小会上。

她的实力有目共睹，大家也都心服口服，不少人还表示了羡慕，迷信地希望她送自己点什么笔啊、用过的草稿之类的，好蹭一蹭学霸的运气。

这一年虽然没有大型运动会了，但卫任军铆足了劲儿，不放过任何一个比赛，尽量安排课时上有空的人参加。

沈戍的课程变少，整个春天加暑假都在各种比赛里打转，跟郑星沥过得就跟异地恋似的。不过郑星沥也忙着刷题，从大二开学，她就酝酿了一个计划，之后还拉上了小六和徐阡，悄摸摸地做了个大活儿。

九月，各大环骑行赛事拉开序幕，而郑星沥组的队伍也在ACM（国际大学生程序设计竞赛）的校级选拔里异军突起，挤掉了学校的一个新人队伍，顺利拿到了亚洲区域预选赛的通行证。

蔡伦也是集训队的一员，几乎年年都参赛，这次也不例外。他高中的时候就拿过奖，跟郑星沥这样的野路子比要专业很多。

自从上次怼了他后，郑星沥也没怎么跟他遇见过。科创的事情正在慢慢移交到学弟学妹们身上，她的重心也更偏向了实验室。

她一直以为，蔡伦是个聪明的人，从自己上次的尖锐刻薄里，也能读明白态度，但很显然，他不属于有眼色的那一类，这次甚至跟人换了座位，坐到了她旁边欲言又止的。

郑星沥没恼，装作没看见，戴了耳机，枕在座椅上闭眼休息。

这段时间，她忙得跟狗一样。柯容虽然对她不能来公司感到惋惜，但还是想要买下她的软件，恰逢专利申请也在交材料，她连做梦都不是在写程序就是在改专利书的。

耳机里的音乐软绵绵的，在这种时候最是催人困倦。郑星沥拿假睡躲避尴尬，最后还真的睡着了。

她梦到自己正在比赛现场，时间逼近结束，程序交上去不是显示运行内存溢出就是说结果输出格式错误，她作为队长急得团团转，小六跟徐阡学姐一左一右叫她清醒一点。

梦里她还在被小六使劲儿摇着，现实里有人小心翼翼地戳了戳她。

郑星沥吃痛，迷迷糊糊地睁开眼，看见蔡伦面色有些怪，手里的钢笔帽儿距离自己肩膀不远，很明显刚才的疼就是因为这个。

"要到站了。"

他声音有些沙，听起来很奇怪。郑星沥没注意到这一点，只是把东西收拾好，道了声谢。

"你刚刚是睡着了吗？"

那不是很明显？郑星沥不明白何来此问，点点头："是有什么事吗？"

"没。"蔡伦摇了摇头，仓促地笑了，有些苦，"没事。"

ACM（国际大学生程序设计竞赛）的含金量有目共睹，比赛时长五小时，每队三个人，一台电脑解决八个问题，比较哪一组解出来的题更多。如果题目数量相等，则比较时长。

除却时长限制以外，因为只有一台电脑，所以极为讲究团队的协作配合，也很考验队长的调度能力。

徐阡是搞定出国事宜的中途顺便来帮一把郑星沥的。用她的话来说，起码要给学校里留下点"徐阡"的故事。她说得轻巧，实际上能力也不曾拖过组内后腿。

郑星沥是三个人里算法编程方面学得最好的，她们目标一致，报的就是要拿名次回去的心。

去酒店的车上，蔡伦队伍的领队捏着拳头给徐阡打气："学姐加油哎，可不能第一题就解不出来啊，起码要坚持到第三题嘛哈哈哈。"

领队是徐阡的同班同学，也是队伍里年纪和年级最大的一个。

徐阡面色平淡："这么好的祝福还是留给你们自己队伍里吧。"

"生气啦？别呀，我开玩笑呢。"领队笑嘻嘻，"我是不想让你们有这么大压力啦。ACM（国际大学生程序设计竞赛）还是很残酷的，出了学校，面对那么多训练了好几年的大牛，你们运气就没那么好啦，要是输了也不丢人。"

作为参赛的全女生队伍，郑星沥她们在学校就吸引了不少关注。尽管她们在校赛里顺利出线，但因为被淘汰的是大一新生，所以在其他人看来，她们完全是因为侥幸。

郑星沥抬眸："你们都这么羡慕我们运气好吗？"

除了两个队伍里的女生在摇头以外，其他人都没说话，但他们的表情里却都写满了对"运气论"的赞同，包括蔡伦。

他在郑星沥视线扫过来的时候，低下了头。

"嗯，看来学长你心态也很好嘛，还没开始比赛就开始自己安慰自己了。"徐阡轻飘飘堵了回去。

领队没有生气，反而一副早就知道了的表情："我就知道你又要多想。真不是瞧不起你们的意思。运气也是实力的一部分嘛，没什么好否认的。"

"是没什么好否认的。"郑星沥淡定接茬儿，"那就看明天咱们哪个队运气更好一点吧。"

拥有固有刻板印象的"蔡伦们"，端着手看她们发挥，心里却都藏了分不屑。那她们就偏要证明，女孩子不论哪一方面都不会比男生差。

下车的时候，其他两个组的女孩子走到了最后，凑到郑星沥等人小声地说："明天加油哦。"

"别听学长瞎说，你们是很厉害的。"

比赛现场，来自全国各地的多支高校队伍齐聚一堂，宽敞明亮的大厅变得极为热闹。

郑星沥抚摸着脖子上挂着的参赛证，深呼吸几下，稳住心跳，安慰队友："不紧张，我们闯进区域赛就已经打倒一大批了。题目送达后，千万不要着急。学姐，需要你先读清楚问题陈述，尤其注意那些容易产生歧义的词。我们不追求速度，但必须保证准确性。"

ACM（国际大学生程序设计竞赛）程序提交运行错误还会进行倒扣时间的惩罚，这不仅仅是考察专业能力，更是场"搞心态"的战役。

比赛宣布开始，大屏上也开始实时滚动成绩。

郑星沥四平八稳："别看大屏，别管别人，就当是公费来模拟刷题了。"

她们知道自己的能力在哪里，也从不抱着破釜沉舟，必冲进决赛的心。甚至在接收到一些莫名其妙的审视轻蔑前，她们的目的仅仅是想让简历变得好看一些。只是如今，她们嘴上不说，心里却都存了扬眉吐气的心。

越到这种时候越不能慌乱，几个人度过前期的紧张，接连投入状态。

蔡伦组率先挂上了完成第一题的气球，领队抽空看了一下不远处，郑星沥她们似乎还在解题。

"我说什么来着。"他笑了一声，没继续说下去。

蔡伦也看了一眼，抿了抿嘴，没说话，跟着开始解决第二题。

五个小时听起来时间很长，真的要做起来就只能用紧巴巴来形容。蔡伦他们也就完成第一题后有些许喘息空隙，之后就是马不停蹄。

"哎。"过了很久，队内的学妹小小地惊呼了下，指着前边，"她们怎么这么快？"

蔡伦闻声看去，郑星沥的桌边已经升起了第五个气球。

领队学长也大吃一惊，眉头蹙起："没事，不管她们，我们也这个也快了。"他说得满不在乎，但键盘却敲得越发用力，仿佛有气。

学妹嗫了声，脸上隐隐有高兴，似乎跟相隔了一大块区域的她们共情了。

"好了，提交吧。"领队长舒一口气，状似不经意地往那边看了眼，"咱们保持状态，不会比她们还差的。"

就算是蔡伦，也觉得这用词刺耳了。

小学妹纠结了一会儿，还是鼓起勇气说："我觉得郑星沥学姐那组，还是很有实力的。"

"嗯，有实力。"领队随口应了两声，故作惊讶，"谁说她们没实力啦，你可不要误会我的意思啊学妹。"

拜托，是个人都能听出这是看不起好吗？

"你看你，跟你学姐们一样。"领队摇头对她的态度表示不认可，"太敏感啦。"

小学妹嘴角抽搐，差点没忍住翻白眼。

要不是比赛重要，这破队她是一秒也待不下去了。

"好了，学长，我们继续解题吧。"蔡伦关键时刻把队伍氛围拉回正途。

小学妹心说：忍了。

比赛最后一个小时大屏幕已经封榜了，排名不再刷新。不过这些对郑星沥组全程没有影响，她们的全部精力都专注在了比赛题目本身。

等最后一题验证正确的气球升起来的时候，她们才发现先前工作人员还给她们额外多系了一个气球。

"嗯？第五题怎么还买一送一呢？"小六迷迷糊糊。

"傻不傻，这是首次解答奖励。"徐阡卸了劲儿，瘫倒在桌面上，"可算是结束了，老娘再也不参加了，饿都饿死了。"

郑星沥也没好到哪里去，到这时候才敢喝水，顺势还观察了一下四周："咱们结束得还挺早的。"

"嗯？"小六一下来了精神，"能冲金牌吗？"

"不知道。"郑星沥哪有那个预言的本事，"不过……"她抱着手，语气满满是得意，"比那两个队快。"

这下得意的人变成了三个。

徐阡嘴里发出"啧啧"声，直摇头，故作遗憾道："哎，没想到啊，这次他们运气这么不好。"

三人互相对视，毫不掩饰地笑了。

一切尘埃落定的时候，昨天那几个人脸都沉沉的。

徐阡大声问:"啊呀学长,拿了铜奖不要灰心嘛。我们这不也是侥幸嘛,谁知道前面两个队伍提交错误都倒扣了二十分钟的成绩。我们拿金牌这是纯属运气。你说是吧?"

领队想装出笑,但很快认清自己做不到,沉默着埋头往前走。

两个女孩子倒都冲她们眨了眨眼,和昨天的加油打气一样,真心实意。

"看那些男的死相,我还以为蔡伦好歹跟咱待了那么长时间能有点儿长进了,结果还是一样讨厌。"

小六毫不掩饰自己的情绪,丝毫没有注意到,她嘴里讨厌的蔡伦,压根儿没跟着领队走。

他站在她们背后几步距离,将一切听得清楚。

徐阡感叹道:"也不枉费我们这么长时间辛辛苦苦连夜学习抱佛脚了。"

郑星沥捏了捏僵硬的脖子,仰头看天花板:"是啊,能好好睡一觉了。"

胳膊突然被一左一右抓住,使劲儿摇晃,倒跟梦里不谋而合。

"快看,快看。"小六声音激动。

郑星沥慢悠悠低头:"看什……"

大门台阶下,夕阳沉下天边,门廊灯亮起,也把昏暗门前照得亮堂堂。光把影子禁锢在脚边,白色衬衫勾勒出宽阔的肩膀,沈戌站在光与暗的交接处,任由自己被分割成明灭,手里捧着的花夺人眼球,香槟玫瑰和百合间隔着绿色点缀,中间热烈的向日葵生机勃勃。

他望过来,清隽眉眼间泛起欢喜,稍稍偏头将那一大捧花往前递,未发一言却写满了让她来。

郑星沥顾不上看戏的同伴,大跨步走过去,嘴上埋怨,心里却化成了一摊水:"你怎么过来了,比赛比完了?"

沈戌不理会,把花往她怀里塞,邀功一般,兴奋地问:"好看吗?好看吗?"

"好看。"郑星沥嘴角忍不住欢喜,低头嗅了嗅。

"我特地选的呢。"沈戌还指给她看,"不过你说,这个向日葵花盘子是不是能炒出瓜子啊?"

郑星沥捶了他一拳:"你想什么呢?"

"合理推测一下嘛。"沈戌搂住她的肩膀。

"干吗送花给我啊?"

"因为知道你拿奖呀。"

"这么相信我？"

"不是相信，是迷信。如果你没拿，那肯定是主办方没眼光。"

"瞎说，这跟你们自行车一样，是竞速计时的。"

"唔，不管，那你是不是拿奖了？"

"拿了，金奖。"

"我就知道！"沈戌声音激动，回身跟徐阡、小六打招呼，"郑星沥我就先借走了哈。"

徐阡跟小六手紧紧攥在一起，点头如捣蒜。

他们俩朝远处走去，毫不掩饰地聊天。

"你太厉害了，我可以出去吹牛吗？"

"吹什么牛？"

"我，沈戌，大佬背后的男人。不对，大佬背后唯一的男人。也不对，大佬背后唯一天下最帅气的男人。"

"你好不要脸啊。"

"不管，就不要。"

小六被甜得打哆嗦直摇头："太甜了，太甜了，甜甜的恋爱什么时候能轮到我？"

"回头让小郑开个班儿吧，重点教授她究竟是怎么把男朋友教成这个样子的。"

"我觉得，可能是本性吧？你看跟他差不多的人也不是没有，但是吧。"小六有些唏嘘，"都不知道到底啥是尊重，啥是平等。"

在他们短暂的相处中，小六也能窥见一星半点沈戌的态度。沈戌跟其他人不一样。

他从来没有觉得自己一定要比郑星沥强，也不会只是刻意地去捧着她，他们之间像是平行的两条线，在不同的领域里各自延伸求强，又互相肯定。这种肯定是发自肺腑的，并没有因为什么性别或者喜欢而戴上有色眼镜。不管什么时候，真诚永远最是动人。

蔡伦如同鬼魅一般从她们俩身边穿过来，吓了她们一跳。

"天啊，他没走吗？"小六想到刚才自己说的评价，心里一虚。

"我怎么知道。"徐阡抓了她的手，"不管了，赶紧吃饭，饿死了饿死了。"

郑星沥捏了捏沈戍的袖口，不赞同道："怎么穿这么少，不冷吗？"

"好看吗？特地新买的衬衫西裤。这样比较配得上你学霸的身份。"沈戍说，"是不是显得我很有文化？"

郑星沥沉思了一会儿，说："我能说实话吗？"

"如果是觉得不好看，那就别说了。"

"不是。"郑星沥摇摇头，凑到他旁边，故意往他耳郭上吹气，压低声音又无比真诚，"我想帮你脱了。"

沈戍耳朵迅速变红："啊，是我想的那个意思吗？"

她点头表示肯定："应该是。"

天晓得整天穿运动服的男朋友，突然换上白衬衫，宽肩窄腰又长腿，站在光里捧一大束花来接自己的时候多叫人心动。

好歹都是成年人，对着喜欢的人荷尔蒙冲动说来就来的，合理。

"你什么时候来的？"

"我比赛结束得早，怕跟你走岔了，把行李寄存好，就直接在门口等你了，没等一会儿的。"

"不是跟你说了不用过来的吗？"他比赛也不轻松，更应该好好休息才对。

沈戍摇头："没办法，我想你呀。"

郑星沥不说话，低头挠了挠他的掌心。

"行啦，想吃什么？我拿了奖金的，今天做你的阿拉丁神灯，许愿吧。"

郑星沥倚着他的肩："我想回去躺着，太累了。"

沈戍握住她耳边的发，轻轻别好："行啊，那我们回去点外卖好啦。"

酒店大厅人不多，沈戍取了自己的行李，准备摸身份证去前台。

郑星沥手疾眼快把人一下摁住，拽着胳膊往电梯里迈，装作不知道他的企图："从这儿上去。"

"我再开一间……"

"不用。"郑星沥恨他不解风情，干脆直接表明，"我一个人住。"

"哦。"沈戍有些拘谨地把身份证收了起来，过一会儿又问，"标间？"

"大床房。"

哦，这样啊。沈戍很难不多想，毕竟她刚刚才说了想帮自己脱衬衫。

进了门,给鲜花找了个合适的地方待着。郑星沥回身就抱住了沈戍的腰,熟悉的清新樟木混着新衬衫的面料香。

"怎么了?"沈戍摸了摸她的头发,轻声问。

郑星沥全身心放松,体力脑力的双重消耗,导致她电量告急,靠在他怀里,都懒得说话。

"要睡觉吗?"沈戍抱住她的腰,哄道,"先把饭吃了怎么样?"

郑星沥往侧边走,又不肯离开他的怀抱,一点点挪到床边,跟他一齐倒下去。

柔软的床垫稍稍回弹,床单还有些凉。

她满足地喟叹了一声,踢掉拖鞋,干脆把头也埋在他胸前,闷声道:"你点外卖吧,我想睡一会儿。"

沈戍松手掏兜里的手机,郑星沥立马敏锐地探头,恶狠狠地警告他:"不准松手。"

"不松不松。"沈戍笑起来,在她额头上亲了亲,双臂将人环住,点开外卖界面。

郑星沥满意了,往他怀里拱了拱,捂着自己眼睛,不消片刻就沉沉睡去。

郑星沥打个激灵醒来的时候,沈戍还遵循着她的命令,紧紧抱着没有松手。

郑星沥尝试着推了推,不仅没挣脱,连他都没吵醒。

她小小地叹了口气,抬起胳膊抱住他的头。

这些天,累的又何止她一个。

她指腹拨了拨他浓密的睫毛,他眼珠稍动,似乎快要醒来,郑星沥吻在他的眼皮上。

沈戍精准锁定那抹柔软,轻啄好几下,躺平任她趴在身上,手放在她脸上摸了摸,声音带着刚睡醒的哑:"睡好了吗?"

郑星沥将耳朵贴在他的心口,蹭了蹭算回答。

"吃饭吗?"

继续蹭。

"那起来吧,我去楼下前台拿外卖。"

"你什么时候点的?"

"你睡着的时候。"

"那还能吃吗？"

"我指定的时间。"说着他摸到身侧的手机，看了眼信息，"嗯，刚送达，我掐得刚刚好啊。"

郑星沥猛地坐起来："那你去吧。"

沈戍从后面抱住她的腰："再抱十下就去。"

"你自己数？"

"你数吧，我数不到十。"

郑星沥回身亲了一下："好了，先去拿饭吧，回来再抱。"

沈戍伸了个懒腰，听话地穿鞋出了门，临走还不忘嘱咐她拴好防盗链。

郑星沥从猫眼目送他离开，收拾出了空桌，然后极快速地拉开床头柜抽屉，拿起来确认正版健全，便又装作没事人一般安静等待着。

累了一天，又睡到现在，他俩早就饥肠辘辘了。沈戍随手把电视打开，选了一集《大耳朵图图》，两个人一边吃饭一边跟着傻乐。

"他们什么时候回去？"

"明天早上十点退房吧。然后集合去车站。"

沈戍点头表示了解："比赛好玩吗？"

"拿到金奖还是挺好玩的，拿不到的话……"她想到出赛场的时候其他组里那几个人的脸色，"估计就不觉得好玩了吧。"

沈戍状似不经意地提了一嘴："我好像看见了那个谁。"

"谁？"

"有病的那个。"

"哦。没我们组厉害。"郑星沥笑了一下，"你怎么总惦记着他呢。"

"这不叫惦记，这叫看他笑话。瞧不起我的人，终将会被我女朋友瞧不起。"沈戍溜须拍马好功夫，"你这是替天行道。"

郑星沥觉得自己有点像听信宠妃谗言的皇帝，可没办法，沈戍实在是太会吹了，她完全拒绝不了。

"以后再有，麻烦你狠狠地用智商打击他们。"沈戍抓住时机，继续进言。

"打击的活儿都让我干了，那你干什么？"

"我从身材颜值上鄙视他们啊。"沈戍撸起袖子自信抬手，展示身材。

"那以后我遇到怎么办？你出马？"

"怎么可能？"沈戍双手交叉，"绝对不会，你要相信，所有的可能性都会被我扼杀在摇篮。"

在表现自己有女朋友这一点上，沈戍表现出了极大的热情。连手机壳都写着"恋爱人士，永远热恋"，要不是郑星沥坚决反对，他都想把她照片印在手机壳上。

趁着沈戍收拾残局的时间，郑星沥去洗澡了。

他有些心不在焉，出于她随口的几句撩拨，思路便如同脱缰野马。等到水声响起，目光就自动开始四处搜寻。沈戍觉得自己应该找点什么，但是具体要找什么又说不出来。

最后他发现床头柜抽屉开了条缝，于是直接拉了开来。

东西塑封完整，保质期还早，他挑出正确尺寸放在最上面，满意点头。

等等。

沈戍又给了自己一个巴掌，猛地就把抽屉关了起来。

想什么呢，想什么呢。

他脸泛起热浪，对自己脑子里的想法深表鄙夷。

还没谴责一会儿，郑星沥就满身水汽地走了出来。

她没穿睡衣，不知道从哪里套了件很长的卫衣，垂下刚好盖住大腿。底下两条腿又长又直又白，像是刮了皮的嫩藕。

沈戍艰难地移开视线，舌头直打结："你，你洗完了啊？"

"那不然呢？我洗一半邀请你一起？"

"也，也不是不可以。"他愣愣地脱口而出。

"什么？"

"我去洗澡了。"沈戍恨自己嘴快，赶紧捞了衣服躲进浴室。

看着镜子里连脖子都泛着诡异粉色的自己，他急匆匆用凉水洗了脸。然后悲哀地发现，脑海里她湿漉漉的眼睛和腿还是挥之不去。

做个人吧。

他暗暗告诉自己，接着把花洒水温又往下调了几度。凉凉的水浇在身上，激发出寒意。

很好，清醒了。

然而，当沈戍走出去看到坐在床上的郑星沥的时候，就知道凉水白冲了。

因为他十分可耻又正常地有反应了。

为了这份可耻不被郑星沥察觉，他毅然决然地以最快速度钻到了被子里，还顺手把她也捞了下来，用被子裹紧。

"怎么了？"

"睡觉。"

"这就睡了？"

沈戍睁开一只眼看她，目光闪烁又隐隐期待："你还想干什么吗？"

"你不是阿拉灯吗？"

"是阿拉丁。"他纠正道。

"唔，反正今天都让我许愿是吧？"

沈戍点头。

郑星沥笑起来，靠近他停在鼻尖相触，压低声音说："那让我实验一下吧。"

"实验什么？"沈戍紧绷着，也不敢大声说话，生怕破坏这氛围。

她垂下眼，笑里藏着一些暧昧勾人，尾音拖得老长："看谁先忍不住接吻啊。"

沈戍不知道这个实验有何目的，却清楚地感觉到她的手已经从衣服下摆里钻进来，一如之前一样放在了锻炼得当的肌肉沟壑上。

"你身上怎么这么凉啊？"郑星沥问，嘴唇稍不留神便蹭到他的，轻轻浅浅的，还有些痒。

"不知道。"沈戍觉得凉水冲过的皮肤，现在变得极为敏感，她掌心贴上来的时候甚至会让自己觉得烫。

就好像一颗火星子，在干燥的草堆上跳跃着，很快便发展成为醒目的火花，而后愈烧愈烈。草堆忘乎所以，以为自己本来就是火，理智很快便消弭殆尽。

她抬眼，配合着突然转变方向的手，落下一吻。

潮湿的花蜜勾出丝丝的甜，在唇齿间流连忘返，最基本的动作跟随着本能似乎也最能激发深层次的渴望。

阻挡火势蔓延的防火袋被掀开，剔除，除开阻隔亲密无间地抚摸磨蹭。年轻的、炙热的欲望纠缠，无声流淌塞满整间房。

她的下巴放在他的颈窝，侧脸和他的下颚贴合在一起，严丝合缝，合拍得好像本来就是如此。

沈戌亲了亲她浑圆的肩，手指拂过细腻光洁的背，一点点描绘推开。

"能许愿吗阿拉灯？"

"是阿拉丁。"他依旧纠正。

郑星沥干脆放弃："沈戌，我能睡你吗？"

她继续说："我想睡你，我能睡吗？"

沈戌沉沉地看着她的眼睛，那里写满了真诚与热烈，清晰地映出自己的脸。他没有说话，起身打开了床头柜。

郑星沥又笑起来。

借力的小臂健壮，手指跟着上面漂亮的青筋一路走，最后落入猎人的口中。

他常年训练，每一处都有制定针对性的训练计划，平日里藏起来的肌肉流畅漂亮，有一种踏实的美。

她想，沈戌身材真的很好。尤其跟自己的胳膊一起叠在她脑后的时候，纤细对比更加明显。

不过这个动作虽然看上去侵略感很强，但是……

"你压着我头发了。"郑星沥陈述事实。

沈戌赶紧松手，小心翼翼地把铺在枕头上的发丝拢起来。

他很慢，似乎很怕再扯到她，会给她带来不好的体验。

郑星沥任由他动作，视线直勾勾地看着他的脸。那里写满了太多情绪，他读出最核心的那一个。

"别怕。"沈戌哑着声儿，将她抱在怀里，胸膛贴着她的。

跃动着的两个心脏隔着皮肉，频率都杂乱无章，快得出奇，却又安心。

痛意一点点袭来的时候很难说清楚是一种怎样的感觉，因为紧张，又因为欢喜。

她掐着他的背，想宣泄自己的不适又想叫他也痛一痛，这样才公平。

温柔是包裹了蜜糖的毒药，一点点就让人上瘾，再揉入爱意，胸膛里便只塞得下独独的一个。

床头壁灯压得很低，光线一点点在眼中涣散。窗帘时不时随循环而至的空调风飘起，在最高处停留又落下，而后再度鼓起弧度，周而复始，乐此不疲。

沈成的生物钟很早，就算是昨晚睡得晚，醒来的时间依旧很准。怀里的人背对着自己，乌黑浓密的发丝垂在脸颊，睡得很沉。

他用指腹拨开她的头发，贴着面颊将人抱得更紧了些。

郑星沥好像做了个很长的梦。梦里自己养了只狗，不开心的时候，它就从窝里叼来自己的玩具，大方地分享给她。在外边独当一面的时候，她不曾犹豫，亦不觉得辛苦，而狗狗就坐在玄关，等她开门回家，便第一时间用湿漉漉的眼睛看着她，藏不住的开心，还用毛茸茸的脑袋蹭着她的脸，给生活添上一分甜。

"起来吗？"沈成轻声叫她。

再有几个小时就要到退房的时间点，他们得跟上队伍一起回学校。

郑星沥迷迷糊糊睁开眼睛，"嗯"了下，翻了个身。

沈成套了件运动裤，掀开被子起身，洗漱完毕后，把水温调高了点，又给她挤好了牙膏，这才踱到窗前，拉开一条缝。

白色的窗纱阻挡不住阳光的步伐，有些刺，郑星沥眯着眼朝光看去。

沈成就站在那里，发尾湿漉漉的，逆着光的线条边缘更加清晰。他手里拎着件 T 恤，稍侧身子昂头露出凸起的喉结，抬手套上后藏下身材便又成了那个瘦削的模样。

郑星沥躺横了身体，手臂往前伸，抓了抓空气。

沈成很快注意到，坐在她旁边问："醒了？"

"嗯。"她将脸贴在他腰侧，打了个哈欠，"怎么起这么早啊？"

"不是要跟他们一起回去吗？"

"不用。"她把手伸进他衣服里，肆无忌惮，"我打过招呼了，我们明天再走。"

"打过招呼了？什么时候？"

"当然是要睡你之前啊。"郑星沥直白得可怕，好像这件事筹谋已久，实际上，也就是瞬间决定的事情。

过完了手瘾，她从床上爬起来，从他胳膊上撸下皮筋儿，随手绑了个头发："我去洗澡了。"

她走到浴室门口突然顿住脚："对了，我出来的时候，记得要把衣服脱了迎接我。"

下次这么明目张胆看腹肌还不知道要到什么时候，有便宜不占，那太亏了。

沈戌哭笑不得，跟她确认："是全脱吗？"

郑星沥感受了一下大腿的酸楚，出于长远考虑，拒绝了这么诱人的条件："上身吧。"

"哦。"沈戌有点失望。

初战笨拙，可还没怎么发挥呢。

他很听话，郑星沥洗完澡出来的时候，他趴在被子里，手掌贴着墨绿色的床头不知在做些什么，骨骼分明修长的手指被背景色衬托出几分难言的暧昧。线条随着动作绷起，收窄的腰隐匿在被子底下。

郑星沥突然觉得口渴，她几步走到床边，捞起柜子上剩下一半的水，一口气喝完。

沈戌侧身撑着脑袋看她："洗好了？"

郑星沥点点头，几乎跟他同时开口："要不要……"

沈戌顿了顿："你先说。"

"不。"郑星沥摇头，"你说吧。"

"要不要吃饭？"

郑星沥拆掉皮筋儿，发丝垂在身后，随便拨弄几下就恢复个乖顺模样。她重新把皮筋儿套回他手上，看着他的眼睛，不由自主地一团火热："要不要再来一次？"

脚踝底下垫着的肩膀骨头有些硬，摩擦间生出热，再滑到劲瘦的腰间紧紧环住，寻求满足。

咬紧的牙关里泄出些无意识的闷哼，很快又被咬得更紧。沈戌趁唇瓣微张，低头吮着留下的牙印，根据反馈一点点尝试摸索着。青涩、笨拙、却温柔。

好像徜徉在柔软的云里，触手可及的便是炙热的太阳。太阳收敛起热，用一点点的温让人逐步适应，它想让你留下，你也必须留下。

她陷在他的影子下，被遮得严实，等到不服气翻身，却发现总会有盖不住的、暴露在光下的肌肤。

喜欢会给很多东西都蒙上滤镜，快乐也会翻倍逼近上限。

手掌底下撑着的腹部结实又漂亮，她脑子有些发昏，时远时近地数着方格，断断续续地抱怨："我也想有腹肌。"

"没有也没关系。"他看出疲态，起身将人抱住，喘气略粗，"我有就够了。"

他脖子上挂着的玉坠子在眼前摇摇晃晃，郑星沥忍不住伸手摸了摸："你一直戴着的吗？"

"嗯。"沈戍动作和缓，"我出生之后就一直戴着，除了比赛训练，都不摘。"

浓淡两种绿色掺在一起，形成种独特的纹路，上面的生肖栩栩如生。

"真好看。"郑星沥感叹了句。

"你喜欢吗？"

郑星沥一时不知道他问的是人，还是玉，不过答案都一样。她点点头："喜欢。"

沈戍停下动作，毫不犹豫地把坠子摘了下来，套在她脖子上。

凉意在胸前蔓延，他细致地调好绳子长度，虔诚地吻了吻，似乎在跟坠子做着告别。

"现在，它归你了。"他压下身子，亲了亲她的脸颊，抵着额头，极尽温柔，"我也归你了。"

郑星沥抱住他的脖子，惩罚似的，咬了咬他的嘴唇，不满意嘟囔着："不是早就归我了吗？"

沈戍笑了："对，早就归你了。"

这段暧昧画面最后，深深印在她脑海里的是沈戍毛茸茸的发顶、停留在肌肤上的鼻尖、温热的唇、幽深的眸，以及水晶壁灯垂下的玻璃链。

尾端的小珠子一晃一晃的，好像盛满了整个世界的光。

"星树"经过整整三年的打磨，终于跟柯容的公司达成了合作，卖出了一个好价钱。

因为师姐妹这层关系，柯容给的合约还是分红制的，郑星沥摇身一变成为富婆，连最后那层担忧都没有了，决定放心大胆地朝学术迈进。

华封大学的保研进行得很早，六月发简章，七月里收好申请材料，八月中就正式开始面试。

郑星沥分数绩点年年第一，就是保送清北或者出国也都是顺理成章。但她目标很明确，心里自有一杆秤衡量。与其再去一个专业水平差不多的学校从头学起，不如就跟在汪教授身边刻苦钻研，而且还能得到最好的资源。

所有事情都很顺风顺水，唯一遗憾的是，大运会的时间和她的面试冲突，而且是一点调度都做不了的那种冲突。

沈戍出发比赛前安慰她："反正我们肯定会赢的，你看不看也无所谓，直接看颁奖就行了。"

从佟晨出走后，他一人身兼两职，分别负责团队计时冲线和个人赛破风。队里的新人老人一茬儿接一茬儿地换。吴途毕业，胡泳鑫工作，唯一没走的是羊羊，他读了研，现在即将毕业，正在申请留校任职。

郑星沥知道轻重，没让这点遗憾可惜影响自己的备考。即便结果几乎是板上钉钉，她也依旧不敢松懈，起码要让面试的其他老师也看看自己这几年在实验室待着的成果，不能丢汪教授的脸。

华封计算机领域拔尖儿，申请保研的人也不在少数，排除掉绩点成绩不符合要求的，剩下这些获取资格。

笔试和面试分开，一天进行一项。

实验室里几个本科生，这会儿都成了志愿者，维系秩序，蔡伦也是其中之一。他没有选择保研，而是找到了满意的公司，这会儿属于抽空回校被临时抓来。

他看见教室最后边的郑星沥眉头紧锁盯着屏幕，双手交叉紧紧攥着，以为她是紧张，纠结了一会儿，还是上前，想出于同班同学的角度劝慰她放轻松。

可等他绕到后面一看，才发现她对着的根本不是什么准备的资料。

电脑屏幕镜头给到山路的俯视图，右上角的 logo 标着"中国体育"。

既然到了这个时候，临时抱佛脚意义也不大了，倒不如看看比赛，也好叫自己不至于记挂着沈戍提心吊胆。

团体赛看着没有个人赛那么激烈，但几支队伍你追我赶的，还是叫人紧张不已。

郑星沥提着口气，注意力相当集中，压根儿没发现身后有人。直到志愿者们开始介绍笔试规则，才摘下耳机，恋恋不舍地退出了直播。

一直等她离开，都不曾回头看过一眼。

人走后，蔡伦才找了个位置坐下来，他发了一会儿呆，随后从脚边的书包里拿出电脑，搜索体育频道。

笔试第一项专业英语翻译的题目算不得很难，郑星沥写得很快，检查卷面无误之后就安静等着提前交卷。等秒针合上"12"的时候，她"噌"地站起来，飞快离开。

直播里比赛已经换成了个人计时，郑星沥搜索了一下官方的微博，如愿看到沈戍的名字出现在冠军栏，顿时松了口气。

大运会跟省运会的水平完全不在一条线上，全国各大高校的车队集合，其中不乏专业的，他们的对手也从一个省内的体大扩展成了许许多多个。能在这场比赛里顺利夺冠，华封车队是真的被看到了。

她躲到走廊尽头的露台给沈戍打电话，那头的人声音激动又偏要强压着："你考完了吗？"

"没有。"她看了眼手表，"还有半个小时，就去考专业课。"

"你紧张吗？"

"我比较紧张你。"

本校备考，又都是熟人，而且明天的面试才是重头戏，她对自己的笔试成绩抱有很大的信心。

"不用紧张我。"沈戍顿了顿，以为她没有看到结果，故作委婉地说，"回去你就可以再收到一个金牌了。这次比上次的更厉害一点，是大运会的。"

郑星沥笑了笑："这么大方呢？那金牌可是你好不容易得来的。"

"反正以后我们一起生活。送给你就等于送给我自己。"

世上所有的人称后面加了个"们"，好像就把一帮人分好了类别，而在这中间，又要数"我们"最为动听。

我们去读书、我们去吃饭、我们一起。

所有的"我们"听起来都是这么的温暖。

而此时此刻，这个人说，"以后，我们一起生活"。

是的，我们。

"沈戍，明天的比赛加油。我面试很快的，等着看你冲线。"

"那你放心吧。"

沈戍笑，就算看不见他，郑星沥也能想象出他此时眉飞色舞的模样。少年人的意气风发，永远耀眼，永远明媚。

"我就怕我太快，你看不着呢。"

"华封大学，郑星沥。"

"到。"郑星沥伸手站起来，摘下耳机塞到包里。

"进来面试吧。"

郑星沥深呼吸几下，揉了揉手腕和肩，挺直背推门走了进去。面试的都是熟悉面孔，随着问题推进，她的紧张也慢慢缓和。

另一端的云城，情况就没有这边这么乐观了。

沈戍在昨天的比赛里跃入了大众视线，除了媒体，更成问题的是各个参赛队伍。

赛程过了大半，各种突袭和布局都开始显现出来。沈戍不得不减低速度，避免撞车，这已经是他第三次被人卡位置了。

队伍里的冲线手徐庆归已经跟他拉开了不小的一段距离。沈戍呼吸稍乱，很快稳住心神，决定从最外围绕上前。

车子挤在一起，从里面突围出来并不容易，偏偏此时天色突然转阴，乌云毫无预兆地从后方聚齐压下，一道惊雷劈开混沌，前后不过几分钟，雨点就着急地蹦跶了下来，如同瓢泼。

路面很快积水，激出水雾，氤氲着更加干扰视线。

不少车手被迫减速，有些不注意的甚至直接摔车。

沈戍面色凝重，风迎面而来，这可不是什么好事。他必须立马追上队伍，这种天气必须要及时调整领骑位置，不能再按照之前的时长来。

他看准时机，插进一个空口，几乎是贴着左右车辆走的，握紧车把，保持平衡，也不管会不会带到其他人，直接加速。

"怎么样？队长跟上来了吗？"张恒瑞着急地回头问。

沈戍直接用行动回答了他，镇定地说："来了。"

他与张恒瑞并排："你去跟着徐庆归，陶磊五百米后换去队末。之后咱们每五公里换一次位置，保证徐庆归在第三位。保持队形完整，风大，注意安全。"

"收到。"

佟晨离开，吴途毕业，队伍经历了重组又重建，总算是坚持到了现在。

地面湿滑又有积水，加上逆风，场上所有人的速度都被拖累。

"接下来一个下坡，注意位置，不要贴着路边，防止翻到水沟里。"

没有了佟晨这个下坡选线的好手，沈戍肩负起了引路的作用。

他的短板在于爆发力算不上顶尖，自佟晨走后，他就花心思好好琢磨着怎样在转弯上下坡这种路段拉开成绩。

卫任军传授了一套理论，但实际运用起来也就是四个字总结"自己发挥"。那个时候郑星沥软件的路线规划已经做得很完善了，起码在市场现存的所有产品中，性能最好。沈戍把两者结合起来，也摸索出自己的门道来。

他的任务是破风，是帮助冲线手最快提速拉距离，所以选择的线路不仅要适合自己更要适合徐庆归。好在有一年多的比赛磨合，他们之间的默契和信任也造就了现在。

徐庆归没有丝毫犹豫就跟上了沈戍，几乎在一比一地复刻他所有的动作和踏频。

因为风雨，很多大集团都被打乱节奏冲散了，他们一贯的三保一阵容因为体量小，反而连接得更加紧密。

雨点打在脸上好像是钝刀子割肉，沈戍闷不作声，等到平路上解开车架上的杯子，补充了点水。

"压弯注意减速。"他提醒道。

说话间有车加速从身边路过。

"追吗我们？"

"兔子，不抓。"沈戍说，"淮大的，我看过他们的成绩，后程保持不住。"

几乎每场公路赛都会有人脱离车群，率先发起冲刺，有的人是因为实力碾压，而有的被称之为"兔子"。

这个说法来源于赛狗，为了激发赛犬的追逐本能，而在赛道里放电子兔任它们追逐。放在公路车赛里，兔子的目的是为了扰乱一些队伍的路线规划和比赛节奏或者抢夺积分。

沈戍沉住气："雨小了。"

这就像个信号，几个人迅速调整好状态，抓住先机，迎着稍小的风，朝前奔去。

实时转播的演播厅内，解说员们向所有的观众解释着目前的状况。

屏幕另一端的蔡伦，也终于在解说词里捕获到了"华封大学"的关键字眼。

"哎，这个华封大学的小集团倒是很稳固啊。我们可以看到他们彼此的距离非常近，这是个相当危险的动作，毕竟这个人还是比较多的，这种距离如果发生剐蹭的话，一整个队伍都势必会受到影响的。"

"嗯，没错。但是我们可以看到，目前领骑已经发起了加速，后面的队友也是跟上来了。"

"雨很明显已经小了，是个好兆头啊。看得出来这支小队的时机抓得还是很准的。"

"而且发现没有，现在头部集团里面，他们的位置也是很好的。"

"他们的领骑是沈戌啊。他是在昨天的团体计时里赢得一枚金牌的，就是不知道今天他能不能再拿回一个金牌啊。"

"他们这个排列，看得出来他应该不属于一个冲线的位置。我听说，沈戌好像担当的是破风手，队长的职责啊。"

画面上出现十公里的提示牌，解说员们的声音也明显紧绷起来。场面局势瞬间激烈，冲在头部的人员骤减，跟后面人的差距也越来越大。

"大家这个实力也还是比较平均的。头部集团的话，现在是还有十二个人，这个数字已经算多的了。"

"对，基本是各个队的主将冲在这边了啊。"

距离终点线只剩下五百米，沈戌顺利占据了第三的位置，

蔡伦心跳得厉害，忍不住屏住呼吸，注意力紧紧锁定在那个冲线领骑的人身上。

"华封大学的两个人现在分别在三四位置，难道说，沈戌预备自己冲……"

话音未落，沈戌就让开了自己的位置，徐庆归爆发出力，很快冲到最前，沈戌也提速跟在后头。

他脸色涨红，汗水混着雨渍，队服被浸湿狼狈不堪。

"沈戌让出了自己的位置，冲刺，徐庆归在冲刺，动作很快，非常。"

"两个人一起加速，看得出来他们都想冲击前三。"

终点近在咫尺，周围观众的欢呼热情响彻云霄。解说员慷慨激昂，看直播的人心也高高提起。

第一是华封大学，第二，第三……

沈戌的名字亮在左下角，前面跟着个"5"。

"哎，很可惜啊，我们看到沈戌是差一点点就进了第三的啊。"

"不过这个成绩也很厉害了啊，据我所知，他应该是唯一一个在前十名的破风手了，而且名次还这么靠前。我们来看一下回放。"

"这个三四名的同学真的是只比他快一点点压线，险胜啊。"

"而且沈戍中间其实有一个过程是给后面的冲线手让位置的动作，虽然很快但还是有一定的时间差的。"解说员语气里满是惋惜，"他跟奖项真的就是擦肩而过。"

镜头定位到这位可惜的车手脸上，他摘下眼镜，眼眶下被压出深深的红痕，抬头看成绩屏，在看到第一名是徐庆归的时候长长地舒出了一口气，露出明媚的笑意。

还好，这枚金牌是他们的了。

"我觉得今天虽然沈戍同学没有拿到名次，但是他确实用自己的行动证明了什么是破风手精神。"

人人都想当冠军，而这个机会摆在眼前的时候，他甚至都没想过要赌。于是荣誉与赞赏和他擦肩，奖牌和鲜花献给他人。破风手的一生是永远朝风的，却也是永远无名。他们灰扑扑的，在赛程里发挥出光亮，在终点线前让出道，簇拥着月亮登上高台。

很少有人知道，他们也是太阳。

面试教室的门从里面被打开，蔡伦抬起头，郑星沥大跨步走了出来，第一时间拿包和手机。

"他们赢了。"蔡伦没头没脑地插了句。

他低垂着眸把屏幕给她看，说："我们学校是冠军。沈戍他，第五。"

并没有想象中的失望，她嘴角漾起清浅的笑，真挚地对他道了声谢。

她把包挎在身上，座椅边是早就收拾好的行李箱。

"你……"蔡伦问，"你不等成绩了吗？"

"不等了。"郑星沥握紧拉杆，声音轻柔，眼里聚集了光，坚定的、璀璨的，是闪烁着的温柔。

"我要去找我的冠军。"

大运会结束一周后，华封车队放了半个月的假。对于大四党来说，开学的意义不大，尤其是沈戍，他的课表约等于空白，唯一一门考察课，属于交个假条就能不来的那种。

在学期开始之前，他还有一个计划预备实施。

于是回到合祁的第二天，郑星沥早早地就打电话把他叫了出来。

她开车来的。柯容的钱给到之后，她就给她爸换了辆新车。不过郑乔生非要登记在她名下，坚称自己就只是简简单单磨轮胎的罢了。

沈戍上了车，边系安全带边感叹："我怎么觉得，我特别像被富婆包养了呢？"

"不乐意？"

"乐意，乐意死了。"沈戍翻开遮光镜，整理了一下头发，"咱们干吗去啊？"

"不是说露营吗？谁出去探险不提前商量的。"郑星沥车开得四平八稳，"对了，记得给李潇君他们打电话说一下。"

"陈宇昂呢？"

"我给刘希发了定位的。"

这俩憨货经过漫长的试探拉锯，终于才确定彼此心意，不过还在一个劲儿地暧昧着。

郑星沥无比唏嘘，这言情小说，要是全文完了男女主角还没亲上嘴，绝对属于诈骗文。

陈宇昂听说了沈戍的打算，当机立断插了进来，同时怂恿群里的其他人也一起。

当年沈戍不知该如何追郑星沥的时候，一份少男心事都要说几遍，他嫌弃麻烦干脆拉了个群，一开始只有李潇君跟陈宇昂这两个狗头军师的，之后队伍进一步扩充，从韩超超到胡泳鑫，最后迎来了最强助攻羊羊的加入。

沈戍哪里肯叫这些人打搅自己计划好的二人世界啊，果断拒绝。结果陈宇昂丧心病狂地直接找上了郑星沥。

于是情侣双人游变成了旅行团。胡泳鑫因为晋级"社畜"，遗憾惜别。

不能到场的羊羊和韩超超参与了电话会议，最终一致决定将生杀大权交给刘希跟郑星沥。

"那行，我总结一下。"郑星沥摊开笔记本，"后天统一出发，查过天气预报了，海边无风无雨，安全线外可以露营，而且人流量不多。"

李潇君点点头，偷偷跟沈戍咬耳朵："我怎么觉得你女朋友这么像企业家呢？"

"什么叫像啊？明明就是未来企业家。"沈成无时无刻不在炫耀。

"大件儿到地方租，夜里温度低，记得多带点儿厚衣服，还有耳塞，防止太吵睡不着。"郑星沥考虑十分周到，事无巨细。

"这就是研究生的思维吗？"陈宇昂凑过来说，"怎么突然觉得这么有安全感呢？"

沈成把他推到一边："滚啊，我女朋友，你有哪门子的安全感。"

"不是吧？这醋你都吃？女朋友怎么了？我这不也快有了吗？不就跟你女朋友坐一起吗？"

沈成不为所动，眼皮都不带抬一下的，话里话外净是优越感："等什么时候把'快'字去了，你才有资格跟我讲这种话。"

李潇君"啧"了一声："这么长时间不见，你怎么更欠揍了，翻脸比翻书还快。不记得我们的帮帮群了？"

"什么群？"

郑星沥冷不丁地插嘴，吓了几个人一跳。

"没，没什么。"沈成反应很快，"就是陈宇昂，拉了个帮帮群天天让我们点链接。"

她没多计较："我刚刚说的，都记住了吗？"

三个人顿时有一种上课被老师逮住开小差的窘迫感，忙不迭点头。

"行，那就你们去买吧。"

"呃，买什么？"沈成硬着头皮问。

郑星沥目光如箭，一下子给他射了个对穿："不是都记住了吗？"

李潇君插嘴："咳咳，那个，其实吧……"

郑星沥不理会，轻飘飘看了他们三个一眼："就这么决定了，自己回去好好回忆回忆吧。"

说着，她收拾好本子和包，离开了，顺便还提溜走了沈成，留下李潇君跟陈宇昂两相对望。

不是说好三个人的吗？怎么还潜规则带走一个呢？

然后，他们又齐齐看向在看热闹的刘希，眼里燃出一种名为希望的光。

"看我干吗？我可什么都不知道啊。"刘希当即也要溜，被陈宇昂无情铁手抱住胳膊。

"希姐，我求你救命啊。"

"干吗呀，丢不丢人！"刘希往外抽胳膊，一点用没有。

"丢人也比丢命好，救命啊真的。"

"别瞎说，郑星沥又不是什么猛兽，再说了，沈成不也是你们一拨的吗？他都不急，你急什么？"

"沈成有免死金牌，我们只有斩立决啊大人。"

刘希摸了摸下巴，说："这样吧，你叫三声'大人饶命'，我就跟你们一起去。"

"叫三声什么？"

"大人饶命。"

"啥？"

"……死去吧。"

"别啊，大人饶命。"

"不管用了。"

全程被当作空气的李潇君，默默地喝完了手上的奶茶。

哎，这叫什么呢？全城热恋，徒留孤寂？

合祁是丘陵地带，有山有水有树林，就是没有海。公路车比赛大江南北地跑，什么地貌基本都见过。

一帮人里只有郑星沥是第一次见到海。她淡定地带领大家到了露营区域，帮忙分配好东西，随后撒开脚丫子就往海边冲。

动作之快，吓得大家还以为她是压力太大想不开。

结果她冲到一半又折返回来，拽过沈成的胳膊重新出发。

大概是因为刚才一顿跑消耗了些气力，这次她再没有那种迅猛了，牵着沈成的手慢慢走。

蓝天，白云，无垠的海，和会发光的海平线。

郑星沥想到很早以前在腾山的亭子里看的那片景色，那时她恍恍惚惚地觉得大海长在了天上，而现在她终于亲眼看到了海。

远处的灯塔高耸入云，白鸥盘旋追逐，巨大的蓝色海面翻涌着浪，一点点声音就被传得老远。夏天独有的气息因为这汪蓝变得更加浓，覆盖住沙子的浪花一段接着一段，好像白色的裙摆。

郑星沥停下来，脱掉鞋袜，如愿以偿地踩在了沙子上。

被海水浸泡过的沙子，是不一样的，更细更软沾了咸咸的海水味道，就像是绵密的冰沙。

沈戌拎着她的鞋子跟在后头，踩在她留下的脚印上。

"是海哎。"她说。

"嗯。"

"好漂亮。"她鼻尖微酸，声音哽咽又真诚，发自内心地感叹。

自然最大的美或许就是能让人意识到自己究竟有多渺小。

"是啊。"沈戌垂眸看着她的侧脸，笑了起来，"漂亮。"

郑星沥抬脚往更深的地方留下脚印，海浪前赴后继很快带走所有痕迹。她便一下又一下地踩着，直到涨潮不得不退回去。

烧烤架已经支了起来，陈宇昂费了老大劲儿也没能把炭点起来。

"真是没用。"沈戌鄙夷道。

陈宇昂："你有用？你有用还偷懒？"

"是你不懂欣赏大自然的美，一点艺术细胞都没有。"

陈宇昂嘴角抽搐，心想要不是刘希拦着不让他去打扰那什么二人世界，他一定会趁这货站海边的时候一脚把踹进海里，叫这人再不瞎嘚瑟。

太阳一点点降下，把海与天都染成橘红色。跟随夕阳一起来的，是渐渐从烤架飘出的香味儿。

刘希跟陈宇昂斗嘴，就"奥尔良烤翅跟炸翅哪一个更好吃"进行了激烈的讨论，最后在郑星沥的呼唤下，宣布存档下次再辩。

在场正儿八经的运动员只有沈戌一个，混在一大波饮料里的白水格外显眼。

"还不能喝酒呢？"陈宇昂咋舌。

"要骑比赛的。"羊羊从旁补充，"不只是酒，忌口多着呢。"

烤架前头，郑星沥拿了串鸡翅递到沈戌面前，他闻了闻，最后还是摇了摇头，另外取了块鸡胸肉，在上面撒了点儿孜然辣椒。

"真辛苦。"刘希感叹道，"我以前还羡慕练体育的呢，郑老师就跟我说，那是不知道他们多惨。"

现在看沈戌，确实惨。

"郑老师跟你说？"陈宇昂瞪大了眼，"郑老师不是最讨厌体育生了吗？"

他高中时以消息发达著称，没跟郑星沥认识的时候，就对这小八卦知道得一清二楚，也知道她是如何一再忍让最后在众目睽睽之下落了那人面子的。

"为啥讨厌？"在座一大半都是练体育的，听到这话顿时来了劲儿，都好奇起来。

"嘿嘿嘿嘿嘿，不知道了吧？郑老师以前高中的时候，那就是相当的——"他竖起了个大拇指。

刘希接着说："然后就有个智……咳咳，学体育的同学，色胆包天。"

两个人明明都没目睹过现场，偏偏说得天花乱坠，形容词不要钱地往郑星沥身上堆。一场落人面子的拒绝，愣是被他俩说得跟什么包青天断案似的。

几个人听了故事再看那边儿你侬我侬的两个人，看着沈成的表情都变得钦佩起来。

这都能把人追上，还扭转偏见，沈狗还真是……有点东西啊。

两人回归大部队的时候，都能明显地感觉出氛围有些不同。

"怎么了吗？干吗看着我们啊？"沈成还以为是桌子底下偷偷拉手太明显了。

"没事儿。"李潇君打着哈哈，岔开这个话题。

吃完了饭，大家都坐在沙子上看海。白日里的喧嚣殆尽，唯余海声阵阵。

"太快了，转眼都大四了。"陈宇昂感叹道。

刘希叹了口气："谁说不是呢，转眼就快毕业了。"

李潇君跟着叹气："转眼我都毕业了。"

韩超超托腮跟上队形："转眼我又要报四级了。"

"……"

"你还没过呢？"沈成忍不住问，"马上毕业就不给考了吧？"

韩超超十分悲愤："都怪学校，大一的时候不让考，等大二我把高中英语全还回去了，才叫人报名。太不科学了。"

羊羊在旁边一直没说话，抓着把沙子用指尖细细地碾着，听到这儿插嘴道："你可以考研，只要读书的时间够长，四级就一定能过。"

学渣韩超超尴尬地笑了笑，心说：谢谢，也并没有被安慰到。

夜里的海风越来越凉，沈戍往郑星沥那里挤了挤，长臂一捞把人扣在怀里。

"咱们这一群人里，是都不继续骑车了，也就沈戍十几年如一日的。"李潇君拆了罐啤酒，"真不容易啊。"

"少来，你不骑车跑什么业余赛啊？韩超超那朋友圈铺天盖地的不都是比赛吗？"沈戍反驳。

"那不一样。"韩超超嘀咕了一句。

陈宇昂岔开话："郑老师以后什么打算，我听说你保研了是吗？"

"八九不离十了。"郑星沥没有否认，实际上她那天出发接沈戍回校的时候就已经收到了汪教授的录取通知，只不过官方的通知还在走流程而已。

"真好啊，咱们都有光明的未来。"刘希感叹了一句。

韩超超有些伤感："咱能有光明的未来吗？"

李潇君没天赋，他没能力，沈戍结束了比赛，至今仍未收到哪个大教练的青睐。

他们有未来，但或许都不能跟自行车联系在一起了。

"能啊，当然能。"沈戍说。

不管以后将以何种方式延续梦想，热爱永远都不会湮灭。

夜深了，几个人结伴回去，郑星沥却依旧舍不得星光和海，沈戍留下来陪她。

"冷吗？"他敞开了外套，把她裹进去。

"还好。"

郑星沥抬起头，星星如萤火点缀着墨色天空，如梦似幻。她回身亲了亲沈戍，又去看那荡起波纹的海面。

"有个事儿要告诉你。"沈戍握着她的手，将温度传递给她，"卫教练前几天给我打电话了，国家队的孙教练，问他要走了我的训练数据。"

"然后呢？给回复了吗？"郑星沥坐直身子，紧张起来。

"给了，说是……"他声音压得很低，混在风与浪中间，有种说不出的失落。

"说什么？"

"说是，把表填了。"

"什么表？"

沈戌笑起来，被她愣愣的表情戳到，捏了捏她的脸："还能是什么表？申请表啊。"

"所以……"郑星沥嗓子发紧，"是国家队的申请表？"

"嗯。"沈戌点点头，"我想让你做第一个知道这个消息的人。郑星沥同学，你的男朋友，梦想成真啦。"

他低头，看见她不知什么时候涌出的眼泪，笑了声，用指腹擦掉，声音温柔："哭什么呀？"

郑星沥摇头："因为大海好看。"

沈戌捧住她的脸，认真地说："星星也好看。"

热吻在这个独特的夏夜里变得格外缠绵，海风的咸、眼泪的咸混在一起，变成一种难言的浪漫。

光映射在海里，随着波浪递进向前，添了份璀璨银光。

胸腔跳跃着的心脏随着拍打的浪声，一点点扩展出边缘来。

那里很大，大到可以装下大海，装下世界，装下梦想；那里又很小，小到只能藏住一颗星星。

Extra 01
·早班火车·

1.

"下周，项目组去深圳的那个会啊，小陈跟小李，你们俩去，顺便有个人工智能的展览,公司有内部票。你们俩了解了解风向,回来总结篇报告。"

上座的领导开完会，最后提了一嘴，便离开了会议室，剩下一帮子人收拾东西。

被点名出差的两个人动作也利落，出差不是什么好事儿，但可以公费看展览那就太棒了。就算要写报告，没到最后期限都不是该烦的时候。

"怎么又是小陈啊。"动作慢些的同事故意留在后头，语气有些酸，"咱小组是就她一个女生，那也不带这么护着吧？"

"是啊是啊，女生本来就不适合干这行的，这可好，回回让她走，搞得跟度假似的。"

"小李那是小组长，她去能干什么啊？你说对不对？"

被询问的人蹙着眉："她能干的事儿多了。上次的芯片数据差错就是她改的，不然今天还能有这个会吗？"

"这，这话也不能这么说。那数据谁都能看出错来的。"

男人平静地看了他一眼："嗯，谁都能看出来，但你没有。"说完，捧着电脑走了出去，正撞上蹲在地上系鞋带的小陈。小陈连忙站起来，让出路。

男人没多说什么，点点头算招呼。

被怼了满怀的人面红耳赤的，跟同伴抱怨："你看他什么态度啊？这不是瞧不起人呢。"

"哎哟，你跟他计较什么。他不会说话又不是一天两天的了。"

"我要不是看他融不进去集体，我能把话茬儿给他吗？"

"蔡伦不就这样儿吗？那能有什么办法呢？"

关键是人家有真本领，不会说话不会社交一个月工资还是照拿。

被大家讨论着"不会做人"的当事人，在茶水间里接水。

手机里弹出一条提到全体的消息，他打开来看了看，是本科的班级群。

转眼毕业已经这么多年，一直沉寂着的群里，除了被盗号都鲜有吭声的时候。

发话的是班长，他从年前就筹划着班级聚会，一直到夏天才又重新提起这茬儿。不过显然，想聚齐一帮子天南海北的人，很难。

没几句下来，群里就又归于了平静。

蔡伦点开了群成员，大家的头像一年年转变着，从表情包到证件照，有的换成了结婚照，有的是一个可爱的宝宝。

他手指在一个熟悉的头像上顿住，踌躇片刻还是又点开了那人的朋友圈。

第一条就是两张照片，一张红底白衬衫，一张婚纱黑西装。

蔡伦看着那两张熟悉又陌生的脸，突然觉得一阵莫名的情绪袭来，好像要把他摧毁打倒。

饮水机咕噜噜，多余的水从杯中漫出流到手上。

他沉默着把手机收起，放进兜里，将满满的凉水一饮而尽，随后回到工位上，收拾好东西。

"你这就走了呀？不加班了？"

领导刚刚才发话推进度，他们这群人也都加成习惯了。

"不了。"蔡伦摇摇头，"帮我请个假吧。"

2.

夜晚的都市有一种很奇妙的感觉，热闹和孤独在这里共存，造就出一种复杂的心境。

蔡伦没开车，在公交车上找了个靠窗的位置坐下。

窗外的霓虹灯闪烁，景色一步步后退远离。

他没由来地想起上学的时候。

那会儿，他高考失利跟北京失之交臂，对去华封念书满满的不服气。优秀与骄傲在他眼里是紧密相连的，而他也有这个资本拿出一点傲气。

他去 ACM 集训队，受到了老师的青睐；他去科创，却被分到了最"游手好闲"的组里，而且带队的竟然是个女生。

女生是不适合学计算机的。

这是他一贯以来的看法和经验总结。思维逻辑、身体素质、抗压能力，她们都不占优势。

他不应该待在那个组里，跟两个小白从头学起的，那会让他懈怠。

他没有把郑星沥放在眼里过，可她的成绩却一再给他意外。

没事，光理论不会实操也是白干的。他想。

他开始注意郑星沥，一开始是因为不甘心，想从她的处事里找出破绽和错处，以此保持高高在上的作态。

可是后来，他不得不承认，她很努力，非常努力。

入门很难，她就努力看，要学的语言很多，她就拼命学。教室、图书馆，哪里都是她。甚至食堂碰见的几回，她一边捧着碗喝粥，一边捻起书边翻页看代码案例。

他想：要公平竞争才行，起码要她的程度跟自己在一个水平线上才能做竞争对手。

于是他给她推荐了网课老师，关注着她的学习进度，等她成长成跟自己一样的人。

可结果是，郑星沥远比他更有天赋，也更厉害优秀。她是个例外，是个学计算机很厉害的女生。

慢慢地，那种想跟她一较高下的好胜心竟渐渐变得不同寻常了。

他开始期盼概率论课，期盼老师点起那些成绩不好的同学。因为这样，他就可以和她一起上去做题，那是他们距离最近的时候。

他安慰自己，这或许是强者之间的惺惺相惜。

后来郑星沥恋爱了，是个搞体育的。

蔡伦不明白为什么。

四肢发达，头脑简单，跟体育生挂钩的是这种粗暴评价以及各种花边新闻。

郑星沥不应该喜欢这样的人的。她应该跟更优秀的人在一起。

他想去打听那位"沈戍"，却又觉得这样很没有面子。

但是不能让这个人影响郑星沥的成绩。他必须要让自己的对手一直是对手。

实验室面试，他看见的那个人，他问她是不是男朋友，郑星沥没来得及接茬儿，他便以为是的。

"沈戌"跟想象中不一样，甚至书卷气很浓。

路过眼镜店的时候，蔡伦不自觉地拐了进去，鬼使神差地配了副平光镜。

金丝边的镜框，这是他唯一可以模仿的地方。

而她甚至没有发现这点相似。

直到沈戌真正出现在科创，他个子很高，五官清隽还透着股正气。

朱学长拉蔡伦出来做证，蔡伦从没有像那天那么窘迫过。他不停想要找出证据，证明沈戌不好，可自己失败了。

沈戌很喜欢郑星沥。

因为沈戌看着郑星沥的眼睛里是亮的，郑星沥也一样。

蔡伦不明白，明明八竿子打不到一起，没有共同兴趣爱好的人，为什么会在一起呢？

沈戌懂什么是决策树吗？知道什么是 python（计算机编程语言）吗？人工智能究竟是干什么的，他能说出一二三吗？

沈戌大概统统不知道，可他有郑星沥的喜欢，仅仅这一点，就已经足够了。

ACM 比赛前，郑星沥的视线扫过来的时候，蔡伦心虚地低头。

他相信她的能力，但是不相信徐阡也不相信小六，更不觉得只凭她可以托起整个队伍。

这世界上，哪有那么多的例外啊。

没有的。

到比赛落定的那一刻，蔡伦说不清楚是什么心情。

他不愿承认自己的理论错误，依然执拗地告慰自己，这是运气问题。

可当徐阡模仿着学长的语气，把话抛回来的时候，那种羞耻和困窘叫他永不能忘。

蔡伦很不想承认却又不得不承认，自己确实错了。

没有什么性别生理决定的合不合适，只有努力换来的一定可以。

郑星沥当初就是凭借着这一股念头，一点点超过自己超过其他人的吗？

沈戍捧着花来了，来接郑星沥。

他因为她由衷地高兴，欢天喜地说自己是"背后的男人"，话里话外从来没有对她，对这个队伍有过一丝一毫的怀疑。

蔡伦慢慢明白自己早就被甩在了后头，不仅仅是能力，更是思想。

从一开始以性别区分能力强弱的时候，自己跟郑星沥就已经不可能了。

3.

小李临时有事被分派到别的地方，蔡伦顶上了位置，跟小陈一起出差。

小陈说下车一定要请他吃饭，蔡伦明白，她是想谢谢自己那天的"仗义执言"。

他拒绝了，说："我只是在为我以前的偏见，做出一些弥补。"

小陈没有多问，发现他在看的照片，极其惊讶："你也喜欢公路车吗？"

"不算是吧。"蔡伦诚实回答。

他唯一看的一次比赛，就是在保研面试的走廊里，冠军是谁他不记得了，但镜头里的沈戍是什么样子，他怎么也忘不掉。

大运会上沈戍冲过线的那一刻，他才终于甘心，甚至生出股子庆幸。

还好，郑星沥喜欢的人，是配得上她的。

"这个车手挺有名的，之前参加世界大学生运动会的时候还因为帅刷过屏呢。"小陈是个冲浪选手，行走在一切热点的后头，"多少人嚷嚷着叫男朋友的，不过人立马就微博发了女朋友，今年刚结婚。"

小陈继续说："看采访跟老婆还是高中同学，校园恋爱呢。他老婆也特别优秀，听说跟咱还是同行，现在在什么研究所供职，专门做人工智能的研究呢。对了，他老婆好像也是华封的，你俩不会认识吧？"

"她很厉害。"蔡伦关掉朋友圈，想起什么笑起来，"曾经单枪匹马闯进 ACM 还拿了金奖，本科的时候就卖了软件。"

"软件？啥软件？"

"星树。"

"哦哦哦，我听说过，是不是运动软件？原来是专门给男朋友开发的呀，牛啊。这名字取得也好，还藏男朋友名字了。"

见蔡伦没有吭声，小陈也不好继续打搅只感叹句："优秀的人果然就跟优秀的人恋爱。"

　　蔡伦心念一动，打开荒废很久的微博，搜索了沈成的名字。

　　置顶的第一条就是结婚照，配着一句简单的独白：

　　"有幸少时相逢，之后从未分离。"

　　4.

　　窗外的路灯星星点点，配合着傍晚灰蒙蒙的天色。蔡伦突然想起跟郑星沥一起去参加 ACM 比赛的那天。

　　动车停了下来等人上下车，不急不缓的。在这种不急不缓中他清楚地感觉到了时光的流逝。车厢里橘黄色的灯光将郑星沥的侧脸打黄，投影出一片高低不同的阴影。

　　他为自己的傲慢道歉说了句："对不起。"

　　郑星沥好像睡着了，对这一切毫无反应。

　　鬼使神差地，他低声问了个蠢问题：

　　"我可不可以喜欢你？"

　　藏在耳机的背景音乐里的火车刹车制动的声很浅，慢节拍下的粤语像是呢喃：

　　玻璃窗把你反映，

　　让眼睛可一再缠绵你，

　　无奈你哪会知，

　　我在凝望着万千传奇。

Extra 02
·有幸·

1.

一再延期的"世界大学生运动会"终于提上了日程，这次选拔拖得太久，要求比以往更加严苛。

沈成在国家队里坐了很久的冷板凳，在一轮又一轮的集训和赛事里被压缩到没有精力。

郑星沥为了"星树"忙得晕头转向。

晚上两人分别结束忙碌，凑在一起打电话，没聊几句就总有一个人会睡着。

直到暑假，队内有人受伤，沈成这个替补终于有了上场的机会。

用他的话来说：事关生死，必须严阵以待。

郑星沥取笑他："在你眼里，有什么比赛是不关生死的吗？"

从二人认识以来，不管是大赛小赛，专不专业，只要是公路车相关，他一定是铆足了劲地往前去。

"那以前是夸张手法，现在是真的了。"沈成解释了两句，又说，"可惜了，你看不见我在赛场上的飒爽英姿。"

郑星沥想去现场看比赛的，但手里的活儿实在丢不下。

沈成接着说："但是也没事儿，反正过几天决赛你再来也不迟。"

比赛嘛，展现实力为上，他等这个机会已经等了太久，断不会轻易叫它溜走。

郑星沥一直很相信他的实力，只是不可避免地还是会觉得担心，叮嘱他好好的，别再受伤。

2.

沈戍汇报选拔成绩的电话打来的时候，她跟投资人汇报的关于"星树"的发展规划正到尾声。手机振动个没停，另一头的魏总隔着听筒也听得分外明晰。

郑星沥将手机放远了些，将剩下的一点东西说完。

投资人魏总说了句挺好的，问她是不是有事儿，补充说："你别误会，我是听你那边一直不怎么安静。但没有责怪你的意思。"

魏宇澈虽然是投资人，但其实年纪不大，本科毕业刚一年。他家里有些底子，加上自己能干，眼光又毒辣，这才赚了很多。

几个人总体的年龄差距都不大，平时沟通起来也没有那些不必要的程序。

郑星沥想了想，坦诚道："是我男朋友。他今天有比赛，应该是跟我汇报一下结果。"

"男朋友？"魏宇澈似乎是来了兴趣，"我听柯总说过，你男朋友好像是运动员？"

"对。"郑星沥说，"公路车运动员。"

"公路车我知道，环法是吧？"魏宇澈也不多说，"那你先去回他消息吧，我想他一定在等你。正好，我们也暂时休息一下吧。"

郑星沥道了谢，这才去拿手机拨了回去。

沈戍声音压得低，小心翼翼地说："对不起啊，我打搅到你了吧。"

"没事儿。"郑星沥宽慰他，"我们刚好要休息。"

电话那头他松了口气："那就行。"接着便雀跃起来，"我们队进决赛了！"

沈戍把手机举向人群，给她听欢呼声。

"听到了吗？"

郑星沥应了声："听见了，冠军。"

"欸，严谨点。"沈戍装模作样地纠正她，"还没夺冠呢。"

郑星沥只是笑："不行，我就要叫冠军。"

沈戍嘴上谦虚，心里也美着呢。他说："哦，对了，这次我们可以团体领奖的。"

郑星沥说："这么说你也可以登台了？"

"当然。"他说，"你有没有什么话，想让我当着全国人民面前代为转达的？"

他语气期待，脑子里闪过无数表白的话语。

"我希望你祝我软件大卖。"

沈成一愣："就说这个？"

"对呀。"郑星沥说，"肥水不流外人田。"

沈成："挂了。"

他就不该指望这个榆木疙瘩能说出什么浪漫的话来。

3.

在公路车项目上一直未有好成绩的中国队，这次本土作战顺利登顶，让所有人为之振奋。

尤其最后冲刺时，面对两个半轮的差距，破风手临危不惧，将距离缩短后，适时退场让出身位，争取到了极大的优势。

慢放下，中国队以极其微小的差距获得了胜利，实现了国际赛事上公路车金牌零的突破。

沈成的发挥一如既往，在国家队的这段时间，他进步神速，跟之前在校队完全不是一个等级。

郑星沥几乎要把手掌拍烂。她背着包，手里还有半截没吃完的面包。

项目离不了人，要不是魏宇澈知道情况后，大发慈悲地把投资会议主动往后延了一天，她还真来不了。

比赛进行了五个多小时，郑星沥就在观众区等了五个多小时。一直到比赛结束，尘埃落定，才游走到领奖台附近。

沈成换了运动服，五官清隽，眸色明亮，整个人看起来笔挺得像棵树。

他第一时间看到郑星沥，飞奔向她。

郑星沥先是高兴，紧接着满脑子都是"完了完了，这么多人看着呢，怎么办呀"。

可当熟悉的味道靠近的时候，她还是放弃了理智，张开手隔着栏杆跟他抱了个满怀。

沈成紧紧抱着她，低头吻她的头发，心里有种难言的激动满足。

"你赢了欸。"郑星沥摩挲着他的后背，小声地说，"好厉害哦。"

"那是当然。"沈戍说，"你眼光多好啊。"

郑星沥笑，刚准备说什么，就看到大屏幕上出现了自己的脸。

她来得匆忙，素面朝天，手臂上还挂着面包袋子，看起来有些邋遢。

比赛是现场直播，沈戍这种关头突然跑出镜头之外，当然是会被捕捉到的。

郑星沥脸一红，低头往他肩上埋，示意他先去领奖："你先去吧，有人在拍。"

沈戍略微抬头，将她按在胸前，将衣领拎起来，把她遮住说："没关系，现在拍不到了。"

郑星沥：我真是谢谢你。

4.

沈戍表现出色又是队伍里的新面孔，少不得被拎出来采访。

"请问今天夺冠，是队内的一个战术安排吗？最后关头这个心理压力是怎么抵住的呢？"

"战术是有的。包括最后关头，我没有第一时间撤离，而是缩短了冲线距离。至于心理压力，我没想那么多。"

他头戴花环，脖子上的金牌闪闪发光，郑星沥却觉得那光比不上他的眼睛。

沈戍对着镜头绽出笑，说："我来之前，我女朋友就跟我说过会夺冠。我觉得比起数据预测，她比较准。"

5.

赛后的庆祝，沈戍破例申请到了家属名额，带着郑星沥一起参加。

有现成的话题在，大家不约而同地起哄。

"别吓着我女朋友。"沈戍一口一个女朋友的，看起来非常欠扁。

郑星沥没被起哄吓着，倒是被他这样弄得羞红了脸。

"知道了，知道了。你有女朋友这事儿，全国人民都知道了。"队友们打趣说。

沈戍在桌下牵郑星沥的手，坦然道："谁让你们没有的，你们要是有也可以这样说啊。"

众人又是一阵故作嫌弃的声音，纷纷说他酸。

沈戌不理会这些，凑在郑星沥耳边问："我今天表现怎么样？"

他眼神热切，像一个急需夸奖的大狗狗。

郑星沥忍不住摸他的头发，说："特别好。"

"真的吗？"

"嗯。真的。"郑星沥诚实地说，"我眼里都看不见别人。"

沈戌笑起来，牵着她的手，亲了一口，回她："我也是。"

6.

第一次出征，拿到了好成绩，沈戌在国家队站稳脚跟了，又因为长相跟身材，连带着公路车也小小地出圈了一把。

领奖台前的那组拥抱动图，更是被广大网友津津乐道。郑星沥作为他的女朋友，不可避免地被大家注意到。从她的成绩到奖项，每一个拿出手，都能让人赞上一句。

而沈戌虽然帅，但是为了备战比赛已经延毕很久了，至今还是个本科未毕业生。

这么一对比下来，保研、拥有多篇 SCI（核心期刊）、自己研发 APP（应用程序）的郑星沥明显更迷人一点。

舆论原本的风向也从"我来看看多优秀"变成了"沈戌，夺妻之仇不共戴天"，一堆人追到郑星沥的微博底下叫"老婆"。

魏宇澈当机立断，抓住这波东风，提醒柯容安排了软件内测。

虽然"星树"的受众不算多，但是知名度是从这次开始大大提升了。

沈戌的商业价值评估变高，不少广告商都想来合作。

他自己有私心，想要代言"星树"，却被郑星沥拒绝了。

"为什么？"

郑星沥把跟他团队沟通的报表甩过来："你现在费用太贵，我们请不起。"

"那我转发微博总可以吧？"

两个人是情侣帮忙吆喝也正常，郑星沥没有拒绝。

过了三分钟。

沈戌："怎么回事？"

"什么怎么回事？"

他从手机里抬起头，眉头紧蹙："为什么这么多人叫你老婆！"

郑星沥也不知道怎么解释："可能是一种夸张的手法吧。"

沈戌没再说话，闷闷地鼓捣了半天，之后走过来，戳了戳郑星沥。

"怎么了？"

"你微博转发一下我的置顶。"

"什么置顶。"

"没什么。"沈戌说，"就是我的个人介绍。"

郑星沥依言点开微博，只见置顶第一条上，是两个人高中时候的合照。

照片里，少年的手搭在她肩头，看着她，只留给镜头一张微侧的脸。

"有幸少时相逢，之后从未分离。"

Extra 03
·两个梦想·

1.

备赛世锦赛的时候，沈成从车上摔了下来，这次运气不好，左手骨折。

训练被紧急叫停，送出基地就医。

打完石膏后，他问的第一句话是——"我还能骑车吗？"

匆匆忙忙赶来的施媛气得大骂，要不是理智犹存就要对着那伤手狠狠地来两下了。

"放心吧，我问过了，养一段时间就好了。"郑星沥先哄好了施媛，随后跟他解释。

"正好马上要毕设答辩了。"施媛说，"你就在家老老实实学点儿习，别到时候肄业连毕业证都捞不着。"

国家队的节奏快，训练任务也重。沈成一直铆足了劲儿，每天除了训练吃饭就是休息，时间是真的挤不出来做毕业设计。他一再延毕，今年也不例外，申请材料都准备好了，只等上交。谁知道来这么一出。

沈成扭头埋进枕头里，声音闷闷道："怎么一到期末就受伤啊。"

腾时间也不是这么腾的吧。

郑星沥坐在床边削苹果，说："可能是老天不想让你再延毕了吧。"

沈成也知道自己着急是没有用的，不如安心复健。只是现在国家队的训练这么紧，自己这一缺席就得两个月，心里还是不痛快的。

挨过了住院观察期，沈成回到了学校。

作为常驻大四生，他跟考了本校研究生的赵中楷住在一起，也算是有个慰藉。

郑星沥忙得脚不着地，几乎是住在实验室的，跟沈成明明在一个学校，却硬是过成了异地恋的观感。

要是平时沈戌一定要追来，不放过可以跟郑星沥相处的每分每秒的，但这回却不一样了，他心中暗暗酝酿了一个更大的计划。

2.

5月末，所有答辩顺利结束。

毕业典礼安排在了6月10日，高考结束的后两天。据说是准备连夜剪辑个精彩片段放到招生视频里去。

郑星沥跟沈戌分别被选为了优秀学生代表，上台由校长亲自拨穗。

大概是觉得沈戌现在打石膏的样子有一种"坚韧不拔"的味道，所以他还稀里糊涂成为了发言的毕业生代表之一。

沈戌心里忐忑，稿子写了又推，郑星沥帮他润色不少，却还是缓解不了他的紧张。

郑星沥笑说比赛的时候都没见他这样过。

沈戌说那不一样的。

"怎么不一样呢？"

"这不仅是毕业，更……"他突然顿住，不肯继续说了，"反正就是不一样的。"

郑星沥安慰他："你得相信自己。学校选你，是因为你真的很优秀，不是别的。"

"我没有不相信自己。"沈戌说。

他只是在担心别的事情。

3.

不管沈戌如何紧张，时间还是到了典礼这一天。

郑星沥研究生发言结束，就到了沈戌。

他一板一眼地读着稿子，直到尾声才抬眼。看着周遭黑压压的人群，他手心的汗直往外冒，心跳快得像是下一秒就会从破胸而出。

但神奇的是，这种感觉在看到台下的郑星沥的时候就变得平静了。

沈戌单手扶着发言台，开口声音还是有些紧涩："我还想额外多说几句。"

"很多同学包括我自己都有点好奇，为什么会是我站在这里，代表华封各个毕业生发言。我女朋友说因为我优秀，我觉得这可能是我在她眼里的滤镜。"

台下实时地起哄，气氛大好。

沈成继续说："我算不上是顶优秀的人，我没有很亮眼的表现，也没有跟我女朋友一样，学术成绩都是第一；甚至为了比赛，我延毕了一年又一年，属于个问题毕业生。硬要比较的话，我觉得坚持可以算得上我为数不多的优点了。

"小时候我喜欢上了公路车。所以我读体校，每天起来训练，一年又一年。我见过凌晨的日出，听过深夜旷野的犬吠，不小心骑进人家菜地被追了好几条街，成绩不达标被罚给全队洗衣服。

"从很早我就决定考华封，不是自信，是因为我知道除了这里，不会再有更能让我圆梦的地方。可惜的是生活不是金手指大开的逆袭剧本，因为各种原因，我从体校退学，开始正常地读书学习，第一年高考我离华封分数线差了七十多分。

"我觉得自己运气太差了，书没有读好，公路车也没有练好。

"我开始复读，也就是在复读的时候，我遇见了一个跟我完全不一样的人。好了，可以告诉大家，遇到的是我女朋友郑星沥。

"没错，就是刚刚发过言的郑星沥，没想到吧，其实我们是同一届的。

"你们应该经常在学校官网和公告栏上看到她。我认识她的时候也是这样，她的名字永远在学校的金牌榜上，数学永远是满分，是可望而不可即的学霸。

"她成绩非常好，是长辈们都非常非常喜欢的女孩，努力、上进、懂事、善良。可有时候我又会觉得她并不是很快乐。她告诉我，她很羡慕我，因为很多人一辈子可能都找不到自己喜欢的东西，即便找到了也不会愿意付出什么。

"从那时候起我才意识到自己比多数人都要幸运。我有不错的家庭，有尽量支持我的父母，更重要的是，我知道自己在为了什么而努力。

"后来的事情大家都看出来了，我们俩一起来了华封，我完成了我的梦想，成为了运动员，她也找到了自己喜欢的专业，继续读书。

"在今天这个场合，我感谢了迄今为止生命里出现的很多人，父母、老师、教练、伙伴，我也想谢谢郑星沥。

"她告诉我，每个人都会迷茫，都会身处困境，在很多个情绪崩溃的时候，她成为我的救命稻草。

"记得高三寒假前，学校组织我们看了场电影，郑星沥问我如果可以回到过去会不会更加努力读书，不再受复读的苦。我说不会，她问我为什么，我却说不出来，只能搪塞了一堆的哲学辩证的大道理。但后来我想明白了，我不想回到过去，不想改变命运，因为那样我或许永远不会再认识她。

"郑星沥，我不止一次庆幸，那一年我选择了复读。我遇见了你，完成了喜欢的梦想，又有了新的坚持。以前我的期待全部来自公路车，而现在，跟你一直一直在一起生活就是我另外的追求。

"我喜欢你，非常非常喜欢你。"

郑星沥视线模糊着，看到他走下台，接过赵中楷手里的花。

"我一直想要给你一个正经的告白，现在看来效果还不错。"他语气带笑，但声音依旧涩着，听得出来紧张。

"我知道，我不是喜欢你的人里最优秀的那一个，但我是最幸运的那一个。因为恰巧，你也喜欢我。"沈戎说，"接下来，我还想问你一个问题。"

他不知从哪里变出个盒子来，单膝跪在她跟前，未好完全的手臂上挂着滑稽地绷带，他动作笨拙，举起戒指盒。

"微博的照片我想换成婚纱照。请问你愿意嫁给我，以后跟我一起生活吗？"

郑星沥眼前极快速地闪过许多的画面。

陪自己罚站的人是他，安慰自己的人是他，给予自己陪伴的人是他，永远坚定地相信自己的人是他。

在山顶破亭子里那场落日黄昏，风吹动青草递来绿色独有的芬芳，天边太阳没来得及下场，缓缓扯动着渐变的漂亮幕布。

而沈戎面对那个尖锐的问题，依然坚定，并对郑星沥说，她一定也会因为梦想奋不顾身。

她的生活原本黯淡无光，是因为沈戎，她看到了梦想的力量，感受到了热爱能带来的快乐。

因为他，郑星沥愿意相信，自己是特别的，自己是优秀的，自己是值得的。

会有人来爱她，爱真真正正、原原本本的她。

而这个人，他现在就跪在她面前，朝她举起那枚漂亮的戒指。

　　这几年来，她几乎跟了沈戌每一场比赛，他手上的茧落了又长，一层一层地叠着，实在算不上好看。

　　曾经青涩的五官和眼前经历岁月的成熟相重叠，不变的是眼里的光。

　　郑星沥朝他伸手，声音不大却坚定："我愿意。"

　　我愿意违背我自私的基因，抛弃所谓的优胜劣汰，坚定地只选择眼前的彼此，和你一起继续在生活的波浪里一往无前。